ROBERT HARRIS

ABGRUND

ROBERT HARRIS

ABGRUND

ROMAN

Aus dem Englischen
von Wolfgang Müller

HEYNE

Die Originalausgabe erscheint unter dem Titel
Precipice
bei Hutchinson, London

MIX
Papier | Fördert gute Waldnutzung
FSC® C083411
FSC www.fsc.org

Penguin Random House Verlagsgruppe FSC® N001967

3. Auflage

in der Penguin Random House Verlagsgruppe GmbH,
Neumarkter Str. 28, 81673 München
produktsicherheit@penguinrandomhouse.de
(Vorstehende Angaben sind zugleich Pflichtinformationen nach GPSR)

Umschlaggestaltung: Eisele Grafik·Design, München,
unter Verwendung von © Arcangel (lee avison, Sacha Bloor),
Figurestock, Getty Images (shomos uddin,
deepblue4you, badlatitude, redhumv, O F Change),
Shutterstock (Yodchai Prominn)
Satz: satz-bau Leingärtner, Nabburg
Druck und Bindung: CPI books GmbH, Leck
Printed in the EU

ISBN 978-3-453-27372-6

FÜR GEORGE HARRIS PARR –
WILLKOMMEN

Anmerkung des Autors

Alle im Text zitierten Briefe des Premierministers sind – was erstaunen mag – authentisch, ebenso die Telegramme, Zeitungsberichte und offiziellen Dokumente wie auch der Briefwechsel zwischen Venetia Stanley und Edwin Montagu.

Die Briefe von Venetia Stanley an den Premierminister sind allerdings vollständig erfunden.

Paul Deemer ist ein fiktiver Charakter.

Teil eins

FRIEDEN

2. Juli bis 23. Juli 1914

KAPITEL 1

An einem Donnerstag Anfang Juli 1914 ging eine junge Frau am Spätvormittag mit nassem dunklen Haar vom Serpentine-See im Hyde Park mit großen Schritten auf der Oxford Street in Richtung Marylebone. In der einen Hand hielt sie einen cremefarbenen Sonnenhut aus Leinen, in der anderen ein marineblaues Handtuch, in das ein feuchter Badeanzug und ein Paar Seidenstrümpfe eingewickelt waren.

Obwohl sie es offensichtlich eilig hatte, verfiel sie nicht in einen Laufschritt – es war einfach zu heiß, und auf den Bürgersteigen herrschte schon dichtes Gedränge. Es hätte zudem nicht ihrer Art entsprochen, in der Öffentlichkeit körperliche Anstrengung zu zeigen. Aber sie ging, groß und schlank und aufrechten Kopfes, so schnell und zielstrebig, dass ihr die meisten Passanten unwillkürlich Platz machten.

Es war kurz nach Mittag, als sie um die Ecke in die Straße mit der georgianischen Häuserreihe bog, wo sich die Londoner Stadtresidenz ihrer Eltern befand. Am Straßenrand stand der Postbote, der seine Mittagszustellung gerade erledigt hatte und vor dem Eingang des herrschaftlichen weißen Stuckgebäudes seine Tasche inspizierte.

Glücklicherweise hatte sie es rechtzeitig geschafft.

Sie überquerte die Straße, wünschte dem Postboten einen schönen Tag, schlüpfte an ihm vorbei unter den Säulenvorbau und betrat durch die breite Tür das hochsommerlich stickige Halbdunkel der Eingangshalle.

Die Briefe lagen in ihrem Drahtkorb.

Sie konnte den vertrauten Umschlag gerade noch herauspicken, bevor der Diener aus den Tiefen des Hauses auftauchte, um die Post ihres Vaters zu holen. Sie verbarg den Brief unter ihrem Hut, reichte dem Diener den restlichen Stapel und war schon halb die Treppe nach oben gegangen, als ihre Mutter, Lady Sheffield, ihr aus dem Frühstückszimmer etwas zurief: »Wie war das Wasser, Liebling?«

Ohne stehen zu bleiben, rief sie zurück: »Himmlisch!«

Sie schloss ihre Zimmertür hinter sich, warf die Badesachen auf den Boden und den Hut auf den Toilettentisch, zog das Kleid über den Kopf und ließ sich aufs Bett fallen.

Sie lag rücklings da und hielt den Brief mit beiden Händen hoch.

An die ehrenwerte Venetia Stanley, 18 Mansfield Street, Portland Place, London, W.

Sie schob den Finger unter die Lasche, riss den Umschlag auf und zog ein dickes, einmal gefaltetes Blatt Briefpapier mit Datum des Tages heraus.

> 2. Juli 1914
> Meine Stimmung ist heute Morgen doch um einiges besser – vor allem dank Dir. Ich hoffe, ich habe Dich gestern nicht über Gebühr deprimiert. Du warst sehr liebevoll und mitfühlend und hast mir wie immer geholfen. Ich bin Dir aufrichtig aus tiefstem Herzen dankbar. Vermutlich springst Du in diesem Augenblick in Gesellschaft von Lady Scott irgendwo ins Wasser. Vor mir liegt ein ziemlich trübseliger Tag, unter anderem habe ich um halb fünf eine Unterredung mit dem König. Ottoline hat mich für heute zum Abendessen gebeten, es ist also gut möglich, dass ich Dich dort zu sehen bekomme … Sei gesegnet, mein Liebling.

Keine Unterschrift. Seit kurzem ließ er Vorsicht walten und benutzte weder ihren noch seinen Namen.

Sie las den Brief noch einmal. Er erwartete sicher eine prompte Antwort und würde sich Sorgen machen, wenn sie ausbliebe, obwohl nichts von Bedeutung geschehen war, seitdem sie sich gestern gesehen hatten. Sie ging mit dem Brief zum Toilettentisch, setzte sich, betrachtete gleichgültig ihr Spiegelbild und nahm ein Blatt Papier. Sie schraubte die Kappe von ihrem Füllhalter, dachte kurz nach und begann dann schnell zu schreiben.

> Ich bin gerade von einem belebenden Bad im Serpentine zurück. Gegen Kathleens kraftvolles Kraulen ist mein lahmes Brustschwimmen eine Schande. Bemerkenswerterweise haben wir es geschafft, eine ganze Stunde lang ihren verstorbenen Mann oder auch nur den Südpol mit keinem einzigen Wort zu erwähnen. Das muss ein neuer Rekord sein. Der See war herrlich kühl, wenn auch voller Leute. Was für ein Sommer – fast so heiß wie der vor drei Jahren! Ich bin so froh, dass Du wieder fröhlicher bist. Du wirst schon eine Lösung für diesen irischen Schlamassel finden. Das schaffst Du doch immer. Mein Liebster, ich kann heute Abend nicht zu Ottoline kommen, da ich Edward & dem Kosaken versprochen habe, mich ihrer mitternächtlichen Bootsfahrt von Westminster nach Kew anzuschließen. Du weißt, ich wäre viel lieber bei Dir. Aber wir sehen uns morgen. Alles Liebe.

Wie immer war ihre unverkennbar stilvolle Schrift allem Schreibtempo zum Trotz gestochen scharf. Auch sie unterschrieb nicht. Sie blies über die glänzende schwarze Tinte und schrieb die Adresse auf den Umschlag – *An Herrn Premierminister, 10 Downing Street, London, SW.* Dann klebte sie eine Pennymarke darauf und klingelte ihrer Zofe Edith, einer verlässlich diskreten Deutschschweizerin, und schickte sie zum Briefkasten. Im London des Jahres 1914 wurde die Post zwölfmal am Tag ausgetragen. Er würde den Brief am Nachmittag in Händen halten.

*

Seine Antwort traf abends um acht Uhr ein, als sie gerade die Treppe in die Halle hinunterging, um Maurice Baring zu begrüßen, ihren Begleiter für den Abend. Sie hörte das Klappern des Briefschlitzes. Aus den Augenwinkeln sah sie Edith zum Drahtkorb gehen.

»Hallo, Maurice, mein Lieber.« Sie streckte die Hand aus. Der reiche Vierziger neigte zur Glatze und war ein Literat, von dem 1905 *Vergissmeinnicht und die Lilie im Tal* erschienen war, ein modernes Märchen, das inzwischen leider Gottes vergessen war. Er trug Frack mit weißer Krawatte, im Knopfloch steckte eine rote Nelke. Als er sich zum Handkuss vorbeugte, strich ihr sein weicher Schnurrbart über das Handgelenk, und sie konnte den exquisiten Limonenduft der Haarpomade riechen. Beunruhigt über die modernen Sitten, denen ihre Tochter frönte, und zunehmend besorgt hinsichtlich deren Heiratsfähigkeit im Alter von knapp siebenundzwanzig Jahren, hatte Lady Sheffield sie vorher gefragt, ob sie sich in seiner Begleitung denn »sicher« fühle.

»Und wenn ich ein Jahr lang auf einer einsamen Insel nackt mit Maurice festsäße, Mama, ich wäre sicher.«

»Venetia!«

»Aber es stimmt doch!«

Edith wartete, bis ihre Herrin vor die Haustür trat, nestelte dann an deren Kleid herum und schob ihr dabei den Brief in die Hand. Venetia öffnete ihn, als sie neben Maurice im Fond seines Wagens saß. Eine offenbar um Viertel nach vier schnell hingekritzelte Notiz, was bedeutete, dass er sie verfasst hatte, kurz bevor er die Downing Street zum Treffen mit dem König verließ oder während er bereits im Palast auf die Audienz wartete.

> Wenn irgend zu vermeiden, Geliebte, gehe nicht auf diese infernalische Bootsfahrt, sondern komm zu Ottoline. Könntest Du es nicht einrichten, schon zum Essen zu erscheinen? Das wäre so schön. Wenn nicht, freue ich mich aber, Dich danach dort zu sehen. Versuch es.
> Ganz der Deinige

Sie runzelte die Stirn. *Infernalische Bootsfahrt* ... Er könnte recht haben. Sie selbst hatte Bedenken, seit sie die Einladung angenommen hatte, wenn auch aus anderen Gründen. Nach ihrer Erfahrung war das Schlimme an Partys auf Schiffen, dass man sie zwar leicht betrat, es aber nicht annähernd so leicht war, dann wieder herunterzukommen, und es gab nur wenige Dinge, die sie so verabscheute wie das Gefühl, in der Falle zu sitzen.

Maurice hatte wohl ihren veränderten Gesichtsausdruck bemerkt. »Ärger mit einem Verehrer?«

»Du weißt nur zu gut, Maurice, dass ich keine Verehrer habe.«

»Oh, *da* wäre ich mir nicht so sicher ...«

Sie achtete nicht sonderlich auf den Ton seiner Bemerkung und auch nicht auf das breite, anzügliche Grinsen dabei. Großer Gott, war sie schon eine so alte Jungfer, dass sogar *Maurice* einen Annäherungsversuch in Betracht zog?

Sie sagte: »Ich nehme an, dass es jetzt wohl zu spät ist, die Bootsfahrtgeschichte noch abzublasen und stattdessen zu Ottoline zu gehen, oder?«

»Was ist denn das für eine sonderbare Idee? Wir sind bei

Ottoline doch gar nicht eingeladen. Und außerdem, die Bootsfahrt wird sicher amüsant. Alle werden da sein.«

Mit alle meinte er »die Koterie«, wie sie sich selbst nannten – oder »die korrupte Koterie«, wie die Presse sie zu bezeichnen pflegte. Dabei handelte es sich um etwa zwei Dutzend Freunde, die als Gruppe auftraten, manchmal im Café Royal, gelegentlich im Varieté oder bei einem Boxkampf im Eastend, meist aber in der »Höhle des goldenen Kalbs«, einem berüchtigten Kellernachtclub in der Nähe der Regent Street. Die genaue Zahl der Mitglieder schwankte gemäß einem mysteriösen Kollektivurteil, wonach jemand *amüsant* oder *langweilig* war.

»Genau«, sagte sie skeptisch. »Es werden wohl alle da sein.« Sie stopfte den Brief in ihre Handtasche und ließ die Schließe zuschnappen.

Sie gehörte nicht zu den tonangebenden Figuren der Koterie. Sie trank nicht wie Sir Denis Anson, der junge Baronet, der zwei Flaschen Champagner leeren konnte, noch bevor der Abend überhaupt begonnen hatte, und nahm auch keine Drogen wie Lady Diana Manners (»die schönste Frau in England«), die gern Chloroform schnüffelte. Sie war nicht intellektuell wie Raymond Asquith, dessen Vater, der Premierminister, den Brief in ihrer Handtasche geschrieben hatte, oder unabhängig, weil reich wie die erst achtzehnjährige Reederei-Erbin Nancy Cunard. Sie ließ sich mit ihnen treiben, um ihre Langeweile zu lindern, um ihre Mutter zu ärgern und weil nichts, was sie anstellten, sie schockieren konnte. Und sie hatten noch eine Eigenschaft, die sie anzog: nicht direkt Zynismus – obwohl Raymond, der älteste und geistreichste unter ihnen, ein Zyniker wie aus dem Buche war –, sondern mehr die eigentümliche Aura der Losgelöstheit vom Leben. Sie hatte unter ihnen das Gefühl, als ob nichts wirklich wichtig wäre: weder ihnen noch der Welt, noch gar ihr selbst. Ähnlich erging es auch den anderen.

In dieser vertrauten Stimmung von Gleichgültigkeit ergab sie sich allem, was die Nacht auch bieten mochte, glitt sie lautlos im luxuriösen Kokon von Maurice' Rolls-Royce Silver Ghost dahin: als Erstes zu einem Dinner zu sechst in der russischen Botschaft am Belgrave Square mit dem »Kosaken« Constantin Graf von Benckendorff, dem Sohn des Botschafters, der die Bootsfahrt mit Raymonds Schwager Edward Horner organisiert hatte; und danach im Rolls zurück zum Fluss, wo sich die anderen nach ihren eigenen Abendessen einfanden – insgesamt sechzehn Gäste, die aus Privatwagen und Taxis quollen: Claud Russell und Alfred Duff Cooper, beide im diplomatischen Dienst im Außenministerium, jeder mit zwei Flaschen Bollinger unterm Arm, die sie von der Tafel von Duffs Mutter gerettet hatten; Duffs Schwester Sybil Hart-Davis; Mannequin und Schauspielerin Iris Tree, die sich zu allen möglichen Gelegenheiten ihrer Garderobe entledigte; der mit der Schwester des Kosaken verheiratete Barrister Jasper Ridley; und natürlich Raymond, seine Frau Katharine und deren Bruder Edward Horner, ebenfalls ein junger Anwalt …

Sie küssten und umarmten einander und plauderten in einem fort davon, wie sehr sie doch alle ihren Spaß hätten – die jungen Frauen in ihren unterschiedlichen Kleidern, so farbenprächtig wie Paradiesvögel, die Männer in ihrer monochromen Uniform aus schwarzem Frack, weißer Krawatte und Zylinder. Unter den Augen der neugierigen Zuschauerschar, die an der Brüstung lehnte, ergossen sie sich die Steinstufen vom Uferdamm zur Westminster Pier hinab. Unter ihnen Venetia, die ihr grünes Seidenkleid anhob, damit der Saum nicht über den Boden schleifte.

Das Schiff war ansehnlicher, als sie erwartet hatte, ein langer viktorianischer Vergnügungsdampfer, der Platz für fünfzig Passagiere bot und den Namen *King* trug. Ein hoher Schornstein erhob sich zwischen Vorder- und Achterdeck, auf denen farbig verspiegelte Lampions aufgespannt waren. Auf der schwarz schimmernden, öligen Flussoberfläche zersplitterten zitronen-, limonen- und rosafarbene Kugeln und fügten sich wieder zusammen. Es war eine heiße Nacht – hell und still mit einem halb vollen Mond. Durch die Fenster der Mittschiffskajüte sah sie einen Tisch, auf dem zwischen Eiskübeln voller Champagnerflaschen und flackernden Kandelabern ein Büfett angerichtet war. Das Quintett im Bug, das aus Musikern von Thomas Beechams Orchester in Covent Garden bestand, begann genau in dem Augenblick den Schlager des Sommers, »By the Beautiful Sea«, zu spielen, als Big Ben, dessen rundes Zifferblatt wie ein zweiter Mond gelb leuchtete, elf Uhr schlug.

Denis ging als Erster an Bord. Er lief die Gangway hinunter, packte einen der Pfosten, an denen die Lampions aufgehängt waren, und kletterte auf die Reling. Er kauerte kurz auf dem schmalen Geländer und richtete sich dann, schwankend zwischen Deck und Fluss, zu voller Größe auf und breitete die Arme aus, bis er das Gleichgewicht gefunden hatte. Die Zuschauer auf dem Uferdamm applaudierten. Er wandte sich unsicher um und bewegte sich wie ein Seiltänzer langsam in Richtung Heck, wobei er vorsichtig, Ferse an Zehen, einen Fuß vor den anderen setzte. Als er das Ende erreichte, drehte er sich zur Pier um. Eine Viertelminute stand er da – sein Schattenriss hob sich gegen den Fluss und die Lichter am Ufer gegenüber ab – und taumelte am Rand der Katastrophe.

»O Vinny, schau dir Denis an!«, sagte Diana. »Der kann doch nicht jetzt schon so betrunken sein.«

»Der ist *sehr* betrunken«, sagte Venetia. »Sonst würde er das nicht machen.«

Plötzlich warf er die Hände in die Luft, fiel hintenüber aufs Deck und verschwand aus dem Blickfeld. Alle lachten und johlten, nur Venetia nicht. Was für ein geistloser

Nichtsnutz er doch war, dachte sie. In diesem Augenblick stand ihr Entschluss fest.

»Maurice, es tut mir furchtbar leid, aber ich fühle mich nicht wohl. Verzeihst du mir, wenn ich mich heimlich davonmache?«

»O nein, wirklich? Muss das sein? Was für ein Jammer …« Er schaute sich um. Die anderen gingen im Gänsemarsch an Bord. Sie wusste, dass er sich ihnen nur zu gern anschließen würde, aber zu sehr Gentleman war, sie allein zu lassen. »Ich gebe nur eben Bescheid, dann bringe ich dich nach Hause.«

»Nein, bleib du nur. Ich will dir nicht den Abend verderben. Darf ich deinen Fahrer bitten, mich nach Hause zu bringen?«

»Natürlich … Aber bist du dir wirklich sicher, dass …«

»Entschuldige mich einfach bei Conny und Edward, ja? Ich melde mich morgen bei dir.«

Sie merkte, dass sie selbst ein bisschen angetrunken war. Sie ging vorsichtig die Stufen hinauf und drehte sich auch nicht um, als Raymond ihren Namen rief: »Venetia!« Es klang in ihren Ohren wie eine Rüge. Sie fühlte sich gleichermaßen schuldig und beschwingt, als schliche sie sich in der Pause eines schlechten Theaterstücks davon. Hinter ihr stieß das Schiff ein kurzes, warnendes Tuten aus. Als sie den Uferdamm erreicht hatte und zurückschaute, hatte es sich schon ein Stück von der Pier gelöst. Sie stützte sich mit den nackten Ellbogen auf die kühle Steinbrüstung und sah ihm eine Weile hinterher – den Lampions und den auf dem Deck wuselnden Gestalten. Sie lauschte den Klängen der Kapelle, dem Lachen und dem Singen, das die sommerliche Luft klar zu ihr herübertrug:

By the sea, by the sea, by the beautiful sea,
You and I, you and I, oh how happy we'll be …

Sie blieb, bis das Schiff unter der Westminster Bridge verschwand, dann machte sie sich auf die Suche nach Maurice' Silver Ghost. Fünf Minuten später glitt sie die Parliament Street hinauf an der Zufahrt zur Downing Street vorbei. In der dunklen Seitenstraße leuchteten die roten Rücklichter eines Automobils, und ihr ging der Gedanke durch den Kopf, dass er vielleicht gerade vom Abendessen zurückkam. Sie dachte kurz daran, den Chauffeur halten und sie aussteigen zu lassen, verwarf den Gedanken aber sofort wieder. Sie war beschwipst. Vielleicht war es auch gar nicht er. Und selbst wenn, es schickte sich nicht.

KAPITEL 2

Die Nacht war kurz, die Luft warm, der Himmel ein fiebriges Sternenzelt. Als die Sonne am nächsten Morgen früh um 3 Uhr 45 über London aufging, war es, als wäre sie nie untergegangen.

Im dritten Stock der extravaganten viktorianisch-gotischen Trutzburg an der Themse in Westminster, bekannt als New Scotland Yard, befand sich in dem runden Türmchen an der südwestlichen Ecke das Dienstzimmer für die Nachtschicht der Metropolitan Police. Der diensthabende junge Detective Sergeant schaute von seiner Zeitung auf und bemerkte das Tageslicht, das an den Rändern der Holzfensterläden einsickerte.

Es war eine ruhige Schicht gewesen. Seine älteren Kollegen hatten ihren höheren Dienstrang geltend gemacht und waren nach und nach früher nach Hause gegangen, bis schließlich nur noch er zurückgeblieben war, um die Stellung zu halten. Die Luft in dem kleinen Büro war erdrückend, es roch nach abgestandenem Pfeifenrauch und Männerschweiß. Er schob den Fensterrahmen nach oben, klappte die Läden auf, stellte sich dann hemdsärmelig mit aufgeknöpfter Weste ans offene Fenster und betrachtete das herrliche Panorama: das blitzende Sonnenlicht auf dem den Gezeiten unterworfenen Fluss, die Sturzflüge der kreischenden Möwen über dem Uferschlick, die gewaltige, stumme Baustelle am gegenüberliegenden Ufer, wo eines Tages das neue Hauptquartier des London County Council stehen würde, den einzelnen roten Omnibus, der die Brücke von

Waterloo in Richtung des Parlamentsgebäudes überquerte, und schließlich den Vergnügungsdampfer mit dem hohen Schornstein und den gelöschten Lampions, der direkt unter ihm an der Westminster Pier vertäut war.

Er sah traurig, grau, ermattet aus.

Auf dem Weg oberhalb des Schiffs sah er ein gutes Dutzend eleganter Gestalten, die regungslos auf dem Boden saßen, herumstanden oder an der Steinbrüstung lehnten – Männer in Frack und weißer Krawatte, Frauen in Abendkleidern und, wie es schien, ein Quartett Musiker mit ihren Instrumentenkästen. Die ganze Gruppe wurde von zwei uniformierten Polizisten beobachtet. Vier Automobile, davon eines ein Rolls-Royce, parkten auf dem Uferdamm. Die Fahrer standen rauchend beisammen.

Er hatte das wunderliche Tableau wohl einige Minuten lang betrachtet, ohne recht schlau daraus zu werden, als hinter ihm zum ersten Mal seit Mitternacht das Telefon klingelte.

Er trat vom Fenster zurück, nahm mit einer Hand den Fernhörer und der anderen den Einsprechtrichter und sprach sorgfältig in das Mikrofon. »Scotland Yard, Nachtdienst.«

»Und mit wem bitte spreche ich?« Eine blecherne Männerstimme am anderen Ende der knisternden Leitung. Der Anflug eines irischen Akzents.

»Detective Sergeant Paul Deemer. Wer spricht da?«

»Sehr schön, Detective Sergeant Paul Deemer, hier ist Superintendent Patrick Quinn am Apparat. Ich nehme an, Sie wissen, wer ich bin.«

»Jawohl, Sir.« Plötzlich war er ganz Aufmerksamkeit. Bei Quinn handelte es sich um den Chef der Special Branch, die unter anderem den bewaffneten Schutz prominenter Würdenträger versah. Zu Beginn seiner Laufbahn war er Königin Victorias Leibwächter gewesen. »Guten Morgen, Sir.«

»Ist ein Inspector anwesend?«

»Noch nicht, Sir. Der erste kommt nicht vor sechs.«

Quinn schnalzte mit der Zunge und sagte dann: »Also, hören Sie zu. Heute Nacht ist es zu einem tödlichen Unfall auf einem Flussdampfer gekommen. Zwei Männer werden vermisst, vermutlich ertrunken.«

»Ja, Sir.«

»An Bord waren auch der Sohn des Premierministers und der Sohn des russischen Botschafters. Man hat mir berichtet, das Schiff sei inzwischen zur Westminster Pier zurückgekehrt. Es heißt *King*.«

Deemer ging mit der Telefonapparatur zum Fenster. Die Gruppe war immer noch unten versammelt. »Ich glaube, ich kann es vom Büro aus sehen, Sir. Handelt es sich um die beiden Männer, die vermisst werden?«

»Nein, nein, die beiden sind Gott sei Dank wohlbehalten. Aber Sie verstehen sicherlich, warum man mich deshalb zu Hause aus dem Bett geklingelt hat.« Er schien darüber nicht sonderlich glücklich zu sein. »Ich brauche einen Beamten, der da runtergeht und die Sache in die Hand nimmt, der überprüft, dass die Umstände keinen Verdacht erregen, und der die Anwesenden nach Hause schickt, bevor dort irgendwelche Reporter auftauchen. Können Sie das für mich erledigen, Detective Sergeant Paul Deemer?«

»Ja, Sir.«

»Guter Mann. Informieren Sie mich gelegentlich, wie Sie vorangekommen sind. Und nicht vergessen, gehen Sie respektvoll vor.«

Bevor Deemer antworten konnte, hatte Quinn bereits aufgelegt.

Er nahm seine Jacke von der Stuhllehne und zog sie an, knöpfte sie zu, richtete im Spiegel über dem Kamin seine Krawatte, leckte sich über die Finger und glättete sein Haar und den Schnäuzer. Dann nahm er den Bowler vom Hutständer, verließ den Raum und ging mit schnellen, klackenden

Schritten die drei Treppen nach unten. Eigentlich hätte er das Dienstzimmer nicht unbesetzt lassen dürfen, aber hier drehte es sich immerhin um den Befehl des Superintendenten. Außerdem war er beflissen und ehrgeizig. Die Tragödie, die gerade stattgefunden hatte, das ahnte er, bot ihm eine günstige Gelegenheit.

Er überquerte den Innenhof und trat leicht außer Atem hinaus auf den Uferdamm. Sein Herz pochte. Am Tor blieb er kurz stehen, um sich in einen angemessen ruhigen Zustand zu versetzen, überquerte dann die breite, leere Straße und ging an den Chauffeuren vorbei die Stufen zum Ufer hinunter. Zuerst zeigte er den beiden Wachtmeistern seinen Dienstausweis. Sie beäugten ihn recht skeptisch. Deemer hatte wiederholt festgestellt, dass es im Polizeidienst nicht gerade von Vorteil war, wenn man für sein Alter jünger aussah.

»Also dann«, sagte er mit forscher Stimme, die Autorität ausstrahlen sollte. »Es handelt sich hier um einen tragischen Vorfall. Haben Sie die Namen der vermissten Männer aufgenommen?«

Der ältere der beiden Beamten zog seinen Notizblock aus der Tasche. »Sir Denis Anson und ein William Mitchell.«

»Was ist vorgefallen?«

»Anson ist reingesprungen.«

»In die Themse?« Ein absurder Gedanke.

»Das andre Opfer, Mitchell, ist ihm hinterhergehechtet, um ihn zu retten, und dann selbst in die Bredouille geraten. War einer von den zur Abendbelustigung engagierten Musikern. Und ein dritter Gentleman, ein Mr Benck-en-dorff …« Er sprach den Namen aus, als wäre der irgendwie verdächtig, und zeigte mit dem Daumen auf einen jungen Mann, der mit um die breiten Schultern gewickelter Decke trübsinnig auf den Stufen saß. »Der ist dann auch reingesprungen, konnte die beiden aber nicht mehr erreichen, bevor sie untergegangen sind.«

Deemer machte sich Notizen. »Wo genau ist das passiert?«

»Höhe Battersea Bridge. Sie waren auf dem Rückweg.«

»Und wann?«

»Irgendwann kurz nach zwei.«

»Konnten die Leichen geborgen werden?«

»Die Wasserpolizei in Chelsea sucht noch nach denen.«

Deemer sah auf. »Es besteht also Hoffnung?«

»Eher nicht. Kapitän White meint, dass die Strömung im ablaufenden Wasser ziemlich stark war. Sie haben eine Stunde lang gesucht und dann aufgegeben. Schätze mal, wir können alle Mann nach Hause schicken. Kein Verbrechen, an dem Sie sich ein paar Sporen verdienen könnten, Sergeant.« Sein Kollege grinste süffisant.

»Haben Sie schon die Aussagen der Zeugen an Bord aufgenommen?«

»Mehr oder weniger. Nicht alle haben was gesehen – und die das haben, sagen alle das Gleiche.«

»Ich benötige nachher Ihre Notizen. Warten Sie hier.«

Er machte sich auf den Weg zu Benckendorff hinüber. Dort angekommen, ging er vor ihm in die Hocke.

»Alles in Ordnung, Sir? Ich bin von der Polizei. Soll ich einen Krankenwagen rufen?«

Der Russe hob den Kopf. Auf dem blassen Gesicht waren schwarze Streifen zu sehen. Wahrscheinlich Öl. Er stank nach fauligem Wasser. »Nein, ich bin nur erschöpft, das ist alles.«

»Sie waren sehr mutig, Sir.«

Benckendorff schüttelte den Kopf. »Nein, nein, mutig war der Musiker. Ich bin nicht mal in die Nähe gekommen. Eine derart starke Strömung ist mir noch nie untergekommen – als hätte mich ein Teufel an den Beinen gepackt, um mich nach unten zu ziehen …«

»Sie sollten nach Hause gehen, raus aus den nassen Kleidern und dann ins Bett. Wir werden Sie nicht länger aufhalten. Wer der Anwesenden ist Mr Asquith?«

Benckendorff bewegte leicht den Kopf und nickte zu einer Gestalt hin, die ausgestreckt auf dem Kai lag, die Beine übereinandergeschlagen, die Arme über der Brust verschränkt. Der Zylinder saß auf dem Gesicht, wie wenn der Liegende ungestört schlafen wollte.

Deemer ging zu ihm und hüstelte verlegen. »Sir?«

Der Mann bewegte eine Hand krebsartig über die Brust und nahm langsam den Hut vom Gesicht. Er hatte blondes Haar und ein weiches, glatt rasiertes, schmales Gesicht. Die Augen waren so blau wie der Himmel. »Ja?«

»Ich bin Detective Sergeant Deemer. Man hat mich geschickt, um sicherzustellen, dass es Ihnen gut geht.«

»Mir geht es gut, Sergeant. Mit geht es blendend, danke. Ich bin wirklich keiner von denen, um die Sie sich Sorgen machen sollten.« Er setzte sich auf und sah sich um. »Tja, schätze, wir bringen das lieber gleich hinter uns.« Er rappelte sich auf und klopfte den Schmutz vom Frack. »Jemand muss es Sir Denis' Mutter beibringen. Am besten tue ich das. Vorher möchte ich aber noch meine Frau nach Hause bringen.«

»Verstehe.«

Inzwischen hatten sich die meisten aus der Partygesellschaft zu ihnen gesellt. Ein kleiner, rotgesichtiger Mann hatte seinen Mantel über die schmalen Schultern der Frau gelegt, die sich an seinem Arm festhielt.

»Lady Diana fühlt sich äußerst schwach und sollte sich unbedingt hinlegen«, sagte er. »Ich muss also darauf bestehen, dass Sie uns augenblicklich gehen lassen.«

»Sei kein Esel, Duff«, murmelte Raymond. »Das Prozedere stehen wir jetzt auch noch durch. Lass den Mann seine Arbeit machen.«

»Ich weiß, das ist einfach furchtbar, was Denis und diesem armen Geiger zugestoßen ist«, sagte die Frau zu Deemer. »Aber wir warten hier jetzt schon *stundenlang*.«

Sie hatte sehr große blaue, merkwürdig leere Augen, wie

die einer Puppe. Deemer fragte sich, ob sie etwas genommen hatte.

Zustimmendes Gemurmel von den anderen Gästen. Ihre Einstellung, als hätten sie Anspruch auf eine besondere Behandlung, war ihm egal. Wäre es nach ihm gegangen, hätte er sie gern noch ein, zwei Stunden länger warten lassen. Aber Quinn hatte ihn nun einmal angewiesen, sie alle nach Hause zu schicken, bevor jemand von der Presse antanzte. Also sagte er: »Einverstanden, Sie können gehen«, und fügte hinzu, als sie sich schon umdrehten: »Aber möglicherweise müssen wir Sie später für ein paar Fragen noch einmal kontaktieren. Dafür benötige ich Name und Adresse aller Personen, die an Bord waren.«

»Ich habe die Gästeliste, wenn Ihnen das weiterhilft«, sagte einer der jungen Männer.

»Und wer sind Sie, Sir?«

»Edward Horner. Ich habe zusammen mit Graf Benckendorff den Dampfer gemietet.«

Er zog einen zerknüllten Papierbogen aus der Innentasche. Deemer überflog die Namensliste schnell und gab sie ihm dann mit einem Bleistift zurück.

»Wenn Sie bitte alle neben Ihrem Namen die Adresse notieren würden, bevor Sie gehen. Danke.«

Die Liste ging herum, und während alle entrüstet tuschelten, kritzelte jeder nachlässig seine Adresse auf das Papier. Wie blasiert sie doch waren! Wenn gerade ein Freund von ihm ums Leben gekommen wäre, dachte er, und die Leiche noch fehlte, dann wäre seine erste Priorität nicht, endlich nach Hause zu gelangen.

»Entschuldigen Sie bitte!« Er musste lauter sprechen und mit der Hand in der Luft wedeln, damit sie ihm ihre Aufmerksamkeit schenkten. »Eine letzte Frage, wo Sie alle noch da sind. Sir Denis ist aus eigenem Antrieb in den Fluss gesprungen, richtig? Es hat ihn also nicht jemand gestoßen.«

»Großer Gott«, rief der rotgesichtige Mann. »Was wollen Sie damit andeuten?«

»Nun ja, sein Verhalten erscheint mir doch ziemlich töricht. War er betrunken?«

»Ach was«, sagte Raymond bestimmt. »Er war nüchtern. Es war eine vollkommen bewusste Entscheidung seinerseits, ins Wasser zu springen.« Bildete sich Deemer das nur ein, oder wechselte der Mann dabei einen kurzen Blick mit Lady Diana? »Er war ein guter Schwimmer. Bevor er gesprungen ist, hat er seine Uhr und den Frack aufs Deck gelegt – fragen Sie den Kapitän. So war er eben. Letztes Jahr in Italien, da ist er durch den Canal Grande geschwommen.« Achselzuckend fügte er hinzu: »Unglücklicherweise ist London nicht Venedig.«

»Nein, Sir«, stimmte Deemer ihm höflich zu, obwohl er nie in Venedig gewesen war oder England auch nur je verlassen hatte. »Sicher nicht.«

Er schaute zu, wie sie Graf Benckendorff auf die Beine halfen und dann zusammen die Treppe hinaufgingen. Nachdem sich alle voneinander verabschiedet hatten und in ihren Wagen davongefahren waren, schickte er die beiden Wachtmeister auf ihr Revier, damit sie ihren Bericht verfassten, und wandte sich den vier überlebenden Musikern zu. Sie behaupteten, dass sie viel zu sehr mit ihrer Musik beschäftigt gewesen seien, als groß auf die Passagiere zu achten. Auf der Rückfahrt hätten sie mitbekommen, wie Anson über Bord gegangen sei, mit dem Spielen aufgehört und einen der Gäste rufen hören: »Denis, alles in Ordnung?« Und sie hätten den zurückrufen hören: »Schnell! Schnell!« Und da sei Mitchell aufgestanden und habe die Jacke ausgezogen. Die Gäste hätten alle wie gelähmt dagestanden.

»Ich hab noch gesagt, sei kein Vollidiot, aber er hat mich nicht beachtet«, sagte der Kapellmeister. »Er ist über die Reling rüber, und das war das Letzte, was ich von ihm gesehen hab. Der Mann hat einen kleinen Jungen. Erst ein Jahr alt.«

»Und Sir Denis Anson – war der nüchtern, soweit Sie das beurteilen können?«

Zum ersten Mal wirkte der Kapellmeister nicht mehr so überzeugt. »Darüber können wir nichts sagen, Sir. Wir waren nur für die musikalische Unterhaltung zuständig.«

Deemer nahm ihre Namen und Adressen auf und betrat dann das Schiff.

Kapitän William White war ein knapp sechzig Jahre alter, aus der Royal Navy ausgeschiedener Mann. Er führte Deemer auf dem Dampfer herum, von der Kajüte bis zum Achterdeck, wo die Musiker unter der inzwischen eingerollten Markise gespielt hatten. Er zeigte auf die Reling.

»Da ist der Gentleman rumgeturnt. Drei Mal ist er hochgestiegen, und jedes Mal habe ich ihn am Bein gepackt und gesagt, er soll da wieder runter. Als ich ihm dann kurz den Rücken zugekehrt hab, ist er wohl wieder hochgeklettert. Ich habe alle Maschinen gestoppt, aber da war er schon gut fünfzehn Schritt weit abgetrieben. Er wollte natürlich zurückschwimmen, aber die Strömung war einfach zu stark – bei ablaufendem Wasser erwischt einen auf dem speziellen Abschnitt die Strömung von der West London Railway Bridge her, die alles nach unten zieht. Das war der Augenblick, wo der Musiker ins Wasser gesprungen ist und nicht lange danach der Russe. Der muss ein verdammt guter Schwimmer sein. Und ein Wunder, dass wir es geschafft haben, ihm die Leine zuzuwerfen.«

»War Sir Denis Ihrer Meinung nach betrunken?«

Der Kapitän schaute auf das Deck. »Das weiß ich nicht.«

»Kommen Sie, Kapitän. Niemand, der nüchtern ist, springt um zwei Uhr nachts in die Themse. Was haben die denn alle getrunken?«

»Hauptsächlich Champagner. Sie haben in der Kajüte zu Abend gegessen.«

»Zeigen Sie mir den Ort.«

Der Kapitän führte ihn über das Schiff zurück. Der Esstisch war abgeräumt, das Tischtuch zusammengefaltet, das Geschirr in Kisten verstaut.

Deemer sah sich in der Kajüte um und runzelte die Stirn. »Sie sagen, sie haben Champagner getrunken?«

»Genau.«

»Wo sind die leeren Flaschen?«

»Die leeren Flaschen?« Der Kapitän setzte ein verwundertes Gesicht auf und rief nach draußen: »Mr Lewis!«

Der Bestmann erschien in der Tür. »Kapitän?«

»Was ist mit den ganzen Flaschen passiert?«

Lewis zögerte. »Die Männer haben sie nach dem Unfall über Bord geworfen, Sir.«

Es entstand eine Pause. Deemer klappte sein Notizbuch zu und steckte es in die Innentasche. »Also gut. Was genau ist hier passiert? Raus mit der Sprache, von Mann zu Mann, oder ich nehme Sie beide fest.«

White und Lewis schauten sich an. Schließlich machte White eine Handbewegung, als würfe er ein schlechtes Kartenblatt weg, und sagte: »Na los, erzählen Sie es. Sie haben es gesehen, nicht ich.«

»Es war eine Wette«, sagte Lewis. »Mr Asquith hat mit der hübschen Frau gewettet.«

»Lady Diana?«

»Er hat mit ihr um zehn Pfund gewettet, dass sie Anson nicht dazu bringen kann, rüber zum Ufer zu schwimmen. Ich hab nicht gehört, was genau sie zu ihm gesagt hat, aber er brauchte nicht groß überredet zu werden. Er hat ihr seine Jacke und seine Uhr gereicht und ist dann einfach … gesprungen.«

Deemer wandte sich an den Kapitän. »Haben Sie die Sachen?«

White verschwand und kam kurz darauf mit einem Frack und einer goldenen Taschenuhr zurück. Deemer durchsuchte die Jacke und nahm eine Brieftasche und einen Schlüsselbund heraus. Er öffnete die Uhr. Innen im Deckel war eine Inschrift eingraviert: *Für Denis zum 21. Geburtstag. Nutze deine Zeit klug. In Liebe, Mama.*

»Was für eine Verschwendung von Leben«, sagte er. »Von zwei Leben.«

»Von uns wissen Sie das aber nicht«, sagte der Kapitän.

Deemer war plötzlich sehr müde. Ohne ein weiteres Wort verließ er mit den Sachen des Vermissten die Kajüte, ging über die Gangway auf die Pier und schleppte sich dann die Stufen hinauf. Der Morgenverkehr auf dem Uferdamm und über die Westminster Bridge hatte eingesetzt, und es wurde bereits warm. Im Dienstzimmer angekommen, studierte er an seinem Schreibtisch die Gästeliste. Asquith, Manners, Baring, Cunard, Tree … Sie las sich wie der Gesellschaftsteil in der Zeitung. Ihm fiel auf, dass zwei Gäste, Russell und Duff Cooper, als Adresse das Außenministerium angegeben hatten. Die von Raymond und Katharine Asquith lautete 49 Bedford Square. Nur hinter einem einzigen Namen stand keine Adresse. Hinter dem von Venetia Stanley.

KAPITEL 3

Maurice hatte sie am frühen Morgen angerufen und ihr die Neuigkeit mitgeteilt. Seine nasale Stimme bohrte sich in ihren Kater: »Es hat leider einen entsetzlichen Unfall gegeben …«

Sie nahm die Nachricht ohne sonderliche Regung auf, und das schockierte sie weitaus mehr als die Tragödie selbst. Sie hörte Maurice zu und sagte die erwartbaren Dinge – »o nein, der arme Denis, das ist ja schrecklich«. Sie war sich ihrer distanzierten Reaktion bewusst. Was um Himmels willen war nur mit ihr los? Die Geschichte des Mannes, der beim Versuch, einen anderen Menschen zu retten, sein Leben weggeworfen hatte, machte sie weitaus betroffener, obwohl sie den Mann nicht einmal kannte. Sie empfand seine Tat als außerordentlich bemerkenswert – als heroisch, als geheimnisvoll. Ihre Fragen nach dem Musiker schienen Maurice zunehmend zu irritieren, der sich offensichtlich nicht damit abgegeben hatte, Genaueres über den Mann herauszufinden. »Ja, ja, natürlich, ganz deiner Meinung, es muss etwas unternommen werden, um seiner Familie zu helfen. Ich nehme an, die Ansons werden sich darum kümmern. Aber ehrlich, Venetia: *Denis,* der hatte noch sein ganzes Leben vor sich …«

»Was er getan hat, hört sich wirklich völlig verrückt an«, sagte sie. »Selbst für seine Verhältnisse. Was in aller Welt hat ihn da geritten?«

»Nun ja, unter uns …«

Unter dem Siegel der Verschwiegenheit erzählte er ihr

von Raymonds Wette mit Diana und dass sie sich alle darauf verständigt hätten, nichts darüber zu sagen. »Du kannst dir ja vorstellen, was es für Raymonds politische Laufbahn bedeuten würde, wenn das in die Presse gelangt. Und was Diana betrifft, du weißt ja selbst, dass die Zeitungen sie nur zu bereitwillig als eine Art narzisstische Femme fatale beschreiben …«

»Wie die nur auf so einen Gedanken kommen können.«

»Jedenfalls bin ich froh, dass du von der ganzen Geschichte verschont geblieben bist.« Er gähnte. »Ich leg mich noch ein paar Stunden aufs Ohr. Kann ich dich später zum Tanztee bei Eddy abholen?«

»Tut mir leid, Maurice, ich habe schon andere Pläne.«

»Andere Pläne! Du hast immer andere Pläne.«

*

Im Lauf des Vormittags erreichte sie ein halbes Dutzend Anrufe von Mitgliedern der Koterie, die ihr alle ganz im Vertrauen die Sache mit Raymond und Diana erzählten. Ihre Berichte stimmten überein, nur die Höhe des Wettbetrags variierte: Manche sprachen von fünf, andere von zwanzig Pfund.

Am Nachmittag zog sie das schwarz-weiß gestreifte Satinkleid an, von dem sie wusste, dass es sein Lieblingskleid war, dazu einen runden, flachen Strohhut mit rotem Band. Kurz vor halb vier schlüpfte sie unbemerkt aus dem Haus und schlenderte in der warmen Sonne um die Ecke in Richtung Portland Place.

An der Kreuzung mit der New Cavendish Street rief ein Zeitungsjunge in traurig leierndem Cockney-Singsang die Schlagzeile des *Evening Standard* aus: »Themse-Tragödie: Baronet immer noch vermisst!« Sie sah zu, wie er zügig die Schlange seiner Kunden bediente, Zeitungen faltete und

Münzen einsteckte. Zum ersten Mal spürte sie einen Anflug von aufrichtiger Trauer. Vortags um diese Zeit hatte Denis wahrscheinlich in seinem Club Karten gespielt, um Einsätze, die er sich mit seiner Apanage eigentlich nicht leisten konnte. Jetzt machte er Geld für einen grauenhaften Pressezaren.

Sie ging weiter die Straße hinunter und blieb dann am Randstein stehen. Sie wusste, dass er pünktlich sein würde: Das war er immer. Ein paar Minuten später bog die große Limousine, ein Sechs-Zylinder-Napier, an der Kirche All Souls um die Ecke. Die Karosserie war so auf Hochglanz poliert, dass sich die wenigen hochsommerlichen Wolken in der schwarzen Haube spiegelten, als der Wagen vor ihr zum Stehen kam. Der Chauffeur Horwood stieg aus und ging um den Wagen herum, um ihr den Schlag zu öffnen. Wie üblich vermied er jeden Augenkontakt.

Der geräumige Innenraum hinten war wie eine altmodische Equipage in Leder und Walnussholz ausgekleidet. Als sie einstieg, fiel ihr sofort auf, dass die Sichtblende der Trennscheibe, die den Fond vom Fahrer trennte, bereits heruntergezogen war. Die Tür schloss sich. Er beugte sich vor und drückte auf der Konsole vor ihm auf einen Knopf. Auf dem Armaturenbrett leuchtete ein Lämpchen auf, das Horwood anwies loszufahren. Während der Napier sich in Bewegung setzte, glitt Venetia über die Lederbank und küsste ihn auf die Wange.

Der Premierminister schaute sie lächelnd an. »Hallo, mein Liebling«, sagte er.

*

Mindestens einmal in der Woche unternahmen sie zusammen eine Spazierfahrt, gewöhnlich für anderthalb Stunden am Freitagnachmittag, entweder aufs Land oder einfach nur in London. Natürlich trafen sie sich auch oft zwischendurch, zum Lunch oder Dinner und an den Wochenenden auf dem Land, aber dann waren sie immer in Gesellschaft anderer Menschen. Der Wagen war der einzige Ort, wo sie sicher sein konnten, allein zu sein.

Liebte sie ihn? Sie wusste es nicht. Sie wusste, dass sie ihn lieber mochte als jeden anderen Mann, der ihr über die Jahre nachgelaufen war – lieber als den reizenden, aber hässlichen Edwin Montagu, Parlamentarier und Staatssekretär für Finanzen, der ihr bereits zweimal einen Antrag gemacht und sich sogar ein Haus in Westminster gekauft hatte in der Hoffnung, dort mit ihr zusammenleben zu können; lieber als Maurice »Bongie« Bonham-Carter, des Premierministers lediger Privatsekretär und Büroleiter, der sie geküsst und ihr leidenschaftliche Briefe geschrieben hatte; mehr als Raymond, der sie unzweideutig hatte wissen lassen, dass er einer Affäre mit ihr nicht abgeneigt sei; mehr als ihren stattlichen Schwager Major Anthony Henley, der das Gleiche angedeutet hatte; und ganz bestimmt lieber als Maurice Baring.

Sie mochte ihn für seine Güte, für seine Schlauheit, seine Berühmtheit und die Macht, die er mit leichter Hand zu tragen wusste. Ihr Vater hatte für die Liberalen im Parlament gesessen: Sie war inmitten von Gesprächen über Politik aufgewachsen. Jetzt war sie wahrscheinlich die bestinformierte Frau im Land. Und wenn sie ehrlich war, dann genoss sie den Kitzel – die Heimlichkeit, das Gesetzwidrige, das *Risiko*.

Wie üblich hatte er einige offizielle Akten mitgebracht, die er ihr zeigen wollte. Sie lagen auf dem Platz zwischen ihnen. Ihrer beider ineinander verschränkten Hände ruhten auf dem Ordner.

»Ich war krank vor Sorge«, sagte er. »Als du nicht bei Ottoline aufgetaucht bist, habe ich angenommen, dass du auf dieser vermaledeiten Dampferfahrt bist, Liebling. Ich wünschte, du hättest mir kurz Bescheid gegeben, dass alles in Ordnung ist.«

»Ich dachte, Raymond hätte es dir gesagt.«

»Hat er auch, aber ich hätte es gern von dir selbst gehört.« Er hob ihre Hand an seine Lippen und küsste sie. »Der arme Anson. Er war ein alberner Bursche, aber ich hab ihn gemocht – diese animalische Energie, wenn auch ohne jedes Ziel. Für seine Mutter ist es schrecklich.«

»Wie geht es Raymond?«

»Er ist aufgewühlt, aber bemüht, es nicht zu zeigen. Er macht sich hauptsächlich Sorgen wegen der Untersuchung. Er hat Angst, dass sie Diana als Zeugin vernehmen. Offenbar besteht die Herzogin von Rutland darauf, dem Untersuchungsrichter persönlich beizubringen, dass ihre Tochter zu schwach sei, als Zeugin auszusagen.«

»Ist das klug?«

»Nein. Aber es ist wichtig, dass sie nicht in den Zeugenstand gerufen wird. Auch für Raymond. Gott, was für ein Schlamassel!«

Er wandte sich grübelnd ab. Das Kinn sank ihm auf die Brust. Sie begriff, dass er von der Wette wusste – noch ein Problem, worum er sich zusätzlich zu allen anderen kümmern musste. Er hatte ein schönes Profil – ein edler Kopf, wie die Büste eines römischen Senators, mit dichtem grauen, nach hinten gekämmten Haar. Es reichte zwei Fingerbreit über den Kragen. Seine Frau hieß ihn immer, sich die Haare schneiden zu lassen, aber Venetia war der Ansicht, es verleihe ihm ein poetisches Aussehen, das zu ihm passe. Unter der gelassenen, Respekt einflößenden Maske verbarg sich ein romantisches, leidenschaftliches Wesen. Sie schaute an ihm vorbei durch das große Fenster auf die Passanten auf der Straße, die keine Ahnung hatten, wer da an ihnen vorbeifuhr: der Premierminister Hand in Hand mit einer Frau, die nicht einmal halb so alt war wie er. Wenn die wüssten – was gäbe das für einen Skandal! Plötzlich sah sie das Bild von Denis vor sich, wie er schwankend auf der

Reling balancierte. Vielleicht waren sie sich gar nicht so unähnlich.

Sie fragte sich, wohin sie wohl diesmal fuhren. Er verriet es ihr nie im Voraus. Es machte ihm Spaß, sie zu überraschen.

»Reden wir über etwas anderes«, sagte sie. »Erzähl mir, was gerade los ist.«

»Erst du. Erzähl mir aus deinem Leben.«

»Aber mein Leben ist langweilig.«

»Nein, ist es nicht, nicht für mich.«

So seltsam es war, sie wusste, dass er es ernst meinte. Er war ein geselliger Mensch – zu gesellig, sagten seine Feinde. Im Gegensatz zu den meisten politischen Freunden ihres Vaters lockte er seine Mitmenschen gern aus der Reserve, hörte er lieber zu, als selbst zu reden, gab er Frauen den Vorzug vor Männern. Sein Charme lag darin, die schwerwiegendsten Angelegenheiten des Staates zu behandeln, als wären sie völlig belanglos, wohingegen er über die nebensächlichsten Belanglosigkeiten – Kleidung, Kartenspiel, Silbenrätsel, Golf, Poesie, beliebte Romane – mit der äußersten Ernsthaftigkeit diskutierte. Während also der Wagen um den Regent's Park herum und dann durch Camden hindurch in Richtung Norden glitt, erzählte sie ihm von ihren Neffen und Nichten, und was Iris und Nancy so trieben, und was es Neues bei Selfridge's gab, und was sie vielleicht am Abend auf dem Ball der Islingtons trüge – vorausgesetzt, der würde jetzt noch stattfinden. Das alles lenkte ihn ab und schien ihn aufzuheitern. Schließlich erreichten sie die Hampsteader Heide. Er drückte einen anderen Knopf auf der Konsole, woraufhin der Wagen angehalten wurde.

»Lass uns ein paar Schritte gehen«, sagt er. »Ich möchte dir etwas zeigen.«

Er öffnete selbst die Tür – Horwood blieb diskret sitzen – und ging hinten um den Wagen herum, um dann den Schlag auf ihrer Seite zu öffnen. Sie befanden sich in einer ruhigen, schmalen Straße, die im Schatten von Platanen, Pappeln und Linden lag. Einige wenige Leute gingen spazieren. Niemand erkannte ihn. Er deutete mit seinem Gehstock auf ein Haus.

»Dort hat Keats gelebt.«

Er schloss die Augen und rezitierte:

»O Sorgen, euch guten Morgen!
Ich dachte schon, den letzten Abschied fänd ich.
Doch munter bliebet ihr, die mich liebet;
Ach freundlich seid ihr mir und stets beständig …«

Er öffnete die Augen wieder, drehte sich um und deutete mit dem Stock jetzt auf das Haus gegenüber. »Und dort habe ich mit meiner ersten Frau gewohnt. Seit zwanzig Jahren bin ich nicht mehr hier gewesen.« Er bot ihr seinen Arm. Sie nahm ihn, und sie überquerten die Straße.

Das Haus war von der Straße zurückgesetzt, halb verborgen von den Obstbäumen im Vorgarten – georgianisch, weiß getüncht, gebogener Fenstersturz. Die Bienen summten in der orange Blüte. Die Stadt schien fünfzig Meilen entfernt zu sein.

»Was für ein hübsches kleines Haus.«

»Nicht wahr? Hier habe ich die glücklichste Zeit meines Lebens verbracht – als die Kinder klein waren und meine Anwaltspraxis gerade in Schwung kam.« Er hielt sich die Hand über die Augen und schaute blinzelnd zwischen den Bäumen hindurch. »Auf dem Rasen da hinter dem Haus habe ich mit den Jungs Kricket gespielt. Wir hatten kein Geld. Ich war völlig unbedeutend, gerade erst ins Parlament gewählt. Aber irgendwie war ich mir absolut sicher, dass eine großartige Zukunft vor mir lag. Ist das nicht seltsam? Die arme Helen hat das nicht mehr erlebt. Wohlgemerkt, sie hätte es gehasst. Sie liebte ihr Heim und die Kinder. Die Politik hat sie verachtet.«

»Dann war sie jedenfalls anders als Margot.«

»Kein Mann kann jemals mit zwei so unterschiedlichen Frauen verheiratet gewesen sein.«

»Sollen wir klingeln und fragen, ob wir uns ein bisschen umsehen dürfen? Die Besitzer haben bestimmt nichts dagegen.«

Er sah immer noch zum Haus. »Raymond war erst dreizehn, als sie gestorben ist. Beb war zehn. Oc acht, Violet vier. Cys war noch ein Baby. Fünf Kinder! Da hatte ich eine Menge zu bewältigen, denn kurz danach war ich auch schon Innenminister. Raymond war ein großartiger Junge. Ist natürlich auch ein großartiger Mann … Aber ich frage mich, ob er sich anders entwickelt hätte, wenn …« Er hielt inne und wandte sich zu ihr um. »Nein, Liebling, ich würde lieber nicht hineingehen, wenn es dir nichts ausmacht. Das war schon genug der Reise in die Vergangenheit für einen einzelnen Tag. Sollen wir nicht lieber im Park ein bisschen frische Luft schnappen?«

Sie gingen bis zum Ende der Straße und folgten dann ein paar Minuten lang einem Waldweg, wobei sie bummelnden Familien und einem Eisverkäufer auf einem Fahrrad begegneten, und erreichten schließlich einen von Hampsteads Teichen, wo sie sich auf eine Bank mit Blick aufs Wasser setzten. Sie hielten sorgsam Abstand und spielten ein von ihm erfundenes Spiel: Wer von ihnen kannte die meisten Wasservögel? Sie nannten abwechselnd eine Art … Sumpfhuhn, Stockente, Schwan, Haubentaucher, Lachmöwe … Er gewann, weil plötzlich eine Mandarinente vor ihnen auftauchte. »Die überleben hier nicht lange«, sagte er wehmütig. »Die Gewöhnlichen hacken auf ihnen herum. Sind zu exotisch für diese trübe Welt …«

Auf der Rückfahrt war er ungewohnt still. Er starrte auf die städtischen Straßen, die freudlos hell und staubig in der hochsommerlichen Hitze lagen. Nach einer Weile ließ sie seine Hand los und griff nach dem Aktenordner. Sie sah ihn um Erlaubnis bittend an.

Er nickte. »Natürlich, nur zu. Deshalb habe ich sie ja mitgebracht.«

Die Unterlagen drehten sich ausschließlich um Irland. Volkszählungsdaten, Karten des Nordens. Verschiedene Grafschaften, Städte, sogar kleine Dörfer, ein Flickenteppich in Dunkelrot, Blutrot und Rosarot. Je dunkler die Farbe, desto dichter die katholische Bevölkerung. Die Katholiken bestanden darauf, in Zukunft von Dublin regiert zu werden; ihre protestantischen Nachbarn lehnten es ab, das Vereinigte Königreich zu verlassen. Die Torys sicherten den Protestanten ihre Unterstützung zu, selbst wenn sie gegen die Regierung zu den Waffen griffen.

Allmählich wurde ihr vom Lesen in dem schaukelnden Wagen übel. Sie sah auf und bemerkte, dass er sie anschaute.

»Noch nie hatte ich es mit einem Problem zu tun, das mir so unlösbar erschienen ist – und ich habe mich in den letzten sechs Jahren weiß Gott mit einigen Schwierigkeiten herumschlagen müssen.«

»Kannst du die Entscheidung hinauszögern?«

»Wir haben sie schon so weit wie möglich aufgeschoben. Die Nationalisten haben uns unmissverständlich zu verstehen gegeben, wenn wir in dieser Sitzungsperiode gesetzlich nicht vollumfänglich die Homerule verfügen, dann entziehen sie uns ihre Unterstützung. Was heißt, dass wir der Mehrheit verlustig gehen und es zu Neuwahlen kommt, die wir wahrscheinlich verlieren werden. So oder so bedeutet das Bürgerkrieg.«

»Es wird sich schon eine Lösung finden. Darin bist du großartig.« Sie hielt ihm den Ordner hin.

»Behalt ihn. Gib ihn mir zurück, wenn wir uns das nächste Mal sehen. Vielleicht fällt ja dir eine Lösung ein.«

»Das bezweifle ich.« Der Gedanke, dass ihr auf ihrem Bett

in der Mansfield Street liegend eine Lösung für die Irlandfrage einfiele, war geradezu absurd. Das war ihm sicher auch klar, aber sie fand die Geste dennoch rührend. Sie strich ihm mit der Hand übers Haar. »Alles wird gut werden. Ich vertraue auf dich.«

Er legte den Arm sanft um sie. »Du weißt, dass ich mit niemand sonst so reden kann, ja? Was würde ich bloß tun, mein Liebling, wenn ich mich dir nicht mehr anvertrauen könnte?«

Sie fuhren Primrose Hill hinunter. In dem dichten Verkehr war der Wagen fast zum Stillstand gekommen. Ihr fiel auf, dass die Leute sich umdrehten und zum Wagen gafften.

»Moment«, sagte sie.

Sie löste sich aus seinen Armen, rutschte zur Beifahrerseite und zog die Sichtblende herunter. Er tat das Gleiche auf seiner Seite. Als Letztes kniete sie sich auf die Sitzbank und zog auch die Heckscheibenblende herunter. Jetzt waren sie vollkommen gegen fremde Blicke abgeschirmt, und sie wandte sich wieder ihm zu.

Sie hätten genauso gut in einer kleinen Wochenendwohnung in Paris oder Venedig sein können. Nur der Sonnenschein, der golden durch den gelblichen Seidenstoff drang, milderte das dunkle Innere ihrer privaten Welt.

*

Um zehn nach fünf – alles wieder schicklich zurechtgerückt – öffnete sie die Haustür ihres Elternhauses. Edith erwartete sie schon nervös in der Halle.

»Ein Herr erwartet Sie, Miss. Ich habe ihn ins Frühstückszimmer geführt.«

»Wer ist es denn? Hoffentlich nicht Mr Baring.«

»Nein, Miss.« Sie reichte Venetia die Karte.

Detective Sergeant Paul Deemer
Metropolitan Police
New Scotland Yard

Sie drehte die Karte um, ob vielleicht auf der Rückseite eine Nachricht stand. »Du lieber Himmel! Was um alles in der Welt will der denn?«

»Das hat er nicht gesagt, Miss.«

Der Mann stand vor dem Kamin. Er war jünger, als sein Rang es vermuten ließ, etwa ihr Alter, und trug einen offensichtlich billigen, aber säuberlich gebügelten dunklen Anzug. Einige andere Dinge fielen ihr auf – die spiegelblanken schwarzen Schuhe, der Bowler in seiner Hand, der Bartschatten am Kinn, das auf eine gewöhnliche Art gute Aussehen.

»Ich bin Venetia Stanley. Was kann ich für Sie tun?«

»Guten Tag, Miss Stanley. Es tut mir leid, dass ich Sie behelligen muss. Ich ermittle in dem tragischen Unfall, der sich letzte Nacht auf dem Fluss ereignet hat.« Er zog einen Notizblock hervor. »Würden Sie mir bitte ein paar Fragen beantworten?«

»Eine Ermittlung?« Plötzlich überkam sie eine Ahnung von Gefahr, und sie wurde sich bewusst, dass sie immer noch den Regierungsordner in der Hand hielt. Sie drückte ihn sich an die Brust und verschränkte die Arme darüber. »Was gibt es da zu ermitteln?«

»Es ist nichts Schlimmes, seien Sie dessen versichert.« Er klappte den Notizblock auf. »Ich nehme die Aussagen aller Zeugen auf, aber Ihre fehlt uns noch. Sie haben sich heute Morgen von der Anlegestelle entfernt, ohne uns vorher Ihre Adresse zu hinterlassen.«

»Das liegt daran, dass ich heute Morgen nicht an der Anlegestelle war.«

»Wie das?«

»Weil ich gar nicht auf dem Boot war.«

Er schaute kurz verdutzt drein, dann hellte sich sein Gesicht wieder auf. »Ah, verstehe. Deshalb die Verwirrung. Mr Horner hat uns die Passagierliste gegeben, aber nicht erwähnt, wer davon auch tatsächlich an Bord gegangen ist. Das ist die Erklärung. Ich bitte um Entschuldigung.« Er neigte den Kopf leicht zur Seite und sah sie an. »Darf ich fragen, Miss Stanley, *warum* Sie nicht an Bord gegangen sind?«

Sie geriet gewöhnlich nicht so leicht in Verlegenheit, spürte aber, wie sie jetzt rot wurde. Sie drückte den Ordner fester an die Brust. »Es war spät. Und ich war müde. Da habe ich beschlossen, nach Hause zu fahren und zu Bett zu gehen.«

Warum hörte sie sich so schuldbewusst an? Wie lächerlich! Aber dem Mann schien nichts aufzufallen.

»Durchaus verständlich. Und eine weise Entscheidung, wie sich im Nachhinein herausgestellt hat. Sie haben sich eine sehr betrübliche Begebenheit erspart.« Zu ihrer Beruhigung steckte er endlich den Notizblock wieder ein. »Nun, dann wünsche ich Ihnen noch einen angenehmen Abend. Ich finde allein hinaus.«

Er nickte kurz, als er sich an ihr vorbeischob, und ging hinaus in die Halle.

»Wie haben Sie mich eigentlich gefunden?«, rief sie ihm hinterher. »Wo Sie doch meine Adresse nicht hatten.«

»Im Adelsalmanach von Debrett.«

Er öffnete die Haustür und trat ins Freie. In der Sekunde, wo die Tür sich hinter ihm schloss, eilte sie im Frühstückszimmer ans Fenster. Er blieb auf der anderen Straßenseite stehen und sah zum Haus herüber. Für eine merkwürdig lange Zeit rührte er sich nicht vom Fleck, dann setzte er den Bowler auf und ging davon.

*

Der Premierminister schrieb ihr sofort nach seiner Rückkehr in die Downing Street eine Nachricht.

17 Uhr 30, 3. Juli 1914
Ich erfahre gerade, dass der Islington-Ball wegen der Tragödie auf der Themse abgesagt ist. Ich vergaß Dir zu erzählen, dass ich eine beunruhigende Vorahnung hatte, als ich Dich gedrängt habe, die Dampferfahrt nicht mitzumachen und stattdessen zu O. zu kommen. Später im Bett habe ich geträumt, dass die von Edward initiierte Unternehmung Schiffbruch erleidet. Ist das nicht recht merkwürdig?

Unser Gespräch war einfach himmlisch, mein Liebling, unvorstellbar, dass zwischen uns jemals Missverständnisse aufkommen könnten.

In inniger Liebe

KAPITEL 4

Deemer ging zum U-Bahnhof Oxford Circus und stieg in die drückend heißen Katakomben der Central London Railway hinunter. Nach achtzehn Stunden Dienst, in denen er überall in London Zeugenaussagen aufgenommen hatte, war er todmüde.

Ein heißer, nach Öl und Metall stinkender Luftschwall aus dem Tunnelmaul kündigte die Ankunft der Bahn in Richtung Osten an. Er hielt sich an einem der Griffe fest und schwankte fünfundzwanzig Meter unter der Stadt schweigend im Gleichtakt mit den anderen Fahrgästen hin und her – wie Seegras auf dem Meeresgrund. Eine halbe Stunde später stieg er an der Station Angel aus und gelangte erleichtert wieder an die frische Luft.

Er wohnte in Islington allein in einem kleinen, dreizimmrigen Reihenhaus. Vorn und hinten befand sich ein winziger Garten, und neben der Haustür rankten sich an dem verrußten Mauerwerk blauviolette Glyzinien empor. Er hatte das Häuschen mit dem Vorhaben gemietet, das Mädchen zu heiraten, in das er schon zu Schulzeiten verschossen war, bis er schließlich feststellte, dass er sie nicht mehr liebte, und die Verlobung auflöste. Sie hatte umgehend jemand anderes geheiratet, woraufhin er sich fragte, ob seine Entscheidung richtig gewesen war. Er war einsam, aber das störte ihn nicht groß. Das Alleinsein hatte auch etwas Belebendes. Es verlieh einem den besonderen Biss. Und seine Arbeit beanspruchte ihn vollends.

Er nahm die Milchflasche, die vor der Tür stand, schraubte

sie auf und schnüffelte daran – die Milch war in der Hitze sauer geworden. Er ging ins Haus und inspizierte als Erstes die Speisekammer. Viel fand er nicht – ein Stück schwitzenden Cheddarkäse, ein bisschen Zwieback, eine Flasche warmes Bier. Er nahm alles mit nach draußen in den Garten hinter dem Haus und setzte sich dort auf die Holzbank. Er hörte die spielenden Kinder im Park nebenan und plaudernde Stimmen aus dem Albion-Pub gegenüber – beruhigende Geräusche. Eine bis auf einen weißen Stern auf der Brust kohlschwarze Katze aus der Nachbarschaft rieb sich an seinen Beinen. Er nahm die Milchflasche, goss etwas von der sauren Milch in eine Untertasse und schaute der Katze beim Schlecken zu.

Seine Gedanken waren bei Venetia Stanley. Sie machte ihn neugierig. Laut Adelsalmanach war das herrschaftliche Wohnhaus in Marylebone lediglich die Londoner Adresse der Stanleys. Als Hauptwohnsitz war Alderley House in Cheshire verzeichnet, ein weiteres Haus besaßen sie in dem walisischen Ort Penrhos. Er fragte sich, womit eine unverheiratete, offenbar intelligente junge Frau, die je nach Jahreszeit zwischen ihren Anwesen hin- und herpendelte und sich die Zeit mit Menschen vertrieb, die mitten in der Woche nächtliche Dampferfahrten unternahmen und tödliche Wetten untereinander abschlossen, sich wohl sonst beschäftigte. Ein ziemlich nutzloses Dasein, wie er fand.

Als er seine Mahlzeit beendet hatte, spülte er sorgfältig den Teller, das Messer, das Glas und die leere Untertasse der Katze ab, ging dann nach oben und zog sich dort mit der gleichen Bedächtigkeit aus, stellte die Schuhe nebeneinander und hängte den einzigen guten Anzug, den er besaß, auf den Bügel. Er zog die dünnen Vorhänge zu und legte sich im sommerlichen Abendlicht aufs Bett, schloss die Augen, schlief zwölf Stunden durch und fuhr am nächsten Morgen zurück zu Scotland Yard, um das Wochenende durchzuarbeiten, obwohl er eigentlich keinen Dienst hatte.

*

An jenem Freitagabend wurde in der Nähe von Wandsworth Mitchells Leiche aus der Themse gezogen. Sir Denis Anson blieb noch knapp zwei weitere Tage verschwunden. Die Strömung hielt die Leiche in der Nähe der Fundamente der West London Railway Bridge unter Wasser, bevor sie schließlich am Sonntag in der Abenddämmerung an die Oberfläche getrieben wurde.

Nachdem er den Befund des Pathologen erhalten hatte, schrieb Deemer am folgenden Nachmittag seinen Bericht. Die Todesursache in beiden Fällen war Ertrinken. An keiner der beiden Leichen waren Verletzungen festzustellen, außer Abschürfungen an Ansons Gesicht, die der Gerichtsmediziner für postum zugezogen hielt und der Berührung mit dem Flussbett zuschrieb. Eine abschließende Feststellung der Todesursache wurde für den übernächsten Tag am Untersuchungsgericht von Lambeth anberaumt.

Deemer strengte sich an, einen möglichst lückenlosen Bericht zu erstellen. Er legte penibel alle Umstände der Tragödie dar – einschließlich der Wette und des Alkoholkonsums. Es wurden acht Seiten, mit denen er zu dem Schluss kam, dass kein Verbrechen verübt worden sei. Als er fertig war, ging er damit nach oben in den Flur, wo sich die Räume der Special Branch befanden. Er hatte gehofft, den Bericht Quinn persönlich überreichen und diese mythische Gestalt dabei von Angesicht zu Angesicht kennenlernen zu können. Sein Assistent teilte ihm jedoch kühl mit, dass der Superintendent beschäftigt sei, sodass Deemer genötigt war, den Bericht im Vorzimmer abzugeben.

*

Ein paar Stunden später an jenem Montagabend, kurz vor Mitternacht, kehrte der Premierminister vom Abendessen mit dem Taxi in die Downing Street zurück. Wie üblich hatte er dem Fahrer, der keine Ahnung hatte, wen er beförderte, genaue Anweisungen gegeben. Taxifahrer neigten dazu, die von der Whitehall abzweigende Downing Street mit der Down Street an der Piccadilly zu verwechseln, und schon einige Male hatte er nach einer in Gedanken versunkenen Fahrt aufgeschaut und sich am gleichnamigen U-Bahnhof in Mayfair wiedergefunden. Er beklagte sich nicht. Er war stolz darauf, in einem Land, einem Empire mit gut 440 Millionen Menschen zu leben, wo der Regierungschef nicht erkannt wurde und dessen Amtssitz am Ende einer Seitenstraße lag, die kaum jemand kannte.

Er bezahlte den Fahrer, stieg aus und blieb vor der Tür stehen, um in seinen Taschen den Schlüssel zu suchen. Nach einem Abend mit reichlich Champagner und Brandy war er – wenngleich im Kopf noch vollkommen klar – etwas wackelig auf den Beinen. Er öffnete die dunkelgrüne Tür, schloss hinter sich ab und ging die Treppe hinauf. Das Haus lag still da, obwohl siebzehn Bedienstete in dem Anwesen schliefen – ein Butler, eine Haushälterin, eine Köchin, drei Diener, acht Dienstmädchen (drei für die Hausarbeit, drei für die Küche und je eine Zofe für Margot und Violet), eine Gouvernante, ein Faktotum und ein Pförtner. Das war das Allernotwendigste, was Margot zur Führung eines anständigen Haushalts für angemessen erachtete. Sie nutzte einen der drei Salons im ersten Stock als ihr Schlafzimmer, und dort traf er sie auch an. Mit einem Schultertuch über dem Nachtgewand saß sie aufrecht im Bett und schrieb in ihr Tagebuch. Als er hineinging, um ihr eine gute Nacht zu wünschen, legte sie es beiseite.

»Henry, Liebling.«

»Liebling.« Er küsste sie auf die Stirn.

»Wie war das Essen?«

»Gut.« Er war am Bedford Square gewesen und hatte mit Raymond und Katharine zu Abend gegessen. Margot hatte wegen Kopfschmerzen in letzter Minute einen Rückzieher gemacht. Sie war Anfang des Jahres fünfzig geworden. Ihre Migräneanfälle waren eine ständige Heimsuchung.

»Ist er für den Gerichtstermin gewappnet?«

»Ich glaube ja. Wenigstens scheint er völlig unbesorgt zu sein.«

»Wann macht sich Raymond eigentlich jemals über irgendetwas Sorgen? Wenn er sich etwas mehr Sorgen gemacht hätte, dann wäre diese elende Geschichte überhaupt nicht passiert. Hast du gewusst, dass einige von ihnen tatsächlich in der Oper waren – noch bevor man Denis' Leiche gefunden hat?« *Respektlos, abgestumpft, nichtsnutzig* und *gotteslästerlich* waren nur einige wenige der Attribute, mit denen sie die Koterie bedacht hatte, als sie von dem Unglück erfuhr, um gleich darauf in eine allgemeine Tirade über die Verkommenheit der modernen Welt zu verfallen – Kubisten, Futuristen, Wischiwaschi-Komponisten, Debussy, Politiker, die zum Bürgerkrieg in Irland aufhetzten, meuternde Armeeoffiziere, Zynismus, sensationslüsterne Zeitungen, Suffragetten, die Bilder aufschlitzten …

»Nun ja, ich habe mit ein paar nützlichen Leuten gesprochen«, sagte er milde. »Wir werden sehen, wie sich alles entwickelt.« Mehr wollte er nicht sagen, um sie nicht aufs Neue in Rage zu versetzen. »Schlaf gut. Ich schaue morgen früh wieder nach dir.«

Er ging durch die dunklen Prunkzimmer zu dem großen Schreibtisch, wo er spät abends noch gern arbeitete und von wo er einen Blick auf den Horse-Guards-Paradeplatz hatte. Es war inzwischen sechs Jahre her, dass er und Margot das letzte Mal das Bett geteilt hatten. Nach der katastrophalen letzten Entbindung – ein Junge, gestorben am ersten Tag seines Lebens – hatten die Ärzte ihr attestiert, dass sie eine weitere Schwangerschaft nicht überleben werde. Das war das Ende ihrer ehelichen Beziehung gewesen. In ihrem Schlafzimmer bewahrte sie einen Totenkopf auf, den man auf dem Anwesen ihrer Familie in Schottland gefunden hatte und der sie daran erinnern sollte, das Leben auszukosten. Unter den leeren Augenhöhlen dieses Schädels hätte er sie nie lieben können.

Er goss sich ein Glas Brandy ein, zog an der Kordel der Schirmlampe auf dem Tisch und setzte sich. Um die Schreibunterlage herum waren einige Dutzend kleine Kristalltiere und silberne Miniaturfiguren gruppiert, die er im Lauf der Jahre gesammelt hatte und entsprechend seiner Stimmung immer wieder anders zusammenstellte. Er schloss eine Dokumentenkiste auf und nahm den Brief heraus, den Venetia ihm am Morgen geschickt hatte.

> Das verregnete Wochenende über hatte ich genügend Zeit, Deine Akten über Irland zu studieren. Ich hatte sie passenderweise in einer Ausgabe vom Tatler versteckt, & Papa hat tatsächlich kopfschüttelnd gefragt, ob ich keinen erbaulicheren Lesestoff hätte! Natürlich hat sich meinem schwachen Geist keine Lösung offenbart, auf die Dein brillantes Gehirn nicht auch schon gekommen ist. Am Ende müssen beide Seiten etwas zurückstecken.
>
> Die Gefahr eines Bürgerkriegs ist so schwerwiegend, dass ich mich frage, ob es nicht irgendeine Möglichkeit gibt, sie irgendwie zu <u>beschämen</u> & so zu einem Kompromiss zu nötigen. Würde diese Situation Dich nicht dazu berechtigen, Dich an den König zu wenden & <u>ihn</u> um Vermittlung zu bitten? Gerade die Unionisten können ein Ansinnen Seiner Majestät kaum ablehnen, & die Nationalisten werden erkennen,

wie ernst Du es meinst. Zumindest wirst Du Dir damit etwas mehr Zeit erkaufen. Liebster, verzweifle nicht. Es wird sich schon etwas ergeben, das weiß ich.

Das war keine schlechte Idee. Er hatte schon selbst in eine ähnliche Richtung gedacht. Er öffnete den Irland-Ordner und betrachtete düster die Grafschaften Fermanagh und Tyrone. Nach einer Weile schob er die Landkarten beiseite und wandte seine Aufmerksamkeit den allabendlich zu bearbeitenden diplomatischen Depeschen zu, von denen er sich Ablenkung erhoffte. Hinterher fiel ihm auf, dass sie nicht einmal oben auf dem Stapel gelegen, sondern sich mittendrin versteckt hatte – die Abschrift eines Memorandums vom Außenminister mit Tagesdatum und Geheimvermerk.

6. Juli 1914
Der deutsche Botschafter äußerte sich heute in sehr herzlichen Worten über die Genugtuung und das Vergnügen, die der Besuch des britischen Admirals in Kiel dem Kaiser und ganz allgemein bereitet habe. Ich erwiderte, dass mir versichert wurde, welch große Genugtuung und großes Vergnügen der Besuch auch unserer Seite bereitet habe.

Der Premierminister gähnte und streckte die Beine aus. Nach einem Schluck Brandy las er weiter.

Dann wandte sich der Botschafter vertraulich, wie er sagte, aber sehr ernst an mich, um dem Unbehagen und den Zweifeln Ausdruck zu verleihen, die in Berlin herrschten. Er erklärte, der Mord an Erzherzog Franz Ferdinand habe in Österreich eine sehr starke antiserbische Stimmung ausgelöst; und er wisse gesichert, obwohl ihm keine Einzelheiten bekannt

> seien, dass die Österreicher beabsichtigten, etwas zu unternehmen, und es sei nicht unmöglich, dass sie militärische Maßnahmen gegen Serbien ergreifen würden.

Der Premierminister hob den Kopf. Acht Tage waren vergangen, seit serbische Nationalisten den österreichisch-ungarischen Thronfolger und seine Frau in Sarajewo erschossen hatten. Die Lage war seitdem sehr ruhig gewesen, so ruhig, dass die Angelegenheit vollständig aus seinen Gedanken verschwunden war. Er fühlte sich, als wäre er auf der Straße plötzlich über einen Stein gestolpert. Er stellte das Glas ab und las mit frisch erwachtem Interesse weiter.

> Ich habe geantwortet, dass sie doch wohl nicht daran dächten, auf fremdes Staatsgebiet vorzustoßen.
> Der Botschafter erwiderte, dass sie es nicht auf fremdes Terrain abgesehen hätten, weil sie gar nicht wüssten, was sie damit anfangen sollten. Sie seien eher der Ansicht, dass ihnen irgendeine Art von Kompensation zustehe, in der eine Demütigung Serbiens zum Ausdruck kommen müsse …
>
> Ein zweiter Punkt, der in Berlin Unbehagen und Zweifel hervorrufe, sei Deutschlands Besorgnis bezüglich der Haltung Russlands, besonders in Verbindung mit der in letzter Zeit zunehmenden Stärke des russischen Militärs … Russland habe das Heer inzwischen auf den Friedensstand von einer Million Mann gesetzt …
>
> Der Botschafter ging so weit zu behaupten, man sei in Deutschland der Annahme, dass es zwangsläufig zu Unannehmlichkeiten kommen werde und es deshalb besser sei, Österreich nicht zurückzuhalten und die Unannehmlichkeiten lieber jetzt als später durchzustehen.

Er las das Memorandum fertig und schaute dann hinaus auf die Laternen, die den Paradeplatz säumten. Seine Stärke als Premierminister – manche sagten sein Genie, obwohl er fand, das gehe ein bisschen zu weit – war die Fähigkeit, eine Abfolge von komplexen, nicht miteinander verbundenen Problemen zu verarbeiten, verschiedene Lösungen zu entwerfen, in seinem Kopf zu speichern und geduldig den perfekten Augenblick abzuwarten, um dann zu handeln – oder nicht zu handeln, was seiner Erfahrung nach oft das bessere Vorgehen war, da Probleme die Tendenz hatten, sich von selbst zu lösen, wenn man sie nicht anrührte. »Abwarten« – das war das Wort, für das er am bekanntesten war und am meisten verspottet wurde, obwohl es ihm ausgesprochen vernünftig erschien. Aber was sollte er jetzt von alldem halten? Es könnte nichts sein. Es könnte der Weltuntergang sein. Jedenfalls konnte er jetzt wenig unternehmen.

Er wünschte, Venetia wäre in London. Was für ein wertvolles Geschenk, dass er sich jemand anvertrauen konnte, dessen Rat keinesfalls von Eigennutz verzerrt war. Aber sie würde London am Morgen verlassen und mit Winston und Clemmie Churchill auf der Jacht der Admiralität nach Schottland reisen, ihre gemeinsame Spazierfahrt am Freitagnachmittag würde also ausfallen. Er hasste es, wenn er sie nicht treffen konnte.

Er arbeitete die restlichen Telegramme ab, trank seinen Brandy aus und ging dann in sein Schlafzimmer. Er wusch sich, zog sich aus und sein Nachthemd an und saß noch eine Zeit lang aufrecht im Bett und las ein Kapitel aus *Unser gemeinsamer Freund,* bevor ihm die Augenlider schwer wurden und er einschlief.

*

Am nächsten Morgen, dem Dienstag, erhielt Deemer die Anweisung, sich wieder um seine üblichen Aufgaben zu kümmern. Dem verantwortlichen Beamten für den Ersten Distrikt der Metropolitan Police schien es eine beträchtliche Genugtuung zu bereiten, ihm nach seiner Handlangerarbeit für Quinn ab und zu einen Dämpfer zu verpassen. Er trug ihm auf, eine Einbruchserie in Pimlico zu untersuchen. Von Haus zu Haus zu gehen und zu fragen, ob irgendwem etwas Verdächtiges aufgefallen sei, war stumpfsinnige Arbeit, die ebenso gut ein Wachtmeister hätte erledigen können. Als er Stunden später wieder nach Scotland Yard zurückkehrte, fand er eine Nachricht vor, dass Quinn ihn dringend sprechen wolle. Ein paar Minuten später stand er vor dem Schreibtisch des Superintendenten. Ihm wurde kein Stuhl angeboten.

Der Chef der Special Branch war ein kleiner, hagerer Mann um die sechzig mit eingefallenen behaarten Wangen, dunklen buschigen Augenbrauen und einem kleinen silbrigen Spitzbart auf dem schmalen, kantigen Kinn. Er hätte ein distinguierter Herrenreiter im Ruhestand aus der Grafschaft Mayo sein können. In den feingliedrigen Händen hielt er Deemers Bericht, und wieder machte er dieses eigenartig schnalzende Geräusch.

»Ich hatte keine Ahnung, was Sie da alles unternehmen würden. Diese vielen Einzelheiten, das will kein Mensch wissen.« Zu Deemers Missfallen schüttelte er den Kopf. Er sah aufgewühlt aus, richtiggehend verärgert. »Auf der Prozessliste sind Sie als der ermittelnde Beamte aufgeführt, was heißt, dass Sie auf der Zeugenliste für die morgige Anhörung am Untersuchungsgericht stehen. Sie müssen also dort anwesend sein.«

»Ja, Sir.«

»Sie brauchen allerdings keine Aussage zu machen. Wenn der Untersuchungsrichter Sie aufruft, sagen Sie, dass Sie allem

Vorgebrachten nichts Substanzielles hinzuzufügen haben. Ich will allerdings nicht, dass Sie einen Meineid schwören, der Wortlaut ist hier also wichtig. Haben Sie das verstanden, Sergeant?«

»Ja, Sir.«

»Das bereitet der Familie Anson nur großen Kummer und den Zeugen Peinlichkeiten, wenn diese Wettgeschichte im Rausch bekannt wird.« Er nahm Deemers Bericht und warf ihn in den Papierkorb. »Sind wir uns einig?«

»Ja, Sir.«

»Sie können gehen.« Als Deemer schon an der Tür war, rief er ihm hinterher: »Übrigens, gute Arbeit!«

*

Deemer verbrachte eine unruhige Nacht und stand am nächsten Morgen früh auf, rasierte sich, zog sich noch gewissenhafter an als sonst und war um acht in Lambeth.

Das Untersuchungsgericht und das Leichenschauhaus befanden sich nebeneinander in zwei unscheinbaren roten Backsteingebäuden. Er zeigte seinen Ausweis vor und ging in den Ausstellungsraum. Die Toten waren von den Bestattern in Särge gelegt worden – Anson in einen glänzenden Mahagonisarg mit Messingbeschlägen, Mitchell in einen aus einfacher Kiefer. Die Särge waren offen. Beide Männer sahen in Anzug und Krawatte erschütternd jung aus, nahezu unschuldig. Sie hätten Brüder sein können. Ansons Gesicht wies Abschürfungen an der Nase auf, war aber sonst unversehrt. Deemer bückte sich und begutachtete die Blumengebinde, die neben Ansons Sarg aufgehäuft waren. An einem riesigen Strauß aus weißen Rosen, roten Nelken und Maiglöckchen hing eine Schleife mit der Aufschrift *Premierminister und Mrs Asquith*. Neben Mitchells Sarg lag kein einziger Kranz.

Er ging wieder hinaus in den mit Kopfstein gepflasterten Innenhof. Inzwischen hatte ein halbes Dutzend Fotografen neben dem Eingang Stellung bezogen, und kurz darauf trafen die Zeugen samt Hilfstruppen und die Verwandten der Toten ein, alle in Schwarz – die Frauen in schwarzen Kleidern, Hüten, Handschuhen und sogar mit schwarzen Sonnenschirmen, die Männer in schwarzen Anzügen und mit Zylinder. Er erkannte ein paar Gesichter von der Anlegestelle wieder: den ohne Begleitung erschienenen Grafen Benckendorff; Lady Diana Manners mit einer einschüchternden alten Dame, die wohl die Herzogin von Rutland war; Raymond Asquith in Begleitung von zwei ebenfalls befrackten Anwälten, von denen einer der sehr angesehene Barrister und Parlamentsabgeordnete der Unionisten F. E. Smith war; Sir Herbert Beerbohm Tree, der Schauspieler und Theaterleiter, und seine skandalträchtige Tochter Iris. Unablässig flammten die Blitzlampen der Fotografen auf.

Er wartete, bis alle an ihm vorbeigegangen waren, dann ging auch er hinein. Der Gerichtssaal war nicht größer als ein Klassenzimmer – nackter Holzboden, weiße Wände. Auch bei geöffneten Fenstern war es an diesem Julimorgen drinnen stickig. Er drückte sich hinten in eine Ecke. Jeder Fleck war besetzt mit Amtspersonen, Geschworenen, Zeugen, Zuschauern, Reportern, Anwälten … Großer Gott, die Anwälte! Wahrscheinlich hatte das Untersuchungsgericht in Lambeth noch nie einen solchen Auftrieb erlebt. Zwei Kronanwälte, die beide nicht unter zehntausend Pfund Sterling im Jahr nach Hause trugen – F. E. Smith vertrat die Gäste auf dem Dampfer, Ernest Pollock, ein weiterer Parlamentarier der Unionisten, die Familie Anson. Sekundiert wurde ihnen von zwei jüngeren Kollegen, ebenfalls Kronanwälten, die ständig aufsprangen und dem Heldenmut von William Mitchell ihre Anerkennung zollten und im Auftrag ihrer Klienten seiner Witwe und deren achtzehn

Monate altem Sohn wortgewaltig finanzielle Unterstützung zusicherten.

Das setzte den Ton für das Kommende, sodass Deemer schnell den Eindruck gewann, nicht einer Untersuchung, sondern einem Schauspiel beizuwohnen – einer Produktion Beerbohm Trees vielleicht. Jedem war ein Text gegeben worden, und jeder hatte seine Rolle einstudiert, nicht zuletzt der Untersuchungsrichter, der verkündete, er sehe keinen Grund, die komplette Liste der Gäste auf dem Schiff offenzulegen, und beabsichtige nicht, sich zu dem Fall zu äußern, sondern der Laienrichterbank einfach die Fakten vorzulegen und sie um ihr Urteil zu bitten.

Als erster Zeuge wurde Kapitän White aufgerufen, der aussagte, dass die Gesellschaft definitiv nicht betrunken gewesen sei: »Heiter, aber nüchtern.«

Der Anwalt der Familie Anson erhob sich.

Pollock: »Sir Denis war also lediglich in guter Stimmung?«

Kapitän White: »Ja.«

Pollock: »Es freut mich zu hören, dass Sie das sagen, weil ich aus Ihrem Mund gern ausdrücklich bestätigt bekommen hätte, dass es absolut keine Grundlage für die Annahme gibt, er habe zu viel getrunken oder sonst irgendetwas in der Art.«

White: »Das würde ich keinesfalls behaupten.«

Pollock: »Er war vergnügt und voller Leben und sein Benehmen dergestalt, wie wir uns alle wünschten, dass unsere Söhne sich benähmen?«

White: »Ja, Sir.«

Der Bestmann bestätigte seinen Kapitän: »Keiner von denen war betrunken.« Graf Benckendorff bekräftigte, dass Anson völlig nüchtern gewesen sei und lediglich zum Amüsement der Leute herumgehüpft sei. Duff Cooper sagte aus: »Sir Denis mag einen Schluck Champagner getrunken haben, war aber gänzlich nüchtern.« Claud Russell gab das Gleiche an.

Untersuchungsrichter: »Haben Sie gesehen, dass er irgendwem seine Uhr gegeben hat, bevor er gesprungen ist?«

Russell: »Ja, kurz bevor er gesprungen ist, hat er gesagt: ›Hier, halt meine Uhr‹, und sie dann jemand gegeben.«

Untersuchungsrichter: »Haben Sie angenommen, dass eine echte Gefahr bestand?«

Russell zögerte. »Ja.«

»Danke«, sagte der Untersuchungsrichter und beendete damit die kurze Befragung. »Sie dürfen den Zeugenstand verlassen.« Er sah sich um. »Detective Sergeant Deemer?«

Als er seinen Namen hörte, schlug sein Herz schneller. Es kam ihm wie eine Ewigkeit vor, bis er sich an der Seite des Gerichtssaals durchgedrängelt hatte, vorn an den Anwälten vorbeigegangen und über Smiths ausgestreckte Beine gestiegen war und schließlich den Zeugenstand erreichte. Er war sich der musternden Blicke bewusst und spürte eine leichte Anspannung in der Atmosphäre, was aber vielleicht auch nur einer Projektion der eigenen Nerven geschuldet war.

»Sergeant Deemer, Sie waren unmittelbar nach der Tragödie vor Ort an der Westminster Pier und haben anschließend die polizeilichen Ermittlungen durchgeführt. Haben Sie dem gerade Vorgetragenen irgendetwas hinzuzufügen?«

Deemer blickte kurz zu den Reihen schwarz gekleideter Gestalten. Hinterher wünschte er sich, er hätte den Mut aufgebracht, ja zu sagen, das habe er tatsächlich, alles Bisherige sei nämlich nichts als erfunden, vielmehr sei es so gewesen, dass …

Stattdessen hörte er sich leise sagen: »Ich habe dem Vorgetragenen nichts Substanzielles hinzuzufügen.«

»Danke, Sergeant, Sie dürfen den Zeugenstand verlassen.«

Als er zu seinem Platz zurückging, vermied er jeden Augenkontakt mit den Anwesenden. Er nahm sie nur verschwommen wahr. Er fühlte sich gedemütigt, beschämt. In seinem Rücken hatte der Untersuchungsrichter mit der Zusammenfassung des Falls begonnen. Er hatte weder Raymond Asquith noch Lady Diana Manners in den Zeugenstand gerufen.

»Meine Herren Geschworenen, in der Sache wurde nichts zurückgehalten. Die Fakten liegen Ihnen nun alle vor. Es handelt sich um eine kurze und einfache, wenn auch traurige Begebenheit. Sir Denis Anson scheint ein sehr übermütiger und kühner junger Mann gewesen zu sein: auf eine fast schon leichtsinnige Art couragiert. Es gibt keinen Beleg und, soweit ich das sehe, auch keinerlei Hinweis, dass Sir Denis unter dem Einfluss von Alkohol gestanden hat …

Unglücklicherweise war bei dieser Tragödie noch ein weiterer beherzter Mann involviert, dessen Frau jetzt Witwe mit einem vaterlosen Kind ist. Dieser Mann hat einen fürchterlichen Preis für seinen Mut gezahlt. Sicherlich waren Sie alle so erfreut wie ich darüber, was vor diesem Gericht bezüglich der Beihilfe geäußert wurde, die seiner Witwe und seinem Kind zuteilwerden wird.«

Die Geschworenen verließen zur Beratschlagung nicht einmal den Raum. Nach einer Konferenz im Flüsterton stand ihr Sprecher auf und verkündete selbstsicher den Urteilsspruch: »Unfalltod durch Ertrinken in beiden Fällen.« Um elf Uhr war alles vorbei.

Der Untersuchungsrichter signalisierte mit einem einzelnen Hammerschlag das Ende der Verhandlung. Die meisten Zuschauer erhoben sich. Deemer drückte sich an die Wand, während zunächst die Damen an ihm vorbeidrängten – ein teurer, widerlicher Geruch nach Eau de Toilette, ein Rascheln schwarzer Seide, wedelnde Fächer, erleichtertes Gemurmel, dass die Angelegenheit endlich erledigt sei und sie diesem erstickenden Ort mit all dem Gerede über Tod entfliehen und hinaus an die frische Luft in die Sonne treten konnten. Venetia Stanley, fiel ihm auf, war nicht darunter.

*

Als er am nächsten Morgen zu seiner Schicht in Scotland Yard erschien, fand er in seinem Postfach die Nachricht, sich umgehend bei Superintendent Quinn zu melden. Er wusste nicht recht, was er zu erwarten hatte, und ging sofort nach oben.

Der Superintendent zeichnete gerade Schriftstücke ab. »Setzen Sie sich, ich bin gleich bei Ihnen.«

Vor sich auf dem Schreibtisch hatte er im Halbkreis ein halbes Dutzend Zeitungen ausgebreitet, die alle bei dem Artikel über die Untersuchung aufgeschlagen waren. Deemer versuchte die auf dem Kopf stehenden Überschriften zu entziffern. Würde er gelobt oder gerügt werden? Als Quinn schließlich den Stift beiseitelegte und ihn über die Halbmondbrille anschaute, kam er jedoch nicht auf den Fall zu sprechen.

»Was wissen Sie über die Special Branch, Sergeant?«

»Sehr wenig, Sir.«

»Sehr gut, genau so sollte es auch sein. Also, hiermit teile ich Ihnen mit, dass wir eine kleine Abteilung sind, einhundertvierzehn Beamte, um genau zu sein, mich eingeschlossen. Anders als der Rest der Metropolitan Police operieren wir auch außerhalb von London, überall im ganzen Land. Wir sind verantwortlich dafür, verdächtige Personen zu überprüfen, die über unsere Häfen und Bahnhöfe ins Land kommen oder es verlassen, hier lebende ausländische Personen im Auge zu behalten, die Mitglieder des Königshauses und die Minister des Kabinetts zu schützen. Wir haben außerdem auf Weisung einer gewissen, offiziell nicht existierenden Abteilung des Kriegsministeriums die Aufgabe, Saboteure, Spione und jede andere Person festzusetzen, die als Gefahr für die nationale Sicherheit betrachtet werden muss. Das ist ein Haufen Arbeit für so wenig Leute. Sind Sie verheiratet, Sergeant? Haben Sie Kinder?«

»Ich bin ledig, Sir.«

»Gut, das ist von Vorteil. Die Arbeitstage sind lang, die Arbeitszeiten unregelmäßig. Manchmal ist man wochenlang nicht zu Hause und arbeitet meist an Dingen, über die man nicht reden darf, was für eine Ehe eine Belastung wäre. Leben die Eltern noch? Brüder, Schwestern?«

»Meine Eltern sind beide tot, Sir.«

»Beide? Tut mir leid, das zu hören. Seit wann?«

»Sie sind beide vor sieben Jahren bei einem Zugunglück umgekommen, Sir. Ich habe einen jüngeren Bruder. Er ist in der Armee.«

»Welches Regiment?«

»Middlesex, Duke of Cambridge's Own.«

»Können Sie mit einer Waffe umgehen?«

»Ich habe es nie probiert.«

»Ach was, spielt keine Rolle. Das lässt sich schnell beheben. Haben Sie noch irgendwelche Fragen?« Deemer hatte jede Menge Fragen, aber noch bevor er eine stellen konnte, sagte Quinn: »Wenden Sie sich an meinen Assistenten.« Und damit war das Einstellungsgespräch beendet.

KAPITEL 5

Zur gleichen Zeit dampfte Venetia an Bord der *Enchantress,* der offiziellen Jacht des Ersten Lords der Admiralität, bei ruhiger See und schönem Wetter in Richtung Norden nach Schottland.

Wenn sie nicht an die Untersuchung dachte, weder am Tag des Urteils noch an einem der folgenden Tage, so lag das hauptsächlich daran, dass sie keine Zeit dafür hatte. Ihre Cousine Clemmie Churchill, der sie als Brautjungfer gedient hatte, war im sechsten Monat schwanger, und es wurde Venetia bald klar, dass man sie auf die Schiffsreise eingeladen hatte, damit sie dem Kinderfräulein beim Nachwuchs zur Hand gehen konnte – Randolph, einem teuflischen Knirps mit rotem Schopf, und Diana, deren anstehende Feier zum fünften Geburtstag organisiert werden musste. Wenn sie nicht Randolph hinterherlief, damit er nicht auf die Reling kletterte, bemühte sie sich, die beiden zu beschäftigen. Sie las Geschichten vor, dachte sich Spiele für sie aus, malte und spielte Verstecken mit ihnen. Clemmie lag mit einem ihrer nervösen Kopfschmerzanfälle in der abgedunkelten Kabine, während Winston über seinen Papieren saß und an der Rede arbeitete, die er in Schottland halten musste. Er tauchte nur zu den Mahlzeiten auf und hielt dann Monologe. Das ist also aus mir geworden, dachte sie, wenn sie erschöpft auf ihrem Bett lag – die unverheiratete Tante und kinderlose Cousine, die genötigt ist, für ihre Schiffspassage zu arbeiten. Das war nicht die reizvolle Zukunft, die sie sich vorstellte. Aber war die Alternative, selbst zu heiraten und Kinder zu haben, nicht auch nur eine andere Art von Knechtschaft, von lebenslangen Pflichten?

Am Donnerstagmorgen hellte sich ihre Stimmung auf, weil bei ihrer Ankunft in Dundee ein Brief des Premierministers auf sie wartete: *Mein Liebling, Du bist mir teurer, als ich in Worte fassen kann. Bitte schreib – alles Liebe.* Am Freitag in Queensferry erhielt sie den nächsten: *Der Nachmittag ist herrlich, und ich wünschte mir mehr, als ich in Worte fassen kann, dass ich mich an Bord der Enchantress befände …* Am Samstagabend auf der Rückfahrt, als sie an der Küste von Norfolk vor Overstrand ankerten, erreichte sie ein dritter, viel längerer Brief, in dem er sich über Lord Northcliffe beklagte, den Besitzer der *Times* und der *Daily Mail,* der die Ulster-Unionisten unterstützte: *Ich verachte & misstraue diesem Kerl & allem, was er tut, aber es hat keinen Sinn, das Winston zu sagen … Habe ich Deine Geduld überstrapaziert, Geliebte? Du hast gesagt, ich solle Dir alles sagen: Eine Sache gibt es allerdings, die ich niemals werde sagen dürfen, wie Du sehr wohl weißt.*

Als sie den Kopf hob, stand Winston vor ihr und sah sie durchdringend an. Natürlich erkennt er die Handschrift des Premierministers, dachte sie. Sie faltete den Brief gelassen zusammen und steckte ihn wieder in den Umschlag. Er grinste und zwinkerte ihr zu. »Ich komme mir vor wie ein eifersüchtiger Liebhaber«, sagte er mit seiner lispelnden Stimme. »Wenn er doch nur *mir* so emsig schreiben würde.«

H.M.Y. Enchantress,
Overstrand,
Sonntag, 12. Juli 1914
Danke für Deinen himmlischen Brief, Liebling. Er war schon da, als wir hier angekommen sind. Ich fühle mich schuldig, dass ich Ferien mache, während Du Dich mit Ulster herumschlagen musst. Aber ich kann Dir versichern, dass die Kinder mich so

beanspruchen wie Dich die Unionisten & Northcliffe zusammen.

Das Pear-Tree-Cottage in Cromer, das die Churchills für den Sommer gemietet haben, ist sehr schön, & Dianas Geburtstag halber haben wir die Nacht an Land verbracht. Sie ist so entzückend & hübsch wie ihre Mutter, während Randolph ein Winston im Kleinformat ist (wenn Du Dir so etwas Furchterregendes vorstellen kannst). Heute Morgen waren wir am Strand, & W. sah in dem alten, ausgebeulten rot-weißen Badekostüm komisch aus. Er hat eine ausufernde Anlage aus Sandburgen & Schutzwällen gebaut, angeblich für die Kinder, aber in Wahrheit zu seinem eigenen Amüsement. Und es bereitete ihm genauso viel Vergnügen, das alles von den an Land rollenden Wellen zerstört zu sehen, wie es ihm Vergnügen bereitet hatte, es aufzubauen, & dann hielt er einen langen Vortrag über die Torheit des Menschen, sich der Natur widersetzen zu wollen etc. etc. Man muss ihn einfach gernhaben. Ich habe den Fehler begangen, ihn zu bitten, mir den Unterschied zwischen den Schlachtschiffen Dreadnought & Super-Dreadnought zu erklären. Auf unserer Spazierfahrt am Dienstag kannst Du mich abhören.

Ich werde diesen Brief Clemmie zur Post mitgeben, da wir sie und die Kinder heute Abend zurücklassen werden, sodass Winston am Morgen wieder in Chatham sein kann.

Immer die Deine

Am nächsten Morgen wachte sie früh auf und ging an Deck. Kühler, dichter Nebel lag auf dem Meer. Die hölzernen Liegestühle waren nass. Sie ging wieder nach unten in ihre Kabine und holte sich ein Schultertuch. Der Nebel löste sich erst auf, als sie die Themsemündung erreichten. Während der Himmel aufklarte, tauchte tief über ihnen ein halbes Dutzend Flugzeuge auf. Der Lärm der Motoren lockte auch Winston an Deck. Er trug die Mütze eines Marineoffiziers, um seinen Hals hing ein Fernglas.

»Bristol Scouts«, verkündete er und studierte die Flugzeuge eingehend. »Vom Marineflugplatz in Eastchurch.« Er reichte ihr das Fernglas. »Die Kriege der Zukunft werden nicht nur auf See und an Land geführt werden, sondern auch in der Luft.«

Sie lehnten nebeneinander an der Reling und beobachteten, wie die Flugzeuge aufstiegen, Schleifen flogen und wieder hinabstießen.

»Ist das nicht ein aufregendes Schauspiel? Leider erlaubt mir Clemmie nicht mehr zu fliegen. Ich musste es ihr hoch und heilig versprechen. Meint, es wäre zu gefährlich.«

»Ich würde gern mal fliegen.«

»Wirklich?« Er schaute sie interessiert an. »Hast du Lust auf eine kleine Spritztour, Vinny?«

»Kannst du das arrangieren?«

»Und ob ich das kann, verdammt, ich bin der Erste Lord der Admiralität!«

Schon zwei Stunden später trug sie eine geliehene Lederjacke und Fliegerbrille und saß fest angeschnallt hinter einem Piloten der Royal Navy in einem Doppeldecker. *Und ach! Liebling, es war so aufregend! Du musst mir versprechen, nicht böse auf Winston zu sein, dass er mir das erlaubt hat.* Die knochenbrecherische Geschwindigkeit über die Graspiste des Chathamer Flugplatzes und dann plötzlich der durchsackende Magen, als die Maschine abhob, die Ekstase, der langweiligen Erde zu entfliehen, als das Bekannte unter ihr schwand und mit dem kippenden Horizont fremdartig wurde – verdorrte Sommerwiesen mit winzigen Kühen, schmale, braune Wege, Kirchtürme und Pferdefuhrwerke in Miniaturgröße, die grenzenlose graue See, betupft mit weißen Wellen und einer scharfkantigen, zehn Meilen langen Brandung entlang der Küste von Essex –, der brausende Wind in ihrem Gesicht, der sich mit dem Motorenlärm und dem Ölgeruch vermischte, die Gefahr, die Möglichkeiten, die *Freiheit* …

*

Unversehrt zurück auf der Erde, saß sie am gleichen Abend in der Mansfield Street mit ihren Eltern beim Abendessen. Obwohl nur zu dritt, hatten sie sich in förmlicher Garderobe an dem langen Tisch niedergelassen.

Lady Sheffield hörte sich höflich die enthusiastische Schilderung des Flugabenteuers ihrer Tochter an und wartete bis zum Ende der Mahlzeit, bevor sie verkündete, dass sie Ende nächster Woche alle zusammen in ihre Sommerferien nach Wales aufbrechen würden und dass Venetia sich schon darauf einrichten könne, im Anschluss daran weitere drei Monate außerhalb von London zu verbringen: Sie werde nämlich ihre Mutter nach Indien und dann nach Australien begleiten, wo Venetias ältester Bruder Arthur kürzlich das Amt des Gouverneurs von Victoria angetreten hatte.

Es dauerte einen Augenblick, bis sie sich imstande sah, darauf zu antworten. »Wo genau hofft ihr eigentlich einen Mann für mich zu finden, im Himalaja oder im Outback?«

»Ich denke, wir sind rechtzeitig vor Weihnachten zurück. Dann fahren wir alle zusammen nach Alderley.«

Ihr Vater saß zwischen ihnen am Kopf des Tisches und rauchte. Er nahm die Zigarre gerade lange genug für einen Satz aus dem Mund: »Wirst sehen, Reisen bildet.«

Sie erkannte natürlich sofort, dass das ein Komplott war, sie von ihrem Londoner Freundeskreis zu trennen: von der

Koterie, das lag auf der Hand, aber zudem, was gut möglich war, auch vom Premierminister. Seine Vorliebe für die Gesellschaft junger Frauen war allgemein bekannt, und sie hatten ihn sicher oft genug mit ihr zusammen gesehen – wie er bei Tisch auf einem Platz an ihrer Seite bestand und wie er danach neben sich auf das Sofa klopfte, damit sie sich für eine kleine intime Plauderei neben ihn setzte. Bis zu diesem Augenblick hatte sie allerdings nicht geahnt, dass ihnen aufgefallen sein könnte, wie ihre Beziehung eine viel tiefer gehende geworden war.

Sie brachte ein halbherziges Lächeln zustande. »Meine Meinung dazu spielt keine Rolle, nehme ich an?«

»Die Dampferfahrten sind schon gebucht.« Ihre Mutter erwiderte das Lächeln von der anderen Tischseite. »Außerdem, was hast du sonst zu tun?«

Venetia schaute von ihrer Mutter zu ihrem Vater. Die Stanleys waren eine intellektuelle Familie, in keiner Weise konventionell: eher schon exzentrisch. Ihr Vater Lyulph – fünfundsiebzig und alt genug, ihr Großvater zu sein – war Abgeordneter der Liberalen gewesen und zudem Fellow am Balliol College in Oxford, bis ihn seine öffentliche Ansage, nicht an Gott zu glauben, zum Austritt zwang. Nach dem Tod seines älteren Bruders Henry, der zum Islam konvertiert war und als muslimischer Peer im Oberhaus saß, hatte er unverhofft dessen Titel geerbt. Sein jüngerer Bruder Algernon war ein fülliger, weltgewandter katholischer Bischof. Der Philosoph Bertrand Russell war ihr Neffe. Und Maisie, Lady Sheffield, die mit ihrem vollen weißen Haar, den dunklen Augen und Augenbrauen bei Kerzenlicht wie eine Gräfin aus dem 18. Jahrhundert aussah, war geistreich genug, sich gegen sie alle zu behaupten. Aber selbst im Haushalt der Stanleys hatte das Unkonventionelle seine Grenzen, und eine sechsundzwanzigjährige Tochter, die im Verdacht stand, eine Affäre mit dem einundsechzigjährigen Premierminister zu unterhalten, lag definitiv jenseits der Grenze dessen, was akzeptabel war. Sie hütete sich davor, Einspruch zu erheben.

»Ich habe sonst nichts zu tun«, sagte sie. »Das wisst ihr sehr wohl.«

*

Am nächsten Morgen brachte die Post den am Abend zuvor geschriebenen unvermeidlichen Brief aus der Downing Street. Wieder einmal gelang es ihr, den Brief abzufangen, bevor einer der Diener ihn in die Hand bekam, und ging damit nach oben, um ihn ungestört in ihrem Zimmer lesen zu können.

> Ich bin so froh, nicht vorher gewusst zu haben, dass Du Dich in die Lüfte schwingen wolltest: Sogar Winston entschuldigte sich verschämt, als er es mir auf der Regierungsbank erzählte … Ich hatte zwei interessante, wenn auch nicht gerade aufmunternde Unterredungen. Die erste (höchst geheime) mit Lord Northcliffe – ausgerechnet … Ich sehne mich danach, darüber & auch über andere Dinge mit meiner allerliebsten Beraterin zu sprechen. Wir haben die Wahl zwischen morgen (Di.) & Mi. (da findet in unserem Haus ein Liedernachmittag statt). Was passt Dir am besten? Wir hätten von 5 Uhr bis 10 Min. vor 7 für uns. Bitte gib mir so bald wie möglich Bescheid … Schreib mir, Geliebte. Ich liebe Dich.

Sie saß mit der Schreibfeder in der Hand an ihrem Toilettentisch. Zum ersten Mal wurde ihr klar, was eine so lange Trennung in der Realität bedeuten würde. Sie würde ihn weder sehen noch berühren, noch seine Berührungen spüren können. Die Flut an Briefen würde zu einem Tröpfeln verrinnen. Die Briefe würden erst Wochen, nachdem sie geschrieben wurden, eintreffen. Ihr tägliches Fenster in seine Welt – der großen Welt der Politik und öffentlichen Ereignisse – würde sich schließen. Ihr Einfluss würde enden. Und er würde eine neue Vertraute finden. Natürlich würde er das. Sie war lediglich die letzte in einer langen Reihe. Sie spürte einen plötzlichen und ungewohnten Stich, den sie zu ihrem Entsetzen als Eifersucht erkannte.

Also wirklich, das war unerträglich!

Der Stanley'sche Geist der Rebellion erhob sein Haupt. Und ein paar Minuten später setzte sich ihre Schreibfeder in Bewegung.

> Liebling, ich habe leider sehr schlechte Nachrichten. Mama ist fest entschlossen, mich erst den ganzen August in Penrhos & im Anschluss auf einer langen Reise nach Indien & Australien verschwinden zu lassen. Widerspruch ist bei allem völlig zwecklos. Also dann, an beiden Tagen! – kannst Du mich heute Nachmittag um 5 am üblichen Ort abholen? Und außerdem komme ich morgen zu Eurem Konzert. Wir müssen, solange wir noch können, jede uns bietende Gelegenheit nutzen. Ich sehne mich nach Dir.

Sie ging selbst zum Briefkasten.

*

So fest entschlossen sie war, ihn bei jeder verbleibenden Gelegenheit zu treffen, so unersättlich war auch sein Verlangen nach ihrer Gesellschaft – trotz der unmittelbar bevorstehenden Konferenz im Buckingham-Palast zur Beratung der Ulsterfrage. Also richteten sie es so ein, dass sie sich in den nächsten zehn Tagen sechsmal treffen konnten: an diesem Nachmittag zu einer anderthalbstündigen Fahrt entlang der Themse nach Marlow, wo er ihr ein Telegramm des Botschafters aus Berlin zeigte, in dem die Kriegsstimmung in Deutschland geschildert wurde, das er in Schnipsel zerriss und aus dem Wagenfenster flattern ließ; am Mittwoch beim Liedernachmittag in der Downing Street (obwohl es wegen der Anwesenheit von Margot und ihrer Mutter unmöglich war, mehr als Höflichkeiten auszutauschen); am Freitag zu einer weiteren, diesmal zweistündigen Spazierfahrt in Richtung Goring-on-Thames, wo er ihr den Durchschlag eines Telegramms präsentierte, das vom Botschafter in Wien als vertraulich gekennzeichnet war und die Warnung enthielt, dass die Österreicher eine Art ultimative Anklageschrift gegen die serbische Regierung vorbereiteten, nämlich »wegen angeblicher Mitschuld an der Verschwörung, die zur Ermordung des Erzherzogs führte«.

Sie gab ihm das Telegramm zurück. »Muss man das ernst nehmen?«

»Möglich. Jedenfalls müssen wir die Österreicher im Auge behalten.«

Er knüllte das Telegramm zusammen und warf auch das aus dem Fenster. Dieser Umgang mit offiziellen Dokumenten erschien ihr als etwas sehr nonchalant, aber sie sagte nichts.

Am nächsten Montag, einen Tag vor den Irlandgesprächen, schaute sie am frühen Abend bei ihm in der Nummer 10 vorbei. Sie verließen das Anwesen durch das Gartentor und spazierten in den St James's Park. Sie konnte nicht widerstehen und hakte sich bei ihm unter. Es war der Abend eines weiteren heißen Tages in diesem unglaublich prachtvollen Sommer. Die Leute saßen in Liegestühlen oder lagen ausgestreckt auf dem braunen Gras. Staatsdiener waren nach der Arbeit auf dem Weg nach Hause. Einige Parlamentarier steuerten ihre Clubs an. Ausnahmsweise wurde er ständig erkannt. Den Männern nickte er höflich zu, vor Frauen lüpfte er den Hut.

In der Nähe des Sees setzte eine Kapelle ein. Aus einer Laune heraus sagte sie: »Warum gehen wir nicht zusammen essen – nur wir beide? Das haben wir noch nie getan. Wir finden bestimmt ein ruhiges Plätzchen – das ist vielleicht die letzte Gelegenheit.«

»Das wäre herrlich.« Er zögerte und blickte kurz zur Seite. »Eigentlich sollte ich meine Gedanken für die Konferenz morgen sortieren.«

»Natürlich. Ich verstehe.« Sie zog ihren Arm zurück.

»Lass uns zur Mall gehen«, sagte er kläglich. »Da rufe ich dir ein Taxi.«

Sie verstand ihn ja. Er musste vorsichtig sein. Was aber nichts daran änderte, dass sie sich niedergeschlagen fühlte – in diesem Augenblick und auch am nächsten Morgen, als sie sein Entschuldigungsschreiben erhielt.

> Betreff Deines Vorschlags, zusammen essen zu gehen, mein Liebling, war das ein wahrer Akt der Selbstverleugnung meinerseits. Allein der Gedanke, dass über uns getratscht werden könnte, ist mir zuwider.

Ihr fünftes Treffen fand am Nachmittag desselben Tages statt. Er holte sie am Portland Place ab, wohin er sich direkt nach der Konferenz im Buckingham-Palast hatte fahren lassen. Weil er im Fond zusammengekauert in die Ecke sitzen blieb, wusste sie sofort, dass die Gespräche nicht gut verlaufen waren. Auf dem Weg zum Regent's Park berichtete er ihr mit monotoner Stimme von den Ereignissen des

Tages. Nachdem der König seine dringende Bitte um eine Übereinkunft geäußert und dann den Raum verlassen hatte, saßen sie alle Stunde um Stunde am Tisch – er selbst und Lloyd George für die Regierung, Bonar Law und Lansdowne für die Unionisten, Redmond und Dillon für die irischen Nationalisten, James Craig und Carson für die Ulsterleute. Die elenden Landkarten lagen ausgebreitet zwischen ihnen, und kein Fortschritt war zu erzielen, kein Kompromiss, kein Nachgeben – zwei Seiten, die jegliches Zugeständnis verweigerten, aber auch nicht den Tisch verlassen wollten, um nicht die Schuld für das Scheitern der Verhandlungen zugeschoben zu bekommen.

»Das Ganze war Irrsinn. Ich sage dir, der Ausdruck in ihren Augen, ich habe wirklich geglaubt, die *wollen* den Krieg. Dieser Zerstörungstrieb in Stammesfehden, da ist jedes rationale Argument verloren.« Er nahm ihre Hand. »Und das Schlimmste ist, dass ich mit alldem fertigwerden muss, ohne dich hier an meiner Seite zu haben.«

Die Idee kam ihr, als er ihre Hand küsste. »Wenn ich nicht in London sein kann, warum kommst du dann nicht zu mir – zumindest für ein, zwei Tage?«

»Nach Penrhos?« Zum ersten Mal hellte sich seine Miene auf. »Das wäre wunderbar. Glaubst du, deine Eltern würden mich einladen?«

»Du müsstest es ihnen vorschlagen. Das können sie kaum ablehnen.«

»Dann werde ich auf der Gartenparty am Donnerstag vorstellig werden. Wenn es um dich geht, bin ich ziemlich schamlos.« Irland schien plötzlich aus seinen Gedanken verschwunden zu sein. »Du bist ein Wunder«, sagte er glücklich. »Das weißt du, oder?«

*

Die Einladung war einen Monat zuvor eingetroffen, adressiert an Lord und Lady Sheffield und die ehrenwerte Venetia Stanley. Es sollte der Höhepunkt der Saison werden.

Mrs Asquith
Tag der offenen Tür
3 bis 5 Uhr
Donnerstag, 23. Juli 1914
10 Downing Street, London, S.W.

Margot legte Wert darauf, Venetia zu jeder ihrer gesellschaftlichen Veranstaltungen einzuladen. Sie hatte sich wohlweislich dazu entschlossen, Venetia wie schon alle früheren Freundinnen ihres Mannes – »den Harem«, wie sie sie spöttisch nannte – schlicht in ihren Kreis hineinzuziehen, um sie besser im Auge behalten zu können. Manchmal nahm sie Venetia sogar beiseite, um sich mit ihr vertraulich über »Henry« auszutauschen, als wäre er ihr gemeinsames Projekt – seine Gesundheit, seine Trinkgewohnheiten, die Anspannung, unter der er stehe, was sie unternehmen könnten, um ihm seine Last zu erleichtern. Manchmal schnitt sie Venetia aber auch völlig. Wenn Venetia sich dann gelegentlich nach ihr umsah, konnte sie Margot dabei ertappen, wie sie ihr quer durch den Raum aus schmalen Augen einen scharfen Blick zuwarf, mit einem vor Abscheu starren Raubvogelgesicht. Sie fragte sich, welcher Margot sie an diesem Nachmittag wohl begegnen würde.

Als sie und ihre Eltern in der Downing Street eintrafen, merkte sie sofort, dass sie sich keine Sorgen zu machen brauchte. Margot, die keine Person für halbe Sachen war, hatte wie üblich siebenhundert Gäste eingeladen. In der Eingangshalle und den Salons, auf der Terrasse und im Garten dahinter drängelten sich Parlamentarier, Minister, der Großteil des diplomatischen Korps und die Hälfte der Hautevolee, alle von der Hitze geplagt und mit rotem Kopf.

Bei dem Gedränge war es kaum überraschend, dass sie Detective Sergeant Deemer, den sie erst einmal kurz gesehen hatte und der ohnehin bemüht war, so unsichtbar wie möglich zu bleiben, nicht erkannte. Er stand im Eingangsbereich und war einer der sechs Sicherheitsbeamten der Special Branch mit der Anweisung, sich unter die Gäste zu mischen. Er hingegen erkannte sie sofort, immerhin war sie eine der wenigen Personen, die ihm überhaupt bekannt waren. Spontan folgte er ihr durch die Verandatür nach draußen.

Der Premierminister und seine Frau standen unten an der Treppe auf dem Rasen und begrüßten jeden neuen Gast. Er küsste Venetia leicht auf die Wange, und Margot tat es ihm gleich.

Asquith wandte sich an Lady Sheffield und sagte: »Meine liebe Maisie, genau Sie wollte ich sprechen. Ich muss am Freitag in Chester eine Rede halten und …«

Margot sah ihn scharf an. »Das hast du mir gar nicht gesagt.«

Venetia wartete den Rest nicht ab. »Entschuldigt mich«, sagte sie. »Da ist Winston. Ich möchte mich noch einmal für die Reise bedanken.«

»Bleib in der Nähe«, rief ihre Mutter ihr hinterher. »Wir müssen um fünf am Bahnhof Euston sein.«

Der Erste Lord der Admiralität stand in einer Gruppe neben seiner Mutter Lady Jennie und dem deutschen Botschafter Fürst von Lichnowsky, die sie beide kannte. Er stellte sie den anderen vor – einem deutschen Grafen namens Kessler und der französischen Gräfin Greffulhe, die sich mit einem zierlichen Chinoiserie-Fächer gelangweilt die gepuderten Wangen kühlte. Sie diskutierten über die Konferenz im Buckingham-Palast, deren Teilnehmer am heutigen Morgen wieder zusammengekommen waren und sich am morgigen Tag zu ihrer abschließenden Sitzung treffen würden.

»Wie ich höre, ist es nicht gut gelaufen«, sagte Winston. »Was hast du gehört, Venetia?« Er wandte sich von ihr ab und Lichnowsky zu. »Miss Stanley weiß immer *alles*«, sagte er mit weithin hörbarem Flüstern.

»Wohl kaum«, sagte sie lachend.

»Und wenn die Konferenz scheitert, was dann?«, fragte der Botschafter.

»Blut!«, sagte Winston. »Blut!«

Sie hörte noch eine Weile zu, dann ging sie weiter.

Deemer folgte ihr im Abstand von wenigen Schritten. Er hatte das Gefühl, in seinem schäbigen dunklen Anzug aufzufallen, den er trotz Hitze zugeknöpft lassen musste. Er war erst seit zwei Wochen bei der Special Branch, und das war sein erster Einsatz als Personenschützer und das erste Mal, dass er eine Waffe trug. Er war sich sicher, dass die Ausbeulung des Webley-Revolvers im Schulterhalfter nicht zu übersehen war, zumindest für Leute, die sich mit solchen Dingen auskannten. Einmal drehte sie sich um und schaute ihn direkt an, schien ihn aber wieder nicht zu erkennen. Wie blass und unwohl sie aussieht, dachte er.

Womit er richtiglag. Obwohl sie über der Bluse eine zitronengelbe leichte Seidenjacke trug, war ihr in der heißen Sonne schwindelig. Sie nahm von einem der Diener eine Tasse Tee und ging damit zu einem schattigen Platz unter einem Baum an der Gartenmauer. Ganz in der Nähe stand Außenminister Sir Edward Grey mit den französischen und russischen Botschaftern zusammen. Sein schmales, auch sonst im besten Fall melancholisches Witwergesicht wurde heute noch durch die dunkle Brille betont, die er seiner schlechten Augen wegen tragen musste, und glich eindeutig einer Totenmaske.

Sie merkte, dass sie jeden Augenblick ohnmächtig werden konnte – ausgerechnet in Margots Haus!

Sie bückte sich, stellte Tasse und Untertasse vorsichtig ins Gras, raffte ihr Kleid und setzte sich auf den Boden. Sie nahm ihren ausladenden, schweren Hut ab, lehnte sich gegen die efeubewachsene Ziegelmauer und trank den Tee. Sie schloss die Augen.

Die Unterhaltungen um sie herum schwollen zu einem tosenden Hintergrundgeräusch an; die Leute mussten immer lauter reden, um sich verständlich zu machen. Als sie die Augen wieder öffnete, erblickte sie den Premierminister, der von der strahlenden Sonne umrahmt über ihr stand. Sie schirmte das grelle Licht mit einer Hand ab und sah zu ihm hoch.

»Nein, nein, bleib nur«, sagte er. »Am liebsten würde ich mich zu dir setzen, aber ich muss gleich wieder los und mit all den schrecklichen Leuten reden. Es ist abgemacht – für den belanglosen Preis einer Rede vor dem Roten Kreuz in Chester kann ich für das Wochenende nach Penrhos kommen.«

»Das ist doch herrlich.«

»Nicht wahr?«

»Ich kann es kaum erwarten.«

»Dann bis nächste Woche Samstag, Liebling.«

»Bis dann.«

Er hauchte ihr einen Luftkuss zu.

Sie schaute ihm hinterher, wie er über den Rasen zum Haus zurückging – der Krebsgang eines Politikers, der da und dort für ein, zwei Worte stehen bleiben, sich an Namen erinnern und ein Lächeln erwidern musste –, bis er schließlich zwischen den Leuten verschwand.

So, so, dachte Deemer, der so getan hatte, als betrachtete er einen Rosenbusch, obwohl der seine Blütenblätter schon verloren hatte. Er war sich nicht sicher, was genau er da gerade belauscht hatte – die Worte ihrer Unterhaltung hatte er nicht verstehen können –, aber da war eindeutig *irgendetwas* im Gange.

In Belgrad traf der Botschafter der österreichisch-ungarischen Monarchie im serbischen Außenministerium ein und überbrachte das Ultimatum seiner Regierung.

TEIL ZWEI

KRIEG

24. Juli bis 4. August 1914

KAPITEL 6

Am nächsten Morgen war Asquith in Gedanken so mit Irland beschäftigt, so heimgesucht von Visionen eines Bürgerkriegs und des unmittelbar bevorstehenden Zusammenbruchs seiner Regierung, dass er beim Anruf aus dem Außenministerium ausnahmsweise eine Zeit lang brauchte, bis er die Bedeutung dessen begriff, was man ihm berichtete.

»Wir haben den Text ihrer Forderungen«, sagte Grey. »Der österreichische Botschafter hat ihn gerade gebracht.«

»Und was halten Sie davon?« Er stand im Sekretariat und schaute auf seine Uhr. Margot lag oben mit Migräne im Bett, eine Folge der Strapazen ihrer Gartenparty. Vor der Tür wartete sein Wagen, der ihn zum Palast bringen sollte. Venetia war dreihundert Meilen weit weg. Er fühlte sich gehetzt. Wenn es nicht Grey gewesen wäre, dann hätte er sich geweigert, ans Telefon zu gehen.

»Ich habe ihm gesagt, das sei aus meiner Sicht das furchtbarste Dokument, das je von einem Staat einem anderen unabhängigen Staat übergeben worden ist.«

»Schlimmer, als wir erwartet haben?«

»Unendlich schlimmer.«

Jetzt begriff er vollends die Wichtigkeit der Nachricht. Und im reibungslos funktionierenden Ablagesystem seines Juristengehirns war die europäische Krise aus einer Schublade mit geringer in eine mit höchster Priorität gewandert. »Bringen Sie es bitte heute Nachmittag mit in die Kabinettssitzung. Ich muss jetzt los und mich um unsere lästigen kleineren Nachbarn kümmern.«

Er reichte seinem Büroleiter Maurice Bonham-Carter den Apparat zurück, setzte seinen Zylinder auf, und zusammen traten die beiden Männer hinaus auf die Downing Street. Horwood stand neben dem Napier und öffnete den hinteren Schlag. Als der Premierminister in den leeren Wagen einstieg, schoss ein einsamer Fotograf ein Bild von ihm.

*

Am Tag zuvor war Venetia nach einer fünfstündigen Zugfahrt spätabends im Dunkeln in Penrhos angekommen und erst weit nach Mitternacht zu Bett gegangen. Hätte nicht ein Pfau direkt unter ihrem Fenster so durchdringend geschrien, hätte sie bestimmt noch länger geschlafen.

Sie warf die Bettdecke zur Seite, ging durch das außerordentlich große Zimmer zum Fenster und zog die Vorhänge zurück. Nach dem hitzigen Sommer in London war es für sie fast ein Schock, weder Verkehrslärm zu hören noch menschliche Wesen zu sehen. Nichts als die sanfte Stille von Nordwales, die weite, leere geflieste Terrasse, wo der Pfau vor nicht anwesendem Publikum mit seinem Fächerrad wedelte, die riesige, von Hainen gesäumte Rasenfläche und dahinter in der Ferne die im Sonnenschein glitzernde Irische See.

Sie zog schnell den Badeanzug an, den Edith für sie herausgelegt hatte, schlüpfte in die Leinenschuhe und warf sich einen warmen Morgenrock über, trat dann hinaus in den Gang und ging an den Ritterrüstungen und ernsten Porträts ihrer Vorfahren vorbei die knarzende Holztreppe hinunter. Aus den Räumen, wo die Dienerschaft schon bei der Arbeit war, drangen walisische Stimmen und Frühstücksduft – brutzelnder Speck und gegrillter Bückling –, was sie daran erinnerte, wie hungrig sie war. Aber ihr Ritual am ersten Tag in Penrhos war immer das gleiche: zuerst schwimmen, dann essen. Sie rief ihren Spaniel Huck, trat durch die Verandatür hinaus auf die Terrasse und machte sich auf den Weg über das taunasse Gras zum Wald.

Penrhos House war riesig – ein weitläufiges, festungsähnliches Herrenhaus aus grauem Mauerwerk mit Türmen und Türmchen, Zinnen und Erkern, mit Mauergarten, Gewächshäusern, Obsthainen, Innenhöfen, Stallungen, kleinen Gehöften: ein insgesamt mehrere Hektar großes Anwesen. Auf dem wahrlich absurd großen Besitz arbeiteten das ganze Jahr über zahlreiche Menschen, nur damit eine einzige Familie luxuriöse ein, zwei Monate im Jahr dort verbringen konnte. Sie war sechzehn, als ihr Vater das Haus und alles andere geerbt hatte, und hatte das hingenommen, ohne sich viele Gedanken darüber zu machen.

In der Gartenmauer befand sich, halb verborgen unter Gestrüpp, eine kleine gotische Tür. Als Backfisch hatte sie sich die Tür als ein geheimes Tor in eine verwunschene artusianische Welt vorgestellt. Manchmal, wie an diesem Morgen, war sie das immer noch. Sie und der vor ihr hertrottende Huck folgten einem schmalen Weg durch den stillen Wald. Das Sonnenlicht schimmerte durch die hohen Zweige und legte sich wie ein durchsichtiger Vorhang über die Farne und Rhododendronbüsche. Zwei Minuten später erreichte sie den Waldrand und betrat den einsamen Strandbogen aus weißem Sand.

Keine Meile entfernt zu ihrer Rechten bildete die flache Küstenlinie von Anglesey den Horizont. Etwa gleich weit entfernt nach links lag der Hafen von Holyhead. Und doch hätte sie der einzige Mensch auf Erden sein können. Sie zog den Morgenrock aus und watete ins Meer.

Weil es zu kalt war, schwamm sie nur kurz. Danach machte sie sich auf die Suche nach dem Pinguin, den sie ein paar Jahre zuvor in einer Liverpooler Zoohandlung mit der vagen Absicht gekauft hatte, eine Kolonie zu gründen.

Um Lord Byron nachzueifern, hatte sie einmal ein Bärenjunges gehabt, das dann aber immer größer wurde, bis es Jagd auf ihre Hausgäste zu machen begann, woraufhin ihr Vater den Bären einem Zoo schenkte. Sie fand den Pinguin verloren auf einem Felsen stehend. Beim Versuch, sich ihm zu nähern, hüpfte er ins Wasser und schwamm davon.

Auf dem Weg zurück zum Haus pflückte sie etwas Eisenkraut. Am späteren Vormittag, nachdem sie gebadet und gefrühstückt hatte, setzte sie sich auf die Terrasse und schrieb ihren täglichen Brief an den Premierminister.

> Ich schicke Dir dieses süß riechende Kraut, mein Liebster, um Dich daran zu erinnern, was Dich in Penrhos erwartet. Ich lasse die Seele baumeln & sitze in der Sonne & lese Pepys & genieße die Stille, solange es noch geht. Morgen kommen Sylvia & Anthony & dann Blanche & Eric & bringen alle ihre Kinder mit, & dann ist es aus mit dem Frieden. Die letzten Monate mit Dir waren wie im Himmel. Ich befürchte, dass ich mich ziemlich albern anhöre, wenn ich Dir von meinen Gefühlen erzähle. Aber ich wünsche mir so sehr, dass Du jetzt bei mir wärst. Ich ersehne den Samstag. Alles Liebe –

*

Er kämpfte sich durch den Tag wie ein Schiff durch schwere See, ohne höheres Ziel als dem, zu überleben und bis zum Schluss durchzuhalten.

Zuerst musste er sich um den König kümmern, der bei seiner kurzen Rede anlässlich des Scheiterns der Buckingham-Palast-Konferenz in Tränen aufgelöst war (»lebt wohl, es tut mir leid, und ich danke euch«); dann ging es mit Lloyd George zurück in die Downing Street, um die irischen

Nationalisten mit dem Versprechen zu besänftigen, in der kommenden Woche endlich die Homerule umzusetzen, das Gesetz über die Selbstverwaltung Irlands; dann musste er im Marlborough-Club ein Arbeitsessen mit verschiedenen Angehörigen des Militärs überstehen, weil er sich als Kriegsminister auch der Loyalität der Armee versichern wollte; dann wieder in die Downing Street zu einer Kabinettssitzung – achtzehn Männer, die an einem heißen Nachmittag um einen langen Tisch saßen und die fast alle entschlossen waren, sich zur Irlandfrage zu äußern, obwohl keiner etwas Neues hinzuzufügen hatte. Trotzdem machte er sich zu jeder Wortmeldung Notizen und ließ alles geduldig über sich ergehen, sodass sie erst nach vier Uhr auf das österreichische Ultimatum an Serbien zu sprechen kamen. Dabei behielt er immer die Uhr auf dem Kaminsims im Auge. Um fünf musste er im Parlament sein, um eine Erklärung zu Irland abzugeben.

»Herr Außenminister?«

»Vielleicht wäre es hilfreich, Herr Premierminister, wenn ich den Text im Wortlaut verlese.«

Hinterher – wann immer er die nächsten zehn Minuten im Geist noch einmal Revue passieren ließ – kam es ihm vor, als wäre die Luft im Raum dünner geworden, das Licht schwächer und die Geräusche des Freitagnachmittagsverkehrs draußen vor den offenen Fenstern leiser, während Grey mit trockener, präziser Stimme die Forderungen des Habsburgerreichs vortrug: Unterdrückung aller Wien feindlich gesinnten Publikationen; Unterdrückung jedweder subversiven Bewegung; Entfernung aller dem Kaiser gegenüber propagandistisch auftretenden Offiziere und Beamten aus Militärdienst und Verwaltung; Einwilligung, dass in Serbien Organe der k.u.k. Regierung bei der Unterdrückung mitwirken und bei der gerichtlichen Untersuchung der Teilnehmer des Komplottes teilnehmen …

»Österreich-Ungarn erwartet bis morgen, Samstag, um fünf Uhr nachmittags, eine Antwort«, schloss Grey.

Er legte seine Unterlagen auf den Tisch.

Die Mitglieder des Kabinetts waren ausnahmsweise alle sprachlos und bemühten sich, die Gemeinden der Grafschaft Tyrone aus ihren Gedanken zu verbannen und diese an die neue Bedrohung anzupassen.

»Und wie wird Ihrer Meinung nach die Antwort der Serben ausfallen?«, fragte der Premierminister.

»Sie werden sich vermutlich nach Kräften bemühen, einigen der Forderungen nachzukommen. Aber sie können nicht *allen* nachkommen. Kein souveräner Staat könnte das.«

»Und dann?«

»Im schlimmsten Fall wird Österreich-Ungarn einmarschieren. Russland wird seinem Brudervolk, den Serben, zu Hilfe kommen. Deutschland wird zur Abwehr der russischen Bedrohung die Mobilmachung verkünden. Und wenn das passiert, dann ist Frankreich vertraglich verpflichtet, Russland beizustehen. Kurz gesagt – ein allgemeiner Krieg in Europa, wie wir ihn seit Napoleon nicht erlebt haben.«

»Nur zur Klarstellung«, sagte schließlich Lloyd George. »Wenn es zum Krieg kommt, sind wir dann vertraglich verpflichtet, aufseiten Frankreichs zu stehen?«

»Vertraglich, nein.«

»Aber Frankreich ist unser Verbündeter!«, platzte es aus Winston heraus. »Wenn Frankreich in den Krieg zieht, wie können wir dann unter Wahrung unserer Ehre – egal wie die vertragliche Lage ist – neutral bleiben?«

Das brach das allgemeine Schweigen. Plötzlich kamen lautstark aus allen Richtungen abweichende Meinungen. Entsetzt flogen Arme in die Luft, wurde »Nein!« und »Unsinn!« geschrien.

Der Premierminister schaute sich rund um den Tisch die

Gesichter an und notierte sich ein paar Namen. Ein Großteil seiner Arbeit war Arithmetik. Er schätzte, dass gut die Hälfte gegen jede britische Einmischung war, um jeden Preis. Er entschied, dem Ganzen schnell ein Ende zu machen.

»Auf einen Punkt können wir uns wohl alle verständigen: Ein allgemeiner europäischer Krieg wäre eine Katastrophe. Unsere unmittelbare Strategie liegt deshalb genauso klar auf der Hand: jede nur mögliche Kraftanstrengung zu unternehmen, um das zu verhindern.«

»Diesbezüglich habe ich den deutschen Botschafter für heute Abend zu einem Treffen gebeten«, sagte Grey. »Damit wir die Möglichkeit diskutieren, eine Gruppe vermittelnder Staaten – uns selbst, Deutschland, Frankreich und Italien – zu etablieren, die auf Österreich und Serbien Druck ausüben, um einen Konflikt zu vermeiden.«

»Gut. Ich muss jetzt aufbrechen und meine Erklärung abgeben. Ich schlage vor, dass wir einstweilen nichts in der Öffentlichkeit verlauten lassen, was eine allgemeine Panik heraufbeschwören könnte. Wir müssen geschlossen auftreten.«

Damit beendete er erleichtert die Sitzung.

*

Er brauchte unbedingt frische Luft, um wieder einen klaren Kopf zu bekommen, und entschied, die halbe Meile bis zum Unterhaus zu Fuß zu gehen. Die meisten Kabinettsmitglieder taten es ihm gleich, einzeln und paarweise, vor und hinter ihm, und machten sich auf der Whitehall in einer lang gestreckten Prozession auf den Weg. Winston schloss zu ihm auf.

»Gut möglich, dass das gar keine so schlechten Neuigkeiten sind.«

»Wieso?«

»Es lenkt die Aufmerksamkeit von Irland ab und bringt

die Torys in Zugzwang. Sie können uns ja kaum an den Rand eines Bürgerkriegs bringen, wenn der Frieden ganz Europas in der Schwebe hängt.«

»Ich würde ihnen das jederzeit zutrauen.«

»Die Erste und Zweite Flotte befinden sich derzeit nach der Sommerparade immer noch in Portland. Ich könnte bekannt geben, dass wir sie dort bereithalten, als einen einzigen Flottenverband – als reine Vorsichtsmaßnahme natürlich. Das wäre vielleicht von Nutzen, um die Deutschen davon abzuhalten, sich einzumischen.«

Ihm gefiel das nicht, aber er begriff die Logik, und es würde den Torys ganz sicher die Daumenschrauben anlegen. »Besprechen Sie das mit Grey. Aber wir müssen behutsam vorgehen. Es steht sehr viel auf dem Spiel.«

Er senkte den Kopf, um Winston von einer Fortsetzung des Gesprächs abzuhalten, und kurz darauf beschleunigte dieser seinen Schritt und holte Grey ein. Er fuchtelte mit seinem Gehstock herum und wirkte richtig übermütig. Da haben wir sie, dachte der Premierminister, unsere Kriegspartei.

Er betrat das Unterhaus unter halbherzigem Beifall der liberalen Abgeordneten. Die Kabinettsmitglieder folgten und quetschten sich neben ihn in die erste Bank. Ihr düsterer Gesichtsausdruck fiel allen sofort auf und schien die Kammer mit einem frostigen Schleier zu überziehen. Er schaute hinüber zu Bonar Law, dessen landesverräterische Haltung in der Irlandfrage er verachtete. Der Blick des Tory-Führers erschien ihm ungewohnt rastlos. Er nahm an, dass er schon von dem Ultimatum erfahren hatte.

Der Speaker erhob das Wort: »Ihre Erklärung, Herr Premierminister.«

Er erhob sich und berichtete kurz über das Scheitern der Konferenz und die Absicht der Regierung, am Dienstag im Parlament den neuen Gesetzesentwurf zur Selbstverwaltung

Irlands einzubringen. Bonar Law erhob sich und stimmte der Erklärung ohne weiteren Kommentar zu. Und das war es dann: eine Antiklimax, wie sie das Parlament kaum je erlebt hatte. Nach vier Minuten war alles vorbei.

Während die Kammer sich langsam leerte, blieb er auf seinem Platz sitzen und beobachtete die Abgeordneten auf ihrem Weg ins Wochenende. Er war jetzt seit sechs Jahren Premierminister. In politischer Hinsicht war er genötigt gewesen, mehr Menschen zu enttäuschen, als er imstande war zu fördern, und er wusste sehr wohl, was seine eigenen Leute von ihm hielten – manche katzbuckelten, manche waren missgünstig, manche feindselig, kein echter Freund darunter. Er spürte plötzlich die Schwermut, die ihn so oft heimsuchte, wenn er die Dinge satthatte. Er zwang sich aufzustehen und ging durch die Tür hinter dem Platz des Speakers zu seinem Büro.

Er setzte sich an den langen Tisch, der groß genug für zwanzig Personen war, und griff nach einem Blatt Briefpapier. Ach, meine liebste Venetia, dachte er – wenngleich er nicht wagte, das auch niederzuschreiben –, hätten wir doch nur wie gewohnt unsere Freitagnachmittagsfahrt unternehmen können.

> Der heutige ist ein schwarzer Tag in meinem Kalender – zuallererst, weil „mein Licht erloschen ist", was, wie Du weißt, bedeutet, dass jene, auf die ich mich am meisten verlasse, so weit entfernt von mir ist, und dass ich mich wie jemand fühle, dem der Rettungsring entrissen wurde.

Er schrieb hastig weiter, wobei er sich vorstellte, sie sei jetzt bei ihm im Raum, und schilderte ihr die Ereignisse des Tages – das Scheitern der Konferenz, das österreichische Ultimatum …

> Wir befinden uns in erkennbarer oder zumindest vorstellbarer Nähe eines wahrhaftigen Armageddon, das die nationalistische Verbindung der Ulsterfreiwilligen auf ihr wahres Maß zurückstutzt. Glücklicherweise scheint es keinen Grund zu geben, warum wir mehr als nur Zuschauer sein sollten. Aber auch das ist eine Feststellung, die einem das Blut in den Adern gerinnen lässt – oder etwa nicht? Meine zutiefst Geliebte, ich wünschte mir, Dir vermitteln zu können, welch Stütze Du mir gewesen bist & immer noch bist & immer sein wirst. Ich frage mich, wie Deine Reise verlaufen ist & ob Du Huck & den Pinguin gesehen hast & welches Kleid Du heute Abend tragen wirst & – da wären noch so viele andre Dinge. Schreib mir alles. Sei gesegnet, meine Liebe.

Er versah den Umschlag mit der Adresse und warf ihn in den Briefkasten in der Haupthalle. Niemand sonst hielt sich dort auf, und weil er nichts Besseres zu tun hatte, ging er hinunter zu dem Friseurladen, der sich in den unterirdischen Gängen des Westminster-Palasts befand. An einem Freitagnachmittag um diese Zeit hatte er den Laden für sich allein. Er setzte sich in einen der Stühle vor dem Spiegel, erstickte mit höflichen, aber einsilbigen Antworten alle Versuche des Friseurs, eine Unterhaltung in Gang zu bringen, und ergab sich der öden Prozedur, sich die Haare schneiden zu lassen. Das wird ihr gefallen, dachte er. Trotz der frischen Krise sah er keine Veranlassung, nicht in acht Tagen nach Penrhos zu fahren.

*

Er verließ die Downing Street am späten Vormittag des nächsten Tages in Begleitung von Arthur – Oc –, seinem drittältesten Sohn. Er war froh, dass es Oc war. Der war eine beruhigendere Gesellschaft als seine intellektuellen Brüder. Er hatte Oxford ohne Abschluss verlassen und im Sudan in der öffentlichen Verwaltung gedient. Jetzt machte er Geschäfte, irgendwelche Handelsgeschäfte mit Argentinien. Der liebe Oc: Bei ihm konnte man sich absolut darauf verlassen, dass er nicht über Serbien reden wollte. Sie aßen im Skindles in Maidenhead mit Innenminister Reginald McKenna und seiner Frau Pamela zu Mittag und spielten dann alle zusammen bei Huntercombe nahe Henley-on-Thames eine Runde Golf. Auf dem Platz redete der Premierminister nie über Politik und ließ sich jetzt den Wind ins Gesicht wehen, während er die frühlingshaft grünen Berkshire-Fairways abschritt. Er lochte zufriedenstellend ein paar lange Putts ein, und sie schlugen die McKennas mit zwei und eins. Danach fuhren er und Oc zu Margots kleinem Landhaus in Sutton Courtenay in der Nähe von Oxford zu einem schon lange geplanten Familienabend.

»Die Warf«, wie sie das Landhaus nannten, war alles anderes als herrschaftlich. Die Haustür ging unmittelbar auf die Dorfstraße hinaus. Aber hinter dem Garten floss durch mehrere Schleusen und kleine Seen die Themse, was dem Haus seinen Charme verlieh. Es war im Arts-and-Crafts-Stil renoviert worden, überall nackter Ziegelstein und handgewebte Teppiche auf polierten Holzfußböden. Er hatte ein kleines Schlafzimmer mit einem Schreibtisch, das er als Arbeitszimmer nutzte. Margot hatte in einer umgebauten Scheune auf der anderen Flussseite ihre eigenen Räume, zu denen man über einen Steg gelangte. Raymond war schon da, ebenso Herbert – Beb – ein Anwalt, der Schriftsteller werden wollte, und seine ältere Tochter Violet, die die Treppe herunterstürmte, um ihn mit einem Kuss zu begrüßen.

Es war ein warmer Abend. Die Flügel der Tür zum Garten wurden von zwei Blumentöpfen offen gehalten, um frische

Luft hereinzulassen. Nach einem lebhaften Abendessen, dem er wie üblich wohlwollend distanziert vorgesessen hatte, gingen Raymond und Beb in den Garten, um Schach zu spielen, während er, ein Glas Brandy neben sich, in der Bibliothek mit Violet eine Partie Bridge gegen Margot und Oc spielte. Stiefmutter und Stieftochter stritten sich wie üblich – erst wegen einer unklaren Ansage, dann ob das Licht nicht zu dunkel und die Luft von draußen zu kühl sei. Manchmal erschienen ihm die beiden schlimmer als seine Kollegen im Kabinett. Oc warf ihm über den Tisch einen zwinkernden Blick zu.

Es war kurz nach zehn, als das Telefon klingelte.

Er machte den Stich und wartete, während das Dienstmädchen den Anruf entgegennahm und dann ins Zimmer kam, um ihn zu holen. Er nahm einen Schluck Brandy und ging hinaus in die Diele.

»Herr Premierminister?« Es war Bonham-Carter.

»Ja, Bongie, was gibt es?« Er hatte keine Ahnung, woher der Mann diesen infantilen Spitznamen hatte, aber es machte ihm Spaß, ihn zu benutzen. Er zog die Frivolitäten der Jungen den Formalitäten der Alten bei weitem vor. Seine Kinder und ihre Freunde nannten ihn gern Prime. Auch dagegen hatte er nichts einzuwenden.

»Entschuldigen Sie die Störung, Sir. Ich bin im Büro und dachte mir, Sie würden das gern sofort erfahren – von unserer Botschaft in Budapest ist gerade ein Telegramm eingetroffen.«

»Und?«

»Die Österreicher haben die Antwort der Serben auf das Ultimatum geprüft und bekannt gegeben, dass zwar die meisten Forderungen erfüllt seien, was aber nicht ausreiche.«

»Na, das ist alles keine Überraschung. Arbeiten Sie heute nicht zu lange. Aber sagen Sie Bescheid, wenn es weitere Entwicklungen gibt.«

Er kehrte zum Kartentisch zurück.

»Was ist los?«, fragte Margot.

»Nichts, weshalb wir unser Spiel unterbrechen müssten. Du gibst, glaube ich.«

Gut eine Stunde später, kurz vor Mitternacht, klingelte das Telefon wieder. Missmutig legte er die Karten auf den Tisch und ging abermals in die Diele.

»Tut mir leid, Herr Premierminister.«

»Was gibt's denn noch?«

»Es liegen Berichte vor, wonach die Österreicher ihre diplomatischen Vertreter aus Belgrad zurückbefohlen und begonnen haben, ihre Reservisten einzuberufen. Außerdem ist von unserem Botschafter in Serbien ein Telegramm eingetroffen.«

»Was schreibt er?«

»Ich zitiere: Mobilmachung angeordnet.«

Nachdem er aufgelegt hatte, blieb er kurz stehen und blickte an die Wand. Es ging also los! Und dennoch war es unwirklich, so als wäre irgendwo ein Feuer ausgebrochen und die ersten Rauchfahnen kröchen unter dem Türschlitz hindurch, aber niemand rührte einen Finger, weil es keiner glaubte. Mit entsetzlicher Klarheit entfaltete sich vor seinem geistigen Auge kurz eine ganze Serie von Ereignissen – schrecklichen Ereignissen.

Als er zurück in die Bibliothek kam, waren Raymond und Beb mit ihren Zigarren aus dem Garten hereingekommen, um zu erfahren, was los sei. Er schaute seine Söhne in ihren Smokings an, seine geliebten Jungs, drei gesunde junge Männer Anfang dreißig, Männer im wehrfähigen Alter, für die zu sorgen er seiner ersten Frau auf dem Sterbebett versprochen hatte.

»Ist alles in Ordnung, Prime?«, fragte Raymond.

»Ach, nur diese verdammten Probleme auf dem Balkan«, murmelte er.

»Auf dem Balkan gibt es doch immer Probleme«, sagte Margot forsch. »Das hat nichts mit uns zu tun. Lasst uns was anderes spielen.«

*

Der folgende Sonntagmorgen war zum Glück ruhig. Vor dem Lunch spielte er Golf. Am Nachmittag kam Bongie Bonham-Carter dann mit seinem blitzenden Automobil vorbei, ein Neuzugang im Fuhrpark der Downing Street, und brachte eine verschlossene rote Dokumentenkiste voller offizieller Papiere mit. Der Premierminister nahm sie mit einem Seufzen entgegen.

»Sie bleiben hoffentlich zum Abendessen?«

»Sehr gern, Sir.«

In diesem Augenblick kam Violet in die Diele und bestand darauf, Bongie zu einem Spaziergang zu entführen. Bongie schaute ihn an.

»Ja, ja, geht nur. Das schaffe ich schon allein.«

Er trug die Dokumentenkiste nach oben in sein Zimmer, stellte sie auf den Schreibtisch und beobachtete die beiden von seinem Fenster aus. Arm in Arm schlenderten sie über die kleine Brücke auf die andere Flussseite – Bongie schlank, ernsthaft, wegen seiner vorzeitigen Kahlköpfigkeit älter aussehend, als er war; Violet mit ihrem Schwanenhals, mit Ende zwanzig eine unverhofft klassische Schönheit. Seit dem Tod ihrer Mutter war sie es, der er von seinen Kindern am nächsten stand. Wie er sie jetzt so sah, fragte er sich, ob sie vielleicht eines Tages Bongie heiraten würde. Er war sich nicht sicher, was er davon halten sollte. Margot wäre natürlich entzückt, sie endlich aus dem Haus zu haben.

Er drehte sich um, setzte sich an den Schreibtisch, schloss die Kiste auf und nahm die Papiere heraus.

Es waren hauptsächlich Kohledurchschläge der Telegramme

aus dem Außenministerium – »Zwiebelhäute«, wie sie nach dem hauchdünnen, gelblichen Florpostpapier genannt wurden. Auf den unteren Durchschlägen wurden die Wörter wegen der Kohle immer undeutlicher. Buchstaben mit geschlossenen Punzen – a, e, o, p, d – waren oft kaum mehr als verschmierte schwarze Flecken. Er musste die Papiere dicht unter die Schreibtischlampe halten, um sie entziffern zu können. Oben stand die Zeit, zu der das Telegramm verschickt worden war, und die Zeit seiner Entschlüsselung in London.

Das erste Telegramm war am Freitagabend eingetroffen, ein langer Bericht vom Botschafter in Sankt Petersburg: *Außenminister gab seiner Hoffnung Ausdruck, dass die Regierung Seiner Majestät ihre Verbundenheit mit Frankreich und Russland bekunden würde. Er charakterisierte das Verhalten Österreichs als sittenwidrig und provokant. Sollte Krieg ausbrechen, würden wir früher oder später hineingezogen werden, aber wenn wir nicht von Anbeginn an gemeinsame Sache mit Frankreich und Russland machten, dann würden wir die Wahrscheinlichkeit eines Krieges erhöhen.*

Ein anderes Telegramm stammte vom Botschafter in Österreich, das am Morgen gekommen war: *Allgemeiner Glaube, dass Krieg unmittelbar bevorsteht. Wildeste Begeisterung in Wien. Russische Botschaft von Soldaten bewacht, um feindselige Demonstration zu verhindern.*

Die beiden letzten Nachrichten kamen aus Norwegen, wo der deutsche Kaiser in den Fjorden auf Ferienreise war: *Deutscher Flottenverband, bestehend aus 28 großen Schiffen, erhält in der vergangenen Nacht Befehl, sich an vorher vereinbartem Ort vor der norwegischen Küste zusammenzuziehen.*

Und eine halbe Stunde später: *Kaiser Wilhelm hat gestern Abend um sechs Uhr Balestrand verlassen und ist derzeit auf direktem Weg nach Kiel.*

Überall in Europa, dachte er, bringt sich jeder in Stellung, bewegt sich alles in die gleiche Richtung, auf den Abgrund zu. Die Welt war wahnsinnig geworden.

Er griff in die Innentasche seiner Jacke und zog den Brief heraus, den er kurz vor Verlassen der Downing Street von Venetia erhalten hatte. Er hatte ihn schon mehrere Male gelesen. Er las ihn noch einmal. *Die letzten Monate mit Dir waren wie im Himmel …* Er streute das Eisenkraut auf den Tisch, zerrieb es mit Daumen und Zeigefinger und atmete den süßen Duft ein. Er stellte sich die Wälder von Penrhos vor, sah sich selbst mit ihr unter den Bäumen und am Strand spazieren gehen. Um ihre Anteilnahme zu wecken, wollte er ihr alles darlegen, wollte ihr zeigen, unter welcher Anspannung er stand. Er ging die Telegramme durch, suchte das interessanteste heraus und nahm den Füllhalter zur Hand.

Mein Liebling, bevor ich gestern aus London abgereist bin … und so weiter und so fort, eine Seite nach der anderen, bis er ihr alles dargelegt hatte. Er zögerte. Er hatte ihr schon früher einige wenige amtliche Korrespondenzen geschickt, aber noch nie etwas, was im Grunde geheim war. Trotzdem, warum nicht?

> Einstweilen kann niemand sagen, was im Osten Europas passieren wird. Das beigefügte Telegramm von unserem Botschafter in Petersburg, das am Freitagabend eintraf, wird Dich interessieren, weil es die Sichtweise der Russen zeigt & wie selbst in diesem Stadium Russland versucht, uns mit hineinzuziehen …

Ein dünnes Blatt Papier aus dem Büro des Außenministeriums war nur ein ärmlicher Ersatz für duftendes Eisenkraut, aber es war das einzige Bouquet, das er ihr binden konnte.

Welch größeren Beweis für seine Liebe, für seine Abhängigkeit von ihr, für sein absolutes Vertrauen in ihre Loyalität und Diskretion hatte er anzubieten?

Er faltete das Telegramm zusammen, steckte es zu dem Brief und versiegelte den Umschlag.

KAPITEL 7

Am Nachmittag wurde der Briefkasten von Sutton Courtenay geleert, und zusammen mit der restlichen Post aus dem Dorf gelangte der Brief des Premierministers in einem Lieferwagen zur Sortierstelle nach Oxford, wurde kurz vor 17 Uhr 30 in einen Zug nach London umgeladen, wo er eine Stunde später eintraf, um im Postverteilzentrum Mount Pleasant in Clerkenwell erneut sortiert zu werden und zehn Minuten vor der Abfahrt den *Irish Mail* zu erwischen, der Euston jeden Abend um 20 Uhr 45 verließ. Um 2 Uhr 20 erreichte der Brief Holyhead, und ein paar Stunden später, am Montagmorgen kurz vor dem Frühstück, wurde er vom Postboten die lange Zufahrt zum Penrhos House hinaufgeradelt, wo er am Eingang von Venetia erwartet, abgefangen und nach oben in ihr Zimmer entführt wurde.

Schon als sie den Brief öffnete und die geheimnisvolle, fast seidenpapierweiche Anlage auseinanderfaltete, ahnte sie, dass dieser Brief anders war als seine anderen.

> Dringend
> Sir G. Buchanan an Sir Edward Grey
> Heute Morgen erhielt ich einen Anruf des russischen Außenministers …

Nach diesem ersten Satz hörte sie auf zu lesen.

Erst dachte sie, ihm wäre ein Fehler unterlaufen und er hätte seine amtlichen Papiere mit seiner privaten Korrespondenz verwechselt. Als sie seinen Brief zu lesen begann, erkannte sie jedoch, dass er das Telegramm tatsächlich ihr zugedacht hatte – *das beigefügte Telegramm … wird Dich interessieren.* Auf ihren nachmittäglichen Ausfahrten hatte er ihr oft Telegramme gezeigt. Nie zuvor hatte er ihr eines per Post geschickt.

In der Stille von Penrhos saß sie auf der Bettkante, hielt die Depesche in der einen Hand, drehte mit der anderen an den Perlen ihrer Halskette herum und las das Schriftstück bis zum Ende durch – zunächst erregt von dem Einblick in die geheime Welt der hohen Diplomatie, dann fasziniert und, als sie ihn fertig gelesen hatte, ein wenig erschrocken, sowohl vom Inhalt als auch von der plötzlichen Erkenntnis, dass es wahrscheinlich keine andere Frau im Land gab, die in diesem Augenblick so viel über die Krise wusste wie sie.

Sie blieb noch einige Minuten lang sitzen und versuchte die Folgen zu erfassen, als sie von dem unten ertönenden Gong, der die Familie zum Frühstück rief, aus ihren Gedanken gerissen wurde. Schnell faltete sie das Telegramm und den Brief zusammen, steckte beides in den Umschlag, schob ihn in ihre Rocktasche und ging nach unten zu den anderen.

Niemand hob den Blick, als sie den Raum betrat. Sie waren alle in die Morgenzeitungen vertieft – ihr Vater und ihre Mutter, ihre drei älteren Schwestern und deren Männer. Die Nichten bekamen ihr Frühstück oben im Kinderzimmer und würden erst am Spätvormittag in Erscheinung treten. Sie ging zu der langen Anrichte, die sich über die Hälfte des Esszimmers erstreckte, und betrachtete das Dutzend silberner Schüsseln mit pikantem Hummer und Lammkoteletts, Eiern und Nieren, Kartoffeln und Blutwurst, Tomaten und Champignons, die alle über der Hitze der kleinen Kerzen, die unter den Schüsseln flackerten, vor sich hin brutzelten.

Ausnahmsweise hatte sie keinen Appetit. Sie schenkte sich

selbst eine Tasse Tee ein und legte eine Scheibe Toast auf einen Teller, und sofort nahm ein Diener ihr beides aus der Hand und wartete auf ihre Anweisung. Sie sah zum Tisch und deutete auf den leeren Stuhl neben ihrer Mutter. Als sie hinter ihr vorbeiging, schaute sie ihr über die Schulter und las die Schlagzeilen der *Times* – *Frieden in der Schwebe, Beziehungen abgebrochen, Kriegsfieber in Wien*. Die vierte Schlagzeile erregte ihre Aufmerksamkeit: *Britische Flottenbewegungen*. Davon hatte nichts in seinem Brief gestanden.

Als sie sich setzte, sagte sie, ohne jemand Bestimmtes anzuschauen: »Flottenbewegungen? Was heißt das?«

Ihr ältester Schwager, Bill Goodenough, Kapitän in der Royal Navy, antwortete, ohne von seiner Zeitung aufzuschauen: »Winston hat gestern Abend bekannt gegeben, dass die Erste und Zweite Flotte beide in Portland bleiben.«

»Ist das von Bedeutung?«

»Vereinfacht die Mobilmachung. Das heißt aber nicht, dass wir mit hineingezogen werden.«

»Warum sollten wir denn die Mobilmachung vereinfachen, wenn wir ohnehin nicht hineingezogen werden?«

»Eine reine Vorsichtsmaßnahme. Kein Grund zur Sorge.« Er las weiter.

Die Stanleys waren keine Soldatenfamilie. Ihre Eltern waren deshalb leicht verwundert ob der Tatsache, dass ihre drei ältesten Töchter alle mit aktiven Offizieren verheiratet waren – die vierzigjährige Margret mit Bill, Sylvia mit Anthony Henley, Major im Stab des Kriegsministeriums, und Blanche mit Eric Pearce-Serocold, Kommandant der Militärakademie in Camberley. Venetia studierte ihre Gesichter, während sie Butter auf ihren Toast strich. Die Artikel in den Zeitungen schienen ihre Schwäger nicht im Geringsten zu beunruhigen. Sie saßen bequem zurückgelehnt auf ihren Stühlen – kräftige, gesunde Männer mit Schnauzbart, die sich auf einen Tag des Müßiggangs am Meer freuten.

»Aber könnten wir nicht trotzdem hineingezogen werden?«, sagte sie. »Ob wir nun wollen oder nicht?«

Bill raschelte seufzend mit der Zeitung. »Wie denn? Und von wem?«

»Von den Russen und den Franzosen.«

»Du wirst sehen, dass Diplomatie so nicht funktioniert, mein Liebling«, sagte ihr Vater. »Sie unterliegt Verträgen, und wir haben keine vertragliche Verpflichtung, die uns zu einem Kriegseinsatz zwingen würde, weder aufseiten der Russen noch der Franzosen.«

Sein freundlicher, aber bestimmter Ton deutete an, dass er die Unterhaltung für beendet betrachtete, und einige Minuten später erhob sie sich und sagte, sie werde einen Spaziergang machen.

»Nicht vergessen, Vinny«, rief Sylvia ihr hinterher. »Du hast versprochen, später mit den Kindern zu spielen.«

*

Als sie die Bucht erreichte, herrschte Ebbe. Austernfischer staksten über den frisch frei geschwemmten Sand. Brachvögel kreischten auf dem Watt. Irgendwo hatte sie eine Fotografie von sich und Winston, wie sie im Sommer 1910 auf genau diesem Strandabschnitt nach Krabben buddelten. Das war erst vier Jahre her. Und doch erschien ihr dieser Morgen schon wie aus einer anderen Welt.

Sie zog die Schuhe aus und raffte ihren Rock, bahnte sich einen Weg durch die glitschigen Felsen und watete durch die seichten Tümpel bis zum Bootshaus. Angekettet wie ein vergessener Häftling, lag dort ein bis auf das Skelett verrottetes, altes Ruderboot auf der Seite. Sie breitete ihre Jacke auf einer Felsbank aus, öffnete die Umhängetasche und nahm ihre Schreibmappe heraus. Mehrere Minuten schaute sie hinaus aufs Meer. Der Geruch von Salz und Seetang, den die Brise ans Ufer wehte, war so stark, dass sie ihn auf der Zunge schmeckte.

> Ich bin zum Bootshaus hinuntergegangen, mein Liebling, das ist ein Platz, wo ich in Ruhe nachdenken & Deinen Brief beantworten kann. Hier stört mich niemand, keiner fragt, an wen ich schreibe, ob ich mich um die Kinder kümmern oder bei einem Tennisdoppel einspringen kann. Hier gibt es nur das Meer & die Felsen & das Kreischen der Vögel. Die Welt der Diplomaten & Armeen erscheint mir sehr weit entfernt zu sein, aber Du bist ein so guter Briefeschreiber, dass ich fast glaube, an Deiner Seite zu sitzen.

Aus einem Felsspalt ragte ein Büschel weißes Heidekraut heraus. Sie riss einen Stängel ab und roch daran.

> O mein Geliebter! Du weißt, wie oft ich Dir, wenn Du „am Boden" warst, gesagt habe, dass ich mir wünschte, ich könnte mit Dir tauschen & dass ich liebend gern einen ganzen Monat meiner stumpfsinnigen Existenz für eine Stunde Deines Lebens geben würde. Nun, heute sage ich mich von dieser Fantasterei los! Die Krise Europas stellt die Irlands in den Schatten. Du sagst, das einzig Gute daran sei, dass sie wenigstens die Aufmerksamkeit von Ulster ablenke. Ja, aber um welchen Preis! Das ist, als schlüge man jemand den Kopf ab, um ihn von seinen Kopfschmerzen zu befreien.
>
> Hier scheint niemand sonderlich beunruhigt zu sein, & beim Frühstück musste ich mir angesichts dessen, was ich weiß, auf die Zunge beißen. Aber bitte gib acht auf Winston und das Glitzern in seinen

> blauen Augen, wann immer das Gespräch auf Krieg kommt. Welch außergewöhnlich grausame Wendung des Schicksals es doch ist, dass ich ausgerechnet jetzt so weit von Dir entfernt sein muss. Aber in meinen Gedanken halte ich Dich fest umschlungen, und hiermit sende ich Dir ein bisschen Heidekraut, frisch gerupft zwischen den Felsen, um Dir Glück zu bringen und Dich an mich und diesen Ort zu erinnern.

Sie schrieb noch einige Seiten mehr und schilderte ihm die Art von häuslichen Belanglosigkeiten, von denen er sich so gern erzählen ließ. Als sie fertig war, küsste sie das Heidekraut, schob es zu dem Brief in den Umschlag und schrieb seinen Titel und seine Adresse darauf. Beides erschien ihr hier viel unpassender als in London.

Es dauerte fast eine halbe Stunde, bis sie über den Küstenweg und die Eisenbahnbrücke und vorbei an den kleinen roten Reihenhäusern das Postamt in Holyhead erreichte. Um elf war sie wieder in Penrhos, wo ihr auf dem Rasen die Nichten entgegenliefen, um sie zu begrüßen.

*

Sein nächster Brief kam wie gewohnt am nächsten Morgen mit der ersten Post. Und wieder enthielt er wie gepresste weiße Blütenblätter zwischen den Seiten die abgerissenen Fragmente diplomatischer Depeschen. Als sie den Brief aus dem Umschlag nahm, flatterten sie auf den Boden. Im ersten Teil, den er um elf Uhr geschrieben hatte, schilderte er die Katastrophe in Irland vom Sonntagabend, wo in Dublin Soldaten in eine Menge Nationalisten gefeuert und dabei drei Menschen getötet hatten.

> Wir haben hier zu Hause gerade eine friedliche Partie Bridge gespielt, als uns ein Telefonanruf über die schockierenden Nachrichten aus Dublin informierte. Ich bin sofort mit Bongie in seinem neuen Automobil losgefahren, & wir sind um 1 Uhr nachts angekommen, aber es gab keine neuen Nachrichten mehr.

Um sechzehn Uhr hatte er den Brief weitergeschrieben.

> Gestern Nacht im Bett habe ich überschlagen, dass ich Dir seit der ersten Woche im Dezember grob geschätzt nicht weniger als 170 Briefe geschrieben habe. Niemals zuvor habe ich irgendeinem menschlichen Wesen in solch einer Zeitspanne auch nur annähernd so viele Briefe geschrieben & habe auch nur annähernd so viel von dem enthüllt, was zu meinem geheimsten Innersten gehört. Ist das nicht seltsam? Wie erklärst Du Dir das?
>
> Ich lege Dir 2 oder 3 kleine Auszüge aus den ausländischen Telegrammen bei, weil das nicht in den Zeitungen stand. Wir scheinen nun wirklich ganz nah am Abgrund zu stehen.
>
> Gleich steht eine Kabinettssitzung an, & ich muss Schluss machen.

Sie hob die Telegramme vom Boden auf. Eines war von der Botschaft in Wien: *Russischer Botschafter glaubt, dass österreichisch-ungarische Regierung zu Krieg entschlossen ist und dass es für Russland unmöglich ist, nicht Partei zu ergreifen.* Das zweite Telegramm kam vom Konsulat in Odessa: *Russische Südwestbahnen seit Mitternacht im Kriegsstand, alle Beamten aus Urlaub zurückgerufen.* Das dritte Telegramm war aus Oslo: *Alle deutschen Kriegsschiffe haben beträchtliche Mengen an Kohle gebunkert und sind laut Berichten heute Morgen um acht in See gestochen …*

Vier Richtung Süden gesichtet, dreißig Meilen südlich von Stavanger, möglicherweise Eskorte für Kaiser …

Sie ging hastig zwischen Bett und Fenster hin und her. Es war frustrierend, hier in Penrhos festzusitzen, während so viel geschah! Wenn es jemals eine Zeit gegeben hatte, wo er ihre Anwesenheit gebraucht hätte, dann jetzt. Sie zerbrach sich den Kopf über eine Ausrede, die ihr die Rückkehr nach London ermöglichen könnte. Ihre Eltern würden allerdings sofort Verdacht schöpfen, und wenn sie den wahren Grund auch nur andeuten würde, dann wären sie entsetzt. Der Gedanke, irgendwer könnte herausfinden, dass er ihr geheime Telegramme schickte, war undenkbar. Apropos – was sollte sie überhaupt damit anfangen? Es kam ihr falsch vor, sie zu vernichten – es waren offizielle Dokumente: was, wenn er sie wieder brauchte? –, aber auch zu gefährlich, sie einfach so herumliegen zu lassen.

Im obersten Fach ihres Kleiderschranks, versteckt hinter ihren Hutschachteln, befand sich ein Gladstone-Handkoffer, in dem sie alle seine Briefe in ihren originalen Umschlägen aufbewahrte. Sie nahm ihn immer mit, wenn sie von einem ihrer Anwesen zu einem anderen reisten. Sie hob den Koffer herunter und legte die letzten Briefe dazu. Es waren inzwischen so viele geworden, dass der Verschluss kaum noch einschnappte. Während sie auf Zehenspitzen vor dem Schrank stand und den Koffer in die hinterste Ecke schob, überlegte sie, ob sie nicht lieber ein sichereres Versteck suchen sollte. Aber im Moment fiel ihr kein besseres ein, und außerdem ertönte unten der Gong, der sie zum nächsten üppigen Frühstück nach unten rief.

KAPITEL 8

Er rannte durch die Nacht – rannte, rannte wirklich, atemlos vor Panik – durch Londoner Straßen mit trüben Gaslaternen und Reihenhäusern, die alle gleich aussahen, und suchte verzweifelt nach der einen Haustür, durch die er fliehen konnte. Zu … zu … zu … Keine Tür gab nach, bis er schließlich in eine Diele stürzte, wo sich auf einer engen Wendeltreppe Leute drängelten, durch die er sich hindurchkämpfte, um schließlich in einen langen Gang zu kommen und dann in ein dunkles Zimmer mit einem nackten Holzfußboden, wo ein billiger Schrank stand, der ihn, würde er hineinkriechen, zurück nach Hause zu seiner Mutter und seinem Vater führte …

Für den Bruchteil einer Sekunde sah er sie in einem Garten, wie sie Händchen haltend zu ihm herauflächelten – und dann verschwanden sie.

Er schrie auf und öffnete die Augen.

Seine Zimmertür war angelehnt. Gegen das Licht sah er die Umrisse einer Gestalt – sein Diener George Wicks mit der üblichen Kanne Tee, den Zeitungen und der Morgenpost. Er stellte das Tablett leise auf den Nachttisch, zog die Vorhänge zurück und ging nach nebenan, um das Bad einzulassen.

Der Premierminister blieb im Bett liegen, schaute hoch zur Decke und wartete, bis sein Herzschlag sich wieder beruhigte. Varianten dieses Albtraums quälten ihn seit seinem zwölften Lebensjahr, seit sein Vater gestorben und er von Yorkshire zu fremden Leuten nach Pimlico geschickt worden war, damit er in London auf eine gute Ganztagsschule gehen konnte. Diese immer wiederkehrenden Panikanfälle des Verlassen- und Verlorenseins empfand er für einen Mann seines Alters als verstörend und kindisch. Für die Deutung des Traums benötigte er allerdings nicht die Dienste von Professor Freud. Er fragte sich, ob George seinen Aufschrei gehört hatte.

Nachdem er sich wieder gesammelt hatte, war sein erster Impuls, die Post auf dem Nachttisch durchzusehen – in der Hoffnung auf einen Brief von ihr. Dieses Ritual pflegte er jeden Morgen. Und tatsächlich, da war er, abgestempelt in Holyhead, adressiert in ihrer unverwechselbaren Handschrift.

»Guten Morgen, George!«, rief er laut.

Eine entfernte Stimme antwortete: »Guten Morgen, Sir.«

Er setzte sich auf, stopfte sich das Kissen in den Rücken und riss den Umschlag auf. Weißes Heidekraut fiel auf die Bettdecke. Er hielt es sich unter die Nase und atmete den schwachen Duft nach Moos und den Wäldern von Penrhos ein. Er las den Brief zweimal durch, beim ersten Mal gierig, beim zweiten langsamer und jedes einzelne Wort genießend. Ihm gefiel ihre Beschreibung eines europäische Krieges als einen Weg aus dem irischen Schlamassel – *als schlüge man jemand den Kopf ab, um ihn von seinen Kopfschmerzen zu befreien.* Und er lächelte über die Warnung vor Winston.

George kam zurück. Er war knapp dreißig und seit fünf Jahren sein Diener in der Nummer 10. Wenn er den Schrei gehört hatte, so wäre er zu diskret, das zu erwähnen.

»Ihr Bad ist fertig, Sir. Ihre Garderobe habe ich im Ankleidezimmer bereitgelegt.«

»Danke, George.«

Die Tür schloss sich wieder.

Wenn er in London war, hielt er sich nicht lange mit dem Frühstück auf: Margot nahm ihres im Schlafzimmer ein, und er hatte einen Horror davor, allein zu essen. Er schenkte sich Tee ein und ging die Korrespondenz durch – nichts sonderlich Interessantes. Er blätterte die *Times* durch und blieb auf Seite acht hängen. *Britische Friedensbemühungen, Sir Edward Greys Plan, Nervosität an der Börse.*

Ja, dachte er, die Nervosität wird sich bis zum Abend noch deutlich steigern. Als der deutsche Botschafter Fürst von Lichnowsky Grey gestern Nachmittag mitgeteilt hatte, dass Berlin an seiner Vier-Mächte-Konferenz teilnehmen werde, war die Lage fast noch hoffnungsvoll gewesen. Als Grey dem Kabinett die Neuigkeit mitgeteilt hatte, hatte sich Winstons Gesicht verdunkelt: »Schätze, jetzt droht uns ein verdammter Frieden!« Doch um Mitternacht, gerade als der Premierminister das Unterhaus nach einer lautstarken Dringlichkeitsdebatte über die Schüsse in Dublin verließ, hatte Grey ihn beiseitegenommen und ihm ein Telegramm des Botschafters in Berlin gezeigt. Die Deutschen hatten ihre Meinung geändert, oder von Lichnowsky hatte die Anweisungen falsch verstanden. Jedenfalls war die Konferenz abgeblasen. Die Zeitungsmeldungen waren überholt. Der Weg zum Krieg war frei.

Er ging ins Bad, zog sich das Nachthemd über den Kopf und stieg langsam und ächzend in die Wanne.

*

Den ganzen Morgen saß er an dem langen Tisch im Kabinettszimmer und arbeitete. Wann immer ein Beamter mit Dokumenten zum Abzeichnen hereinkam, hob er erwartungsvoll den Kopf. Aber es gab keine neuen Nachrichten aus Berlin, Wien, Paris oder Sankt Petersburg. Die große Uhr über dem Kamin tickte laut – wie viele Jahre hörte er sich das jetzt schon an? Die Bäume draußen vor den hohen Fenstern waren staubig grün, und zwischen den Blättern blinzelte immer wieder die Sonne hindurch. Der herrliche Sommertag schien sich über ihn lustig zu machen.

Als Premierminister war man eine Maschine, die Entscheidungen produzierte. Er genehmigte den Abzug der Scottish Borderers aus Irland, des Regiments, das in Dublin in die Menge geschossen hatte. Er ernannte Sir John French zum Generalinspekteur der Armee. Allen Einwänden des Fraktionsführers seiner Partei zum Trotz bestand er darauf, am Donnerstag im Parlament über das wegen der Schießerei in Dublin verschobene Gesetz zur irischen Homerule abstimmen zu lassen. Und in den Ruhepausen zwischen den Entscheidungen schrieb er an dem morgens begonnenen Brief an Venetia weiter – *momentan stehen die Dinge nicht gut, & Winstons Stimmung hebt sich wahrscheinlich weiter.* Wenn Bongie oder Eric Drummond, sein anderer Privatsekretär, ins Zimmer kam, schob er diskret seine amtlichen Schriftstücke über den Brief.

Nach einem langweiligen Lunch, zu dem Margot Gäste eingeladen hatte, auf die er gut hätte verzichten können, ging er hinüber zum Parlament, gab den Brief an Venetia auf und schlenderte dann in die Kammer, um sich Fragen zu den Reformen zu stellen, die die Justiz, die Einkommensteuer, das Oberhaus und die Abgaben betrafen, die für Bischöfe nach ihrer Weihe anfielen. Sich mit solchen Anträgen zu befassen, als wäre alles normal, war absurd und gleichzeitig beruhigend. Schließlich fragte ihn Bonar Law, ob es Neuigkeiten zur europäischen Krise gebe, was er wahrheitsgemäß verneinte. Und das, wie sich herausstellen würde, war das Ende der Normalität.

Er ging auf dem Weg zu seinem Parlamentsbüro gerade hinter dem Platz des Speakers vorbei, als eine massige Gestalt sich so plötzlich aus der Menge der Abgeordneten löste, dass er mit ihr zusammenstieß.

»Entschuldigen Sie vielmals, Herr Premierminister. Tut

mir furchtbar leid. Ich musste Sie unbedingt erwischen, bevor Sie die Kammer verlassen.«

»Großer Gott, Montagu!« Wie üblich musste er lachen. Montagu war früher sein parlamentarischer Privatsekretär gewesen – eine unbeholfene, ihm treu ergebene, auf eine schwermütige Art lustige Person. Im Lauf der Jahre war er Teil seiner offiziellen Familie geworden. Die Tatsache, dass er – als Jude! – Venetia bereits zweimal einen Antrag gemacht hatte, verstärkte den Eindruck von leichter Skurrilität. Unter vier Augen nannten er und Venetia ihn den Assyrer. »Was um Himmels willen ist denn so dringend?«

»Lord Rothschild möchte Sie auf der Stelle sprechen.«

»Weshalb?«

»Das sagt er Ihnen am besten selbst.«

Er hatte ihn Anfang des Jahres befördert. Montagu war jetzt Finanzsekretär des Schatzamts.

»In Ordnung, also dann … wenn Sie es für so wichtig halten. Wo ist er?«

»Er ist darauf bedacht, von niemand gesehen zu werden, deshalb habe ich mir erlaubt, ihn direkt in Ihr Büro zu führen.«

Verwirrt folgte er Montagu durch den Gang.

Der alte Mann, korpulent, mit einem gewaltigen grauen Backenbart, hatte es vorgezogen, in der Mitte des großen Raums stehen zu bleiben. Sein perfekt gebürsteter schwarzer Seidenzylinder lag auf dem Tisch neben ihm. Der mächtigste Bankier Londons, einst ein Verbündeter, unterstützte jetzt die Unionisten und war alles andere als ein Freund der liberalen Regierung. Sie tauschten keine Höflichkeiten aus, es gab nicht einmal einen Händedruck.

»Danke, dass Sie mich empfangen, Herr Premierminister. Ich halte Sie nicht lange auf. Was ich Ihnen zu sagen habe, ist streng vertraulich, aber ich betrachte es als meine patriotische Pflicht, Sie davon in Kenntnis zu setzen, dass mich unser Pariser Haus angewiesen hat, eine beträchtliche Menge Staatsanleihen zu verkaufen, die von der französischen Regierung und von französischen Sparkassen gehalten werden.«

»Wie beträchtlich?«

»Genug für einen Börsenkrach.«

Der Premierminister wich leicht zurück. Staatsanleihen waren die Papiere, die die britischen Staatsschulden finanzierten – im Wert von siebenhundert Millionen Pfund.

»Nun, angesichts der aktuellen Lage und aller sonstigen Ereignisse wäre das sicherlich ...« Er suchte nach der am wenigsten beängstigenden Formulierung. »... wenig hilfreich. Ich danke Ihnen für die Warnung. Besteht irgendeine Möglichkeit, dass Sie Ihr Haus umstimmen können?«

»Es war mir möglich, einen Aufschub von vierundzwanzig Stunden zu erreichen. Ich habe ihnen gesagt, dass die Aktion praktisch unmöglich sei, es gebe nicht genügend Käufer. Aber sie brauchen das Geld, um im Kriegsfall, von dem sie fest ausgehen, gerüstet zu sein. Deshalb befürchte ich, dass früher oder später ... Die Stimmungslage in Paris ist ...«

Er verstummte. Normalerweise ein besonnener, leidenschaftsloser Typ, schien er von starken Gefühlen überwältigt zu werden. Es dauerte einige Sekunden, bis er fortfahren konnte.

»Ich hätte nie geglaubt, das zu meinen Lebzeiten noch erleben zu müssen, aber ich glaube wirklich, dass dies das Ende der europäischen Zivilisation bedeuten könnte.«

Das gelassene Temperament des Premierministers schreckte vor einer derart überspitzten Annahme zurück. »Ich bitte Sie doch sehr, Lord Rothschild! Ich glaube kaum, dass wir diesen Punkt schon erreicht haben. Ich versichere Ihnen, dass wir alles unternehmen werden, um uns aus dem Krieg heraushalten zu können.«

»Dazu ist niemand in der Lage. Nicht, wenn das Finanzsystem der Welt kollabiert. Der Handel wird zum Erliegen kommen. Überall in Europa werden Revolutionen ausbrechen. Als kurzfristige Maßnahme empfehle ich Ihnen, vor Öffnung der Börsen morgen früh den Handel auszusetzen.«

Es klopfte an der Tür, und Bongie trat ein. Der Premierminister schaute Rothschild immer noch verwundert an. Ohne sich umzudrehen, sagte er: »Ja, was gibt's?«

»Österreich hat Serbien soeben den Krieg erklärt.«

*

Sobald Rothschild und Montagu gegangen waren und er wieder allein war, begab er sich nach nebenan in den großen Toilettenraum, drehte den Hahn auf und spritzte sich Wasser ins Gesicht. Er trocknete sich mit dem kleinen Handtuch ab und begutachtete im Spiegel über dem Waschbecken sein Gesicht.

Seiner Erfahrung nach waren vor allem zwei Eigenschaften erforderlich, als Premierminister Erfolg zu haben. Erstens, die effiziente Erledigung der Amtsgeschäfte. Und zweitens, Optimismus. Optimismus! Verzweiflung ergab schlicht keinen Sinn. Sie schwächte die Tatkraft, vernebelte das Gehirn, infizierte Kollegen und Untergebene, löste nichts, machte alles nur noch schlimmer. Er wusste, dass manche Leute seinen Gleichmut als Gleichgültigkeit interpretierten. Das störte ihn nicht. Er war Premierminister und sie nicht.

Als also ein paar Minuten später Bongie den Sekretär des Ausschusses für imperiale Verteidigung Maurice Hankey hereinführte, der das große, in rotes und blaues Leder gebundene sogenannte Kriegsbuch vor ihm auf den Tisch legte, öffnete er es mit Skepsis. Auf dem Titelblatt stand: *Koordination von Maßnahmen der Ministerien im Falle angespannter Beziehungen und bei Ausbruch eines Krieges.* Hankey, ein schlanker, akkurater Mann, der ihn an seinen alten Turnlehrer erinnerte, hatte Jahre seines Lebens damit verbracht, dieses Schmuckstück der Bürokratie zu entwerfen.

»Frischen Sie mein Gedächtnis auf. Wie ist der Ablauf?«

»Der Außenminister spricht gegenüber dem Kabinett die formelle Warnung aus, dass er ›die Gefahr sieht, dass das Land in naher Zukunft in einen Krieg verwickelt wird‹. Das setzt die Maschinerie in Gang. Elf Ministerien verschicken Warntelegramme ins gesamte Königreich – an Häfen, Bahnhöfe, Postämter, Armeehauptquartiere, Polizeireviere, Rathäuser und so weiter – und starten so die Phase der Vorsichtsmaßnahmen. Die Empfänger verfügen über Instruktionen, was zu tun ist, wenn ein solches Warntelegramm sie erreicht.«

»Und was steht in diesem Warntelegramm?«

Hankey zeigte es ihm.

> BEFINDET SICH GROSSBRITANNIEN UMSTÄNDEHALBER MIT ________ IM KRIEGE, TRITT UNVERZÜGLICH DIE UMSETZUNG BETREFFENDER ANWEISUNGEN IN KRAFT.

»Wir setzen einfach das Wort *Deutschland* ein.«

»Wie viele Telegramme werden verschickt?«

»Die genaue Zahl kenne ich nicht. Mehrere Tausend.«

Der Premierminister schob das Buch über den Tisch zurück. »Nein, dafür ist es noch zu früh.«

»Es handelt sich um eine reine Vorkehrung zur Verteidigung, Herr Premierminister. Es versetzt lediglich die Maschinerie in Bereitschaft für den Fall, dass die Lage sich mit einem Schlag verschlechtert.«

»Es mag Ihnen wie eine reine Vorkehrung erscheinen, Mr Hankey, aber die Nachricht darüber wird durchsickern, und der Rest der Welt wird das Ganze als Kriegsteilnahme bewerten. Und die öffentliche Meinung ist auf einen Krieg noch nicht vorbereitet.«

Hankey hatte kaum den Raum verlassen, da platzte Winston herein und stolzierte vor ihm auf und ab, als hielte er eine Bühnenrede, wobei Finger und Daumen links und rechts den Jackenaufschlag umklammerten. Der Premierminister blieb am Tisch sitzen und schaute ihm gelassen zu.

»Es wird einen allgemeinen Krieg geben, Herr Premierminister. Jetzt, wo Österreich seine Absicht zur Invasion bekannt gegeben hat, ist nichts gewisser als das. Und ich sage Ihnen, mit allem mir zu Gebote stehenden Nachdruck, dass dies zu einer Katastrophe allergrößten Ausmaßes führen wird – falls der Großteil unserer Marine im Hafen von Portland zurückgehalten wird und wir später gezwungen wären, im von deutschen U-Booten verseuchten Ärmelkanal zum Spießrutenlauf anzutreten! Das würde die Existenz des britischen Imperiums in seinem Innersten treffen! Wir könnten den Krieg verlieren, noch bevor er begonnen hat!«

»Wie lautet Ihr Vorschlag?«

»Im Schutz der Dunkelheit, ohne Beleuchtung und mit Höchstgeschwindigkeit, verlegen wir die vereinten Flottenverbände auf Gefechtsposition in die Nordsee – ein achtzehn Meilen langer Konvoi aus unseren Großkampfschiffen, Zerstörern und Kreuzern.«

»Und das würde wann geschehen?«

»Wenn wir heute den Befehl geben, dann könnten sie morgen bei Einbruch der Nacht zum Auslaufen bereit sein.«

Der Premierminister wog die Risiken ab. Das war tatsächlich ein Schritt weiter, als er gehen wollte. Laut Verfassung müsste er eigentlich das Kabinett befragen. Aber das wäre gespalten, sie würden einen Tag verlieren, und wie immer war Winstons Plädoyer von bezwingender Kraft.

Er sagte weder ja noch nein, sondern bewegte nur widerstrebend das Kinn nach oben und gab ein knurrendes Geräusch von sich.

*

Inmitten der tosenden Stürme und zerrenden Strömungen blieb sein einziger Fixpunkt und Leitstern Venetia und die Aussicht, sie am Samstag zu treffen. Er schlüpfte in die Haupthalle und schickte ihr ein Telegramm:

> LAGE SCHWIERIG ABER NICHT HOFFNUNGSLOS KOMME DIESES WOCHENENDE NACH PENRHOS.

Wieder in seinem Büro, begann er mit einem zweiten Brief, in dem er ihr die Ereignisse des Nachmittags einschließlich Lord Rothschilds Besuch schilderte. Kurz vor sechs schrieb er schließlich den letzten Satz nieder: *Ich muss jetzt aufhören, aber Du hast jetzt mehr Stoff, als Du in einem Rutsch durchlesen kannst. Sei gesegnet, meine innigst Geliebte.*

Nachdem er den Brief aufgegeben hatte, schlenderte er durch den Haupteingang ins Freie, weiter um den Parlamentsplatz herum und spazierte dann an dem frühen Sommerabend zurück zur Downing Street. Er hatte es seiner Tochter Violet überlassen, ein paar alte Freunde zu Dinner und anschließender Bridgepartie zusammenzutrommeln, um seine Gedanken von Serbien und Irland abzulenken. Doch als er den Salon im ersten Stock betrat, teilte Violet ihm mit, dass Margot die Organisation übernommen und Winston – ausgerechnet ihn! – und den russischen Botschafter Graf Benckendorff und seine Frau eingeladen hatte.

»O Gott!«, stöhnte er.

»Tut mir leid, Papa. Ich habe ihr gesagt, dass du für heute

wahrscheinlich genug von der ganzen Politik hast, aber du weißt ja, wie gern sie mitten im Geschehen ist.«

»Wie wahr.«

In den ersten Tagen als Premierminister hatte sie sich überall »die Premierministerin« genannt. Er war genötigt gewesen, sie darauf hinzuweisen, dass das keine schlaue Idee sei, das schüre nur den Neid unter seinen Kollegen: »Ich schätze deinen Rat aufs Allerhöchste, meine Liebe, aber wir sollten Derartiges unter vier Augen belassen. Den Gedanken an eine *Frauenwirtschaft* mögen die Leute ganz und gar nicht.« Den Titel hatte sie fallen lassen, schrieb aber hinter dem Rücken ihres Mannes weiter an Minister und bestellte sie gelegentlich sogar zu vertraulichen Gesprächen ein. Ihr Urteil war oft scharfsinnig, aber ihr Fingerspitzengefühl ließ zu wünschen übrig, und sie missbilligte vor allem die Radikalen wie Lloyd George. Manchmal hatte er das Gefühl, als lebte er mit einem besonders geschwätzigen Leitartikler der *Morning Post* zusammen. Aber immerhin hieß das, dachte er, als er sich für das Abendessen umzog, dass er ruhig dasitzen, seinen eigenen Gedanken nachhängen und das Reden vornehmlich ihr überlassen konnte.

Sie hatten zu acht am Tisch Platz genommen. Links neben ihm saß Violet, zu seiner Rechten Sophie Gräfin von Benckendorff, die Mutter des Helden der Dampfertragödie, die in ihren Fünfzigern immer noch glänzend aussah. Margot hatte sich selbst am anderen Ende einen Platz zwischen Winston und dem Monokelträger Graf Benckendorff zugewiesen. Er beobachtete, wie sie zwischen den beiden hin und her schaute und dabei mehr redete als zuhörte: eine ziemliche Leistung, wenn man sich mit Winston im selben Raum befand. Auf den Plätzen in der Mitte saßen sich zwei elegante, leicht effeminierte Junggesellen gegenüber – Winstons Privatsekretär Edward »Eddie« Marsh und der Staatssekretär Harold »Bluey« Baker.

Die Gräfin plauderte mit Eddie, Violet konzentrierte sich auf Bluey, und für einige wenige kostbare Minuten war er ungestört. Ihn verfolgte immer noch vage jener beunruhigende morgendliche Traum. Er hielt sich in seinem Kopf wie das Kribbeln eines Brennnesselstichs oder eines Elektroschocks. Er nippte an seinem Champagner und sah sich in dem von Kerzenlicht erleuchteten Raum um, betrachtete die dunkle Holzvertäfelung der Wände und die weich glänzenden Porträts seiner Vorgänger. Er fragte sich, was seine Eltern von dieser Szene gehalten hätten. Nicht viel wahrscheinlich – sauertöpfische Nonkonformisten aus dem Norden, die sie waren. Obwohl sie vielleicht stolz auf ihn gewesen wären. Vielleicht aber auch nicht. Sie hätten vielleicht gedacht, dass er doch ein bisschen »abgehoben« sei. Manchmal konnte er es selbst nicht recht glauben. Den König hatte man einmal sagen hören, er sei wohl »kein Gentleman«. Er neigte sein Champagnerglas dem Kerzenlicht entgegen und studierte den Strom der goldenen Blasen. Er wusste, dass einer seiner Spitznamen bei den Torys »Perrier-Jouët« war. Eigentlich ziemlich amüsant. Konnte es tatsächlich sein, dass dieser fortschrittlichen Gesellschaft, die es ihm ermöglicht hatte, aus einer Textilstadt in Yorkshire bis an die Spitze von Seiner Majestät Regierung aufzusteigen, Gefahr von einem fanatischen Attentäter auf dem *Balkan* drohte? Rothschild hatte gemeint, die Krise könne das Ende der westlichen Zivilisation bedeuten. Aber das war doch unmöglich, oder? Ausgerechnet der alte Rothschild!

Er trank sein Glas aus, und ein Diener schenkte ihm nach.

Nach dem Essen zogen sich die Frauen zurück, und Graf Benckendorff verschwand kurz zum Telefonapparat, um sich in der russischen Botschaft nach Neuigkeiten zu erkundigen. Er kehrte zurück und sagte – »vertraulich« –, dass in diesem Moment an der südlichen Front einunddreißig Divisionen aufmarschierten.

»Es gibt nur noch eine Möglichkeit, den Krieg abzuwenden, Herr Premierminister. Die britische Regierung muss sofort erklären, dass sie uns und Frankreich unterstützt. Dann, glaube ich, könnten es die Deutschen und Österreicher doch noch mit der Angst bekommen und sich von dem Abgrund zurückziehen.«

»Glauben Sie das wirklich? Deutschland behauptet natürlich das Gegenteil: Ohne uns, wenn wir also neutral bleiben, wagen sie und Frankreich keinen Krieg.« Er drückte seine Zigarre aus. »Lassen Sie uns Karten spielen.«

Im Salon waren zwei Tische aufgestellt worden. Er spielte zusammen mit Gräfin Benckendorff gegen Winston und Violet. Margot und der Botschafter spielten gegen Eddie und Bluey. Die Diener servierten Port und Brandy. Normalerweise konnte er sich in die präzisen Abläufe des Spiels versenken, in das leuchtende Smaragdgrün des Tisches und die Farben der Karten, das Gleichgewicht von Glück und Können, den milden Flirt mit dem Partner, den Wettstreit um den Sieg – die ganze Welt Gott sei Dank für ein paar Stunden reduziert auf einen einzigen Quadratmeter grünen Stoffs. Aber an diesem Abend konnte er sich dem Spiel nicht ganz hingeben, und so war er erleichtert, als Winston – der wie immer wie ein Hasardeur gespielt hatte – um elf Uhr verkündete, er müsse zurück in die Admiralität, woraufhin die Benckendorffs erklärten, auch für sie sei es an der Zeit aufzubrechen.

Er begleitete sie nach unten zu ihrem Wagen. Der Botschafter nahm seine Hand in beide Hände und sagte tief bewegt: »Morgen könnte der entscheidende Tag sein. Bitte denken Sie noch einmal darüber nach, was ich Ihnen gesagt habe.«

Der Premierminister winkte ihnen hinterher. Er sah den weißen Rolls-Royce in die Whitehall abbiegen. Der Abend war sternenklar, still, warm: Körpertemperatur, sodass es zwischen seiner Haut und der Londoner Luft keine Reibung zu geben schien. Er stand vor der Tür und rauchte seine Zigarre. Gegenüber beim Außenminister sah er in den Fenstern das Licht der Kronleuchter. Er überquerte die Downing Street, ging durch die großen Eisentore in den Innenhof und dann rechts die Steinstufen hinauf. Er nickte dem Nachtpförtner zu und stieg dann die Treppe zum Büro des Außenministers hinauf. Ohne anzuklopfen, trat er ein.

Grey fläzte auf dem braunen Ledersofa, die Füße auf dem niedrigen Tisch. Im Sessel neben ihm saß Lordkanzler Richard Haldane. Der Zigarrenrauch hing in Schichten in dem riesigen Raum. Auf dem Tisch stand neben Greys Füßen eine halb leere Karaffe Brandy.

»Dachte mir schon, dass ich Sie hier finde«, sagte der Premierminister. »Etwas dagegen, wenn ich mich dazusetze?«

Grey klopfte auf den Platz neben sich und griff nach der Karaffe.

*

Sie waren seine ältesten politischen Freunde, eine Verbindung, die dreißig Jahre bis in die Mitte der Achtziger zurückreichte, wo sie noch ein Trio ehrgeiziger junger Abgeordneter der Liberalen Partei waren, die ähnliche moderate Ansichten vertraten. Dem Patrizier Grey mit seiner Liebe fürs Fliegenfischen und die Vogelbeobachtung stand er allerdings nicht so nahe wie dem Geistesmenschen Haldane. Als Raymond und Beb noch klein waren, besuchte Haldane sie regelmäßig in Hampstead, um mit ihnen im Garten Kricket zu spielen.

Genau genommen, war es aber mit Freundschaften in der Politik nicht weit her. Absolutes Vertrauen konnte es nicht geben, nicht wenn man Premierminister war. Selbst bei den beiden achtete er darauf, sich nicht ganz zu offenbaren. Nur mit Venetia sprach er ohne jeden Vorbehalt. Es war schon nach Mitternacht, und sie versuchten immer noch, einen Ausweg aus der Zwickmühle zu finden. Haldane wusste mehr über Deutschland als jeder andere in der Regierung. Er sprach die Sprache, hatte dort als junger Mann gelebt und Philosophie studiert. Auf seinem letzten Posten als Kriegsminister hatte er sich bemüht, engere Beziehungen zu Berlin aufzubauen – er hatte die Universität in Göttingen sogar als seine »spirituelle Heimat« bezeichnet. Vergebens. Jetzt war er so verbittert wie ein abgewiesener Liebhaber. Er taxierte die Friedenschancen auf null.

»Wenn sie gewollt hätten, hätten sie die Österreicher aufhalten können. Die Tatsache, dass sie sich dazu entschieden haben, sie gewähren zu lassen, sagt uns alles, was wir wissen müssen.«

»Was werden sie als Nächstes tun?«

»Ich nehme an, sie werden dem Plan folgen, den Generalfeldmarschall von Schlieffen schon vor Jahren entworfen hat: erst die Franzosen im Westen angreifen und sie möglichst schnell erledigen, um die Hauptkräfte dann nach Osten gegen Russland zu wenden. Wenn sie das nach ihrem Zeitplan schaffen wollen, müssen sie durch Belgien marschieren, und wenn die Belgier um unsere Unterstützung nachsuchen – wie könnten wir uns dann heraushalten?«

»Das könnten wir eben nicht«, sagte Grey. »Völlig undenkbar. Außerdem haben wir gegenüber den Franzosen informelle Verpflichtungen, dass wir in einem solchen Fall alles in unserer Macht Stehende tun werden, ihnen beizustehen.«

»Informelle Verpflichtungen«, sagte der Premierminister. »Aber keinen schriftlichen Vertrag. Das werden Lloyd George und die anderen sagen. Ich schätze, drei Viertel unserer Fraktion sind gegen eine Einmischung.«

»Aber wir haben einen Vertrag mit Belgien«, sagte Grey. »Und der garantiert ihre Neutralität. Nehmen wir an, wir brechen unser Wort, und Frankreich wird geschlagen. Wenn wir Deutschland erlauben, Europa zu dominieren, dann werden wir nicht länger als Großmacht gelten. Unsere strategische Position ist gefährdet, unsere moralische Autorität, das Empire zu regieren, ernsthaft geschwächt. Und auf persönlicher Ebene – ich bedaure, Ihre Probleme damit noch zu vergrößern, Herbert, aber das ist für mich ganz klar – fühle ich mich, wenn wir unsere Verpflichtungen gegenüber den Franzosen nicht einhalten, durch meine Ehre gebunden, meinen Rücktritt einzureichen.«

Schweigend saßen sie da. Wie selten hörte er doch seinen Vornamen aus dem Mund eines männlichen Freundes – das allein war Anzeichen einer Krise. Er spürte, dass sein Optimismus verflog und sich auflöste wie der Zigarrenrauch über ihnen. Wenigstens wurde dadurch die politische Lage klarer. Wenn Grey zurückträte, dann müsste auch er gehen: Daran hatte er insgeheim nicht den geringsten Zweifel. Die Regierung würde stürzen. Die Torys würden übernehmen. Und es gäbe immer noch Krieg. Jetzt war es eine Sache des politischen Überlebens – das war zumindest ein Kampf, von dem er etwas verstand.

Er griff in seine Innentasche und zog die am Freitag zuvor in der Kabinettssitzung angefertigte Namensliste heraus. Er hatte die Namen von zehn Männern notiert, die seiner Meinung nach eine britische Intervention ablehnten – Lloyd George, Morley, Beauchamp, Simon, Harcourt, Pease, Samuel, McKinnon Wood, Runciman und Burns. Einige konnte er wahrscheinlich auf seine Seite ziehen, wenn sie den Ernst der Lage erkannten. Aber einige würden in jedem Fall zurücktreten. Das Ganze wäre ein einziges Fiasko.

Zu Grey sagte er: »Sie müssen morgen gegenüber dem Kabinett formal die Warnung vor der Gefahr aussprechen, dass das Land in naher Zukunft in einen Krieg verwickelt wird. Was mitnichten bedeutet, dass wir uns schon dafür entschieden haben. Es ist die bloße Feststellung einer Tatsache, gegen die selbst unsere friedensliebenden Kollegen nichts einwenden können. Aber es öffnet das Kriegsbuch, womit wir die Telegramme rausschicken und in die Vorbereitungsphase eintreten können.«

»Und dann?«

»Müssen wir um ein Wunder beten.«

Es war ein Uhr, als er schließlich Greys Büro verließ und zurück über die Downing Street ging. Er schloss hinter sich die Tür von Nummer 10 ab und ging durch das schlummernde Haus zu seinem Schlafzimmer. Er brachte es nicht über sich, Margot gute Nacht zu sagen, obwohl er unter ihrer Tür einen Lichtstreifen sah. Er zog sich aus, putzte sich die Zähne und ging ins Bett. Sonst notierte er oft noch vor dem Einschlafen für Venetia die Ereignisse des Abends. Diesmal war er zu müde, obwohl er ihr so viel anzuvertrauen hätte. Er legte den Glückszweig Heidekraut unter sein Kissen, griff zur Nachttischlampe, schaltete sie aus und zog, wie er es seit Kindertagen tat, die Decke bis zum Kinn hoch. Er hoffte, dass am Morgen ein Brief von ihr auf ihn wartete. Er hoffte, dass er nicht schlecht träumte.

KAPITEL 9

Am nächsten Morgen, Mittwoch, den 29. Juli, stand Paul Deemer früh auf, ging ums Eck zu dem kleinen Dorfladen und kaufte sich die *Times* und den *Daily Telegraph*. Es gab nur selten einen Tag, wo er nicht zur Arbeit musste, aber heute war so ein Tag. Er hatte die Hälfte seines Jahresurlaubs von einer Woche hinter sich.

Zurück im Haus setzte er sich mit einer Tasse Tee an den Küchentisch und las die Nachrichten, während sich unter dem Tisch die kleine schwarze Katze an seinen Beinen rieb.

ÖSTERREICH ERKLÄRT KRIEG
SCHWERE BÖRSENKRISE
EUROPAS SCHICKSAL IN DER SCHWEBE

Normalerweise hatte er kein großes Interesse an Zeitungen, aber der Urlaub hatte ihm jede Menge freie Zeit beschert – so viel, dass er nichts damit anzufangen wusste. Die Folge war, dass er die ganze Woche die internationalen Nachrichten verfolgt hatte und ihm die Entwicklungen mit jedem Tag unheilvoller erschienen als am Tag zuvor. Während er die Seiten umblätterte, musste er immer wieder an die Politiker und Diplomaten denken, die er auf der Gartenparty in der Downing Street gesehen hatte – den Premierminister, den Außenminister, den deutschen und den russischen Botschafter. Sie alle hatten eine derart gelangweilte Selbstsicherheit ausgestrahlt, als wären sie die Herren der Welt!

Aber jetzt in der Zeitung erschienen sie ihm angesichts der krisenhaften Flutwelle hilflos, geschrumpft, fast kümmerlich. Er fragte sich, ob er nicht in sein Büro bei Scotland Yard gehen sollte, Urlaub hin oder her. Da konnte er wenigstens mit jemand reden. Aber dann dachte er, nein, das wäre albern, seine Kollegen würden ihn nur auslachen. Seine Einstellung war, sich nur um Dinge zu kümmern, die er selbst halbwegs im Griff hatte. Deshalb blieb er bei seiner einmal getroffenen Entscheidung, im Garten zu arbeiten. Er legte die Zeitung zusammen und zog seine Arbeitssachen an.

Der Boden im Norden Londons war schlecht und ausgelaugt, kaum besser als schwarzer Dreck. Bald nach seinem Einzug hatte er Pferdemist untergegraben, und nach und nach waren im Lauf des Sommers, obwohl es in London den ganzen Juli kaum geregnet hatte, die Blumenbeete wieder erblüht. Bis zum Spätvormittag hatte er Glyzinien gestutzt und Geranien beschnitten und von Rittersporn und Fingerhut die welken Blüten entfernt. Die einfache Arbeit nahm ihn ganz in Anspruch. Sie befriedigte seinen Sinn für Ordnung. Aber hauptsächlich lenkte sie seine Gedanken von dem ab, was in den Zeitungen stand, und besonders davon, was das alles für seinen Bruder in der Armee bedeuten könnte.

*

Drei Meilen weiter südlich, im St James's Park im Zentrum Londons, war es ruhiger als sonst den ganzen Sommer über. Niemand fütterte die Enten auf dem See, und trotz Sonnenschein blieben die meisten Liegestühle leer. Stattdessen hatten sich die Leute vor dem Parlamentsgebäude und dem Außenministerium, vor der Admiralität und in der Downing Street versammelt, als könnte ihnen die Nähe zu den Gebäuden, wo die Entscheidungen über Leben und

Tod getroffen wurden, vielleicht eine Ahnung von den aktuellen Ereignissen verschaffen. Als um elf Uhr die Minister zur Krisensitzung des Kabinetts eintrafen, mussten sie sich einen Weg durch die schweigende, regungslose Menge bahnen.

Ab zwei Uhr an jenem Nachmittag strömten aus allen wichtigen Dienststellen der Regierung Dutzende Beamte mit braunen Aktenmappen auf die Straßen und machten sich zu Fuß auf den Weg zu den drei nächstgelegenen Hauptpostämtern auf der Whitehall, in der Parliament Street und auf der Strand. Sie wiesen alle Telegrafenbeamten an, Schilder mit *geschlossen* in die Schalterfenster zu hängen, und schickten anstehende Kunden nach Hause, leiteten dann den im Kriegsbuch festgelegten Prozess ein und verschickten Tausende von Warntelegrammen.

Die makellose Vorbereitung von Maurice Hankey und seinem Stab sorgte dafür, dass die Arbeit in einer halben Stunde erledigt war.

*

Deemer hatte den ganzen Tag über in gebückter Haltung gearbeitet. Sein Rücken schmerzte, und das Hemd klebte ihm schweißnass auf der Haut. Er füllte gerade den letzten Rest Wasser aus der Regentonne in die Gießkanne und dachte an einen Abstecher in den Albion, um sich bei einem Pint etwas Gesellschaft zu gönnen, die lohnender war als die der Katze, als er das Klappern des Briefschlitzes hörte. Es war kurz vor sechs Uhr abends.

Er ging durch die Küche und den schmalen Flur zur Haustür. Auf der Fußmatte lagen zwei Telegramme. Er runzelte die Stirn. Ein einziger gelbbrauner Umschlag wäre schon verdächtig genug gewesen, aber bei zweien musste er aus irgendeinem Grund sofort an seinen Bruder denken. Er ging mit den Umschlägen in die Küche und wischte sich die Erde von den Händen, bevor er das erste Telegramm öffnete.

Es war eine unpersönliche Anweisung vom Polizeirat von Scotland Yard, die den Empfänger darüber informierte, dass angesichts der internationalen Lage alle Urlaubsbewilligungen widerrufen seien und alle Beamten am nächsten Morgen zum Dienst zu erscheinen hätten.

Das zweite Telegramm war vom Befehlshaber der Special Branch, in dem er aufgefordert wurde, sich um Punkt neun am nächsten Morgen bei Captain Holt-Wilson im Watergate House, 13 York Buildings, Strand, 3. Stock, zu melden.

Die Urlaubssperre konnte nur bedeuten, dass die Lage schlimmer war, als die Zeitungen sie darstellten. Der Name Holt-Wilson und die Adresse sagten ihm nichts. Wahrscheinlich handelte es ich um die »gewisse, offiziell nicht existierende Abteilung des Kriegsministeriums«, die Quinn erwähnt hatte, als er ihn für die Special Branch rekrutiert hatte. Er ahnte, dass er nun ein kleines Rädchen in einer gewaltigen und gut präparierten Maschine werden würde, die in diesem Augenblick in Gang gesetzt wurde. Außerdem folgerte er, dass jetzt die letzte Chance sein könnte, seinen Bruder noch einmal zu sehen, bevor weiß Gott was über sie beide hereinbrach.

Er ging nicht zurück in den Garten, sondern zog ein frisches Hemd an, schloss das Haus ab und trat hinaus auf die Straße. Aus dem Albion drangen Klavierklänge, aber er schritt schnell in die entgegengesetzte Richtung davon. Eine Viertelstunde später saß er in der U-Bahn nordwärts nach Mill Hill.

*

Er war sechs Jahre älter als sein Bruder, und der Altersunterschied hatte ihre Beziehung bestimmt, besonders seitdem ihre Eltern tot waren. Paul hatte den Großteil ihres kleinen

Erbes dafür aufgewandt, den vierzehnjährigen Fred in einem anständigen Internat unterzubringen. Und Paul hatte ihn auch wieder aufgespürt, als er weggelaufen war, hatte eine Wohnung aufgetrieben, wo sie zusammen leben konnten, und ihm eine Lehrstelle in einer Autowerkstatt besorgt. Und als das schiefgegangen und Fred in schlechte Gesellschaft geraten war und Ärger mit der Polizei bekommen hatte, da hatte Paul ihm in seiner Verzweiflung zugeredet, es mit der Armee zu versuchen, die gerade von Kriegsminister Haldane aufgestockt wurde: weniger *zugeredet,* als ihn vielmehr persönlich zum Rekrutierungsbüro in Hounslow geschleift. Er hatte ihm über die Schulter geschaut, damit er auch wirklich unterschrieb. Und das, so schien es, hatte sich als Erfolg erwiesen. Jedenfalls war Fred auch fünf Jahre später immer noch in der Armee.

Die U-Bahn war voller Soldaten, die dienstfrei hatten. Sie machten Lärm, blödelten herum, rempelten sich an und rissen sich gegenseitig die Mütze vom Kopf und warfen sie durch den Waggon. An der Station Mill Hill strömten sie auf den Bahnsteig. Er folgte ihnen über die Straße und dann eine Steigung hinauf zu einem weitläufigen Komplex mit modernen Kasernen aus rotem Backstein, der wie eine Fabrik mit Lagerhallen aussah. Je näher sie kamen, desto gesitteter benahmen sich die Soldaten. Neben den Eisentoren hing ein Schild: *Middlesex Regiment (Duke of Cambridge's Own).* Der Wachsoldat ließ die anderen passieren, hielt ihn aber auf.

»Kein Zutritt für Besucher.«

»Ging doch sonst auch immer. Seit wann gilt das?«

»Ungefähr seit einer Stunde.«

Deemer zeigte ihm seinen Dienstausweis. »Ich muss unbedingt Soldat Fred Deemer sprechen.«

»Polizei? Hat er was ausgefressen?«

»Ich bin sein Bruder.«

»Na dann … Wenn Sie von der Polizei sind …«

Er ging zurück in sein Wachhäuschen, sah in einer ausgedruckten Liste nach und schickte ihn dann zu einer der Unterkünfte, die in dem Straßengeflecht hinter dem Exerzierplatz lagen.

Überall herrschte die größte Betriebsamkeit.

Am Eingang zu dem Block mit den Unterkünften fragte er einen Soldaten, der gerade hineinging, nach Fred Deemer.

»Ich schau mal nach, ob der da ist. Und wer genau will das wissen?«

»Sein Bruder.«

Während er wartete, beobachtete er das geschäftige Treiben. Soldaten in Uniform beim Drill in der Mitte der riesigen offenen Fläche, Soldaten in Turnhemd, die in Paaren ihre Runden um den Exerzierplatz drehten. Lastwagen wurden beladen und entladen – schwere, gerippte Holzkisten mit Munition, wie er annahm. Irgendwo in der Ferne hörte er das Rattern von Schnellfeuergewehren auf einem Schießstand.

Als er Fred zum Eintritt in die Armee überredet hatte, hatte das Land schon so lange im Frieden gelebt, dass er gar nicht auf den Gedanken gekommen war, sein Bruder müsse eines Tages vielleicht in den Krieg ziehen. Er hatte die Armee als eine Methode gesehen, ihn vor Schaden zu bewahren.

»Hallo, Paulie!«

Er drehte sich um und stand vor einem jungen Mann, der eine Zigarette rauchte. Khakiuniform, Barett auf dem Kopf. Wenn er ihm auf der Straße begegnet wäre, hätte er ihn nicht erkannt. Er hätte einer der herumalbernden Soldaten in der U-Bahn sein können.

»Hallo, Fred.« Er streckte die Hand aus. »Lange nicht gesehen.«

Fred steckte sich die Zigarette zwischen die Lippen und schüttelte Paul fest die Hand. Er sah ihm tief in die Augen.

»Schätze, seit Weihnachten.«

»Das kann nicht sein.«

»Doch, doch.«

Seine Stimme hatte sich nicht verändert, auch nicht der Blick aus den blassblauen, immer leicht spöttischen Augen, so als erlaubte er sich auf Kosten seines älteren Bruders einen Scherz. Aber sonst – der dichte Schnurrbart, die breiten Schultern, der kräftige Druck der schwieligen Hände.

»Also, was gibt's? Warst du gerade in der Gegend?«

»Nein, ich bin eigens hergekommen. Ich wollte dich unbedingt sehen. Hast du die Zeitung gelesen? Weiß Gott, was noch alles passiert.«

»Du brauchst dir um mich keine Sorgen zu machen. Nicht mehr. Wir sind alle gut ausgebildet. Wenn es zum Krieg kommt, sind wir bereit.«

Er hielt die Zigarette zwischen Daumen und Zeigefinger, zog verstohlen daran und verbarg sie dann wieder mit der Handfläche. Wahrscheinlich war das Rauchen auf dem Exerziergelände nicht erlaubt. Diesen charakteristischen, wenn auch geringfügigen Regelverstoß empfand Deemer als seltsam beruhigend.

»Bist du immer noch mit diesem Mädchen zusammen?«, fragte Fred.

»Nein.«

»Die ist zur Vernunft gekommen, was?«

»Kann man so sagen, ja. Und du? Bist du …?«

»Nee, ich doch nicht. Und jetzt ganz bestimmt nicht.«

Kurz herrschte Stille.

Fred schaute sich um. »Hör zu, Paulie, nett von dir, dass du gekommen bist. Ich weiß das zu schätzen, ehrlich. Aber die haben uns den Urlaub gestrichen, und jeden Augenblick kommt einer zur Inspektion.«

»Musst du zurück?«

»Was dagegen?«

»Nein. Natürlich nicht.« Er hatte ein schlechtes Gewissen, weil er merkte, dass er erleichtert war. »Wie wär's, wenn wir uns ein bisschen öfter sehen, ja?«

Er zog sein Notizbuch heraus und schrieb seine Adresse auf, riss die Seite heraus und gab sie Fred.

»Neue Wohnung?«

»Ja, eigentlich ein Haus. Klein, aber …«

»Immerhin ein Haus … schön.«

Er faltete den Zettel ganz klein zusammen, knöpfte die Brusttasche auf und steckte ihn hinein.

»Schreib mir, wenn sie dich wegschicken«, sagte Deemer. »Schreib mir, wie es dir geht. Wo ich dich erreichen kann.«

»Mach ich.« Fred leckte sich die Finger, drückte die Glut aus und steckte sich die Kippe in die andere Brusttasche. »Also dann, mach's gut.«

»Pass auf dich auf, Fred.«

»Du auch.«

Er drehte sich um und ging zurück in das Gebäude – unbeschwert, mit federnden Schultern. Später hatte Deemer immer dieses Bild vor Augen, eine Gestalt, die aus der Abendsonne ins dämmrige Licht ihrer Unterkunft tritt.

*

Im länger werdenden Schatten der großen Buche im Garten von Penrhos House neigte sich gerade ein Krocketspiel dem Ende zu. Die Buche, so hieß es, sei zu Zeiten der Regentschaft von Karl II. gepflanzt worden und habe erst kürzlich begonnen zu verfaulen. Venetia stand in ihrem knöchellangen, weißen Baumwollrock mit gespreizten Beinen auf dem Rasen und schwang den Schläger. Der blaue Ball traf Anthony Henleys roten Ball mit einem befriedigenden Klacken und beförderte ihn gut fünfzehn Schritte weit in die Gegend. »Jetzt komm schon, Vinny«, jammerte er.

»Kein Grund, so grausam zu sein.« Dann legte sie den Ball vor das Tor, schlug ihn sauber hindurch und traf den Stab.

»Prima Schuss«, sagte ihr Spielpartner Eric. »Gut gemacht.«

»Kommt, spielen wir noch eine Runde«, sagte Anthony. »Gebt uns die Chance zum Ausgleich.« Er und Blanche lagen jetzt drei zu zwei hinten. Er hasste es zu verlieren, besonders gegen Venetia.

»Der Beste nach fünf Runden gewinnt«, sagte Venetia. »So war es ausgemacht.«

Sie schulterte den Schläger und machte sich auf den Weg zur Terrasse, wo die restliche Familie saß. Die anderen folgten ihr. Es war das friedfertige Intermezzo zwischen Nachmittag und Abend. Die Kleinen waren von den Kinderfräulein schon zu Bett gebracht, das Teegeschirr von einem Dienstmädchen abgeräumt worden. Die warme Brise wehte von der Küche her den Geruch von Abendessen über den Rasen. So war das in Penrhos: In einer nie endenden Abfolge reihte sich Mahlzeit an Mahlzeit an Mahlzeit. Als Venetia sich dem Haus näherte, trat der Butler Jones aus dem Wohnzimmer durch die Verandatür ins Freie. Er trug ein Serviertablett, das er ihrem Vater hinhielt. Lord Sheffield schaute über den Rand seiner Brille und verkündete: »Telegramme!«

Sie lief schnell die Stufen hinauf. »Ist auch eins für mich dabei?«

»Heute nicht«, sagte er und machte sich daran, die Umschläge zu verteilen. »Anthony, hier, das ist für dich, eins für Eric und eins für Bill.«

»Großer Gott!«, platzte ihre Mutter heraus, als sie alle drei die Umschläge aufrissen. Sie lachte immer, wenn sie nervös war. »Wie spaßig! Wie bei einer Kettengeschichte.«

Die Offiziere zeigten sich gegenseitig ihr Telegramm – Urlaub gestrichen, sofortige Meldung am Stützpunkt. Ihre

Frauen murmelten durcheinander – »schrecklich«, »wie ärgerlich«, »einfach lächerlich« –, als ginge es vornehmlich um die Unterbrechung ihrer Ferien.

Eric, der Älteste und Ranghöchste, sagte: »Was mich betrifft, ich bin erleichtert. Ich glaube, es wird Zeit, dass das Land Stellung bezieht. Nichts ist besser als ein Krieg, damit ein Mann den wahren Wert der Dinge erkennt.«

»Hört, hört«, sagte Bill.

Und Lady Sheffield sagte: »Aber ihr könnt doch sicherlich noch zum Abendessen bleiben, oder? Ein paar Stunden spielen da doch keine Rolle.«

»Krieg!«, sagte Venetias Vater unvermittelt. »Das ist doch das Letzte!« Sie schaute ihn an. Er saß tief in seinem Liegestuhl und schüttelte den Kopf. »Du hattest recht, Venetia. Wir werden tatsächlich in die Sache hineingezogen.«

*

Mit der Post am nächsten Morgen hatte sie nicht gerechnet. Sie hatte angenommen, dass er zu beschäftigt sei. Aber der Brief kam pünktlich wie immer. Edith brachte ihn hoch. Sie konnte hören, wie sich unten ihre Schwäger für die Abreise fertig machten.

»Danke, Edith. Sag den anderen, ich komme gleich nach unten.«

Sie wartete, bis ihre Zofe die Tür geschlossen hatte, und öffnete dann den Umschlag. Den Hauptteil hatte er um Mittag geschrieben:

> Der kleine Zweig weißes Heidekraut & was Du darüber geschrieben hast, haben mich mehr berührt, als ich in Worte fassen kann … Wie auch Du zähle ich die Stunden bis Samstag … Wir hatten gerade eine lange Kabinettssitzung … Das wichtigste Ergebnis

> war, heute Nachmittag über das zu sprechen, was in der Amtssprache als „Warntelegramm" bezeichnet wird … Ich mache mich gleich auf den Weg ins Kriegsministerium, um mich davon zu überzeugen, dass die „Warnung" vollständig umgesetzt wird …

Der zweite Teil war kürzer:

> 18 Uhr. Ich komme gerade vom Kriegsrat zurück – bin völlig in Anspruch genommen von der Umsetzung der „Phase der Vorsichtsmaßnahmen". Das ist ziemlich interessant, weil es einem vor Augen führt, welches die ersten Schritte in einem echten Krieg sind. Du denkst morgen an mich, versprochen? Und ich werde Dein weißes Heidekraut ganz nah an meinem Herzen tragen. Die Post wird gerade geholt – obwohl ich Dir noch so viel zu erzählen hätte. In Liebe, für immer.

Sie schob den Brief in die Rocktasche. *Die ersten Schritte in einem echten Krieg* … Das klang beunruhigend. Und doch hatte er offenbar immer noch die Absicht, am Wochenende nach Penrhos zu kommen. Wie konnte das sein?

Sie ging nach unten. In der Halle trugen die Diener das Gepäck ihrer Herren hinaus zum Wagen.

»Wo sind alle?«

»Im Salon, Miss.«

Die Stimmung beim Abendessen war überraschend aufgeräumt gewesen, heiter sogar, als würden die Offiziere zu einem spannenden Abenteuer aufbrechen. Jetzt aber, nachdem sie die Uniform angelegt hatten, war die Möglichkeit eines Krieges plötzlich realer und die Atmosphäre im Salon gedämpft. Venetia gab jedem Einzelnen zum Abschied einen Kuss – zuerst Eric, den sie am liebsten hatte, dann Bill, der so überzeugt gewesen war, dass die Krise im Sand verlaufen würde, und schließlich Anthony, der ihre Taille umfasste, sie zurückküsste und ihr dabei ins Ohr flüsterte: »Was, wenn ich falle und wir nie miteinander geschlafen haben?«

Sie trat einen Schritt zurück und sah durch den Raum zu Sylvia hinüber, die aber gerade in die andere Richtung schaute und anscheinend nichts bemerkt hatte.

»Sei nicht so melodramatisch, Tony. Wahrscheinlich bist du in einer Woche schon wieder bei uns. Das sind nur die Warntelegramme.«

»Woher weißt du das mit den Warntelegrammen?«

Er gehörte zum Stab im Kriegsministerium. Den Posten hatte er dank ihrer Fürsprache bekommen, als der Premierminister auch das Amt des Kriegsministers übernommen hatte. Jetzt wünschte sie sich, dass sie das unterlassen hätte.

»Hab ich wohl in der Zeitung gelesen.«

»Das stand bestimmt nicht in der Zeitung.« Er grinste sie unangenehm an. »Das ist geheim.« Es schien ihm zu gefallen, dass er sie erwischt hatte. »Aber natürlich, er erzählt dir ja alles. Jeder weiß das.«

»Ich weiß nicht, wovon du redest.«

»Er ist über sechzig. Was um alles in der Welt findest du an ihm – abgesehen vom Naheliegenden?«

»Du solltest dich jetzt von deiner Frau verabschieden.«

Sie ließ ihn stehen. Ihre Hände zitterten. Es kostete sie alle Anstrengung, sich wieder zu fangen, ein falsches Lächeln aufzusetzen und irgendwie die nächsten Minuten zu überstehen. Sorgsam vermied sie jeden Augenkontakt mit ihm, während sie mit den anderen aus dem Salon in die Halle ging. Mit ihren Schwestern und Eltern stand sie vor der Tür und winkte den drei Männern hinterher. Der Wagen fuhr langsam die lange, geschwungene Zufahrt durch den Hirschpark hinunter, bog dann nach rechts auf die Straße nach Holyhead ab und verschwand aus ihrem Blickfeld.

*

Deemer hatte sich viel Zeit genommen, das Watergate House zu finden. Es stellte sich als ein moderner, massiver Bürokomplex aus hellrotem Backstein und mattgrauem Mauerwerk heraus. Er lag versteckt am Ende einer schmalen Straße, die von der Strand zu den Victoria Embankment Gardens führte und in einer Sackgasse endete.

Er trödelte zehn Minuten lang gegenüber am Zaun des Parks herum, tat so, als läse er Zeitung, und studierte die zur Arbeit eintrudelnden Leute. Die meisten sahen aus wie gewöhnliche Büroangestellte, wie Versicherungsmakler oder Buchhalter, aber ihm fielen auch ein paar ältere Männer mit Aktentasche auf, die sich wie Soldaten bewegten, mit durchgedrücktem Rücken und forschem Schritt.

Pünktlich um fünf vor neun warf er die Zeitung in einen Papierkorb, schlenderte über die Straße und betrat das Watergate House. Er ging durch die kühle, unpersönliche Eingangshalle aus Marmor und Stahl zur Treppe. Der erste und zweite Stock erschienen ihm völlig normal. Durch die halb offenen Türen drangen die Geräusche von Telefonen und Schreibmaschinen, in den Gängen standen Leute und unterhielten sich.

Im dritten Stock war es ruhig. Er blieb stehen, lauschte ein paar Sekunden lang und probierte dann vorsichtig die nächstgelegene Tür. Abgeschlossen. Ein Guckloch. Kein Namensschild. Er ging durch den ganzen menschenleeren Flur, versuchte es an allen Türen, und als er am Ende angekommen war und sich wieder umdrehte, sah er eine Frau, die von irgendwoher aufgetaucht war und ihn beobachtete.

»Guten Morgen.« Er ging auf sie zu. »Ich möchte Captain Holt-Wilson sprechen.«

Sie war in fortgeschrittenem mittleren Alter, groß und breit, trug ein braunes Wollkostüm und machte einen Respekt einflößenden Eindruck. Als er näher kam, stützte sie die Hände in die Hüften und versperrte ihm den Weg.

»Und wer sind Sie?«

»Detective Sergeant Deemer.«

»Können Sie sich ausweisen?«

Er reichte ihr seinen Dienstausweis. Sie hielt ihn ins Licht, drehte ihn um und inspizierte ihn misstrauisch wie eine gefälschte Banknote, bevor sie ihn zurückgab.

»Kommen Sie.«

Sie führte ihn in ein kleines Büro und schloss die Tür hinter sich.

»Warten Sie hier.«

Sie ging in den Raum nebenan und schloss auch diese Tür, ein sorgfältiges Prozedere, das Deemer an ein Gefängnis erinnerte. Die würde eine gute Wärterin abgeben, dachte er. Im Lauf der Jahre hatte er schon einige kennengelernt.

»Der Captain hat jetzt Zeit für Sie.«

Als er eintrat, erhob sich Holt-Wilson. Er war um die vierzig, drahtig, kahlköpfig, hatte abstehende Ohren, eine riesige spitze Nase und einen Zweifingerbart. Das ganze Gesicht schien auf diesen gewaltigen Rüssel zuzulaufen, der wie ein Schiffsbug hinausragte. Er trug eine Regimentskrawatte in Dunkelblau und Blutrot. Er beugte sich über den Schreibtisch und gab ihm die Hand.

»Sie sind also Deemer?« Sogar sein gebildeter Akzent kam nasal daher.

»Ja, Sir.«

»Bitte, nehmen Sie Platz.«

Deemer setzte sich. Mit einem schnellen Blick registrierte er den mit Akten überladenen Schreibtisch, die nackten Wände und den großen Stahltresor in der Ecke.

»Sie sind jung. Wie alt sind Sie?«

»Neunundzwanzig.«

»Sie wissen, warum Sie hier sind?«

»Nein, Sir.«

»Ich nehme an, Sie haben die Nachrichten verfolgt?«

»Ja, Sir.«

»Dann dürften Sie den Grund ja kennen. Wir sind eine kleine Mannschaft. Ehrlich gesagt, zu klein für die Aufgabe, die man uns gestellt hat, wir müssen also schnell mehr werden. Buchstäblich über Nacht sogar. Ich habe Superintendent Quinn gebeten, mir ein paar Männer aus unteren Dienstgraden zu empfehlen, die für die Arbeit geeignet sein könnten, und einer davon waren Sie. Sind Sie bereit, einen Schritt weiter zu gehen?«

»Ja, Sir.«

»Gut. Bevor ich Sie jedoch einweihe, brauche ich noch Ihre Unterschrift. Hier.« Er schob ein Blatt Papier und einen Stift über den Schreibtisch. »Das ist ein Zusatz zum Spionagegesetz. Sie verpflichten sich mit Ihrer Unterschrift, keinen Aspekt Ihrer Arbeit preiszugeben, und Sie erklären damit, dass Ihnen bewusst ist, bei Zuwiderhandlung bestraft zu werden.«

Deemer unterschrieb das Papier, ohne es durchzulesen, und schob es zurück. Holt-Wilson quittierte das mit einem knappen Lächeln: Willkommen im Club!

»Wir sind Teil des Kriegsministeriums, aber Sie behalten Ihre Stellung als Beamter der Metropolitan Police. Unsere vordringliche Aufgabe ist die Verhaftung von deutschen Spionen. Als Polizeibeamter verfügen Sie über das Festnahmerecht, das ich und die meisten meiner Kollegen nicht haben. Wir haben schon eine Liste mit etwa zwei Dutzend feindlichen Agenten erstellt, die wir in Haft nehmen müssen, sobald der Krieg erklärt ist.« Er machte eine Pause. »Sie können mir folgen?«

»Ja, Sir.«

»Tut mir leid, dass ich Sie gleich ins kalte Wasser werfe, aber wir haben nicht viel Zeit, und die Bedrohungslage ist äußerst ernst. Das hier ist der Mann, auf den Sie in den nächsten paar Tagen Ihr Augenmerk richten sollen.« Er hielt eine verschwommene Fotografie hoch. »Karl Gustav Ernst. Dreiundvierzig Jahre alt. Ein abstoßender Dreckskerl. Betreibt einen Friseurladen in der Caledonian Road, gleich um die Ecke vom Gefängnis Pentonville. Er schneidet sogar dem Direktor und dem Seelsorger des Gefängnisses die Haare. Es ist nicht zu fassen. Er wohnt über dem Laden und fungiert als Kurier für das deutsche Spionagenetz. Wir beobachten seine Umtriebe schon seit einigen Jahren.«

»Was genau soll ich tun?«

»Fürs Erste behalten Sie ihn einfach im Auge. Vor allem stellen Sie fest, ob er immer noch am gleichen Ort wohnt. Beobachten Sie, wenn möglich, seine Besucher. Aber seien Sie diskret. Wir wollen nicht, dass er in Panik gerät und untertaucht oder die anderen warnt. Ist das klar? Seine Adresse steht auf der Rückseite.« Er gab ihm die Fotografie und zog seine Taschenuhr heraus. »Ich habe noch fünf Minuten, Sie herumzuführen. Noch Fragen?«

»Ja, Sir, wenn Sie gestatten. Für wen genau arbeite ich?«

»Der eigentliche Name der Abteilung ist MO5(g), aber es wird Sie nie jemand danach fragen. Sie brauchen sich darüber also nicht groß Gedanken zu machen. Die gesamte Korrespondenz geht zu Händen von Kelly's Letter Bureau, Shaftesbury Avenue. Unsere Verwaltungssekretärin Mrs Summer haben Sie ja schon kennengelernt. Sie ist unser Wachhund.«

Er öffnete die Verbindungstür zu einem größeren Raum nebenan, dessen Wände mit Aktenschränken bedeckt waren. In der Mitte waren mehrere Schreibtische zusammengeschoben worden, an denen vier gut gekleidete junge Frauen vor ihrer Schreibmaschine saßen.

»Das sind Miss Westmacott, Miss Newport, Miss Holmes und Miss Bowie. Sie sind für die Registratur verantwortlich, das Herz unserer Operation. Meine Damen, das ist Detective Sergeant Deemer, der heute bei uns anfängt.«

Sie hoben lächelnd den Kopf, und er nickte höflich. Sie waren hübsch. Er hätte nichts dagegen gehabt, ein wenig mit ihnen zu plaudern, aber Holt-Wilson öffnete schon die nächste Tür.

»Und jetzt kommen wir zum Dienstzimmer. Hier ist Ihr Arbeitsplatz. Den Schlüssel besorge ich Ihnen noch. Ihr Zugang ist vom Flur.«

Ein großer Raum mit schönem Blick auf Grünanlagen, die bis zum Fluss hinunterreichten. Noch mehr Schreibtische, noch mehr Gesichter, noch mehr Namen, die er sich merken musste – diesmal nur Männer.

»Captain Booth, Captain Brodie, Captain Fetherston.« Sie nahmen kaum Notiz von ihm. »Die beiden Herren da drüben …« Er deutete mit dem Kopf zu zwei Troupiers, allem Anschein nach. »Das sind Sergeant Regan und Sergeant Fitzgerald, Ehemalige von Scotland Yard. Und das da drüben sind die Büros der höheren Dienstgrade.« Er zeigte der Reihe nach auf vier Türen. »Colonel Haldane, Major Drake, Superintendent Melville und unser direkter Vorgesetzter Major Kell. Ich würde Sie beide bekannt machen, aber ich glaube, er telefoniert gerade mit dem Innenminister.«

Er drehte sich zu Deemer um.

»Tja, das war die Begrüßungsrunde. Sie werden sich schnell zurechtfinden. Wir sind zwar nicht sehr viele, um das Land vor der deutschen Gefahr zu beschützen, aber wir haben einen entscheidenden Vorteil.«

»Und der wäre, Sir?«

Holt-Wilson schien die Frage zu überraschen. »Wir sind selbstverständlich Briten.«

KAPITEL 10

Trotz allem hielt der Premierminister immer noch an seiner Hoffnung fest, Venetia am Wochenende sehen zu können. An jenem Morgen saß er – umgeben von Landkarten und Statistiktabellen, das weiße Heidekraut unter seinem Hemd – am Kabinettstisch und schrieb an der Rede, mit der er später im Unterhaus die Einführung der irischen Homerule beantragen würde. Es war eine zermürbende, geisttötende Arbeit – nichts Neues zu berichten, so viel anderes, was ihm Sorgen bereitete, vergleichsweise absurd unbedeutend. Von Zeit zu Zeit machte er eine Pause und las zur seelischen Erquickung ein weiteres Mal ihren letzten Brief.

Penrhos House
Mittwoch, 29. Juli 1914
Liebling, wenn diese Worte Dich erreichen, dann ist genau eine Woche vergangen, seit wir uns das letzte Mal gesehen haben – auf dieser elenden Gartenparty, wo wir kaum Gelegenheit hatten, miteinander zu sprechen. Wer hätte vorhersehen können, wie sehr sich die Welt in so kurzer Zeit verändert? Es führt einem vor Augen, wie entscheidend es ist, für den Augenblick zu leben & sich auf jedes greifbare Vergnügen zu stürzen, denn keiner von uns kennt die Zukunft.

Ich wünschte, ich könnte etwas tun. Du machst Dir keine Vorstellung, wie entmutigend es ist, in einer Zeit wie dieser eine Frau zu sein: dazusitzen & sich das dumme Geschwätz von Männern anzuhören, wie sie beim Regieren die Welt ins Chaos stürzen. Ich bin mir sicher, wir könnten die Arbeit übernehmen & sie besser erledigen.

Ich muss Dir nicht sagen – oder muss ich, liebster Prime? –, dass ich richtig enttäuscht sein werde, wenn ich Dich am Samstag nicht sehen kann, & dass die Aussicht auf ein ganzes gemeinsames Wochenende mir in dieser Gluthitze vorkommt wie eine weit entfernte Oase? (Mein armer Pinguin leidet genauso wie ich, & zusammen haben wir auf dem Felsen gesessen & uns gegenseitig getröstet.) Aber ich bitte Dich, träume nicht einmal davon, eine so weite Reise zu unternehmen, wenn Du so viel zu tun hast …

Aber er träumte trotzdem davon. Als Bongie ihm nahelegte, die Rede vor dem Roten Kreuz am nächsten Tag in Chester abzusagen, allein die Zugreise würde ihn für vier Stunden von den Ereignissen in London abschneiden, blaffte er ihn an: »Ich sehe nicht ein, warum ich meine Pläne jetzt schon ändern sollte.« Obwohl er sich bewusst war, dass er sich wie ein verzogenes Kind anhörte, fügte er hinzu: »Das Rote Kreuz leistet wichtige Arbeit. Es wäre nicht richtig, die Leute zu enttäuschen.«

Und tatsächlich ließ der Druck an jenem Morgen überraschenderweise nach. Um elf Uhr ließ Bonar Law telefonisch um ein privates Treffen in seinem Haus in Kensington nachsuchen, um eine »bedeutende Sache« zu besprechen. Er schickte sogar einen Wagen, um ihn abzuholen, was der Premierminister als Frechheit wertete: Vermutlich wollte der Halunke, wo jetzt fast ständig Leute in der Downing Street herumlungerten, nur nicht dabei gesehen werden, wie er die Nummer 10 betrat. Am besten lehnte er ab und arbeitete weiter an seiner Rede. Aber die Neugier war stärker als die Vorsicht, also entschied er sich anders, trat hinaus in die Sonne, ignorierte die Blicke und stieg in den Fond von Bonar Laws Automobil – wenn es denn tatsächlich Bonar Laws Wagen war. Ihm kam der Gedanke, dass es sich um eine Verschwörung der Ulsterfreiwilligen handeln könnte, ihn zu entführen. Ein amüsanter Gedanke.

Eine Viertelstunde später erreichte er die frei stehende Vorstadtvilla, die an einem schattigen Platz südlich der Kensington High Street lag. Im Haus des Anführers der Torys traf er auch Edward Carson an, den Chef der Ulsterfreiwilligen, der es als seine »patriotische Pflicht« ansah, ihm vorzuschlagen, für die Dauer der Krise die Debatte um die irische Homerule zu verschieben. Der Premierminister hörte ihm zehn Minuten lang zu, bemüht, seine Erleichterung zu verbergen. Schließlich erhob er sich würdevoll von seinem Platz.

»Besten Dank für das Angebot. Ich werde mich mit meinen Kollegen beratschlagen und Ihnen binnen einer Stunde meine Antwort zukommen lassen.«

Zurück im Kabinettszimmer, kramte er die elenden Karten von Ulster, die Statistiktabellen und den Entwurf seiner Rede zusammen und legte alles auf Bongies Schreibtisch. »Ich komme mir vor wie Cicero. Der hat einem Sklaven die Freiheit geschenkt, weil der ihm die Nachricht über eine abgesagte Rede überbracht hat, die er an jenem Tag hätte halten sollen.«

»Sie schenken mir die Freiheit, Herr Premierminister?«

»O nein, mein lieber Junge! Du bist nicht frei!« Er war bester Laune. Er sah sich schon mit Venetia am Strand spazieren gehen. »Warten Sie noch zwanzig Minuten, dann rufen Sie Bonar Law an und sagen ihm, wir sind einverstanden.«

Er rief Lloyd George und Grey zu sich, sagte ihnen, was er getan hatte, und bat Grey danach, zum Lunch zu bleiben. Margot hatte schon Waldorf Astor, Ettie Baronin Desborough und die Gladstones eingeladen. Die Stimmung war aufgeräumt. Politik war kein Thema. Als Grey nach anderthalb Stunden verkündete, er müsse zurück ins Außenministerium, löste sich die Essensgesellschaft auf. Doch schon zwanzig Minuten später kehrte er leicht schnaufend mit dem neuesten Telegramm von der britischen Botschaft in Berlin zurück. Der deutsche Reichskanzler Theobald von Bethmann Hollweg hatte ein Angebot unterbreitet: Wenn Großbritannien einverstanden sei, sich aus dem Krieg herauszuhalten, dann böte Deutschland die Wiederherstellung der territorialen Integrität von Belgien, Holland und dem französischen Hoheitsgebiet (die Kolonien aller ausgenommen) für nach dem Krieg an.

»Das ist sehr plump«, sagte der Premierminister.

»Plump?« Der sonst so dröge Diplomat biss sich vor Entrüstung auf die Lippe. »Was glauben die, mit welchem Land sie es zu tun haben? Tatsächlich fordern sie, dass wir uns zu ihren Komplizen machen.«

»Was sollen wir antworten?«

»Wir müssen das umgehend zurückweisen. Je länger wir das unbeantwortet lassen, desto wahrscheinlicher werden sie unser Schweigen als Carte blanche zur Invasion interpretieren.« Er deutete zum Kabinettstisch. »Darf ich?«

»Natürlich.«

Grey zog einen Stuhl unter dem Tisch hervor, setzte sich und warf dabei wie ein Konzertpianist zu Beginn seiner Vorstellung die Rockschöße in die Höhe. Der Premierminister beobachtete ihn beim Schreiben. Er teilte den Abscheu seines Außenministers, misstraute aber jedem Vorgehen aus überschwänglichen Emotionen heraus. Er begutachtete lieber jedes Problem von allen Seiten, bevor er eine unwiderrufliche Entscheidung traf – eine letzte gedankliche Überprüfung, die Gewohnheit eines Anwalts. Und jetzt fragte er sich: Was, wenn unsere Argumentationslinie völlig falsch war? 1870 war Frankreich auf dem Schlachtfeld von Deutschland vernichtend geschlagen worden, die Welt hatte sich weitergedreht, und es hatte nicht das Leben eines einzigen britischen Soldaten gekostet. Was spielte es für eine Rolle, wenn die Deutschen Belgien durchquerten und sich hinterher wieder zurückzogen? Der Gedanke traf ihn wie ein Schwindelanfall. Aber als er sich den Weg vorzustellen versuchte, wie er von dem Abgrund, an dem sie jetzt standen, wieder zurückfinden sollte, war der Weg verschwunden.

»Herr Premierminister?«

Er bemerkte, dass Grey ihm den Entwurf seiner Antwort an den britischen Botschafter in Berlin hinhielt.

> Sie müssen den Reichskanzler darüber in Kenntnis setzen, dass sein Vorschlag, uns unter solchen Bedingungen zur Neutralität zu verpflichten, für keinen Augenblick in Erwägung gezogen werden kann. Zulasten Frankreichs auf diesen Handel mit Deutschland einzugehen wäre eine Schande, von der sich der gute Name unseres Landes nie wieder erholen würde.

Ein Bild Venetias tauchte vor seinem geistigen Auge auf – in weißem Kleid, mit Strohhut, am Strand stehend, umrahmt vom Meer, ihre Arme nach ihm ausstreckend, aber dann in die Ferne zurückweichend.

»Sehr gut.« Er gab Grey das Blatt Papier zurück. »Schicken Sie es ab.«

*

Die Caledonian Road verlief in Nord-Süd-Richtung, nicht weit entfernt von Deemers Haus – breit, grau und schmutzig wie die Themse, eine Durchgangsstraße, die in diesem Abschnitt von kleinen Geschäften mit Wohnungen darüber gesäumt war.

Karl Ernsts Friseurladen befand sich unter einer Eisenbahnbrücke in einem schäbigen Reihenhaus, eingeklemmt zwischen einem Obst- und Gemüseladen und einer Eisenwarenhandlung. Die rot-weiß gestreifte Barbierstange wies Risse auf, das flaschengrün gestrichene Schaufenster verwehrte jeden Einblick, und die Tür war trotz der Hitze – anders als die der meisten anderen Geschäfte – fest verschlossen. Deemer ging zweimal daran vorbei, ohne einem Kunden zu begegnen. Das Risiko eines dritten Versuchs wollte er nicht eingehen.

Auf der anderen Straßenseite ein paar Häuser weiter befand sich ein italienisches Café. Er kaufte sich eine Zeitung, ging hinein und setzte sich an einen Fenstertisch. Die Gardine, die die untere Fensterhälfte verhüllte, schützte ihn vor den Blicken der Passanten. Er hörte jede Menge Fremdsprachen – Polnisch, Russisch, Deutsch, Jiddisch, Französisch. Wenn gegenüber ein Zug über die Brücke fuhr, klapperte der Löffel auf seiner Untertasse.

Widerwillig bestellte er etwas zu essen, dann stocherte er in den mit Käse überbackenen, verklebten Makkaroni herum, schickte den Kellner mehrmals wieder weg, der seinen Teller abräumen wollte, und behielt die ganze Zeit den Friseurladen im Auge. Er zählte sechs Männer, die hineingingen und wieder herauskamen, notierte auf dem Zeitungsrand die Zeiten und eine kurze Personenbeschreibung. Drei, so schätzte er, waren wahrscheinlich normale Kunden gewesen, aber die anderen drei blieben nur kurz, und ihr Haar war, soweit er das erkennen konnte, nachher genauso lang wie vorher. Er nahm an, dass Ernst im Laden war, aber ganz sicher konnte er nicht sein. Was, wenn er einen Komplizen hatte?

Es war weit nach vier, als er schließlich zahlte, die Zeitung in die Jackentasche stopfte und ging. In gut einer halben Stunde würde Ernst den Laden zusperren, und er hatte ihn immer noch nicht zu Gesicht bekommen. Er musste das Risiko eingehen. Er überquerte die Straße und näherte sich dem Laden vorsichtig. Das Schild mit *geöffnet* hing noch an der Tür. Er sah sich kurz nach beiden Seiten um und drehte dann den Türgriff. Beim Eintreten bimmelte eine Glocke. Der Ladenraum war leer. Er tat sich kurz um – ein drehbarer Lederstuhl mit Fußraste, ein Spiegel in schwerem Rahmen, Regale voller Fläschchen, in der Ecke ein Gestell mit Wasserschüssel und einem zusammengekehrten Haufen Haare darunter, eine einzelne brennende Glühbirne in einer rosa Glaskugel, der Geruch süßlicher Pomade. Dann teilte sich der Vorhang an der hinteren Wand, und ein Mann in einem weißen Kittel erschien. Sie schauten einander an.

»Ich wollte gerade schließen«, sagte Ernst.

Er war es, keine Frage – der Akzent, das breite Gesicht, das schüttere blonde Haar, eine anscheinend gebrochene Nase, die man nur schlecht wieder zusammengeflickt hatte.

»Auf dem Schild steht *geöffnet*.«

Warum sagte er das? Er wusste, was er wissen wollte. Er hätte einfach wieder gehen sollen.

Der Deutsche zuckte die Achseln. »Tja, also … ist ja noch früh.« Er betrachtete Deemer genauer. »Aber Sie haben sich erst vor kurzem die Haare schneiden lassen, oder nicht?«

»Ich wollte mich nur rasieren lassen. Aber wenn Sie schon zuhaben … Spielt keine Rolle, ich war nur gerade in der Gegend.«

»Kein Problem.« Er ging zur Tür und drehte das Schild auf *geschlossen* um. »Darf ich Ihre Jacke aufhängen?«

Das Komische an der Situation entging Deemer nicht. Sie wollten beide keinen Verdacht erregen, und so taten sie beide etwas, was sie nicht tun wollten. Deemer zog die Jacke aus, gab sie Ernst und hoffte, ihm würde das Gekritzel auf der Zeitung nicht auffallen. Ernst drehte den Friseurstuhl zur Seite, damit er sich setzen konnte, steckte ihm rundum ein Handtuch in den Kragen und drehte den Stuhl wieder vor den Spiegel. Dann verschwand der Deutsche mit der Schüssel durch den Vorhang – bildete Deemer sich das ein, oder hörte er ihn mit jemand flüstern? Als er zurückkam, dampfte heißes Wasser in der Schüssel. Er schäumte die Seife auf.

»Sind Sie aus dem Viertel hier?«, fragte Ernst.

»Mehr oder weniger, ein paar Minuten zu Fuß von hier.«

Ernst drückte auf einen Hebel, und der Stuhl kippte ruckartig nach hinten, bis Deemer fast in der Horizontalen lag. Mit dem tödlich scharfen Rasiermesser in der Hand schaute der Deutsche auf ihn herab. Sein warmer Atem verströmte einen unangenehm beißenden Geruch.

»Und was machen Sie beruflich, wenn ich fragen darf?«

»Ach, dies und das. Mein Bogen ist mit mehreren Saiten gespannt.«

»Eine schöne Redewendung. Bei uns sagt man, mehrere Eisen im Feuer haben. Nicht bewegen, bitte.«

Seine Verwundbarkeit in dieser Lage behagte Deemer ganz und gar nicht, gelinde gesagt. Fast in der Waagerechten auf dem Rücken zu liegen, mit einem deutschen Spion, der sich über einen beugte und mit dem Rasiermesser am Hals entlangschabte, war alles andere als angenehm. Er umklammerte die beiden Armlehnen. Zum Glück hatte Ernst offenbar das Interesse an ihrer Unterhaltung verloren und rasierte schweigend weiter. Zehn Minuten später – er hatte einen Schilling bezahlt und versprochen wiederzukommen – stand Deemer, dankbar für den Alltagsverkehr und die Hitze, wieder auf dem Bürgersteig und strich sich mit der Hand über das ungewohnt glatte Kinn.

*

Am nächsten Morgen – dem Freitag – erhielt Venetia wie gewohnt Post aus der Downing Street. Der Brief, verfasst am frühen Abend des Vortags, war kürzer als sonst und berichtete knapp über die Ereignisse des Tages, einschließlich seines heimlichen Besuchs bei Bonar Law und der bedrohlichen Bedingungen des deutschen Angebots. Sie konnte sich gut die Anspannung vorstellen, unter der er stand.

> Heute sehe ich für die Zukunft sehr schwarz. Morgen früh um 11 kommen wir zur nächsten Kabinettssitzung zusammen. Es wird entscheidend von der Lage der Dinge abhängen, ob ich meinen Termin in Chester wahrnehmen kann (worauf ich, außer als Mittel zum Zweck, nicht sehr erpicht bin). Aber sofern das Schicksal nicht sehr ungnädig ist, hoffe ich immer noch, am Samstag zu Dir kommen und Dich sehen zu können – vielleicht trägst Du dann Dein neues gestreiftes Kleid und nicht jene „gelbe Gefahr". Du schreibst, Du wärst „richtig enttäuscht", wenn ich nicht käme. Ich wünschte, ich könnte ausdrücken, wie ich mich dann fühlen würde. All meine Liebe Dir, teuerste Geliebte.

Sie faltete den Brief zusammen und schaute mit leerem Blick aus dem Fenster. Sie sollte sich wohl geschmeichelt fühlen, dass er sich Gedanken über die Farbe des Kleids machte, das sie vielleicht tragen würde – aber in solchen Zeiten? Sie jedenfalls hätte an seiner Stelle keinen einzigen

Gedanken daran verschwendet. Wie auch immer, die ganze Reise war jetzt nur noch ein Hirngespinst. Es machte ihr Sorgen, dass er das nicht begriff.

*

Das Kabinett kam um elf zusammen, und schnell wurde klar, dass eine Fahrt nach Chester, um dort am Abend eine Rede zu halten, tatsächlich nicht infrage kam. Er drückte auf den Klingelknopf unter dem Tisch, woraufhin Bongie aus dem Sekretariat ins Kabinettszimmer geeilt kam. Er trug ihm auf, die Reise abzusagen, ihm aber das Kursbuch zu bringen. Während es um ihn herum im Streit um Belgiens Neutralität und Großbritanniens moralische Verpflichtungen gegenüber Frankreich hoch herging, schlug er nach, welche Züge am Samstag nach Holyhead fuhren. Es gab einen um Mittag, der ihn rechtzeitig zum Abendessen nach Penrhos bringen würde. Er war sich des fragenden Blicks bewusst, mit dem Lloyd George ihn von der anderen Tischseite aus bedachte. Er klappte das Kursbuch zu, gab es Bongie zurück und wandte seine volle Aufmerksamkeit wieder der Diskussion zu.

An dem Zerwürfnis hatte sich nichts geändert. Etwa die eine Hälfte war gegen eine britische Intervention, während die andere sie als unausweichlich betrachtete, wobei Winston wie immer am kriegerischsten auftrat. Er erreichte das aus seiner Sicht zufriedenstellende Ergebnis, außer der Zurückweisung von Frankreichs Wunsch nach einer ausdrücklichen Beistandsgarantie im Falle eines Angriffs durch Deutschland zunächst nichts zu tun. Damit waren zumindest etwaige Rücktritte im Kabinett hinausgezögert.

Danach verließ er das Haus durch das Gartentor und ging zusammen mit Winston über den Paradeplatz zur Admiralität, um dort mit Lord Kitchener zu Mittag zu essen.

Der Generalkonsul von Ägypten und Sudan war zur Erhebung in den Grafenstand »von Khartum und Broome« nach London gereist und hatte seinen Besuch um einen Monat verlängert. Wie der Premierminister erwartet hatte, war der Feldmarschall in kämpferischer Stimmung, was wahrscheinlich der Grund war, warum Winston den gemeinsamen Lunch arrangiert hatte. »Wenn wir Frankreich in dieser gefährlichen Lage nicht beistehen, dann werden wir nie wieder als Großmacht angesehen werden.« Aber er zeigte sich auch fatalistisch. »Die Deutschen werden die französische Armee niedermähen wie Rebhühner.« Mit seinen eins neunzig überragte Kitchener Winston deutlich. Jahrzehnte in Indien, Afrika und im Nahen Osten hatten seinem Gesicht die Farbe von rotem Marmor verliehen. Sein ausladender Schnurrbart war dunkel, seine unnatürlich hellblauen Augen wirkten aufgrund einer alten Verwundung wie die eines Hypnotiseurs regungslos und leicht erstarrt. Er war entschiedener Junggeselle. Kein Wunder, dass die Öffentlichkeit derart besessen von ihm war, dachte der Premierminister. In seinem Kopf begann langsam eine Idee Gestalt anzunehmen.

»Wann kehren Sie nach Ägypten zurück?«

»Am Montag.«

»Könnten Sie Ihre Abreise aufschieben?«

»Das ist leider unmöglich.«

Wenn er irgendwer gewesen wäre, hätte er ihm einfach befohlen zu bleiben. Stattdessen sagte er milde: »Vielleicht wären Sie so liebenswürdig, mein Büro Ihren Aufenthaltsort in den nächsten Tagen wissen zu lassen, für den Fall, dass wir Verbindung mit Ihnen aufnehmen müssen.«

In Gedanken versunken, ging er über den Kies des Paradeplatzes zurück zur Nummer 10, wo ihn die Nachricht erwartete, unverzüglich den König aufzusuchen. Eigentlich hatte er keine Zeit, aber das konnte er kaum ablehnen. Er nahm Bongie mit. Horwood bugsierte sie langsam durch die in der Downing Street und vor dem Buckingham-Palast versammelten Menschen. Sie parkten im Innenhof. Er ließ seinen Privatsekretär unten warten und ging nach oben ins königliche Wohnzimmer. Der König war ein schroffer, grobschlächtiger Mensch und mitnichten ein Intellektueller. In seinem ganzen Leben hatte er keinen einzigen originellen Gedanken gehabt. Wer wissen wolle, was der Mann auf der Straße denke, sagte der Premierminister gern, der müsse nur den König fragen.

»Schön, dass Sie kommen konnten, Herr Premierminister. Ich habe gerade ein beunruhigendes Telegramm vom Kaiser persönlich erhalten. Was halten Sie davon?«

Es war englisch verfasst: *My dear Georgie … Yours, Willy,* und er beklagte sich darin über die Scheinheiligkeit ihres gemeinsamen Cousins, des Zaren – *Nicky* –, der die Mobilmachung seiner Truppen befohlen hatte, noch während »die Gespräche« andauerten. Der Ton des deutschen Kaisers war trotzig, schwülstig, verdrossen. Das werde er nicht dulden, was der könne, das könne er schon lange, jetzt werde es zum Krieg kommen, und die Welt werde erkennen, dass das nicht seine Schuld sei … *Georgie, Willy, Nicky:* Der Premierminister sah die drei als kleine Jungs in steifem Hofgewand vor sich, wie sie in einem riesigen Palastkinderzimmer Soldat spielten.

»Das ist in der Tat verhängnisvoll.«

»Was für ein eigenartiger Bursche der Kaiser doch ist. Mein Vater konnte ihn nicht ausstehen. Es ist natürlich eine persönliche Nachricht, aber ich dachte, Sie sollten sie lesen. Wenn Sie wollen, dass ich ihm antworte, dann könnten Sie vielleicht einen Entwurf vorbereiten.«

»Ich bin Euch sehr dankbar, Sir. Mit Eurer Erlaubnis werde ich den Außenminister informieren.«

Er warf einen verstohlenen Blick auf seine Uhr. Es war

jetzt fast vier. Spätestens in einer Stunde musste er vor dem Parlament eine Erklärung zur aktuellen Lage abgeben. Er bat um Entschuldigung, verließ unter Verbeugungen das Zimmer, eilte über den roten Teppich und dann die breite prunkvolle Treppe hinunter – vorbei an den riesigen Ölgemälden mit den verschiedenen Perückenköpfen feister Georgs aus dem (natürlich deutschen) Hause Hannover – und stieg in den Wagen, der ihn fünf Minuten später am Westminster-Palast absetzte.

In seinem Unterhauszimmer hatte er sich kaum gesetzt, als Greys Privatsekretär William Tyrrell mit einer Erklärung des deutschen Reichskanzlers erschien, die erst eine Viertelstunde zuvor Carl von Schubert von der deutschen Botschaft ins Außenministerium gebracht hatte. Von Schubert hatte darauf bestanden, sich nicht zu setzen, sondern die Nachricht stehend laut vorzulesen, wobei er sich immer wieder den Schweiß von der Stirn wischte: Russland habe Armee und Marine mobilisiert; deshalb habe Deutschland das Kriegsrecht ausgerufen; wenn Russland die Mobilisierung nicht binnen der nächsten zwölf Stunden widerrufe, werde auch Deutschland mobilisieren.

Der Premierminister nahm diesen Schlag ohne Regung hin. »Dann ist es also passiert.«

»Es scheint so.«

Um fünf betrat er die Kammer des Unterhauses und ging zum Rednerpult. Das Gemurmel um ihn herum verstummte.

»Wir haben gerade erfahren, nicht aus Sankt Petersburg, sondern aus Deutschland, dass Russland die allgemeine Mobilmachung von Armee und Marine verkündet hat.«

Laute Rufe ertönten, verstummten aber wieder, als er die Hand hob.

»Unter den gegebenen Umständen ziehe ich es vor, bis zum kommenden Montag keine Fragen zu beantworten.«

Er ging hinter den Platz des Speakers und war sich des sofort ausbrechenden Geredes bewusst. Eine Sitzung am nächsten Montag? Aber der Montag ist doch ein gesetzlicher Feiertag!

Um halb sechs schrieb er schnell eine kurze Nachricht an Venetia.

> Die Lage könnte kaum schlechter sein, & ich hege große Befürchtungen für morgen. Ich telegrafiere morgen früh. Wenn ich komme, dann mit dem Zug, der um 18.45 in Holyhead eintrifft.
>
> Wenn ich nicht kommen kann, so telegrafiere & schreibe mir, meine über alles Geliebte, und schenke mir Deine Liebe & berichte mir von Deinen Plänen. Ich muss Dich sehen. All meine innigste Liebe.

Auf dem Weg zur Nummer 10, wo Lloyd George, Montagu und die Direktoren der Bank von England auf ihn warteten, warf er den Brief ein. Bisher hatten die Direktoren für Politiker nur göttergleiche Verachtung übriggehabt, jetzt trugen sie die angespannten Züge von verlorenen und verängstigten Schulbuben zur Schau. Das Vertrauen in die Londoner City war verpufft. Vor den Banken hatten sich Schlangen gebildet. Zum ersten Mal seit den napoleonischen Kriegen waren sie gezwungen gewesen, den Umtausch von Gold gegen Papiergeld auszusetzen. Den Zinssatz hatten sie schon von vier auf acht Prozent verdoppelt. Und sie beabsichtigten, ihn am nächsten Tag auf zehn anzuheben. Das gesamte Finanzsystem stand vor dem Zusammenbruch.

Der Premierminister, ein ehemaliger Schatzkanzler, versuchte eine Gelassenheit auszustrahlen, die er nicht empfand.

»Wenn die Lage klarer wird, dann beruhigt sich alles

wieder. Die Wirtschaft war in der letzten Woche stabil, und das wird sie auch in der nächsten Woche sein. Sie haben die richtigen Maßnahmen ergriffen, meine Herren. Wir werden diesen Sturm abwettern.«

Als sie fort waren, ging er mit Montagu nach oben, ließ sich in den nächstbesten Sessel fallen und bat ihn, ihnen beiden einen Brandy einzuschenken. Von der Wirtschaft wird nicht mehr viel übrig bleiben, dachte er, wenn es niemand mehr gibt, mit dem man Handel treiben kann.

Für diesen Abend war kein formelles Abendessen geplant. Margot hatte stattdessen im Esszimmer ein Büfett aufbauen lassen. Die Gäste gingen ein und aus, bedienten sich selbst, setzten sich in kleinen Gruppen zusammen und sprachen leise miteinander. Auch Winston und Grey kamen. Bongie und Drummond brachten Telegramme herein. Hinterher konnte sich niemand mehr genau daran erinnern, wer alles da gewesen war. Er trank noch einige Gläser Brandy mehr. Er war froh um Montagus Gesellschaft. Was für ein treuer Freund. Auch Venetia mochte ihn. Er sollte ihm bald einen Posten im Kabinett verschaffen, irgendetwas Untergeordnetes.

»Ich hoffe, dass ich morgen Venetia besuchen kann«, sagte er zu ihm.

»Ich wusste gar nicht, dass sie in London ist.«

»Ist sie auch nicht. Sie ist in Penrhos.« Er bemerkte Montagus Überraschung. »Es gibt einen passenden Zug«, murmelte er. »Ich könnte Sonntagabend wieder zurück sein.«

Er spürte, dass er schon zu viel gesagt hatte, und ließ das Thema fallen.

Montagu raffte sich um Mitternacht auf, um nach Hause zu laufen. Die anderen waren nach und nach bereits gegangen. Margot lag schon im Bett. Aber er war noch hellwach. Er war so aufgeputscht, als hätte er gerade erst nach einer großen Rede die Bühne verlassen. Um halb eins kam

Tyrrell vom Außenministerium über die Straße. Vom Kaiser war gerade ein Telegramm eingetroffen. Bongie und Drummond gesellten sich zu ihnen, und zusammen lasen die vier die Nachricht: Es war eine formellere Version seines privaten Telegramms an den König, in dem er gekränkt alle Schuld auf die Mobilisierungsentscheidung des Zaren geschoben hatte.

Es war ein merkwürdiges Gefühl, allein in dem sonst verlassenen Raum zu stehen, die Worte des deutschen Kaisers in ihren Händen zu halten und sich ihn schlaflos in Berlin vorzustellen.

»Was hofft er damit zu erreichen?«, sagte der Premierminister.

»Na, er will die ganze Schuld für den Krieg auf die Russen abwälzen«, sagte Tyrrell.

»Ist es nur das? Oder hat er kalte Füße bekommen und sucht in letzter Minute noch nach einem Ausweg?« Er konnte die Skepsis von ihrem Gesicht ablesen. »Wenn die Russen überredet werden könnten, die Mobilisierung zu widerrufen, dann würden die Deutschen diesem Beispiel vielleicht folgen. Wir sollten etwas unternehmen. Einen Versuch ist es wert. Bongie, rufen Sie ein Taxi.«

»Wohin, Sir?«

»Buckingham-Palast. Eric, rufen Sie den Privatsekretär des Königs an, und sagen Sie ihm, dass ich vorbeikomme. Wir setzen einen Appell des Königs an den Zaren auf – von Cousin zu Cousin.«

Um ein Uhr morgens stieg der Premierminister mit einer viertel Flasche Brandy im Bauch etwas unsicher in den Fond des Taxis und ließ sich von dem verblüfften Fahrer zum Buckingham-Palast fahren. Nachdem der Mann ihn abgesetzt hatte, verweigerte er das Fahrgeld und rief ihm hinterher: »Gott segne Sie, Sir!«

Zum zweiten Mal an diesem Tag ging er an Georg dem

Ersten, dem Zweiten, dem Dritten, dem Vierten die Treppe hinauf zum königlichen Wohnzimmer, wo Sekunden später Georg der Fünfte erschien. Er trug Hausschuhe und über dem Nachthemd einen braunen Schlafrock. Er schaute ihn verschlafen an, von seinem Hinterkopf standen ein paar schüttere Haarbüschel ab.

»Vielen Dank, dass Ihr mich empfangt, Eure Majestät. Wir möchten, dass Ihr dem Zaren umgehend ein persönliches Telegramm schickt. Darf ich es Euch vorlesen?«

»Wenn es sein muss.«

»Es beginnt folgendermaßen: ›Meine Regierung hat folgende Erklärung von der deutschen Regierung erhalten …‹ An dieser Stelle fügen wir die Botschaft des Kaisers ein und dann könntet Ihr sagen: ›Mir drängt sich der Gedanke auf, dass diese festgefahrene Situation nur die Folge eines Missverständnisses sein kann …‹« Er las den Entwurf bis zum letzten Satz vor. »›Gewisslich bist du ebenso bestrebt wie ich, alles nur Erdenkliche zu unternehmen, um den Frieden der Welt sicherzustellen.‹«

»Das ist alles?« Der König klang leicht verunsichert und las den Text selbst noch einmal durch. Der Premierminister konnte es ihm nicht verübeln. Es war eine schwächliche Botschaft voller Plattitüden – ein Steinchen, das in eine vorrückende Flutwelle aus einer Million Mann unter Waffen geschleudert wurde.

»Das ist alles, Sir.«

»Sehr gut. Geben Sie mir die Feder.«

Sorgfältig schrieb er *Mein lieber Nicky* über den Text und darunter *Dein Georgie* und gab dem Premierminister das Papier zurück.

»Wenn Sie nichts dagegen haben, werde ich jetzt wieder zu Bett gehen.«

*

Um 2 Uhr morgens war ich wieder zu Hause und habe mich unruhig auf der Couch gewälzt (wie die Romanschriftsteller sagen), aber eigentlich habe ich nicht schlecht geschlafen, und in diesem Hin & Her zwischen Schlafen & Wachen, da hat Gott sei Dank immer wieder das Bild von Dir über mir geschwebt und mir Ruhe & Frieden verschafft.

KAPITEL 11

Der tags zuvor geschriebene Brief des Premierministers, in dem er Venetia darüber informierte, dass er möglicherweise doch mit dem Zug um 18 Uhr 45 eintreffen werde, sorgte für ungläubige Gesichter, als Venetia ihn in Penrhos am Samstagmorgen beim Frühstück erwähnte.

»Liest er keine Zeitung?« Ihr Vater hielt die *Times* in die Höhe und zeigte ihr die Schlagzeilen.

EUROPA UNTER WAFFEN
GENERALMOBILMACHUNG IN RUSSLAND
KRIEGSRECHT IN DEUTSCHLAND
GRENZZWISCHENFÄLLE

»Wird Margot ihn begleiten?«, fragte ihre Mutter misstrauisch. »Oder will er allein kommen?«

»Wenn er *überhaupt* kommt, bringt er vermutlich nur einen seiner Privatsekretäre mit. Wahrscheinlich Bongie. Egal, er kommt sowieso nicht. Ist alles nur ein Tagtraum, der ihn von der Krise ablenken soll.«

»Aber wie kann er überhaupt daran denken, London zu verlassen?«, sagte Lord Sheffield. »In so einer Zeit?«

»Das liegt doch auf der Hand, oder?«, sagte Sylvia. Sie blickte Venetia über den Tisch an. »Du weißt doch, dass er dich keinen einzigen Tag entbehren kann, meine Liebe. Und jetzt ist schon mehr als eine Woche vergangen.«

»Venetia«, sagte Lord Sheffield, »ist das wahr?«

»Natürlich ist es nicht wahr. Sylvia will bloß stänkern.« Sie funkelte ihre Schwester böse an. »Bevor du dir über mein Leben den Kopf zerbrichst, *meine Liebe,* solltest du dich lieber um dein eigenes kümmern.«

Sie sah, wie Sylvia zusammenzuckte.

»Venetia!«, rief ihre Mutter scharf.

»Ich habe Kopfschmerzen«, sagte sie, stand auf und warf die Serviette auf den Teller. »Ich gehe auf mein Zimmer.«

Sein Telegramm kam am späten Vormittag:

> BEDAURE. INTERNATIONALE LAGE ERFORDERT ANWESENHEIT IN LONDON. ENTSCHULDIGE TAUSENDMAL. WERDE DEINER MUTTER TELEGRAFIEREN. BRIEF FOLGT.

Sie war erleichtert, besonders nach der Szene am Frühstückstisch. Aber jetzt, wo er das Richtige getan hatte, war sie doch überrascht, wie enttäuscht sie war.

> Penrhos House
> Holyhead
> Samstag, 1. August 1914
> Liebling, ich habe soeben Dein Telegramm erhalten. Das ist nun wirklich ein bitterer Schlag. Schon jetzt hasse ich diesen bestialischen Krieg, & er hat noch nicht einmal begonnen! Vielleicht kannst Du uns ja heraushalten, dann kannst Du stattdessen am nächsten Wochenende nach Penrhos kommen, & wenn Du uns nicht heraushalten kannst, dann würde das zumindest bedeuten, dass diese vermaledeite Reise nach Indien & Australien abgesagt wird & ich nach London kommen & Dich dort sehen kann.

Sie schrieb noch ein paar belanglose Sätze und spürte dabei, wie larmoyant sie wurde. Sie entschied, ans Meer zu gehen, um sich ihre schlechte Laune aus dem Kopf blasen zu lassen. Aber kaum hatte sie den Wald verlassen und den Strand betreten, als sie etwas in der seichten Brandung treiben sah – mit schwarzem Rücken und weißem Bauch. Sie betete, es möge ein toter, ans Ufer gespülter Fisch sein, obwohl ihr mit jedem Schritt, den sie näher kam, klarer wurde, dass es ihr Pinguin war.

Ungeachtet ihrer Schuhe und ihres Rocks, watete sie bis zu den Knien ins Wasser, packte einen seiner winzigen Flügel und zog ihn auf den Sand. Er war mitleiderregend leicht, und als sie sich hinkniete und ihn vorsichtig wie ein Baby auf den Schoß nahm, kippte der Kopf zur Seite, und die Augen glänzten stumpf und milchig in der Sonne. Alle hatten ihr das prophezeit, aber sie hatte ihnen bis zu diesem elenden Sommer mit seiner unnatürlichen Hitze zwei Jahre lang das Gegenteil bewiesen. Warum ging alles schief, was sie anfasste? Warum war sie ein so hoffnungsloser Fall? Sie fing an zu weinen. Sie weinte um den Pinguin, und sie weinte um ihrer selbst willen, weil es ihr erschien, dass sie und der Vogel gar nicht so verschieden waren. Sie hatten beide nicht das Leben gehabt, wonach ihr Wesen verlangte.

Dieser gänzlich untypische Anfall von Selbstmitleid dauerte ganze fünf Minuten, dann war er so plötzlich vorbei, wie er gekommen war.

Es war absurd.

Sie trug den toten Körper über den Strand und legte ihn am Waldrand auf einen Felsen. Dann ging sie zurück zum Haus, um einen Spaten zu holen.

> Es tut mir leid, mein Liebster, dass ich zu Deinen Sorgen eine weitere betrübliche Nachricht hinzufügen muss. Der arme Pinguin ist gestorben. Er war nur ein Vogel, aber ich weiß, Du hast ihn auch gemocht. Wahrscheinlich lag es an der Hitze. Ich habe

alle Kinder zusammengerufen, & zusammen sind wir hinunter ans Meer & haben ihm – oder war er eine Sie? keine Ahnung! – eine feierliche, seiner Würde angemessene Beisetzung bereitet. Es war leicht, ihm in dem weichen Sand in Sichtweite des Wassers ein Grab auszuheben. Dann haben wir darüber Steine zu einem Hügel aufgehäuft, damit Huck oder die Füchse ihn nicht ausbuddeln können. Wenn Du das nächste Mal hier bist, gehen wir zu seinem Grab.

Ich hoffe, das wird schon bald sein, aber komm nur, wenn die Lage übersichtlicher ist & Du in London abkömmlich bist, sonst gibt es nur Gerede. Sylvia (ausgerechnet die!) hat beim Frühstück eine schäbige Bemerkung gemacht, wir müssen also vorsichtig sein. Ich liebe Dich & vermisse Dich mehr, als ich sagen kann.

Sie ging zu Fuß nach Holyhead, um den Brief aufzugeben. Schon am Ortsrand hörte sie Musik in der Ferne, aber erst als sie über die Eisenbahnbrücke lief und die vielen, aus dem Bahnhof strömenden Ausflügler sah, fiel ihr ein, dass heute ein langes Wochenende begann. Unter dem Uhrenturm spielte die örtliche Blaskapelle. An den Buden standen die Leute an, um sich Kuchen und heiße Würstchen zu kaufen. Der durchdringende Geruch nach Essig und gebratenen Zwiebeln erfüllte das Hafenstädtchen. Quer über die Straße waren Leinen mit Union-Jack-Wimpeln gespannt, die in der warmen Meeresbrise flatterten.

Sie ging den Hügel hinauf zum Postamt und kaufte Briefmarken, auch wenn die Frau hinter dem Schalter bezweifelte, dass der Brief ob des Feiertagwochenendes schon am nächsten Tag ankäme. Sie gab ihn trotzdem auf und blieb oben auf der Treppe noch eine Zeit lang stehen und schaute hinüber in den Hafen zu der großen Dublin-Fähre und den Ausflugsbooten, die um sie herumschipperten, und zum

Bahnhof, wo gerade ein Zug ankam, dessen Passagiere den Kopf aus den Fenstern streckten. Sie wünschte, sie säße jetzt in einem der überfüllten Waggons. Es war eine ihrer überspannten, von der Familie ausgiebig bespöttelten Angewohnheiten, anstatt erster immer Holzklasse zu fahren, wenn sie allein reiste. Sie liebte die Gerüche und die Bilder des alltäglichen Lebens, das so anders als das ihre war – die ungekünstelte Sprache, den Zigarettenqualm, die freimütigen Blicke, das beiläufige Fluchen, die Körper, die sich an sie drückten, die ganze Energie.

*

Das Kabinett, dessen Sitzung der Premierminister an jenem Morgen leitete, war so zerstritten, wie er es noch nie erlebt hatte. Mehrere Male artete alles zu einer Brüllschlacht aus, die einem Pub im Eastend alle Ehre gemacht hätte. Und mittendrin Winston, der allein die Hälfte der Zeit pompöse Reden schwang und die sofortige Befugnis einforderte, die Flotte zu mobilisieren, was die Mehrheit aber ablehnte. Die Pazifisten, die sich ihm am brachialsten widersetzten, wurden von John Burns angeführt, dem Handelsminister, einem Abstinenzler und Sozialisten aus der Arbeiterklasse von Battersea, der ins gleiche Horn stieß wie der *Manchester Guardian* und eine öffentliche Erklärung verlangte, dass Großbritannien unter keinen Umständen in den Krieg ziehen werde. Grey war blass vor Zorn, biss sich wie gewohnt immer wieder auf die Lippe und verkündete, dass er in diesem Fall zurücktreten werde. Gegen Mittag sah der Premierminister wehmütig zur Uhr und dachte an den Zug, der jetzt den Bahnhof Euston verließ. Er schlug vor, sich auf morgen zu vertagen.

Der Nachmittag entpuppte sich als eine ärgerliche Auszeit. Er wusste, dass sich auf dem Festland dramatische Ereignisse abspielten, war jedoch außerstande, irgendeine konkrete

Information zu erhalten. Telegramme von Botschaften wurden von kommerziellen Telegrafengesellschaften an die Hauptpostämter übermittelt, mussten dort von Kurieren der Regierung abgeholt und zu den entsprechenden Ministerien gebracht werden, wo sie entschlüsselt wurden. Erst um acht Uhr abends erfuhr er, dass die Franzosen die Mobilmachung verkündet hatten, und es war fast Mitternacht – er, Grey und Haldane nahmen im Salon von Nummer 10 schon einen Schlummertrunk –, als er vom britischen Botschafter in Sankt Petersburg ein Telegramm erhielt, das aus einem einzigen Satz bestand: *Heute Abend um 19 Uhr hat der deutsche Botschafter dem russischen Außenminister die formelle Kriegserklärung überbracht.*

»Klick, klick, klick«, sagte der Premierminister und reichte das Telegramm an Grey weiter. »Wie eine Maschine. Ziemlich faszinierend, wie diese Allianzen ihren Lauf nehmen.«

»Unglücklicherweise ist das System so kompliziert, dass man es kaum aufhalten kann, wenn es einmal ins Rollen kommt. Jetzt beschleunigt es genau die Katastrophe, die zu verhindern es entworfen wurde.«

Am nächsten Morgen kam kein Brief von Venetia. Er lag im Bett, starrte zur Decke und lauschte dem Sonntagmorgenläuten der Westminsterabtei und der Kirche St Margaret. Heute, das war ihm klar, war der entscheidende Tag. Es war gut möglich, ja sogar wahrscheinlich, dass er am Abend, wenn er es nicht geschickt anstellte, auf dem Weg zum Buckingham-Palast wäre, um seinen Rücktritt einzureichen. In der Vergangenheit, wenn er erschöpft war und die Dinge schlecht standen, hatte er manchmal geglaubt, dass es ihm nichts ausmachen würde, alles hinzuschmeißen. Aber jetzt wurde ihm klar, dass das sehr wohl der Fall wäre.

Als er sich angezogen hatte, schaute er zu Margot ins Zimmer. Sie trug ein dunkelgraues Kostüm und war bereit für den Kirchgang. »Ich gehe in die St Paul«, verkündete sie. »Ich nehme Anne und ihren Mann mit.« Anne war ihre alte deutsche Gouvernante, die immer noch bei der Familie angestellt war und jetzt mit ihrem Landsmann Rolf Meyer verheiratet war. Margot sah ihn herausfordernd an. »Du hast doch nichts dagegen, oder?«

»Nein, meine Liebe.« Er küsste sie auf die Wange. »Diese Art von Mut ist der Grund, weshalb ich dich überhaupt heiraten wollte.«

Der deutsche Botschafter kam vorbei, um mit ihm zu sprechen, eigentlich um ihn anzuflehen – »als Mensch, als Freund« –, Großbritannien aus dem Krieg herauszuhalten. Am Ende ihres Gesprächs brach er zur großen Verlegenheit des Premierministers in Tränen aus.

Danach setzte sich der Premierminister an den Kabinettstisch und arbeitete bis kurz vor elf, als sich draußen im Gang nach und nach die Minister einfanden. Bongie kam aus dem Sekretariat zu ihm. »Sie sind da, Herr Premierminister. Soll ich sie hereinbitten?«

»Sie sollen noch ein paar Minuten warten.«

Er stand auf, ging zum Fenster und schaute nach unten in den Garten.

Sein elf Jahre alter Sohn Anthony – »Puffin« – spielte mit Megan, der Tochter von Lloyd George, der nebenan wohnte. Sie sahen ihn am Fenster stehen und winkten. Er winkte zurück. Verdammtes Kabinett, dachte er. Sollen sie doch warten. Sollen sie doch merken, dass ich sie so lange warten lassen kann, wie ich will, dass ihre Posten ganz allein von mir abhängen. Sein Führungsstil war versöhnlich, aber es gab Zeiten, da musste man die Peitsche schnalzen lassen. Fünf Minuten später öffnete er die Tür und rief alle kurz angebunden herein. Als sie sich gesetzt hatten, bat er den Außenminister, sie auf den neuesten Stand zu bringen.

»Leider hat sich die Lage seit unserem letzten Zusammentreffen genau so verschlechtert, wie wir es befürchtet haben«, sagte Grey. »Frankreich hat die Mobilmachung verkündet. Deutschland hat Russland den Krieg erklärt. Berichten von heute Morgen zufolge haben russische Truppen die deutsche Grenze überschritten. Kampfhandlungen sind im Gange. Acht deutsche Armeekorps halten sich an der Grenze zu Frankreich auf, es heißt, es sei zu mehreren feindlichen Übergriffen und Kampfhandlungen gekommen.

Ich verstehe den Wunsch von einigen Kollegen, dass wir uns von alldem fernhalten sollten. Aber ob wir uns schließlich zum Kampf entschließen oder nicht, es besteht jetzt eine unmittelbare Gefahr für die französischen Häfen im Ärmelkanal, was offenkundig auch für uns eine darstellt. Deshalb würde ich es begrüßen, wenn das Kabinett der französischen Regierung zusicherte, dass wir es der deutschen Flotte nicht gestatten werden, den Ärmelkanal zur Basis feindlicher Operationen zu machen.«

»Und wie sollen wir sie aufhalten?«, fragte Burns.

»Indem wir den Scheißkerlen drohen, sie zu versenken, wenn sie sich blicken lassen«, sagte Winston.

»Dann können wir ihnen auch gleich jetzt den Krieg erklären!«

Wieder flammte der gewohnte Streit auf. Der Premierminister ließ ihn laufen. Zu Burns' Seite rechnete er Morley, Simon, Harcourt und Lloyd George. Letzterer war der Maßgeblichste: Worauf wollte er hinaus? Auf der anderen Seite waren er selbst, Grey und Winston, dazwischen positionierten sich Crewe, McKenna und Samuel. Haldane blieb ein Rätsel. Der Rest würde sich zu einer Meute zusammenrotten – »die Beagles«, wie er sie nannte – und der Mehrheit folgen.

Kurz nach eins brachte Drummond ein Telegramm für Grey, der sich das Papier seiner schlechten Augen wegen dicht vor die Nase hielt, es las und dann eine Flaute in der Debatte abwartete, um sich Gehör zu verschaffen. »Mit Ihrer

Erlaubnis, Herr Premierminister. Ich habe gerade eine Nachricht von unserem Botschafter in Brüssel erhalten. Anscheinend sind heute in den frühen Morgenstunden deutsche Truppen in Luxemburg einmarschiert.«

In der folgenden Stille sah schließlich der Premierminister seinen Augenblick gekommen. »Das hat zumindest den Vorteil, dass es die Lage klärt. Als Regierung haben wir vor allem die Verantwortung, die nationale Sicherheit Großbritanniens zu gewährleisten.« Er wandte sich an Grey. »Im Licht dieser Entwicklung, Herr Außenminister, sollten Sie den Franzosen mitteilen, dass wir zu unserem wie auch zu ihrem Nutzen den Ärmelkanal gegen deutsche Vorherrschaft sichern werden.«

»Bei allem Respekt, Herr Premierminister«, sagte Burns. »Ich glaube nicht, dass dies das Meinungsbild des Kabinetts widerspiegelt.«

»Und bei allem Respekt Ihnen gegenüber, Mr Burns, liegt es in meiner verfassungsgemäßen Verantwortung, unsere Beratungen zusammenzufassen und den König über unsere Entscheidung in Kenntnis zu setzen.«

»Wir sollten darüber abstimmen.«

»Es gibt keine Abstimmungen im Kabinett. So sind die Gepflogenheiten.«

»Dann muss ich leider meinen Rücktritt einreichen.«

»Nun, es tut mir meinerseits leid, das zu hören.«

Er sah in die Runde und forderte zum Widerspruch heraus. Lloyd George öffnete den Mund, als wollte er etwas sagen, schloss ihn aber wieder.

»Das Kaleidoskop dreht sich schnell. Lassen Sie uns das Gerede über Rücktritte vorerst zurückstellen. Ich schlage vor, wir treffen uns heute Abend um halb sieben wieder, dann kennen wir vielleicht schon mehr Einzelheiten.«

*

Er ging nach oben, setzte sich an den Schreibtisch und breitete seine Unterlagen zwischen den silbernen Miniaturschäferinnen und kleinen Kristalltieren aus. Draußen auf der Straße hatte sich eine große Menschenmenge versammelt. Immer wenn einer der aus dem Haus kommenden Minister erkannt wurde, brach Jubel aus.

Am Nachmittag legte Drummond ihm das neueste Telegramm aus der britischen Botschaft in Paris vor. *Lage in Deutschland: weiterhin Bewegungen großer Truppenkontingente. Alle Verbindungen zu Nachbarstaaten (Telegrafen-, Telefon-, Eisenbahnverbindungen) gekappt, außer zu Österreich …*

Aus Köln wurde berichtet, dass seit sechs Uhr morgens fast einhundert deutsche Truppenzüge den Hauptbahnhof verlassen hätten. Fahrtziel: die belgische Grenze.

Aus Brüssel traf die unheilvollste Nachricht ein: Die Deutschen hatten der belgischen Regierung gerade ein Ultimatum mit einer Frist von zwölf Stunden für eine zustimmende Antwort gestellt, in dem sie für ihre Armee einen freien Korridor durch belgisches Territorium verlangten.

*

Allen Unterbrechungen zum Trotz verfasste er um sechs Uhr abends seinen täglichen Brief an Venetia.

> Deutschland befindet sich jetzt im Krieg mit Russland & Frankreich, und es hat die Neutralität Luxemburgs verletzt: Wir warten auf Nachrichten, ob sie das Gleiche in Belgien tun werden …
>
> Glücklicherweise bin ich mir in meinem Innern vollkommen darüber im Klaren, was richtig ist und was falsch. Ich lege Dir dies in ein paar Sätzen dar.

Wenn er ihr ein komplexes Problem erklärte, dann verlangte das von ihm selbst, es klar zu durchdenken. Das war eine der Freuden, wenn er Dinge mit ihr durchging, ob im Gespräch oder per Brief. So war es auch jetzt: ein halb Dutzend Grundsätze, durchnummeriert von eins bis sechs, die plötzlich einen Weg durch den Nebel aufzuzeigen schienen.

Gerade als er fertig war, kam Bongie herein und tippte auf seine Uhr. Beginn der zweiten Kabinettssitzung des Tages in zehn Minuten. Schnell fügte er noch einen letzten Absatz hinzu:

> Das ist alles, was ich im Augenblick sagen kann. Wenn Du nur hier wärst, meine Geliebte! Wie ich Dich in dieser kritischsten aller Krisen vermisse. Denk an mich & liebe mich & schreib mir. Jeden Tag segne & liebe ich Dich mehr.

Die Minister hatten sich schon alle gesetzt, als er zu seinem Platz ging. Es war die erste Kabinettssitzung, die je an einem Sonntagabend stattfand. Durch die Fenster fiel Licht herein, so sommerlich golden, wie er es noch nie zuvor gesehen hatte.

»Ich frage mich, ob es nicht hilfreich wäre, bevor wir fortfahren, wenn ich Ihnen sechs grundlegende Tatsachen darlege, auf die wir uns meiner Meinung nach verständigen können und an denen wir unsere Politik ausrichten sollten …«

Er las sie vor und machte nach jedem Punkt eine Pause, damit jeder die Gelegenheit hatte, Einspruch zu erheben: 1. Großbritannien ist nicht verpflichtet, Frankreich oder Russland beizustehen; 2. zum jetzigen Zeitpunkt kommt es nicht infrage, Truppen nach Frankreich zu entsenden; 3. Frankreich ist ein enger Freund und Verbündeter; 4. es liegt nicht in britischem Interesse, dass Frankreich als Großmacht ausgelöscht wird; 5. Deutschland kann nicht gestattet werden, den Ärmelkanal als feindlichen Stützpunkt zu benutzen; und 6. Großbritannien ist verpflichtet, Belgien davor zu bewahren, von Deutschland überrannt zu werden.

Niemand ergriff das Wort, nicht einmal nach dem letzten Punkt. Man konnte noch ewig darüber streiten, wer oder was für die Krise verantwortlich war – Serbien, Österreich, Russland, Deutschland, Frankreich, der Kapitalismus, Imperialismus, Nationalismus. Krieg an diesem Sonntagabend führte aber nur ein einziges Land, und das war in ein neutrales Land einmarschiert und im Begriff, in ein weiteres einzumarschieren. Er spürte die veränderte Stimmung im Raum, sie war so spürbar wie eine Veränderung des Luftdrucks. Der störrische Burns wiederholte seine Entschlossenheit zum Rücktritt, aber die anderen blieben stumm. Sie waren fassungslos. Um acht Uhr abends hatte er mit nur fünf Gegenstimmen eine Übereinkunft erreicht, mit der Grey ermächtigt wurde, gegenüber den Deutschen am nächsten Tag eine Warnung auszusprechen: Jede ernsthafte Verletzung von Belgiens Neutralität würde die Regierung Seiner Majestät dazu zwingen, angemessene Maßnahmen zu ergreifen.

Er schloss die Sitzung also um acht Uhr im beruhigenden Gefühl des Erfolgs. Er hatte seine Regierung zusammengehalten. Politik war lediglich ein Prozess, in dem ein Problem durch ein anderes ersetzt wurde. Im Augenblick war es der missliche Umstand, dass ein Krieg drohte.

*

Er aß mit Reggie und Pamela McKenna in deren Haus am Smith Square zu Abend. Der Innenminister und seine Frau waren alte Freunde, und das war genau das, was er nach so einem beschwerlichen Tag brauchte. Ihn begleiteten Edwin

Montagu, Violet und Cyril – Cys –, der jüngste seiner Söhne von seiner ersten Frau, und Elizabeth, seine siebzehnjährige Tochter von Margot, die in der Familie »die Knospe« genannt wurde.

Die großen Fenster waren ganz nach oben geschoben, damit die leichte Abendbrise hereinwehen konnte. Es gab Lammkoteletts, gefolgt von Eiscreme und danach einer Partie Bridge. Schon in den ersten Ausgaben einiger Morgenblätter war von der zunehmenden Entschlossenheit des Kabinetts die Rede, und im Lauf der Nacht wurde auch der Lärm der vielen Menschen, die durch die Straßen zum Buckingham-Palast zogen, noch lauter – ein entferntes, leicht an den Nerven zerrendes Grollen, das gelegentlich unterbrochen wurde, wenn die Menge »God Save the King« anstimmte.

»Die Regierung ist offenbar sehr beliebt«, sagte Montagu und sah von seinen Karten auf. »Man könnte glauben, wir hätten schon gewonnen.«

»Darauf gebe ich nicht viel«, sagte der Premierminister. »Es erinnert mich an Walpoles Bemerkung vor dem Krieg gegen die Spanier: ›Heute läuten sie die Glocken, aber schon bald schütteln sie die Fäuste.‹«

Der Tumult war noch um ein Uhr morgens zu vernehmen, als er und die anderen sich auf den Rückweg zur Nummer 10 machten.

Mit den brennenden Gaslaternen am Parlamentsplatz und dem Dreiviertelmond wirkte es draußen unnatürlich hell. Sie waren erst wenige Schritte auf der Whitehall gegangen, als ihm plötzlich jemand den Weg versperrte. Der Mann sah ihm ins Gesicht und rief: »Ach du Scheiße, das ist er wirklich!« Im Nu war er von mehreren Dutzend Menschen umringt, von denen einige ziemlich betrunken waren. Aber die kleine Schar war rundum freundlich gesinnt, bekundete lautstark ihre Anerkennung und sang – sehr zur Erheiterung seiner Kinder – »For He's a Jolly Good Fellow«. Aber anders als Winston und Lloyd George hatte er nie um volkstümlichen Ruhm gebuhlt. Der Zwischenfall war ihm unangenehm. An der Ecke Downing Street stieß Violet ihn aufmunternd in die Seite, und er blieb kurz stehen und nahm widerwillig seinen Zylinder ab. Er schwenkte ihn hierhin und dorthin, dann drückte er ihn wieder fest auf den Kopf und eilte seiner Schutz verheißenden Haustür entgegen.

*

Am nächsten Morgen schwamm Venetia nicht lange – sogar im August stieg die Wassertemperatur der Irischen See nur selten über fünfzehn Grad. Sie wusste, dass ihr die Kälte in die Knochen schießen und sich für Stunden nicht mehr vertreiben ließe, wenn sie länger als zehn Minuten im Wasser bliebe. Sie watete an Land, wickelte sich das Badetuch um den Körper, schaute sich um, ob auch niemand am Strand war, zog den Badeanzug aus und schlüpfte in ihr Kleid. Ausnahmsweise hatte sie es nicht eilig, nach Hause zu kommen. Es würde kein Brief da sein, den sie abfangen musste.

Sie öffnete ihr Haar, schüttelte es aus und ging über den nassen Sand. Auf der Spitze der niedrigen Landzunge befand sich eine verfallene graue Steinhütte ohne Dach. Ihr Ursprung jenseits allen Menschengedenkens verschollen, war sie unter dem romantischen Namen König Artus' Sitz bekannt. Hier hatten sie und der Premierminister, der den Arm um sie gelegt hatte, im letzten Sommer vor einer plötzlichen Sturmbö Zuflucht gesucht. Und im Sommer davor hatte Edwin Montagu ihr hier erstmalig einen Antrag gemacht – überraschend, anrührend, aussichtslos. Sie hatte sich bemüht, ihn so sanft wie möglich abzuweisen.

»Das wird leider nicht möglich sein.«

»Warum? Weil ich Jude bin?«

»Nein, natürlich nicht. So bin ich nicht.«

»Denn eines sollten Sie wissen: Für den Fall, dass Sie Ihre Meinung ändern – was Sie hoffentlich eines Tages tun werden –, werde ich gemäß den Bestimmungen in meines Vaters Testament enterbt, sollte ich außerhalb des Glaubens heiraten.«

»Was wollen Sie mir damit sagen? Dass wir arm sein werden, wenn wir heiraten?«

»Ja, außer Sie konvertieren.«

Unwillkürlich fing sie an zu lachen. »Nun, das macht natürlich überhaupt keinen Sinn, einen *armen* Juden zu heiraten.« Aber dann sah sie seinen Gesichtsausdruck und nahm schnell seine Hand. »Es tut mir leid. Was bin ich nur für ein Esel. Ich mag Sie sehr gern. Aber als Freund, nicht auf die andere Art.«

»Halten Sie mich für hässlich?«

»Mein lieber Edwin, jeder hält Sie für hässlich.«

»Mein Gott, das bin ich in der Tat. Wirklich hässlich!« Und nun war es an ihm zu lachen. Er warf den Kopf in den Nacken und entblößte seine schrecklichen Zähne und die Unterseite seines struppigen schwarzen Schnurrbarts. Sie fiel in das Gelächter ein, und als sie beide wieder aufhörten, sagte er ernst: »Aber ich liebe Sie wirklich, Venetia. Ich habe noch nie jemand so sehr geliebt und werde es auch nie wieder.«

»Warum?« Sie war ehrlich verwirrt.

»Ich glaube …«, begann er und zögerte. »Sie werden auch bestimmt nicht beleidigt sein?«

»Nein. Reden Sie weiter.«

»Ich glaube, in Ihrem Frauenkörper steckt der Geist eines Mannes.«

»Na, das ist eine ziemlich weibliche Beobachtung, wenn ich das so sagen darf. Vielleicht sind Sie es, der den Geist einer Frau im Körper eines Mannes hat?«

»Das stimmt tatsächlich. Ich bin neurotisch. Und ich verabscheue männliche Gesellschaft und alle maskulinen Betätigungen. Ich suche lieber Stoffe aus. Sie sehen, wir sind füreinander gemacht.«

Sie hätte Montagu nie heiraten können, aber nach diesem Gespräch mochte sie ihn noch mehr. Was er über sie gesagt hatte, hatte sie nicht beleidigt, weil sie das Wahre daran erkannte.

Sie schlug einen längeren Rückweg als sonst zum Haus ein, kletterte über das mit einem Vorhängeschloss verriegelte Tor, das die Grenze ihres Familienbesitzes markierte, und ging nicht durch den Wald, sondern folgte dem Küstenweg. Die Flut zog sich zurück und legte schwarze Felsen und seichte Tümpel frei. Austernfischer stocherten im Schlick auf den Sandbänken. Sie ging an einem leeren, weiß getünchten Bauernhaus vorbei und dann weiter auf der Hauptstraße, die an der Westseite ihres Anwesens entlangführte. Sie hatte das große schmiedeeiserne Tor fast erreicht, als der Postbote auf seinem Fahrrad gerade das Grundstück verließ und in Richtung Holyhead davonfuhr.

Sie lief hastig durch den Park und sagte sich, es müssten ja nicht unbedingt Briefe gewesen sein, die er gebracht hatte, es konnte auch ein Telegramm sein. Als sie im Haus auf direktem Weg ins Esszimmer ging, saß die ganze Familie noch vor den Resten des Frühstücks am Tisch. Anscheinend hatten alle auf sie gewartet. Und neben ihrem Teller lagen die Briefe des Premierministers – es waren zwei.

Sie war sich bewusst, dass alle sie anstarrten – das nasse, zerzauste Haar auf Schultern und Rücken, in den Händen das Badetuch und den Badeanzug.

»Du bist spät dran«, sagte ihre Mutter.

»Tut mir leid.«

»Also dann«, sagte Sylvia und nickte zu den Briefen hin. »Willst du sie nicht aufmachen?«

»Natürlich. Wenn ich so weit bin.«

Am liebsten hätte sie sich die beiden Briefe geschnappt und wäre auf ihr Zimmer gelaufen, aber dann dachte sie: Wie erbärmlich! Wie feige! Stattdessen steckte sie also die Haare hoch, nahm sich etwas von dem schon kalten Ei mit Speck, setzte sich auf ihren Platz und kaute stoisch vor sich hin. Sie hob den Blick. Lord Sheffield beobachtete sie über den Zeitungsrand hinweg.

»Was gibt es Neues, Vater?«, fragte sie.

»Woher soll ich das wissen? Du bist doch diejenige, die an der Quelle hockt. Warum erzählt du uns nicht, was los ist?«

»Na schön. Mal schauen, was er zu berichten hat.«

Die Briefe waren am Samstag- und am Sonntagabend abgestempelt. Mit dem Buttermesser schlitzte sie den vom Samstag auf und überflog ihn schnell.

»Spann uns nicht auf die Folter«, sagte Sylvia. »Lies schon vor!«

»Tu ich ja gleich. Wart kurz.«

Die Preisgabe des ersten Absatzes hätte sie bloßgestellt: *… Dein Rat & Dein Verständnis & Dein Mitgefühl & Deine Liebe … Mein Liebling, bei dem Gedanken, was mir ohne Dich widerfahren wäre …* Aber der Rest war sachlich, und sie las ihn wie beiläufig vor, als wäre es das Natürlichste von der Welt, aus erster Hand den Bericht über den Besuch des Premierministers beim König um halb zwei Uhr morgens mit ihnen zu teilen *(eine meiner merkwürdigsten Erfahrungen & wie Du ja weißt, hatte ich jede Menge davon),* gefolgt von den Einzelheiten der Kabinettssitzung: *Wenn es zum Krieg kommt, bin ich mir sicher (aber das bleibt ganz unter uns), dass es zu irgendeinem Bruch im Kabinett kommen wird. Wenn Grey zurücktritt, dann müsste auch ich gehen, & der ganze Laden würde auseinanderfallen.*

Ihr Publikum war hingerissen. Als sie fertig war, herrschte beeindrucktes Schweigen.

»Ach, du liebe Zeit, Venetia«, sagte Lady Sheffield. »Er vertraut dir wirklich.«

»Es ist viel politischer, als ich dachte«, sagte ihr Vater. Er nickte zu dem anderen Brief. »Glaubst du, wir könnten auch noch erfahren, was gestern passiert ist?« Sein Ton war fast ehrerbietig geworden. »Natürlich nur, wenn du glaubst, er wäre einverstanden.«

»Ich bin mir sicher, wenn er jetzt hier wäre, hätte er nichts dagegen.«

Mit zitternden Händen öffnete sie den zweiten Brief. Ihr fiel auf, dass zwei Briefmarken darauf klebten, was ohne Zweifel der Grund war, warum er trotz Feiertag zugestellt worden war.

»Aber ganz von vorn«, sagte Sylvia nachdrücklich. »Wir wollen alles wissen.«

»Wenn du darauf bestehst. ›Übrigens wurde am Sonntag entgegen meiner Hoffnung doch keine Post ausgetragen: Also heute Morgen kein Brief von Dir, was die traurigste Leere in meinen Tag reißt.‹« Sie streckte den Arm mit dem Brief aus, damit jeder ihn sehen konnte. »Hier, das sind die ersten Sätze.«

»Wie süß«, sagte Blanche.

Zu ihrem Glück war er wohl zu beschäftigt gewesen, schon am Anfang seine üblichen Liebesbeteuerungen hinzuzufügen. Sie las seinen Bericht über den Besuch des deutschen Botschafters vor *(der arme Mann, er war sehr aufgewühlt & hat geweint)* und die morgendliche Kabinettssitzung *(es wird ein Schock sein, wenn es uns in solch einem Moment auseinanderreißen sollte)*, und schließlich seine sechs Grundprinzipien. Sie ließ den Blick über die nächsten Zeilen schweifen – *meine Geliebte … vermisse Dich … liebe Dich* – und verstummte abrupt.

»Das ist der Schluss«, sagte sie, faltete den Bogen zusammen und steckte ihn wieder in den Umschlag. »Wie in den

Fortsetzungsromanen, die an der spannendsten Stelle abbrechen. Und jetzt, wo eure Neugier befriedigt ist, würde ich gern nach oben gehen und mir die nassen Sachen ausziehen.«

Auf ihrem Zimmer setzte sie sich sofort an den Antwortbrief.

> Ich hatte nicht mit Deinen beiden reizenden Wochenendbriefen gerechnet, mein Liebling. Während ich heute Morgen unten am Meer war, hat meine Familie sie abgefangen. Aber sei beruhigt. Ich hatte die Wahl zwischen einer „Szene" und der Preisgabe zumindest eines Teils des Inhalts. Ich entschied mich für Letzteres, & alles ist gut, & sie waren äußerst beeindruckt. Aber das Ganze sollte uns als Mahnung dienen, dass wir aufpassen müssen – die simple Vorsichtsmaßnahme, niemals unsere Namen zu erwähnen, reicht nicht aus …

*

Den ganzen Morgen hatte der Premierminister versucht, Lord Kitchener zu erreichen. Bevor er sich in eine weitere Kabinettssitzung begab, wies er sein Sekretariat an, ihn aufzuspüren. Aber der Feldmarschall war nirgends in London zu finden. Sein Butler in Broome Park, seinem Landsitz in der Nähe von Canterbury, gab nach einigem guten Zureden schließlich preis, dass Seine Lordschaft gerade nach Dover abgereist sei und vorhabe, um ein Uhr den Kanaldampfer nach Calais zu erwischen.

Bongie kam ins Kabinettszimmer und flüsterte dem Premierminister ins Ohr: »Er ist auf dem Weg zurück nach Ägypten.«

»Na, lassen Sie ihm ausrichten, dass ich ihn dringend sprechen muss.«

Eine Stunde später berichtete Bongie, dass sie dem Hafenmeister in Dover und der Dampfschifffahrtsgesellschaft telegrafiert hätten, die Fähre im Hafen aufzuhalten, und dass er einen von Kitcheners Sekretären ans Telefon bekommen habe: Der Feldmarschall beharre darauf, an Bord zu bleiben und seine Reise fortzusetzen.

»Dann erinnern Sie ihn daran, dass ich der Kriegsminister bin und er ein aktiver Offizier und dass ich ihm den Befehl erteile zurückzukommen.«

Es erschien ihm seltsam – auch ein schärferes Wort hätte er für angemessen gehalten –, dass der berühmteste Offizier der britischen Armee es am Vorabend des größten Krieges in der Geschichte vorzog, sich nach Ägypten zu verdrücken. Aber in den nächsten vierundzwanzig Stunden hatte er nicht die Zeit, sich darüber den Kopf zu zerbrechen, er hatte sich um jede Menge anderer Dinge zu kümmern: die Mobilisierung von Armee und Marine; den Umgang mit vier Rücktritten aus seinem Kabinett – Burns, Morley, Simon und Beauchamp; die Antwort auf die Ablehnung des deutschen Ultimatums durch die belgische Regierung und das Hilfegesuch des belgischen Königs Albert an George V. Um halb drei musste er zu einer Sondersitzung des Unterhauses aufbrechen. Gefangen hinter großen Glasscheiben und begafft wie ein Tier im Zoo, saß er im Fond des Napiers, der sich langsam seinen Weg durch die jubelnde Menge bahnte. Die Kammer war so überfüllt, dass man im Mittelgang Stühle hatte aufstellen müssen. Er hörte sich nervös Greys Erklärung an, die über eine Stunde dauerte (Grey war oft ein langweiliger, oft verwirrender Redner), die sich aber als ein solcher Triumph erwies, dass die Abgeordneten der Liberalen Partei – drei Viertel davon hatten noch vor wenigen Tagen zur Fraktion »Frieden um jeden Preis« gehört – plötzlich die Regierung lautstark dazu aufforderten, Deutschland sofort den Krieg zu erklären.

Er schaute sich um und sah verzerrte, veränderte Gesichter, sah in einen Blizzard aus wedelnden Tagesordnungszetteln, und er fühlte sich merkwürdig losgelöst, als schwebte er davon und betrachtete die Szene von irgendwo weiter oben, von der Galerie, als wäre die Welt ein fremdartiger Ort voller rasender Leidenschaften und absoluter Gewissheiten, die ihm gänzlich wesensfremd waren.

Angesichts all der Telegramme, Gespräche, Sitzungen, Anordnungen, Entscheidungen und der Briefe, die zu lesen und zu schreiben waren, kam es schließlich erst am Nachmittag des nächsten Tages im offiziellen Empfangssalon von Nummer 10 zu seinem Treffen mit Kitchener.

»Schön, dass Sie wieder nach London zurückgekehrt sind.«

»Ich hatte nicht das Gefühl, dass ich unter den gegebenen Umständen eine andere Wahl hatte.«

»Ich nehme an, Sie können sich denken, warum ich Sie so dringend sprechen möchte.«

»Eigentlich nicht.«

Das unter dem gewaltigen Schnurrbart halb verborgene Gesicht des Feldmarschalls zeigte keine Regung, die blauen Augen starr wie Edelsteine. Er war wirklich unmöglich. Das Ganze glich dem Versuch, sich mit einer Steinfigur von der Osterinsel zu unterhalten. Fast hätte der Premierminister seinen Plan fallen lassen. Aber er ließ nicht locker.

»Nun, wir haben heute Morgen die deutsche Regierung darüber informiert, dass wir uns, sollte sie ihre Truppen nicht bis Mitternacht ihrer Zeit aus Belgien und Frankreich zurückziehen, als im Kriegszustand befindlich betrachten werden.«

»Verstehe.«

»Seit vier Monaten übe ich jetzt das Amt des Kriegsministers aus, das ich aber selbstredend unter den gegenwärtigen

Umständen nicht weiter werde ausüben können. Deshalb möchte ich Seiner Majestät als meinen Nachfolger gern Sie vorschlagen.«

Er musterte sein Gegenüber eindringlich und wartete auf dessen Reaktion.

»Ich halte das für keine gute Idee«, sagte der Feldmarschall schließlich.

»Warum?«

»Weil ich kein Politiker bin.«

»Exakt. Und ich wünsche auch nicht, dass Sie einer werden. Das ist Ihre große Stärke. Sie hätten einen beispiellosen Einfluss auf die Armee. Sie sind kein Politiker. Durch Ihre Anwesenheit in den beratenden Gremien der Regierung würden Sie das Land und die Opposition beruhigen.«

»Ich würde es dennoch vorziehen, nach Ägypten zurückzukehren.«

»Und das werden Sie auch, ich gebe Ihnen mein Wort. Sobald der Krieg vorbei ist. Wir werden das Konsulat für Sie frei halten.«

»Aber möglicherweise nicht für eine so lange Zeit.«

»Aber sicher doch lange genug. Wie ich höre, wird der Krieg wahrscheinlich bis Weihnachten beendet sein.«

»Das ist Unsinn.«

»Wirklich? Wie lange wird er Ihrer Meinung nach dauern?«

Kitchener hob die Hand und ließ sie wieder fallen. »Wer kann das wissen? Ich jedenfalls gehe davon aus, dass er wahrscheinlich bis 1917 dauert.«

»1917?« Der Premierminister wich leicht zurück. »Das erscheint mir als sehr pessimistisch.«

»Wir müssen eine Armee von mindestens zwei Millionen Mann aufstellen, um die Deutschen besiegen zu können. So viele Männer einzuziehen, zu bewaffnen und auszubilden dauert drei Jahre. Somit ist meiner Meinung nach der früheste Zeitpunkt für ein mögliches Kriegsende das Jahr 1917.«

»Meine militärischen Berater sprechen von einem sehr viel kürzeren Zeitraum.«

»Dann, bei allem Respekt, Herr Premierminister, brauchen Sie neue Berater.« Er schwieg eine Zeit lang. »Ist Ihnen klar, Herr Premierminister, dass die Verluste gewaltig sein werden?«

»Ja, ich weiß. Wir müssen uns auf harte Zeiten einrichten.«

»Das beste Beispiel für das, was uns erwartet, ist der amerikanische Bürgerkrieg, in dem über sechshunderttausend Soldaten starben. Und das war ein Krieg, der auf ein Land beschränkt war – hauptsächlich sogar nur auf einen Teil des Landes. Verglichen mit dem Ausmaß eines allgemeinen europäischen Landkriegs, war das unbedeutend. Und das alles ist fünfzig Jahre her. Die Leistungsfähigkeit der Artillerie und von kleinerem Kampfgerät hat sich enorm verbessert. Sollte der gegenwärtige Konflikt also bis 1917 andauern, dann zählen wir die Toten in Millionen.«

Der Premierminister versuchte sich vorzustellen, was Millionen bedeutete – die Trauer über jeden einzelnen Verlust mal vier, mal zehn, mal fünfzig durch Eltern, Großeltern, Brüder, Schwestern, Tanten, Freunde, Kinder … Aber wie konnte der menschliche Verstand auch nur ansatzweise so viel Leid erfassen? Das war unbegreiflich, undenkbar. Er verstand jetzt, warum Kitchener sich unbedingt wieder nach Ägypten absetzen wollte.

»Erst recht ein Grund, dass Sie hierbleiben und Ihre Pflicht tun«, sagte er.

Wieder Schweigen. »Ich würde gern gründlich darüber nachdenken.«

Er macht es, dachte der Premierminister. Er hat keine Wahl.

»Ich kann Ihnen bis morgen früh Zeit geben. Dann hat der Krieg begonnen.«

*

Er hatte so viele drängende Dinge zu erledigen, dass er erst kurz vor sechs Uhr abends dazu kam, Venetias Brief zu lesen. Der erste Absatz zog ihn gleich in seinen Bann. Er versuchte sich daran zu erinnern, was er ihr geschrieben hatte. Aber es war so viel passiert, dass die Ereignisse in seinem Kopf zu einem einzigen Nebel verschwammen. Sie versicherte ihm, dass alles gut sei. Immerhin dort!

> Es erschreckt mich ziemlich, dass Deine Familie so neugierig auf den Inhalt meiner Briefe ist, & ich bin mir sicher, dass Du umsichtig ausgewählt hast, was Du ihnen vorliest (& was nicht): Ich nehme an (und hoffe), dass es sich aufgrund der verzögerten Feiertagspost um eine Ausnahme gehandelt hat. Du hast befürchtet, dass ich das Zusatzporto vergessen würde, oder nicht? Du kennst mich doch nicht ganz – selbst jetzt noch nicht … Winston hat schon volle Kriegsbemalung angelegt und lechzt nach einem Seegefecht in den frühen Morgenstunden. Das alles macht mich unendlich traurig. Wir stehen am Vorabend entsetzlicher Dinge.

*

Das britische Ultimatum an Deutschland würde um Mitternacht mitteleuropäischer Zeit ablaufen, also um 23 Uhr britischer Zeit. Überall im Land blieben die Leute auf, als wäre Silvester und gälte es, den Frieden zu verabschieden und den Krieg zu begrüßen. Manche gingen nach draußen und standen auf der Straße mit ihren Nachbarn zusammen. In London waren auf der ganzen Strecke vom Trafalgar Square über die Mall bis zum Buckingham-Palast wieder zahllose Nachtschwärmer auf den Beinen und schwenkten den Union Jack und die französische Trikolore.

*

In Penrhos herrschte Schweigen. Venetia saß mit ihrer Familie im Salon. Obwohl keine Gäste anwesend waren, trugen sie alle wie zum Abendessen üblich förmliche Kleidung. Ihr Vater hatte seine Taschenuhr aufgeklappt und zählte die Minuten herunter. Ihre Schwestern saßen durch kleine Lücken getrennt auf dem langen Sofa und hielten sich an den Händen. Sie konnte nicht still sitzen. Als der Zeitpunkt näher rückte, ging sie zur Verandatür und schaute über die Terrasse zu den entfernten Bäumen, die an dem ruhigen Abend reglos dastanden, ihre Umrisse im Mondlicht silbern glänzend, und dachte an ihn – wo er jetzt war, was er vielleicht tat – und wünschte, sie wäre bei ihm.

»Noch eine Minute«, sagte ihr Vater.

*

In der Downing Street hatte sich etwa die Hälfte des Kabinetts eingefunden, darunter Grey, Lloyd George und McKenna. Ständig kamen und gingen Minister und Beamte. Die meisten Minister rauchten Zigarre oder Zigarette, hielten ein Glas mit Brandy oder Whisky in der Hand, beides mit Soda, saßen mit ausgestreckten Beinen auf den harten Lederstühlen oder standen am Kamin. Um den Tabakqualm zu vertreiben, standen die Fenster offen, und sie hörten den immer wieder aufwallenden Lärm der Menschen, der über den St James's Park wehte wie das Geräusch entfernten Schlachtgetümmels. Margot, die einzige Frau, saß mit einer Zigarette in der Hand in der Ecke und redete auf den Führer des Oberhauses Robert Crewe-Milnes ein. Der Premierminister stand am Fenster, dachte an Venetia und daran, wie bald er sie wohl wiedersehen würde. Es war eine Art köstlicher Schmerz in der Magengrube, ein Hunger, den er kultivierte, aber nie stillen konnte, der jeden Tag, den sie getrennt waren, ein klein wenig heftiger zu werden schien. Er würde sie nötiger brauchen denn je zuvor. Als Big Ben elf Uhr schlug, bekam er kaum mit, wie die Türen aufflogen und Winston hereinmarschierte – eine riesige Zigarre im Mund und strahlend vor Glück.

*

In der Caledonian Road saß Deemer vorn in Holt-Wilsons kleinem Automobil neben dem Captain, der konzentriert auf seine Uhr schaute. Sergeant Regan und Sergeant Fitzgerald saßen eingezwängt auf der Rückbank. Das Licht in der Wohnung über dem Friseurladen war vor einer halben Stunde ausgegangen. Eine Kirchenglocke in der Nähe schlug zur Stunde.

»Also dann«, sagte Holt-Wilson und klappte die Uhr zu. »Los geht's.«

Deemer schloss leise die Wagentür. Er öffnete den Kofferraum und hob den eisernen Rammbock heraus, wuchtete ihn auf die Schulter und ging vor den anderen über die Straße. Dem Lieferwagen, der vor dem italienischen Café parkte, entstiegen Wachtmeister. Die vier Beamten der MO5(g) erreichten den Friseurladen. Dort blieben alle bis auf Regan stehen. Der ging weiter und bog nach rechts in die schmale Gasse ein, die zwischen der Ladenzeile und dem Bahndamm verlief. Als er außer Sichtweite war, zog Fitzgerald seinen Revolver.

Deemer sah Holt-Wilson an, der ebenfalls eine Waffe in der Hand hielt. Der Captain nickte. Deemer holte mit dem

Rammbock aus. Der schwächliche Türrahmen zersplitterte, und das Schloss gab nach. Deemer stieß die Tür auf, betrat mit den beiden anderen im Schlepptau den Laden, ging an den Friseurstühlen vorbei und durch den Vorhang nach hinten. Es war zu dunkel, als dass viel zu erkennen war. Er ließ den Rammbock auf den Boden fallen und tastete an der Wand nach einem Schalter, als oben ein Licht anging und die ins obere Stockwerk führende Treppe beleuchtete. Deemer rannte die Treppe hinauf, hinter ihm Fitzgerald und Holt-Wilson. Oben im Gang stand Ernst in schmutziger weißer Unterwäsche. Er rief etwas auf deutsch, dann sah er die Waffen und hob schnell die Hände. Keine Minute später hatte Fitzgerald ihm Handschellen angelegt und führte ihn die Treppe hinunter.

»Gut gemacht, Deemer«, sagte Holt-Wilson und klopfte ihm auf die Schulter. »So schnappt man einen deutschen Spion.«

Deemer schlug das Herz wie wild. Irgendwo bellte ein Hund, dann war plötzlich aus der Gasse hinter dem Haus das Tönen von Polizeipfeifen zu hören. Er wechselte einen fragenden Blick mit Holt-Wilson und betrat dann durch die offene Tür das Schlafzimmer. Allem Anschein nach das von Ernst: auf dem Boden lag die Bettdecke, auf einem Stuhl ein Haufen Klamotten, darunter auch der weiße Friseurkittel. Er ging in das Zimmer gegenüber. Leer, aber in dem Bett hatte jemand geschlafen. Das Laken war noch warm, und auf dem Nachttisch flackerte im Windzug des offenen Fensters zur Gasse eine Kerze.

TEIL DREI

UNTERSUCHUNG

5. August bis 6. September 1914

KAPITEL 12

Wäre Deemer in den nächsten zwei Wochen beobachtet worden, hätte niemand seinen Beruf erraten. In dem billigen dunklen Anzug, den Bowler auf dem Kopf, verließe er allmorgendlich um sieben Uhr das Haus und käme oft erst gegen Mitternacht zurück. Er ginge zum U-Bahnhof Angel. Am Kiosk neben dem Eingang kaufte er sich die *Times* und läse im Abteil die Kriegsnachrichten, tunlichst jeden Blickkontakt mit anderen Fahrgästen meidend, während der Zug nach Süden rumpelte. Nach einmaligem Umsteigen am Bahnhof Euston stiege er am Charing Cross aus und ließe sich zusammen mit Hunderten anderen Büroangestellten an die Oberfläche spülen, wo er im Menschengewimmel verschwand.

Auf diese Weise kam er auch heute zehn Minuten später im Watergate House an. Er schloss im dritten Stock die Tür zum Dienstzimmer der MO5(g) auf, dem Grenzübergang von der Normalität in seine geheime Welt. Sosehr er sich auch anstrengte, er blieb ein Fremder in diesem fremden Land. Männer wie Booth, Brodie und Fetherston waren nicht sein und er nicht ihr Typ: aus Grafschaftsregimentern versetzte Offiziere, deren dröhnende Unterhaltungen sich, wenn es nicht um die Arbeit ging, um Jagd, Skifahren, Polo oder Tennis drehten und die mit großem Vergnügen die Spitznamen benutzten, die sie sich für jeden im Büro ausgedacht hatten: Captain Drake vom Staffordshire-Regiment, der Leiter der Gegenspionage, war »Duckie«; Holt-Wilson, Sohn eines Geistlichen, war »Holy Willy«; aus Deemer war

»Dreamer« geworden. Die wortgewandten jungen Damen in der Registratur behandelten ihn höflich, aber ihre einzige Qualifikation für die Arbeit war, dass ihre Eltern privaten Umgang mit Major Kell pflegten, dem Chef der Abteilung. In ihrer Gegenwart war Deemer immer etwas verlegen. Und die Troupiers von Scotland Yard hielten Abstand zu ihm.

Und dann war da die Art der Arbeit selbst. In den ersten Tagen des Krieges hatte die MO5(g) zweiundzwanzig der deutschen Spionage Verdächtige festgenommen. Deemer hielt man für zu frisch, als dass er schon an den Verhören teilnehmen durfte. Stattdessen wies man ihm die Aufgabe zu, den Dutzenden von Hinweisen aus der Bevölkerung nachzugehen, die Scotland Yard an die Abteilung weitergeleitet hatte – auf deutsche Kellner in Maidstone, die angeblich Sabotageakte auf die Bahnlinie in Kent planten; oder auf Angler an der Kanalküste, die beschuldigt wurden, U-Booten Zeichen zu geben. Ein Armeeoffizier denunzierte den Lordkanzler Lord Haldane, in seinem Schlafzimmer hinter dem Schrank ein Funkgerät versteckt zu halten. Der Erste Seelord Prinz Ludwig von Battenberg war in Österreich geboren, was genügte, ihn verdächtig erscheinen zu lassen. Von einer beim Premierminister angestellten deutschen Frau namens Anne Meyer hieß es, sie lebe immer noch unter seinem Dach in der Downing Street und stehle Dokumente. Das waren keine Einbildungen von Spinnern, sondern kam von zuverlässigen, vernünftigen Bürgern aus der Mittelklasse, die erwarteten, dass man ihre Hirngespinste ernst nahm. Während Deemer von einem Informanten zum nächsten stapfte und sein Notizbuch mit Unsinn vollschrieb, wurden ihm seine Mitbürger nicht unbedingt sympathischer. Das ganze Land schien über Nacht einer paranoiden Hysterie anheimgefallen zu sein. Spionenwahn nannte man es.

Wenn er keine ins Nichts führenden Spuren verfolgte, saß er in der Registratur und arbeitete sich durch die Kästen mit den Karteikarten von tatsächlichen Spionen, machte sich mit dem deutschen Spionagenetzwerk vertraut und suchte nach einem Hinweis, der vielleicht den Mann identifizieren konnte, der aus dem Zimmer über Karl Ernsts Friseurladen geflohen war. Konnte das Hauptmann Kurt von Weller gewesen sein, ehemaliger preußischer Offizier, der ein paar Tage später gefasst worden war? Oder Harold Dutton, ein Armeeangestellter, der Informationen über die Verteidigungsanlagen in Portsmouth kopiert hatte? Oder sogar Marie Kröner, die Witwe des deutschen Agenten Wilhelm Kröner? Oder war es ein so Gerissener, dass das Karteisystem der Registratur ihn noch nicht erfasst hatte? Wer auch immer es war, er oder sie war sportlich genug gewesen, Sergeant Regan in der dunklen Gasse zu entwischen und über den Bahndamm in die Nacht zu verschwinden.

Als er die Kartei durchforstet hatte, klemmte er sich hinter das immer umfangreichere Register, das Tausende von Deutschen und Österreichern umfasste. Ihre Karten waren mit Doppelinitialen versehen, die den Grad ihrer Glaubwürdigkeit und Gesinnung markierten, von AA (*absolut anglisiert* = unzweifelhaft freundlich), über AB (*Anglo-Boche* = vermutlich freundlich) und BA (*Boche-Anglo* = vermutlich feindlich) bis zu BB (*böser Boche* = unzweifelhaft feindlich). Boche! Scheißdeutscher! Dieser Schulhofjargon widerte ihn an.

Am Morgen des 17. Augusts, dreizehn Tage nach der Kriegserklärung, nahm er sich gerade diesen Teilbereich der Registratur vor, als hinter ihm plötzlich Holt-Wilson auftauchte. Ihn plagte ein Sommerschnupfen, weshalb sein roter Riesenzinken verstopft war.

»Ah, guten Morgen, Deemer. Hab mir schon gedacht, dass ich Sie hier finde.« Er schnäuzte sich mit einem riesigen weißen Taschentuch die Nase. »Der Chef hat da was, was Sie sich mal anschauen sollen.«

»Guten Morgen, Sir.« Ein Hoffnungsschimmer schien auf. »Worum geht es?«

»Passanten haben ein paar interessante Sachen abgegeben. Kommen Sie. Er will Sie selbst ins Bild setzen.«

Er schluckte seine Enttäuschung hinunter und folgte Holy Willy durch das Dienstzimmer zu Kells Büro. Der Chef hatte ihn am Anfang mit ein paar knappen Worten begrüßt, aber jetzt trat er zum ersten Mal über die Schwelle. In der Ecke stand ein Feldbett mit ein paar sorgfältig zusammengelegten Decken – Kell arbeitete oft die Nacht hindurch. Eine Glastür führte auf einen Balkon mit Blick auf die Themse. Der Major saß hinter seinem Schreibtisch. Er war etwa vierzig Jahre alt. Mit dem Tweedanzug, der runden Brille und den aus der breiten Stirn zurückgekämmten Haaren ähnelte er mehr einem jungen Schulleiter als einem Soldaten. Insgeheim nannten die Captains ihn »Kelly«. Ihm eilte der Ruf voraus, ein kluger und äußerst disziplinierter Mensch zu sein – es hieß, er beherrsche sechs Sprachen.

»Setzen Sie sich. Gut eingelebt?«

»Ja, Sir, danke. Denke schon.«

»Also, es gibt Arbeit für Sie. Ein ziemliches Rätsel. Werfen Sie mal einen Blick drauf.«

Er öffnete den Deckel eines kleinen Pappkartons und schob ihn über den Schreibtisch. Darin befanden sich Papierfetzen, die auf den ersten Blick wie Abfall aussahen. Auf dem hauchdünnen Papier, das schmutzig und von der Witterung ausgebleicht aussah, waren Druckbuchstaben zu erkennen. Die Schnipsel waren in drei Gruppen sortiert, die jeweils zusammen mit einem Papierstreifen aneinandergeheftet waren. Die Streifen waren mit *SJP, M* und *G* beschriftet.

Deemer blickte ihn an.

»Das entstammt geheim eingestuften Telegrammen, die noch vor Kriegsausbruch ans Außenministerium geschickt, aber vor kurzem an drei verschiedenen Orten aufgefunden wurden: im St James's Park, in Marlow in der Nähe der Themse und auf einem Acker außerhalb von Goring-on-Thames.«

»Von Passanten gefunden?«

»Ja, unabhängig voneinander. Sie wurden in den letzten zehn Tagen auf den jeweiligen Polizeirevieren vor Ort abgegeben, zu verschiedenen Zeiten, und von dort an Scotland Yard weitergeleitet. Und jetzt hat man uns gebeten, einen Blick darauf zu werfen. Offenbar hat da jemand Angst, dass sich im Außenministerium ein deutscher Agent herumtreibt. Aber das ergibt keinen Sinn für mich. Ein Agent würde auf derartiges Material ein sehr wachsames Auge haben und es nicht wie Konfetti in Südengland verstreuen.«

»Hört sich an wie ein Sherlock-Holmes-Rätsel«, sagte Holt-Wilson.

»Besonders beunruhigend ist, dass hochsensible Nachrichten wie die hier normalerweise verschlüsselt sind. Zwei sind tatsächlich Telegramme von unseren Botschaftern in Berlin und Wien, sodass die verschlüsselten Texte höchstwahrscheinlich von den Deutschen und den Österreichern abgefangen wurden, was bedeutet, dass der Feind die beiden entschlüsselten Texte verglichen und damit unseren Geheimcode geknackt haben könnte.«

»Ein echtes Rätsel«, wiederholte Holt-Wilson. Er schnäuzte sich und begutachtete das Taschentuch. »Wer auch immer dafür verantwortlich ist, muss bestraft werden.«

»Als Erstes brauchen wir eine Erklärung vom Außenministerium«, sagte Kell. »Ich habe William Tyrrell informiert, Sir Edward Greys Privatsekretär. Ich habe ihm berichtet, was vorliegt und dass ich die Telegramme gleich rüberschicke. Ich möchte, dass Sie ihm die Telegramme persönlich zeigen und ihn fragen, was er davon hält. Wir müssen sicherstellen, dass das nicht unter den Teppich gekehrt wird, nur weil das irgendwelchen Volksvertretern oder Beamten peinlich sein könnte, sondern dass die bei der Durchführung einer eingehenden Untersuchung mit uns kooperieren.« Er klappte den Deckel der Schachtel wieder zu und schaute Deemer an. »Also, worauf warten Sie noch? An die Arbeit!«

*

Deemer ging mit der Pappschachtel unter dem Arm den Uferdamm entlang zum Außenministerium. Er fragte sich, was wohl genau in den Telegrammen stand. Kell hatte sie ihn nicht lesen lassen, ihm das aber auch nicht verboten. Er hielt bis zum Whitehall-Garten aus, dann gewann seine Neugier die Oberhand.

Er setzte sich am Ende einer Reihe Parkbänke auf eine leere und öffnete die Schachtel vorsichtig. Dank dem schönen Sommerwetter waren die Telegramme noch vollständig lesbar – nach einem schweren Gewitter wären sie wohl aufgelöst gewesen. Das in der Nähe von Goring aufgefundene stammte vom Botschafter in Wien: zwei Seiten, beide unversehrt, mit der Warnung, dass die Österreicher ein Ultimatum an Serbien vorbereiteten. Von dem Telegramm aus Marlow fehlte ein Viertel. Der Rest verriet ihm, dass es aus Berlin kam und die deutsche Presse gegenüber Serbien zunehmend feindlich eingestellt sei. Das jüngste war am vorletzten Wochenende im St James's Park gefunden worden. Darin berichtete die Botschaft in Paris, dass die spanische Regierung den Franzosen vertraulich zugesichert habe, im Krieg ihr gegenüber eine freundliche Haltung einzunehmen und Frankreich seine an der Grenze stationierten Truppen ohne Risiko abziehen könne.

Er legte die Telegramme wieder in die Schachtel. Möglich,

dass er nur ein besserer Botenjunge war, aber wenigstens war die Botschaft wichtig.

Am herrschaftlichen Eingang zum Außenministerium sagte er dem Pförtner, er komme vom Kriegsministerium und habe einen Termin mit William Tyrrell. Das wurde an einen livrierten Boten weitergegeben, und gleich darauf erschien ein Beamter, der ihn eine gewaltige Treppe hinauf zu einem Raum führte, der so groß war wie ein Tennisplatz, und ihn dort bat zu warten. Er saß, die Schachtel und sein Bowler neben ihm, auf der Kante eines Chesterfieldsofas aus rotem Leder und sah sich um. Alles war gigantisch – die Größe des Teppichs, die hohe Decke, die riesigen Fenster, die monumentalen Ölgemälde von Botschaftern und Militärs des britischen Empires in breiten Goldrahmen. Sogar das Ticken der Standuhr schien dröhnend von den Wänden widerzuhallen. Als sich schließlich die Tür öffnete, war er schon halbwegs auf einen Riesen gefasst, aber das einzig Große an Tyrrell war dessen Kopf, der in einem verstörenden Missverhältnis zu der schlanken Gestalt stand.

Die Reaktion des Diplomaten auf die Telegramme waren geschürzte Lippen. »Und die hat man auf Äckern und im Park gefunden?«

»Ja, Sir. Sie halten sie also für echt?«

Er nickte. »Das sind Durchschläge.«

Deemer zückte seinen Notizblock. »Darf ich fragen, wie viele Personen Zugang dazu hatten?«

»Nur sehr wenige. Telegramme auf dieser Ebene werden in einem verschlossenen Kasten an die Minister weitergeleitet.«

»An wie viele Minister?«

»Fünf.«

»Und an welche?«

Tyrrell musterte Deemers Notizblock. Er zögerte. »Ich bin mir nicht sicher, ob ich Ihnen das mitteilen darf.«

»Warum nicht?«

»Das ist vertraulich.«

»Wie die Telegramme?«

Er lächelte schwach. »Treffer! Also, ausschließlich zur Information für Ihre Untersuchung, die fünf Personen, denen automatisch Telegramme von den größeren Botschaften zugeleitet werden, sind der Außenminister, der Premierminister, der Erste Lord der Admiralität, der Kriegsminister und der Kolonialminister.«

Deemer notierte das. »Ich befürchte, dass sie alle persönlich befragt werden müssen.«

Tyrrell sah ihn einige Sekunden lang an, dann lachte er auf. »Na, dazu wird es ganz gewiss *nicht* kommen. Glauben Sie, Männer wie Winston Churchill und Lord Kitchener werden ihre überlebenswichtigen Kriegsaufgaben unterbrechen, um sich mit *Ihnen* zu unterhalten?« Er schloss den Deckel der Schachtel und schob sie sich unter den Arm. »Überlassen Sie alles Weitere mir. Ich werde mit dem Außenminister sprechen.«

Deemer blickte wieder auf die Schachtel. »Sollten die Telegramme nicht zunächst in unserer Abteilung verbleiben – als Beweisstücke? Major Kell möchte der Sache unbedingt auf den Grund gehen.«

»Das steht leider nicht zur Diskussion. Richten Sie Major Kell meinen Dank aus, und sagen Sie ihm, dass von nun an wir uns um die Untersuchung kümmern werden. Ich nehme an, Sie finden allein hinaus.«

Zwei Minuten später stand Deemer im Innenhof und sah mit etwas verwundertem Blick an dem monumentalen Gebäude hinauf. Was für ein Volk! Die Leute hier waren vom gleichen Schlag wie die, die er nach der Dampfertragödie befragt hatte. Sie glaubten anscheinend, die Regeln, an die sich jeder normale Bürger zu halten hatte, gälten nicht für sie. Alles, was sie in Verlegenheit bringen könnte, ließen sie verschwinden.

*

Und damit wäre die Angelegenheit erledigt gewesen, zumindest was Deemer anging, wenn nicht nach seiner Rückkehr ins Watergate House und sobald er seinen Bowler auf den Hutständer im Dienstzimmer gehängt hatte, die Verwaltungssekretärin Mrs Summer ihm einen Umschlag von Holt-Wilson überreicht hätte, der zusammen mit Kell zum Lunch in den Travellers-Club gegangen war. An dem Umschlag klemmte eine Nachricht des Captains an ihn: *Sgt Deemer, hier noch ein Telegramm. Abgegeben am Samstag auf dem Polizeirevier Roehampton. Bitte zur weiteren Untersuchung den anderen Dokumenten beilegen. E. H.-W.*

»Danke, Mrs Summer, ich werde mich darum kümmern.«

Er wartete, bis sie gegangen war, und öffnete dann den Umschlag. Er enthielt ein einzelnes Blatt des vertrauten dünnen Papiers – es kam von der britischen Botschaft in Deutschland, getippt am und datiert auf den 4. August, dem Tag des Kriegsausbruchs.

> Meine Unterredung mit dem Reichskanzler war sehr unangenehm. Er sagte, er könne es nicht weniger als unerträglich erachten, dass England sich nur um der Neutralität Belgiens willen gegen Deutschland stelle. Sie wählten lediglich den für sie einzig gangbaren Weg, das Deutsche Reich vor der Katastrophe zu bewahren. Er mache England vollständig verantwortlich für das, was jetzt geschehen könnte. Ich fragte ihn, ob er nicht unsere moralische Verpflichtung verstehen könne, unser Möglichstes zu tun, um eine von uns garantierte Neutralität aufrechtzuerhalten. Er sagte wörtlich: „Aber um welchen Preis!“

Der Durchschlag war kaum zerknittert. Deemer bezweifelte, dass er über Nacht im Freien gelegen hatte – er wies keinerlei Feuchtigkeitsschäden durch etwa Tau auf. Er war wahrscheinlich sehr schnell gefunden worden. Seitdem waren nur achtundvierzig Stunden vergangen. Die Spur könnte noch frisch sein. Er sah sich um. Niemand schien auf ihn zu achten. Er steckte das Telegramm zurück in den Umschlag, verstaute ihn in seiner Jackentasche, nahm den Bowler wieder vom Ständer und ging abermals hinaus in den sommerlichen Tag.

*

Für den langen Weg nach Roehampton in die südwestlichen Randbezirke von London musste er erst einen Bus und dann den Zug bis zum Bahnhof Barnes nehmen. Er kam um kurz nach zwei an und schlenderte auf einer schmalen Landstraße bis in die Mitte des Dorfes. Es war angenehm, zum ersten Mal nach vielen Wochen wieder aus der Stadt herauszukommen – Familien picknickten unter den Bäumen, die Frauen trugen elegante Sommerkleider und Sonnenhüte, die Männer sportliche Jacken, und die Vögel zwitscherten in der frischen Luft. Für eine Viertelstunde konnte man ganz vergessen, dass das Land sich im Krieg befand.

Auf dem Polizeirevier zeigte er dem diensthabenden Sergeant seinen Ausweis, sagte, am Samstag sei hier ein Regierungsdokument abgegeben worden, und bat ihn, im Dienstbuch nachzuschauen. Der Sergeant erinnerte sich sehr gut daran. Er habe an dem Tag selbst Dienst gehabt. Das sei am späten Vormittag gewesen, erinnerte er sich und blätterte durch das Buch – hier, das sei es, 11 Uhr 45. Ein älterer Herr, ein Mr Albert Hardy aus der Medfield Street habe es abgegeben. Ein alter Wichtigtuer, der ständig vorbeikomme und sich über irgendetwas beschwere – Abfall, streunende Hunde, anzügliches Benehmen im Park. Er selbst habe dem Fund keine besondere Aufmerksamkeit geschenkt, aber der Inspector sei ganz aufgeregt gewesen.

»Medfield Street«, sagte Deemer. »Ist das leicht zu finden?«

»Ja, eine halbe Meile die Roehampton Lane runter und dann links abbiegen – ein herrliches Fleckchen mit Blick auf die Putney-Heide. Wichtige Sache, oder?« Der Sergeant verschränkte die Arme, lehnte sich über den Schalter vor und hoffte nun seinerseits auf interessante Auskünfte.

»Tut mir leid, aber darüber kann ich Ihnen nichts sagen.«

Als er ging, hörte er den Sergeant so etwas wie *verdammte Scotland-Yard-Schnösel* brummeln.

Die Medfield Street war tatsächlich eine angenehme Wohngegend. Eine gepflegte Siedlung mit dreistöckigen roten Backsteinhäusern in ländlichem Stil, die nach Süden über die offene Heidelandschaft blickten, wo das goldene Gras so hoch stand wie das einer Heuwiese, die dringend gemäht werden müsste. Hardys Haustür war aus schlichter, massiver Eiche, mit Nägeln beschlagen und einem eisernen Türklopfer versehen. Sobald Deemer ihn betätigte, schlug im Innern ein Hund an, und kurz darauf erschien ein Mann, der einen kleinen Terrier am Halsband festhielt.

»Mr Albert Hardy?«

»Ja?«

»Ich bin Detective Sergeant Deemer von der Metropolitan Police. Tut mir leid, dass ich Sie störe ...«

Mr Hardy zeigte sich über die Störung jedoch hocherfreut. Er hatte offensichtlich nicht viel zu tun, außer den ganzen Tag das Kommen und Gehen auf seinem Fleckchen Arkadien zu beobachten. Er bestand darauf, Deemer auf eine Tasse Tee in sein Wohnzimmer zu bitten. Er habe mit seiner Frau dreißig Jahre lang in diesem Haus gelebt, aber dann sei sie gestorben und er allein zurückgeblieben. Der Raum war voller Bücher über Mathematik, die er bis zu seiner Pensionierung unterrichtet hatte. Er begann von seinem

Berufsleben zu erzählen, bis Deemer ihn höflich unterbrach und das Gespräch auf seinen Fund lenkte.

»Ah ja, das Telegramm.«

Er habe am Samstagmorgen den Hund ausgeführt und sei gerade aus dem Wald gekommen und in die Roehampton Lane eingebogen, als er ein sehr elegantes Automobil gesehen habe. »… mit einem Chauffeur, und hinten saßen ein Mann und eine Frau, und die kamen direkt auf mich zu, und dann ist plötzlich ein kleines Papierknäuel auf die Straße geflogen, das wurde aus dem offenen Fenster geworfen, absichtlich.« Nach Mr Hardys Meinung ein unverzeihlicher Müllfrevel, aber leider nur zu alltäglich auf jenem Abschnitt der Hauptstraße. Er habe den Gehstock geschüttelt, als der Wagen an ihm vorbeigefahren sei, und anschließend den Abfall wie immer aufgehoben, um ihn in den nächsten Mülleimer zu werfen. Aber das dünne Papier habe ihn neugierig gemacht, und so habe er es auseinandergefaltet und zu seinem Erstaunen Wörter wie *vertraulich, Berlin* und *Reichskanzler* gelesen.

Deemer schrieb alles in sein Notizbuch und wurde dabei immer aufgeregter. Die Fahrt hierher hatte sich tatsächlich gelohnt. Jemand, der den Übeltäter gesehen hatte, ein Augenzeuge. Das hatte er nicht erwartet. »Können Sie die Personen in dem Wagen beschreiben?«

»Leider nein, die sind zu schnell an mir vorbeigefahren.«

»Jung? Alt?«

»Ich hatte den Eindruck, dass der Mann älter war als die Frau, aber ganz sicher bin ich mir da nicht.«

»Ist der Wagen in Richtung London gefahren, oder ist er aus der Stadt gekommen?«

»Aus der Stadt, Richtung Land.«

»Wissen Sie noch, was für ein Wagen es war?«

»Mit Automobilen kenne ich mich überhaupt nicht aus. Es war groß, ziemlich vornehm, wie gesagt.«

»Das hilft mir schon weiter.« Mein Gott, dachte Deemer, ein großer Wagen mit Chauffeur – das könnte durchaus einer der fünf Minister gewesen sein. Plötzlich hatte er es sehr eilig, zurück ins Büro zu kommen. »Sie sind mir wirklich eine große Hilfe gewesen.« Er steckte den Notizblock ein und trank seinen Tee aus. Die Einsamkeit von Mr Hardy begann ihn zu deprimieren. Er fragte sich, ob er in dreißig Jahren auch so wäre wie der alte Mann. »Ich mache mich jetzt lieber auf den Weg.«

»Ich könnte Ihnen die Stelle zeigen, wenn Sie mögen.«

»Nein danke, ich glaube, das ist nicht nötig.«

Er war schon fast an der Haustür, als Mr Hardy plötzlich sagte: »Ach, noch was. Ich habe mir die Autonummer gemerkt. Wenn Ihnen das etwas nützt.«

Deemer blieb stehen und drehte sich um. »Sehr sogar.« Er zog wieder seinen Notizblock hervor.

Mr Hardy sagte die Nummer bedächtig auf: »A-3-1-4-1.«

»Und Sie konnten sich das einfach so merken?«

»Ach was, das sind die ersten vier Ziffern von Pi.«

*

Ah, wie er sie liebte, die Routine der Polizeiarbeit, ihr unheroisch einsames Wesen: von Ort zu Ort gehen, befragen, überprüfen, nachdenken, methodisch den Notizblock füllen, das Skelett der Fakten zusammentragen, bis sie nach und nach das Rätsel eines Falls lösen. Am späten Nachmittag war er wieder im Stadtzentrum, in Spring Gardens, in der Nähe des Trafalgar Square, und stieg die Stufen zur prachtvollen Hauptstelle der Londoner Bezirksverwaltung hinauf.

A3141 war eine Londoner Autonummer – der Kennbuchstabe A stand für London. In der Bezirksverwaltung war jede seit 1903 ausgegebene Nummer verzeichnet, einschließlich Marke und Modell des Automobils sowie Name und Adresse des Besitzers. Die Polizei war berechtigt, das Register einzusehen. Deemer hatte das bereits oft getan, sein Gesicht war bekannt. Er wartete im Gang auf der vertrauten harten Lederbank und betrachtete das Wandgemälde, das Episoden aus Londons Geschichte darstellte. Hinterher würde er sich noch lange an den Gesichtsausdruck des Beamten erinnern, der ihm die verlangte Auskunft überbrachte.

»Wollen Sie mich auf den Arm nehmen, Sergeant?«

»Nein. Wie meinen Sie das?«

Als Antwort reichte ihm der Beamte einen hellblauen Zettel. Bei dem Wagen handelte es sich um einen Napier Typ 23, fünfundvierzig Pferdestärken, sechs Zylinder, zugelassen auf den sehr ehrenwerten Herbert Henry Asquith, Downing Street Nummer 10, Whitehall, S.W.

*

Sofort nach seiner Rückkehr zum Watergate House klopfte er bei Kell. Während Deemer berichtete, saß der Chef zurückgelehnt auf seinem Stuhl, drückte die Fingerspitzen gegeneinander und hörte schweigend zu. In seiner Brille spiegelte sich das Licht, das durch das Fenster hereinfiel, und machte es fast unmöglich, eine Reaktion zu erkennen. Nachdem Deemer seinen Bericht beendet hatte, herrschte mindestens eine Minute lang Stille.

Schließlich sagte Kell: »In den fünf Jahren, seit ich diese Abteilung aufgebaut habe, ist mir so manche außergewöhnliche Geschichte zu Ohren gekommen, aber das schlägt alles. Der Premierminister des Vereinigten Königreichs unternimmt eine ländliche Ausfahrt und wirft dabei entschlüsselte Telegramme aus dem Wagenfenster? Und neben ihm sitzt *eine Frau?* Wer zum Henker war das?«

»Könnte einfach nur Mrs Asquith gewesen sein.«

»Wahrlich kein beruhigender Gedanke! Die ist eins der größten Klatschmäuler von ganz London! Aber widerspricht das nicht der Beschreibung? Ihr Zeuge hat doch von einer jüngeren Frau gesprochen. Was für ein höchst widerwärtiger Kuddelmuddel!«

Er presste die schmalen Lippen so fest zusammen, dass sie nicht mehr zu sehen waren. Sein Gesicht erstarrte. Er schlug mit den Händen auf den Schreibtisch, sprang auf, riss dann die Glastür auf und trat auf den Balkon. Deemer saß da und starrte seinen Rücken an. Er hatte den Fall schnell gelöst und dafür eigentlich ein paar Worte des Lobes erwartet, aber jetzt begriff er, wie naiv das gewesen war. Er hatte Kell einen politischen Albtraum beschert.

Nach ein paar Minuten kam der Major zurück ins Büro, schloss die Balkontür und setzte sich wieder an den Schreibtisch. Er wirkte vollkommen gefasst.

»Wir können das nicht einfach so auf sich beruhen lassen, so liebend gern ich das auch täte. Ein wie großes Sicherheitsrisiko stellt er dar? Und vor allem: Wer war die Frau im Wagen? Das treibt mich am meisten um. Was, wenn es die deutsche Gouvernante war, diese Frau Meyer, die offenbar immer noch in Nummer 10 wohnt? Das glaube ich zwar nicht, aber wer weiß? Wir müssen auf jeden Fall die Identität dieser Mitfahrerin feststellen, bevor wir weitere Schritte unternehmen. Glauben Sie, das schaffen Sie? Diskret?«

»Ich werde mich bemühen, Sir.« Er hatte keine Ahnung, wie er das anstellen sollte. »Was machen wir mit dem Roehampton-Telegramm?«

»Ich denke, wir sollten das Außenministerium nicht darüber informieren – zunächst noch nicht. Sonst verschwindet es nur mit den anderen. Ich lege es in den Safe. Und kein Wort zu irgendwem, auch nicht zu Captain

Holt-Wilson.« Er drehte sich mit seinem Stuhl zum Fenster. Wieder verspiegelte das Licht seine Brille und verschleierte seinen Blick. »Die ganze Angelegenheit bleibt vorerst unter uns.«

KAPITEL 13

Am nächsten Morgen saß der Premierminister im Kabinettszimmer bei der Arbeit, als Bongie mit einem roten Dokumentenkasten hereinkam, den das Außenministerium gerade herübergeschickt hatte. Er war klein, nur dreißig Zentimeter lang und fünfzehn Zentimeter breit, darauf in Gold eingraviert die Buchstaben *GRV*, mit einem Messinggriff an einer Seite. Er war verschlossen: einer von der Machart, zu der nur die wichtigsten Minister einen Schlüssel hatten.

Sein Privatsekretär sagte hoffnungsvoll: »Soll ich mich darum kümmern, Sir?« Der Gute kam immer schwer damit zurecht, wenn er das Gefühl hatte, man halte Geheimnisse vor ihm zurück.

»Nein, das mache ich lieber selbst.« Er unterzeichnete noch einige Anordnungen, klappte dann die Aktenmappe zu und reichte sie über die Schulter an Bongie weiter. »Das muss sofort rüber ins Kriegsministerium.«

Die Entscheidungen, die er jeden Tag treffen musste, hatten an Umfang und Bedeutung erheblich zugenommen. Zum Beispiel war er gezwungen gewesen, im Parlament die Bewilligung eines Kredits in Höhe von hundert Millionen Pfund zu beantragen, damit eine Armee von einer halben Million Mann aufgestellt und bis zum kommenden Frühjahr einsatzbereit war. Er hatte die Entsendung des britischen Expeditionskorps mit neunzigtausend Soldaten nach Frankreich veranlasst, von denen die meisten schon unter höchster Geheimhaltung den Ärmelkanal überquert hatten. Er hatte über den Einsatzort zu entscheiden gehabt und zwischen dem Generalstab, der für die Gegend von Maubeuge an der französisch-belgischen Grenze plädierte, und Kitchener zu vermitteln, der meinte, eine solch exponierte Lage berge die akute Gefahr, überrannt zu werden, weshalb er stattdessen Amiens genau nördlich von Paris favorisierte. Er hatte sich schließlich auf die Seite des Generalstabs gestellt, aber die Entscheidung – der Gedanke an all die jungen Männer in der Nähe der anrollenden deutschen Dampfwalze – ließ ihm trotzdem keine Ruhe. Seine Beklemmung rührte daher, dass er zu Entscheidungen über Dinge gezwungen war, in denen er sich nicht gut auskannte. Trotzdem war er nie beliebter gewesen. Als er am ersten Kriegssonntag allein in die Abendandacht in der Westminsterabtei gegangen war, um seine Nerven durch die Kirchenlieder beruhigen zu lassen, war er hinterher erkannt und wieder einmal von einer großen, begeisterten Menge von Schaulustigen nach Hause begleitet worden. *Alles Müßiggänger,* hatte er gedacht, als er die Straße hinuntereilte.

Sobald Bongie die Tür hinter sich geschlossen hatte, kramte er seinen Schlüsselbund aus der Hosentasche und öffnete den Dokumentenkasten.

Für den Umlauf Dienstag, 18. August 1914
Von: Außenministerium
An: Premierminister
Erster Lord der Admiralität
Kriegsminister
Kolonialminister

Die beigefügten Telegramme von Diplomaten sind kürzlich von Passanten im St James's Park und auf dem Land in der Nähe von Marlow und Goring-on-Thames aufgefunden worden. Da wir fünf die einzigen

Minister sind, die Kopien dieser Telegramme erhalten haben, befürchte ich, dass einer von uns für eine schwerwiegende Verletzung der Geheimhaltungspflicht verantwortlich ist. Nicht nur die Enthüllung des Inhalts ist potenziell gefährlich, viel größer ist das Risiko, dass der Geheimcode des Außenministeriums kompromittiert worden sein könnte.

Die Sicherung geheimen Materials kann gar nicht überschätzt werden, besonders in Kriegszeiten, wo wir vor Umtrieben feindlicher Agenten auf der Hut sein müssen. Ich wäre jedem von Ihnen dankbar, wenn er auf diesen Rundbrief antworten und unumwunden erklären würde, ob er Licht in die Sache bringen kann.

(gezeichnet)
E. Grey

Er stocherte mit dem Zeigefinger in dem zerknitterten Papier herum. Ein paar Schnipsel nahm er angewidert in die Hand. Was für ein lächerliches Gedöns um nichts. Es war ja nicht so, dass die Telegramme noch sensible Informationen enthielten. Glaubte Grey wirklich, dass sich deutsche Agenten auf Landstraßen herumtrieben und auf gut Glück nach herrenlosen Regierungsdokumenten suchten?

Er hatte schon vor langer Zeit den für einen Politiker überlebenswichtigen Selbstschutzmechanismus entwickelt, sich nicht an solche Dinge zu erinnern, die zu vergessen praktischer war. Jetzt sagte er sich, dass nichts davon irgendetwas mit ihm zu tun habe. Es konnte natürlich keinen Beweis dafür geben, dass er verantwortlich war. Es stimmte, er hatte Venetia am Samstag, als sie über Land nach Surrey gefahren waren, ein Telegramm gezeigt und es dann aus dem Fenster geworfen, aber das war nicht in diesem Dokumentenkasten hier. Neben seinen Namen auf der

Liste der Empfänger schrieb er also: *nicht schuldig, H.H.A.* Er legte Greys Rundbrief wieder in den Kasten, verschloss ihn, trug ihn ins Sekretariat und sagte Bongie, er solle ihn zum nächsten Adressaten bringen, in die Admiralität zu Winston.

Dann ging er zurück ins Kabinettszimmer und machte sich an seinen täglichen Brief an Venetia. Er musste ihr das alles erzählen. Es würde sie bestimmt amüsieren.

*

Venetia lag noch im Bett, als Edith ihr am Mittwochmorgen seinen Brief brachte – er steckte im Toastständer zwischen den Brotscheiben.

Es war das erste Mal in diesem Sommer, dass sie in ihrem Zimmer gefrühstückt hatte. Normalerweise war sie schon viel früher auf den Beinen. Aber die zehn Tage Abwesenheit von Penrhos, in denen sie drei verschiedene Hauspartys in drei verschiedenen Landesteilen besucht hatte, hatten sie ausnahmsweise erschöpft. Nach einem ersten Wochenende zurück in London und einem kurzen, aber erfreulichen Wiedersehen mit dem Premierminister war sie nach Mells in Somerset gereist, zum Landsitz der Horners, wo sie eine Woche mit Edward, Raymond, Katharine und verschiedenen anderen Mitgliedern der Koterie verbrachte. Es hatte ihr nicht so viel Spaß gemacht, wie sie erwartet hatte. Wie belanglos ihre Freunde und deren morscher Zynismus in dieser verwandelten Welt ihr jetzt erschienen! Edward war entschlossen, sich zum Militär zu melden, wofür Raymond ihn verspottete: Er habe etwas viel Amüsanteres getan, nämlich sich bei einer Freiwilligenbewegung eingetragen, die sich Londoner Bürgerwehr nenne; seine Begründung: dass dort jede Menge seiner Freunde mitmachten, dass die Truppe eigentlich gar nicht existiere und dass man als ihr Mitglied unmöglich vor dem Goodwood-Pferderennen 1915 umkommen werde, frühestens.

Danach war sie nach London zurückgekehrt und mit dem Premierminister zur Hausparty der Jekyllsens in Munstead Wood nahe Godalming gefahren, wo sie sich absetzen und Arm in Arm ein paar lange gemeinsame Spaziergänge durch die Kiefernwälder von Surrey unternehmen konnten. Am nächsten Nachmittag war sie mit dem Automobil zum Stanway House in Gloucestershire zur nächsten Party gefahren, die von Lord und Lady Wemyss gegeben wurde, deren Tochter Cynthia mit Beb Asquith verheiratet war. Und schließlich ging es wieder zurück nach Anglesey. Wie viele Meilen waren das insgesamt? Bestimmt tausend. Und wie viele Mahlzeiten, wie viele Partien Scharade, Bridge und Tennis, wie viele lange Nächte und wie viele Gespräche über den Krieg? Sie war erleichtert, zurück in der Stille von Penrhos zu sein.

Sie wartete, bis Edith das Zimmer verließ, und öffnete dann den Umschlag.

> Mein Liebling – heute Morgen natürlich kein Brief von Dir; wie auch, wenn Du den ganzen Tag im Automobil unterwegs warst? (Beb erzählte, er habe Dich im Stanway gesehen.) Trotzdem, der fehlende Brief hat ein leeres Gefühl hinterlassen, & ich erwarte ungeduldig den nächsten Morgen.
>
> Weißt Du noch, die Vorhaltungen, die Du mir gemacht hast, als ich diese kleine zerknüllte Papierkugel aus dem Fenster geworfen habe, an dem Samstag, wo wir durch die Roehampton Lane gefahren sind? Die einzigen Menschen, die außer E. Grey diese geheimen Zwiebelhäute bekommen, sind ich, Winston, Kitchener und Harcourt. Anscheinend hat die Polizei Schnipsel davon im St James's Park, in Oxfordshire

> in der Nähe von Goring & an ein, zwei anderen Stellen auf dem Land gefunden. In mühevoller Arbeit haben sie die gesammelt, und heute Morgen sind sie in einem Kasten bei mir gelandet: zusammen mit einer ernsten Ermahnung von E. Grey, wie gefährlich es sei, wenn der Geheimcode des Außenministeriums durch solch schluderige Handhabung von geheimen Angelegenheiten dekuvriert werde. Ich habe ein vollkommen reines Gewissen, was St Jas's Park & Goring angeht. Also habe ich einfach „nicht schuldig" notiert. Außerdem befand sich unser Papierkügelchen nicht unter den pièces de conviction: Zu welch vernichtender Zeugenaussage Du Dich hättest gezwungen sehen können!

Ihre erste Reaktion war amüsierte Erleichterung. Das hätte peinlich werden können. Aber dann las sie den Absatz noch einmal durch, und ihr Lächeln verschwand. Die Einschaltung der Polizei verhieß nichts Gutes. Offenbar hatte es eine Art offizieller Untersuchung gegeben. Vielleicht lief sie sogar noch. Und was meinte er mit, er habe ein »vollkommen reines Gewissen«? Wer sonst, glaubte er, könnte der Übeltäter sein? Sie hatte das schon oft an ihm bemerkt. Manchmal schien er in einer Fantasiewelt zu leben.

Sie kletterte aus dem Bett und ging zum Schrank, stellte sich auf die Zehenspitzen und zog den Gladstone-Koffer hinter den Hutschachteln hervor. Er war inzwischen so mit Briefen vollgestopft, dass sie schon fast unter dem Deckel hervorquollen und sie den Koffer behutsam an beiden Griffen herunterheben musste. Sie stellte ihn auf den Teppich, kniete sich davor und suchte so lange, bis sie das Telegramm des Botschafters in Russland fand, das er ihr geschickt hatte. Sie hockte sich auf die Fersen und seufzte erleichtert. Wenigstens war es noch da. Zum ersten Mal kam ihr der Gedanke, dass der Besitz der Telegramme eine Straftat war. Was würde passieren, wenn einer der Diener sie fand und der Polizei meldete? Sie hatte keine Angst, dafür im Gefängnis zu landen – Leute wie sie landeten nie im Gefängnis –, aber der Skandal könnte schrecklich für sie beide werden.

Sie faltete den Durchschlag des Telegramms zusammen und steckte ihn in ihre Handtasche, wuchtete den Koffer wieder in das oberste Fach im Schrank und klingelte dann nach ihrer Zofe.

»Ich bin fertig, danke, Edith. Würdest du bitte das Frühstück wegräumen und mir mein hellblaues Kleid herauslegen? Und frag, ob der Wagen heute Morgen für eine Stunde frei ist. Ich muss nach Holyhead fahren.«

*

In der Ortsmitte gab es eine Haushaltswarenhandlung, wo sie einen einfachen Holzkasten mit einem Schloss und zwei Schlüsseln kaufte, außerdem ein halbes Dutzend Farbdosen und ein paar Pinsel. Sie ließ alles vom Chauffeur ins Kinderzimmer bringen, wo sie mit den Kindern zur dankbaren Erleichterung von deren Müttern den Rest des Tages damit verbrachte, den Kasten zu bemalen. Am Morgen hatten die Zeitungen zum ersten Mal gemeldet, dass das britische Expeditionskorps ausgerückt sei. Eric war dabei. Anthony auch, im Stab des Oberbefehlshabers Sir John French. Bills Geschwader war in der Nordsee im Einsatz. So mussten sich ihre Schwestern wenigstens nicht auch noch um ihre Kinder sorgen. Am Spätnachmittag war der Kastenanstrich fertig, ein knallbuntes Gewimmel aus Blumen, Vierbeinern, Vögeln und Schmetterlingen.

»Und jetzt muss das Ganze erst mal trocknen«, sagte Venetia.

Rosalind, mit sieben die Älteste von Sylvia, fragte: »Was machst du damit, Tante Vinny?« Ihr Gesicht war mit Farbe beschmiert.

»Ich nehme den Kasten mit nach oben auf mein Zimmer und verstaue darin meine Spielsachen.«

»Erwachsene haben keine Spielsachen.«

»Die meisten nicht, ich schon.«

*

In der Downing Street beugten sich der Premierminister und Lord Kitchener im Kabinettszimmer über eine große Karte von Nordfrankreich und Belgien, die der Feldmarschall aus dem Kriegsministerium mitgebracht hatte. Der Premierminister hatte schon immer gern Landkarten studiert. Sie erinnerten ihn an Baedekerführer und Ferienreisen auf dem Festland, wo er immer darauf bestanden hatte, seinen Mitreisenden die besten Galerien und die interessantesten Kirchen zu zeigen.

»Der Vorstoß der Deutschen entwickelt sich genau so, wie ich es erwartet habe«, sagte Kitchener. »Sie bewegen sich mit großer Truppenstärke durch Belgien und haben eindeutig vor, die Grenze zu Frankreich an dieser Stelle hier zu überschreiten.« Er klopfte auf die Karte. »Zwischen Maubeuge und Lille, genau da, wo sich unser Expeditionskorps zusammenzieht.«

Dem Premierminister ging die Selbstgewissheit Kitcheners allmählich auf die Nerven. Er diskutierte nicht, er verkündete Dekrete. Manche Stabsmitarbeiter im Kriegsministerium beklagten sich schon über ihn. Einer hatte gemeint, Sitzungen mit Kitchener seien wie ein Ritt durch die Hölle. Trotzdem war er fest entschlossen, sich seinen Optimismus zu bewahren.

»Die Franzosen bestreiten das selbstverständlich«, sagte er. »Sie glauben, der Hauptangriff wird weiter südlich erfolgen. Hier irgendwo.« Er deutete ungefähr auf die Gegend.

»Der Nachrichtendienst sagt da etwas anderes. Möglich,

dass bald eine Dreiviertelmillion Mann ins Land strömen. Meine Sorge ist, dass sie uns schon angreifen, bevor wir uns noch richtig formiert haben.«

»Die Franzosen behaupten, dass die Belgier energischen Widerstand leisten werden und damit den deutschen Vormarsch verlangsamen.« *Die Franzosen sind anderer Meinung … Die Franzosen behaupten …* Er war sich bewusst, dass er nachplapperte, was ihm der Generalstab erzählt hatte. »Und dann sind da noch die beiden großen Festungsringe um Lüttich und Namur, die ihnen im Weg stehen. Die halten sicherlich einige Wochen stand.«

»Vielleicht, vielleicht auch nicht.« Kitchener lächelte düster. »Warten wir es einfach ab.«

*

In der Zwischenzeit war Deemer nicht untätig gewesen. Mit Kells Genehmigung hatte er für seine Untersuchung eine Legende erfunden, die er großspurig »Eine Überprüfung der sicheren Beförderung kriegswichtiger Minister in Zeiten des Krieges« nannte, und über die Special Branch beantragt, den Fahrer des Premierministers befragen zu dürfen. Er selbst hatte den Versuch für ziemlich aussichtslos gehalten, aber das Privatbüro in Nummer 10 hatte prompt am nächsten Tag geantwortet: Der Chauffeur des Premierministers, Mr Horwood, erwarte ihn am Donnerstag, dem 20. August, um 14.00 Uhr, zum Gespräch.

»Gehen Sie aber um Himmels willen behutsam vor«, sagte Kell, als Deemer im Watergate House zu dem Termin aufbrach. »Es ist der Premierminister, mit dem wir es hier zu tun haben, vergessen Sie das nicht.«

Er war fünf Minuten zu früh da. Der Napier war einer von drei Wagen, die hintereinander vor Nummer 10 standen. Er riss sich zusammen, den Wagen nicht jetzt schon näher zu inspizieren, und trat stattdessen vor die große, grüne Eingangstür, wo er kraftvoll den Messingtürklopfer betätigte. Ein älterer Bediensteter öffnete ihm und nickte nur, als er ihm sagte, er wolle Mr Horwood sprechen. Der Mann wollte keinen Ausweis sehen, sondern geleitete ihn unverzüglich durch den großen Eingangsbereich in einen langen Korridor, der in den hinteren Teil des Gebäudes führte. Dort zeigte er auf die Treppe zum Souterrain.

Unten drängelten sich livrierte Diener durch den Gang. Der Lunch wurde gerade abgetragen. Er wunderte sich über die vielen Geschirr schleppenden Dienstmädchen und Diener, über den Lärm und die Hitze unter der niedrigen Decke und über das Labyrinth aus winzigen, düsteren Kammern. Er fand den Weg in die Küche und fragte eine Köchin mit einem verschwitzten, roten Gesicht, wo er Horwood finden könne. Sie hielt ein Tablett mit Gebäck in den Händen und deutete gereizt mit dem Kinn zu einem Mann in einem dunklen Anzug, der inmitten des Chaos am Tisch saß und seelenruhig Zeitung las.

»Mr Horwood? Ich bin Detective Sergeant Deemer.« Er zeigte ihm seinen Ausweis. »Ginge es, dass wir uns irgendwo unterhalten, wo es etwas leiser ist?«

»Ginge schon. Wenn's sein muss.«

Der Chauffeur faltete widerwillig die Zeitung zusammen und ging mit ihm in die Butlerstube. Die winzige Kammer wurde fast ganz von zwei Stühlen und einem Rollpult mit Zettelspießern voller Belege eingenommen. Er schloss die Tür.

»Ich hoffe, das dauert nicht zu lange. Um halb drei muss ich den Premierminister fahren.«

»Ich habe nur ein paar Fragen.«

»Dann würde ich mal ganz schnell damit anfangen.«

Deemer war immer bemüht, sich nicht auf den ersten Blick ein negatives Bild von seinem Gegenüber zu machen, was seiner Meinung nach unprofessionell wäre, aber bei Horwood fiel ihm das schwer. Er war ein frettchenhafter Mann mittleren Alters mit Mittelscheitel und Schnauzbart, und wie viele Bedienstete nach Deemers Erfahrung hatte auch er sich ein Auftreten zugelegt, das dem Rang seines Herrn entsprach. Seine Antworten waren knapp: er fahre den Premierminister seit sieben Jahren; nein, außer auf der Höhe des Suffragettenunsinns vor einem Jahr oder so hätten sie nur selten Begleitschutz dabei (»wenn sie zur Special Branch gehören«, sagte er misstrauisch, »müssten Sie das eigentlich wissen«). Meistens fahre er den Premierminister im Stadtgebiet von London oder zu seinem Landhaus bei Abingdon oder zum Golfplatz.

»Fährt er gelegentlich auch einfach so auf dem Land spazieren, zum Vergnügen?«

»Wie meinen Sie das?«

»Na ja, zum Beispiel nach Marlow, Henley oder Goring oder so?«

»Schon, aber ich glaube nicht, dass Sie das was angeht.«

»Hat er zu solchen Ausfahrten jemals offizielle Dokumente mitgenommen? Um im Wagen zu arbeiten, meine ich.«

»Da müssten Sie ihn schon selbst fragen. Ich sitz vorn und fahr. Was sollen die ganzen Fragen?«

Horwoods Ton würde zunehmend feindselig. Deemer entschied, dass er weit genug gegangen war. Er steckte sein Notizbuch ein und fragte, ob er sich einmal kurz seinen Wagen anschauen könne.

Draußen in der Downing Street wurde der Chauffeur zugänglicher. Seine Gefühle für den Napier hatten etwas von Vaterstolz, und der Wagen war tatsächlich ein Prachtstück – sogar Deemer, der nicht Auto fuhr und sich auch nicht für dergleichen interessierte, konnte das sehen: eine glänzend anthrazitfarbene Karosserie, ein silberner Kühlergrill und Zierleisten aus Metall. Horwood öffnete die Haube und zeigte ihm den Motor. Ein schneller Wagen, sagte er. Ein ähnliches Modell habe auf der Rennstrecke Brooklands mit einer Durchschnittsgeschwindigkeit von sechsundsechzig Meilen über vierundzwanzig Stunden einen neuen britischen Rekord aufgestellt.

»Ist der Premierminister auch mal selbst gefahren?«

»Gott behüte, nein!« Offenbar allein bei dem Gedanken musste Horwood lachen. »Da müssten Sie erst mal alle Straßen frei räumen.«

Der geräumige Innenraum war mit Polstersitzen ausgestattet, das Dach war hoch genug, dass jemand mit Zylinder darin sitzen konnte, die Passagiere waren vom Fahrer durch eine dicke Glasscheibe mit Vorhängen getrennt, für Anweisungen an Horwood gab es eine Konsole mit Knöpfen, die auf dem Armaturenbrett Lämpchen aufleuchten ließen. Es gab keinen Rückspiegel, fiel Deemer auf. An allen Scheiben im Fond waren Sichtblenden zum Herunterziehen angebracht. Weniger ein Automobil als ein privates Separee auf Rädern, dachte er.

»Nimmt der Premierminister für gewöhnlich Leute mit, wenn er irgendwohin fährt?«

Deemer merkte, dass Horwoods Lächeln mit einem Schlag wieder verschwand. »Ich bin sein Chauffeur, Sergeant«, sagte er steif. »Und ich bin stolz darauf. Wen er mitnimmt, geht mich nichts an. Und selbst wenn ich's wüsste, würde ich's Ihnen nicht sagen. Und jetzt muss ich, wenn Sie erlauben, den Motor anlassen. Der Premierminister kann jede Minute kommen.«

*

Deemer ging die Downing Street vor, blieb an der Ecke Whitehall stehen und sah noch einmal zurück. Horwood war über die Antriebskurbel gebeugt. Der Chauffeur, dachte er, war nicht nur einfach zurückhaltend, er war verlegen gewesen. Bei seinen Fahrten hatte es irgendetwas gegeben, was ihm unangenehm gewesen war. Er hörte, wie der Motor stotternd ansprang und dann im Leerlauf laut vor sich hin tuckerte. Er fragte sich, wohin der Premierminister diesmal wohl fuhr.

Einer Eingebung gehorchend, drehte er sich um, trat auf die breite Whitehall und hielt das Taxi an, das gerade vom Parlamentsgebäude die Steigung heraufkam. Der Fahrer kurbelte das Fenster herunter.

»Tag, Sir. Wohin soll's gehen?«

»Weiß ich noch nicht. Würden Sie kurz warten?«

»Klar, Sir. Ist Ihr Geld.« Der Fahrer schaltete das Taxameter ein.

Deemer setzte sich hinten in das Taxi. Ein paar Minuten später hörte er das Geräusch eines kraftvollen Motors, dann fuhr der Napier dicht vor ihnen vorbei. Er hatte einen guten Blick auf den Premierminister. Er saß auf der Rückbank, hatte das Kinn auf die Hand gestützt und guckte wie gedankenverloren aus dem Fenster. Horwood ließ einen Bus vorbeifahren und bog dann nach links auf die Whitehall in Richtung Trafalgar Square ein.

»Würden Sie bitte dem Wagen folgen?«

Der Taxifahrer sah ihn im Rückspiegel irritiert an – die Augenbrauen nach oben und die Mundwinkel nach unten gezogen. Dann löste er die Handbremse und fädelte hinter dem Napier ein. Am Trafalgar Square umkurvten sie in weitem Bogen die Nelsonsäule und fuhren weiter in Richtung Regent Street. Fünf Minuten später hielt der Napier in der Oxford Street vor einem Geschäft mit einem repräsentativen Schild in Schwarz und Gold: *J & E. Bumpus, Königlicher Buchlieferant.*

»Fahren Sie hier links ran«, sagte Deemer.

Sie fuhren an dem Napier vorbei und hielten ein Stück

weiter. Durch das Rückfenster sah er Horwood den hinteren Schlag öffnen. Der Premierminister stieg aus und ging über den Bürgersteig zum Schaufenster. Dort blieb er stehen, den Zylinder auf dem Kopf, die Hände hinter dem Rücken verschränkt, und betrachtete die Bücher in der Auslage. Dann betrat er den Buchladen. Deemer bezahlte das Taxi und ging auf den Napier zu, wobei er den Bowler tief ins Gesicht zog und sich zur Seite wandte, damit Horwood hinter dem Steuer ihn nicht erkannte. Aber der Chauffeur hatte ohnehin seine Zeitung über dem Lenkrad ausgebreitet und schaute nicht auf.

Bei Bumpus handelte es sich um eine recht große Buchhandlung. Auf dem Schild neben der Kasse rühmte sie sich, die größte Londons zu sein. Die Verkaufsräume erstreckten sich über fünf Stockwerke: im Keller Gängiges aus zweiter Hand, im Erdgeschoss und ersten Stock seltene Ausgaben und Sammlerstücke, in den Stockwerken darüber das allgemeine Sortiment. Das Wetter war schön, kein Tag zum Bücherkaufen, und so war der Laden wenig besucht. Sonnenstäubchen flirrten umher, und der einschläfernde Geruch alten Papiers hing in der Luft. Der Premierminister stand vor einem der hohen Regale im Erdgeschoss und stellte gerade einen Band wieder zurück, um einen anderen herauszunehmen. Deemer zog das nächstgreifbare Buch aus dem Regal neben ihm, täuschte Interesse an französischer Literatur des 18. Jahrhunderts vor und hob gelegentlich den Blick, um den Premierminister nicht aus den Augen zu verlieren. Für den Regierungschef eines Landes, das in einen gewaltigen Krieg verwickelt war, machte er einen bemerkenswert gelassenen Eindruck. Deemer fragte sich, ob er vielleicht auf jemand wartete, was aber anscheinend nicht der Fall war. Der Premierminister stöberte einfach und vertiefte sich dabei immer wieder in die Lektüre.

Nach etwa einer Viertelstunde nahm er einen kleinen

Band, ging damit aber nicht zur Kasse, sondern nach oben in den ersten Stock. Deemer wartete kurz und ging dann ebenfalls die Holztreppe hoch. Oben fand er ihn in einem Sessel vor, ein Buch auf den Knien und zwei weitere auf dem Tischchen daneben. Immer wieder kippte sein Kopf nach vorn. Er döste eine Weile ein, schreckte dann auf, reckte den Kopf und blickte umher, als befürchtete er, jemand könne ihn beobachtet haben. Er erhob sich langsam, nahm auch die beiden anderen Bücher an sich und ging an Deemer vorbei die Treppe hinunter. Deemer folgte dem Premierminister mit einigen Stufen Abstand und sah, wie er mit dem kleinen Bücherstapel zur Kasse ging. Er unterhielt sich kurz mit dem jungen Verkäufer, öffnete eines der Bücher und wies auf eine Stelle hin. Nach ein paar weiteren Worten schrieb er etwas in ein Registerbuch, zückte seine Geldbörse, zählte eine ansehnliche Summe Papiergeld auf den Ladentisch und verließ anschließend das Geschäft. Der Verkäufer verstaute die Bücher unter dem Ladentisch. Durch die Glastür konnte Deemer sehen, wie der Premierminister in den Napier stieg und dann davonfuhr.

Er ging zur Kasse und zeigte dem Verkäufer seinen Ausweis. »Der Herr, der gerade gegangen ist, wissen Sie zufällig, wer das ist?«

»Nein, ich kenne seinen Namen nicht.« Der junge Mann war angesichts des Gesetzeshüters vor ihm nervös und zeigte sich beflissen, behilflich zu sein.

»Kommt er oft her?«

»Ziemlich oft. Er ist sehr belesen. Ein wahrer Bibliophiler. Hat er sich etwas zuschulden kommen lassen? Er macht einen so honorigen Eindruck.«

»Darf ich fragen, was er gekauft hat?«

Der Verkäufer bückte sich, holte vier Bücher hervor – alle in edles, rotes Saffianleder gebunden – und stellte sie mit dem Buchrücken nach oben nebeneinander auf den Ladentisch.

»Sheridans Komödie *Der Kritiker,* erschienen 1775, und eine dreibändige Ausgabe von *Oliver Twist,* 1838. Alles Erstausgaben.«

»Sehen teuer aus.«

»O ja, das sind sie.« Plötzlich wurde der junge Mann blass. »O Gott, ist das ein Verbrecher? Hat er mit Falschgeld bezahlt?«

»Nein, nein, nichts dergleichen. Warum hat er sie nicht gleich mitgenommen?«

»Wir haben einen Lieferdienst. Sie sind ein Geburtstagsgeschenk, und er hat darum gebeten, sie direkt zuzustellen.«

»Wohin gehen sie?«

Der Verkäufer zögerte.

»Wenn es Ihnen lieber ist, kann ich auch Ihren Geschäftsführer fragen.«

»Er ist gerade außer Haus.«

»Tja, dann …« Deemer lächelte.

Der Verkäufer öffnete das Registerbuch und drehte es so, dass Deemer den Eintrag in der Handschrift des Premierministers lesen konnte: *Zu Händen der ehrenwerten Venetia Stanley, Penrhos House, Holyhead, Anglesey.*

*

Nach seiner Rückkehr in die Downing Street schrieb der Premierminister einen Brief an Venetia. In seinem Kopf wimmelte es von Bildern, wie sie sein Geschenk öffnete. Wie gern hätte er dabei zugeschaut.

> In Zeiten wie diesen sollte man sich nicht darüber beklagen, dass das Leben nicht perfekt ist. Gelegentlich träume ich Träume & male Bilder & stelle

mir wunderbare Umstände vor, die, wenn man sie doch nur verwirklichen könnte, alles so viel leichter machen würden & die harten Hindernisse von Zeit & Raum beiseiteschaffen und Entfernungen aufheben würden ... Ich wünschte mir von ganzem Herzen – jeden Tag den ganzen Tag und fast die ganze Nacht –, dass Penrhos 200 Meilen näher an London läge ... Um das zu bewerkstelligen, würde ich mehr geben, als ich niederschreiben kann – manche Sätze bleiben am besten unvollendet.

*

Auf Wunsch seines Chefs traf Deemer sich mit Kell an jenem Abend nicht im Watergate House, sondern in Kells Club in der Pall Mall. Sie ließen sich in einer Fensterecke in zwei tiefen Polstersesseln nieder. Kell zündete seine Pfeife an, bestellte für sich Whisky mit Soda und fragte Deemer, was er trinken wolle. Deemer nahm das Gleiche. Er wartete, bis der Kellner außer Hörweite war, dann öffnete er sein Notizbuch und berichtete die Kernpunkte seiner Befragung in der Downing Street.

»Horwood hat im Wesentlichen bestätigt, dass er den Premierminister zu den Orten gefahren hat, wo die Telegramme gefunden wurden. Bei der Frage, ob ihn jemand begleitet hat, ist er ausgewichen und hat die Antwort verweigert. Ich hatte eindeutig den Eindruck, dass er mehr weiß, als er mir sagen wollte. Also bin ich ihm gefolgt.«

»Wem? Horwood?«

»Nein, dem Premierminister.«

Kell nahm die Pfeife aus dem Mund. Sein Mund stand offen. »Sie sind dem Premierminister heimlich gefolgt? Wohin?«

Deemer schilderte den Besuch in der Buchhandlung.

»Und Sie glauben daher, die Begleiterin, der er auf den Ausflügen die Telegramme gezeigt hat, könnte Venetia Stanley gewesen sein?«

»Ich halte das jedenfalls für sehr wahrscheinlich. Dazu passt auch, dass unser Zeuge in Roehampton meint, am Samstag im Wagen eine jüngere Frau gesehen zu haben.«

»Und weiter?«

»Zufälligerweise habe ich sie Anfang Juli in Zusammenhang mit dem Dampferunglück auf der Themse befragt. Sie erinnern sich, an Bord waren auch der Sohn und die Schwiegertochter des Premierministers.«

»Zu *dem* Kreis gehört sie? Wie bezeichnen die sich noch mal? Als die Koterie, oder?«

»Ja. Gerechterweise muss man aber sagen, dass sie letztlich gar nicht an Bord gegangen ist. Aus irgendeinem Grund hat sie kurz vorher ihre Meinung geändert. Aber sie ist mir noch einmal über den Weg gelaufen. Auf der großen Gartenparty in der Downing Street hatte ich Sicherheitsdienst. Da hat sie sich mit dem Premierminister unterhalten, und irgendwie habe ich gespürt, dass irgendeine Beziehung zwischen den beiden besteht.« Er zuckte die Achseln. »Tja, muss wohl, wenn er sich eine Stunde Zeit nimmt, ein teures Geburtstagsgeschenk für sie auszusuchen.«

Sie verstummten, weil der Kellner die Getränke brachte. Dann sagte Kell: »Ich muss schon sagen, diese ganze Geschichte, die stinkt langsam wirklich zum Himmel. Was wissen wir über die Frau? Ist sie verheiratet? Wie alt ist sie?«

»Ich bin mir ziemlich sicher, dass sie nicht verheiratet ist, Sir. Ich glaube, sie lebt noch bei ihren Eltern. Ich würde sagen, sie ist so Mitte zwanzig. Ihr Vater ist Lord Sheffield. Sie haben ein großes Haus am Portland Place, einen Familiensitz in Cheshire und noch ein weiteres Anwesen in Wales.«

»Sie Mitte zwanzig, er über sechzig – großer Gott, sie könnte seine Tochter sein!« Er lehnte sich zurück und nuckelte geräuschvoll an der Pfeife. Für einige Sekunden verschwand sein Gesicht fast völlig in einer Rauchwolke. »Er muss wirklich verrückt sein. Mal abgesehen von allen anderen Bedenken, damit bietet er eine riesengroße Zielscheibe für Erpressungen. Sie kennen wahrscheinlich das Getratsche, das schon seit Jahren über ihn im Umlauf ist – seine Trinkerei, seine Vorliebe für die Gesellschaft junger Frauen.«

»Das wusste ich nicht, Sir.«

»O doch, solche Dinge stehen natürlich nie in der Zeitung, aber sie bleiben nicht unbemerkt. Nur dank den Iren und den Sozialisten konnte er sich an der Macht halten. Als Politiker ist er ein teuflisch schlauer Strippenzieher. Vor einem Monat schien es, dass er und seine Regierung am Ende sind. Nur der Krieg hat ihn gerettet.«

Er nahm einen Schluck Whisky. Deemer tat es ihm gleich. Während der kurzen Unterbrechung des Gesprächs sah er sich im Raum um. Ehrwürdige Herren lasen in ihrem Sessel die Abendzeitung, zwei Offiziere standen plaudernd an der Bar.

»Heute Nachmittag hat sich übrigens Tyrrell gemeldet«, sagte Kell schließlich. »Das Außenministerium hat seine Untersuchung abgeschlossen. Alle fünf Minister haben jedwede Verantwortlichkeit abgestritten. Was das Außenministerium angeht, war's das. Fall abgeschlossen, weitere Ermittlungen unnötig. Aber ich sage Ihnen was, Deemer, ich bin nicht geneigt, es dabei zu belassen. Was ist der Sinn eines Sicherheitsapparats, wenn er nicht weiter in einer Geschichte ermittelt, die sich zum größten Sicherheitsverstoß des Landes auswachsen könnte? Zumindest müssen wir mehr über Miss Stanley herausfinden. Nach allem, was wir wissen, könnte sie mit den Deutschen sympathisieren. Allerdings müssen wir da sehr behutsam vorgehen. Was halten Sie davon, wenn Sie ein paar Tage rauf nach Holyhead fahren und sich da ein bisschen umsehen?«

»Ich glaube, das könnte den Versuch wert sein, Sir. Vielleicht erwische ich ja noch den Abendzug. Dann wäre ich schon morgen früh dort.«

»Sie sind ein wacher Kopf. Gefällt mir.« Kell sah auf seine Uhr. »Ach, leider schon zu spät. Fahren Sie also morgen früh. Und Sie brauchen vorher nicht mehr ins Büro zu kommen. Ich sage Captain Holt-Wilson, dass Sie etwas für mich erledigen.« Er zog seine Geldbörse aus der Tasche und nahm drei Fünfpfundnoten heraus. »Das sollte für Ihre Auslagen reichen.« Er hielt ihm das Geld hin, aber als Deemer die Hand ausstreckte, zog er es kurz zurück. »Und lassen Sie sich Quittungen geben, nicht vergessen.«

»Natürlich, Sir.«

Solche Spielchen mochte er nicht. Das erinnerte ihn daran, wie sich Erwachsene über Kinder lustig machten.

Er faltete die Scheine sorgfältig zusammen und schob sie in sein Notizbuch.

*

Als er an jenem Abend nach Hause kam, lag im Flur vor dem Postschlitz ein Brief von seinem Bruder. Er war auf einem kleinen offiziellen Formblatt geschrieben. Ohne Adresse, ohne Datum.

> Hallo, mein alter Knabe, wollte nur kurz Bescheid sagen, dass ich jetzt in Frankreich bin. Kann Dir nicht sagen, wo, aber ich schätze, das steht schon bald in der Zeitung. Die Jungs und ich sind guter Stimmung, also mach Dir keine Sorgen, wir sehen uns bald wieder. Pass auf Dich auf. Stets der Deine,
> Fred
>
> PS: Hier, damit Du meine hässliche Visage nicht vergisst.

Die sepiafarbene Studiofotografie zeigte Fred in Uniform vor einer Wand, auf die von Efeu umrankte dorische Säulen gemalt waren. Seine Hand lag auf der Rückenlehne eines einfachen Holzstuhls.

Er betrachtete die Fotografie eine Weile. Fred sah steif und ungelenk aus, ganz anders, als er wirklich war. Schließlich stellte er die Fotografie auf den Kaminsims und ging durch die Küche in den Garten. Der Sommer neigte sich dem Ende zu, und die Sonne war schon hinter die angrenzenden Häuser gesunken. Über der gezackten Silhouette der Dächer leuchtete der Himmel blutrot und violett, als stünde die Stadt in Flammen. Er goss die Blumen und versuchte sich vorzustellen, wie Fred sich in Frankreich gerade auf die Nacht vorbereitete. Würde er im Zelt irgendwo auf einem Acker schlafen, oder hatte man ihn in einem Bauernhof einquartiert? Er schaffte es nicht, sich etwas Derartiges vorzustellen. Sein kleiner Bruder drauf und dran, gegen die Deutschen in den Kampf zu ziehen – das alles war so unwirklich.

Er goss der Katze etwas Milch auf die Untertasse und ging dann die Straße hinüber zum Pub. Die Gäste standen schon draußen auf dem Bürgersteig, und da fiel ihm ein, dass Pubs unter dem Kriegsnotstandsgesetz jetzt bereits um halb zehn schließen mussten. Es blieb ihm nichts anderes übrig, als ins Bett zu gehen. Seine Sorgen um Fred, sein bevorstehender Einsatz in Holyhead, die Erinnerung an den Premierminister und Venetia Stanley im Garten von Nummer 10 – all das wirbelte ihm im Kopf herum. Es dauerte Stunden, bis er einschlief.

KAPITEL 14

Penrhos House, Holyhead, Freitag, 21. August 1914
Mein Liebling, gerade ist Dein Brief gekommen. Ist es nicht schrecklich, dass wir an meinem Geburtstag nicht zusammen sein können? Deine Anwesenheit ist das einzige Geschenk, das ich mir wünsche. Ich schätze zutiefst Deine wunderschönen Worte über die harten Hindernisse von Zeit & Raum, die man beiseiteschaffen, und die Entfernungen, die man aufheben sollte. Kennst Du Shakespeares 44. Sonett?

Wär meines Fleisches zäher Stoff Gedanke,
Dann hielt mich neidische Entfernung nicht;
Denn allem Raum zum Trotz entflöh ich jeder
  Schranke,
Die mich verbannt aus deinem Angesicht.
Dann gält mir gleich, ob auch am fernsten Strande
Mein Fuß stünd, weit von dir; denn unumschränkt
Springt der Gedanke über Meer und Lande
So schnell als er den Ort, wohin er fliehn will, denkt.
Doch ach! Tod ist dies Denken: nicht Gedanke
Zu sein, um Welten weit dir nachzufliehn;
Und dass ich so am Gram der lahmen Zeiten kranke,
Wenn Erd' und Wasser mich zu Boden ziehn,

Die trägen Elemente, die mich nur
Mit Tränen nähren, ihres Jammers Spur.

Das fasst zusammen, was ich fühle, mein Liebster & natürlich besser, als ich es jemals könnte.

*

Der einzige durchgehende Zug nach Holyhead am Freitagmorgen verließ den Bahnhof Euston um halb neun, und nach der Menschenmenge am Eingang zum Bahnsteig zu urteilen, wollte ihn halb London nehmen. Als die Schranke endlich geöffnet wurde, schloss Deemer sich der drängelnden Menge an und lief auf dem Bahnsteig an den Waggons entlang, bis er ein leeres Abteil in der Holzklasse entdeckte. Er verstaute seinen Koffer in der Gepäckablage und hatte sich gerade auf einen der Fensterplätze gesetzt, als drei Generationen einer lautstarken irischen Familie ins Abteil drängten, die alle verbliebenen Sitze belegten, wobei die Erwachsenen die Kleineren und ein Baby auf den Schoß nahmen. Aus den Gesprächen folgerte er, dass sie die Fähre nach Dublin nehmen wollten, was hieß, dass sie ihn auf der gesamten sechsstündigen Fahrt begleiten würden.

Der Zug fuhr pünktlich ab und rollte langsam an den rußgeschwärzten Häusern und Fabriken Nordlondons vorbei. Er schaffte es kaum, die *Times* ganz aufzuschlagen, geschweige denn, sich bei dem Geplapper und dem Lärm des schaukelnden Zugs auf den Inhalt zu konzentrieren, aber was er begriff, war nicht gerade beruhigend. Er blickte auf die große Karte Belgiens, wo eine dicke gepunktete Linie die Front markierte. Und obwohl der heldenhafte Widerstand der belgischen Armee ausführlich gelobt wurde, war deutlich, dass sie auf dem Rückzug war. Die Deutschen hatten Brüssel eingenommen, und nur die Festungsringe um Lüttich und Namur trennten sie noch vom Nordosten Frankreichs.

Er gab es auf weiterzulesen. Er überließ die Zeitung dem irischen Großvater und guckte die nächsten Stunden aus dem Fenster auf die Städte, Dörfer und hässlichen Industrieanlagen der westlichen Midlands. Er wusste, dass er sich bis Holyhead einen praktikablen Plan ausdenken sollte, irgendeine Legende, die sein Interesse an Venetia Stanley erklärte, aber ihm fiel nichts ein. Als sie um halb zwölf Crewe erreichten, wünschte er sich, nie losgefahren zu sein.

Aber dann begann sich seine Laune allmählich zu bessern. Der Zug ratterte jetzt nach Wales hinein, der Anblick von eintönigen Feldern wich dem von entfernten Bergen und üppigen grünen Hügeln, und am frühen Nachmittag verliefen die Gleise so nah am Meer, dass er die anbrandenden Wellen, die leeren Dünen und vollen Strände, die Piers, Badekarren, Strandhütten und kleinen, grellbunten Tretboote sehen konnte. In Rhyl und Colwyn Bay stiegen viele aus. Wie lange war es her, dass er zuletzt das Meer gesehen hatte, ein richtig blaues Meer, das in der Sonne glitzerte? Er konnte sich nicht erinnern.

Sie hatten die Meerenge der Menaistraße auf einer langen Brücke überquert und fuhren jetzt durch Anglesey und erreichten kurz darauf den Bahndamm, der Wales mit Holy Island verband, der »heiligen Insel«. Er sah dichte Wälder und große Vogelschwärme auf dem Watt. Fünf Minuten später lief der Zug im Bahnhof von Holyhead ein. Er half der irischen Familie beim Ausladen des Gepäcks und trug einen ihrer Koffer über den wimmelnden Bahnsteig bis zur Anlegestelle der Fähre. Er schüttelte allen die Hand, auch den Kindern, und wünschte ihnen eine gute Weiterreise. Er verließ den Bahnhof und stand schließlich auf einem kleinen Platz mit einem Uhrenturm – ein Londoner Polizist, etwas deplatziert mit seinem staubigen dunklen Anzug und dem Bowler, umschwirrt von kreischenden Möwen und mit der frischen Meeresbrise im Gesicht, die das Versprechen von Abenteuer an Land wehte.

*

Das an einem steilen Hang liegende Städtchen blickte in nordöstlicher Richtung auf den Bahnhof und den Hafen hinunter. Auf halbem Weg dazwischen befand sich ein riesiges, modernes Hotel. Er nahm an, dass es voller Reisender war, die nach Dublin wollten oder von daher kamen. Er brauchte eine andere Art von Unterkunft.

Er lief eine halbe Stunde herum. Er bemerkte ein Amtsgebäude namens Stanley House, einen Pub namens Stanley Arms, eine Stanley Street, das Stanley-Hospital für Matrosen und Seefahrer, eine Stanley-Siedlung mit Armenhäusern. Allgegenwärtiger als Venetia Stanleys Familie war nur Gott: Rund um die vielen Kapellen und Kirchen, die sich an den Hang klammerten, befanden sich Friedhöfe voller Erinnerungstafeln für die auf See gebliebenen Männer. Die meisten Häuser waren weiß gestrichen, die Straßen mit Kopfstein gepflastert. Im nördlichen Teil des Städtchens stieß er auf eine Straße mit stattlichen, frei stehenden Häusern aus den Achtzigern, die Pensionen beherbergten, die alle freie Zimmer anboten. Aufs Geratewohl entschied er sich für eine mit Namen Bay View. Hinter der Backsteinmauer gab es einen kleinen Vorgarten samt Veranda mit einem schmiedeeisernen Balkon darüber. Die Fenster zierten Spitzengardinen. Mr Griffiths, der korpulente Hausherr, erklärte ihm, er könne ihm Bett, Frühstück und Abendessen für fünfzehn Schilling den Tag anbieten, Frühstück um halb acht, Abendessen um halb sieben. Deemer zahlte dreißig Schilling im Voraus und trug seinen Koffer nach oben.

Sein Zimmer lag, eingeklemmt unter der Traufe, ganz

oben, und das eine Fenster gewährte tatsächlich einen Blick auf die Bucht, auch wenn die Salzschlieren das Panorama eintrübten. Er legte den Koffer auf das Einzelbett, öffnete ihn und wechselte die Kleidung. Er zog eine alte Hose und seine uralte Tweedjacke mit den beiden Ellbogenflicken an und setzte sich eine Schiebermütze auf den Kopf. Dann schlang er sich ein großes, rotes Taschentuch um den Hals, stopfte es unter den Hemdkragen und begutachtete das Ergebnis im Spiegel auf dem Toilettentisch. Als Lehrer oder Kanzleiangestellter, der für ein paar Urlaubstage der Großstadt London entfliehen wollte, dachte er, würde er schon durchgehen – so halbwegs zumindest.

Er spazierte zurück bis zur Ortsmitte. In einem Fahrradgeschäft hinterlegte er fünf Pfund Kaution und mietete sich für fünf Schilling pro Tag ein Fahrrad. Der Besitzer bestand auf einer Kette mit Vorhängeschloss gegen Diebstahl. Bei dem Bootsausrüster nebenan fand er zwischen Seilrollen und Winschen und Klampen aus Messing ein kleines Fernrohr und einen Rucksack, und im Buchladen erstand er einen Taschenführer zur Vogelbestimmung und eine Karte der Gegend. Für alles verlangte er eine Quittung. Kells Geld schmolz schon jetzt in beunruhigendem Tempo dahin. Er fuhr mit dem Rad den Hügel hinauf, bog um eine Ecke und sah vor einer Haustür eine Schlange junger Männer anstehen. Als er näher kam, erkannte er, dass man ein Versicherungsbüro in eine Rekrutierungsstelle der Armee umgewandelt hatte. Auf dem Bürgersteig stand ein Korporal und rief hinter ihm her, als er an ihm vorbeifuhr: »Was ist mit dir, Kumpel? Willst du nicht auch für König und Vaterland kämpfen?«

Er senkte den Kopf und fuhr weiter, ohne auf das höhnische Gejohle in seinem Rücken zu achten.

Auf dem Toilettentisch in seinem Zimmer breitete er die Karte von Holy Island aus. Penrhos House lag nur anderthalb Meilen östlich der Ortschaft, aber was seine Chancen anging, ins Innere des Hauses zu gelangen, hätte es genauso gut auf dem Mond liegen können. Er streckte sich auf dem Bett aus und dachte über das Problem nach.

Um halb sieben ging er nach unten in das kleine Speisezimmer. Die anderen Gäste saßen schon am Tisch, zwei Paare, ein junges auf Hochzeitsreise, das über den Tisch hinweg Händchen hielt, und eines in den Fünfzigern, das erzählte, sie kämen jedes Jahr zum Wandern her. Nach einem höflichen Abendgruß und ein paar Worten über den Grund seines Aufenthalts – in der Hoffnung, dass keiner der Anwesenden Ornithologe war – verstummte das allgemeine Gespräch, und die Paare unterhielten sich leise untereinander. Er blätterte ohne großes Interesse in seinem Vogelführer. Er erkannte darin nur Spatzen und Amseln. Das von Mrs Griffith zubereitete und ihrem Mann aufgetragene Abendessen bestand aus Pampelmusenstücken vorweg, gefolgt von Hammeleintopf und abschließend gedämpftem Teigkloß mit Ingwersirup. Als das Stubenmädchen das Geschirr abräumte, nutzte Deemer die Gelegenheit und verabschiedete sich.

Es war ein warmer Abend, die Luft glasklar, die Sonne noch am Himmel, die Straße ruhig. Er ging wieder in die Ortsmitte. Der erste Pub, an dem er vorbeikam, war klein, rauchgeschwängert und lärmend laut. Beim Eintreten hörte er englische Stimmen, aber er war sich bewusst, dass alle sich umdrehten und ihn anschauten, und als er den Tresen erreicht hatte, sprachen alle Gäste nur noch walisisch. Er bestellte ein halbes Pint vom lokalen Bier, trank allein und unbeachtet im Stehen aus und ging danach sofort wieder.

Der nächste Pub war größer und nicht ganz so gedrängelt voll. Diesmal bestellte er ein ganzes Pint und setzte sich damit an einen kleinen Tisch nahe dem Tresen. Er zog den Vogelführer aus der Tasche und tat so, als läse er darin, sah sich aber die ganze Zeit um und versuchte jemandes Aufmerksamkeit zu erregen. Schließlich schien er die Neugier des älteren Manns in der Fischerjacke geweckt zu haben, der allein vor seinem Bier am Tresen stand. Er beugte sich vor und betrachtete eingehend das Buch, woraufhin Deemer es hochhielt, damit er den Titel lesen konnte.

»Aha«, sagte er. »Dann sind Sie also einer von denen, die wegen den Vögeln rumreisen.«

»Ich bin noch Anfänger. Ich versuche gerade herauszufinden, wo der beste Platz ist.«

»Wenn Sie es auf Seevögel abgesehen haben, dann sind Sie hier goldrichtig.«

»Möchten Sie sich nicht setzen?« Deemer zog den Stuhl neben ihm unter dem Tisch hervor. »Darf ich Sie zu einem Bier einladen?«

Fünf Minuten später hatte er es geschafft, das Thema auf Penrhos zu lenken.

»Das ist der beste Platz auf der ganzen Insel«, sagte der Fischer. »Da kriegen Sie Austernfischer und Triele zu sehen. Wahrscheinlich auch Kormorane, Regenpfeifer und Fischreiher. Wenn Sie Glück haben, sogar Ringelgänse.«

»Kommt man leicht ans Meer?«

»Gehen Sie einfach bis zum Damm runter. Da verläuft ein schmaler Küstenweg am Ufer entlang.«

»Was ist mit dem Wald?«

»Privatbesitz, gehört zu dem großen Haus. Es gibt Wege, wo Sie vom Strand raufgehen können, aber passen Sie auf, dass man Sie nicht erwischt. Das ist das Anwesen von Lord Sheffield, der legt Wert auf Privatsphäre. Da hält sich gerade jede Menge hochherrschaftliches Volk auf.«

»Was soll das heißen, hochherrschaftliches Volk?«

Der alte Mann beugte sich zu ihm vor und sprach leise weiter. »Na, erst mal der Premierminister. Es heißt, der hält sich da ziemlich häufig auf.«

»Na, Dafydd«, sagte auf einmal ein junger Mann vom Tresen her. »Was tratschst du jetzt wieder rum?«

»Ich hab meinem Freund hier bloß erzählt, dass der Premierminister auf Penrhos House ist.«

»Was erzählst du fremden Leuten solche Sachen? Weißt du nicht, dass Krieg ist? Das könnt 'n deutscher Spion sein.«

Bei dem Wort *Spion* drehten einige den Kopf um.

»Ich bin kein *deutscher* Spion«, sagte Deemer. »Ich bin ein *englischer* Spion.«

Der junge Mann legte den Kopf auf die Seite und sah ihn an. »Das ist ja noch schlimmer«, sagte er.

Deemer fiel in das allgemeine Gelächter ein und spendierte dem jungen Mann ebenfalls ein Bier. Der Rest des Abends verlief fröhlich. Er steckte den Vogelführer ein und achtete darauf, das Thema Penrhos House und die Stanleys nicht noch einmal zu erwähnen. Sie redeten über Holyhead, die Fischerei und den Krieg, und wie viele junge Männer sich schon freiwillig gemeldet hätten.

»Meiner Meinung nach sind die alle komplett verrückt, die ganze Bande«, sagte der junge Mann, der Gethin hieß und für die Fährgesellschaft arbeitete. »Die haben nicht die leiseste Ahnung, worauf die sich einlassen.«

Die Aussage löste einen allgemeinen Streit über den Krieg aus. Dafydd war scharf darauf, dem Kaiser eine Lektion zu erteilen (»arrogantes Arschloch«), wohingegen Gethin, der sich selbst als Sozialist bezeichnete, meinte, Kriege gebe es nur des Imperialismus wegen, und der sei das Ergebnis des Kapitalismus. »Oder andersrum?« Er war ziemlich betrunken und schien aufrichtig verwirrt zu sein.

Um halb zehn setzte der Wirt sie vor die Tür.

Auf der Straße schüttelten sie sich die Hand, klopften sich gegenseitig auf die Schulter und gingen ihrer Wege, die beiden Waliser zum Hafen, Deemer durch den Ort den Hügel hinauf. Anders als seine neuen Freunde torkelte er noch nicht. Der Mond war nicht zu sehen, Gaslaternen gab es nur wenige, und bis auf das entfernte, gelegentliche Bellen eines Hundes war es in den Straßen still. Zweimal glaubte er hinter sich Schritte zu hören, aber als er sich umdrehte, konnte er in der Dunkelheit nichts erkennen. Trotzdem hatte er das unangenehm kribbelnde Gefühl, beobachtet zu werden, und als er schließlich in die Straße mit den viktorianischen Häusern einbog, war er erleichtert. Im Erdgeschoss der Pension brannte noch Licht. Er klopfte und musste dann warten, bis Mrs Griffith ihm endlich aufmachte. Anders als ihr kugelrunder Mann war sie eine schmächtige Person mit einem verhärmten Gesicht, die ihm mit verkniffenen Lippen und leicht erhobenem Kopf klar zu verstehen gab, dass sie von Gästen, die spät nach Hause kamen und nach Bier rochen, nicht allzu viel hielt.

Er wünschte ihr eine gute Nacht und stieg leise die Treppe hinauf zu seinem Zimmer, wo er sich – müde von der Reise und gefüllt mit dem starken walisischen Bier und der frischen Seeluft – vollständig angezogen auf das Bett fallen ließ und ausnahmsweise sofort einschlief.

KAPITEL 15

Sofort nach dem Frühstück am Samstagmorgen verließ Deemer die Pension Bay View und schob sein Fahrrad durch die Seitengasse hinter dem Garten, wo er es mit Mr Griffiths' Erlaubnis über Nacht abgestellt hatte. Es war schon lange her, dass er zuletzt Rad gefahren war. Auf der Straße schwang er das Bein über die Querstange, holte tief Luft und stieß sich ab. Das Vorderrad wackelte unter seinen Händen an der Lenkstange und beruhigte sich erst, als er schneller wurde und in alarmierend hohem Tempo durch die Stadt raste. Er zog immer wieder heftig am Bremshebel und ließ in den Kurven zusätzlich die Schuhsohle über das Kopfsteinpflaster schlittern, bis er schließlich vor dem Bahnhof ebenes Gelände erreichte.

Dann radelte er auf einer Straße, die sich ziemlich vorwitzig London Road nannte, an einigen winzigen, weißen Reihenhäusern vorbei hinaus in die offene Landschaft. Das Land war flach und mit Büschen besprenkelt, das Meer befand sich irgendwo links von ihm, nicht weit weg, aber unsichtbar. Starker Wind blies ihm ins Gesicht und machte das Vorwärtskommen schwierig. Nach etwa fünf Minuten erhoben sich zu beiden Seiten der Straße Bäume, er tauchte in den Wald ein, und kurze Zeit später stieß er auf zwei große Ziegelpfosten, auf denen steinerne Greife thronten. Das schmiedeeiserne Tor war von der Straße zurückgesetzt und so hinter einer Hecke versteckt, dass er es fast übersehen hätte. Er bremste scharf und kam über den Kies rutschend zum Stehen.

Er schaute die London Road hoch und hinunter. Außer einem Pferdekarren war niemand zu sehen. Er hob das Vorderrad an, setzte es in der Mitte der Einfahrt fest auf den Boden und fuhr wieder los.

Erst konnte er das Haus nicht sehen, aber dann stieg die Zufahrt langsam an und beschrieb einen Bogen, und nach etwa einer Viertelmeile schob sich das Haus spektakulär ins Blickfeld – ein herrschaftlicher Landsitz, mit dem türmchenbewehrten Mittelteil und den beiden Seitenflügeln fast schon ein richtiger Palast. Er stieg ab, holte das Fernrohr aus dem Rucksack, zog es aus und hob es ans Auge. Vor dem Eingang parkte ein roter Lieferwagen der Post, der sich gerade in Bewegung setzte. Er steckte das Fernrohr schnell weg und stieg wieder aufs Rad, strampelte zurück zum Tor und hatte das Anwesen der Stanleys wohlbehalten wieder verlassen, ehe der Lieferwagen die Straße erreichte und in Richtung Stadt weiterfuhr.

*

Ein Diener trug die Päckchen in den Salon, wo Venetia im Kreis ihrer Schwestern, Eltern und Nichten auf dem langen Sofa saß. Seit ihrem sechzehnten Geburtstag war es auf Penrhos alljährliche Tradition, dass ihr die ganze Familie beim Auspacken der Geschenke zuschaute.

Margaret hatte ihr eine mit Perlmutt verzierte Schminktischgarnitur geschenkt, Sylvia ein rosa Seidenmieder von Somatoff's in der Oxford Street, und Blanche – die liebe Blanche! – hatte ihr einen Schal gestrickt. Die Nichten hatten Bilder für sie gemalt und Blumensträuße gepflückt. Die Eltern hatten ihr ein Kofferset mit dem Monogramm ihres vollen Namens beschert, B.V.S. für Beatrice Venetia Stanley – zweifellos gekauft im Vorgriff auf die inzwischen abgesagte Entdeckungsreise nach Indien und Australien –, nebst einem höchst willkommenen Scheck. Nachdem alles ausgepackt und mit liebevollen Worten gewürdigt war, nahm sie sich endlich der Morgenpost an: ein Paar Abendhandschuhe von Winston und Clemmie, ein Band Liebesgedichte von Maurice Baring (zu ihrer Erleichterung nicht von ihm selbst verfasst) und ein scheußliches, wenn auch zweifellos teures Schmuckstück aus Glas von Edwin Montagu.

Bevor sie sich des Geschenks des Premierministers annahm, las sie seinen Brief.

> Morgen werden 27 Jahre vergangen sein, seit Du den ersten Blick auf diese sündige Welt geworfen hast, und es ist noch keine 3 her, dass ich Dein wahres Wesen entdecken durfte. Rückblickend frage ich mich manchmal, ob Du es nicht vorgezogen hättest, dass ich das nicht getan hätte und die Dinge zwischen uns weiter so verlaufen wären, wie sie anfangs waren …

Sie überflog den Rest des Briefs und steckte ihn zurück in den Umschlag. Die Familie beobachtete sie, sagte aber nichts. Seit der Episode am Frühstückstisch hielten alle ihre Neugier möglichst im Zaum. Trotzdem konnte sich Sylvia die Frage nicht verkneifen: »Ich bin gespannt, was er dir geschenkt hat.«

Weil Venetia einen flüchtigen Blick auf die restlichen Zeilen geworfen hatte, wusste sie, dass sein Geschenk ausgesprochen respektabel war. *(Ich hoffe, mein Liebling, dass sie Dir gefallen: Seit Beginn der Welt oder jedenfalls seit Erfindung des Buchdrucks hat es nichts gegeben, was eine tiefere & wahrhaftigere Botschaft der Liebe zum Ausdruck gebracht hätte.)*

»Dann sehen wir mal nach, oder?«

Sie riss das braune Packpapier auf, und obwohl die Bände kaum von romantischer Natur waren, war sie gerührt. Allen Sorgen und Belastungen zum Trotz hatte er sich die

Mühe gemacht, die Bücher selbst auszusuchen. Mein geliebter Prime!

»*Oliver Twist?*«, sagte Sylvia. »Hast du etwa einen Schülerwettbewerb gewonnen?«

»Also, ich finde das sehr aufmerksam von ihm«, sagte Lady Sheffield. Sie ging zur Verandatür und blickte gen Himmel. »Sieht ganz so aus, dass die Sonne bald durchkommt. Unser Picknick kann also doch noch stattfinden.«

Wenn es das Wetter erlaubte, fand an ihrem Geburtstag in Penrhos ein großes Picknick statt. Auch das gehörte zur Familientradition.

*

Deemer war am Rand des Anwesens bis zum Anfang des Uferdamms entlanggeradelt, der Holy Island mit Anglesey verband und in der Karte als *Stanley Embankment* verzeichnet war. Was für eine trostlose Landschaft, dachte er, wie am ersten Tag der Schöpfung – eine große, graue, formlose Masse aus Schlamm und Wasser, die, so weit das Auge reichte, mit Schwärmen von Seevögeln bedeckt war, die auf dem frisch freigelegten Ufer nach Nahrung suchten.

Er fuhr auf dem Küstenweg langsam zwischen niedrigen Trockensteinmauern und gelben Ginsterbüschen entlang, bis er nach etwa einer halben Meile vor einem mit einem Vorhängeschloss abgesperrten Tor halten musste. Auf dem Schild stand: *STANLEY ESTATE. Privatbesitz. Durchfahrt untersagt.* Er stieg ab, hob das Fahrrad über die niedrige Mauer und kletterte auf die andere Seite. Er streute Laub über das Fahrrad, bis es einigermaßen versteckt war, und ging dann in den Wald.

Er konnte das große Haus erst nicht sehen, aber er erahnte die Anwesenheit schon bald. Am Weg standen eine Bank und ein Steinobelisk, dessen Inschrift im Lauf der Jahre verwittert war. Eine kleine Brücke überquerte einen der Bäche.

Dahinter folgte er weiter dem Weg und sah schließlich durch das Unterholz eine hohe, mit Efeu überwucherte Steinmauer, in die eine kleine gotische Eichentür eingelassen war. Die Mauer erstreckte sich in beide Richtungen gut fünfzig Schritte und endete in runden, mit Zinnen bewehrten Türmen. Das Ganze wirkte wie eine Festung aus einem Bilderbuch. Er drehte an dem eisernen Ring der Tür, die sich wider Erwarten leicht öffnen ließ. Er blieb stehen und lauschte. Aber er hörte nur das gurrende Lied von Ringeltauben und das entfernt hallende Tocken zweier Spechte. Er machte einen Schritt in die Türöffnung der gut einen Meter dicken Mauer. Auf der anderen Seite waren noch mehr Bäume. Er ging weiter, der Wald lichtete sich allmählich, und in einigen Hundert Meter Entfernung, jenseits einer weiten, mit steinalten Buchen und Zedern besprenkelten Rasenfläche, sah er wieder das große Haus. Keine Menschenseele weit und breit. Er nahm das Fernrohr und ließ den Blick langsam von links nach rechts gleiten – drei Stockwerke, gewaltige Fenster, hoch aufragende Kamine, eine ausladende Terrasse mit Liegestühlen und Tischen, Stufen, die hinunter zum Rasen führten. Bis auf den Pfau, der dort entlangstolzierte, keinerlei Anzeichen von Bewegung.

Er ließ das Fernrohr sinken. Nachdem er so weit gekommen war, fragte er sich, wie er weiter vorgehen sollte. Was konnte er Kell bislang groß berichten, außer dass Miss Stanley einen außerordentlich herrschaftlichen Lebensstil pflegte? Die Vorsicht riet ihm, sich wieder davonzumachen, bevor man ihn entdeckte. Aber er zögerte. Es kam ihm wie vergeudete Mühen vor, wenn er jetzt einfach wieder ginge. Er setzte sich mit dem Rücken an einen Baum gelehnt auf den Boden, zog die Beine an und grübelte.

Inzwischen war der Vormittag weit vorangeschritten. Der Wind hatte nachgelassen, die Sonne stand hoch am Himmel, und es war heiß. Er nahm die Schiebermütze ab und wischte sich über die Stirn. Insekten schwirrten um ihn herum, Ameisen krabbelten über seine Fesseln. Er stand auf, um sie wegzuwischen, als er auf der Terrasse eine Bewegung wahrnahm. Durch das Fernrohr sah er eine Prozession livrierter Diener aus dem Haus kommen, die Terrasse überqueren und die Stufen hinunter auf den Rasen ziehen, wo sie direkt auf ihn zukam – ein halbes Dutzend Bedienstete, schließlich mehr als ein Dutzend, die Körbe, Decken, Klappstühle und Klapptische schleppten. Er zog sich zwischen die Bäume zurück und wartete, bis sie alle an ihm vorbei waren. Einer der Diener beklagte sich über etwas – er verstand kein Wort, erkannte es aber am nörgelnden Ton –, und eine Frau erwiderte ihm, er könne ja zur Armee gehen, wenn es ihm hier nicht passe, woraufhin der Mann antwortete, dass er gleich am Montag genau das tun werde. Sie verschwanden in Richtung Meer.

Er richtete das Fernrohr wieder auf das Haus. Eine halbe Stunde später erschien die Stanley-Familie, gekleidet wie für einen Besuch auf der Rennbahn. Er zählte fünf Damen – lange, wallende Kleider, elegante breitkrempige Hüte, Sonnenschirme; dann kamen ein älterer Mann in grauem Gehrock und Zylinder, zwei kleine Mädchen und zwei Kinderfrauen in dunkler Dienstkleidung, von denen eine einen Kinderwagen und die andere einen Sportwagen schob, und ein Hund, der vor ihnen hersprang. Der Anblick des Hundes gefiel ihm nicht, und er zog sich noch weiter zwischen die Bäume zurück, aber nicht so weit, dass er nicht Venetia Stanley wiedererkannt hätte, die eines der Mädchen an der Hand hielt. Nachdem sie alle an ihm vorbeigegangen waren, schaute er wieder zum Haus. Es musste jetzt praktisch leer sein. Sollte er sein Glück herausfordern und es riskieren, ins Haus einzudringen? Vielleicht würde er ja irgendetwas finden. Wenn man ihn erwischte und seine Person feststellte, wäre das allerdings sein Ende. Er entschied sich dagegen.

Er wartete noch ein paar Minuten, dann zog er sich ganz zurück: durch die gotische Tür auf den Weg und über den Bach bis zum Waldrand. Das letzte Stück kroch er auf dem Bauch durch das Unterholz bis zu einer Stelle, von wo er den Strand durch das Fernglas gut im Blick hatte. Ein aufwendiges Picknick wurde hergerichtet. Die Klapptische wurden zusammengeschoben, ein langes, weißes Leinentuch ausgebreitet und darauf Servietten, Silbergeschirr und Kristallgläser verteilt. Die Familie Stanley ließ sich auf den acht Stühlen um den Tisch herum nieder. Venetia saß am Kopfende, Diener wuselten umher, schenkten Getränke ein, servierten Essen. Eingerahmt wurde das Tableau vom in der Ferne glitzernden Meer. So viel zum Thema Krieg, dachte er. Er beobachtete alles eine Zeit lang, dann kroch er zurück, stand auf und ging durch den Wald bis zu seinem Fahrrad, befreite es vom Laub, wuchtete es über die Mauer und fuhr die Straße zur Ortschaft hinunter. Begleitet von den Rufen der Watvögel, fühlte er sich plötzlich klein und einsam in dieser trostlosen, urzeitlichen Landschaft.

*

Der Premierminister verließ die Nummer 10 am Spätnachmittag und fuhr die sechzig Meilen nach Lympne Castle in Kent, wo auf der Burg ein Familientreffen seiner Schwiegereltern, den Tennants, stattfand. Violet, Oc und der unvermeidliche Bongie begleiteten ihn. Margot war noch bei ihrer Schwester in Schottland.

Er saß wie immer auf seinem Platz hinten rechts und war sehr ruhig. Sein Ellbogen lehnte am Fenster, das Kinn war auf den Handballen gestützt, und er starrte mit leerem Blick auf die Londoner Straßen. Kitchener hatte ihm gerade berichtet, dass es wahrscheinlich noch an diesem Tag zu Kampfhandlungen der britische Armee mit den Deutschen kommen würde. Fast hätte er sich entschieden, nicht zu fahren. Aber was hätte es für einen Sinn gehabt, in London herumzusitzen und auf Neuigkeiten zu warten? Was konnte er schon groß tun? Er war gleichzeitig machtvoll und machtlos, verantwortlich für das Geschehen, aber ohne Wissen darüber, was gerade stattfand – die absolut teuflischste Lage, in der man sich befinden konnte.

Allmählich nahmen die anderen wahr, wie still er war.

»Weißt du, was dich aufmuntern würde, Prime?«, sagte Oc. »Eine Runde Golf. Sag Horwood, er soll anhalten.«

Irgendwo in den südlichen Randbezirken von London hielten sie an. Oc stieg aus und sprach mit Horwood, und ein paar Stunden später, als sie die Küste fast erreicht hatten, bog der Wagen ab und steuerte den Golfplatz von Littlestone an.

Der Premierminister spielte schlecht, aber was machte das schon aus? Der Himmel über den Romneymarschen war unermesslich, und der flache Kurs lag dramatisch schön unmittelbar am Meer. Eine gesegnete Stunde lang vergaß er den Krieg. Sie spielten sieben Löcher, dann reichte das Licht nicht mehr. Hinter dem purpurpurfarbenen Wolkengebirge ging die Sonne unter und warf breite Goldbänder über das Marschland, was ihn an das Licht in einer Kathedrale erinnerte. Nicht zum ersten Mal dankte er Gott für seinen unkomplizierten dritten Sohn, für den kein Problem so groß war, dass es nicht durch etwas körperliche Ertüchtigung oder ein Kartenspiel vorübergehend gelindert werden konnte.

Als sie zum Wagen zurückgingen, fragte er Oc, was er zu tun gedenke.

»Ich habe mich zur Marine gemeldet.«

»Wirklich? Ich hätte dich nie auf einem Schiff gesehen.«

»Ich auch nicht. Winston brütet gerade eine königliche Marinedivision aus, die an Land kämpfen soll.«

Er musste lachen. »Winston mit eigener Privatarmee! Was kann da noch schiefgehen!«

Lympne Castle gab es seit sechshundert Jahren, seit dem Mittelalter. Beim Abendessen saß er vergnügt zwischen seinen hübschen Nichten Dinah und Kakoo, beide in ihren Zwanzigern und unverheiratet, und unterhielt sich mit Margots Bruder Frank, dem Besitzer des Anwesens. Ihr Vater war der reichste Mann Schottlands gewesen. Er hatte ein Vermögen von drei Millionen Pfund hinterlassen, aber während die beiden älteren Brüder ein Jahreseinkommen von 40 000 Pfund geerbt hatten, waren die Mädchen leer ausgegangen. Frank verkündete gerade, dass er vorhabe, die Burg zu verkaufen oder in ein Krankenhaus für verwundete Soldaten umzuwandeln und der Regierung zu überlassen, was den Premierminister wieder an den Krieg erinnerte. Er wies Bongie an, in London anzurufen, ob es Neuigkeiten gebe, der aber kurz darauf zurückkehrte und es verneinte.

Am nächsten Morgen – er lag noch im Bett – brachte Bongie ihm die Sonntagspost: einen Brief von Venetia, die sich für das Buchgeschenk bedankte – *Du bist ein Schatz, ich werde sie in Ehren halten* –, und einen zweiten Brief, in dem Kitchener ihn darüber informierte, dass die vierte Division gerade die Grenze nach Frankreich überschreite und Sir John French mit der Lage zufrieden sei. Von Kampfhandlungen schrieb er nichts.

Zufälligerweise sah er in diesem Augenblick aus dem Fenster. Ein Geschwader mit acht Schlachtschiffen und zwei Kreuzern glitt wie große, graue Geister langsam durch den Ärmelkanal. Wahrscheinlich waren sie gerade aus Southampton ausgelaufen und hatten die neue Marinedivision an Bord – zwanzigtausend Mann auf dem Weg zur Front. Der Anblick bewegte ihn. Er hatte Venetia schon am Samstag zweimal geschrieben. Jetzt griff er zum Federhalter und schrieb ihr erneut:

> Dein entzückender kleiner Brief kam gerade, als ich aufwachte: Es war sehr aufmerksam von Dir, so früh zu schreiben. Ich habe Kitchener mitgeteilt, dass ich im Voraus von allen Truppenbewegungen zur Front informiert werden möchte, und vielleicht willst Du ja wissen, wie er mir geantwortet hat.

Er beschrieb das Bild vor seinem Fenster, steckte dann beide Briefe in ein Kuvert, versiegelte es und ging nach unten zu Bongie, der es zur Post bringen sollte. Er wollte alles mit ihr teilen.

*

Er blieb den ganzen Tag auf der Burg, spazierte über das Anwesen, spielte Golf und Bridge. Erst nach dem Abendessen machte er sich mit Oc und Bongie auf den Rückweg. Inzwischen hatte sich von See her dichter Nebel über das Marschland gelegt.

Der Napier kroch über die schmalen Landstraßen. Die Scheinwerferkegel prallten an der grausig gelben Wand ab. »Der Nebel des Krieges« – er versuchte das als Jux zu nehmen, aber es zerrte an den Nerven. Er verwünschte sich selbst dafür, nicht früher losgefahren zu sein. Zweimal wurden sie von der Kenter Polizei angehalten, die nach Spionen und Saboteuren Ausschau hielt, und er saß da und musste sich anhören, wie Horwood ihnen erklärte, dass er der Premierminister und auf dem Weg nach London sei. Taschenlampen leuchteten ihm ins Gesicht, um das zu überprüfen. Er starrte mit versteinertem Gesicht geradeaus. Erst ab Maidstone löste sich der Nebel auf, und es war halb zwei, als sie die Nummer 10 erreichten, wo Margot bereits auf sie wartete. Er war nicht in der Stimmung für ihre Jagdgeschichten aus Schottland und ging sofort nach oben ins Bett.

Kurz nach sieben wurde er mitten in einem Traum von seinem Diener George geweckt. Er hielt ihm seinen offenen Morgenmantel hin und sagte, Lord Kitchener sei unten und wolle ihn dringend sprechen. Er zog den Morgenmantel und die Hausschuhe an, verschnürte den Gürtel und eilte durch den Flur.

Der Feldmarschall wartete im Kabinettszimmer auf ihn. Er trug einen dunklen Anzug und einen Bowler, den er abnahm, als der Premierminister den Raum betrat. In der gleichen Hand hielt er einen Zettel, den er ihm wortlos überreichte. Es war ein entschlüsseltes Telegramm in der Handschrift des Chiffrierbeamten und mit einem ins obere rechte Eck gestempelten Geheimvermerk.

> Von: Sir John French
> An: Lord Kitchener
> 24. August 1914
> Meine Einheiten haben den ganzen Tag auf einer Linie, die ungefähr von Osten nach Westen durch Mons verlief, gegen den Feind gekämpft. Nach Einbruch der Dunkelheit kam es wieder zu Angriffen, aber wir hielten hartnäckig stand. Gerade habe ich Nachricht vom Kommandierenden General der französischen 5. Armee erhalten, dass seine Truppen zurückgeworfen wurden, dass NAMUR gefallen ist und er eine Frontlinie zwischen MAUBEUGE und VALENCIENNES aufbaut. Ich habe deshalb den Rückzug zur Kampflinie zwischen VALENCIENNES und LONGUEVILLE-MAUBEUGE befohlen, der im Augenblick durchgeführt wird. Die Operation wird sich schwierig gestalten, sollte weiter Feindberührung bestehen. Unser sofortiges Augenmerk sollte auf die Verteidigung von LE HAVRE gerichtet werden. Ich halte Sie auf dem Laufenden.

Er ließ sich auf einen Stuhl sinken. »Namur gefallen!«

»So viel zum Thema Wochen oder Monate standhalten«, sagte Kitchener.

Er las das Telegramm noch einmal. »Und jetzt zerbricht sich French den Kopf über die Verteidigung von *Le Havre?*« Er schien es nicht glauben zu können. »Das liegt hundertfünfzig Meilen in seinem Rücken!«

»Er hat Angst, die Deutschen könnten seine linke Flanke umgehen und Dünkirchen und Calais einnehmen. Er muss auf der Hut sein, dass nicht die ganze Armee eingeschlossen wird. Ich habe gewarnt, dass das passieren würde.«

Kitchener drehte sich auf dem Absatz um. Der Premierminister glaubte einen Augenblick lang, Kitchener könnte einfach gehen. Stattdessen durchquerte der Feldmarschall den Raum, ging zum Fenster und sah hinaus. Der Premierminister wünschte sich auf einmal, er wäre angemessener gekleidet. Er zog den Morgenmantel enger um sich. Als Kitchener sich wieder umdrehte, trug er wieder seine Granitmaske zur Schau.

»Die Evakuierung aus Frankreich wäre ein schwerer Rückschlag, keine Frage. Aber auf diese Schocks muss man im Krieg gefasst sein. Bis zum Frühjahr werden wir eine vollkommen neue Armee mit sechs- oder siebenhunderttausend Mann zur Verfügung haben.«

Bis zum Frühjahr!

Der Premierminister sagte: »Ich nehme an, die Frage lautet – können die Franzosen bis dahin standhalten?«

Kitchener zuckte die Achseln. »Tja, wenn nicht, dann …« Er ließ den Satz offen.

KAPITEL 16

Deemer las beim Frühstück die Morgenausgabe der *Times.* Der allgemeine Ton der Artikel war immer noch von unermüdlichem Optimismus geprägt *(Namur ist vollends in der Lage, sich in den nächsten drei Monaten selbst zu verteidigen),* aber die Landkarte erzählte eine andere Geschichte. Die schwarzen Linien, die den deutschen Vormarsch kennzeichneten, wirkten immer unheilvoller. Vor einem Monat hätte er der Regierung noch einfach geglaubt, aber jetzt argwöhnte er, dass die Lage bedenklicher war, als der Öffentlichkeit vermittelt wurde.

Er sah zu den anderen Frühstücksgästen – dem älteren, für eine Tageswanderung ausstaffierten Ehepaar, den lächelnden Flitterwöchnern und dem neuen Gast, einem blonden, am Sonntagnachmittag eingetroffenen Mann in den Vierzigern, der allein an einem der Ecktische saß. Sie blieben alle für sich. Er legte die Zeitung beiseite und aß den Rest Ei mit Speck.

Er hatte schließlich doch noch einen Plan. Der war nicht gerade idiotensicher, aber es war zumindest etwas. Im Grunde beruhte er auf Spekulation.

Die Idee war ihm beim Bier im Pub am Samstagabend gekommen, im Lauf einer Unterhaltung mit seinen neuen besten Freunden, Dafydd und Gethin. Er hatte erzählt, dass er die Seevögel in der Bucht beobachten wolle, was das Gespräch dann auf ziemlich natürliche Weise zu den Stanleys und Penrhos House führte, und er hatte beiläufig erwähnt, dass er aus der Entfernung das aufwendige Picknick beobachtet habe.

»Dieser Krieg bedeutet das Ende für die und ihren Lebensstil«, sagte Gethin. »Denkt an meine Worte.« Es war nicht zu übersehen, dass ihm die Aussicht beträchtliche Genugtuung verschaffte.

»Wie bist du denn jetzt da drauf gekommen, mein lieber Karl Marx?«, sagte Dafydd.

»Da kannst du noch so lachen, aber ich sag dir, das ist die unausweichliche Krise des Kapitalismus. Das ganze System, das die und ihre Klasse stützt, das geht den Bach runter.«

Dafydd prustete in sein Bierglas.

»Nein, nein, pass auf, was ich dir sag. Das System lebt von der Ausbeutung billiger Arbeitskräfte, aber von jetzt an funktioniert das nicht mehr. Männer können im Krieg mehr verdienen, wie wenn sie bei ihrer normalen Arbeit bleiben, und wenn sie zurückkommen, dann finden sie sich mit den Stanleys und den ihrem Sklavenlohn nicht mehr ab.«

»Das passiert nie.«

»Guck dich doch um, Mann! Das passiert doch schon. Was ich so höre, ist die Hälfte von den Dienern längst abgehauen, dabei ist der Krieg erst drei Wochen alt. Erst letzten Freitag haben sich drei von den Gärtnern beim Militär gemeldet. Und dann die Steuern. Irgendwer muss ja für den ganzen verdammten Krieg bezahlen, und wo sitzt das ganze Geld, hä? Was sagst du, Paul?«

»Davon habe ich keine Ahnung, die Politik überlasse ich lieber dir.«

An dem Punkt hatte der Plan in seinen Gedanken längst Gestalt angenommen.

Er trank nun seinen Tee aus, verließ das Speisezimmer und holte sein Rad. Zwanzig Minuten später fuhr er durch das Tor des Stanley-Anwesens und weiter die kurvenreiche Zufahrt hinauf bis vor das große Haus. An der ausladenden Vorderterrasse stieg er ab und schob das Fahrrad am Westflügel des herrschaftlichen Hauses und einem der Türmchen vorbei.

Im Innenhof polierte ein Chauffeur einen der Familienwagen. Der schickte ihn zum Mauergarten, wo er den Obergärtner finden würde, Mr Geddings.

Er folgte einem Weg, der an einer Reihe Gewächshäuser entlang- und dann unter einem gut zwanzig Schritte langen Spalier hindurchführte. Der Boden war mit Rosenblüten übersät, die dringend zusammengekehrt gehörten. Schließlich stand er vor einem schmiedeeisernen Tor, das in eine hohe Backsteinmauer eingelassen war.

Beim Anblick des riesigen Gartens dahinter blieb er unwillkürlich stehen, eine Welt innerhalb der Welt: Kieswege zwischen weitläufigen Blumenbeeten, ein Springbrunnen und ein Fischweiher in der Mitte, die Mauern gesäumt mit Spalierobstbäumen – geschützt, warm, duftend, still, vom Summen der Bienen abgesehen.

Ein älterer Mann kniete auf dem Boden und jätete eines der Blumenbeete.

»Mr Geddings?« Der Mann sah sich um. Deemer nahm die Mütze ab und hielt sie respektvoll in beiden Händen. »Ich möchte Ihnen meine Dienste anbieten.«

Geddings blickte zu ihm hoch. »Sie sind ja einer von der ganz schnellen Truppe. Das Inserat ist noch gar nicht erschienen.«

»Ich hab in der Stadt gehört, dass Sie Leute brauchen.«

»Und ob. Ich schmeiß den Laden derzeit praktisch ganz alleine. Lass dich mal anschauen.« Er streckte eine Hand aus. »Na los, hilf mir auf. Ich bin schon zu alt für solche Turnübungen.«

Mit knackenden Gelenken zog sich Geddings ächzend halbwegs in die Höhe. Die Hände auf die Knie gestützt, blieb er vornübergebeugt stehen und verrenkte den Kopf, um einen prüfenden Blick auf Deemer zu werfen.

»Engländer?«

»Aus London.«

»London!« Der Waliser sprach das aus, als handelte es sich da um Sodom oder Gomorrha.

»In London haben wir auch Gärten, Mr Geddings. Natürlich nichts, was sich mit dem hier vergleichen lässt.«

»Langsam, langsam, mein Junge, jetzt mal nicht übertreiben.« Trotzdem schien ihn das Kompliment zu freuen.

Deemer erklärte ihm seine Lage, für die er sich sorgfältig eine Geschichte zurechtgelegt hatte: dass er für ein paar Ferientage nach Holyhead gekommen sei, dass die Handelsfirma, wo er angestellt gewesen sei, durch den Krieg viel Geschäft eingebüßt habe, dass er entlassen worden sei, aber derzeit noch nicht nach einer dauerhaften Stelle suche, sondern nur Arbeit für ein paar Wochen, um wieder auf die Beine zu kommen.

Geddings schüttelte den Kopf. »Tut mir leid, mein Junge. Ich würde dir ja gern helfen, aber ich brauch Leute mit Erfahrung.«

»Ich habe Erfahrung.«

»Bist du Gärtner?«

»Ich habe als Gärtner gearbeitet.«

»Ach ja?« Der alte Mann richtete sich unter Schmerzen ganz auf und drückte eine Hand ins Kreuz. Er deutete mit der Blumenkelle in der anderen auf einen Busch mit rosaroten Blüten. »Tja, dann sag mir mal, was das da ist.«

»Das sind Petunien.«

»Und die?«

»Dahlien.«

»Und die da?«

»Geranien.«

Geddings brummte und rieb sich das Kinn. »In Ordnung, das beweist, dass du Blumen von Unkraut unterscheiden kannst, mehr, als die meisten können. Ich versuch's mit dir. Drei Pence die Stunde. Aber nur für ein paar Tage, klar? Ich kann dir nichts versprechen.«

Drei Pence die Stunde! Kein Wunder, dass alle seine Gärtner zur Armee gingen.

»Kann ich hier irgendwo schlafen? Für drei Pence die Stunde kann ich mir im Ort kein Zimmer leisten.«

»Verstehe, dann bin ich jetzt auch noch Herbergsvater, oder was?« Kurz befürchtete Deemer, der alte Mann würde sein Angebot wieder zurücknehmen, aber dann verzog er den Mund, rieb sich den Rücken und warf einen hasserfüllten Blick auf die Blumenbeete. »Der junge Owen Parry hatte eine Matratze über dem Stall. Ist nicht viel, aber ich schätze, die kannst du nehmen. Wann kannst du anfangen?«

»Wenn Sie wollen, dann heute Nachmittag. Ich müsste nur meine Sachen holen.«

»In Ordnung, heute Nachmittag dann.« Sie gaben sich die Hand. »Ach, übrigens, wie heißt du?«

»Paul«, sagte Deemer. »Paul Merryweather.«

*

In der Pension Bay View war es ruhig. Die Gäste waren den ganzen Tag ausgeflogen, das Stubenmädchen putzte die Treppe. Er holte den Koffer aus seinem Zimmer, beglich die Rechnung und fuhr dann mit dem Rad in den Ort. Er setzte ein Telegramm an Kell auf und adressierte es zu Händen des Geschäftsführers von Kelly's Letter Bureau, Shaftesbury Avenue, London: ANSTELLUNG BEI FAMILIE BEKOMMEN. BERICHTE FOLGEN. POST C/O HOLYHEAD POST OFFICE.

Um zwei Uhr war er wieder am Penrhos House, und Mr Geddings zeigte ihm seinen Schlafplatz – ein Heuboden über einem leeren Stall, eine Matratze mit schmutzigem Bettzeug, einfacher Tisch und Stuhl, ein Nachttopf und eine Waschschüssel aus Emaille. Durch das winzige Fenster fiel ein schmaler, schwacher Streifen Licht herein.

Sogar Geddings schien der Anblick peinlich zu sein. »Ich hab dich gewarnt, viel ist es nicht.«

»Das reicht mir.«

»Wenigstens ist es nachts noch warm. Wasser gibt's an der Pumpe im Innenhof, und in der Küche bekommst du was zu essen.«

Er ging mit ihm in den Mauergarten und gab ihm eine Blumenkelle zum Jäten.

Deemer schuftete den ganzen Nachmittag über, stieß die Kelle in die trockene Erde, zerrte Wurzeln heraus und schob vier volle Schubkarren mit Ackerwinde und Giersch zum Komposthaufen am Gartenrand. Er wagte es nicht, eine Pause einzulegen. Schließlich schmerzte ihm der Rücken, und die Hände waren zerschrammt und wund. Aber das war es wert, denn um sechs Uhr begutachtete Geddings über Deemers Schulter hinweg dessen Bemühungen und brummte zufrieden.

»Das ist gut so. Mach Schluss für heute.« Er rief zwei andere Hilfsgärtner herbei und stellte sie ihm vor: Coslett, der für die Meldung bei der Armee noch zu jung, und Elijah, der wiederum zu alt dafür aussah. »Zeigt ihm, wo die Küche ist.«

Sie gingen zusammen aus dem Mauergarten in den Innenhof und dann eine Treppe hinunter in einen breiten unterirdischen Korridor, der sich über die ganze Grundfläche hinstreckte. In der Küche saßen sich an einem langen Hacktisch Hausmädchen in Dienstkleidung und livrierte Diener beim Abendessen gegenüber und unterhielten sich lautstark. Ein Küchenmädchen gab ihm einen Teller mit Fisch, Salzkartoffeln und einem Stück Früchtekuchen. Er sah sich nach einem Sitzplatz um, aber Elijah sagte: »Wir dürfen hier drin nicht essen, wir arbeiten draußen und essen draußen.« Sie gingen über den Korridor zurück nach oben und dann zu einer Hütte am Gartenrand.

Die Hütte war ein Schuppen aus Backstein, eine Mischung aus Abstellraum und Unterschlupf, an dessen Wänden Regalbretter für Werkzeuge, Holzstangen, Netze, Ölkannen, Leimtöpfe, kleine Geräte und Ähnliches angebracht waren. An einer der Wände hing zudem der Kalender einer Saatgutfirma von 1912. Es gab einen wackeligen Tisch und ein paar alte Stühle mit Korbgeflechtsitz, einen Petroleumkocher, der süßlich nach Paraffin stank, und ein Küchenschränkchen mit Tee- und Zuckerbüchsen und einer Flasche Milch. Coslett zündete den Petroleumkocher an und setzte einen Kessel Wasser auf.

Deemer hatte seit dem Frühstück nichts gegessen. Er aß schnell und schweigend, während die beiden anderen sich walisisch unterhielten – über ihn, nach den gelegentlichen Seitenblicken zu urteilen. Coslett stand vom Tisch auf, um eine Kanne Tee aufzugießen. Nach dem Essen zündete sich Elijah eine Pfeife an und sagte: »Wer neu ist, räumt die Teller ab.« Deemer brachte also das schmutzige Geschirr zur Küche, und als er in die Hütte zurückkam, waren die Waliser verschwunden.

Er ging wieder nach draußen. Kein Mensch zu sehen. Die Gärtner waren wahrscheinlich nach Hause gegangen, während sich die Stanleys wohl schon auf das Abendessen vorbereiteten. Er stieg auf den Heuboden hinauf und holte sein Fernrohr.

Die nächste Stunde über erkundete er das Anwesen – die viktorianischen Gewächshäuser mit stark duftenden Lilien und erlesenen, nach Zimt und Vanille riechenden Orchideen, den ummauerten Gemüsegarten, den Rosengarten, den Kräutergarten, den Irrgarten, die kunstvolle Sonnenuhr, den Rasentennisplatz, das Sommerhaus, die Pagode, die Kieswege zwischen den Buchsbaumhecken, auf denen in regelmäßigen Abständen elegante schmiedeeiserne Bänke standen. Schließlich betrat er das Waldstück, das dem Meer am nächsten gelegen war und wo er sich am Samstag versteckt hatte. In seinem Rücken konnte er die ans Ufer schlagenden Wellen hören, während er mit seinem Fernrohr das Haus absuchte.

Inzwischen ging es auf acht Uhr zu, die Sonne war untergegangen, der Himmel bewölkt, und im oberen Stockwerk brannten bereits einige Lichter. In einem der Zimmer bewegten sich Gestalten hin und her, aber es war zu weit weg, als dass man jemand erkennen konnte. Er beschloss, sich auf den Krocketrasen vorzuwagen. Er überquerte ihn rasch und hoffte, dass man ihn in der zunehmenden Dämmerung nicht bemerkte. Unter einer absterbenden Buche richtete er das Fernrohr wieder auf das Fenster. Einen Augenblick später tauchte Venetia Stanley im Okular auf – stumm, entrückt, unheimlich, wie das Gespenst in einer Spukgeschichte. Rosa Unterkleid, die Arme nackt, halb angezogen. Sie stand regungslos am Fenster und schaute in den Garten, sah ihn scheinbar direkt an. Schnell nahm er das Fernrohr herunter. Er war beschämt, fühlte sich schuldig, wie ein Voyeur. Vorsichtig hob er das Fernrohr wieder ans Auge. Sie war immer noch da.

Plötzlich tauchte neben ihr eine zweite Gestalt auf – schlank, blond, ihre Zofe, nahm er an. Sie hielt ihr mit ausgestreckten Armen ein Kleid hin. Die Zofe bückte sich und verschwand aus seinem Blickfeld, Venetia machte einen Schritt zur Seite, und Sekunden später tauchte die Zofe wieder auf, zog das Kleid nach oben und half Venetia, die Arme in die Ärmel zu stecken. Sie fummelte hinten an ihr herum, trat dann vor und zog den Vorhang zu, womit das Bild vor ihm verschwand.

Er schob das Fernrohr zusammen.

*

Als Venetia am nächsten Morgen vom Schwimmen zurückkam, erwartete Edith sie schon mit dem Brief des Premierministers, den er am Tag zuvor geschrieben hatte.

> Heute Morgen wurde ich früh von Kitchener geweckt, der mir ein Telegramm von French brachte, das ich beigelegt habe. Sehr schlechte Nachrichten.

Sie legte den Brief beiseite und las das Telegramm des Oberbefehlshabers. Sie dachte an die Menschen, die sie kannte, an ihre Freunde, ihre Schwäger, die jetzt in jenem Hexenkessel gefangen waren, und biss sich auf die Fingerknöchel. Sie war sich der Anwesenheit von Edith bewusst, die gerade ihre Garderobe vom Vorabend zusammenlegte.

»Edith, meine Liebe, würdest du mich bitte für einen Augenblick allein lassen? Du kannst das später erledigen.«

Nachdem ihre Zofe gegangen war, setzte sie sich an ihren Toilettentisch und las den restlichen Brief.

> Ich wünschte, wir hätten eine Art Geheimcode, mit dem wir per Telegramm kommunizieren könnten. Zum Beispiel hatte ich heute Morgen den Wunsch, Dich vor allen anderen wissen zu lassen, was geschehen ist & was gerade geschieht. Hältst Du es für unmöglich, Dir so einen Code auszudenken? Du könntest darüber nachdenken & vielleicht sogar etwas ausarbeiten, wenn Du nicht gerade auf Krabbenfang bist. Das könnte uns beiden bei vielen Gelegenheiten die Angst nehmen, & wir könnten uns unsere wahren Gedanken & Wünsche übermitteln.
>
> Liebling, ich liebe Dich so sehr: wie sehr, kann ich nicht in Worte fassen, aber eines Tages wirst Du es wissen.

Sie nahm das Telegramm wieder in die Hand. Er hatte ihr in letzter Zeit immer mehr Dokumente geschickt: letzten Donnerstag einen handschriftlichen Brief von der Königin und gestern Lord Kitcheners Nachricht über Truppenstationierungen. Aber das Telegramm heute war das bei weitem bemerkenswerteste. Es trug einen Geheimvermerk und enthielt die exakten Daten der Verteidigungsstellung, auf die sich die Armee zurückzog, und er hatte es mit der normalen Post geschickt! Was sollte sie damit anfangen? Sie konnte ihm ja kaum Ratschläge in Militärstrategie geben.

Obwohl er hartnäckig betonte, er sei guten Mutes – *Lord Kitchener ist keineswegs niedergeschlagen, genauso wenig wie ich* –, spürte sie immer heftiger die Anspannung, unter der er stand. Sie jeden Tag mit ihr zu teilen war seine Art, den Druck zu lindern. Ohne sich selbst schmeicheln zu wollen, denn das wiederum widerspräche ihrer Art, wusste sie sonderbarerweise sehr wohl, dass der wichtigste praktische Beitrag, den sie zu den Kriegsanstrengungen in diesem Augenblick beitragen konnte, der war, sein Selbstvertrauen zu stärken. Sie musste ihn aufmuntern, unterstützen und mehr lieben als jemals zuvor.

Sie nahm die Schreibfeder. *Mein Liebling …*

Aber es war, das musste sie zugeben, nicht mehr so amüsant, Zugang zu allen diesen Informationen über Leben und Tod zu haben, besonders da sie mit ihren besorgten Schwestern unter demselben Dach lebte. Wie viel sollte sie ihnen erzählen? Nichts, entschied sie. Nachdem sie den Brief beendet hatte, ging sie zu Fuß nach Holyhead und brachte ihn zur Post. Außerdem schickte sie ihm ein Telegramm mit der Bitte, ihr über alle Verlustmeldungen zu berichten, besonders wenn sie Anthony oder Eric beträfen. Sie fragte sich, was er ihr noch schicken, was für Risiken er sonst noch eingehen mochte und wie lange sie diese vorgetäuschte Unwissenheit aufrechterhalten musste, bis dieser entsetzliche Krieg endlich vorbei war.

KAPITEL 17

Nach zwei Tagen aufmerksamer Beobachtung wusste Deemer schließlich, wie er sich Zutritt zu dem Haus verschaffen konnte.

Vom ersten Augenblick an hatte er in der Sisyphosfalle des Unkrautjätens gesessen. Kaum war er mit einem großen Blumenbeet fertig, wies Geddings ihm schon das nächste zu. Mit der Kelle in der Hand kniete er im Dreck und warf wehmütige Blicke hinauf zu den Dächern und Kaminen des herrschaftlichen Hauses, die er oberhalb der Mauer gerade noch so sehen konnte. Der Garten war zu seinem Gefängnis geworden, dem er nur jeweils zur Mitte des Vor- und des Nachmittags entkommen konnte, wo den Gärtnern eine Viertelstunde Teepause im Schuppen erlaubt war, oder wenn er den Schubkarren zum Komposthaufen schob. Dann konnte er sich kurz davonstehlen, zum Rand des Rasens gehen und einen flüchtigen Blick auf die Familie und deren Gäste werfen, die auf der Terrasse saßen, wenn sie nicht gerade Tennis oder Krocket spielten.

Es war am Mittwochnachmittag gegen fünf Uhr, als er seine leere Karre vom Komposthaufen zurück zum Mauergarten schob und dabei an einem der drei riesigen viktorianischen Gewächshäuser vorbeikam, wo Geddings gerade mit der Gartenschere eine Lilie abschnitt. Er blieb stehen, um ihm zuzuschauen. Der Obergärtner bemerkte ihn, klopfte an die Scheibe und winkte ihn herein.

»Tu mir einen Gefallen, mein Junge, bring der Haushälterin die Blumen hier, in Ordnung? Ihre Ladyschaft hat gern jeden Abend frische Lilien auf dem Esstisch. Geh zur Vordertür und frag nach Mrs Protheroe.«

Er legte vorsichtig sechs Sträuße von jeweils einem Dutzend weißen, rosa und gelben Lilien in Deemers Schubkarre, der sich dann damit auf den Weg ums Haus herum machte. An der Vordertür streckte er den Arm aus, um zu klingeln, besann sich aber und drückte den Türgriff herunter. Die Halle war menschenleer. Er nahm die Sträuße aus der Karre und trat mit beiden Armen voller Lilien über die Türschwelle.

Es war ein imposanter Raum. Die Wände waren fast vollständig mit Ölgemälden bedeckt, neben dem breiten Treppenaufgang stand eine Ritterrüstung, neben einem Essensgong ein gotischer Beistelltisch, auf dem Steinplattenboden lagen Teppiche, die hohe Decke war kunstvoll verputzt. Die Türen waren alle geschlossen. Irgendwo tickte laut eine Standuhr. Er hörte Stimmen, Frauengelächter, Tanzmusik von einem Grammophon. Er ging in den breiten Korridor, der zum hinteren Teil des Gebäudes führte.

Er war gerade etwa zehn Schritte weit gekommen, als eine blonde Frau mit einem Kleid über dem Arm um eine Ecke kam – die Zofe in dem Fenster am gestrigen Abend. Sie ging einfach an ihm vorbei.

»Entschuldigen Sie, Miss«, rief er ihr hinterher. Sie blieb stehen und drehte sich um. »Darf ich Sie um Hilfe bitten? Ich suche die Haushälterin.«

»Sie ist im Esszimmer.«

»Leider weiß ich nicht, wo das ist.«

»Ah, Sie sind neu. Ich zeig es Ihnen.«

Ausländischer Akzent, vielleicht deutsch. Großer Gott! Sie gingen nebeneinanderher.

Er versuchte Konversation zu machen. »Ich hab erst am Montag angefangen. Ich heiß Paul Merryweather.«

Sie öffnete eine der Türen und rief: »Mrs Protheroe? Ein

Gärtner mit den Blumen.« Sie trat beiseite und ließ ihn vorbei. »Wunderschöne Blumen.« Sie lächelte ihn an.

»Danke. Darf ich fragen, wie Sie heißen, Miss?«

Sie bedachte ihn mit einem kühlen Blick. »Edith«, sagte sie schließlich. »Edith Winter.«

*

Am Nachmittag des nächsten Tages achtete er darauf, zu genau der gleichen Zeit am Gewächshaus vorbeizugehen, und tatsächlich beauftragte Geddings ihn wieder, die Lilien ins Haus zu bringen. Aber obwohl er sich in der Halle herumdrückte, bis ihn schließlich einer der Diener ansprach, bekam er Miss Winter diesmal nicht zu Gesicht. Als er sich am Freitag erneut am Gewächshaus einfand, gehörte die Blumenlieferung schon unausgesprochen zu seinen Aufgaben. Im unterbesetzten Garten war er jetzt der Mann, der die Liliensträuße ins große Haus brachte. Aber zum zweiten Mal hintereinander kam es zu keiner Begegnung mit ihr.

Samstag war sein freier Tag. Um eins holte er sich bei Geddings seinen Lohn ab – zwölf Schilling, die er ihm einzeln in die Hand zählte. Nachdem er die Münzen in einem Versteck auf dem Heuboden zu seinem restlichen Geld gelegt hatte, radelte er nach Holyhead. Es war das erste Mal, seit er hier als Gärtner arbeitete, dass er sich tagsüber aus dem Anwesen entfernen konnte. Auf dem Postamt schickte er ein Telegramm an Kell: ERBITTE DRINGEND INFORMATIONEN ÜBER MISS EDITH WINTER, CA. 30 JAHRE, EVTL. DEUTSCH. Er hatte das Gefühl, das erste anständige Stück Polizeiarbeit abgeliefert zu haben.

Er fuhr durch die belebten Straßen und genoss die Sonne und den Wind. Er hatte sich gerade ein Eis gekauft, als er gegenüber dem Lichtspieltheater Hippodrome einen großen Wagen vorfahren sah, dem dann Venetia Stanley in

Begleitung von Edith Winter entstieg. Sie überquerten die Straße und betraten unverzüglich das Lichtspielhaus. Er aß sein Eis fertig, kettete das Rad an einen Laternenpfahl und folgte ihnen.

Sie hatten ihre Eintrittskarten schon gekauft, als er den Schalter erreichte und sein vier Pence bezahlte. Der kleine Saal war fast voll. Die beiden Frauen saßen in der sechsten Reihe. Sie hatten ihre Hüte abgenommen. Er fand einen Platz weiter hinten, die Lichter wurden gelöscht, der Klavierspieler beendete abrupt seinen Vortrag mit Melodien von Gilbert und Sullivan und schlug einen dramatischen Akkord an. Die Wochenschau begann – ein Einblendtitel: *Harte Kämpfe in Frankreich;* flimmernde Bilder von Truppentransportern, die den Hafen von Southampton verlassen; Soldaten, die mit abgehackten Bewegungen eine lange pappelgesäumte Allee entlangmarschieren; Maschinengewehrschützen, die inmitten von Rauchwolken ihre Salven abfeuern; und dann Lord Kitchener mit Bowler, der aus einem Taxi steigt und den Fahrer bezahlt; dann wieder ein Einblendtitel – *Kitchener bereits 200 000 Mann rekrutiert* –, der diesmal Jubel im Publikum auslöste. Am Ende kam noch ein Schnappschuss vom Premierminister am Schreibtisch mit schräg gelegtem Kopf und grimmigem Blick: *Premierminister Asquith an Parlament: »Wir bereuen unsere Entscheidung nicht.«*

Das Hauptprogramm bildete ein amerikanischer Spannungsfilm mit dem Titel *Meine offizielle Frau,* der angeblich im verschneiten Sankt Petersburg spielte, aber offensichtlich in Kalifornien gedreht worden war. Es ging um einen Mann, der die russische Grenze mit einer glamourösen Frau passiert, die er aus einem nicht sehr plausiblen Grund als seine Frau ausgibt und die sich dann als Terroristin entpuppt, die den Zaren ermorden will. Der ganze Blödsinn gipfelte in einer Szene, wo in einem Wassertank ein Spielzeugboot mit Torpedos beschossen wird. Das Ganze dauerte etwa eine

Stunde, bis gnädigerweise die Lichter wieder angingen und der Klavierspieler die Nationalhymne hämmerte, wozu die Leute sich alle erhoben.

Er bezweifelte, dass Venetia ihn von ihrem Gespräch Anfang Juli wiedererkannt hätte, trotzdem drückte er sich, während die letzten Noten von »God Save the King« verklangen, sicherheitshalber schnell an seinen Sitznachbarn vorbei. Draußen stellte er sich gegenüber in einen Ladeneingang und wartete. Ein paar Minuten später kamen die beiden Frauen aus dem Lichtspielhaus. Venetia stieg in den Wagen, Edith winkte ihr zum Abschied und ging dann zu Fuß den Hügel hinunter.

Er schloss sein Fahrrad auf und schob es, während er ihr folgte. Dabei gönnte er sich die Vorstellung, sie träfe sich mit einem Agentenkollegen oder hätte vor, irgendwo ein Päckchen mit kompromittierendem Inhalt zu verstecken. Aber sie ging einfach nur schnell durch die Stadt, ohne einen Blick in eines der Schaufenster zu werfen, ließ unten auf Meereshöhe den Eingang zum Bahnhof links liegen und überquerte die Eisenbahnbrücke. Er hielt sich etwa hundert Schritte hinter ihr.

Anstatt die Hauptstraße zurück zum Haus zu nehmen, hielt sie weiter auf das Meer zu und folgte einem Weg, der um eine Bucht herum verlief. Der Wind blies hier kräftiger, er zerzauste die Schaumkronen der Wellen, und sie drückte das Kleid mit einem Arm fest an ihre schlanke Gestalt. Mit der anderen Hand hielt sie den Hut fest, damit er nicht von einer Bö davongetragen wurde. Allmählich verblasste seine Fantasie, eigenhändig einen deutschen Spionagering auszuheben. Es erschien ihm sinnlos, ihr noch weiter zu folgen. Er setzte sich auf den Sattel und schloss zu ihr auf.

»Miss Winter!«

Sie drehte sich um. Er bremste und stieg wieder vom Rad ab.

»Entschuldigung, dass ich Sie anspreche. Wir haben uns neulich kurz gesehen.« Sie blickte ihn ausdruckslos an. »Der Mann mit den Lilien.«

»Ah ja, natürlich. Der neue Gärtner. Mr Merryweather, richtig?«

»Ich habe Sie gerade gesehen, und da dachte ich mir … Darf ich Sie begleiten? Oder würden Sie lieber allein sein?«

»Wie Sie möchten.«

Sie ging weiter und er mit dem Fahrrad an der Hand neben ihr. Er suchte nach Worten. »Ich war im Ort und hab mir den Film angesehen.«

»Ja, ich auch. Wie hat er Ihnen gefallen?«

»Ich fand ihn ganz unterhaltsam.«

»Wirklich? Wenn Sie mich fragen, war das ausgemachter Blödsinn.«

Er hätte sich ohrfeigen können. »Ja, das war es wohl. Sehen Sie sich oft Filme an?«

»In London ja. Hier nicht.«

»Ach, dann sind Sie nicht das ganze Jahr in Penrhos?«

»O nein!« Der Gedanke schien sie zu amüsieren.

»Dann sind Sie immer da, wo die Familie ist?«

»Ja.«

»Als Kammerzofe?«

»Ja.«

»Wie lange sind Sie noch hier?«

»So viele Fragen! Sind Sie außer Gärtner auch noch Polizist?« Er spürte, wie er rot wurde, was sie aber nicht zu bemerken schien. »Das Haus wird Anfang Oktober für den Winter dichtgemacht«, sagte sie. »Dann fahren wir entweder zurück nach London oder nach Cheshire.« Es war offensichtlich, dass er sie schon langweilte. Sie blieb stehen und schaute zum Horizont. »Gehen Sie ruhig weiter, Mr Merryweather. Ich glaube, ich gehe noch ein bisschen ans Wasser.«

»Natürlich. Auf Wiedersehen!«

Er fuhr weiter. Als er am anderen Ende der Bucht ankam, blieb er stehen und drehte sich um. Sie hatte die Schuhe ausgezogen und lief über den Sand – eine kleine, zielstrebig in den Wind gebeugte Gestalt.

*

Am nächsten Tag radelte er schon früh wieder nach Holyhead.

Es war Sonntagmorgen. Im Ort war es ruhig, nur die Kirchenglocken läuteten. Geöffnet waren heute nur der Zeitungsladen und der Telegrafenschalter im Postamt. Dort lag ein Telegramm von Kell für ihn vor: ZIELPERSON SCHWEIZERIN GEB. ZÜRICH 1884 ANSÄSSIG ENGLAND 1906. ERWARTE BERICHT.

Sie war also Bürgerin eines neutralen Landes. Was nicht automatisch hieß, dass sie nicht mit den Deutschen sympathisierte. Und Kell wurde eindeutig ungeduldig, obwohl die Stanleys noch mindestens einen Monat in Penrhos blieben. Er glaubte nicht, dass er es so lange aushalten würde.

Vor dem Zeitungsladen hatte sich eine Schlange gebildet. Die Leute raunten einander kopfschüttelnd zu. Etwas musste passiert sein. Er stellte sich hinten an. Als er die Ladentheke erreichte, sah er, dass die *Times,* die sonst am Sonntag nie erschien, eine Extraausgabe herausgegeben hatte. Auch dort, wo sonst Anzeigen auf der Titelseite eingefügt waren, standen heute Nachrichten.

BLUTIGSTE KÄMPFE IN DER GESCHICHTE
SCHWERE BRITISCHE VERLUSTE
DER DEUTSCHE ANSTURM

Er ergatterte eines der letzten Exemplare und las im Stehen auf der Straße.

> Seit vergangenen Montagmorgen verläuft der deutsche Vormarsch mit fast unglaublicher Geschwindigkeit …
>
> Versprengte Einheiten, die Reste der 20 000 Mann starken, stolzen vierten Division, strömten mit dem Feind auf den Fersen gen Süden …
>
> Von vielen dieser Regimenter habe ich nur noch Bruchstücke gesehen …
>
> Wir müssen der Tatsache ins Auge blicken, dass das britische Expeditionskorps furchtbare Verluste erlitten hat und sofort Verstärkung in gewaltigem Umfang benötigt …

Starr vor Entsetzen stand er da. Die besorgten Gespräche um ihn herum nahm er nicht weiter wahr. Er versuchte nachzudenken. Gehörte Freds Regiment zur vierten Division? Er hatte keine Ahnung. Außer einer gekritzelten Nachricht, einer linkischen Fotografie und der Erinnerung, wie er eines Sommerabends zurück in seine Unterkunft ging, besaß er nichts von seinem Bruder.

*

Von der Extraausgabe der *Times* erfuhr der Premierminister erst, als sein Diener sie ihm in sein Zimmer auf Lympne Castle brachte, wohin er sich abermals übers Wochenende zurückgezogen hatte. Zuerst war er verwundert und dann – als er sich die Reaktion in diesem Augenblick an Tausenden von Frühstückstischen vorstellte – verärgert. Er badete schnell, zog sich an und ging nach unten, wo sich Margot und Edwin Montagu am riesigen Frühstückstisch ein Exemplar teilten.

»Henry«, sagte Margot mit besorgniserregend ruhiger Stimme. »Das ist ja schrecklich.«

»Ja! Schrecklich … Die ganze Titelseite ist mit Militärgeheimnissen zugepflastert, damit es auch jeder liest. Stell dir die Familien der Männer vor, die Verzweiflung.«

»Stimmt es denn?«, fragte Montagu.

»Weitgehend, ja. Das macht es nur noch unverzeihlicher.«

»Etwas in der *Times,* was *weitgehend* stimmt«, murmelte Montagu. »Das allein ist schon eine Extraausgabe wert.«

Ausnahmsweise war der Premierminister nicht in der Stimmung für solche Späße.

»Wie um Himmels willen ist das durch die Zensur gerutscht? Versuchen Sie, F. E. Smith an den Apparat zu bekommen. Fragen Sie ihn, was zum Teufel da los ist.«

Er ging nach draußen und vertrat sich in den Burganlagen die Beine. Der Blick von der Terrasse mit dem ständig wechselnden Spiel von Licht und Schatten über dem Marschland, das sich bis hinunter zum Ärmelkanal erstreckte, wirkte auf ihn beruhigend. Seit tausend Jahren schauten die Menschen über diese Ebene, und in tausend Jahren, wenn der heutige Tag und er und seine Probleme schon lange vergessen waren, würden sie es immer noch tun. Als er zurück ins Gebäude ging, hatte er sich wieder gefangen. Montagu hatte mit Smith gesprochen, dem Abgeordneten der Unionisten, der Raymond bei der Dampferuntersuchung anwaltlich vertreten hatte und Leiter des Pressebüros der Regierung war. Smith hatte nicht nur bestätigt, dass er die Veröffentlichung genehmigt hatte, sondern auf seine hochtrabende Art auch noch damit geprahlt, den einen oder anderen Satz hinzugefügt zu haben, um die Rekrutierung frischer Soldaten zu bewerben.

»Welcher Teufel hat uns nur geritten, dass wir diesen Kerl berufen haben?«, sagte der Premierminister.

»Er ist Winstons bester Freund. Und natürlich ist er auch ein Freund von Northcliffe.«

»Northcliffe!« Diese herrische, arrogante, ordinäre Nervensäge! Er hasste es sogar, wenn jemand nur den Namen dieses Mannes erwähnte.

Am Nachmittag fuhr Horwood ihn und Margot zu einem großen Militärlager in der Nähe von Folkestone, wo sie gemeinsam kürzlich aus Frankreich evakuierte Verwundete besuchten. Sie war gut in solchen Dingen, besser als er. Sie setzte sich auf die Bettkante der Soldaten und unterhielt sich mit ihnen so natürlich, als wären es Jagdgehilfen auf ihrem Familienanwesen in Schottland. Er dagegen bekam kaum einen Ton heraus. Die Einfachheit, die Demut, die Tapferkeit der Leute rührten ihn. Sie waren der Grund, weshalb er in die Politik gegangen war, weshalb er für die Einführung einer allgemeinen Altersrente gekämpft hatte, damit sie am Ende ihres Lebens nicht mittellos dastanden. Die meisten waren nicht ernsthaft verletzt, die Schwerverwundeten wurden noch in den Feldlazaretten in Frankreich versorgt. Ein Oberst eines Dragonerregiments, der 5. Royal Irish Lancers, der einen Wadenschuss erlitten hatte, erzählte ihm, dass er zwei Tage zuvor Anthony Henley gesehen habe, noch gesund und munter. In dem Krankenzimmer stank es nach Desinfektionsmittel. Am Ende ihres Besuchs stahl er sich ins Büro des Adjutanten und telegrafierte Sylvia in Penrhos die gute Nachricht.

Nach dem Abendessen verließ er im Dunkeln die Burg und machte sich zusammen mit Montagu auf den Weg zurück nach London. Kurz hinter Maidstone erfassten ihre Scheinwerfer am Straßenrand einen liegen gebliebenen Wagen, neben dem hilflos eine vierköpfige Familie stand. Er drückte den Knopf auf der Konsole, und Horwood hielt an. Er stieg selbst aus und ging zurück, um zu fragen, ob sie Hilfe brauchten. Die Kinder weinten. Es lag auf der Hand, dass sie Hilfe brauchten. Horwood hängte den Wagen mit einem Seil an den Napier und schleppte ihn ins nächste Dorf. Die Eltern wollten lieber beim Wagen bleiben, aber sie nahmen das Angebot des Premierministers an, die Kinder nach Hause zu fahren. Der Junge war etwa zwölf, das Mädchen acht Jahre alt – ein aufgewecktes, kleines Ding, das ihn an Violet in dem Alter erinnerte. Sie saß auf seinem Schoß und plapperte in ihrem Cockney in einem fort von den Ferien, die sie in Margate verbracht hatten. Die Familie wohnte über einem Lebensmittelladen in Lewisham, wo ihre Tante sie in Empfang nahm. Nachdem er sie sicher ins Haus gebracht hatte, kam er zurück zum Wagen.

»Die Eltern hatten keine Ahnung, wer Sie sind, oder?«, sagte Montagu.

»Hoffentlich.«

»Wir sollten das an die Presse geben. Das ergibt eine wunderbare kleine Geschichte.«

»Was für ein abscheulicher Gedanke! Und warum? Damit Northcliffes *Daily Mail* noch mehr Exemplare verkauft? Ich könnte mir nichts Schlimmeres vorstellen.«

Der Premierminister schloss die Augen. Den Rest der Fahrt schwiegen beide. Gegen Mitternacht kamen sie in der Downing Street an.

*

Der Montag zeigte sich von der schlimmsten Seite.

Er begann damit, dass Kitchener ihm ein Telegramm von Sir John French brachte, der seine Armee als »zerschlagen« beschrieb und um die Genehmigung bat, sich vollständig von der Front nach La Rochelle zurückziehen zu dürfen.

»Aber das ist ja sogar noch ein Stück hinter Le Havre«, protestierte der Premierminister. »Das ist am Atlantik, auf der anderen Seite des Landes.«

»Er hat die Nerven verloren«, sagte Kitchener. »Oder den Verstand. Oder beides.«

»Wir können uns nicht einfach so aus dem Staub machen. Damit würden wir Frankreich auf die schändlichste

Weise verraten. Ich werde das Kabinett auffordern müssen, das abzulehnen.«

Als er bei der Sitzung am selben Morgen das Telegramm vorlas, explodierten die nach der Lektüre der Extraausgabe der *Times* am Vortag ohnehin schon hochgradig angespannten Minister – sie waren wütend, fassungslos, kämpferisch, panisch. Eine Stunde lang ließ er ihren Emotionen freien Lauf, dann stellte er zusammenfassend fest, der Kriegsminister müsse den Oberbefehlshaber darüber in Kenntnis setzen, dass sein Vorhaben unvorstellbar sei, dass die Welt annehmen würde, England lasse Frankreich im Stich. Deshalb müsse French die Stellung halten.

Danach fiel es ihm schwer, sich noch zu konzentrieren. Den ganzen Tag wartete er auf Frenchs Antwort, schilderte Venetia die Ereignisse *(all das ist höchst geheim),* überflog die Namen der achthundert Männer auf den Verwundetenlisten nach den Söhnen seiner Freunde. Er stocherte in seinem Mittag- und seinem Abendessen herum, spielte lustlos eine Partie Bridge mit dem Erziehungsminister und versuchte höfliche Konversation zu machen. Kurz vor Mitternacht erschien Bongie und sagte, Kitcheners Büro habe angerufen, Frenchs Antwort sei eingetroffen. Kitchener bringe sie sofort vorbei.

Der Premierminister legte die Karten beiseite. »Sagen Sie Winston, dem Innenminister und dem Schatzkanzler Bescheid, sie sollen sofort ins Kabinettszimmer kommen.«

Er trank seinen Brandy aus. Er war noch nüchtern genug, erkennen zu können, dass er schon ziemlich viel getrunken hatte. Er ging langsam die Treppe hinunter. Auf dem Absatz blieb er kurz stehen, um sich zu sammeln. Er hielt sich am Geländer fest und sah einen Augenblick lang die Soldaten vor sich, denen er im Krankenhaus begegnet war, die Tausenden von Leben, die jetzt auf dem Spiel standen. Aber an all das durfte er jetzt nicht denken. Er musste seiner

Einbildungskraft einen Riegel vorschieben. Die Arbeit hatte begonnen, und Männer würden sterben, aber sie musste bis zum Ende durchgestanden werden. Er ging weiter die Treppe hinunter.

Winston kam als Erster, aufgekratzt wie immer. Das war ein Mann, der wie für den Krieg gemacht war, dachte der Premierminister. Das war ein Mann, der unzweifelhaft jede Sekunde davon auskostete, sogar die Katastrophen. Dann traf McKenna ein und danach Kitchener, der von einem festlichen Diner in der City kam und Frack trug. Er hielt das Telegramm in der Hand und war unübersehbar verärgert über die Anwesenheit der anderen Minister.

»Können wir gleich anfangen?«

»Wir sollten noch auf den Schatzkanzler warten.«

»Ist das nötig? Die Zeit brennt.«

»Wieso? Was sagt Sir John?«

Kitchener las laut vor. »›Ich verstehe nicht, warum ich, um ein zweites Mal die Franzosen zu retten, erneut das Risiko einer totalen Katastrophe eingehen soll.‹« Kitchener schob das Telegramm über den Tisch zum Premierminister. »Er verweigert den Gehorsam.«

»Wenn er ein deutscher General wäre«, sagte Winston, »dann würde der Kaiser ihn erschießen lassen.«

Der Premierminister las das Telegramm selbst. Der Ton war unerträglich, hysterisch. »Ich pflichte Winston bei. Unglücklicherweise bin ich nicht der Kaiser.«

»Wenn schon nicht erschießen, dann rausschmeißen.«

»Leider dürfte der Rausschmiss des Oberbefehlshabers in diesem Augenblick den öffentlichen Eindruck von Chaos nur befeuern.« Er wandte sich an Kitchener. »Ich glaube, Sie müssen nach Frankreich fahren und ihm den Rücken stärken.«

»Mit dem größten Vergnügen.«

»Wann können Sie fahren?«

»Ich muss nach Hause und mich umziehen. In einer Stunde bin ich bereit.«

»Sie können noch heute Abend von Dover aus übersetzen«, sagte Winston. »Ich veranlasse, dass ein schneller Kreuzer auf Sie wartet.«

Der Premierminister klingelte nach Bongie. »Sorgen Sie dafür, dass für Lord Kitchener ein Sonderzug nach Dover bereitgestellt wird.«

»Wann Sir?«

»Jetzt. Heute Abend. Zu keiner Seele ein Wort über den Passagier. Das bleibt geheim.«

Lloyd George traf ein. Sein dichter, grauer Haarschopf war zerzaust, als hätte man den Schatzkanzler gerade eben erst aus dem Bett gezerrt. Er und Lord Kitchener begrüßten sich mit einem knappen Nicken. Dem Premierminister ging plötzlich auf, wie sehr es seinem Kriegsminister missfiel, mit einem Politiker militärische Themen zu diskutieren, besonders mit Lloyd George, der bislang jedem imperialen Krieg, den Kitchener gekämpft hatte, ablehnend begegnet war. In den nächsten zehn Minuten klärten sie weitere Einzelheiten. Kitchener würde zuerst nach Paris fahren und seinem französischen Amtskollegen versichern, dass die Briten in der Front blieben, und dann Sir John ausfindig machen und ihm erklären, er solle sich zusammenreißen.

»Und vor unserem Treffen werde ich meine volle Feldmarschalluniform anlegen – damit er nicht vergisst, wer der Ranghöhere ist.«

Nachdem Kitchener gegangen war, sagte Lloyd George: »Verfluchte Generäle! Wenn sie die Deutschen nur halb so gut bekämpfen wie sich gegenseitig, dann haben wir den Krieg morgen gewonnen.«

KAPITEL 18

Als gehorchte er einem uralten, allein ihm bekannten Almanach, verkündete Geddings am Dienstag, dem 1. September, dass dies der Tag sei, an dem Deemer vom Mauergarten in den vorderen Teil des Anwesens zu wechseln habe, um das Haus auf den Herbst vorzubereiten. Er hatte die Hecken und den Efeu zu beschneiden, die Rasenflächen zu mähen und den Kies aufzufüllen.

Das war der perfekte Überwachungsposten. Um sieben Uhr wurden die Zeitungen geliefert. Um acht Uhr kam der Postbote auf seinem Rad mit der Morgenpost die Zufahrt heraufgefahren. Unterschiedliche Lieferanten kamen und gingen. Kurz vor Mittag wurde die große Limousine der Familie zur vorderen Terrasse gefahren; dichtauf folgte ein kleinerer Wagen. Dienstmädchen und Diener trugen die vertraute Ausstattung für ein Stanley'sches Picknick heraus und luden alles in den Kofferraum der Limousine – Weidenkörbe, Klapptische und Klappstühle, Behälter mit Besteck, Tischwäsche und Glasgeschirr. Kurz darauf erschien die von dem hageren, alten Lord Sheffield angeführte Familie. Venetia trug eines der kleinen Mädchen. Deemer harkte mit gesenktem Kopf die Auffahrt. Das kurz vor dem Herbst noch anwesende Dienstpersonal stieg in den kleineren Wagen, und die Expedition setzte sich in Bewegung. Ihm fiel auf, dass Edith nicht dabei war.

Als er an jenem Nachmittag die Blumen ins Haus brachte, war die Halle leer. Er beschloss, Miss Edith zu suchen. Er schaute in ein leeres Zimmer nach dem anderen und trug dabei die Lilien für den Fall, dass er jemand begegnete, wie einen Schild vor sich her. Im Salon sah er sie durch die deckenhohe Verandatür auf der hinteren Terrasse sitzen und am Saum eines Kleids nähen. Er öffnete die Tür leise und näherte sich ihr von hinten. Beim Geräusch seiner Schritte zuckte sie leicht zusammen und legte die Hand aufs Herz.

»Sie haben mich erschreckt.«

»Tut mir leid. Das Haus ist ja wie ausgestorben.«

»Die Familie macht eine Landpartie nach Prestatyn, das Abendessen fällt also aus. Ihre wunderschönen Lilien werden heute leider keine Bewunderer finden.«

»Wann kommen sie zurück?«

»Morgen.«

»Schade. Morgen sind sie nicht mehr so frisch.« Er hatte eine Idee. »Möchten Sie welche? Für Miss Venetia?«

Sie warf ihm einen schiefen Blick zu und zuckte dann die Achseln. »Warum eigentlich nicht.« Sie biss den Faden ab, legte die Nadel in den Nähkasten und raffte das Kleid zusammen. »Macht es Ihnen etwas aus, die Blumen nach oben zu tragen?«

Sie führte ihn durch den Salon zurück in die Halle und dann an den Familienporträts vorbei die Treppe hinauf und durch den breiten Flur im ersten Stock.

»Das ist Miss Venetias Zimmer.« Sie öffnete die Tür zu dem riesigen Raum und legte das Kleid aufs Bett. »Warten Sie kurz.«

Sie ging zurück in den Flur und ließ ihn allein. Er konnte hören, dass sie in einem Schrank herumkramte. Er sah sich im Zimmer um und nahm alles in sich auf: das prächtige Bett, den Toilettentisch und das Schreibpult mit den silbergerahmten Fotografien, das Sofa und die Sessel, den riesigen Kleiderschrank, den Perserteppich. Er dachte daran, einen schnellen Blick in die Schubladen zu werfen, aber zum einen hatte er die Arme voller Blumen und zum anderen kam sie kaum eine Minute später mit einer großen geschliffenen Vase zurück. Sie ging ins Bad, füllte sie mit Wasser und stellte sie auf das Schreibpult. Sie zupfte einzelne Lilien aus dem Bündel in seinen Armen und stellte sie in die Vase, bis diese voll war, dann trat sie zurück und begutachtete ihr Arrangement. Sie korrigierte hier und da etwas, dann nickte sie.

»Danke. Sie sind wunderschön.«

»Dem Raum angemessen.«

»Falls Sie das hier schon beeindruckt, sollten Sie einmal ihr Zimmer in Alderley sehen.« Ihre Ausdrucksweise war einwandfrei, nur der Akzent verriet sie.

»Ihr Englisch ist hervorragend, wenn ich so sagen darf.«

Sie lächelte ihn an. »Mir fällt auf, dass Sie mir noch gar nicht vorgehalten haben, Deutsche zu sein.«

»Und? Sind Sie Deutsche?«

»Natürlich nicht. Die Kreise, in denen die Familie sich bewegt … Ich wäre nicht hier.« Sie sah zur Tür. Ihr Ton wurde plötzlich forscher. »Sie müssen jetzt gehen. Die restlichen Blumen gebe ich Mrs Protheroe. Und Sie sollten sich wirklich nicht im Innern des Hauses aufhalten.«

*

Am nächsten Morgen begann er besonders früh mit der Arbeit. Um acht Uhr erschien wie üblich der Postbote auf seinem Rad, ging mit einem Bündel Briefe über die Terrasse ins Haus, kam zurück, nickte Deemer zu und fuhr wieder davon. Deemer blickte ihm hinterher, bis er außer Sichtweite war, und schlich sich dann in die Halle. Die Post lag auf dem Beistelltisch neben dem Essensgong. Niemand war zu sehen. Er schaute schnell die Post durch. Ein Dutzend Briefe für Lord und Lady Sheffield, drei für die ehrenw. Mrs Anthony Henley, zwei für die ehrenw. Mrs Pearce-Serocold, fünf für Venetia. Die Handschrift auf einem der

Briefe erkannte er wieder: Ihren Namen und die Adresse in der gleichen unverwechselbaren Schrift, die er in dem Registerbuch im Buchladen gesehen hatte. Er schob den Brief in seine Innentasche.

Er wartete, bis die Gärtner ihren Morgentee getrunken hatten und zurück an der Arbeit waren. Im Schuppen zündete er den Petroleumkocher wieder an, wartete, bis das Wasser im Kessel kochte, und hielt dann den Brief über den Dampf. Das Papier war dick, von guter Qualität, aber nach einer Minute begann die Lasche sich zu lösen. Er nahm einen Leimtopf aus dem Regal, sah nach, ob auch niemand im Innenhof war, eilte in den Stall und kletterte auf den Heuboden.

Im Umschlag befanden sich zwei Bogen mit dem Briefkopf der Downing Street Nummer 10, je einmal gefaltet, was jeweils vier Seiten ergab. Er zog sie vorsichtig heraus und hielt sie zwischen den Fingerspitzen. Acht eng beschriebene Seiten. Der Brief begann mit: *Mein Liebling* … Er stand mit dem Rücken zum Fenster. Das Licht war trüb, manche Wörter waren nicht zu entziffern. Er konnte den Text nur langsam lesen. Nachdem er das getan hatte, kramte er hastig sein Notizbuch aus dem Koffer und schrieb einige der beunruhigenderen Sätze auf: *French hat die Verluste erheblich unterschätzt. Sie beliefen sich eher auf 10.000 als auf 5.000 … In seinen Telegrammen (geheim) beschreibt er seine Truppen als »zerschlagen« … Uns blieb keine andere Wahl, als Kitchener unverzüglich zu ihm zu schicken … Kaum ein Dutzend Menschen ist sich bewusst, dass er heute nicht im Kriegsministerium ist … Das sollte lieber erst einmal niemand wissen. Ich bin gerade vom König zurückgekommen, der nichts wusste, bis er es heute Morgen von mir erfuhr … Du kannst Dir nicht vorstellen, wie sehr ich Dich liebe …*

Er wagte es nicht, noch mehr abzuschreiben. Er faltete die Bogen wieder zusammen, schob sie sanft in den Umschlag zurück und war gerade in die heikle Aufgabe vertieft, mit der Kuppe des kleinen Fingers Leim aufzutragen, als er Geddings von unten seinen Namen rufen hörte. »Bist du da oben?«

»Ja, ja, ich komme sofort runter.«

Er drückte die Lasche fest an, schob den Brief wieder in die Innentasche und kletterte die Leiter hinunter. Unten wartete Geddings, die Fäuste in die Hüften gestützt, und klopfte verärgert mit dem Fuß auf den Boden.

»Was soll das? Nickerchen bei der Arbeit?«

»Mir war ein bisschen übel, Mr Geddings. Nur für ein paar Minuten. Geht schon wieder.«

Aus dem Brummen des alten Mannes sprach jede Menge Misstrauen. »Dass ich dich nicht noch mal holen muss! Deine Übelkeit kannst du dir für nach der Arbeit aufheben.«

Deemer ging vom Stall zur Vordertür des Hauses und dann in die Halle, wo er zu seiner Erleichterung feststellte, dass die Morgenpost noch auf dem Tischchen lag. Der Umschlag war durch seine schmutzigen Hände etwas verschmiert und von dem Wasserdampf ein bisschen wellig, aber nicht so sehr, hoffte er, als dass es nicht auf dem Weg von London hierher passiert sein könnte. Er schob den Brief zwischen die restliche Post. Nur wenige Minuten später rollten die beiden Wagen die Zufahrt herauf. Er stand auf halber Höhe einer Stehleiter, beschnitt den Efeu neben der Terrasse und hatte von dort einen guten Blick auf Venetia Stanley, als sie aus der Limousine stieg. Sie sah eher hübsch als wirklich schön aus – rank und schlank, lebhaft, das Gesicht von einem Tag am Strand leicht gerötet. Er verstand, warum der Premierminister in sie verliebt sein könnte. Aber so viele Staatsgeheimnisse mit einer jungen Frau zu teilen, die nicht einmal halb so alt war wie er, diese mit der normalen Post zu schicken und ihr auch noch entschlüsselte Telegramme zu zeigen – das ging ja wohl weit über Liebe hinaus, oder? Das war irgendwie wahnwitzig.

Sie ging ins Haus. Er wartete auf eine Reaktion, einen Ausruf des Zorns oder Ärgers. Halb rechnete er damit, dass sie wieder nach draußen käme, um den zu suchen, der an ihrem Brief herumgepfuscht hatte. Aber die Diener und die Wagen verließen nach und nach die Auffahrt, und aus der Halle ertönte der Gong, der die Familie zum Lunch rief.

*

Auf seinem Beobachtungsposten zerbrach er sich den Rest der Woche den Kopf darüber, was er jetzt tun sollte. Er sah den Postboten zwei, bisweilen drei Mal am Tag kommen und stellte Mutmaßungen an, wie viele Briefe vom Premierminister er brachte. Jeden Nachmittag trug er Blumen ins Haus und sah zwei Mal, dass die Post noch auf dem Tischchen in der Halle lag. Aber ständig tauchten Diener auf, und er wollte es nicht riskieren, den Stapel nach der Handschrift zu durchsuchen.

Abends lag er im Heuboden auf der Matratze und studierte seine Notizen – *10.000 Tote, Verwundete und Vermisste, eine zerschlagene Armee* –, dachte an Fred und wünschte sich Einblick in weitere militärische Geheimnisse, die sie vielleicht erhalten hatte. Wenn sie die Briefe gelesen hatte, was machte sie dann damit? Vernichten oder aufheben? Den anderen Familienmitgliedern oder Freunden zeigen? Einfach herumliegen lassen, wo jeder sie lesen konnte? Las Edith sie, eine Ausländerin? Die Möglichkeit eines Verstoßes gegen die Sicherheitsbestimmungen war da gewaltig. Das Klügste wäre, eine richterliche Anordnung zu erwirken, die Polizei einzuschalten und das Anwesen durchsuchen zu lassen. Aber das hatte Kell zu entscheiden, nicht er, und da Geddings ihn jetzt genauer im Auge behielt, konnte er sich unmöglich unter der Woche von der Arbeit wegstehlen, um nach Holyhead zu fahren und Kontakt mit ihm aufzunehmen.

Am Freitag verlor er seinen Beobachtungsposten vor dem Haus, weil er wieder zum Unkrautjäten in den Mauergarten geschickt wurde. Er brachte wie üblich die Lilien für den Esstisch ins Haus und machte sich kurz nach fünf wieder an die Arbeit, die Ranken des klebrigen Klettenlabkrauts auszureißen, was auf seinen Unterarmen und Handrücken lästige rote Striemen hinterließ, die sich bis zum Hals ausbreiteten. Als er den Kopf hob und sich den Schweiß aus dem Gesicht wischte, sah er Edith am Tor stehen, die sich umschaute und nach etwas suchte. Als sie ihn entdeckte, kam sie zu ihm. Er stand auf und nahm die Mütze ab.

»Ich habe im Haus nach Ihnen gesucht«, sagte sie. »Miss Venetia hat sich über die Lilien gefreut und lässt fragen, ob Sie jetzt immer Lilien auf ihr Zimmer bringen könnten.«

»Natürlich.«

»Geben Sie sie einfach bei Mrs Protheroe ab.«

»Ja, gern. Wollen Sie gleich welche mitnehmen?«

»Nein, wir fahren morgen für eine Woche nach London. Danach wieder.«

Nach ihrer Begegnung Anfang der Woche hatte er angenommen, sie gehe ihm aus dem Weg. Jetzt schien sie es allerdings nicht eilig zu haben. Sie fragte ihn nach den Namen von einigen der Blumen. Er war sich bewusst, dass seine Haut fleckig war und ihm die schweißnassen Haare am Kopf klebten. Trotzdem sagte er: »Sie kennen sich auf dem Anwesen sicher besser aus als ich, und ich würde mich freuen, wenn Sie mich, wenn Sie mal Zeit haben, ein bisschen herumführen, dann kann ich Ihnen noch mehr über die Blumen sagen.«

Sie nickte bedächtig, als wäge sie ein geschäftliches Angebot ab. »Gern«, sagte sie schließlich. »Danke.«

*

Nachdem er am Samstag seinen Lohn erhalten hatte, fuhr er mit dem Rad nach Holyhead. Es waren bei weitem nicht mehr so viele Feriengäste im Ort, ein kühler Wind wehte, es roch nach Regen und Herbst. Er ging ins Postamt, aber es war weder ein Brief noch ein Telegramm für ihn gekommen. Er bat die junge Frau am Schalter, noch einmal nachzuschauen, aber es war wirklich nichts da. Nach zwei Wochen als einsamer verdeckter Ermittler fühlte er sich vergessen und im Stich gelassen.

Er setzte sich auf eine Bank mit Blick auf den Hafen und las die *Times.* Zum ersten Mal veröffentlichten sie eine Aufstellung der gefallenen, verwundeten und vermissten Offiziere – *Ehrenliste* nannten sie es. Die Namen der Toten nahmen fast eine ganze Spalte in kleiner Schrift ein. Es gab noch eine Liste mit anderen Dienstgraden, die in Woolwich im Krankenhaus lagen, aber keine mit den Namen von gefallenen Soldaten, Gefreiten und Feldwebeln, wahrscheinlich weil es zu viele waren, sie alle abzudrucken. Freds Name war nicht unter den Verwundeten. Er wusste nicht, ob er deshalb froh oder traurig sein sollte. Die Karte mit dem Frontverlauf zeigte die Deutschen keine zwanzig Meilen vor Paris.

Für den Rückweg nach Penrhos nahm er den Küstenweg. Am Horizont zogen dichte Wolken auf. Das Meer war metallisch grau. Er entschied, dass er entweder bald einen Fortschritt vorweisen konnte, oder er würde zurück nach London fahren. Er lehnte das Rad an die Mauer des Innenhofs und ging um das Haus herum. Von Edith oder Venetia war nichts zu sehen. Wahrscheinlich saßen sie im Zug nach London. Er lag bis sechs Uhr auf seiner Matratze, dann stand er auf, weil er wusste, dass die Dienerschaft jetzt beim Abendessen saß, und ging zur Vordertür. Die Halle war leer. Er hastete die Treppe hinauf und eilte über den Flur bis zu Venetias Zimmer. Drinnen setzte er sich in den Lehnsessel und holte ein paarmal tief Luft. Bleib ruhig, sagte er sich, lass dir Zeit.

Er sah sich um und fragte sich, wo anfangen. Er entschied sich für das Schreibpult, das war am naheliegendsten. In den Schubladen lagen einige Dutzend Briefe, aber keiner vom Premierminister. Dann nahm er sich den Toilettentisch vor. Schmuck, Schminke, Parfüm. Nagelschere, Pinzette, Haarklammern und Ähnliches. Sonst nichts. Er blätterte in den Büchern auf den beiden Nachttischen, sah unter das Bett, hob die Matratze hoch. Im Kleiderschrank fand er einen bemalten Kasten, der verschlossen war. Er nahm die Hutschachteln herunter und blickte hinein, dann wandte er seine Aufmerksamkeit wieder dem Kasten zu und stellte ihn in der Zimmermitte auf den Boden. Der Kasten war eher leicht. Er suchte im Schreibpult, im Toilettentisch und den Nachttischen nach einem Schlüssel und fand gleich mehrere, aber keinen, der passte. Schließlich nahm er die Pinzette und eine Haarklammer und machte sich daran, das Schloss zu knacken.

Jenseits des hohen Fensters begann es zu dämmern. Es fing an zu regnen. Er kniete auf dem Teppich und stocherte in dem Schloss herum. Es war eine fummelige Arbeit, die drei Stifte des Schlosses einen nach dem anderen mit der Haarklammer anzuheben und mit der Pinzette oben zu halten. Er hörte Schritte im Flur und erstarrte. Aber wer es auch war, er ging an der Tür vorbei. Nach etwa einer halben Stunde hatte er die Stifte in Position und drehte die Pinzette im Uhrzeigersinn. Das Schloss klickte auf. Er wischte sich die Hände ab und hob den Deckel an.

*

Was hatte er erwartet? Ein Dutzend Briefe? Zwei Dutzend? Stattdessen waren es nach seiner Schätzung mehr als hundert lose gestapelter Briefe. Er zögerte, sie zu berühren. Er wollte die Reihenfolge nicht durcheinanderbringen. Er begutachtete das Datum des ersten halben Dutzend. Sie schienen nach dem Tag sortiert zu sein, an dem sie angekommen waren. Die neuesten lagen oben, aber es war zu dunkel, er konnte sie nicht lesen und wagte nicht, Licht zu machen. Er ging ins Bad und holte das größte Badetuch, das er finden konnte, schob zwei Stühle zusammen, baute ein Zelt und stellte eine der Nachttischlampen darunter. Er kniete sich darunter und nahm den ersten Brief aus dem Kasten. Er war zwei Tage alt. Er begann mit *mein Liebling* und schloss mit: *Meine einzige Geliebte, wie sehr ich mich nach Dir sehne.* Dazwischen wurde Kitcheners Rückkehr aus Frankreich geschildert, die Spannung zwischen den Oberkommandos der Briten und der Franzosen und der Fortschritt der Rekrutierungsmaßnahmen: *30.000 Mann pro Tag .... jetzt haben wir fast 300.000 ...*

Er ähnelte dem Brief, den er anfangs der Woche gelesen hatte – fast jeder Absatz enthielt vertrauliche Einzelheiten. Er hockte sich auf die Fersen und versuchte das Ausmaß der Informationen zu erfassen. Wie sollte er weiter vorgehen? Er dachte eine Weile nach und entschied dann, sich auf die Briefe zu konzentrieren, die sie nach dem Beginn der internationalen Krise bekommen hatte – anscheinend schrieb ihr der Premierminister mindestens einmal am Tag, was hieß, insgesamt etwa vierzig Mal. Er machte eine Liste der Verstöße gegen das Spionagegesetz aus dem Jahr 1911, ein Gesetz, das der Premierminister selbst ins Parlament eingebracht hatte. Er ging davon aus, dass er zumindest einige der verfänglicheren persönlichen Erklärungen ebenfalls abschreiben musste, und sei es nur aufgrund ihres Erpressungspotenzials, obwohl er sich schon allein beim Lesen schäbig vorkam.

Er hatte nur sein Notizbuch und einen Bleistift. Er holte sich von Venetias Schreibpult eine Handvoll Briefbogen, eine ihrer Schreibfedern und ein Tintenfässchen und machte sich an die Arbeit.

Es war schon nach Mitternacht, und er war fast fertig, als er hörte, wie mehrere Leute die Treppe heraufkamen und dann durch den Flur gingen, hörte Flüstern, knarzende Bodendielen, Türen, die geschlossen wurden. Der Lichtstreifen aus dem Flur, der den ganzen Abend unter Venetias Zimmertür zu sehen gewesen war, verschwand.

Er brauchte eine weitere Stunde, bis er alle Spuren seiner Anwesenheit beseitigt und alles wieder an seinen ursprünglichen Platz gelegt hatte. Das Schwierigste war, den bemalten Kasten wieder zu verschließen. Er ärgerte sich über seine verschwitzten, ungeschickten Finger. Aus Angst, das Schloss zu beschädigen, wenn er es noch weiter versuchte, gab er schließlich auf und stellte den Kasten wieder oben in den Schrank. Er musste einfach darauf hoffen, dass sie es nicht merkte oder aber davon ausging, nachlässig gewesen zu sein.

Er wartete bis etwas vier Uhr am Sonntagmorgen, dann war er sich halbwegs sicher, dass nun alle fest schliefen, und schlüpfte leise aus dem Zimmer. Die Notizen in der einen, die Schuhe in der anderen Hand, schlich er hinunter in die Halle. Der riesige Haustürschlüssel steckte im Schloss. Er drehte ihn langsam um, schob den Riegel, so leise er konnte, zurück und trat hinaus in die weiche, feuchte Dunkelheit.

Nach ein paar unruhigen Stunden Schlaf packte er seinen Koffer. Er kritzelte eine Nachricht für Geddings auf einen Zettel und legte ihn auf den Tisch im Schuppen. Er dankte ihm für die Gelegenheit, in dem wunderschönen Garten arbeiten zu dürfen, entschuldigte sich für seine plötzliche Abreise, wofür er einen dringenden Notfall in der Familie anführte, und drückte seine Hoffnung aus, ihn einmal wiederzusehen. Anschließend fuhr er auf seinem Rad die leere Zufahrt hinunter.

In Holyhead gab er ein Telegramm an Kell auf, in dem er

ihn darüber informierte, dass er um acht Uhr abends wieder in der Stadt sei, und bat um ein möglichst baldiges Treffen. Um Mittag saß er im Zug nach London.

*

Als er dann am Abend in seine Straße einbog, fiel ihm sofort der Wagen auf, der im Halbdunkel vor seinem Haus parkte. Hinter dem Lenkrad saß ein Mann. Als er näher herankam, erkannte er Kell. Der Major kurbelte das Fenster herunter.

»Tut mir leid, dass ich Sie ohne Vorwarnung an einem Sonntagabend überfalle, aber Ihr Telegramm hat sich ziemlich dringend angehört.«

»Keine Ursache, Sir. Möchten Sie mit hereinkommen?«

Er schloss die Haustür auf und schob mit ihr den kleinen Haufen Post beiseite, der sich in seiner Abwesenheit angesammelt hatte. Er schaltete das Licht an. Das zwei Wochen lang verwaiste Haus wirkte schmuddelig. Es roch irgendwie unangenehm, als wäre in der Speisekammer etwas vergammelt. Die Armseligkeit war ihm peinlich.

»Es ist ziemlich stickig hier, Sir. Wir könnten gegenüber in den Pub gehen, wenn Sie möchten.«

»Lieber nicht«, sagte Kell. »An so einem öffentlichen Ort weiß man nie, wer alles Ohren hat. Schließen Sie bitte einfach die Fensterläden.«

»Natürlich.«

Bis sie alle geschlossen waren, hatte Kell sich schon in einem der zerschlissenen alten Ledersessel niedergelassen. Er fuhr durch den Staub auf der Armlehne und begutachtete seine Fingerkuppen eingehend.

»Kann ich Ihnen etwas zu trinken anbieten, Sir?«

»Nein danke. Ich bin direkt vom Büro hergekommen und war eigentlich schon auf dem Heimweg.« Er nahm seine

Pfeife heraus, in der noch etwas Tabak war, und riss an der Schuhsohle ein Streichholz an. »Also, dann berichten Sie mal haarklein, was Sie haben.«

Deemer setzte sich in den Sessel gegenüber und hob den Koffer auf den Schoß. Er nahm seine Notizen heraus und erzählte, wie er unter falschem Namen als Gärtner angeheuert und sich heimlich umgeschaut habe und dass es ihm gelungen sei, die Briefe des Premierministers an Venetia Stanley aufzuspüren.

Kell riss leicht die Augen auf. »Sie sind in ihr Zimmer eingebrochen?«

»Das war gar nicht nötig, Sir. Ich konnte es einfach unbemerkt betreten. Hätte ich das nicht tun sollen?«

»Na ja, sich darüber den Kopf zu zerbrechen, ist es jetzt wohl ein bisschen spät. Nein, nein, Sie haben richtig gehandelt. Etwas freie Hand dürfen wir uns wohl gestatten. Und worauf läuft er jetzt hinaus, dieser Briefwechsel?«

»Er schreibt ihr täglich, und in fast jedem Brief gibt er geheime Dinge preis – Diskussionen im Kabinett, Truppenbewegungen, diplomatische Entwicklungen, Pläne für die Zukunft. Und gelegentlich schickt er ihr sogar Dokumente.«

»Was für Dokumente?«

»Zum Beispiel habe ich die Kopie eines Telegramms von unserem Botschafter in Russland gefunden – von der Sorte, die er ihr im August in seinem Wagen gezeigt hat. Sie hat auch einen Brief von Lord Kitchener, in dem es um die Truppenentsendung nach Frankreich geht. Den habe ich kopiert.« Er reichte Kell die Abschrift. »Sie hat zudem einen handschriftlichen Brief von der Königin ...«

»Großer Gott!« Das schien Kell mehr zu erschüttern als alles andere.

»Das heikelste von allem ist ein entschlüsseltes geheimes Telegramm von Sir John French, in dem er den genauen Ort nennt, wohin er das Expeditionskorps zurückziehen will. Der Premierminister hat es ihr an dem Tag geschickt, wo er es selbst erst erhalten hat.«

Er gab Kell die Abschrift, der sie bedächtig las, dann den Kopf hob und ihn ungläubig anblickte. »Wenn die Deutschen das zu sehen bekommen hätten … Das wäre eine operativ sensible Information gewesen …«

»Es hat mich ziemlich schockiert, Sir.« Er erwähnte nicht warum: dass nämlich sein Bruder einer der Soldaten war, die dadurch möglicherweise hätten gefährdet werden können.

»Aber es gibt keine Hinweise, dass Miss Stanley das alles irgendwem gezeigt haben könnte?«

»Nein, sie verwahrt die Briefe in einem abschließbaren Kasten.«

»Sind die Briefe mitunter auch … nun ja … von intimem Charakter?«

»Sehr intimem, Sir.«

»Zum Beispiel?«

Deemer blätterte in seinen Notizen. »›Liebling, ich liebe dich so sehr: wie sehr, kann ich nicht in Worte fassen … Meine einzige Geliebte, wie sehr ich mich nach dir sehne … Um das zu bewerkstelligen, würde ich mehr geben, als ich niederschreiben kann – manche Sätze bleiben am besten unvollendet …‹ Und die Passage hier erscheint mir sehr bedeutsam: ›Ich wünschte, wir hätten eine Art Geheimcode, mit dem wir per Telegramm kommunizieren könnten. Zum Beispiel hatte ich heute Morgen den Wunsch, dich vor allen anderen wissen zu lassen, was geschehen ist und was gerade geschieht. Hältst du es für unmöglich, dir so einen Code auszudenken?‹«

Kell schaute ihn mit offenem Mund an. »Er verhält sich, als wäre er ein Spion in seiner eigenen Regierung. Was ist mit ihrer Zofe, dieser Schweizerin?«

»Sie spricht eindeutig mit deutschem Akzent, aber ich hatte den Eindruck, dass sie vertrauenswürdig ist«, sagte er.

»Selbstverständlich kann ich das nicht mit letzter Sicherheit sagen.«

Kell seufzte und sank im Sessel zusammen. Er legte den Kopf in den Nacken und sah zu einem Flecken an der Decke hinauf, der Deemer noch nie aufgefallen war. Schließlich sagte er: »Wenn der Übeltäter jemand Gewöhnliches wäre, sagen wir, ein Beamter im Außenministerium, dann würden wir ihn gleich morgen verhaften und nach dem Spionagegesetz anklagen, und höchstwahrscheinlich würde derjenige für sehr lange Zeit ins Gefängnis wandern. Aber der Premierminister? Einfach unvorstellbar!«

»Könnten Sie nicht vertraulich mit jemand reden, Sir, mit Sir Edward Grey vielleicht, und ihn bitten, dass er mit dem Premierminister unter vier Augen spricht und ihn warnt, damit er damit aufhört?«

Kell platzte so heraus, dass er nach Luft schnappen musste. »Das würde wohl eine ziemlich vertrackte Unterhaltung werden, meinen Sie nicht auch? Ich erzähle also, dass wir ins Schlafzimmer der Mätresse des Premierministers eingebrochen sind und seine Liebesbriefe gelesen haben? Na, ich bezweifele, dass ich dann am nächsten Morgen noch meinen Posten hätte. Welche Beweise außer Ihren Abschriften und Notizen hätten wir denn?« Er saugte an seiner Pfeife, die aber schon längst ausgegangen war. Er zündete sie nicht wieder an. Nach einer Weile sagte er: »Ich glaube, wir haben keine andere Wahl, als weiter die Augen offen zu halten und abzuwarten. Meinen Sie, es lohnt sich, wenn Sie zurück nach Penrhos fahren?«

»Ich glaube nicht, dass eine weitere Überwachung noch viel Neues ergeben würde, Sir. Das Haus wird Ende des Monats sowieso dichtgemacht.«

Kell dachte darüber nach. »Wenn wir Beweise beschaffen wollen, haben wir nur eine Möglichkeit.«

»Sir?«

»Wir müssen Miss Stanleys Post abfangen.«

»Dürfen wir das einfach so?«

»Ohne Beschluss vom Innenministerium legalerweise nicht. Eigentlich. Aber in Kriegszeiten dürfen wir so ziemlich alles, was wir wollen. Und wenn jemand Fragen stellt, könnte ich als Begründung für so eine Operation immer diese deutschschweizerische Zofe anführen. Ich könnte sagen, wir hätten einen plausiblen Spionageverdacht gegen sie und müssten deshalb auch die Briefe ihrer Herrin abfangen. Aber natürlich ist es besser, wenn wir das Ganze ›außerhalb des Protokolls‹ erledigen. Ich kann Sie unserer Mannschaft im Postverteilzentrum Mount Pleasant zuweisen. Die werden Ihnen die ganze Technik zeigen. Was wir wirklich brauchen, sind Fotografien der Briefe. Aber Sie müssen separat von denen operieren, die dürfen nicht mitbekommen, worauf wir es abgesehen haben. Und Sie berichten nur an mich. Kämen Sie mit diesem Vorgehen zurecht?«

»Ich denke schon, Sir.« In Wahrheit war ihm die Vorstellung nicht sehr angenehm, aber er glaubte nicht, ablehnen zu können. Außerdem hatte er sich schon so tief in den Fall verbissen, dass er sich auch nicht dazu durchringen konnte, jetzt einfach aufzuhören. »Ja, ich mache es.«

»Das ist leider eine ziemlich mühsame Arbeit, aber ich glaube, wir haben keine andere Wahl.« Er stand auf. »Sie fangen am besten gleich morgen an. Ich gebe denen Bescheid. Und halten Sie sich auch weiter vom Büro fern. Wenn Sie etwas zu berichten haben, können wir uns in meinem Club treffen. Ich weiß, dass ich mich auf Ihre Diskretion verlassen kann.« Er klopfte ihm auf die Schulter. »Sie haben das Zeug zu einem erstklassigen Geheimdienstoffizier.«

Nachdem Deemer ihn zur Tür hinausbegleitet hatte, bückte er sich und hob den kleinen Stapel Briefe vom Boden auf. Einer mit Poststempel von letzter Woche war von seinem Bruder.

Hallo, alter Knabe. Das ist eine ziemlich harte Kiste hier drüben, das kann ich Dir flüstern. Einmal bin ich haarscharf davongekommen, & wir haben schon jede Menge guter Jungs verloren. Aber keine Sorge. Es wird allmählich kalt hier. Könntest Du mir ein paar Sachen schicken? Socken, Handschuhe, lange Unterhosen, einen dicken Schal, vielleicht noch eine Flasche Brandy, wenn Du kannst, & Zigaretten? Ich zahle alles, wenn ich wieder zurück bin. Pass auf Dich auf, & schreib mir, wie es Dir so geht. Stets der Deine, Fred

PS: Bis Weihnachten werde ich wohl nicht zurück sein!

Die Worte waren beruhigend, aber nicht seine Handschrift. Sie sah aus, als stammte sie von einem sehr alten Mann.

TEIL VIER

ÜBERWACHUNG

24. September bis 21. Oktober 1914

KAPITEL 19

Knapp drei Wochen später, der September neigte sich dem Ende zu, erreichte der Premierminister zumindest eines seiner Kriegsziele – dank einer so raffinierten wie umständlichen, von ihm allein ersonnenen Kampagne.

Zunächst hatte er den Bürgermeistern von London, Edinburgh, Cardiff und Dublin vorgeschlagen, in jeder der vier Hauptstädte des Vereinigten Königreichs eine Rekrutierungsrede zu halten. Dann hatte er es in seinem Terminplan so eingerichtet, dass sein Besuch Dublins auf Freitag, den 25. September fallen würde. Und schließlich hatte er Lady Sheffield geschrieben und sich selbst als Gast vorgeschlagen: für die Nacht, bevor er von Holyhead mit dem Schiff nach Dublin übersetzen würde, und für die Nacht auf seiner Rückfahrt. Sie hatte sofort geantwortet: *Damit würden Sie uns eine außerordentliche Freude bereiten, besonders weil es das letzte Wochenende ist, bevor das Haus für den Winter dichtgemacht wird. Ich werde Margot sofort schreiben & sie & die Mädchen ebenfalls einladen.*

Er hätte es vorgezogen, allein zu fahren, aber er beugte sich bereitwillig den Anforderungen der Sittsamkeit, und am Donnerstagmorgen, den 24. September brach die Reisegesellschaft des Premierministers in einem reservierten Erster-Klasse-Abteil vom Bahnhof Euston auf: Margot, Violet, Elizabeth, Bongie und ein Personenschützer von der Special Branch – weil die Reise auch nach Irland führte, wo immer Gewalt drohte.

Der einzige Nachteil seines Plans war, dass er eine einstündige Rede würde halten müssen, und das vor irischem Publikum, was immer eine heikle Angelegenheit war. Während die anderen um ihn herum miteinander plauderten, saß er auf seinem Fensterplatz und machte sich halbherzig Notizen. Seine Gedanken schweiften immer wieder ab von so erhabenen Themen wie der Aufstellung eines irischen Armeekorps zu der angenehmeren Aussicht, Venetia zu sehen und wie er etwas Zeit allein mit ihr herausschlagen könnte.

Kurz vor halb sechs rollten sie in den Bahnhof von Holyhead ein. Lady Sheffield hatte zwei Wagen geschickt, und wenige Minuten später passierten sie das hohe Tor und näherten sich den artusianischen Türmchen und Zinnen von Penrhos House – ein romantisches Bild, das ihm fast die ganzen letzten beiden Monate Kraft gegeben hatte. Aber natürlich zerstob die Fantasie beim ersten Kontakt mit der Realität. Wann war das jemals anders gewesen? Sie stiegen aus den Wagen und wurden vom Butler darüber informiert, dass der Tee im Salon serviert werde. Anstatt Venetia auf die Terrasse und in den Wald entführen zu können, was er sich den ganzen Tag erhofft hatte, stellte er nun fest, dass sie rettungslos in einem Pulk gefangen war: eingekreist von Lord und Lady Sheffield, von Blanche, Sylvia und Margaret und ihren Töchtern, von Reggie und Pamela McKenna und ihren beiden kleinen Jungen, von Montagu – dass sie *ihn* einladen würde, hatte sie ihm nicht verraten – und von der üblichen aus Dienstmädchen, Dienern und Kinderfräulein bestehenden Privatarmee der Stanleys. Als dann auch noch Margot, Violet, Elisabeth und Bongie den Raum betraten und ihren Gastgebern zustrebten, verlor er sie ganz aus den Augen.

Seine kindische Enttäuschung ging so weit, dass er schon daran dachte, den Butler zu bitten, ihm sofort sein Zimmer zu zeigen, aber dann sah Lady Sheffield ihn allein in der Tür stehen, begrüßte ihn und führte ihn mitten hinein ins

Gewühl. Danach blieb ihm nichts anderes übrig, als Hände zu schütteln, Küsschen zu verteilen, übellaunige Kleinkinder zu bewundern und mit einer Hand die Teetasse und den Teller mit dem Gurkensandwich zu balancieren. Schließlich tauchte aber doch noch Venetia auf. Sie trug das gestreifte grüne Kleid, von dem sie wusste, dass er es so sehr mochte. »Hallo, Prime.« Sie beugte sich vor, gab ihm ein Küsschen auf die Wange und flüsterte: »Keine Angst, es wird schon noch ruhiger.«

Aber es wurde nicht ruhiger, zumindest nicht für die nächsten anderthalb Tage. Er hatte zwar ein schönes Zimmer, aber es lag ganz hinten am Ende des Gästeflügels, so weit von Venetia entfernt, wie Lady Sheffield es hatte einrichten können (mit Absicht, so seine Vermutung). Und im Zimmer nebenan, wo normalerweise der Diener eines männlichen Gastes nächtigte, hatte sie den Beamten der Special Branch untergebracht, damit er ihn immer im Auge behalten konnte: Nächtliches Huschen über den Flur würde an diesem Wochenende ausfallen. Beim Abendessen hatte man ihn zwischen Lady Sheffield und Pamela McKenna platziert, sodass er sich erst danach kurz mit Venetia unterhalten konnte. Sie saßen nebeneinander auf einem Sofa, und er konnte mit dem Handrücken leicht ihr Bein berühren.

Nach dem Frühstück am nächsten Tag wurde die ganze Gesellschaft – Venetia, Lord und Lady Sheffield, Margot und die Mädchen, Bongie, Montagu und der Personenschützer – zur Anlegestelle in Holyhead gefahren, wo sie die Fähre nach Dublin bestieg. Der Dampfer legte um Mittag ab. Für den Fall, sie würden von deutschen U-Booten angegriffen, hatte Winston auf einem Zerstörer bestanden, der sie steuerbord in ein paar Hundert Metern Entfernung begleitete. Nur damit er Venetia besuchen konnte, das musste der Premierminister zugeben, verursachte das alles für einen ganzen Haufen Leute schrecklich viel Unannehmlichkeiten.

Er wollte eine erinnerungswürdige Rede halten, nicht zuletzt weil er wusste, dass sie im Publikum sitzen würde. Aber obwohl er fast die ganze vierstündige Überfahrt unter Deck in seiner Kabine zusammen mit Bongie an dem Text arbeitete, fehlte es ihm irgendwie an Inspiration. Noch am Abend in Dublin, als er zusammen mit Lord Aberdeen in dessen zeremoniellem Rolls-Royce die Sommerwohnung des Vizekönigs im Phönixpark verließ, feilte er an der Rede.

Der Amtssitz des Oberbürgermeisters in der Dawson Street wurde von fünfhundert irischen Soldaten abgeschirmt. Die dicht gedrängten Zuhörer in dem runden Auditorium waren mindestens genauso zahlreich erschienen. Er saß mit Anderson, einem fossilienhaften Aristokraten, dessen Großvater zur Zeit des Krimkriegs Premierminister gewesen war, und dem Anführer der Nationalisten John Redmond auf dem Podium. Er konnte Venetia in der ersten Reihe sitzen sehen, und als er sich schließlich zu seiner Rede erhob, zog er alle Register.

»Ich spreche zu Ihnen nicht als Vertreter einer Partei, nicht einmal als Politiker. Ich spreche zu Ihnen als Oberhaupt der Regierung des Königs *[Hochrufe]*, um Irland, das loyale und patriotische Irland aufzufordern, bei der Verteidigung unserer gemeinsamen Sache seinen Platz einzunehmen.« *(Hochrufe)*

Seine Rede wurde durchweg begeistert aufgenommen. Er sprach fünfundvierzig Minuten lang und nahm unter Ovationen wieder Platz, nur um wenig später seinen Auftritt vor einer brechend vollen Versammlung in einem anderen Teil des Gebäudes zu wiederholen. Als er in das Sommerhaus des Vizekönigs zurückfuhr, war es schon spät. Er war müde, aber in Hochstimmung. Venetia nahm seine Hand und sagte ihm, er sei wundervoll gewesen. Lächelnd antwortete er: »Dein Beifall ist der einzige, an dem mir liegt.« Beim Abendessen wurde er neben Lady Aberdeen platziert, die unermüdlich auf ihn einredete, ihren Mann wieder zum Vizekönig zu ernennen, jetzt, wo sich dessen Amtszeit dem Ende zuneige. So schnell wie möglich entschuldigte er sich und ging zu Bett.

Die *Times* am nächsten Morgen schrieb, er habe mit leiser Stimme gesprochen, die am anderen Ende des großen Saals kaum zu hören gewesen sei. Er habe einen etwas müden Eindruck gemacht.

Er zerknüllte die Zeitung. Verdammter Northcliffe, dachte er verärgert.

Auf der Rückfahrt nach Holyhead saß er mit verschränkten Armen und einer Decke über den Beinen an Deck und beobachtete übellaunig Venetia, die sich erst mit Bongie und danach mit Montagu die Beine vertrat. Beide waren Junggesellen, beide waren so jung, dass sie seine Söhne sein könnten, und beide, das wusste er, würden sie auf der Stelle heiraten, wenn sie sie mit dem kleinsten Hinweis ermutigt hätte. Er war zutiefst verzweifelt.

Am Nachmittag erreichten sie Penrhos. Er schickte seinen Leibwächter weg und ging hinaus auf die Terrasse. Auf seinen Stock gestützt, noch in Frack und Zylinder, stand er da und starrte mit leerem Blick in den Park. Dann spürte er eine Berührung am Arm und drehte sich um. Es war Venetia mit zwei Hunden.

»Ich schätze, jetzt haben wir uns eine Stunde ganz für uns allein verdient«, sagte sie. »Was meinst du?«

*

Sie hatte bemerkt, wie missmutig er seit seiner Ankunft gewesen war. Er tat ihr leid, aber was konnte sie schon tun? Im Haus schwirrten so viele widerstreitende Emotionen umher, dass es einen schwindelig machte. Violet war jedes Mal eifersüchtig, wenn sie Venetia mit Bongie reden sah, und Montagu ebenfalls – nicht dass sie auch nur die leisesten romantischen Anwandlungen für den einen oder den anderen empfand. Von Margot erntete sie böse Blicke, wann immer sie ihren Ehemann anschaute. Ihre Eltern und ihre Schwestern behielten sie ständig im Auge. Da die Frauen jetzt alle auf ihren Zimmern waren und sich umzogen, war das die erste Gelegenheit, ihn für sich zu haben.

»Ganz deiner Meinung«, sagte er.

Sie schlenderten über den Rasen zu den Bäumen, die Hunde rannten vor ihnen her, und sie sprachen über seine Rede in Dublin und die grässlich übergriffige Aufdringlichkeit der Aberdeens.

»Wen soll ich deiner Meinung nach zu ihren Nachfolgern ernennen? Du brauchst nicht gleich zu antworten. Denk darüber nach, und schreib mir nächste Woche.«

Es belustigte sie, wie sehr es ihm gefiel, ihr großspurig seine Protektionsmacht vorzuführen, seine Geheimnisse mit ihr zu teilen, seine Reden zu zelebrieren. Er war wie der Pfau, der unter ihrem Fenster sein Federkleid aufplusterte, dachte sie. Sobald sie außer Sichtweite des Hauses waren, nahm sie seinen Arm.

»Wohin sollen wir gehen?«, fragte er. »Was ist mit der Stelle, wo wir uns letztes Jahr bei dem Sturm untergestellt haben?«

»König Artus' Sitz? Da ist es so kalt, und man sitzt auch so hart. Ich habe ein viel schöneres Plätzchen entdeckt.«

Sie führte ihn durch das Gartentörchen tief in den Wald hinein. Sie verließen den Weg und gingen auf einem kaum erkennbaren, wahrscheinlich von Tieren festgetretenen Pfad weiter. Die Zweige hingen tief herunter. Er musste seinen Hut abnehmen. Sie ging voraus und zog ihn mit der Hand hinter sich her. Er lachte über diesen Unsinn, schlug mit seinem Stock das wuchernde Blattwerk zur Seite und protestierte zum Schein, aber als sie schließlich an einer Lichtung herauskamen, blieb er abrupt stehen und rief: »Das ist wirklich wunderschön!«

Die mit hohem Gras bedeckte Lichtung, eine vollkommen abgeschiedene Mulde, fiel sanft zum Meer ab.

»Ich bin im Sommer darauf gestoßen«, sagte sie. »Und ich habe mir gleich gedacht, hierher gehen wir, wenn es der Prime mal schafft herzukommen. Hörst du das?«

Sie hob den Zeigefinger. Die einzigen Geräusche waren das Gurren der Ringeltauben, das Rascheln der Hunde, die im Unterholz herumstöberten, und das Plätschern eines Bachs irgendwo in der Nähe.

»Keine Automobile«, sagte sie. »Kein Horwood, der dicht vor uns hinter der Glasscheibe sitzt.« Sie sah ihn an und runzelte fröhlich die Stirn. »Mit Verlaub, für den Anlass bist du ein bisschen zu förmlich gekleidet, meinst du nicht auch?«

Sie knöpfte seinen Gehrock auf und half ihm, ihn auszuziehen. Zusammen breiteten sie ihn auf dem weichen Boden aus.

*

An jenem Abend war der Premierminister außergewöhnlich guter Laune. Das fiel allen auf.

Montagu, der beim Abendessen neben Venetia saß, nickte zum anderen Ende des von Kerzenlicht beleuchteten Tisches, wo der Premierminister pausenlos auf Sylvia einredete. »Entweder tut ihm die Seeluft gut, oder es liegt an dir.« Er warf ihr einen vielsagenden Blick zu.

»Nun ja, wenn es an mir liegt, dann freut es mich. Was ist falsch daran, wenn ich ihn etwas ablenken und glücklich machen kann? *Irgendeinen Menschen* braucht er.«

Sie schauten beide zu Margot. Sie war extravagant in Schwarz gekleidet. Pechschwarze Federn schmückten ihren mageren Busen und den mit Juwelen besetzten Kopfputz. Sie ließ sich laut über Kitchener aus.

Alle am Tisch verstummten, als sie mit einer Stimme, schrill wie die einer Jagdherrin, ausrief: »Wie ich schon zu Henry gesagt habe, er mag kein großer Mann sein, aber er ist gewiss ein großer Poseur.«

Die meisten lachten daraufhin. Der Premierminister verzog verdrießlich das Gesicht. Die Gespräche wurden wieder aufgenommen.

»Genau das Gleiche hat sie gestern Abend beim Festessen in Dublin gesagt«, flüsterte Montagu.

»Ein guter Spruch ist es wohl immer wert, wiederholt zu werden.«

»Das ist eben das Problem. Den werden wir noch oft zu hören bekommen. Solche Sprüche machen die Runde.«

Nach dem Essen zogen sich die Frauen in den Salon zurück und überließen die Männer ihrem Portwein und ihren Zigarren. Venetia stand mit Violet beisammen und unterhielt sich mit ihr. Sie war sich bewusst, dass Margot, die in ihrem schwarzen Federputz auf der Sofakante hockte, sie mit blitzenden Augen beobachtete.

»Dreh dich jetzt nicht um«, flüsterte Venetia. »Deine Stiefmutter starrt mich an, als würde sie mich am liebsten umbringen.«

»Tja, oft würde ich am liebsten *sie* umbringen. Schätze, das ist nur recht und billig.«

Sie lachten. Früher waren sie enge Freundinnen gewesen. Inzwischen standen sie sich nicht mehr so nahe. Venetia fragte sich, wie viel sie wohl ahnte.

Margot fühlte sich anscheinend durch ihr Gelächter provoziert. Jedenfalls stand sie auf und ging auf sie zu.

»O Gott, sie kommt«, sagte Venetia. »Entschuldige mich bitte, aber das ist jetzt zu viel für mich.« Sie eilte hinaus auf die Terrasse.

Es war ein klarer, etwas kühler Abend an der Schwelle zum Herbst, mit einem strahlenden Mond und leuchtenden

Sternen, die in der künstlichen Helligkeit Londons nicht zu sehen wären. Sie ging die Stufen in den Garten hinunter und dann zum Rosengarten, wo ihre Lieblingsbank stand. Von dort hatte sie den offensten Blick zum Himmel. Die verblassenden Blüten verströmten einen Hauch des süßen, an den Sommer erinnernden Dufts.

Sie setzte sich und dachte darüber nach, was Montagu über sie und den Premierminister gesagt hatte. War es tatsächlich so offensichtlich? Musste es wohl. Aber wahrscheinlich hatte die Hälfte der Leute am Tisch Affären. Nicht dass Venetia auch nur im Traum jemals daran gedacht hätte, es zu erwähnen, aber sogar ihre Mutter sollte eine diskrete *amitié amoureuse* mit dem Grafen von Carlisle unterhalten. Frottage war die gängigste Form, sich zu vergnügen. Selbst Beischlaf galt als statthaft, solange der Mann darauf achtete, seine Liebhaberin nicht zu schwängern – »die Kirche vor der Predigt verlassen«, lautete der landläufige Euphemismus dafür. Natürlich kam es zu Pannen. Von einigen ihrer Freunde war bekannt, dass sie das Ergebnis ihrer Mutter Untreue waren – Diana Manners zum Beispiel. Aber selbst dann kümmerte das eigentlich keinen, solange der Ehemann gewillt war, das Kind wie ein eigenes großzuziehen. Als unverheiratete Frau schwanger zu werden war etwas gänzlich anderes – das bedeutete gesellschaftliche Ächtung. Sie hatte bislang darauf geachtet, es nicht so weit kommen zu lassen.

Kurz leuchtete in der Dunkelheit ein roter Punkt auf. Sie roch einen Hauch Zigarrenrauch. Im nächsten Augenblick tauchte der Premierminister vor ihr auf.

»Ich dachte mir schon, dass ich dich hier finde. Wie geht's dir, mein Liebling?«

Er setzte sich und legte seinen Arm hinter ihr auf die Rückenlehne der Bank. Er zog an seiner Zigarre. Sie spürte die schweren, rhythmischen Atemzüge. Nach einer Weile umfasste er mit seiner freien Hand ihre nackte Schulter und zog sie an sich. Sie schmiegte sich mit dem Gesicht an seine Brust. Sie genoss seine Wärme. Er schien mehr Hitze zu verströmen als die meisten Menschen. Zufrieden schweigend, blickten sie zu den Sternen hoch, während er weiter seine Zigarre rauchte.

»In diesem Augenblick könnten wir die einzigen Menschen auf der Welt sein«, sagte er.

Sie hörte ein Rascheln und löste sich etwas von ihm.

»Ich glaube, jemand beobachtet uns«, flüsterte sie.

»Von mir aus. Was gibt es da schon zu sehen? Zwei gute Freunde sitzen zusammen auf einer Bank und schauen sich den Nachthimmel an.« Er deutete mit der Zigarre nach oben. »Der Polarstern ist immer der hellste. Das bist du für mich, meine Liebste. Der Fixstern, der mich durchs Leben führt.«

Sie beugte sich zu ihm und küsste ihn. Er warf die Zigarre weg. Sie flog in hohem Bogen über den Kiesweg und verlosch in einer Kaskade grellorange Funken.

Erst am Nachmittag des nächsten Tages – er saß schon im Sonntagszug nach London – kehrte sie zu der Bank zurück und fand dort hinter einer der Hecken eine einzelne schwarze Feder.

KAPITEL 20

Seit dem Augenblick drei Wochen zuvor, wo er das Postverteilzentrum Mount Pleasant erstmals betreten hatte, war es ihm zutiefst zuwider. Das Gebäude lag nur zwanzig Gehminuten von seinem Haus in Nordlondon entfernt. Er musste wohl Dutzende Male daran vorbeigegangen sein, trotzdem war es ihm nie aufgefallen: ein großes, anonymes, zwei Stockwerke hohes viktorianisches Lagerhaus an der King's Cross Road, das auf dem ehemaligen Gelände eines Gefängnisses aus dem 18. Jahrhundert stand und einige seiner Gebäude vereinnahmte. Durch dieses Nadelöhr zwängten sich die Millionen Briefe und Pakete, die jeden Tag in die Hauptstadt und wieder aus ihr hinaus strömten.

Auf Kells Anordnung hin war ihm ein kleiner Raum mit einem winzigen, von außen vergitterten Gefängnisfenster zugewiesen worden, das sich hoch oben in der dicken Mauer in einer schachtähnlichen Öffnung befand. Er konnte gerade noch ein Stückchen Himmel sehen. Diese ehemalige Zelle lag am Ende eines zugangsbeschränkten Flurs, wo die Abteilung innerhalb der MO5(g) untergebracht war, die für das Abfangen von Post zuständig war. Er hatte den einzigen Schlüssel. Den anderen Angestellten der Abteilung war der Zutritt strengstens verboten. Sie pflegten keinen Umgang mit ihm, und er kannte kaum ihre Namen. In dem Raum standen ein gusseiserner Tresor, ein Stuhl und ein Tisch, auf dem eine Kamera montiert war, die zu bedienen er an einem einzigen Tag gelernt hatte. In einer der Ecken stand ein Ofen mit einer Herdplatte, auf dem in einem Kessel bei niedriger Flamme immer das Wasser simmerte, mit dessen Dampf er die Briefe öffnete. Ein scharfes Messer, ein dünnes Stück gespaltetes Bambusrohr (sollte er einen Brief zu einem Zylinder zusammenrollen und aus dem Umschlag ziehen müssen, ohne das Siegel zu beschädigen) und ein Topf Leim waren seine einzigen Werkzeuge. In der Nische, in der sich früher wohl der Abort befunden hatte, verbarg sich hinter einem schwarzen Vorhang eine kleine Dunkelkammer mit Waschbecken. Der ganze Raum stank nach Essigsäure und Fixiermittel, was seine Augen reizte und ihm ständige Kopfschmerzen verursachte.

An diesem Montagmorgen erschien er pünktlich um halb elf zu seinem neunstündigen Dienst. Er zog die Jacke aus und den braunen Leinenkittel eines Postbeamten an, streifte sich die Ärmelschoner aus Kunstseide über, schürte den Ofen an, setzte den Wasserkessel auf und brühte sich einen Tee.

Die Briefe kamen normalerweise in drei Schüben herein – morgens um elf, nachmittags um vier und abends um sieben. Die Briefe des Premierministers trudelten meist am Nachmittag oder am Abend von der Verteilstelle in Westminster ein, die von Venetia von der Hauptpost in Anglesey am Morgen. Die geheimen Informationen, die bis jetzt über seinen Schreibtisch gegangen waren, reichten von logistischen *(Kitchener meldete uns, dass wir French bis jetzt 213.000 Mann & 57.000 Pferde geschickt haben)* bis zu strategischen Angaben *(Kitchener deprimiert, glaubt, die Soldaten sitzen zu dicht aufeinander [sie leiden tatsächlich an Wundstarrkrampf], er bezweifelt sehr stark, dass Joffre genügend Männer hat, die rechte Flanke der Deutschen damit zu umgehen)*. Die Arbeit war faszinierend und zugleich stumpfsinnig, lange Phasen der Langeweile wurden unterbrochen von angespannter, konzentrierter Aktivität. Wenigstens hatte er sich die letzten drei Tage freinehmen können – Kell war von der Special Branch über das Wochenende in Penrhos informiert worden. Angeblich war der Premierminister am späten Sonntagabend in die Downing Street zurückgekehrt, und so würde die Korrespondenz höchstwahrscheinlich am heutigen Tag wieder aufgenommen werden. Deemer schlug seine Zeitung auf und wartete.

Eine halbe Sunde später wurde ihm die erste Lieferung gebracht: zwei an Venetia in Penrhos adressierte Briefe – beide nicht vom Premierminister, also legte er sie unberührt beiseite – und einer für Edith Winter, abgestempelt in Zürich. Er öffnete den Brief über dem Wasserdampf und fotografierte ihn, mehr, um sich zu beschäftigen, als dass er mit etwas Interessantem rechnete. Das Schreiben war mit *Aloisia* unterzeichnet und auf deutsch. Er würde es zum Übersetzen weiterleiten. Nachdem er den Umschlag wieder versiegelt hatte, brachte er alle drei Briefe in den Sammelraum am Ende des Gangs, von wo sie sofort in die riesige Sortierhalle im Gebäude gegenüber zurückgebracht wurden. Es war eine Sache des Berufsstolzes, dass jeder Brief, wann immer möglich, mit der regulären Post weiterbefördert wurde.

Mit dem Nachmittagsschub kamen für Venetia drei weitere Briefe, darunter ein dicker Umschlag mit der Handschrift des Premierministers, abgeschickt eine halbe Stunde zuvor in Westminster. Er öffnete den Brief über dem Dampf, fotografierte schnell jede der vielen Seiten, ohne sie sorgfältig lesen zu können, klebte den Umschlag wieder zu und schickte alle drei Briefe weiter.

Er schaltete das Rotlicht in der Dunkelkammer an und machte sich an die Arbeit. In der Entwicklerschale nahm oben rechts die vertraute Frakturschrift des Briefkopfs von der Downing Street Nummer 10 und darunter der am Morgen verfasste Text Gestalt an:

Mein Liebling, ich komme mir vor, als hätte ich einen himmlischen Traum gehabt, zu schön & zu außergewöhnlich, als käme er irgendetwas auf dieser ekelhaften & enttäuschenden Welt gleich. Aber dem Himmel sei Dank, es war kein Traum, sondern das Wirklichste alles Wirklichen.

Er entwickelte weiter. Und dann erschien das, was ihm einen leisen Pfiff entlockte:

Diese (natürlich geheimen) Zahlen dürften Dich interessieren.
Westfront:
  70 alliierte Divisionen
  66 deutsche Divisionen
Ostfront:
  75–80 russische Divisionen
  42 deutsche Divisionen
Österreicher – nahezu unbedeutend.

PS: Nicht ein Zehntel meiner Gefühle habe ich zu Papier gebracht. Schreib mir.

Auf dem nächsten Blatt lautete die Adresszeile Queen dann Anne's Gate Nummer 24.

Ist Dir die geänderte Adresse aufgefallen? Ich erkläre es Dir gleich ... Nach der Kabinettssitzung in der Downing St war ich allein & bin erfreut mit dem Assyrer & Eric Drummond zum Lunch ins Seidenzelt gefahren ...

Deemer hatte zum Verständnis des Briefwechsels angefangen, sich ein eigenes Karteikartensystem anzulegen, in dem er Spitznamen, Eigennamen und ihren persönlichen

Jargon notierte. Der *Assyrer,* so hatte er herausgefunden, war Edwin Montagu, Finanzsekretär des Schatzamts. Das *Seidenzelt* war sein Haus am Queen Anne's Gate. Eric Drummond war einer der Privatsekretäre des Premierministers.

> Drummond (Bongie ist abwesend) ist zurückgefahren, um sich um No. 10 zu kümmern, & der Assyrer zu einer seiner zahlreichen Sitzungen … Glaubst Du, Cardiff ist überhaupt möglich? Wie Du weißt, würde es mir viel bedeuten. Ich bin hier im Zelt gerade allein, schaue hinaus in den St James's Park & grüble & erinnere & sehne & hoffe: all mein Grübeln & Erinnern & Sehnen & Hoffen konzentriert sich auf *eine Person,* & könnte ich auf den Flügeln des Nachmittags davonfliegen, so wäre ich in diesem Moment bei Dir & nah bei Dir – dem von allen besten & mir liebsten Ort im Himmel oder auf der Erde. Ich liebe Dich mehr als das Leben.

Er hängte den letzten der glänzenden Abzüge auf die Leine zum Trocknen und dachte über alles nach. Auf den ersten Blick waren sie nur die übliche bizarre Mischung aus geheimen militärischen Angaben und leidenschaftlichen Liebeserklärungen. Aber die Sprache kam ihm etwas erhabener vor, das Feuer des Premierministers eine Spur intensiver als sonst. *Das Wirklichste alles Wirklichen …* Er fragte sich, ob an diesem Wochenende in Penrhos etwas besonders Einschneidendes geschehen war.

Um sieben Uhr erhielt er keinerlei Lieferung, also ging er nach Hause. Am Dienstagmorgen öffnete er über dem Wasserdampf einen Brief von Venetia an den Premierminister.

Penrhos House,
Montag, 28. September 1914
Mein Liebling, das Haus kommt mir nach Deiner Abreise so leer vor, & verglichen mit Deiner Anwesenheit erscheint mir ein Brief nur wie ein schrecklicher Notbehelf. Manchmal wünschte ich, Du hättest mich nicht dazu verführt, mehr zu wollen, weil man immer so viel will, & natürlich bleibt das unerreichbar …

Um sieben kam die Antwort des Premierministers:

Liebling, wünsche Dir nie und nimmer, ich hätte Dich „nicht dazu verführt, mehr zu wollen". Können wir jemals diese himmlischen Stunden am Samstag & Sonntag vergessen? Die kleine geschützte Lichtung mit dem hohen Gras, die Hunde, der köstliche Wechsel von Stille & Gespräch – all das ist Teil von uns beiden, außer Reichweite von Zufall oder Veränderung, eine unauslöschliche Erinnerung. Und später in der Dämmerung auf der Holzbank im Garten, der Mond & der Abendstern & der Große Bär & … aber es ist zu grausam, aufs Neue zu beleben, was wir, bis hin zum Versäumnis so vieler beschwerlicher Tage & Nächte, nicht wiederbeleben können. Der Preis von Abwesenheit & Trennung ist tatsächlich schwer zu ertragen, aber nicht zu schwer, denn die Zukunft (woran ich fest glaube) hält mehr von dem bereit, was uns die Vergangenheit geschenkt hat …

Ich werde Dir jetzt ein großes Geheimnis verraten. Falls French Joffres Zustimmung erhält & falls Joffre genügend Männer erübrigen kann, damit die Lücke zu füllen, beabsichtigt French „abzubrechen", wie sie es nennen, d. h. die gegenwärtige Position seiner

Truppen aufzulösen & mit der gesamten Streitkraft in einer großen Flankenbewegung über Amiens, Arras, Douai & Tournay durch Belgien bis zur Linie Brüssel–Köln zu marschieren …

Unternimm morgen, meine Liebe, einen einsamen Spaziergang zu unserer geliebten kleinen Lichtung, & denk an mich & unsere himmlische Stunde dort. Wie ich mich an jedes Deiner Worte und an jede Neigung Deines Kopfes und Gesichts und die Berührung durch Deine Hand erinnere und … Ich wage es kaum zu sagen: Der Kontrast lässt alles so trostlos erscheinen. Ich liebe Dich mehr, als Worte auszudrücken vermögen – mit jeder Faser & allem, was ich habe und wert ist, zu haben & zu geben.

Deemer sah das Bild genau vor sich, die *kleine geschützte Lichtung mit dem hohen Gras* und die *Holzbank im Garten* und die beiden Liebenden, die sich von den anderen Gästen absetzen. Er saß in seiner engen Zelle und wartete darauf, dass die Abzüge trockneten – und sehnte sich plötzlich nach dem Wald und den Rasenflächen, den geschwungenen Buchten, der frischen Seeluft und dem weit offenen Himmel über Nordwales. Und dann empfand er etwas, was so unprofessionell war und ihn zu sehr schockierte, als dass er es sich eingestehen wollte: Neid.

Er nahm die Fotografien und schloss sie im Tresor ein.

Denn die Zukunft hält mehr von dem bereit, was uns die Vergangenheit geschenkt hat.

Auf dem Heimweg ging ihm dieser Satz durch den Kopf. Er fragte sich, was genau der Premierminister damit gemeint haben könnte.

*

Und so ging es die Woche weiter.

Penrhos House,
Dienstag, 29. September 1914
Mein Liebling, bitte sei nicht beunruhigt & frage Winston, ob er nicht ein Kanonenboot oder dergleichen schicken und mich nach London holen kann. Ich bin leider ziemlich erkrankt – ein Ziehen und Schmerzen in jedem Knochen & hohe Temperatur & verschwommener Blick. Ich weiß nicht, ob ich mir eine Erkältung eingefangen habe, während Du hier warst, oder ob Du mich alles Lebens beraubt zurückgelassen hast wie Mariana:

> Sie sagte nur: „Mich flieht der Friede;
> Mein Teil hier ist die Not!
> Er kommt nicht! Ich bin müde, müde;
> Ich wollt', ich wäre tot!"

Ich fühle mich „so müde, müde". Ich kann nicht einmal zu unsrer Lichtung gehen …

—

10 Downing Street,
Mittwoch, 30. September 1914
Mein Liebling, ich traute meinen Augen nicht, als ich heute Morgen Deinen Brief erhielt & auf den Umschlag schaute (was ich immer als Erstes tue). Die Schrift war so offensichtlich Deine & doch so anders. Ich brauche Dir nicht zu sagen, wie schockiert ich war, als ich ihn las. Gott sei Dank habe ich jetzt Dein Telegramm bekommen – aber bitte, sei vorsichtig. Wie Du in Deinem Brief am Montag geschrieben hast, man will so viel …

—

Penrhos House,
30. September 1914
Liebling, verzeih das schreckliche Gekritzel – ich habe schon weniger Temperatur, aber ich sehe immer noch schlecht, & ich traue mich nicht, mit Feder & Tinte zu schreiben, während ich noch im Bett liege. Ich hoffe, der Flankenangriff glückt – es ist so lieb von Dir, mich immer auf dem Laufenden zu halten. O Prime, leider ist es nicht sehr wahrscheinlich, dass ich am Freitag zu Deiner Rede nach Cardiff kommen kann, da wir Penrhos morgen endgültig verlassen und nach Alderley weiterziehen. Aber wenn ich kann, dann komme ich.

—

10 Downing Street,
Donnerstag, 1. Oktober 1914
Mein Liebling, Deine kurze Nachricht mit dem Bleistift heute Morgen trägt deutliche Zeichen von Fortschritt, was Deine Handschrift angeht. Aber der Zustand Deiner Augen betrübt mich sehr. Bei dem Gedanken, dass für Euch heute der letzte Tag in diesem Jahr auf Penrhos House ist, bin ich fast genauso traurig, wie Du Dich fühlen musst. Welche verbindenden Erinnerungen es für Dich & mich bewahrt, meine Allerliebste! Glücklicherweise sind die letzten die schönsten. Hier ist ein herrlicher Herbsttag mit strahlendem Sonnenschein & knackiger Luft. Ich wollte, ich wäre jetzt in Penrhos, auf unserer Lichtung oder sonst wo, & ich versuche mir vorzustellen, ich wäre jetzt dort, & nach einem Augenblick fruchtloser Tagträumerei erkenne ich, dass ich im Kabinettszimmer sitze.

Die Deutschen bombardieren mit ihren schweren Kanonen Antwerpen, und obwohl die Belgier zahlenmäßig weit überlegen sind, scheinen sie Moral & Nerven verloren zu haben & richten die erbärmlichsten Hilferufe an uns. Die Franzosen telegrafieren, dass sie eine Division (15.000 bis 20.000 Mann) schicken & diese einem britischen General unterstellen wollen … Liebling, ich weiß, all diese Dinge interessieren Dich, aber manchmal befürchte ich, Dir mit meinen Sorgen zu viel aufzubürden. Aber schließlich ist dies vermutlich das Größte, was wir jemals erleben werden, & ich werde & muss Dich jeden Tag mitnehmen, bis es durchgestanden ist oder ich scheitere … Ich habe wirklich nicht verdient, was Du für mich gewesen & noch bist & sein wirst. Meine Liebe!

*

Am Freitagabend fuhr Deemer mit der U-Bahn zu einem Treffen mit Kell in dessen Club. Jetzt saß er – einen verschlossenen Aktenkoffer mit der Fotografienausbeute der Woche auf dem Schoß – auf der Bank gegenüber der verglasten Pförtnerloge. Mehrere Dutzend befrackte Männer schlenderten laut krakeelend an ihm vorbei zum Abendessen. Sie erinnerten ihn an eine Kolonie kreischender rosarotgesichtiger Pinguine. Wenig später erschien Kell, ebenfalls im Frack, und er ging mit ihm nach oben in die leere Bibliothek. Sie setzten sich in eine Ecke.

»Hatten Sie eine gute Woche?«, fragte Kell.

»Ziemlich ergiebig, Sir, ja.«

Er schloss den Aktenkoffer auf und gab ihm den Stapel Abzüge. Während Kell sie durchging, betrachtete Deemer die vollen Regale mit den in Leder gebundenen Büchern und die Stehpulte mit den Leselampen und ließ die solide Schwere des Raums auf sich wirken.

»Mein Gott«, sagte Kell. »So etwas habe ich meiner Frau

in meinem ganzen Leben nicht geschrieben. Haben Sie jemals etwas Ähnliches an Ihre Frau geschrieben?«

»Ich bin nicht verheiratet, Sir.«

»Und wenn Sie es wären?«

»Er ist in der Tat sehr eloquent.«

»Eloquent! So kann man es auch nennen, ja. *Grüble und erinnere und sehne und hoffe ... Ich liebe Dich mehr als das Leben.* Oder das hier: *die Berührung durch Deine Hand* ... Was meint er damit?«

Kell schien auf die leidenschaftlichen Liebeserklärungen fixiert zu sein.

»Und dann sind da noch die geheimdienstlich heiklen Mitteilungen«, sagte Deemer.

»Tja, richtig ... Stimmt. Die Truppenstärke der gesamten alliierten Streitkräfte an der West- und an der Ostfront. Joffres Angriffsplan! Aber Hinweise in ihrer oder der Korrespondenz der Zofe, dass sie etwas davon weitergegeben haben, gibt es immer noch keine, oder doch?«

»Nein, Sir.«

»Na, unglücklicherweise wissen wir ja, dass im Land immer noch feindliche Agenten frei herumlaufen, nicht zu reden von den Sympathisanten der Deutschen in allen Gesellschaftsschichten. Deshalb können wir es uns nicht erlauben, uns damit zufriedenzugeben. Nur weil bislang anscheinend keine Geheimnisse nach Berlin gelangt sind, heißt das nicht, dass es nicht noch passieren könnte.«

»Wäre es nicht am sichersten, wenn wir den Briefwechsel an der Quelle unterbinden würden? Wenn wir den Premierminister irgendwie wissen lassen, dass *wir* es wissen?«

Kell seufzte. »Das ist leider nicht so einfach. Wir operieren wie gesagt außerhalb des Protokolls. Wie sollten wir es ihn denn wissen lassen? Wer sollte es ihm beibringen? Er ist im Augenblick in einer sehr starken Position. Mit dem Krieg läuft es zwar nicht gut, aber er ist so populär wie nie zuvor.

Wir müssen den richtigen Moment abwarten. Außerdem … Sie haben die Briefe ja gelesen. Er ist in einer Art erotischer Obsession gefangen. Ich bin mir nicht sicher, ob er derzeit überhaupt dazu fähig wäre, damit aufzuhören. Vielleicht flaut es ja einfach so ab. Passiert oft in solchen Dingen.«

»Vielleicht.« Deemer bezweifelte das. So wie es aussieht, verstärkt es sich sogar, dachte er.

Kell sah auf seine Uhr. »Ich muss los. Ich sollte schon seit zehn Minuten bei Tisch sitzen.«

»Wollen Sie die Abzüge mitnehmen?«

»Du lieber Himmel, nein!« Er drückte sie ihm wieder in die Hand. »Ich kann es nicht riskieren, das Zeug in meinem Büro aufzubewahren. Behalten Sie alles im Mount Pleasant unter Verschluss. Sie machen erstklassige Arbeit, Deemer. Das werde ich nicht vergessen.«

Sie gingen zusammen nach unten. Auf der Pall Mall, vor dem Eingang zum Club, gaben sie sich die Hand. Der Major ging nach links zu seinem Abendessen, Deemer nach rechts zum U-Bahnhof und seiner Bürozelle im Postverteilzentrum Mount Pleasant. Nachdem er die Abzüge dort in den Tresor gelegt hatte, machte er sich durch Clerkenwell auf den einsamen Nachhauseweg.

KAPITEL 21

Der Premierminister war an diesem Abend in Cardiff, um die letzte seiner Rekrutierungsreden in den Hauptstädten des Vereinigten Königreichs zu halten. In Begleitung von Margot, Violet, Elizabeth und Lloyd George wurde er in einer Prozession offener Kutschen mit berittener Eskorte vom Bahnhof durch die Stadt gefahren, an den Mauern der Burg vorbei durch Straßen, die von Tausenden jubelnder Männer und Frauen gesäumt waren, bis er schließlich im Amerikanischen Rollschuhpalast – was immer sich dahinter verbarg – ankam, einem gewaltigen modernen Wellblechbau, wo ihn zehntausend Menschen erwarteten. Als er den Saal betrat, zitterte die Luft unter dem Beifall. Von den Dachsparren hingen zahllose Flaggen.

Er war ein guter Bühnenredner. Seine natürliche Schüchternheit hatte er 1903 überwunden, als er während der Freihandelskampagne dem alten Joe Chamberlain von Halle zu Halle nachgereist war und ihn geschlagen hatte. Er wusste genau, wie man eine abgeschmackte Schau bot. Eingedenk der Kniffe der nonkonformistischen Prediger seiner Jugend sparte er sich für das Ende seiner Reden immer einen dramatischen Schlusspunkt auf.

»Walisische Männer, die ich hier in dieser großartigen Versammlung so zahlreich vor mir sehe, lasst mich ein letztes Wort an euch richten. Gedenkt der Vergangenheit. *[Jubel]* Denkt an die Dörfer und die Berge, welche in alten Zeiten der Rekrutierungsnährboden für eure Väter in den Kämpfen waren, die eure Annalen schmücken und preisen. Erweist euch jenen als würdig, die vor euch ins Feld gezogen sind, und hinterlasst euren Kindern das kostbarste aller Vermächtnisse – das Andenken an Väter, die für eine große Sache den Opfergang über die Bequemlichkeit stellten und die Ehre über das Leben!« *(lauter Jubel)*

Danach sang die riesige Menge aus vollem Hals das alte Schlachtlied »Der Marsch der Männer von Harlech« …

So reißt ihre trägen Bande entzwei,
Lasst lautstarkes Donnern von Kriegsgeschrei
Alle Feinde schrecken!

… und sein Blick blieb immer wieder an dem einen leeren Platz in der ersten Reihe hängen.

Es war alles besser gelaufen als bei seiner Rede in Dublin, und bis zur letzten Minute hatte er daher gehofft, dass sie noch auftauchen würde. Ihre Abwesenheit nahm seinem Triumph den Glanz. Deshalb musste er sie jeden Tag in alles einbinden. Konnte er die Ereignisse seines Lebens nicht mit ihr teilen, dann erschien ihm keines davon auch nur annähernd so bedeutend – wenn überhaupt von Bedeutung.

*

Die Rekrutierungsbüros mussten bis weit nach Mitternacht geöffnet bleiben, um die Schlangen der Männer zu bewältigen, die von seinen Worten zum Einrücken bewegt worden waren. Jeder Unterzeichner bekam zur Erinnerung an das Ereignis eine Zinnplakette in Form des walisischen roten Drachen.

Um elf Uhr am nächsten Morgen war er wieder in der Downing Street.

Kitchener eilte sofort aus dem Kriegsministerium zu ihm ins Kabinettszimmer.

Wie üblich kam er gleich zur Sache. Seine eigenartigen blauen Augen schauten gleichzeitig alles und nichts an. »Ich will Sie auf den allerneusten Stand bringen, Herr Premierminister. Gestern spätabends haben wir erfahren, dass die belgische Regierung beabsichtigt, Antwerpen aufzugeben und sich nach Ostende zurückzuziehen. Winston, Grey und ich haben uns um Mitternacht bei mir zu Hause getroffen. Wir haben darin übereingestimmt, dass der Verlust eines so kriegswichtigen Hafens eine strategische Katastrophe wäre, weshalb Winston heute Nacht um eins nach Belgien aufgebrochen ist, um die Sache in die Hand zu nehmen. Er müsste jetzt jeden Augenblick ankommen. Er schlägt vor, seine königliche Marinedivision zu entsenden, um die Front zu stabilisieren. Ich hoffe, Sie billigen unsere Entscheidung.«

Oc, dachte der Premierminister sofort. Oc diente in dieser Marinedivision. Er hatte erst an diesem Morgen aus dem Divisionslager in Kent einen Brief von ihm bekommen, in dem er die ersten Tage beschrieb: das Schlafen im Zelt, Geländeläufe, Tauziehen. Er ließ es wie Ferien im Freien klingen.

»Sind sie auch sicher gut vorbereitet? Mein Sohn hat erst vor drei Tagen mit der Grundausbildung begonnen.«

»Winston scheint davon auszugehen.«

»Nun, in diesem Fall – natürlich.«

Was sollte er sonst sagen, ohne den Eindruck zu erwecken, er versuche seinen Jungen aus der Gefahrenzone zu holen?

»Ich werde Sie über die weitere Entwicklung auf dem Laufenden halten.« An der Tür drehte sich Kitchener noch einmal um und sagte aufmunternd: »Ich bin mir sicher, dass sie ihre Sache gut machen werden.«

Der Premierminister versuchte den Gedanken an Oc zu verdrängen, aber überall wurde er an ihn erinnert. Am Sonntagmorgen fuhr er mit Margot nach Oxford, um Puffin in seiner Schule zu besuchen. Der Junge war klein für sein Alter, mädchenhaft hübsch, blond gelockt wie der Knabe auf Millais' Ölgemälde *Seifenblasen:* der ausgesprochene Liebling seiner Mutter. Sein Vater fühlte sich von der innigen Liebe zwischen Mutter und Sohn ausgeschlossen – hinderlich, weit weg, großväterlich. Als sie wieder gingen, wurden sie in der Halle von hundert Schülern umringt, die ihm Zettel, Karten und Autogrammbücher zum Unterschreiben hinhielten. Eine Viertelstunde lang schrieb er seinen Namen und zeigte dabei die onkelhaft beste Laune, die er sich abringen konnte. Bitte, Gott, dachte er, nachdem er sich zurück in den Wagen geflüchtet hatte, lass sie nicht erwachsen werden und kämpfen müssen wie ihre Väter und älteren Brüder.

An jenem Abend erhielt er aus Dover ein kurzes Telegramm von Oc: *Gehe heute Abend an Bord, alles Liebe.*

Er legte sich ins Bett. Das Telegramm umklammerte er noch, als er schon eingeschlafen war.

Am nächsten Morgen erwartete ihn ein Stapel Telegramme, darunter eines von Winston, das vom Kriegsministerium weitergeleitet worden war:

> Antwerpen
> 5. Oktober 1914
> 08.00 Uhr
> Herr Premierminister,
> sollte Ihrer Majestät Regierung der Meinung sein, dass ich hier von Nutzen sein kann, bin ich bereit, von meinem Amt zurückzutreten und in Antwerpen zusammen mit der belgischen Armee ein Kommando der Entsatz- und Verteidigungskräfte zu übernehmen, vorausgesetzt, dass ich den notwendigen militärischen Rang und die entsprechenden Befugnisse erhalte …

Kitchener hatte mit Bleistift an den Rand geschrieben: *Wenn Sie ihm das Kommando übertragen sollten, dann werde ich ihn zum Generalleutnant ernennen.*

Der Premierminister musste das Telegramm zweimal lesen, um sich ganz sicher zu sein, dass er nicht etwa halluzinierte. General Churchill! Ein Politiker, der als junger Mann nie über den niedrigsten Offiziersrang bei einem Husarenregiment hinausgekommen war! Und sein Sohn, sein geliebter Oc, hockte dann mit diesem wahnhaften Möchtegern-Napoleon irgendwo in Belgien in der Falle? In seiner Antwort erinnerte er ihn in scharfem Ton daran, dass sein Platz am Schreibtisch in London sei. Als er an jenem Morgen im Kabinettszimmer von seinen Ministern nach dem Verbleib des Ersten Lords der Admiralität gefragt wurde, glaubte er keine andere Wahl zu haben, als ihnen das Telegramm vorzulesen. Das brüllende Gelächter der versammelten Minister hörte man wahrscheinlich bis hinaus auf die Whitehall.

Die Geschichte war einfach zu gut, als dass er sie für sich behielt. Nach dem Ende der Sitzung schickte er das Telegramm natürlich an Venetia, damit sie es ihrer Sammlung hinzufügen konnte. *Ich weiß, Du wirst es niemand zeigen …*

*

Um halb fünf hielt Deemer das Telegramm zusammen mit dem begleitenden Brief in Händen.

> (Geheim) French ist auf dem Vormarsch & wird im Lauf von 10 Tagen alle seine Truppen, einschließlich der Inder, irgendwo zwischen Dünkirchen & Lille zusammengezogen haben. Niemand (die Deutschen hoffentlich auch nicht) hat die geringste Ahnung von seinen Manövern …

Geheim war mit roter Tinte eingekreist.

Die Indiskretionen des Premierministers konnten ihn schon lange nicht mehr überraschen, auch nicht seine Bekundungen leidenschaftlichen Verlangens: *Weißt Du, wie sehr ich Dich liebe? Nein? Dann multipliziere doch einfach die Anzahl der Sterne mit der der Sandkörner …*

Trotzdem fotografierte er alles und trug dann den wieder versiegelten Umschlag durch den Gang, damit er den nächsten Postzug in den Nordwesten Englands erreichte.

*

Venetia erhielt den Brief am nächsten Morgen, am Dienstag, dem 6. Oktober. Sie lag in ihrem Himmelbett in Alderley Park, das sie seit ihrer Ankunft am Freitag zuvor hüten musste. Krank zu sein passte nicht zu ihr. Erst glaubte sie, sich eine Erkältung eingefangen zu haben, entweder vom Liegen in der Lichtung oder vom Sitzen auf der Bank unter den Sternen. Die Symptome waren sofort aufgetreten, nachdem der Premierminister aus Penrhos abgereist war. Sie waren hartnäckig und verschlimmerten sich. Ihre Mutter war schließlich so beunruhigt gewesen, dass sie ihren Arzt aus London kommen ließ. Er hatte sie auf eine Diät aus rohem Fleisch gesetzt – das sie in Form von Tatar zu sich nahm – und Strychninpillen verschrieben, die ihr Herz kräftigen sollten.

Er war ein älterer Herr, der ein ausgezeichnetes Händchen für seine Patienten hatte und im Lauf der Jahre zu einer Art Ratgeber der Familie geworden war. Er behandelte Venetia schon seit ihrer Kindheit.

»Ich frage mich, ob der Grund für diese Symptome mitnichten eine Überbeanspruchung der Nerven ist«, sagte er und sah sie eindringlich an. »Derlei Erkrankung kann physische, aber auch seelische Ursachen haben. Der Krieg erzeugt eine Angstepidemie, vor der sogar jene nicht gefeit sind, die gar nicht zu den Waffen gerufen werden.«

Er verordnete ihr absolute Ruhe.

»Aber Mama, ich mache doch nichts anderes als mich ausruhen!«, protestierte sie, nachdem der Arzt zurück nach London in die Harley Street gefahren war. »Tagaus, tagein, Woche für Woche. In Wahrheit tue ich sogar rein *gar nichts*. Und sag jetzt bloß nicht, dass ich genau deshalb heiraten muss.«

Sie setzte sich auf, stopfte sich ein Kissen in den Rücken und las den Brief des Premierministers. Es war amüsanter Klatsch. Im Allgemeinen war alles, was mit Winston zu tun hatte, amüsant. Und es war wirklich lieb von ihm, sie immer auf dem Laufenden zu halten. Aber es war einfach so viel! Jeder Brief verlangte nach einer Antwort, und er war gleich so besorgt, wenn sie einmal einen Tag nicht schrieb. Sie war gehalten, sofort zurückzuschreiben, auch wenn ihr nicht danach war oder es überhaupt nichts zu berichten gab.

Überdrüssig schlug sie die Bettdecke zur Seite, setzte die Füße auf den Boden und ging auf wackeligen Beinen über den Perserteppich zum Toilettentisch, wo sie in einer alten Schmuckkassette den Schlüssel für den bemalten Kasten aufbewahrte. Wie in Penrhos versteckte sie ihn im Kleiderschrank. Sie holte ihn hervor, kniete sich auf den Boden und öffnete ihn. Sie betrachtete ihr Archiv. So viele entschlüsselte Telegramme, so viele geheime Mitteilungen und was für eine Unmenge an ausschweifenden Liebeserklärungen. Sie hatte ihn gefragt, was sie mit alldem anfangen solle, und er hatte gesagt, sie solle alles aufheben, dann könnten sie es eines Tages gemeinsam lesen. Sie legte die Morgenlieferung oben auf den Haufen. Beim Anblick wurde ihr schwindelig. Sie lehnte die Stirn an den geöffneten Deckel. Was, wenn sie ernstlich erkrankte und jemand den Schlüssel fände und sie zu schwach wäre, dagegen zu protestieren? Oder wenn sie nachlässig würde? Anfang September, als sie nach London gefahren war, hatte sie schon einmal vergessen, den Kasten zu verschließen – zumindest hoffte sie, es vergessen zu haben. Nach ihrer Rückkehr war er jedenfalls offen gewesen, und die einzige andere Erklärung war, dass ihn jemand während ihrer Abwesenheit aufgebrochen hatte.

Das Ganze ist eine Büchse der Pandora, dachte sie schlagartig. Eines Tages könnte ihrer beider Welt in Chaos und Zerstörung versinken.

*

Am Mittwochmorgen gehorchte Winston widerwillig der Aufforderung des Premierministers und kehrte nach London zurück. Sie trafen sich im Kabinettszimmer.

Der Premierminister hatte vorgehabt, ihm die Leviten zu lesen. Aber noch bevor er zur geplanten Attacke ansetzen konnte, bombardierte Winston ihn mit einem präventiven Trommelfeuer aus perfekt geformten Sätzen, die er mit lebhaften Schilderungen würzte – von ratterndem Maschinengewehrfeuer, von zischenden deutschen Granaten, die über ihn hinwegflogen oder neben ihm explodierten, von glitzernden Flugzeugen am azurblauen Firmament. Der Monolog dauerte mindestens eine Viertelstunde.

Während er sprach, betrachtete ihn der Premierminister genau. Er war noch keine vierzig Jahre alt, eigentlich ziemlich hässlich, mopsartig, mit Sommersprossen auf dem fast kahlen Kopf mit dem dünnen roten Haar, fast wie ein Kind, natürlich herrisch und vollkommen von sich eingenommen. Und dennoch war es, wenn seine blauen Augen blitzten, manchmal möglich, einen flüchtigen Blick auf jene zuckenden Blitze in seinem Gehirn zu erhaschen, das einmal jemand genialisch genannt hatte.

»Ich bitte Sie, Herr Premierminister, fassen Sie meine Zukunft nicht länger mit konventionellen Begriffen, sondern befreien Sie mich von meiner administrativen Bürde in der Admiralität, und gewähren Sie mir die Ehre eines militärischen Kommandos. Lord Kitcheners großartige Armeen, die sich im Augenblick formieren – sollen diese glanzvollen Kommandos wirklich den Auslaufmodellen unseres gegenwärtigen Generalstabs anvertraut werden, Generälen, die mit den überholten Strategien von vor fünfundzwanzig Jahren aufgewachsen sind, Kleingeistern, die ein behütetes, in militärischer Routine verrottetes Leben geführt haben? Eine politische Karriere bedeutet mir nichts, verglichen mit dem Ruhm auf dem Schlachtfeld. Ich habe Blut geschmeckt, Herr Premierminister, und wie dem Tiger gelüstet mich nach mehr! Ich befürchte, Sie damit zu schockieren, aber ich entschuldige mich nicht dafür, weil ich über den Geist verfüge, mit dem wir den Krieg gewinnen.«

Er streckte das Kinn vor und ließ sich auf dem Stuhl zurückfallen. Anscheinend war ihm – zumindest für den Augenblick – die Munition ausgegangen.

»Nun ja, vielleicht irgendwann«, murmelte der Premierminister unsicher. Das war so sehr das Gegenteil von dem, was er eigentlich hatte sagen wollen, dass er unwillkürlich lächeln musste. Er bemühte sich, ein strenges Gesicht aufzusetzen. »Aber vorerst ist Ihr Platz hier. Keine wilden Abenteuer mehr. Sie sind zu wertvoll, als dass wir ohne Sie auskommen könnten.« Winston lächelte ihn selbstironisch mit reuevoll betrübtem Hundeblick an. »Wie auch immer, glauben Sie, dass Antwerpen gehalten werden kann?«

»Auf jeden Fall. Wenn die Belgier dabei mitspielen und die Franzosen die versprochenen Truppen schicken. Aber wenn es hart auf hart kommt, dann sollten wir zu einem Rückzugsgefecht in der Lage sein.«

Der Premierminister spielte mit seinem Stift. Wie beiläufig fragte er: »Als Sie drüben waren, haben Sie da irgendetwas von Oc gehört?«

Winston schüttelte den Kopf. »Aber ich könnte Erkundigungen einziehen.«

»Nein, nein. Das würde er nicht wollen. Er will wie alle anderen behandelt werden.« Als Winston sich nun erhob, sagte er: »Kommen Sie und Clemmie doch heute Abend zum Essen vorbei.«

»Das tue ich sehr gern, Herr Premierminister, danke. Aber Clemmie ist leider unpässlich.«

»Tut mir leid, das zu hören. Nichts Ernstes, hoffe ich.«

»Letzte Nacht, als ich noch drüben in Antwerpen war, hat sie unser nächstes Kind bekommen. Wieder ein Mädchen. Wir lassen es auf den Namen Sarah taufen.«

»Gratuliere. Unter diesen besonderen Umständen sollten Sie den Abend natürlich mit ihr verbringen.«

»Nein, nein, sie kommt schon zurecht, sie versteht das.«

*

Winston bekam er in den nächsten paar Tagen ständig zu sehen – an jenem Abend beim Essen, wo er der gerade von der Front heimgekehrte, bescheiden lächelnde Kriegsheld war, und dann am nächsten Morgen gleich wieder, als er wutentbrannt von der Admiralität hereingestürmt kam. Die Deutschen hatten Antwerpen die ganze Nacht schwer bombardiert, die Belgier waren auf der Flucht, die Franzosen hatten sich nicht vom Fleck gerührt, und der Befehlshaber der Marinedivision schlug vor, seine Stellung aufzugeben und nach Ostende zu fliehen. Winston erwischte ihn am Telefonapparat im Sekretariat und brüllte ihn an, man solle in den Schützengräben bleiben. Aber am Nachmittag kam Kitchener zu ihnen ins Kabinettszimmer, studierte die Karte und stellte unverblümt fest, dass die Lage hoffnungslos sei und sie kommende Nacht im Schutz der Dunkelheit abziehen müssten.

Der Premierminister floh in seinen Club. Er ließ sich in der Bibliothek des Athenaeum in einem Sessel nieder, neben sich auf dem Beistelltisch einen Whisky mit Soda, und beendete den Brief an Venetia, den er am Vormittag begonnen hatte: *Der arme Winston ist sehr deprimiert, weil er glaubt, seine Mission sei vergeblich gewesen.* Er hob den Blick und sah auf die Uhr. Es war zehn vor sechs.

> … Dein Anblick & der Klang Deiner Stimme & die Berührung Deiner Hand bedeuten mir so viel. Ich muss jetzt aufhören, weil gleich die letzte Post geht, & ich will, dass Du den Brief morgen gleich beim Aufstehen vorfindest. Deiner an mich ist leider noch nicht angekommen, aber ich hoffe noch darauf. Mein Liebling, immerzu denke ich an Dich – mit all meiner Liebe.

Er warf den Brief in den Briefkasten des Clubs und machte sich auf den Weg zurück zur Downing Street – die Stufen hinunter auf die Mall, wo die Leute am Vorabend des Krieges gesungen hatten, vorbei an der Admiralität und über den Paradeplatz. Die Sonne ging gerade unter. In Antwerpen würde es in einer Stunde dunkel sein, und Oc – vorausgesetzt, dass er noch am Leben war und unversehrt – träte den Rückzug an. Ob er dann … Er riss sich zusammen. Über manche Dinge dachte man am besten nicht nach.

*

Im Postverteilzentrum Mount Pleasant wurde es sieben Uhr, ohne dass der tägliche Brief des Premierministers an Venetia auftauchte. Deemer blieb da. Er war davon überzeugt, dass er noch kommen würde. Der alte Mann ließ nie einen Tag aus. Er musste den Brief außerhalb des Bezirks Westminster aufgegeben haben. Mehr Sorgen bereitete ihm Venetias Seite der Korrespondenz. Ihre Briefe wurden ihn Cheshire weitergeleitet und erreichten ihn im Allgemeinen erst spät.

Als der Brief des Premierministers schließlich eintrudelte, öffnete und fotografierte er ihn, verschloss ihn hastig wieder und flitzte dann durch den Gang zum Sammelraum. Aber er kam zu spät für den Abendpostzug in den Nordwesten. Er ging zurück und entwickelte die Abzüge. Der Premierminister beklagte sich weiterhin über die verzögerte Zustellung ihrer Briefe: *Mein Liebling, da muss etwas gewaltig schieflaufen mit Eurer Post in Alderley … was ausgesprochen beunruhigend ist.* Was würde geschehen, wenn sich diese Beunruhigung in Misstrauen verwandelte und er eine Untersuchung verlangte? Es erschien Deemer absurd, dass sich so etwas inmitten des großen Krieges in Europa anordnen ließe, aber angesichts des Verlangens des Premierministers, jeden Morgen als Erstes einen Brief von ihr in Händen zu halten, kam ihm das wiederum auch nicht unmöglich vor.

*

Zum zweiten Mal hintereinander ließ Winston Clemmie zu Hause allein und kam zum Abendessen, an dem diesmal auch Sir Edward Grey und Raymond teilnahmen. Sein Sohn versuchte sich an amüsanten Anekdoten über die exzentrischen Freiwilligen seiner Londoner Bürgerwehr, aber diese Leichtfertigkeit ging seinem Vater gehörig auf die Nerven. Er stocherte lustlos im Essen herum. Winston stand von Zeit zu Zeit auf, um in der Admiralität anzurufen, ob es Neuigkeiten gebe. Es gab keine.

Am nächsten Morgen kam der Premierminister nach unten, wo ihn ein Telegramm mit dem Bericht von General Rawlinson erwartete, über Nacht seien zweitausend Mann der königlichen Marinedivision aus Antwerpen geflohen.

Sie seien in Sicherheit und befänden sich auf dem Weg nach Ostende, von wo sie ausgeschifft würden. Bei all dem Durcheinander sei es unmöglich festzustellen, ob auch Oc darunter sei. Weitere zweitausend Mann schwebten noch in Gefahr.

Über das Wochenende zog er sich in ihr Landhaus zurück, wo man ihn darüber informierte, dass die Reste der Division am Samstagabend mit Ziel Dover abgelegt hätten. Aber immer noch kein Lebenszeichen von Oc.

Es war spät am Montagabend – alle anderen im Haus schliefen schon, und er arbeitete allein im Kreis seiner kleinen Glasfiguren –, als er schwere Stiefel die Treppe heraufpoltern hörte und plötzlich Oc in der Tür stand. Er sprang vom Schreibtisch auf und legte das erste Mal, seit sein Sohn kein Junge mehr war, die Arme um ihn. Er trug noch Uniform. Sein Körper fühlte sich dünn, knochig und seltsam an, und wie ein Besucher aus der Unterwelt roch er nach Schweiß, Erde und Asche.

Oc lachte und wich zurück. »Langsam, Prime. Du brichst mir noch die Rippen.«

Sie blieben bis weit nach Mitternacht auf, tranken Brandy, und Oc erzählte dem Premierminister seine Geschichte. Die Brigade war also am vergangenen Sonntagnachmittag aufgebrochen und vom Feldlager Betteshanger nach Dover marschiert, vor ihnen eine Blaskapelle, die Varietéschlager spielte: »Hello! Hello! Who's Your Lady Friend?«; die Leute jubelten ihnen zu, und schließlich gingen sie an Bord des Truppentransporters, und von da an war fast alles schiefgelaufen. Als Erstes stellte sich heraus, dass es für die Offiziere an Bord nichts zu essen gab, also musste er wieder an Land gehen und in einem Hotel vor Ort Vorräte einkaufen – zusammen mit Rupert Brooke, »eine Art Dichter, ein für einen Soldaten ziemlich komischer Bursche, dachte ich zuerst, der sich dann aber als ganz famoser Kerl herausgestellt hat«. Nach der Durchquerung des Ärmelkanals lagen sie vor Dünkirchen vor Anker, spielten Karten und warteten auf die passenden Gezeiten. Nachdem sie schließlich in den Hafen eingelaufen waren und den ganzen Nachmittag mit dem Löschen verbracht hatten, saßen sie bis lange nach Einbruch der Dunkelheit in einer leeren, vierhundert Meter langen Lagerhalle, wo ihnen ein schwermütiger ehemaliger Leutnant der berittenen Garde erzählte, dass es sie wahrscheinlich bald erwische, entweder noch am Abend auf der Zugfahrt nach Antwerpen oder später im Schützengraben, sie sollten also schon mal den Abschiedsbrief nach Hause schreiben.

Der Zug war brechend voll, aber sie kamen gut durch. Am nächsten Tag in Antwerpen wurden sie wieder von einer jubelnden Menge empfangen, aber sie konnten schon die donnernden deutschen Haubitzen in den Ausläufern der Stadt hören, sahen feindliche Flugzeuge am Himmel und auf dem Marsch zur Front Wagenladungen voller Toter und Verwundeter, die ihnen entgegenkamen. Es war schon dunkel, als sie ein verlassenes Château erreichten, auf dessen Anwesen überall Amor- und Venusstatuen standen (»billiges Zeug, du hättest die Nase gerümpft«). Dort konnten sie ein paar Stunden auf dem Steinboden schlafen, um dann, halb erfroren und ausgelaugt, kurz vor Tagesanbruch weiterzumarschieren, um die Belgier in den Schützengräben rund um eine altertümliche Festung zu entsetzen. Die Gräben fielen schon in sich zusammen, aber keiner wusste mit einem Schanzgerät umzugehen. Sie hatten ja kaum gelernt, wie man ein Gewehr bediente: »Brooke war seit einer Woche bei der Division, ich nur drei Tage, und Dennis Brown, ein Pianist – auch der ein wunderbarer Bursche –, war erst seit vierundzwanzig Stunden Soldat.«

Tausende Granaten heulten über ihre Köpfe hinweg und schlugen in der Festung ein. Am Ende des folgenden Tages war sie dem Erdboden gleichgemacht. Als es dunkel wurde, erhielten sie schließlich den Befehl zum Rückzug – ein Fünfundzwanzigmeilenmarsch auf Kopfsteinpflasterstraßen, der acht Stunden dauerte. Die Nacht war so klar und warm wie ein Mittsommertag. Ströme brennenden Benzins flossen durch die Rinnsteine, zu beiden Seiten züngelten Flammen in die Höhe, und die beißenden Rauchschwaden blendeten sie. Tote Pferde und Kühe brutzelten in der Hitze. Eine halbe Million Menschen flüchtete aus der Stadt, mit Kinderwagen und Handkarren, beladen mit ihren Habseligkeiten, die alten Männer weinend, die Frauen zäher, die Kinder wie in Trance vor sich hin stapfend. Die Brigade erreichte eine Pontonbrücke, die über die Schelde führte, wo gerade zwei deutsche Spione gefasst worden waren, die die Brücke in die Luft sprengen wollten. Sie mussten sich am Straßenrand hinknien, und ein britischer Major schoss beiden ins Genick. Oc und seine Kameraden schafften es irgendwie über den Fluss, »aber wenn der Wind in eine andere Richtung geweht hätte, dann hätten wir es nicht geschafft«. Fünfzehnhundert Mann hatten nicht so viel Glück. Sie waren dazu verurteilt, den restlichen Krieg in Gefangenschaft zu verbringen.

Als Oc fertig war, wusste der Premierminister nicht, was er sagen sollte. Angesichts seines Amtes glaubte er nicht, seine wahren Gefühle äußern zu dürfen, selbst seinem Sohn gegenüber nicht, der zudem von den eigenen Erlebnissen seltsam unbeeindruckt wirkte. Ganz im Gegenteil, aus seinem Mund klangen die Horrorgeschichten wie ein spannendes Abenteuer, und er bestand darauf, zurück in den Krieg zu ziehen. Aber am nächsten Tag schilderte er seine Bestürzung Venetia: *Ganz unter uns, ich kann Dir gar nicht sagen, was ich angesichts dieses frevelhaften Aberwitzes fühle … Nichts kann Winston freisprechen … Es war wie Schafe zur Schlachtbank führen.*

KAPITEL 22

Immer öfter beschäftigte ihn der Tod – aufgrund der Opferlisten, die jeden Tag in den Zeitungen veröffentlicht wurden, der Freunde, deren Söhne gefallen waren, der Kondolenzbriefe, die er schreiben musste. Nie wäre ihm in den Sinn gekommen, er könnte einmal gefordert sein, das Land durch einen derartigen Krieg zu führen. Er fragte sich, wie wohl die Nachwelt über ihn urteilen würde. Bevor er in diesen Tagen zu Bett ging, verfasste er im Geist oft seinen eigenen Nachruf oder stellte sich vor, wie er vor einem himmlischen Tribunal auf der Anklagebank saß und auf das Urteil wartete.

Vor fünfzig Jahren, mit zwölf, war er einmal auf dem Weg zur Schule den Hügel hinaufgegangen, wo einst das Stadttor Ludgate stand, und hatte dort die Leichen von fünf verurteilten Mördern gesehen. Sie waren eine halbe Stunde zuvor öffentlich hingerichtet worden und baumelten jetzt, den Kopf mit einer weißen Haube verhüllt, am Galgen vor dem Newgate-Gefängnis. Das Bild hatte ihn viele Jahre nicht losgelassen, war dann in der Geschäftigkeit seiner mittleren Jahre verblasst, aber jetzt in seine Träume zurückgekehrt – diese verdammten Träume!

Wie viele aktive Jahre blieben ihm noch? Das war simple Arithmetik. Zehn? Fünfzehn?

Er musste Venetia sehen. Wenn er mit ihr zusammen war, dann verlor sich seine Schwermut. Inzwischen waren mehr als zwei Wochen seit dem glückseligen Intermezzo in Penrhos vergangen. Nach seinem Gespräch mit Oc hatte er einen Entschluss gefasst. Wenn sie nicht nach London käme, dann würde er eben nach Cheshire fahren.

Sobald er das Ziel festgelegt hatte, machte er sich an die Umsetzung, als handelte es sich um eine umstrittene Gesetzesvorlage, die er durchs Parlament peitschen musste. Er informierte Venetia, dass er glaube, der Weg für einen Besuch in Alderley am Freitag sei frei *(ich zähle die Stunden)*. Er schrieb an Lady Sheffield und fragte, ob er sie am anstehenden Wochenende besuchen dürfe. Er wies Bongie an, den Termin in seinem Kalender freizuschaufeln, und ignorierte dessen hochgezogene Augenbrauen. Und als er an diesem Abend Margot eine gute Nacht wünschte, verkündete er ihr nüchtern, dass er für ein paar Tage nach Alderley fahren und die Stanleys besuchen werde.

»Aber wir waren doch gerade erst da.«

»Ich weiß, aber es hieß, wir seien jederzeit willkommen. Außerdem hatten wir dieses Jahr noch keine Ferien, nicht einmal in Schottland waren wir, und Gott weiß, wann ich das nächste Mal dazu komme. Ein bisschen Ruhe könnte mir nicht schaden.«

»Da kann ich dich leider nicht begleiten. Ich habe schon andere Vereinbarungen getroffen.«

»Das sehe ich ein, aber dieses Wochenende tut sich bei mir eine Lücke auf, und ich glaube wirklich, dass ich die Gelegenheit nutzen sollte.«

Sie starrte mit zusammengekniffenen Lippen über seine Schulter hinweg ins Leere, und er wappnete sich für das, was jetzt ohne Zweifel kommen würde.

»Vermutlich wird Venetia auch da sein, oder?«

»Davon gehe ich aus. Sie war ziemlich krank. Ich glaube, da kann sie ein bisschen Aufmunterung gut gebrauchen.«

»Na, dafür wirst du bestimmt sorgen.«

Sie drehte sich um und schaltete das Licht aus.

Er bat George, sein Gepäck vorauszuschicken, und sagte

ihm, er brauche ihn nicht zu begleiten. Er werde die Dienste eines Dieners der Stanleys in Anspruch nehmen. Er schrieb Venetia, dass er vier ganze Nächte bleiben könne. *Freust Du Dich, meine Liebe? Ich frage mich, ob Du auch so aufgeregt bist wie ich. Dich ohne Menschenauflauf wiederzusehen, stattdessen nah & vertraut & nur wir zwei, das ist meine Vorstellung vom Himmel …*

Ihre höfliche Antwort am Donnerstag empfand er etwas verstörend und rügte sie deshalb behutsam – *Du schreibst: Wir freuen uns, Dich zu sehen. Auf diese Weise hätte ich das möglicherweise nicht ausgedrückt.* Davon ließ er sich allerdings nicht abschrecken und machte sich am Freitag nach dem Lunch auf den Weg. Er nahm sich ein Taxi zum Bahnhof Euston – ohne Privatsekretär, ohne Diener, ohne Personenschützer – und bestieg um vier Uhr den Zug nach Macclesfield. Er fühlte sich herrlich frei. Das Abteil war nur halb voll. Von den anderen Reisenden schien ihn keiner zu erkennen. Er hatte eine Gedichtsammlung von Robert Browning mitgenommen und vertiefte sich fast die ganze Fahrt über darin – es war vor allem ein Gedicht, das er Venetia zeigen wollte. Gelegentlich nahm er einen Schluck Brandy aus dem Flachmann.

Als er in Macclesfield ankam und in die Bummelbahn nach Alderley Edge umstieg, war es schon dunkel. Die Landschaft in Cheshire war unsichtbar, abgesehen von einem gelegentlich aufleuchtenden Scheinwerferpaar auf den kurvigen Landstraßen. Er studierte sein Spiegelbild in dem schwarzen Fenster. In seiner Jugend war er annehmbar ansehnlich gewesen, aber die Zeit war nicht untätig geblieben. Seine leicht violetten Wangen waren von einem feingliedrigen Netz hochroter Äderchen durchzogen, die Nase war knolliger als früher, sein damals dichtes Haar jetzt weiß und dünn. Ich bin ein alter Mann geworden, dachte er. Er trank wieder einen Schluck. Also dann, ein Grund mehr, das Leben zu genießen, solange man konnte.

Der Zug lief kurz nach halb neun in den Bahnhof des winzigen Dorfes ein. Der Bahnsteig war menschenleer. Er war der einzige Fahrgast, der ausstieg. An dem herbstlich nebeligen Abend verströmten die Gaslaternen ein diffuses gelbes Licht. Es herrschte eine gruselige, gedämpfte Stille, und es war kälter als in London. Er war froh, den Mantel mit dem Astrachankragen und den Wollzylinder mitgenommen zu haben. Als er zum Bahnhofsausgang ging, waren die einzigen Geräusche die seiner Schritte und seines Gehstocks.

Insgeheim hatte er gehofft, sie würde ihn abholen, aber natürlich war das nicht realistisch: Es war schon nach dem Abendessen. Auf der Straße wartete der alte Rolls-Royce von Lord Sheffield. Der Chauffeur stand neben dem hinteren Schlag und rauchte eine Zigarette. Als er den Premierminister sah, ließ er sie auf den feuchten Boden fallen und drückte sie mit der Schuhspitze aus. Fünf Minuten später glitten sie an dem Häuschen am Tor vorbei und über die vertraute lange Auffahrt auf Alderley Park zu. Das große Gebäude mit seinen sechzig Schlafzimmern erhob sich aus den Nebelschichten, die vom See durch den Park waberten. Mit seinen in der gewaltigen Fassade elektrisch beleuchteten Fenstern sah es aus wie ein in seiner eigenen Landschaft schwebender, luxuriöser Ozeandampfer.

*

Zunächst folgte das Wochenende dem gleichen ärgerlichen Muster wie das in Penrhos.

Man sagte ihm, die Familie habe das Abendessen seinethalben hinausgeschoben. Der Butler führte ihn in sein angestammtes Zimmer, wo schon sein Frack für ihn bereitlag und ein Diener wartete, um ihm beim Umziehen zu helfen. Zehn Minuten später ging er hinunter in den feudalen Salon, um sich der herkömmlichen Ansammlung belangloser

Gestalten zu stellen, die ihm ein vertrauliches Gespräch mit Venetia immer so erschwerte. Da waren zunächst ihre Eltern, natürlich, dann ihre Schwestern Sylvia und Blanche und eine Handvoll anderer Personen, die er gut kannte: Gwendoline »Goonie« Churchill, die mit Winstons jüngerem Bruder verheiratet war, und Roderick »Mikky« Meiklejohn, ein schüchterner Schöngeist, der ihm in seiner Zeit als Schatzkanzler als Privatsekretär gedient hatte. Außerdem sah er zu seinem Missvergnügen mit dem Rücken zum Kamin die korpulente Gestalt von Algernon Stanley stehen, Lord Sheffields siebzigjährigen Bruder, ein weltläufiger katholischer Bischof, der einen Großteil seines Lebens in Rom verbracht hatte. Natürlich war auch Venetia da, blasser und schmaler als beim letzten Mal, die sofort auf ihn zukam, um ihn zu begrüßen. Sie blieb in schicklichem Abstand stehen, beugte sich vor und küsste ihn auf die Wange.

»Was für ein unerwartetes Vergnügen«, sagte sie.

»Meine Liebste, wie geht es dir?«

»Schon viel besser, danke, Prime.«

Aber sie schien nicht ganz sie selbst zu sein. Schon bald – der erste Gang war gerade abgetragen – stand sie vom Tisch auf, flüsterte ihrer Mutter etwas zu und verließ den Raum.

»Venetia ist leider noch nicht wieder vollständig auf dem Damm«, sagte Lady Sheffield. »Ich hoffe, sie fühlt sich morgen früh besser.«

Es bekümmerte ihn, nach einer so langen Reise kaum ein Wort mit ihr gewechselt zu haben, aber mehr als um sich sorgte er sich um sie. Unglücklicherweise wurde es am nächsten Tag kaum angenehmer. Vom Frühstück an heftete sich die kleine Kröte Meiklejohn an ihrer beider Fersen, und wenn er den Premierminister nicht in Gespräche über den Krieg verwickelte – ein Thema, das er für ein, zwei Tage unbedingt vergessen wollte –, dann scharwenzelte er um Venetia herum. Er war ein eingefleischter Junggeselle von fast vierzig Jahren, der immer noch bei den Eltern wohnte. Es war wohl kaum möglich, dass er vielleicht sogar in Erwägung zog, ihr einen Antrag zu machen – oder doch? Der Premierminister hatte ihn eigentlich immer gemocht, aber im Lauf des Samstags entwickelte er eine starke Abneigung gegenüber dem Burschen, die erst am Sonntagnachmittag nachließ, als er und Venetia schließlich allein waren und sie vorschlug, nach oben in ihr Wohnzimmer zu gehen.

*

Das Wochenende betrachtete sie nicht gerade als großen Erfolg. Sie fand, dass der Premierminister erschöpft aussah, fast schon krank. Ihren Eltern war es unangenehm, dass er schon so früh nach seinem letzten Besuch wieder aufgetaucht war und auch noch ohne Margot oder sonst wen aus seiner üblichen Entourage. Unwillkürlich bemerkte sie, wie viel er trank und zudem die Blicke hinter seinem Rücken, wann immer er sich noch ein Glas einschenken ließ. Als sie nach oben gegangen waren, verschwand er kurz, um etwas zu holen, und als er in ihr Zimmer kam, setzten sie sich auf das Sofa, und sie legte den Arm um ihn. Feuer im Kamin, davor zwei schlafende Hunde, auf einem Tisch ein Schachspiel, Regale voller Bücher, gerahmte Radierungen von Piranesi. Draußen wurde es schon dunkel. Er seufzte zufrieden.

»Endlich Frieden.«

Er hatte eine Gedichtsammlung von Browning geholt, *Männer und Frauen* – natürlich die Erstausgabe von 1855 –, und schlug ihr vor, zusammen ein bestimmtes Gedicht zu lesen: »Die Statue und die Büste«. Er würde den Herzog von Florenz lesen und sie die Braut, die dieser zum ersten Mal sieht, als er am Tag ihrer Hochzeit zufällig an ihrem Haus vorbeireitet. »Es erinnert mich an uns.«

Es war ein ziemlich langes Gedicht. Ständig wanderte das Buch hin und her, und so brauchten sie eine Viertelstunde.

> Er schaute sie an wie nur ein Liebender,
> Sie schaute ihn an wie jemand, der erwacht:
> Die Vergangenheit war Schlaf,
> Und ihrer beider Leben begann.

Aber die Braut musste am gleichen Tag heiraten, und nichts konnte das verhindern. Der Herzog besucht die Hochzeitsfeier, und obwohl sie einander schwören, sich wiederzusehen, bringen sie nie den Mut auf, ihrem Verlangen entsprechend zu handeln. Stattdessen vertrauen sie dem Schicksal, auf dass es sie wieder zusammenführen würde. *Aus Wochen wurden Monate, Jahre; Funke um Funke / Verglomm der Jugend Glanz und ihrer Liebe,* und schließlich war alles, was am Ende ihrer beider Leben blieb, von ihm eine Statue auf dem Stadtplatz und von ihr eine Büste im Fenster ihres Hauses.

> Und der Sünde ich jeden beraubten Geist bezicht'ge:
> Nicht den Docht entfacht, noch Lenden entgürtet,
> Wenngleich das End' ein Laster wär …

Als sie das Gedicht gelesen hatten, sagte Venetia: »Das ist wunderschön, aber sehr traurig. Und ziemlich mutig, so etwas 1855 zu schreiben, findest du nicht auch? Ein Gedicht, das Ehebruch befürwortet?«

»Es geht nicht allein um Ehebruch«, sagte der Premierminister versonnen. »Das ist ein grässliches, ein juristisches Wort. Es geht um zwei Seelen, die sich im Leben und für die Ewigkeit hätten zusammentun sollen, aber es nicht getan haben. Stell dir das vor, mein Liebling, zu sterben und nicht den Mut gehabt zu haben, sich das zu nehmen, was man in der Welt am meisten haben wollte.«

Sie sah ihn an. Er saß mit dem offenen Buch auf dem Schoß da und stierte ins Feuer.

Er war in einer seltsamen Stimmung. Sie hatte ihn noch nie so erlebt. Er nahm ihre Shakespeare-Ausgabe aus dem Regal und las ihr Hamlets Monolog »Sein oder nicht sein« vor, als hielte er Selbstmord für die beste Lösung seiner Probleme. Und als sie am Montagmorgen Arm in Arm durch das Arboretum spazierten und sich auf die Holzbank mit Blick auf den See setzten, da kam er auf das Thema zurück: Pflicht versus Liebe, Konvention versus Leidenschaft, Tod als willkommene Befreiung von einem Leben, das nicht lebenswert sei.

Sie fing an zu lachen, teils um ihre Bestürzung zu verbergen, teils weil ihr das alles so melodramatisch und absurd vorkam. »Also, Prime, jetzt hör aber auf. So übel ist dein Leben nun auch wieder nicht.«

»Es tut mir leid, mein Liebling. Aber ich spüre, dass wir an einem kritischen Punkt sind. Spürst du das nicht? Der Krieg, die ständige Trennung. Du liebst mich doch, oder?«

»Ja, aber was ist die Alternative? Nur ein Schritt weiter, und es wäre das Ende deiner Karriere.«

»Spielt das eine Rolle? Ich bin jetzt seit sechseinhalb Jahren Premierminister, mehr als genug für jeden Mann. Zweifellos wäre mein Abgang eine Woche lang oder zwei eine Sensation, aber dann würde man mich bald vergessen.«

»Hör zu, mein Liebster. Du wirst den Krieg gewinnen. Du wirst nicht sterben. Und mich wirst du auch immer haben. Los, gehen wir zurück zu den anderen, bevor uns noch jemand vermisst.«

*

Er fuhr am Dienstagmorgen nach dem Frühstück ab und fühlte sich besser als bei seiner Ankunft. Er hatte gesagt, was er sagen wollte, und sie hatte es nicht vollständig ausgeschlossen.

Es stellte sich als unmöglich heraus, sich angemessen zu verabschieden. Goonie und Blanche hatten beschlossen, mit ihm nach London zu fahren, und zu ihrem Abschied hatte sich die ganze Familie vor dem Haus versammelt. Der Bischof machte das Kreuzeszeichen und segnete ihre Reise. Die schöne, aber einfältige Goonie knickste tatsächlich vor ihm.

Venetia gab dem Premierminister einen Kuss auf die Wange. »Vergiss nicht, was ich gesagt habe. Es ist nicht alles so übel. Wir sehen uns in London.«

»Dank dir für alles, meine Liebste. Und *du* vergisst nicht, was *ich* gesagt habe.« Dann drehte er sich noch einmal um. »Und *schreib* mir!«

Als der Wagen die Auffahrt hinunterfuhr, schaute er sich um und wollte ihr noch einmal zuwinken, aber da war sie schon ins Haus gegangen.

Im Zug ab Macclesfield las Goonie in der *Times,* und Blanche strickte, während er einen Stift zur Hand nahm und mit einem Brief an Venetia begann. *Mein Liebling, während ich mich unter einem düsteren Himmel in jeder Minute immer weiter von Dir entferne, frage ich mich, ob Du das Gleiche empfindest wie ich … eine Art dumpfen Schmerz …*

Um drei war er wieder in London und leitete eine Kabinettssitzung. Danach blieb Winston noch, um mit ihm über den Ersten Seelord zu sprechen, Prinz Ludwig von Battenberg. Er sei krank, erklärte Winston, und nicht mehr in der Lage, seine Aufgabe zu erfüllen. Er sei in Österreich geboren und trage einen deutschen Namen. Die Presse werde jeden Tag mörderischer. Es sei an der Zeit, ihn zu ersetzen.

»Und durch wen?«

»Da gibt es nur einen Mann. Wir müssen Jackie Fisher zurückholen.«

»Ist das klug? Er ist jetzt seit vier Jahren im Ruhestand, also verdammt alt. Und zudem exzentrisch.«

»Sein Verstand ist von titanischer Größe. Und er begreift die ganze Größe der Ereignisse. Ich habe ihn im Griff. Seine Rückkehr wird die Admiralität auf Vordermann bringen.«

»Also, wenn Sie ihn unbedingt wollen. Und jetzt, wenn Sie mich bitte entschuldigen würden …«

Der Premierminister wollte unbedingt zurück zu seinem Brief an Venetia, den er noch rechtzeitig für die Post beenden wollte.

*

Der Brief kam gegen Mittag des folgenden Tages an, wieder etwas später als die übliche Post. Sie zog einen Pelzmantel über und ging hinunter zum See, um ihn zu lesen.

> In Gedanken blicke ich zurück auf jene köstlichen Stunden & werde es auch in Zukunft tun. Wie wir zusammen lasen & schwiegen & wieder lasen & redeten. Du erinnerst Dich, was wir über kurzes und langes Leben sagten? Alles wäre besser als zu rosten. Bei weitem besser ist es, Ithaka & seine Felsen & „blinkenden Lichter" zu verlassen & auf eine neue Reise zu gehen:
>
> Mag sein, dass uns der Abgrund niederspült,
> Mag sein, dass auf den sel'gen Inseln wir
> Den herrlichen Achilleus wiedersehn.
>
> Die modernen Verhältnisse sind einer solchen Art von Abenteuer nicht zugetan; und wenn, dann ist die einzige Attraktion vielleicht jene, das Zeitliche zu segnen, und wie, so glaube ich, Macbeth sagt: „So setzt' ich weg mich übers künft'ge Leben …" Wie

> ich gestern gesagt habe – was uns, Dich & mich, auch immer noch erwartet –, wir haben nicht die schwächlichen Fehler der „beraubten Geister" begangen – den nicht entfachten Docht und die nicht entgürteten Lenden. Dafür sei Gott gedankt.

Sie stöhnte und senkte kurz den Kopf. Erst Browning, dann Shakespeare und jetzt Tennysons »Odysseus«. Seine Fantastereien ermüdeten sie langsam. Nicht dass sie auch nur einen Augenblick glaubte, er meine es ernst. Kein Premierminister hatte jemals freiwillig auf die Macht verzichtet, und sei der auf ihm lastende Druck auch noch so groß gewesen. Wenn das zu ihrem Wesen gehörte, dann hätten sie die Macht erst gar nicht errungen. Und wenn er es doch ernst meinte, was stellte er sich vor? Dass sie irgendwo in einem kleinen Cottage hausten? Und der Skandal und der gesellschaftliche Untergang, den das für sie zur Folge hätte? Das schien er bei seinen Überlegungen nicht auf der Rechnung zu haben.

Ihr Leben verlief in einer völlig falschen Bahn. Wo die ganze Welt auf dem Kopf stand, musste es für eine alleinstehende Frau mit etwas Tatkraft und respektablem Verstand doch möglich sein, sich zu befreien und einen selbst gewählten Kurs einzuschlagen, oder nicht? Sie musste etwas zu *tun* finden. Und während sie sich umdrehte und durch den Wald zum Haus zurückging, begann sie zum ersten Mal darüber nachzudenken, wie sie sich aus ihrer Affäre mit dem Premierminister lösen könnte.

TEIL FÜNF

KRANKENHAUS

3. Dezember 1914 bis 7. April 1915

KAPITEL 23

Sechs Wochen später, an einem kalten, klaren Donnerstagmorgen Anfang Dezember, streckte Venetia wie ein Eroberer, der an weit entfernten Gestaden anlandete, erst den einen und dann den anderen elegant beschuhten Fuß aus dem Taxi. Dann betrat sie vorsichtig den Bürgersteig der Whitechapel Road in Londons Eastend.

Während sie den Fahrer bezahlte, vernahm sie den Lärm des wuseligen Marktes hinter ihr, wo Kleidung, Töpfe, Pfannen und allerlei Tand verkauft wurden. Das Taxi entfernte sich, und sie betrachtete das massive, rußgeschwärzte neoklassizistische Gebäude aus dem 18. Jahrhundert, über dessen Eingang in Stein gemeißelt *The London Hospital* stand.

Eine halbe Minute lang starrte sie an der Fassade empor. Sie trug einen dezenten dunklen Hut mit steifer Krempe, ein schlichtes graues Kleid und einen dreiviertellangen Pelzmantel mit passender Stola. Sie hoffte, das sei angemessen.

Sie überquerte die breite Straße, blieb in der Mitte stehen, um den Verkehr vorbeizulassen, schritt die Eingangsstufen hinauf und ging dann durch die gewölbte Portikus ins Innere. An der Pförtnerloge nannte sie ihren Namen und wurde daraufhin in einen kleinen Warteraum abseits der Eingangshalle geschickt. Der dunkle Parkettboden war auf Hochglanz poliert. Der durchdringende Geruch nach Desinfektionsmittel hing in der Luft. Ihre Nervosität überraschte sie. So muss es sich wohl am ersten Schultag oder beim Vorsprechen für eine Arbeitsstelle anfühlen, dachte sie. Da sie aber ausschließlich von Gouvernanten unterrichtet worden war und sich auch nie für eine Arbeit welcher Art auch immer beworben hatte, handelte es sich dabei natürlich um bloße Mutmaßung.

Nach ein paar Minuten wurde sie von einer Schwester abgeholt, die ihr auf einer hallenden Treppe und dann durch einen langen Gang mit lindgrünen Wänden bis zum Büro der Oberin voranging.

Miss Eva Luckes saß an ihrem Schreibtisch – eine kleine, pummelige ältere Frau mit Pfannkuchengesicht, die eine auffallende Ähnlichkeit mit Königin Victoria aufwies. Venetia war so vorausschauend gewesen, sie vorher nachzuschlagen. Sie war mit Florence Nightingale befreundet, Vorkämpferin für eine Gesundheitsreform und seit über drei Jahrzehnten die Oberin im Londoner Krankenhaus.

Sie bat Venetia, Platz zu nehmen.

»So, Sie sind also die ehrenwerte Beatrice Venetia Stanley.« Miss Luckes sprach jede einzelne Silbe mit einem leicht skeptischen Unterton aus und studierte durch eine Halbbrille ihre Bewerbung. »Und weshalb glauben Sie, über die nötigen Eigenschaften zu verfügen, Krankenschwester zu werden?«

»Ich weiß leider nicht, ob ich darüber verfüge oder nicht, Schwester Oberin, aber ich will es versuchen.«

»Warum?«

»Weil ich glaube, damit etwas zu unseren Kriegsanstrengungen beitragen zu können.«

»Und warum wollen Sie Ihren Beitrag hier leisten und nicht in Cheshire?«

»Mein erster Gedanke war eigentlich, ein Krankenhaus für verwundete Soldaten im Haus meiner Eltern einzurichten, aber man hat mir gesagt, dafür hätte ich nicht genügend Erfahrung.«

»Allerdings. Ihnen fehlt jegliche Erfahrung.« Sie sah von dem Bewerbungsschreiben auf. »Es ist groß, nehme ich an, das Haus Ihrer Eltern?«

»Das ist es, ja.«

»Wie viele Schlafzimmer?«

Venetia zögerte. »Sechzig?«

Die Oberin lachte. »Na, das ist in der Tat ziemlich groß. Die meisten unserer Patienten leben in Elendsvierteln, wo sie zu viert oder fünft in einem engen Raum schlafen müssen. Unser Krankenhaus ist nämlich eines für Arme, müssen Sie wissen, und die verwundeten Soldaten kommen jetzt noch obendrauf. Wir haben derzeit jeweils etwa fünfhundert.«

»Ich habe keine Angst vor armen Menschen.«

»Das glaube ich Ihnen. Aber ist Ihnen auch klar, was es bedeutet, als Krankenschwester zu arbeiten? Schichten von zehn Stunden Dauer, an sieben Tagen die Woche. Drei freie Stunden pro Tag und ein freier Tag pro Monat. Es bedeutet, dass Sie in einem Wohnheim auf dem Gelände logieren, zumindest am Anfang, und sich mit zwanzig anderen Schwestern ein Bad teilen. Wischen Böden, leeren Fäkalieneimer, verbinden Wunden, füttern und baden männliche Patienten mit eiternden Geschwüren, die sich vielleicht seit Wochen nicht gewaschen haben. Sehr viele junge Frauen wie Sie aus reichem Hause geben sehr schnell auf.«

»Ich nicht.«

Miss Luckes verschränkte die Arme und musterte sie streng. »Nein, vielleicht nicht.« Sie nahm einen Stift und kritzelte unten auf das Bewerbungsschreiben ihre Unterschrift. »Die normale Ausbildungszeit für eine Krankenschwester ist drei Jahre, aber für diejenigen, die eine Gebühr von dreizehn Guineen aufbringen können, beträgt sie nur drei Monate. Wenn wir nach dieser Zeit der Ansicht sind, dass Sie Ihre Probezeit erfolgreich absolviert haben, sind Sie berechtigt, woanders zu arbeiten – in einem der Militärlazarette in Frankreich, wenn Sie wirklich einen Beitrag für die Kriegsanstrengungen leisten wollen. Die Gebühr muss im Voraus bezahlt werden.«

Venetia öffnete ihre Geldbörse und zählte dreizehn Guineen auf den Tisch. Miss Luckes strich die Münzen in ihre Hand und legte sie in eine Geldkassette.

»Der nächste Einführungstag ist Mittwoch, der 6. Januar. Über die Einzelheiten Ihrer Tracht, die Sie sich selbst besorgen müssen, werden Sie per Post informiert. Sie sollten am Abend vorher hier erscheinen, bis sechs Uhr, dann wird Ihnen ein Zimmer zugewiesen.«

Sie verschloss die Geldkassette, verstaute sie in einer Schublade und stellte Venetia dann eine Quittung aus.

»Sollten Sie Ihre Meinung ändern, die Gebühr wird nicht erstattet. Wir werden sehen, wie Sie zurechtkommen. Einen guten Tag, Miss Stanley.«

Draußen hob Venetia das Gesicht zum Himmel hoch und schloss die Augen. Sie genoss den Augenblick. Auch wenn sie für das Privileg hatte bezahlen müssen. Zum ersten Mal in ihrem Leben hatte sie eine Arbeit.

*

Sie hatten für den nächsten Tag ausgemacht, dass der Premierminister sie zu einer ihrer Spazierfahrten am Freitagnachmittag an der Ecke Mansfield Street abholen würde. Allerdings müsste die Spritztour diesmal kürzer als sonst ausfallen, da sie den Vieruhrzug nach Alderley erwischen musste.

Er verließ die Downing Street um halb drei, um sie abzuholen.

In seinen Augen war das eine unbefriedigende Vereinbarung, und sie passte zu seinen jüngsten Enttäuschungen. Zwei Wochenenden zuvor, als sie auf einer Hausparty in Kent gewesen waren, war sie mit Clemmie und nicht mit ihm zurück nach London gefahren. Und letzte Woche hatte sie ihn bei einem Lunch versetzt. Ihre Briefe waren so warmherzig wie immer, und wenn sie allein waren, waren sie noch genauso vertraulich. Aber er spürte, wenn auch kaum wahrnehmbar, dass sie sich zurückzog. Und jetzt auch noch diese alberne Geschichte mit dem Krankenhaus. Insgeheim – und weil sie so fest entschlossen war, auch ziemlich beschämt – hatte er gehofft, das Vorstellungsgespräch würde schlecht verlaufen, oder sie würde, wenn sie erst einmal die Arbeitsbedingungen kennengelernt hätte, zur Besinnung kommen. Aber in dem Augenblick, wo sie in den Wagen stieg, wusste er, dass alles besiegelt war. Die Zielstrebigkeit, die Ernsthaftigkeit war mit Händen zu greifen.

»Hallo, Prime.« Sie küsste ihn schnell auf die Wange.

»Wie war die Oberin, Liebling?«

»Na ja, wie eine Oberin halt so ist. Grimmig, Respekt einflößend. Ich mochte sie. Sie hat versucht, mich zu vergraulen, aber je schrecklicher sie mir die Arbeit geschildert hat, desto entschlossener bin ich geworden.«

»Davor hätte ich sie warnen können. Man hat dich also genommen?«

»Jawohl.«

Er klopfte mit dem Gehstockknauf gegen die Scheibe. Der Wagen setzte sich in Bewegung. Er hatte Horwood zuvor angewiesen, er solle eine Runde um den Regent's Park drehen.

Sie nahm seine Hand. »Versuch wenigstens, dich für mich zu freuen.«

»Natürlich freue ich mich für dich. Aber ich habe dir von Anfang an gesagt, dass ich es einfach nicht verstehen kann, wie eine intelligente und kultivierte Frau eine solch erniedrigende Arbeit in Erwägung ziehen kann. Das ist mir unbegreiflich. Und wann kann ich dich dann noch sehen? Ich nehme an, du musst lange arbeiten.«

»Sehr lange.«

»Wie lange?«

»Zehn Stunden am Tag.« Er fing an zu protestieren, aber sie schnitt ihm das Wort ab. »Man hat drei Stunden am Tag frei für Mahlzeiten und zum Lernen. Und die Ausbildung dauert nur drei Monate.«

»Drei Monate, in denen ich dich nicht sehen kann. Für mich ist das eine Ewigkeit.« Er konnte sich nicht zurückhalten und fügte hinzu: »Das scheint dich nicht sonderlich zu betrüben.«

»Natürlich tut es das. Mir ist das genauso zuwider wie dir. Aber ich muss einen eigenen Weg für mich finden.«

»Gibt es da keinen besseren Weg? Wohltätigkeitsarbeit zum Beispiel.«

Sie entzog ihm ihre Hand.

»Reden wir nicht mehr davon. Ich mag es nicht, wenn wir streiten. Erzähl mir, was in deinem Leben passiert.«

Dazu hatte er jedoch keine große Lust. Alles war schwarz. Margots Neffe Lachlan Duff war bereits im Kampf gefallen, Blanches Mann Eric Pearce-Serocold schwer verwundet worden. Raymond war schließlich in ein passendes Infanterieregiment abkommandiert worden, zu den Queen's Westminster Rifles, und Beb war in der königlichen Artillerie gelandet – was hieß, dass zusammen mit Oc nun drei seiner Söhne Uniform trugen. Er war stolz auf sie, aber wie standen die Chancen, dass sie das alle unversehrt überlebten? Um Ypern hatten furchtbare Kämpfe getobt. Die Armee hatte in zwei Wochen dreizehntausend Mann verloren. So einen Krieg hatte es noch nie gegeben. Es war ein industrialisiertes Gemetzel.

»Um das Patt endlich aufzubrechen, plädiert Winston jetzt für einen Angriff auf die Dardanellen«, sagte er. »Aber nach seinen Eskapaden in Antwerpen habe ich ernste Bedenken gegen eine Invasion in die Türkei. Das ist natürlich streng vertraulich.«

»Natürlich.«

Sie fuhren langsam auf dem äußeren Ring um den Regent's

Park herum. Er hätte gern die Sichtblenden heruntergezogen, aber sie schien nicht in der Stimmung zu sein. Sie saß mit etwas Abstand leicht vorgebeugt neben ihm.

Plötzlich sagte sie: »Lass uns zum Zoo fahren.«

»Wenn du das willst.«

Als der Eingang zu sehen war, ließ er Horwood halten.

Es war ein kalter, grimmiger Tag, die Temperatur lag kaum über dem Gefrierpunkt. Aber das hatte zumindest den abschreckenden Vorteil, dass sie außer einigen winterfesten Besuchern fast allein waren. Als sie an den Käfigen und Tierhäusern vorbeischlenderten, nahm sie seinen Arm. Er hatte den Zoo nie gemocht: die verloren dreinblickenden Tiere, den strengen, sauren Dunggestank, widerliches Fell und schuppige Haut. Auf dem Weg von der Voliere zum Bärengehege kamen sie am Affenhaus vorbei, wo sie ihn aufzumuntern versuchte.

»Das erinnert mich immer ans Unterhaus. Schau, da ist Bonar Law.«

»Es riecht nach Elend.« Er deutete mit seinem Stock. »Das Kamel schaut besonders deprimiert.«

»Ich bezweifele, dass Kamele überhaupt jemals fröhlich schauen, auch nicht in der Wildnis.« Sie zog ihn am Arm. »Komm, bevor wir wieder losmüssen, sehen wir uns noch die Pinguine an.«

Den Rand des Wasserbeckens bedeckte eine dünne Eiskruste. Die Vögel standen regungslos auf ihren Felsen und warteten auf die Fütterung.

»Wenigstens hat mein Pinguin die Freiheit schmecken dürfen«, sagte sie schließlich. »Jedes Lebewesen hat das verdient, glaubst du nicht auch? Es ist einfach grausam, ihnen die Chance auf ein erfülltes Leben zu verweigern.«

»Ganz deiner Meinung. Ich hasse den Anblick von jedem Lebewesen hinter Gittern – ob das nun Vögel, Löwen oder Elefanten sind.«

»Oder Menschen, Prime. Besonders Menschen.«

Vielleicht bildete er sich das ja bloß ein, aber in seinen Ohren klang das wie eine spitze, ja sogar einstudierte Bemerkung. Er fragte sich, ob sie vielleicht deshalb in den Zoo gewollt hatte.

Schweigend gingen sie zum Wagen zurück.

Am Bahnhof Euston bestand er darauf, ihr die Tasche bis zum Bahnsteig zu tragen.

»Nächste Woche?«

Sie küsste ihn auf die Wange. »Nächste Woche.«

Er blieb an der Schranke stehen, bis sie eingestiegen war – Holzklasse, wie ihm auffiel: die ihr eigene Affektiertheit. Und dann war sie weg.

Um Mitternacht saß er an seinem Schreibtisch und schrieb ihr einen Brief. Einen *cri de cœur*. Er konnte nicht anders.

> Manchmal denke ich, wie viel mehr Du von mir halten würdest & wie viel mehr Du mich vielleicht wertschätzen würdest, wenn ich Dir weniger zugeneigt wäre. Es ist ziemlich traurig, dass man von der Person, die man am meisten schätzt, deshalb an Wertschätzung & Beurteilung einbüßt, weil man sie so liebt.

Er seufzte und schob die kleinen Figuren seiner Sammlung hin und her. Wenn doch nur Bedürftigkeit verführerisch wirkte – wie viel glücklicher wäre die Welt! In der Ferne schlug Big Ben zwölf. Er beugte sich vor und schloss die Dokumentenkiste auf, in der er ihre Briefe aufbewahrte, und nahm die beiden einzigen Fotografien heraus, die er von ihr besaß. Er betrachtete sie und verspürte dabei einen stechenden Schmerz im Bauch, so heftig wie der von Hunger.

> Ich muss jetzt schlafen gehen. Ich weiß, Du würdest mich nie im Stich lassen. Aber wenn Du es tätest, dann würde ich untergehen – „tiefer als ein Senkblei je geforscht" … Gute Nacht, meine Geliebte.

*

An Weihnachten schickte er ihr wieder zwei Erstausgaben: Alexander Popes Übersetzung der *Ilias* und Voltaires *Candide*. Aber sie übertrumpfte ihn mit ihrem Geschenk, das sie ihm aus Alderley schickte: einem großen, in Leder gebundenen Band mit dem Titel »Die Schatzkammer der Liebessonette«, die sie alle selbst mit ihrer schönen Handschrift abgeschrieben hatte, jeder erste Buchstabe koloriert und größer als der folgende Text, an den Rändern mit Illustrationen wie ein illuminiertes mittelalterliches Manuskript. Das Buch lag fortan auf seinem Nachttisch. Sie musste wochenlang fleißig daran gearbeitet haben. Er fragte sich, wann sie das gemacht hatte. Nicht in letzter Zeit, wie er vermutete. Wahrscheinlich im Sommer in Penrhos, als sie ihm das 44. Sonett geschickt hatte – *Wär meines Fleisches zäher Stoff Gedanke, / Dann hielt mich neidische Entfernung nicht* –, das er jetzt immer als *ihrer beider* Sonett betrachtete. Damals war alles einfacher gewesen.

Sein guter Vorsatz für das Jahr 1915 lautete: Unterstütze sie mehr, sei nicht so fordernd. Wenn er ihr schon die Entscheidung, Krankenschwester zu werden, nicht ausreden konnte, so konnte er sich zumindest bemühen, Freude zu zeigen. Er schlug ihr vor, am Montag, dem 4. Januar, in der Downing Street Nummer 10 ein Abendessen für sie auszurichten, also an dem Abend bevor sie ihr Zimmer im Krankenhaus beziehen würde – »ein Abschiedsessen« nannte er es halb im Scherz. Aber sie schrieb ihm, Montagu sei schneller gewesen, er habe sie beide für diesen Abend in sein Haus eingeladen.

Er hat mir zu Weihnachten ein Kleid geschenkt. Und obwohl Du mir sicher nicht glaubst, es ist wirklich schön. Ich vermute, Violet hat es ausgesucht.

Wie alle Einladungen des Assyrers war das Abendessen ein aufwendiges Ereignis – mit Lord und Lady Sheffield, Sylvia und Blanche, Winston und Clemmie, Margot und Violet, Raymond und Katharine, Oc und seinem neuen Freund Rupert Brooke, Bongie und Diana Manners. Draußen schneite es, aber im Haus war es warm und strahlend hell. Das »Seidenzelt« war ein architektonischer Zaubertrick. Von der Straße her sah es äußerst beengt aus, war aber fünfmal so lang wie breit und erstreckte sich durch mehrere prachtvolle Empfangssalons immer weiter nach hinten und endete mit einem überwältigenden Blick auf den St James's Park.

Den *Sitzplan* hatte Margot entworfen und den Premierminister ans äußerste Ende des Tisches platziert – ein gutes Stück entfernt von Venetia. Der unglaublich attraktive Rupert Brooke, der zum Byron des Abends avancieren sollte, erhielt den Platz neben Violet, und die beiden machten dem Premierminister einen sehr vertraulichen Eindruck. Das wäre keine schlechte Partie, dachte er. Er saß zwischen Clemmie und Sylvia und beobachtete zwischen den Kandelabern und Blumengestecken hindurch eifersüchtig die launige Unterhaltung zwischen Montagu und Venetia. Sie trug das Kleid, das er ihr geschenkt hatte, und gelegentlich berührte er ihren Arm. Er hatte den Assyrer gerade erst in den Kronrat berufen lassen und wollte ihn zum Monatsende ins Kabinett aufnehmen. Beim Anblick der beiden fragte er sich kurz, ob er sich damit nicht selbst schadete, verwarf den Gedanken aber wieder. Der arme, treue und schlaue Bursche – er war wirklich zu hässlich und zu neurotisch.

Sylvia folgte seinem Blick und sagte: »Du übst zu viel Einfluss auf sie aus, im Guten wie im Schlechten.«

»Ich? Ich habe nicht den geringsten Einfluss auf sie! Der Einfluss geht ganz von ihr aus.«

Am nächsten Nachmittag fand ein Treffen des Kriegsrats statt, bei dem zum ersten Mal über Winstons Plan gesprochen wurde, die Dardanellen anzugreifen. Sobald er sich loseisen konnte, ließ er sich in die Mansfield Street fahren, um Venetia abzuholen und zum Krankenhaus zu bringen. Darauf zumindest hatte er bestanden. Sie erschien mit einem großen Koffer, den Horwood im Kofferraum verstaute.

Er liebte sie nie mehr als auf dieser Fahrt durch den dichten Verkehr des Eastends. Sie war unübersehbar nervös, aber entschlossen, es sich nicht anmerken zu lassen, und er dachte, wie tapfer sie doch sei, welche Tatkraft sie beweise, ihr komfortables Leben in den gesellschaftlichen Kreisen ihrer Familie hinter sich zu lassen und sich auf weiß Gott was einzulassen. Er war stolz auf sie und schämte sich seiner Selbstsucht und sagte ihr das auch. Als Antwort beugte sie sich über ihn, zog die Sichtblende herunter und schloss den tristen, dunklen Winternachmittag aus.

Als sie eine halbe Stunde später die Jalousie wieder hochzog und er auf die dunkle, deprimierende Abenddämmerung in der Whitechapel Road hinausblickte, auf die Automobile, unter denen der schmutzige Schneematsch hervorspritzte, die Lichter in den schäbigen Läden und Mietshäusern, die verhärmten und zerlumpten Fußgänger, die gesenkten Kopfes nach Hause eilten, da kehrten seine alten Befürchtungen jedoch wieder zurück. Sie strich ihr Kleid glatt und bat ihn, Horwood halten zu lassen.

»Aber wir sind noch nicht am Krankenhaus.«

»Ich will nicht in einem so großen Wagen gesehen werden.«

»Ich wollte dir eigentlich den Koffer bis aufs Zimmer tragen und mir anschauen, wie du untergebracht bist. Ich will es mir bildlich vorstellen können.«

Sie lachte. »Das ist ein Schwesternwohnheim, kein Hotel. Was, wenn dich jemand erkennt? Das wäre vielleicht ein guter Auftakt, wenn ich da an meinem ersten Abend mit dem Premierminister auftauche. Lass mich bitte hier aussteigen.«

Er bedeutete Horwood anzuhalten. Sie stieg aus, ging zur Fahrerseite und bat Horwood, ihr den Koffer aus dem Kofferraum zu heben. Der Premierminister stieg ebenfalls aus und blieb auf dem Bürgersteig stehen. Von der Mile End Road pfiff ein scharfer Wind durch die Straße.

Mit dem Koffer in der Hand sagte sie: »Da wären wir also. Wünsch mir Glück.«

»Alles Glück der Welt, mein Liebling. Und auch alle Liebe. Das hier ist für dich.«

Er gab ihr das kleine Päckchen, das er schon die ganze Woche mit sich herumgetragen hatte.

Sie lächelte. »Danke.«

Sie küsste ihn nie in der Öffentlichkeit, nicht einmal auf die Wange. Sie hob den schweren Koffer hoch, wartete am Randstein auf eine Lücke im Verkehr und überquerte dann die Straße. Er spürte, wie ihre kleine, intime Welt wie eine Blase zerplatzte.

»Folgen Sie ihr bitte in diskretem Abstand«, sagt er zu Horwood. »Ich will nur sichergehen, dass ihr nichts zustößt.«

Sie krochen der schlanken Gestalt auf der anderen Straßenseite mit gehörigem Abstand hinterher. Durch das Gewicht des Koffers neigte sich ihr Körper leicht nach rechts. Vor dem Eingang zum Krankenhaus setzte sie ihn kurz ab und schüttelte den Arm aus. Dann drückte sie das Kreuz durch, hob ihn wieder hoch und schritt schnell die Stufen hinauf. In seiner Fantasie hörte der Premierminister das klirrende Geräusch einer ins Schloss fallenden Zellentür.

*

Kurz vor sechs war er wieder in der Downing Street, wo die spartanische Gestalt des inzwischen vom Major zum Obersten beförderten Sekretärs des Ausschusses für imperiale Verteidigung Maurice Hankey auf ihn wartete. An den Weihnachtsfeiertagen hatten die Deutschen zum ersten Mal überhaupt Luftangriffe auf Ziele auf britischem Boden geflogen. Zeppeline hatten über Dover und der Themsemündung Bomben abgeworfen. Es war niemand getötet und kaum Schaden angerichtet worden, aber sie würden sicher wiederkommen. Hankey sagte, dass Jackie Fisher, der neue Erste Seelord, vorgeschlagen habe, zur Vergeltung alle deutschen Kriegsgefangenen zu erschießen.

»Das ist nicht sein Ernst, oder? Dann würden die Deutschen alle unsere Gefangenen erschießen.«

»Das hat Winston ihm auch mitgeteilt. Daraufhin hat Fisher sein Rücktrittsgesuch eingereicht.«

»Ich wollte, wir könnten es annehmen, aber er ist leider auf seine Art genauso beliebt wie Kitchener.«

»Winston versucht noch, ihn umzustimmen. Übrigens, Herr Premierminister, wir sollten eine Sitzung des Kriegsrats einberufen und Winstons Plan für einen Angriff der Marine auf die Dardanellen ausdiskutieren.«

»Sind Sie dafür?«

»Ja, Sir. Und Lord Kitchener hat inzwischen seine Meinung geändert und ist auch dafür.«

»Dann ist das also mehr als eines von Winstons hirnverbrannten Vorhaben? Sehr gut. Machen Sie einen Termin für nächste Woche.«

Nachdem Hankey sich verabschiedet hatte, ging er nach oben. Das Haus war leer. Margot war mit Violet und Puffin für eine Woche an die Küste von Kent auf die Burg Walmer gefahren. Baron Beauchamp hatte der Familie die alte Festung als Rückzugsort auf dem Land überlassen. Oc war zum Stützpunkt der königlichen Marinedivision in Blandford zurückgekehrt. Er fühlte sich plötzlich einsam. Der Gedanke an Venetia, allein in ihrem Zimmer in diesem grässlichen Krankenhaus, verfolgte ihn. Er zog den Mantel wieder an und ging durch die eiskalte Nacht in den Athenaeum-Club, wo er sich einen Brandy mit Soda bestellte, eine Zigarre anzündete und einen Briefbogen des Clubs zur Hand nahm.

> Mein Liebling, obwohl wir erst vor 2 Stunden auseinandergegangen sind, muss ich Dir für morgen früh eine Zeile schreiben …

KAPITEL 24

Binnen Minuten war Venetias Welt geschrumpft: von zwei imposanten Landsitzen und einem herrschaftlichen Londoner Stadthaus zu einem Schwesternwohnheim mit Spind und Postfach im Erdgeschoss und einem kleinen Zimmer am Ende eines Gangs im vierten Stock, das nur über eine Treppe zu erreichen war. Sie hatte ein schmales Bett, einen Holztisch mit einem wackeligen Holzstuhl, dazu eine Kommode, ein paar Metallkleiderbügel an der Zimmertür, die jedes Mal klirrten, wenn sie kam oder ging, eine Waschschüssel, einen Wasserkrug und einen Nachttopf. Das alles war so trostlos, dass es fast zum Lachen war.

»Keine Angst, Beatrice«, sagte die junge Lernschwester, die ihr das Zimmer zeigte. »Du bist schon bald so müde, dass dir das gar nicht mehr auffällt.«

»Eigentlich ist meine Name gar nicht Beatrice, sondern Venetia.«

»Im Register stehst du als Beatrice. Schätze mal, dann bleibst du das auch.«

Nachdem die Schwester gegangen war und sie ihre Sachen ausgepackt hatte, wickelte sie das Geschenk vom Premierminister aus: Shelleys »Ode an den Westwind«. Das war nett von ihm, traf aber kaum ihre Stimmung. Sie legte das Bändchen zur Seite, ohne einen Blick hineinzuwerfen, und ging nach unten, um sich die Küche anzuschauen. Auf dem Herd stand ein Topf mit warmem Eintopf. Am Tisch saßen zwei Schwestern mit zusammengesunkenen Schultern. Sie hatte gerade angefangen, sich vorzustellen, als eine Schwester in die Küche kam und sie in scharfem Ton darauf hinwies, dass sie auf dem Krankenhausgelände immer ihre Tracht zu tragen habe. Seit ihrer Kindheit hatte niemand mehr so mit ihr gesprochen. Kleinlaut ging sie zurück auf ihr Zimmer und zog die Tracht an: eine unförmige blaue Bluse nebst einem blauen Rock, eine knöchellange weiße, fest um die Taille geschnürte Schürze, einen steifen abnehmbaren weißen Kragen und eine weiße Nonnenhaube. Sie fühlte sich wie ein völlig anderer Mensch. Schwester Beatrice Stanley. Warum auch nicht? Trostlos. Zum Lachen. Sie legte sich aufs Bett.

Kurz nach halb neun wurde es im Wohnheim lebendig – Türen wurden geschlagen, Füße trampelten über den Gang, Frauenstimmen waren zu hören. Sie ging wieder nach unten in die jetzt volle Küche. Die Tagschicht kam vom Dienst, die Nachtschicht machte sich zur Ablösung bereit.

»Hallo, ich bin Beatrice Stanley. Ich bin die Neue.«

Köpfe wandten sich um.

»Setz dich, Beatrice.«

Sie waren einfache, bürgerliche, sehr freundliche Mädchen. Schon bald fingen sie an, sie Bea zu nennen – noch etwas, was sie noch nie zuvor erlebt hatte.

»Wo kommst du her, Bea?«

»Aus Cheshire, einem kleinen Dorf, Alderley. Habt ihr bestimmt noch nie gehört.«

»Na dann, willkommen im Irrenhaus.«

Jemand machte ihr eine Tasse Tee. Um neun Uhr kamen drei weitere Schwestern in die Küche, die gerade Dienstschluss hatten, von denen sie eine kannte – ihre Cousine Nellie Hozier, Clemmies Schwester. Sie war in ihrem Alter und hoffte, sich schon bald mit einem Obersten des Scots-Guards-Fußregiments zu verloben. Sie umarmten sich. Nellie war auch eine Lernschwester, die »ihren Beitrag leisten wollte«. Sie zog Venetia etwas abseits in eine Ecke.

»Wann fängst du an, Vinny?«

»Morgen früh um sieben. Sag Beatrice zu mir, das tun hier alle.«

»In Ordnung. Halt dich morgen früh an mich. Ich zeige dir alles.«

Sie stellte den Wecker auf halb sechs, war aber schon lange vorher wach und blieb zunächst im Bademantel unter der Decke liegen, um sich warm zu halten. Dann ging sie mit dem Wasserkrug und dem Nachttopf durch den eiskalten Gang zum Gemeinschaftsbad. Zwei Frauen standen schon an. Ihr dünnes Lächeln sagte ihr, dass es für eine Unterhaltung noch zu früh war. Als sie an die Reihe kam, stellte sie fest, dass es kein warmes Wasser gab. Sie füllte am Waschbecken ihren Krug. Als sie das Bad verließ, warteten schon die nächsten vier Frauen. Im Zimmer wusch sie sich, zog sich an und überprüfte dann in ihrem Handspiegel ihr Aussehen. Keine Schminke. Vom kalten Wasser rote Flecken auf den Wangen. Aus Schlafmangel dunkle Ringe unter den Augen. Sie sah in ihrem geschlechtslosen Kittel furchtbar aus, dabei hatte sie mit der Arbeit noch gar nicht angefangen.

Um halb sieben traf sie Nellie in der Küche und zwang die Spiegeleier mit Speck hinunter, die auf ihrem Teller im Fett schwammen. Um zehn vor sieben folgte sie ihrer Cousine und einigen anderen Schwestern über die überdachte Gebäudebrücke, die den Osttrakt mit dem Krankenhaus verband. Der Innenhof jenseits der Fenster lag noch im Dunkeln. Im Westflügel brannten einige Lichter, die auf dem eisigen Boden funkelten.

»Es gibt einundvierzig Stationen«, sagte Nellie. »Lernschwestern in der Probezeit fangen normalerweise hier auf der Charrington an. Das ist eine Männerstation, damit du gleich Bescheid weißt.«

Sie öffnete die Tür zu einem großen, schwach beleuchteten Krankensaal mit einer langen Bettreihe zu beiden Seiten. Der Durchgang am anderen Ende führte anscheinend zu weiteren, miteinander verbundenen Räumen, die sich im Dunkeln verloren. Zwischen manchen Betten standen Trennwände. Die Decke war hoch. Die von Husten und Stöhnen unterbrochene Stille erinnerte Venetia an eine Kirche. Von irgendwo am anderen Ende des Raums hörte sie einen Mann panisch schreien.

Nellie ging mit ihr zur Stationsschwester. »Das ist Miss Stanley, Schwester. Sie ist drei Monate auf Probe hier. Es ist ihr erster Tag.«

»Eins von den reichen Mädchen?« Die Schwester hatte einen schottischen Akzent. Sie wirkte nicht unfreundlich. »Also los, da habe ich gleich was für dich. Der Patient in Bett vier hatte in der Nacht eine Blutung. Da ist jede Menge Blut, das aufgewischt werden muss. Hol dir einen Wischmopp, Schwester Stanley.« Und als Venetia zögerte, weil sie nicht wusste, wo sie den holen sollte, fügte sie hinzu: »Du weißt doch, was das ist, oder? Ein Holzstiel mit einem nassen Scheuerlappen am einen Ende und einem Mädel am anderen.«

»Ich weiß sehr wohl, was ein Mopp ist.«

*

Venetia wischte das Blut auf, so gut sie konnte. Es war furchtbar viel, was sie in den Eimer wringen musste. Als sie glaubte, fertig zu sein, wies die Schwester sie an, mit dem Schrubben noch einmal von vorn anzufangen – »diesmal aber richtig« – und dann das Linoleum mit Desinfektionsmittel aufzuziehen. Danach gab es Arbeit für Kehrschaufel und Besen. Als das graue Londoner Tageslicht in den hohen Fenstern erschien, musste sie auf der ganzen Station die vollen Nachttöpfe mit dem Urin und Kot, dem Schleim und dem Erbrochenen, das sich über Nacht angesammelt hatte, zum Abort tragen und ausleeren. Egal wie weit sie den Kopf auch zur Seite drehte, es würgte sie jedes Mal. Dann musste sie beim Frühstückausteilen helfen und sich an die Betten von zwei älteren Männern setzen, die nicht mehr selbständig essen konnten. Sie musste ihnen wie Babys weich gekochtes Ei in den schlaffen Mund löffeln und dann die Reste vom stoppeligen Kinn wischen und wieder in den Mund schieben. Ein anderer alter Mann fing an zu weinen und flüsterte, er habe ins Bett gemacht, woraufhin sie eine Schüssel Wasser und einen Schwamm holte und ihn sauber machte. Nellie zeigte ihr, wie man einen Patienten umdrehte. Sie standen zu beiden Seiten des Betts und teilten sich das Gewicht des Mannes. Venetia drückte und Nellie zog. Sie wälzten ihn auf die Seite und stopften ihm dann Kissen unter, damit sie sein Nachthemd hochheben konnten.

Der Tag gestaltete sich immer arbeitsreicher. Die Station war unterbesetzt. Es gab keine Gelegenheit, eine Pause einzulegen. Sie aßen zusammen mit den Patienten ihr Mittagessen aus Marmeladebrot und starkem indischen Tee. Sie verlor das Gefühl für die Zeit, bis ihr schließlich auffiel, dass es draußen schon wieder dunkel geworden war. Der kurze Wintertag war vorbei. Sie ging durch die Station und zog die Vorhänge zu. Am Spätnachmittag wusste sie zu ihrer Überraschung wenigstens, dass sie überhaupt nicht zimperlich war. Ein junger, gerade aus Frankreich eingetroffener Soldat hatte eine üble Beinwunde, und als man ihr auftrug, ihm den Verband abzunehmen, wimmelte es darunter von Maden. Sie nahm seine Hand und sagte, er solle sich nicht bewegen, dann gab sie der Schwester Bescheid, die ihrerseits den Arzt holte, der die zappelnden weißen Larven mit Skalpell und Pinzette entfernte und in eine von ihr gehaltene Schale warf.

Um fünf Uhr ging sie zusammen mit Nellie zum Abendbrot über die Verbindungsbrücke zurück ins Schwesternheim. Sie gingen hinter anderen Schwestern her. Zum Reden war sie zu erschöpft. In der Eingangshalle drängelten sich die Frauen vor den Postfächern und schauten nach, ob sie Post bekommen hatten. Nellie hatte auf einen Brief von ihrem Obersten gehofft, der aber nicht geschrieben hatte.

»Dieser Schuft!«, sagte sie. »Aber hier, du hast gleich *drei* Briefe bekommen, Bea.«

Nellie sprach sie auch schon wie die anderen mit der Kurzform ihres Namens an.

»Na, wenn das nicht so was von unfair ist.«

Nellie hatte eine laute Schulmädchenstimme, und sofort drehten alle Anwesenden den Kopf um. Sie nahm die Briefe aus dem Fach und betrachtete die Umschläge. »Nicht nur das, sie sind offenbar auch alle vom Gleichen. Also, meine Liebe, wer ist es?«

Venetia seufzte. »Ach, die dürften alle vom Premierminister sein.«

Sie steckte die Briefe in ihre Schürzentasche. Alle lachten. Sie glaubten, sie mache Witze. Arme Bea! Sie wurde jetzt schon ein bisschen zum Unikum.

Während die anderen in der Küche ihr Abendbrot aßen, ging sie langsam die Treppe hinauf zu ihrem Zimmer. Sie warf die Briefe auf den Tisch. Ihr Rücken war steif, die Gelenke schmerzten. Sie setzte sich auf die Bettkante, zog die Schuhe aus und massierte sich die Füße. Unsicher blinzelte sie zu den Briefen. Noch nie hatte er ihr drei an einem einzigen Tag geschickt.

Sie öffnete sie in der Reihenfolge, wie er sie geschrieben hatte: den ersten im Athenaeum-Club am Abend zuvor *(obwohl wir erst vor zwei Stunden auseinandergegangen sind, muss ich Dir für morgen früh eine Zeile schreiben);* den zweiten um Mitternacht mit dem Bleistift *(Du musst mir alles erzählen, und wenn Du zu abgehetzt oder zu müde bist, schreib ruhig nur zwei oder drei Zeilen, aber niemals weniger);* den dritten am heutigen Nachmittag:

> Morgen früh kommt der Kriegsrat zusammen, dann erörtern wir die Vor- & Nachteile verschiedener möglicher „Kampfziele“. Das, meine Liebste, sei erst einmal genug fürs Erste, & ich bin mir sicher, dass Du ziemlich müde sein wirst. Aber ab jetzt musst Du Dich auf jede Menge Briefe einstellen …

Sie wusste, dass er verzweifelt eine Antwort noch vor dem Zubettgehen erwartete, was bedeutete, dass sie ihm jetzt sofort schreiben musste, damit der Brief noch mit der Abendpost das Haus verließ. Sie erhob sich ächzend vom Bett und ging zu dem wackeligen Holzstuhl, ruckte auf ihm nah an den Tisch heran und griff nach ihrem Schreibetui. Sie schrieb zügig, wie in Trance.

Eine halbe Stunde später klopfte Nellie an die Tür und sagte, es sei an der Zeit, wieder an die Arbeit zu gehen.

Auf dem Weg zur Station warf sie den Umschlag in den Briefkasten.

*

Um halb acht am selben Abend hielt Deemer den Brief in Händen. Bis acht Uhr hatte er ihn über Dampf geöffnet, abfotografiert, wieder versiegelt und zur weiteren Zustellung im Sammelraum abgegeben.

Er entwickelte die Abzüge.

> London Hospital, Whitechapel,
> Mittwoch, 6. Januar 1915
> Liebling, danke für Deine süßen Briefe, die mich um 5 in der Pause nach meiner ersten Schicht erwarteten. Ich kann nicht viel schreiben, weil ich jetzt schon so müde bin wie noch nie in meinem ganzen Leben, & ich habe noch ein paar Stunden vor mir, bis ich ins Bett komme …

Deemer las den Bericht über ihren ersten Tag mit großer Aufmerksamkeit. Ihre Briefe abzufangen war für ihn, als folgte er einer Figur in einem Fortsetzungsroman. So unprofessionell das auch war, er hatte sie in den vergangenen Monaten derart gut kennengelernt, dass er nicht umhinkonnte, sie zu mögen. Sie war humorvoll und intelligent, und sie hatte Charakter. Der Premierminister hingegen empörte ihn permanent: seine erschreckende Rücksichtslosigkeit, seine endlosen Mittag- und Abendessen und Bridgepartien, sein Besitzanspruch gegenüber einer halb so alten Frau, seine eheliche Untreue. Dennoch – der Mann war nicht bösartig. Sein Verhalten hatte etwas Tragisches: die Poesiebände, das aussichtslose Schmachten. Diese Beziehung steuerte nach Deemers wohlbedachtem Urteil – er hatte ja den ganzen Tag über kaum etwas anderes nachzudenken – auf eine Katastrophe zu. In letzter Zeit stellte Deemer gelegentlich fest, dass das auch der Premierminister selbst zu ahnen schien, aber nicht die Kraft für einen Schlussstrich aufbrachte.

Als die Abzüge trocken waren, legte er sie zu den anderen in den Tresor, der inzwischen halb voll war. Wenn das noch länger so weiterging, würde er einen zweiten anfordern müssen. Inzwischen war ihm die ganze Operation, die Langeweile und die Einsamkeit, höchst zuwider. Auch begann er an ihrem Sinn zu zweifeln. Es gab keinen Hinweis darauf, dass Venetia irgendwelche Amtsgeheimnisse verraten hatte, nicht einmal ihren Freunden. Aber Kell bestand darauf, die Operation fortzuführen, bis entweder die Affäre ein Ende finden oder sich für die Kollegen des Premierministers eine passende Gelegenheit ergeben würde, diskret einzuschreiten.

»Nur weil bis jetzt nichts nach außen gedrungen ist, heißt das nicht, dass das so bleiben muss. Wir setzen die Überwachung zumindest bis zum Frühling fort. Dann werde ich Ihnen eine angenehmere Aufgabe zuweisen. Sie haben mein Wort darauf.«

Deemer zog seinen Mantel über, setzte den Bowler auf und machte sich auf den Heimweg zu seinem leeren Haus. Als er die Tür hinter sich schloss und den Schlüssel in die Manteltasche schob, fühlte er bedrückender als je zuvor, wie sehr er in der trostlosen Routine seiner Existenz gefangen war. Auf seine Art saß er genauso hoffnungslos in der Falle wie Venetia und der Premierminister – ein heimlicher, stummer Teilnehmer an einer gewagten Ménage-à-trois.

*

Sie hatte ihre Arbeit im Krankenhaus am Mittwoch begonnen. Am Freitagnachmittag holte sie der Premierminister in der Whitechapel Road zu einer Spazierfahrt ab. Sie kam ihm distanzierter vor als sonst. Das Krankenhaus schien sie verändert zu haben. Sie zeigte ihm ihre geschwollenen Hand- und Fußgelenke. Er fand es rätselhaft und erschreckend, dass sie freiwillig eine solche Arbeit machte, und konnte nicht widerstehen, ihr das auch mitzuteilen.

Bevor sie wieder ausstieg, sagte sie: »Du darfst nicht vergessen, dass wir sehr unterschiedlich sind, du und ich. Bitte versuche nicht, aus mir etwas zu machen, was ich nicht bin.«

Sie dachte nicht weiter daran, aber er musste sich das Wochenende über den Kopf über ihre Bemerkung zerbrochen haben, denn am Sonntagnachmittag – sie leerte gerade Bettpfannen – brachte ihr die für die Stationen im Osttrakt verantwortliche Oberschwester einen Brief.

»Schwester Stanley, das ist gerade für Sie von einem Sonderkurier der Regierung abgegeben worden. Ich weiß nicht, wie wichtig es ist, aber diese Art des Briefverkehrs ist für das Krankenhaus sehr lästig, besonders wo wir jetzt so viel zu tun haben. Briefe sollten nur mit der regulären Post zu uns gelangen. Sorgen Sie bitte dafür, dass sich das nicht wiederholt.«

Sie spürte, wie sie rot wurde, stammelte eine Entschuldigung und versicherte, dass es nicht noch einmal vorkommen werde.

Als sie am Abend auf ihr Zimmer zurückkehrte und den Brief öffnete, befand sich darin eine weitere Geheimdepesche von Sir John French, die dessen Vorschläge für die anstehende Sitzung des Kriegsrats enthielt.

> Verbrenne sie, oder hebe sie auf, ganz wie Du willst. Vielleicht wäre jenes am sichersten angesichts Deiner derzeit eingeschränkten Räumlichkeiten … Sollte ich im Urteilen Fesseln tragen, so liegen sie mir fest an: Das Du, das ich sehe & kenne & liebe, ist für mich das wahre Du, & ich bin mir ziemlich sicher, dass ich weder verrückt bin noch senil …

Sie blickte sich in ihrer beengten Unterkunft um. Es gab keinen Kamin. Wie um Himmels willen sollte sie hier etwas verbrennen? Schließlich zerriss sie die Depesche in winzige Stücke, stopfte die Fetzen in die Schürzentasche und warf sie, als sie wieder auf Station war, in einen OP-Abfalleimer, dessen Inhalt in der Müllverbrennung landen würde.

> Liebling, es war aufmerksam von Dir, mir die Depesche zu schicken, aber es ist wirklich gefährlich, solche Dinge ins Krankenhaus zu senden. Das Ganze hat für einigen Aufruhr gesorgt, & ob des Sonderkuriers habe ich einen ordentlichen Rüffel bekommen. Bitte, tu das nicht noch einmal. Ich will in keiner Weise als „sonderlich" erscheinen …

*

Am nächsten Mittwoch, dem 13. Januar, trat im Kabinettszimmer mittags der Kriegsrat zusammen, um die Strategie für die kommenden Monate zu besprechen. Der Rat war als nationales und nicht als Parteigremium gedacht. Den Vorsitz hatte der Premierminister inne. Sir John French saß links, Arthur Balfour, der ehemalige Premierminister der Unionisten, rechts von ihm. Er ließ den Blick im Uhrzeigersinn um den Tisch schweifen. Kitchener saß neben French (die beiden Generäle gingen äußerst höflich miteinander um), es folgten der alte Jackie Fisher mit seinem eigenartig orientalischen Gesicht, Winston, Sir Arthur Wilson (der alte, ebenfalls aus dem Ruhestand zurückgeholte Zweite Seelord), Lord Crewe, Sir Edward Grey und Lloyd George. Hankey führte Protokoll, wenigstens diese Aufgabe blieb ihm erspart. Eine seltsamere Männerrunde, dachte er, hätte man kaum um einen Tisch versammeln können. French sprach sich mit Nachdruck dafür aus, im Frühjahr mit einer halben Million neuer Rekruten eine frische Offensive an der Westfront zu wagen. Kitchener äußerte Bedenken, unterstützte ihn aber. Balfour und Lloyd George waren dagegen. Winston hielt ausnahmsweise einigermaßen still.

Der Premierminister sagte nicht viel. Seit über einem Tag war kein Brief mehr von Venetia gekommen – keiner vor dem Frühstück, keiner, der in der Mittagspause auf ihn wartete. Ihr Schweigen quälte ihn. Kurz vor Beginn der Nachmittagssitzung wies er Bongie an, ihm jedwede private Nachricht auf der Stelle zu bringen. Um halb vier erschien sein Privatsekretär im Kabinettszimmer mit einem Umschlag, auf dem er die vertraute Handschrift erkannte. Er öffnete den Brief sofort.

> Mein Liebster, es tut mir leid, dass Dir das Ausbleiben von Briefen so stark zusetzt, aber ich hetze mich den ganzen Tag ab, & es ist wirklich schwer für mich, mit Dir mitzuhalten …

Er las den Brief bis zum Ende durch und folgte dabei mit einem Ohr der Diskussion. Danach machte er sich umgehend an die Antwort.

> Mein Liebling, ich habe gerade Deinen so sehnlichst willkommenen Brief erhalten & verstehe, warum er nicht früher eintreffen konnte. Ich hoffe, durch den zweiten Brief, den ich Dir heute Morgen per Kurier geschickt habe, nicht für weiteren „Aufruhr" gesorgt zu haben. Ich wusste, Du würdest am Nachmittag das Haus verlassen, & wollte, dass Du vorher noch den Brief bekommst. Ich bin ziemlich eifersüchtig auf den Assyrer …

»Herr Premierminister?«

Er hob den Kopf. Winston sah ihn an.

»Darf ich die Angelegenheit der Dardanellen erläutern?«

»Natürlich.« Schnell schob er einige Telegramme des Außenministeriums über seinen Brief.

Nach fast vier Stunden Diskussion war die vom Tabak verqualmte Luft zum Schneiden, war der Tisch mit Papieren übersät und wurde es draußen langsam dunkel. Hankey stand auf und zog alle Vorhänge zu, während Winston seine Unterlagen ausbreitete und eine Seekarte vom Schwarzen Meer entrollte.

»Beginnen wir damit, meine Herren, dass wir uns die Wahrheit eingestehen: Der Krieg ist festgefahren, und es besteht kaum Aussicht, dass die eine Seite die andere besiegen kann. Unser Schützengrabensystem erstreckt sich vom Ärmelkanal bis zur Schweiz. Sollen sich Millionen Männer in Frankreich auf unabsehbare Zeit im Stacheldraht verheddern, unter entsetzlichen Kosten an Leben und Ressourcen? Oder ist die Zeit gekommen, lohnendere Möglichkeiten in entfernteren Ländern ins Visier zu nehmen?

Die königliche Marine hat bislang in diesem Krieg hauptsächlich der Abschreckung gedient. Der Vorschlag der Admiralität lautet, diese mächtige Waffe endlich einzusetzen, um durch die Dardanellen zu stoßen, das Schwarze Meer zu besetzen und so die Möglichkeit zu eröffnen, sich mit der russischen Armee zu verbinden und eine Hintertür ins Deutsche Reich zu erhalten.«

Interessierte Blicke, sogar von Sir John French. Einige Mitglieder des Kriegsrats erhoben sich halb von ihrem Sitz, um die Karte genauer zu betrachten.

»Der Befehlshaber unseres Geschwaders in der Ägäis, also Admiral Carden, hat einen Plan zur Bombardierung der Festungen ausgearbeitet, die die enge Meeresstraße zum Schwarzen Meer bewachen, zur Räumung der Minenfelder und zum Vorstoß in den Nordwesten der Türkei. Dafür benötigt er seiner Schätzung nach eine Flotte mit zwölf Schlachtschiffen, drei Schlachtkreuzern, drei leichten Kreuzern, sechzehn Zerstörern, sechs U-Booten und zwölf Minenräumern …«

Der Premierminister holte verstohlen seinen Taschenkalender heraus und sah sich den Terminplan der Woche an. Dann zog er den gerade begonnenen Brief unter dem Stapel an Dokumenten hervor. Mit einem Arm schirmte er den Brief gegen den gelangweilten Blick Balfours ab und schrieb weiter.

> Ich habe Dir telegrafiert, dass ich Dich – solltest Du, wie ich annehme, zusammen mit Cynthia am Sussex Place frühstücken – gegen 10.30 abhole, sodass ich Dich bis um 11.30 zurückbringen & anschließend den auf Mittag verschobenen Termin beim König im Buckingham-Palast einhalten kann. Dann könntest Du vielleicht zum Abendessen in die Downing Street kommen. (Der ganze Vorschlag eben, das sehe ich

> gerade, ist verfehlt: Dein freier Tag ist ja Dienstag, d.h. nächste Woche. Natürlich werde ich mir den Tag frei halten; nenne mir einfach Deine Arbeitszeit.) & am Freitag bist Du hier zum Lunch, & wir werden danach eine richtige Spazierfahrt unternehmen. Freitag steht dem nichts im Wege. Was hältst du von meinem Schlachtplan? Wir sind jetzt (16 Uhr) im Kriegsrat, der um 12 begonnen, um 2 kurz pausiert hat & jetzt wieder tagt. Sir J. French sitzt gleich neben mir. Eine höchst interessante Unterhaltung, aber so vertraulich & geheim, dass ich nichts darüber auf Papier festhalten, Dir morgen aber umso ausführlicher berichten werde (wenn wir uns sehen). Falls nicht, dann auf unserer Spazierfahrt am Freitag.

Er faltete den Brief zusammen und widmete seine ganze Aufmerksamkeit wieder Winstons Darlegung. Es war offensichtlich, dass der Erste Lord der Admiralität gewaltig Eindruck gemacht hatte. Die zuvor in Lethargie versunkene Versammlung war durch die von ihm heraufbeschworene Vision wieder zum Leben erwacht.

»Und das erfordert keine Truppenverlegung von der Westfront?«, fragte French.

»Nein, das ist ein rein maritimer Einsatz. Alle Männer, die möglicherweise an Land benötigt werden, können von der königlichen Marinedivision gestellt werden.«

»Und wann soll die Operation beginnen?«

»Wir können mit dem Bombardement in einem Monat starten.«

Niemand erhob Einwände.

Der Premierminister sagte: »Wenn wir alle einverstanden sind, dann ist die Operation zur Öffnung der Dardanellen einstimmig beschlossen.«

Während die anderen den Raum verließen, sagte Balfour

zu ihm: »Sind Sie sich sicher, dass der Beschluss einstimmig war? Fisher hat sich kein einziges Mal zu Wort gemeldet.«

»Wirklich? Ist mir gar nicht aufgefallen. Aber machen Sie sich keine Sorgen wegen Fisher. Winston sagt, er hat ihn im Griff.«

KAPITEL 25

Venetia konnte es kaum fassen, dass er trotz Bitten einen zweiten Brief mit dem Sonderkurier geschickt hatte. Das hatte ihr weiteren Ärger mit der Oberschwester eingebracht, und alles nur, weil er sie treffen wollte, bevor sie mit Edwin Montagu zum Tee ins Savoy ging!

Im Brief selbst erzählte er von ein paar Beinaheunfällen mit dem Wagen, als Horwood ihn am Morgen von Kent zurück nach London gefahren hatte, und sinnierte dann über ihre Reaktion, wenn er dabei ums Leben gekommen wäre – *jede Menge Tamtam in der Presse … Tagesgespräch im ganzen Land … und nach höchstens einer Woche Öffentlichkeit geht das Leben weiter, als wäre nichts passiert.* Die Rührseligkeit war nicht zum Aushalten:

> Und Dir, meine teuerste Geliebte, der ich jeden Tag & jede Nacht meine besten Gedanken widme, meine intimsten Überzeugungen, meine unablässige Hingabe, meine Ängste & Hoffnungen, meine Stärke & meine Schwäche, meine Vergangenheit meine Gegenwart meine Zukunft – Dir! –, was würde es Dir bedeuten?

Es wäre eine Erleichterung, Prime, war ihr erster grausamer Gedanke – eine Erleichterung! –, und sie fühlte sich sofort schuldig und war entsetzt über ihre Herzlosigkeit. Aber es konnte wirklich nicht so weitergehen, und ihr Verhalten ihm gegenüber sollte sich im Lauf der nächsten Wochen verhärten. Es war Mitte Januar, und inzwischen schrieb er ihr dreimal am Tag – morgens, am Nachmittag, um Mitternacht. Selbst wenn sie in Penrhos oder Alderley ein Leben in Müßiggang geführt hätte, hätte sie mit der Korrespondenz nicht Schritt halten können. Sie arbeitete zehn Stunden am Tag im Krankenhaus, da war es unmöglich. Sie bewahrte seine Briefe voller militärischer und politischer Geheimnisse in ihrem Koffer auf, der angesichts der Befürchtung, jemand könne ihn öffnen, stets abgeschlossen unter dem Bett lag. Und doch bewirkte ein eigentümlicher Schwebezustand zwischen Zurückweisung und Anziehung, dass er sich desto stärker in ihr Leben drängte, je mehr sie sich ihm zu entziehen suchte: je weniger freie Zeit sie zur Verfügung hatte, desto mehr beanspruchte er davon. In ihren Briefen war sie bemüht, den liebevollen, neckischen Ton beizubehalten, aber persönlich wollte sie ihn nicht mehr so oft treffen wie früher und sagte die nächsten beiden Freitagsspazierfahrten ab.

Am 27. Januar schrieb er ihr in seiner mitternächtlichen Botschaft, dass er erst vor wenigen Minuten dem »Assyrer« eine untergeordnete Position im Kabinett angeboten habe.

> Sicherlich ist er in sein Zelt als zutiefst glücklicher Mensch zurückgekehrt – wenigstens einmal in seinem Leben. Auch Du freust Dich, das weiß ich. Manchmal – wenn ich schlimmster Stimmung bin – bin ich auf jeden eifersüchtig, der Dich mag & den Du magst. Aber das hält nicht lange an.

Sie freute sich tatsächlich und schickte Montagu aus einer spontanen Eingebung heraus sofort ein Glückwunschtelegramm, auf das er umgehend antwortete und sie fragte, ob sie zur Feier der Ernennung Zeit für einen gemeinsamen Lunch habe, nur sie beide, am Samstag. Er würde ihr einen

Wagen schicken. Nach kurzem Zögern telegrafierte sie zurück: MIT GRÖSSTEM VERGNÜGEN. FREI VON EINS BIS VIER.

Sie war gerührt von den Umständen, die er sich machte – dem Rolls-Royce, der sie zum Seidenzelt abholte, dem besten Jahrgangschampagner zur Begrüßung, den Blumen, die auf dem Tischchen am Erkerfenster der Bibliothek im ersten Stock auf sie warteten, dem exquisiten Lunch mit Blick auf den St James's Park, der am bisher kältesten Tag im Winter unter dem kristallblauen Himmel im Frost glitzerte. Montagu selbst hingegen war wie immer gedrückter Stimmung. Er hatte sich eingeredet, der Hauptgrund für seine Beförderung sei Lloyd George, der ihn aus dem Finanzministerium vertreiben wollte. Außerdem sei es ja nur ein sehr unbedeutender Posten im Kabinett – tatsächlich der unbedeutendste: Kanzler des Herzogtums Lancaster.

Sie lachte. »Nur du findest einen Grund, sich nicht über so eine gute Neuigkeit zu freuen. Zufällig weiß ich, dass Lloyd George dich mag.«

»Und woher weißt du das?«

»Weil der Premierminister es mir erzählt hat.«

»Gibt es überhaupt etwas, was er dir nicht erzählt?«

»Nein, eigentlich nicht. Um ehrlich zu sein, erzählt er mir mehr, als mir lieb ist.«

»Was meinst du damit?«

Möglicherweise lag es am Champagner, wenn nicht am Bedürfnis, ihre Bürde endlich mit jemand zu teilen, jedenfalls beugte sie sich zu ihm vor. »Edwin, er schreibt mir *täglich drei Mal.* Und teilt mit mir alle möglichen Geheimdinge – sogar Dokumente. Du würdest es nicht glauben. Es macht mir Angst, solche Dinge in meinem Besitz zu haben, aber ich weiß einfach nicht, wie ich dem eine Ende setzen kann.«

»Kannst du es ihm nicht einfach sagen?«

»Das habe ich schon versucht. Die Sache ist nur, dass er sich bereits bei der kleinsten Andeutung, ich könnte mich von ihm zurückziehen, furchtbar aufregt. Ich weiß, das klingt absurd, aber ich glaube, dass es irgendwie meine patriotische Pflicht ist, ihn bei Laune zu halten.«

»Soll ich mal mit ihm reden?«

»Gott, nein! Er wäre entsetzt, wenn er erführe, dass ich irgendetwas davon irgendwem erzählt habe, besonders dir. Ich habe mich nicht mal getraut, ihm zu sagen, dass wir uns heute treffen – er wäre da äußerst eifersüchtig.«

»O meine liebe Venetia!« Er machte einen sorgenvollen Eindruck. »Ich wusste, wie sehr er dich mag – jeder weiß das –, aber ich hatte keine Ahnung, dass es so weit geht. Er bringt dich in eine schrecklich kompromittierende Lage. Es muss doch etwas geben, wie ich dir helfen kann.«

»Ach was, mach dir keine Gedanken. Ich nehme an, es wird sich schon irgendwie von selbst erledigen. Aber du sagt kein Wort, ja? Versprich mir das.«

»Natürlich.«

Sie wechselte das Gesprächsthema.

Sie nahmen den Kaffee im Salon nebenan. Wirklich ein wunderschönes Haus, dachte sie. Dem jüngsten aufgehenden Stern des Kabinetts angemessen. Er war erst fünfunddreißig, wenngleich er wie fünfzig wirkte.

Nach einer Weile sah sie auf die Ormolu-Uhr, die über dem lodernden Feuer auf dem Kaminsims stand. Es war schon nach drei.

»Ich muss wieder zurück.«

»Schon?«

Er begleitete sie die geschwungene Marmortreppe hinunter ins Erdgeschoss und durch den großen Empfangssalon in die Halle. Dort reichte ein Dienstmädchen ihr den Mantel, und mit einigen ungelenken Verrenkungen schaffte er es, ihr in ihn hineinzuhelfen.

»Es war sehr schön, Edwin, danke. Und kein Wort zum Prime.«

»Natürlich.« Ernst fügte er hinzu: »Er ist ein guter Mann, Venetia, der größte Staatsmann in Europa, wie Winston immer sagt. Ich mag ihn sehr gern, ehrlich.«

»Ich auch. Wenn nur nicht alles so kompliziert geworden wäre.«

Auf der Fahrt durch die Londoner City, durch die ruhigen winterlichen Straßen von Westminster nach Osten in Richtung Whitechapel – die prachtvollen Gebäude und breiten Straßen wurden immer schäbiger und ärmlicher – musste sie an Edwin und sein elegantes leeres Haus mit dem Blick über den verschneiten Park denken. Er war intelligent, amüsant, freundlich, reich, ein Aufsteiger in der Politik, und er liebte sie schon seit Jahren. Aber er war auch ein Neurotiker, Hypochonder und Melancholiker und nicht einmal ansatzweise attraktiv. Außerdem war er Jude, und laut den Bestimmungen des väterlichen Testaments würde er sein Erbe verlieren, sollte er außerhalb seines Glaubens heiraten.

Am nächsten Tag zog sie ihren Koffer unter dem Bett hervor und ging die Briefe des Premierministers durch, bis sie die gesuchte Stelle fand. Sie setzte einen Dankesbrief an Edwin auf.

> Ich weiß, dass Dich der Premierminister schon seit einiger Zeit ins Kabinett holen wollte. Er ist Dir <u>sehr</u> zugetan. In einem seiner Briefe hat er geschrieben: „Das Gefühl, einem wirklich großartigen Freund ohne Bedenken hinsichtlich Fähigkeiten und Verdienst die Tür öffnen zu können, gehört zu meinen wenigen echten Freuden.“ Ich bin mir sicher, Du wirst nicht lange im Herzogtum stecken bleiben, aber da ich Deinen Ehrgeiz sehr befürworte (!), heiße ich diesen Schritt höchst willkommen. Ich bin fest entschlossen,

an meinem nächsten freien Tag, wenn auch Du kannst, mit Dir auszugehen, koste es, was es wolle, & wenn ich mir dadurch einen „Entschuldigungszettel“ einhandle. Kannst Du das arrangieren?

Stets die Deine, Venetia

Sie zögerte, bevor sie den Brief in den Kasten warf. Über die Wirkung war sie sich im Klaren.

Seine Antwort kam am nächsten Tag.

Gott segne Dich, Venetia. Du bist mir immer eine engelsgleiche Freundin gewesen, warum denn nicht eine Gemahlin? Das will mir nicht in den Kopf. Hast Du jemals wieder darüber nachgedacht?

Dein Ed. Montagu

*

Zehn Tage später, in der zweiten Februarwoche, wurden alle örtlichen Patienten ausquartiert, damit die gesamte Station Charrington verwundeten Soldaten zur Verfügung stand. Mit ihnen kamen neben dem Dreck an ihren Stiefeln und Khakiuniformen die Anblicke und Gerüche aus den Feldlazaretten in Nordfrankreich: Schützengrabenfuß und Gasbrand, amputierte Arme und Beine, Schädelfrakturen und zerschmetterte Kiefer, klaffende Schrapnellwunden, die täglich gesäubert und frisch verbunden werden mussten.

Einige der jungen Männer schäkerten mit Venetia. Andere waren schweigsam und mürrisch. Einige wenige führten wirre Selbstgespräche oder zitterten unbeherrschbar oder schrien angesichts der Bilder, die nur sie sahen. Diesen versuchte Venetia mehr Zeit zu widmen. Sie setzte sich zu ihnen ans Bett und hielt ihnen die Hand. Zum ersten Mal hatte sie das Gefühl, sinnvollen Kriegsdienst zu verrichten.

Eines frühen Nachmittags kam ein Pförtner mit einer Trittleiter, hängte an der Decke einen Union Jack auf und verlieh der Station einen Hauch Patriotismus. Kurz danach erschien ein gediegener, gut gekleideter Mann Ende fünfzig mit seinem Assistenten. Venetia beachtete ihn nicht weiter, sie war zu beschäftigt damit, einen Rollwagen mit Schüsseln mit sauberem Wasser, Flaschen mit Antiseptika und frischem Verbandsstoff durch die Station zu schieben. Sie zog sich die braunen Gummihandschuhe über und machte sich daran, den Verband eines jungen Mannes zu wechseln, dessen Arm durch einen Granatsplitter böse zugerichtet war. Es musste sehr schmerzhaft sein, aber der Mann bemühte sich, keine Miene zu verziehen. Er war einer von denen, die gern schäkerten. Er blickte immer wieder über ihre Schulter.

»Ich sag Ihnen was, Miss, aber nicht hinschauen. Wir werden gerade gemalt.«

Sie drehte sich um. Der Besucher trug jetzt einen knittrigen hellbraunen Leinenkittel von der Art, wie sie Ladenbesitzer trugen, und hatte eine Staffelei aufgestellt. Er stand ein paar Schritte entfernt, hielt in der einen Hand eine Farbpalette, in der anderen einen Pinsel und fuhr mit schnellen Strichen über die Leinwand.

»Hallo, Miss Stanley.« Er machte eine vage Geste mit dem Pinsel. »Ich hoffe, Sie haben nichts dagegen.«

Es dauerte einen Augenblick, bis sie ihn erkannte.

»Mr Lavery?« Sie hatte ihn einmal bei einem Lunch in der Downing Street getroffen.

»Das ist ein offizieller Auftrag vom Kriegsministerium«, sagte er. »Für die Nachwelt. Machen Sie einfach weiter, beachten Sie mich gar nicht.«

»Wie Sie wollen.« Sie wandte sich wieder dem Verband zu, schnitt eine Grimasse und sagte leise zu dem jungen Soldaten: »*Für die Nachwelt* … Na dann.«

»Ist er berühmt?«

»Ziemlich. Still halten!«

»Das gefällt mir, Sie und ich zusammen auf einem Gemälde.«

»Seine Spezialität sind die Damen der Gesellschaft. Verlangt einen Haufen Geld dafür.«

»Sie sollten mir dankbar sein, Miss. Sie kriegen Ihr Bild umsonst.«

»Sehr lustig. Also, das wär's.« Sie war fertig.

Vorsichtig bewegte er den Arm. »Wird der wieder?«

»Wahrscheinlich bleibt er steif. Der Muskel ist ziemlich stark verletzt. Aber Sie können schon noch etwas damit anfangen.«

»Pech, dass es der rechte ist. Seit es mich erwischt hat, konnte ich keinen Brief mehr nach Hause schreiben.«

»Wenn Sie wollen, mache ich das für Sie.« Sie lächelte ihn an. Seine vorwitzige Art gefiel ihr. »Das ist das Mindeste, was ich tun kann … als Dank für das Bild.«

*

Am nächsten Morgen – er rasierte sich gerade – hörte Deemer den Briefschlitz an der Haustür klappern. Das kam so selten vor, dass er sich schnell fertig rasierte, das Gesicht abtrocknete und dann mit nacktem Oberkörper nach unten ging. Als er sich bückte, um den Brief aufzuheben, stutzte er. Venetia Stanley hatte eine sehr markante Handschrift – hohe Großbuchstaben und aufsteigende Linien, die Kleinbuchstaben sehr klein, fast wie gedruckt, große Abstände zwischen den einzelnen Wörtern. Der Anblick seines Namens und seiner Adresse in ihrer Handschrift war ein Schock. Er trug den Umschlag in die Küche, legte ihn auf den Tisch und atmete tief durch, bevor er ihn öffnete.

Mittwoch, 10. Febr. 1915
Hallo, alter Knabe, Du wirst es nicht glauben, aber ich bin wieder in England. So ein Hunnen-Granatsplitter hat mich voll erwischt und meinen rechten Arm ziemlich vermurkst. Die flicken mich gerade im London Hospital wieder zusammen – Station Charrington, wenn Du Lust hast vorbeizukommen. In ein, zwei Wochen bin ich wieder auf dem Damm, also mach Dir keine Sorgen, aber ich dachte, Du würdest gern Bescheid wissen. Eine entzückende Schwester schreibt das hier freundlicherweise für mich.

Alles Liebe, Dein Bruder Fred
(wie diktiert; PS: nicht entzückend)

Er war überwältigt vor Erleichterung – darüber, dass Fred lebte, und darüber, dass nicht etwa Venetia selbst ihm geschrieben hatte, weil sie von ihm wissen wollte, warum er ihre Briefe lese. Sie war einfach eine Krankenschwester auf der Station seines Bruders – ein hanebüchener Zufall, wenn auch nicht unmöglich. Jedenfalls war er entschlossen, seinen Bruder beim Wort zu nehmen.

Auf dem Weg zum Postverteilzentrum Mount Pleasant machte er kurz halt und schickte Fred ein Telegramm, in dem er ankündigte, noch am selben Abend nach der Arbeit bei ihm vorbeizuschauen. Natürlich bestand die Gefahr, dass er dabei Venetia über den Weg lief, aber das Risiko war gering, und es würde ihn sicher nicht davon abhalten.

Der Tag schleppte sich noch langsamer dahin als sonst. Am Morgen öffnete er einen Brief des Premierministers, den dieser in der Nacht zuvor geschrieben hatte.

Heute Morgen erreichte uns ein Geheimtelegramm vom Admiral (Carden), das nur Winston, Grey, K & ich zu Gesicht bekommen haben. Es besagt, dass die

> Angelegenheit da unten, die am nächsten Montag hätte anlaufen sollen, um ein paar Tage verschoben werden musste, weil die erforderlichen Minenräumboote nicht rechtzeitig vor Ort sein konnten.

Er wusste, was die »Angelegenheit da unten« war: der Angriff auf die Dardanellen. Wieder einmal erfuhr Schwester Stanley mehr über anstehende militärische Operationen als die meisten Minister im Kabinett.

Am Nachmittag kam ein Brief von Venetia, der sich auch auf Fred zu beziehen schien:

> Viele frische Neuzugänge, Verwundete aus Frankreich, manche hat es ziemlich schlimm erwischt (ein ernüchternder Gedanke, dass es den schlimmsten Fällen zu schlecht geht, als dass sie evakuiert werden können, & diese armen Teufel hier die Glücklichen sind). Sie sind so jung. Ich tue mein Bestes, sie aufzumuntern und nicht nur ihre Wunden zu verbinden. Ich sitze bei ihnen am Bett, zünde Zigaretten an und schreibe für sie Briefe an ihre Angehörigen …

Mit der Abendlieferung kam ein letzter, um halb sechs aufgegebener Brief vom Premierminister, der den üblichen belanglosen Tratsch enthielt:

> Wir hatten heute zum Lunch eine riesige und höchst bunte Gesellschaft bei uns. Mrs Lavery saß neben mir und erzählte, dass ihr Mann für einen Auftrag auf einer Eurer Stationen gewesen ist und Dich gesehen hat …

Um acht war er unterwegs nach Whitechapel.

*

Von der ersten Sekunde an fühlte er sich in dem Krankensaal peinlich berührt. Als junger, tauglicher Mann ging er in Zivilkleidung an Betten vorbei, in denen Männer seines Alters lagen, die im Kampf für König und Vaterland versehrt worden waren – er fand das beschämend. Es war spät, das Licht schon heruntergedreht. Er war der einzige Besucher. (Den Pförtner am Eingang hatte er mithilfe seines Dienstausweises überwunden.) Er hatte das Gefühl, in eine exklusive Männergesellschaft einzudringen. Ein Soldat in Uniform, dessen linkes Bein unterhalb des Knies amputiert war, versuchte offensichtlich, sich an das Gehen auf Krücken zu gewöhnen. Er schwankte durch den Mittelgang und zwischen den Betten umher. Zwei Männer mit Kopfverband saßen Pfeife rauchend in einer Ecke und spielten Schach. Irgendwo im Dunkeln fing ein Patient an zu brüllen, woraufhin ihm einer seiner Bettnachbarn gutlaunig zurief: »Herrgott, Jimmy, halt mal die Luft an!«

Er fand Fred etwa in der Mitte des Saals auf der rechten Seite. Er schlief. Der rechte Arm lag in einer Schlinge, der Kopf hochgelagert auf Kissen. Er sah schmächtig und geschwächt aus, hatte hohle Wangen, aber glatte Haut und wirkte seltsam unschuldig, wie ein sehr junger alter Mann. Er öffnete die Augen und lächelte.

»Hallo, Paulie.«

»Hallo, Fred. Wie geht's?«

»Ziemlich beschissen, was glaubst denn du? Trotzdem, besser als den meisten.«

»Ich hab dir ein paar Sachen mitgebracht.« Er zog zwei Schachteln Zigaretten, eine Tafel Schokolade und eine kleine Flasche Whisky aus den Manteltaschen.

»Ah, großartig. Sei ein braver Junge, und zieh die Trennwand vor. Alkohol ist eigentlich nicht erlaubt.«

Deemer tat wie geheißen. Fred versuchte, die Flasche mit der rechten Hand zu halten, damit er sie aufschrauben konnte, aber ihm fehlte die Kraft. Also erledigte Deemer das für ihn. Fred trank ein paar Schlucke und reichte dann die Flasche zurück.

»Auf dein Wohl.«

»Und deins, das ist jetzt wichtiger.«

Er nahm einen Schluck, zündete danach eine Zigarette an, inhalierte und gab sie Fred, der sich zufrieden auf den Kissen zurücklehnte, rauchte und am Whisky nippte. Deemer saß auf der Bettkante. Wie immer herrschte eine große Zuneigung zwischen ihnen, und doch wurde wenig geredet. Als er Fred fragte, was passiert sei, sagte er, es habe einen gewaltigen Knall gegeben, und das sei alles, woran er sich erinnere. Jeder Frage nach den Erlebnissen im Schützengraben wich er aus. Er wollte nicht darüber reden. Bei aller Zuneigung hatte es auch immer eine gewisse Kluft zwischen ihnen gegeben, und jetzt schien es Deemer, dass diese sich durch den Krieg und ihre höchst unterschiedlichen Erfahrungen damit noch weiter vertiefte.

»Ich habe ein schlechtes Gewissen wegen dir«, sagte er schließlich.

»Jetzt red keinen Unsinn, alter Knabe.«

»Du weißt, was ich meine. Ich sollte auch da draußen sein.«

»Keine Sorge, du kommst schon noch dran. Schätze, bevor Schluss ist, muss erst noch jeder Mann im Land da raus. Die verdammten Hunnen, die halten was aus.« Er rauchte die Zigarette fertig, beugte sich steif zur Seite zum Nachttisch und drückte sie aus. »Du solltest jetzt gehen.«

Deemer stand erleichtert auf. »Wenn du entlassen wirst, kannst du bei mir bleiben. Ich hab ein freies Zimmer.«

»Nett von dir. Mal sehen, was die Armee dazu sagt.«

»Die schicken dich sicher nicht wieder nach Frankreich, oder?«

»Herrgott, ich hoffe, dass sie das doch tun!« Zum ersten

Mal sah Fred verärgert aus. »Was soll ich sonst machen? Ich will die Jungs nicht im Stich lassen.«

»Wir werden sehen. Das Wichtigste ist erst mal, dass dein Arm wieder wird.« Er schob die Trennwand zur Seite. »Ich komme bald wieder.«

»Ist nicht nötig.«

»Natürlich komme ich wieder. Bis dann, Fred.«

»Nacht, Paulie.«

Als er am Schreibtisch neben dem Eingang zur Station vorbeiging, blickte die Schwester von dem Kurvenblatt auf, das sie gerade ausfüllte. Die Tracht verwirrte ihn für einen Augenblick, dann fielen ihm die dunklen Haare und Augen unter der weißen Haube und die rettungslos aristokratische Haltung auf. Er erkannte, dass er vor Venetia Stanley stand.

»Kann ich behilflich sein?«, fragte sie.

»Nein danke. Ich habe gerade meinen Bruder da drüben besucht.«

»Ah, Fred Deemer. Das ist vielleicht eine Marke. Dann ist sein Brief also angekommen.«

»Ja, vielen Dank. Nett von Ihnen, dass Sie ihn geschrieben haben.«

»Woher wissen Sie, dass *ich* ihn geschrieben habe?« Sie sah ihn aufrichtig verwirrt an.

Plötzlich geriet er ins Schwimmen. »Na ja, also, tut mir leid, war nur eine Vermutung.«

»Deemer?«, sagte sie nachdenklich. »Deemer. Ich hatte mir schon gedacht, dass ich den Namen kenne. Er ist ziemlich ungewöhnlich.« Sie betrachtete ihn jetzt genauer. »Haben wir uns nicht schon einmal gesehen?«

»Haben wir das?«

»Sie sind doch der Polizist, der mich nach dem schrecklichen Unfall auf der Themse befragt hat.«

Er tat so, als kramte er im Gedächtnis. »Ja, stimmt. Sie sind Miss Stanley, richtig?«

Sie nickte. »Kommt mir vor, als wäre das schon eine Ewigkeit her. Und trotzdem … hier wären wir.«

Er zuckte die Achseln. »Die Welt ist klein.«

»Meine ist tatsächlich sehr klein.«

Das war eine sonderbare Bemerkung. Er hatte das Gefühl, dass sie noch etwas sagen wollte, und einen verrückten Augenblick lang verspürte er den starken Drang, sie zu warnen, dass ihre Briefe von einer Regierungsbehörde gelesen würden, dass sie im Verdacht stehe, gegen das Spionagegesetz zu verstoßen, dass ihr und dem Premierminister ein Skandal drohe, der sie beide ruinieren könne.

»Na dann, gute Nacht, Mr Deemer.«

»Gute Nacht, Miss Stanley.« Er berührte die Krempe seines Bowlers.

Die Tür schwang hinter ihm zu. Während er durch den Gang lief, war ihm, als beobachtete sie ihn, aber als er sich an dessen Ende umdrehte, schaute niemand durch das runde Fenster in der Stationstür.

KAPITEL 26

Die Konzentration des Premierministers hatte kurz ausgesetzt. Sein überaus leistungsfähiger Verstand – das Präzisionswerkzeug, das ihn wie ein Sextant durch Oxford und die Gerichtshöfe navigiert hatte, durch das Parlament und die Regierungsarbeit – hatte am Nachmittag, als der Kriegsrat die Operation in den Dardanellen abgesegnet hatte, versagt. Als er den Blick von seinem Brief an Venetia hob, hatte die Wucht von Winstons Rhetorik die Mitglieder des Rats schon überwältigt. Vielleicht hätte sie auch ihn überwältigt – Haldane hatte einmal darüber geklagt, ein Streit mit Winston sei wie Streit mit einer Blaskapelle. Aber er hätte über die Autorität eines Premierministers und das argumentative Können verfügt, ihn einem gründlicheren Kreuzverhör zu unterziehen. Die Chance hatte er verpasst, und gegen Ende Februar, Anfang März bedauerte er allmählich seinen Irrtum.

Zunächst hatte Winston die von ihm für Montag, den 15. Februar versprochene Bombardierung der äußeren Festungen an der Zufahrt zur Meerenge auf den Freitag verschieben müssen, weil vier Minenräumboote fehlten. Was ihm leichtes Unbehagen bereitete. Die Marine hatte einen Monat zur Vorbereitung gehabt. Hatte man die Zeit, die man benötigte, um die Minenräumer an Ort und Stelle zu bringen, etwa nicht vorhersehen können?

Am Tag, als die Kriegsschiffe damit begannen, den türkischen Truppenstandort zu bombardieren, unternahm er eine Spazierfahrt mit Venetia. Nachdem er sie vom Krankenhaus abgeholt hatte, fuhren sie ohne Ziel durch London. Zufällig kamen sie in der Liverpool Road in Islington an dem trostlosen, grauen Reihenhaus vorbei, wo er als Schulkind zwei freudlose Jahre bei einem puritanischen Chemiker und seiner Frau verbracht hatte. Der Anblick deprimierte ihn, und obwohl Venetia nicht liebevoller hätte sein können, spürte er, dass ihre Fürsorglichkeit etwas Pflichtschuldiges an sich hatte, dass sich zwischen ihnen eine Distanz auftat, die er nicht überwinden konnte. Sie sprachen über den Krieg.

»Wie läuft es in den Dardanellen? Hast du nicht gesagt, da geht es heute los?«

»Bis jetzt habe ich noch nichts gehört.«

Er ließ sie in der Whitechapel Road aussteigen, dann brachte Horwood ihn zum Bahnhof Victoria, wo er in den Zug nach Walmer stieg.

Am Samstag saß er in den Festungsanlagen auf einer Bank, hielt das Gesicht in die Wintersonne und dachte an jene beiden Jahre in der Liverpool Road zurück. Dort hatte er sich als Sechzehnjähriger aus dem Haus geschlichen, um ins Theater zu gehen – was streng verboten war – und eine Stunde oder länger für einen der billigen Plätze anzustehen. Dort verliebte er sich zum ersten Mal, in eine Schauspielerin namens Madge Robertson, obwohl er nie ein Wort mit ihr gesprochen, sondern nur mit schwärmerischer Verzückung aus dem Parkett zu ihr hochgeschaut hatte. Sich aus den aktuellen Sorgen in die Vergangenheit zurückziehen zu können war eine Erleichterung. Er wartete immer noch auf Nachrichten über den Verlauf der Bombenangriffe, aber es kam nichts.

Erst am Sonntag erhielt er von Winston ein Telegramm, in dem er schrieb, nach vielversprechendem Beginn hätte der Angriff schlechten Wetters halber abgebrochen werden und die Flotte sich in ihren Hafen auf Lemnos zurückziehen müssen.

Von den Presseberichten über die Operation erschien dem Premierminister der Ton in der *Times* am nächsten Morgen etwas unentschieden. *Die für die Operation sprechenden Gründe sind überwältigend, vorausgesetzt die Risiken und notwendigen Vorbereitungen sind im Voraus kühl kalkuliert worden.* Laut dem türkischen Kommuniqué, das die *Times* wenig hilfreich abdruckte, hatten die vierhundert großkalibrigen Granaten der britischen Schlachtschiffe, die auf die Festungen niedergeregnet waren, einen einzigen Verletzten durch Steinsplitter gezeitigt. Er tat den Bericht als einen weiteren Versuch Northcliffes ab, Unruhe zu stiften.

Am Dienstag kam Oc in der Uniform seiner königlichen Marinedivision vorbei, um sich zu verabschieden. Er sollte nach der Einnahme der Festungen an der Landung teilnehmen und war noch in die Stadt gekommen, um seine Ausrüstung zu vervollständigen, darunter ein Baedeker für Konstantinopel, aus dem er beim Lunch vorlas. Wie immer war er bester Stimmung. Für ihn war das ein großes Abenteuer. Die gesamte Londoner Gesellschaft schien zu wissen, dass die Marinedivision zu den Dardanellen auslief, weshalb der Premierminister sich fragte, wo da das Überraschungsmoment sei. Beim Abschied an der Tür sagte Oc: »Mach dir keine Gedanken, Prime. Ich schick dir eine Postkarte von der Blauen Moschee.«

Zur Abschiedsparade im Beisein des Königs vor dem eigentlichen Einschiffen fuhr Margot nach Dorset, von wo sie besorgt zurückkehrte. An Freitag schrieb er darüber an Venetia:

> Im letzten Augenblick scheint aufgefallen zu sein, dass sie weder Arzt noch Medikamente dabeihaben, & Clemmie hat alle möglichen Hebel in Gang gesetzt, sodass sie in Malta noch einige notwendige „Kleinigkeiten“ mit an Bord nehmen werden.

> Allerdings hat es nicht den Anschein, dass die Organisation gut durchdacht wäre. Rupert Brooke ist sich ziemlich sicher, dass er nicht lebend zurückkehrt.

Nie hatte er das Gefühl gehabt, sie dringender zu brauchen, und er dankte Gott und – wichtiger – den Verantwortlichen im Londoner Krankenhaus dafür, dass sie ihr in der folgenden Woche wegen Überarbeitung ein paar Tage freigegeben hatten: Ihr Blutdruck war zu sehr gestiegen. Er schrieb ihr, dass er sie am Mittwochabend, den 3. März, um 18 Uhr 15 in der Mansfield Street abholen und sie dann zum Abendessen beim Assyrer fahren würden.

In dem Moment, wo sie in den Wagen stieg und ihn flüchtig auf die Wange küsste, wusste er, dass sich ihre jeweilige Erwartungshaltung für die kommende Woche auf vollkommen verschiedenen Ebenen bewegte. Ungeachtet dessen zog er seinen Taschenkalender hervor, bedrängte sie weiter und versuchte so viel Zeit wie möglich für sie beide unterzubringen. Sie sagte, sie werde am Wochenende nach Alderley fahren, und er wartete darauf, dass sie ihn dazu einlud, aber sie blieb stumm.

»Hör zu«, sagte sie schließlich. »Und bitte, versteh mich nicht falsch, aber ich habe in den letzten zwei Monaten fast keinen meiner Freunde getroffen, da kann ich dir einfach nicht zusagen. Ich glaube nicht, dass das ihnen gegenüber fair wäre, und um ganz ehrlich zu sein, ich glaube auch nicht, dass es mir gegenüber fair ist.«

Er war so erschrocken, dass er nicht wusste, was er sagen sollte. So hatte sie noch nie mit ihm geredet.

»Natürlich. Verzeih mir.«

Er steckte den Kalender ein und versuchte sich so zu verhalten, als hätte er verstanden, dass es nicht so wichtig sei, dass sie müde sei und daher nicht ganz sie selbst. Sie unterhielten sich auf der ganzen Fahrt wie immer, aber eigentlich war ihm sterbenselend.

Das Abendessen empfand er als ausgesuchte Tortur. Er glaubte nicht, dass sie jemals schöner ausgesehen hatte. Durch die harte Arbeit und das schlechte Essen im Krankenhaus hatte sie abgenommen. Fast schien es so, als würde ihr die Belastung liegen. In seinen Augen verkörperte sie eine ätherische Anmut – distanziert, kühl, unberührbar. Wie Madge Robertson, die Schauspielerin, in die er sich als scheuer Schuljunge verliebt hatte. Er beobachtete, wie sie mit dem Assyrer und den anderen plauderte und lachte. Und obwohl sie mit ihm sprach und sogar seine Hand berührte, als sie sich verabschiedete und ihm zuflüsterte: »Tut mir leid wegen vorhin, ich wollte nicht so schroff sein«, hatte er dennoch eine schreckliche Vorahnung.

Noch nach Mitternacht lag er wach in seinem Bett, und um ein Uhr am Donnerstagmorgen entschied er, er müsse ihr jetzt seine Gefühle mitteilen.

> Keinem Mann ist jemals eine größere Gnade zuteilgeworden als mir mit Dir, weil ich Dich kennen & lieben durfte. Und was auch immer geschieht, nichts kann mir das jemals nehmen. Das heißt natürlich, dass Du (solltest Du so veranlagt sein) mir mehr Qualen bereiten kannst als sonst jemand auf dieser Welt. Den kleinen, flüchtigen Stich von gestern Abend, den Du so schnell & so süß geheilt hast, habe ich schon vergessen. Ich weiß zu gut, dass Du vom Wesen her zu gutmütig bist (sogar ohne jedwede besondere Empfindung, die Du mir entgegenbringen magst), als mir vorsätzlich eine Wunde zuzufügen.

Als Erstes am nächsten Morgen warf er den Brief ein und versuchte sich dann auf seine Arbeit zu konzentrieren. Aber es war hoffnungslos, und im Lauf des Vormittags schrieb er ihr wieder, nur ein paar Sätze, einen Schmerzensschrei. Er konnte nicht anders.

> Mein Liebling, ich bin so unglücklich. Jedes Wort ist sinnlos, aber so ist es. Ich denke an die Zeilen von Landor: „Ich wärmte treu mich an des Lebens Herd; die Glut erlischt – lebt wohl denn, Hass und Gunst!"

Er wartete den ganzen Tag auf eine Antwort. Erst um neun Uhr am Abend erreichte sie ihn, überbracht von einem Boten ins Haus des Innenministers am Smith Square, wo er zu Abend aß. Er wandte den anderen Gästen den Rücken zu und las.

> Es tut mir furchtbar leid, dass Du Dich so elend fühlst & dass ich der Grund dafür bin. An meinen Gefühlen für Dich hat sich nichts geändert. Es sind nur die Umstände, die sich geändert haben, & wir sind angehalten, das Bestmögliche daraus zu machen. Bitte, sei glücklich, mein Lieber, & versuche zu verstehen.
> Stets die Deine

Nach dem Abendessen wieder in der Downing Street setzte er sich an den Schreibtisch, las den Brief noch einmal und dann noch einmal und studierte jedes Wort eingehend und versuchte die tieferen Beweggründe dahinter zu erkennen, als handelte es sich um eines der Telegramme des Kaisers im vergangenen Sommer. Anstatt *mein Liebling,* stellte er fest, schrieb sie nur *mein Lieber.* Er nahm seine Schreibfeder.

> Mitternacht. Mein einziger Liebling, ich danke Dir von ganzem Herzen für Deine kurze Nachricht, die mich beim Abendessen bei den McKennas erreichte.

> Sie hat mein Unglück gewiss gelindert. Aber unglücklich bin ich dennoch. Wenn Du freihast, dann hole ich Dich morgen (Freitag) um 5 vor 3 mit dem Automobil ab, & wir machen eine Spazierfahrt. Dein Ergebener – auf immer –

Noch nie war es ihm passiert – zumindest konnte er sich nicht erinnern –, dass er die ganze Nacht nicht einschlafen konnte und jeden von Big Bens Glockenschlägen hörte: eine echte *nuit blanche.* Ich verliere den Verstand, dachte er. Was nicht abwegig war. Männer waren *tatsächlich* im Amt verrückt geworden. Außenminister Castlereagh hatte sich 1822 mit einer Schere die Kehle durchgeschnitten und war in den Armen seines Arztes gestorben. Als der Tag endlich anbrach, war das für ihn wie eine Erleichterung.

Pünktlich um 14 Uhr 55 hielt sein Wagen vor dem Haus in der Mansfield Street. Er sah sie am Fenster stehen und auf ihn warten. Sie kam sofort heraus, küsste ihn, nahm seine Hand und sagte leise, nachdem der Napier sich in Bewegung gesetzt hatte: »Jetzt erzähl mir genau, was dich beunruhigt. Allmählich mache ich mir ernsthaft Sorgen.«

Sie fuhren zur Hampsteader Heide. Unterwegs versuchte er ihr seine Gefühle zu erklären, das Elend, das er sie mehr liebe als sie ihn, dass sie für sein Leben und seine Arbeit unentbehrlich sei, die schreckliche Angst, sie zu verlieren, seine Gedanken an Selbstmord.

»Letzte Nacht, da habe ich wirklich ein paarmal um einen Herzanfall gebetet. Und das Schlimmste: Ich weiß, dass man nichts daran ändern kann. Ich gebe dir dabei überhaupt keine Schuld, mein Liebling. Ich will dein Leben nicht vereinnahmen. Niemand hätte gütiger zu mir sein können, als du es warst. Ich weiß, ich stelle unzumutbare Forderungen an dich. Aber es ist, als hätte sich eine Kluft in mir geöffnet, die einfach nicht zu schließen ist. Vielleicht war das schon immer so.«

»Mein lieber Prime, du übertreibst alles so maßlos.« Sie umarmte ihn. »Das ist die Anspannung durch den Krieg und die Sorgen um Oc und Beb und Raymond und das alles. Ich bin immer noch hier.«

»Jetzt, ja, aber für wie lange noch? Du beendest deine Ausbildung, und dann verschwindest du in irgendein erbärmliches Lazarett in Frankreich, und dann bekomme ich dich kaum noch zu Gesicht. Oder du heiratest, und ich weiß, das wird passieren. Ich glaube nicht, dass ich das ertragen könnte.«

»Ich habe mich noch nicht endgültig entschieden, nach Frankreich zu gehen, und wenn ich gehe, dann kannst du mich besuchen kommen, als Ausrede machst du einfach irgendeinen offiziellen Besuch. Und was die Heirat angeht, so weit bin ich noch lange nicht, aber selbst wenn es dazu kommt, sehen können wir uns dann immer noch.«

»Das wäre nicht das Gleiche, das kann es gar nicht sein. Ich kann den Gedanken nicht ertragen, dich mit jemand anderes zu teilen.«

Trotzdem fühlte er sich besser, nachdem er sich alles von der Seele geredet hatte, und sie hätte nicht gütiger und liebevoller sein können. Als er sie um halb fünf in der Mansfield Street wieder aussteigen ließ, war es fast wie früher. Auch als er sagte: »Ich habe vor, am Wochenende nach Walmer zu fahren, aber ich könnte meine Pläne immer noch ändern und dich nach Alderley begleiten«, und sie sanft erwiderte: »Ich glaube, das wäre etwas kompliziert«, nahm er die Zurückweisung anstandslos hin.

Am frühen Abend schrieb er ihr aus dem Zug.

> Mein Liebling, die eineinhalb Stunden mit Dir waren sehr heilsam für mich, & ich bin jetzt glücklicher als ich es vor 24 Stunden für möglich gehalten hätte. Ich habe wirklich nicht übertrieben, als ich Dir sagte, ein coup foudroyant (im wörtlichen Sinne) wäre

> mir gestern nachm. & nachts willkommen gewesen. Eine solche Abhängigkeit mag nicht klug sein: alles, was man hat, oder alle Hoffnungen auf eine einzige Investition zu setzen: zu einem Menschen zu stehen oder durch einen Menschen zu fallen: aber für solche Überlegungen ist es jetzt zu spät …

Um Mitternacht schrieb er wieder einen Brief.

> Meine über alles Geliebte – im Zug habe ich Dir einen Brief geschrieben, der Dich, so hoffe ich, morgen (Samstag) zur Teezeit erreicht. Wahrscheinlich war er ganz und gar nicht ausreichend, aber er wird Dir in jedem Fall vermittelt haben, dass ich nach unserer himmlischen Spazierfahrt heute keine Selbstmordgedanken mehr hege.

Am nächsten Morgen schrieb er ihr wieder. Und am Nachmittag. Und um Mitternacht. Und er schrieb ihr am Sonntagmorgen und noch einmal um Mitternacht.

Und dann hieß es, zurück nach London, zurück zu den Dardanellen.

*

Am Mittwoch leitete er eine weitere Sitzung des Kriegsrats, bei der auch Bonar Law und der Führer der Unionisten im Oberhaus Lord Lansdowne anwesend waren. Was als reiner maritimer Einsatz begonnen hatte, hatte sich inzwischen angesichts des türkischen und deutschen Widerstands zu einem Plan für eine umfassende Landinvasion ausgewachsen. Kitchener schlug vor, die beste seiner gerade in England ausgebildeten neuen Armeen zu entsenden, die 29. Division, die zusammen mit den französischen, australischen und neuseeländischen Divisionen die

Stärke des Einsatzverbands auf fast siebzigtausend Mann erhöhen würde. Sie würden auf der Halbinsel Gallipoli an Land gehen. Während der Diskussion beobachtete der Premierminister den wie üblich teilnahmslos wirkenden Jackie Fisher mit seinem leicht orientalischen, gelblichen Gesicht – eine Folge der Malaria und der Ruhr, an denen er während seiner Dienstzeit in Ägypten erkrankt war. Er schaute aus dem Fenster, als hätte die ganze Geschichte nichts mit ihm zu tun.

Am nächsten Tag schickte er Venetia dann eines aus einer Reihe von Sonetten, die er gerade über sie schrieb.

> Mehr oder weniger, Liebe führt nicht Buch,
> Fordert nicht Lohn, sondern zahlt ohne Geiz:
> Freigebig vermehrt sie all ihren Reiz:
> Bedeckt die Wildnis mit ihrem Gartentuch.

Mein Liebling, glaubst Du, Dir läge mehr an mir, wenn mir weniger an Dir läge …?

—

London Hospital
Freitag, 12. März 1915
Meine Liebster, dies wird leider ein abscheulich langweiliger Brief, weil mein gesamter Tag nichts als Arbeit gewesen ist. Ich habe nachgedacht über das, was Du geschrieben & gesagt hast & wie schwierig heute alles scheint verglichen mit letztem Sommer. Du magst Dich an Browning erinnern …

> Wir standen zu zwein, noch jemals zu dritt,
> Doch ein jeder für sich, da wussten wir dann:
> Was geseh'n und gehört bei jedem Schritt,
> Licht und Schatten uns schlugen in Bann,

Bis Zwietracht kam und Eintracht litt.
Oh, das bisschen mehr, wie viel es ist!
Das bisschen weniger, wie weit entfernt!

Wir müssen ein Gleichgewicht finden, & ich frage mich, ob nicht in Zukunft das Beste für uns beide wäre, wenn Du das Experiment bemühtest, mich weniger zu lieben …

—

Walmer Castle
Samstag, 13. März 1915
Mein Liebling, ich fand Deinen Brief heute Morgen überhaupt nicht abscheulich oder langweilig, im Gegenteil: Er enthielt die eine oder andere Passage, die mir außerordentlich interessant erschien. Die Zeilen von Browning (die ich ganz vergessen hatte) sind sehr wahr … Nein, ich werde nicht „das Experiment bemühen, Dich weniger zu lieben". Mein Mühen (wenn es denn eines ist) zielt ganz in die gegenteilige Richtung. Ich bin ziemlich endgültig zu dem Schluss gekommen, dass es das Beste in meinem Leben ist.

*

Fünf Tage später, am Donnerstagmorgen, bat Kitchener ihn um eine vertrauliche Unterredung, um die allgemeine Kriegslage zu besprechen. Sie saßen sich am Kabinettstisch gegenüber. Der sonst so hochmütige, unerschütterliche Feldmarschall kam ihm ausnahmsweise aufgewühlt und nachdenklich vor. General Hamilton, der neue Befehlshaber des Einsatzverbandes der Armee, war am Dienstag in der Ägäis eingetroffen und hatte ihm ein besorgniserregendes Telegramm geschickt. Kitchener trug es bei sich.

»Er schreibt, wir hätten unsere gesamten Anstrengungen auf die Einnahme der äußeren Festungen der Dardanellen konzentriert, aber seiner Meinung nach sind die nicht das eigentliche Problem. Anscheinend wimmelte es auf beiden Seiten der Meerenge von versteckten Feldkanonen und Haubitzen, die von See aus praktisch nicht zerstört werden können. Und es stellt sich heraus, dass eine noch größere Gefahr von den im Fahrwasser gestreuten Seeminen ausgeht.«

»Ich dachte, wir hätten eine Flottille Minenräumer vor Ort, die sich darum kümmern soll.«

»Haben wir auch. Aber kaum haben wir die Minen tagsüber beseitigt, legen die Türken nachts neue Felder an. Die Flotte ist in diesem Moment im Einsatz, aber das ist riskant, und bis jetzt ist es nicht gut gelaufen. Ich befürchte stark, Herr Premierminister, dass die Admiralität es mit ihren Versprechungen bezüglich einer rein maritimen Maßnahme übertrieben hat.

Außerdem muss ich Sie dringend auf ein ernsthaftes Problem an der Westfront hinweisen. French hat seine Offensive bei Neuve-Chapelle abbrechen müssen. Er behauptet, ihm seien die Granaten ausgegangen.«

»Und? Stimmt das?«

»Ja, aber nur weil er selbst so viel Munition verschwendet. Was unser ganzes Land an siebzehn Tagen an Granaten produziert, haben wir anscheinend allein am ersten Tag verbraucht und dabei nur gut eine Meile Bodengewinn erzielt. Das ergibt zwei Granaten für jeden Quadratmeter eroberten Gebiets. Wir können nicht weiter so verschwenderisch agieren. Außerdem haben wir zwölftausend Mann verloren, aber das ist von geringerer Bedeutung. Um es brutal auszudrücken – Männer kann ich ersetzen, Artilleriemunition nicht.«

Der Premierminister schloss kurz die Augen. Nach seiner Erfahrung entstanden die schlimmsten politischen Krisen immer dann, wenn zwei voneinander unabhängige Probleme gleichzeitig auftraten. Die Schwierigkeiten verdoppelten sich nicht oder steigerten sich im Quadrat, sondern explodierten hoch drei. »Ich glaube, Sie machen sich am besten schnell auf den Weg und sehen zu, dass Sie die Lage da drüben in den Griff bekommen.«

»Ja, Sir. Ich befürchte, French ist mit den Anforderungen moderner wissenschaftlicher Kriegführung und einem Kommando über vierhundertfünfzigtausend Frontsoldaten einfach überfordert. Wir müssen da dringend etwas ändern.«

Bevor er am nächsten Tag Venetia für ihre Freitagsspritztour abholen konnte, musste er sich noch mit Winston und dem Kriegsrat auseinandersetzen.

Der Erste Lord der Admiralität verfügte über ein erzählerisches Talent, mit dem er eine Niederlage so überzeugend darstellen konnte wie einen Sieg – er konnte einen geradezu glauben machen, dass die Niederlage *tatsächlich* ein Sieg war. Der Premierminister und die anderen Mitglieder des Rats – Kitchener, Lloyd George, Balfour, Bonar Law, Grey, Fisher und die anderen – lauschten mit andächtiger Aufmerksamkeit seiner Schilderung des Marineeinsatzes vom Vortag, wie achtzehn Schlachtschiffe, einschließlich der *Queen Elizabeth,* des schlagkräftigsten Kriegsschiffs der königlichen Marine, abgesichert durch eine Armada aus Kreuzern und Zerstörern, am frühen Morgen unter einem blauen, mit weißen Wolken betupften Himmel über die glitzernden Wasser der Ägäis in das Drachenmaul der Meerenge der Dardanellen glitten, wo die *Queen Elizabeth,* die *Agamemnon,* die *Lord Nelson* und die *Inflexible* auf einer Breite von acht Meilen das Feuer auf die Festungen eröffneten – ein überwältigender Angriff. Aber dann entzogen die Götter des Krieges den Angreifern ihre Gunst. Das französische Kriegsschiff *Bouvet* lief entweder auf eine Mine, oder eine türkische Granate traf genau ihren Munitionsraum – jedenfalls verschwand sie in einer Wolke aus Rauch und Dampf, ging sofort unter und riss sechshundert Mann mit in die Tiefe. Die Minenräumboote der königlichen Marine flohen vor dem vernichtenden Beschuss aus türkischen Feldkanonen und Haubitzen. Die *Inflexible* wurde steuerbords von einem Torpedo getroffen. Auf dem Schlachtschiff *Ocean* gab es eine Explosion, ihre Steuerung blockierte, und sie drehte sich nur noch im Kreis. Am Spätnachmittag gab der Befehlshaber der Flotte den Befehl zum Rückzug. Drei Schlachtschiffe waren versenkt, drei stark beschädigt worden. Ein Drittel seiner Streitmacht war vernichtet. Die Festungen blieben unversehrt.

Winston sah in die Runde. »Aber wir werden die Verluste mehr als wettmachen. Die *Queen* und die *Implacable* sind bereits auf dem Weg. Die *London* und die *Prince of Wales* laufen noch heute aus. Unglücklicherweise ist letzte Nacht Sturm aufgekommen, aber sobald der sich legt, greifen wir wieder an.«

Seine Stimme klang fest, aber er hatte seine überraschend kleinen und feingliedrigen, fast femininen Hände, wie der Premierminister bemerkte, ineinander verkrampft, als wollte er ein Zittern unterdrücken.

»Ich werde General Hamilton den Befehl geben, sich für die frühestmögliche Landung auf der Halbinsel bereit zu machen«, sagte Kitchener. »Es liegt auf der Hand, dass die Armee dafür sorgen muss, die Geschütze an Land endgültig auszuschalten.«

Der Premierminister fasste zusammen: »Wir müssen den Befehlshabern vor Ort die Entscheidung überlassen, aber ich glaube, wir stimmen alle darin überein, dass sie den Angriff fortsetzen sollen, wann immer die Umstände das erlauben.«

Außer Fisher gaben die Mitglieder des Rats murmelnd ihre Zustimmung. Was sollten sie auch sonst tun?

*

Venetia war zum Lunch bei den McKennas gewesen. Der Premierminister holte sie am Smith Square ab, um sie zum Krankenhaus zu fahren, und erzählte ihr von dem Desaster der Marine in den Dardanellen.

»Das klingt ganz so, als wäre das gesamte Konzept fehlerhaft«, sagte sie. »Ist es da nicht klüger, die ganze Sache abzublasen, bevor es noch mehr Leben kostet?«

»Das würde leider einen verheerenden Schlag für unser internationales Ansehen bedeuten, vor allem im Mittelmeerraum. Unter uns gesagt, hoffen wir darauf, in den nächsten Wochen Italien zum Kriegseintritt auf unserer Seite bewegen zu können. Kannst du dir vorstellen, was für eine Wirkung ein Rückzug hätte? Nein, wir haben leider keine andere Wahl, als unseren Einsatz zu verstärken.«

»Manchmal ist es besser, das Unausweichliche zu akzeptieren und den Schaden zu begrenzen«, sagte sie vorsichtig.

In seinem Zustand gesteigerter Nervosität begriff er die Andeutung sofort. »Das ist eine ziemlich zweischneidige Bemerkung. Sprichst du von uns? Den Schaden zu begrenzen – mein Gott! Ist das dein Ernst?«

Sie wandte sich ab und sah aus dem Fenster. Nach einer Weile sagte sie: »Der Zeitpunkt wird wahrscheinlich nie passen, also kann ich es dir auch gleich jetzt sagen. Meine Ausbildung im Krankenhaus endet in drei Wochen, und ich habe mich als Krankenschwester für Frankreich gemeldet.«

Die Tatsache, dass er den Schlag erwartet hatte, machte ihn nicht erträglicher – obwohl er sich geschworen hatte, ihn gelassen hinzunehmen und sie möglichst zu unterstützen. Aber er hatte ihr wohl – wie er im Rückblick erkannte – so etwas wie eine Szene gemacht. Er wollte von ihr wissen, wie sie ihn jetzt, in einer so kritischen Phase des Krieges, wo er sie mehr brauchte denn je zuvor, verlassen könne. Soldaten in Frankreich die Wunden verbinden, das sei eine Aufgabe, die auch Hunderte, ja Tausende andere

Frauen erledigen könnten. Was bedeutete das, verglichen mit dem Beitrag, den sie leisten konnte, wenn sie die Bürden des Führers ihres Landes teilte?

Sie hörte sich das alles an, allerdings nicht mit versteinertem Gesicht oder indem sie ihm widersprach – beides hätte er verkraftet –, sondern vielmehr mit einem traurigen, verständnisvollen, fast *mitleidigen* Lächeln. Als sie vor dem Krankenhaus anhielten, küsste sie ihn auf die Wange und sagte, sie hoffe, ihn am nächsten Freitag wiederzusehen.

Als sie ausstieg, sagte er wehmütig: »Nicht früher?«

»Leider nein.«

Er hatte sich schon vor ihrer Ausfahrt dazu entschieden, mit dem Automobil gleich weiter nach Kent zu reisen. Als der Wagen sich jetzt zur langen Fahrt gen Walmer Castle in Bewegung setzte, fühlte er sich so verloren, dass er ihr sofort einen Brief zu schreiben begann. Er saß im Fond des Napiers und ließ sich auf der Mile End Road durchschütteln, während er ihn in kaum leserlicher Schrift verfasste. *Mein Liebling, Du hast mich gerade verlassen, & ich fühle mich so einsam …*

> Es war himmlisch, mit Dir zusammen & Dir so nahe zu sein, Dich zu beobachten, Deine Stimme zu hören. Ich blicke zurück auf diese köstliche Stunde, und es tut mir leid, dass ich mich so selbstsüchtig in derart düsteren Vorhersagen ergangen habe. Nie, mein Liebling, sollte ich mit Dir darüber streiten, was Du nach reiflicher Überlegung als das Richtige & Beste für Dich erachtest – es sei denn, das hieße tatsächlich, dass Du mich aus Deinem Leben verbanntest. Das könnte ich nicht ertragen. Aber das wirst Du niemals tun … nicht wahr? Mehr kann ich nicht sagen. Schreibe mir einen süßen kleinen Brief. Diesen Brief gebe ich unterwegs im nächsten Postamt auf.

Als er in Maidstone auf der anderen Straßenseite ein Postamt sah, ließ er anhalten. Nachdem er sich durch den Verkehr geschlängelt, eine Marke gekauft und den Brief aufgegeben hatte, stand er an der Bordsteinkante und hatte das Gefühl, das Lärmen und der Fahrtwind der vorbeifahrenden Automobile und Laster zögen ihn an, zerrten an seinen Beinen. Es würde ihn tatsächlich nur einen Augenblick kosten: *Sterben – schlafen – nichts weiter! – und zu wissen, dass ein Schlaf das Herzweh und die tausend Stöße endet, die unsers Fleisches Erbteil* … Er stellte sich seinen zerschmetterten Leib vor, wie er durch die Luft flog, vielleicht ein oder zwei Augenblicke der Qual, und dann nichts mehr. Schwankend stand er eine halbe Minute lang am Randstein, ein älterer Herr in Gehrock und Zylinder, von den Fahrern unbeachtet, und ging dann vorsichtig zurück zum Wagen.

KAPITEL 27

Gott segne Dich, Venetia. Du bist mir immer eine engelsgleiche Freundin gewesen, warum denn nicht eine Gemahlin?

Montagus Brief bewahrte sie im selben Koffer auf wie die des Premierministers.

Nicht dass sie ihn oft hervorholte, eigentlich nie. Das war auch nicht nötig. Den maßgeblichen Satz wusste sie auswendig.

Warum nicht eine Gemahlin?

Manchmal erschien ihr die Antwort so vollkommen offensichtlich, dass sie keine weitere Überlegung verdiente.

Weil sie ihn nicht liebte. Was gab es da noch zu sagen?

Trotzdem verwarf sie die Möglichkeit nicht völlig und sorgte dafür, dass sie sich im Februar und März oft sahen. Sie ließ sich von ihm zum Krankenhaus fahren und auch wieder abholen. Sie ging mit ihm zum Tee ins Savoy. Sie besuchte seine Abendgesellschaften. Sie lud ihn sogar über ein Wochenende nach Alderley ein, wo sie in der Bibliothek zusammen »Die Statue und die Büste« lasen.

In dieser Zeit erwähnte sie kein einziges Mal seinen zaghaften unausgegorenen Antrag, und auch er tat es nicht. Das Ganze hing zwischen ihnen in der Luft. Aber jedes Mal, wenn sie neben ihm saß und ihn verstohlen ansah oder ihn am anderen Ende des Raums beobachtete und sich vorzustellen versuchte, mit ihm verheiratet zu sein, fand sie den Gedanken schlicht unmöglich. Nicht nur, dass er sie körperlich kaltließ. Sie empfand sogar einen tief sitzenden … Nun, wenn sie ehrlich war, *Ekel* war da kein zu harsches Wort.

Nirgendwo an diesem überaus unansehnlichen, schweren Körper unter dem dicken altmodischen Anzugstoff konnte sie auch nur den Funken von Sexualität entdecken. Allein der Gedanke, ihn zu küssen – diese Zähne, dieser dichte, schwarze Schnauzbart –, ließ sie zurückzucken. Und der Gedanke, mit ihm das Bett zu teilen, war fast zu scheußlich, ihn überhaupt zu denken.

Aber …

Aber sie mochte ihn wirklich lieber als fast jeden anderen aus ihrem Kreis. Sicher, er konnte kleinlich und weibisch sein – »Tantchen«, das war ein weiterer seiner Spitznamen –, so wusste er doch immer etwas zu sagen, was sie faszinierte oder zum Lachen brachte. Nie langweilte er sie, was sie vom Premierminister jedenfalls nicht mehr behaupten konnte. Inzwischen graute es ihr jedes Mal, wenn sie nach der Schicht zu ihrem mit Briefen verstopften Postfach ging. Ihre Ausfahrten am Freitag waren zu einer Qual geworden, die sie möglichst mied – auf der letzten, als sie sich getraut hatte, ihm von ihrem Vorhaben zu erzählen, als Krankenschwester nach Frankreich zu gehen, hatte er ihr eine halbe Stunde lang etwas vorgejammert und sie schließlich nicht länger gelangweilt, sondern wütend gemacht. Wie konnte er erwarten, dass sie ihm ihr Leben opferte? Um sich auf Abruf für ihn bereitzuhalten?

Sie musste einen Ausweg finden.

Es war dieser ungewohnt verwirrte Geisteszustand, der sie am Sonntag nach ihrer letzten verdrießlichen Fahrt spirituelle Führung suchen und erst zum dritten Mal in ihrem Leben zur heiligen Kommunion gehen ließ. In welcher Kirche, das war ihr egal, Hauptsache, sie war in der Nähe.

Die Kirche St Philip war kaum zwanzig Jahre alt: ein hoher viktorianischer Backsteinbau, der wie eine Fabrik oder ein Lagerhaus aussah und auf dem Krankenhausgelände neben dem Flügel mit der Isolierstation stand. Der Boden war aus Parkett. Die Nischen füllten Rollstühle und Krücken. Sie trug ihre Tracht und saß mit anderen Schwestern in einer der hinteren Bankreihen, sang die Kirchenlieder mit, lauschte aufmerksam der Predigt und versuchte sich bei den Gebeten zu konzentrieren. Aber obwohl sie wie die anderen zu den Worten die Lippen formte, verspürte sie keinerlei innere Bewegung. Das Dröhnen der Orgel und der leiernde Singsang des Pfarrers waren in ihren Ohren nichts weiter als Geräusche. Ihr Vater war Atheist, ein Onkel Moslem, ein anderer katholischer Bischof. Sie entschied, dass sie eindeutig die Überzeugung ihres Vaters teilte.

Sie stellte sich für die Kommunion an. Als sie an der Reihe war, sich am Altar niederkniete und die Hostie und den Wein entgegennahm, erschien ihr die völlige Abwesenheit einer Empfindung selbst wie eine Erleuchtung. Welche Hindernisse auch immer einer Ehe mit Montagu im Weg stehen sollten, seine Religion war es jedenfalls nicht. Sie erkannte, dass sie so mühelos zu seinem Glauben konvertieren konnte wie eine Straße überqueren. Tatsächlich würde es ihr sogar Spaß machen, gegen die gesellschaftlichen Konventionen zu verstoßen. Sie verließ die anglikanische Kirche an diesem Morgen mit erhobenem Kopf, eigenwillig und trotzig, und wusste, sie würde nie dahin zurückkehren.

Am Dienstag darauf wiederholte Edwin Montagu seinen Antrag.

*

Inzwischen war es ihr gestattet, zweimal die Woche außerhalb des Wohnheims zu nächtigen. Kurz nach zwei, gleich nach einer Kabinettssitzung, kam er in die Mansfield Street. Sie musste um drei im Krankenhaus sein, und er hatte sie gefragt, ob er sie fahren dürfe. Sie traf ihn in der Halle. Ihre Eltern saßen noch beim Lunch. Sie sah sofort, dass er aufgeregt war. Er fragte sie, ob er vorher noch ein persönliches

Wort an sie richten dürfe. Sie führte ihn also ins Frühstückszimmer, bot ihm einen Platz in einem Sessel an und setzte sich aufs Sofa.

»Möchtest du etwas trinken?«

»Nein danke.«

Er konnte nicht still sitzen, schlug ständig die Beine übereinander und stellte sie wieder auf den Boden.

»Alles in Ordnung mit dir, Edwin? Was um Himmels willen ist los?«

»Entschuldige, dass ich das fragen muss, aber hat der Premierminister dir gestern einen Brief geschrieben? Einen ziemlich langen, den er am Morgen während einer Kabinettssitzung geschrieben hat?«

Sie runzelte verwirrt die Stirn und griff nach ihrer Handtasche. In dem Brief, der sie am Nachmittag zuvor im Krankenhaus erreicht hatte, hatte er ihr wieder einmal in einem ausschweifenden Erguss seine Gefühle geschildert. Der Brief hatte ein Zitat aus Miltons Maskenspiel *Comus* enthalten und ziemlich abrupt geendet:

> Mein Liebling, ich schreibe aus dem hitzigen Chaos einer geschwätzigen & weitschweifigen Kontroverse zwischen Ll. G., Winston & A.J.B. über Munition etc., & ich kann es nicht wagen, mich dieser Diskussion noch länger zu entziehen. Morgen Abend schreibe ich Dir einen richtigen Brief. Aber ich musste Dir einfach schreiben – sofort und auf der Stelle.

»Ja«, sagte sie und überflog die Zeilen. »Er erwähnt, dass er in einer Sitzung ist. Er schreibt den ganzen Tag über, immer wieder, von überall. Was ist damit?«

»Dachte mir gleich, dass du es bist, der er schreibt. Ich habe neben ihm gesessen. Der Punkt ist, dass den anderen das auch aufgefallen ist. Winston nicht, der hat wie üblich endlose Reden geschwungen, aber Lloyd George hat es bestimmt mitbekommen und Balfour auch. Es war überdeutlich, wie die beiden ihn angeschaut haben. Sie haben ständig Blicke gewechselt.«

»O Gott. Aber sie wussten nicht, dass er mir geschrieben hat, oder?«

»Wahrscheinlich nicht. Aber du hast doch immer argumentiert, dass du für ihn verfügbar bleiben und ihn so oft treffen musst, weil es ihm so sehr hilft, mit der Anspannung fertigzuwerden, oder? Unversehens habe ich nun die andere Seite erlebt. Was, wenn das Gegenteil zutrifft und du ihn so ablenkst, dass er seine Arbeit nicht mehr richtig erledigen kann? Das war nicht das erste Mal, dass er mitten in einer Sitzung einen Brief geschrieben hat.«

Sie starrte ihn an. Das stellte völlig auf den Kopf, was sie für ihre Rolle im Leben des Premierministers gehalten hatte und wie sie es immer vor sich selbst gerechtfertigt hatte. Zunächst brachte sie kein Wort heraus. Und Edwin kannte ja noch nicht einmal die Hälfte – all das wilde Gerede neulich über Flucht und Selbstmord.

Schließlich sagte sie leise: »Ich glaube einfach nicht, dass es wirklich so schlimm ist.«

»Das redest du dir nur ein, und unglücklicherweise werden jetzt auch seine Kollegen darauf aufmerksam. In normalen Zeiten spielt das vielleicht keine Rolle, aber der Krieg verläuft derzeit nicht gut. Du hast bestimmt durch die Presse mitbekommen, dass wir einen Engpass bei der Artilleriemunition haben. Außerdem toben hinter den Kulissen heftige Hahnenkämpfe zwischen Kitchener, der die Kontrolle über die Munitionsfabriken behalten will, und Lloyd George, der dagegen ist. Und währenddessen wird die schlechte Lage in den Dardanellen noch schlechter. Es ist noch ein großes Geheimnis, aber weil der Premierminister es dir sowieso erzählt, kann ich es dir auch gleich sagen: Winston musste das Kabinett heute Morgen darüber in Kenntnis setzen, dass die Operation um weitere drei Wochen verschoben werden muss, weil die Armee noch nicht so weit ist, an Land zu gehen, und die Moral der Marine ist auf dem Nullpunkt. Weiß Gott, das Ganze endet in einer Katastrophe.«

Er stellte wieder beide Beine auf den Boden und beugte sich vor. Seinen Hut hielt er fest umklammert. Er sah sie eindringlich an.

»Tatsache ist, Venetia, dass die Leute anfangen, Komplotte zu schmieden, vor allem Lloyd George. Von allen Seiten höre ich Gerüchte, und ich bin mir nicht sicher, ob die Position des Premierministers so gefestigt ist, wie er das glaubt. Verzeih, dass ich so offen mit dir rede, aber ich dachte, das solltest du wissen. Auch nur die Andeutung eines Skandals könnte verheerend sein, für dich und für ihn.«

»Nein, nein, du hast ganz recht, mir das zu erzählen. Ich bin dir dankbar.« Sie wollte das Gespräch unbedingt beenden. »Ich muss jetzt gehen. Du hast mir jede Menge Stoff zum Nachdenken gegeben. Das Letzte, was ich will, ist seiner Karriere schaden.« Sie stand auf. »Willst du mich wirklich fahren? Du hast bestimmt viel zu tun.«

»Natürlich will ich dich fahren. Ich genieße jede Minute mit dir.«

Im Wagen hielten sie Abstand voneinander. Das Schiebefenster, das sie vom Fahrer trennte, war zwar geschlossen, aber sie war sich bewusst, dass der Chauffeur gelegentlich einen Blick in den Rückspiegel warf.

»Tut mir leid, du steckst wirklich in einer abscheulichen Bredouille«, sagte Montagu.

»In die habe ich mich selbst gebracht, meinst du nicht auch?«

Sie schwiegen einige Minuten.

»Es gibt natürlich einen Ausweg für dich«, sagte er.

»Und der wäre?«

»Du könntest immer noch deine Meinung ändern und mich heiraten.«

Damit hatte sie gerechnet. Sie schüttelte den Kopf. »Das ist sehr nett von dir, dass du dein Angebot erneuerst. Aber kannst du dir vorstellen, was das angesichts seines Zustands jetzt für ihn bedeuten würde?«

»Nettigkeit hat damit nichts zu tun. Und was den Premierminister angeht, so verehre ich ihn zutiefst, das weißt du. Ich schulde ihm alles. Er hat mich praktisch zu einem Familienmitglied gemacht. Aber in dieser Angelegenheit ist seine Lage unhaltbar, und die wird sich am Ende als Selbstzerstörung herausstellen. Du würdest dich aus einer unmöglichen Lage befreien und ihn vor sich selbst schützen – und außerdem mich sehr glücklich machen.« Seine Hand kroch langsam über den Sitz und berührte ihre. »Tut mir leid, das ist nicht sehr romantisch. Aber da ich weiß, wie dein Verstand arbeitet, dachte ich, das könnte ein Ansatz sein, der erfolgversprechender ist. Es gibt so viele praktische Argumente für unsere Verbindung.«

»Und nur eines dagegen.«

»Und das wäre?«

Sie wandte sich ihm zu und sah ihn an. »Liebe, Edwin. Ich mag dich wahnsinnig gern – mehr als fast jeden anderen. Ich glaube nur nicht, dass ich dich so liebe, wie eine Ehefrau ihren Mann lieben sollte, und ich wäre mir nicht sicher, ob das jemals so sein würde.«

Aber sie ließ seine Hand in ihrer ruhen, und da blieb sie, bis sie vor dem Krankenhaus anhielten – kühl, schlaff, ohne jeden Druck: nicht unangenehm, einfach nur nichts.

»Versprich mir, dass du darüber nachdenken wirst«, sagte er. »Sag nur nicht jetzt schon nein.«

»Ich denke darüber nach.« Sie drückte seine Hand. »Danke.«

*

Zum Nachdenken brauchte sie Zeit für sich. Die nächsten zwei Wochen zog sie sich in ihr Inneres zurück und suchte Zuflucht in der harten, abstumpfenden Krankenhausarbeit. Sie meldete sich sogar freiwillig für Zusatzschichten. Es war schwierig, sich selbst zu bemitleiden, wenn man von verwundeten Soldaten umgeben war. Sie meldete sich nicht bei Montagu und ignorierte auch seine Briefe. Soweit das möglich war, vermied sie Treffen mit dem Premierminister, konnte seinen Briefen allerdings nicht entrinnen. Als sie eine Ausfahrt am nächsten Montag absagte, schrieb er ihr mitten am Nachmittag in schmerzgepeinigten Worten.

> Meine Worte reichen nicht zur Beschreibung aus, wie sehr mich der Schlag Deiner Absage für heute Nachmittag getroffen hat. Ich hatte so viele Hoffnungen & Sehnsüchte damit verbunden. Ich fühle mich wie jemand, dessen Tag sich von möglichem Sonnenschein unvermittelt in gesicherte & undurchdringliche Dunkelheit verwandelt. Es ist besonders traurig, weil ich mich heute vor allem danach gesehnt habe, offen & umfassend über die merkwürdige & neuartige Lage, die sich gerade entwickelt, mit Dir zu sprechen. Es gibt, wie du der Tory-Presse entnehmen kannst, erbitterten Widerstand gegen mich als Person. Lies die Artikel in der Times & der Morning Post …

Am frühen Abend schrieb er wieder. Der Brief erreichte sie kurz nach dem Ende ihrer Schicht.

> Ich hatte heute ein außergewöhnliches & wirklich sehr interessantes Gespräch mit Ll. George. Er hat mir erklärt, dass er mir alles verdanke; dass ich zu ihm gehalten & ihn beschützt & ihn verteidigt hätte, als sich alle gegen ihn verschworen hatten, und dass

er eher 1. Steine klopfen 2. nach Kartoffeln graben 3. gehenkt & gevierteilt würde (diese Metaphern benutzte er in verschiedenen Phasen seiner gebrochenen, aber leidenschaftlichen Suada), als etwas zu tun oder zu sagen oder zu denken, was mir gegenüber illoyal wäre. Und er sagte, dass alle meine Kollegen genauso fühlten. Tränen standen ihm in den Augen, & ich bin mir sicher, dass er mit all seiner keltischen Fähigkeit zu impulsiver & flüchtiger Inbrunst durchaus aufrichtig war. Natürlich versicherte ich ihm, dass ich nie auch nur für einen Augenblick an ihm gezweifelt hätte – was auch ganz der Wahrheit entspricht; & er schüttelte mir herzlich die Hand & verließ dann abrupt den Raum. Interessiert Dich das, mein Liebling?

Ob sie das interessierte? Weitaus mehr als das. Es alarmierte sie. Wenn er tatsächlich seinen Schatzkanzler – tatkräftig, vereinnahmend, zynisch, ehrgeizig bis zur Manie – für *durchaus aufrichtig* hielt, dann ging es endgültig bergab mit ihm. Trotz ihrer Müdigkeit und ihrer Entschlossenheit, Abstand zu halten, konnte sie ihn nicht im Stich lassen – vor allem dann nicht, wie Edwin sagte, wenn sie dafür verantwortlich war, dass er den Halt verlor. Sie antwortete ihm sofort.

London Hospital
22 Uhr, Montag, 29. März
Mein liebster Prime, dass ich unsere Verabredung heute Nachmittag nicht einhalten konnte, tut mir so leid, vor allem weil Du anscheinend mehr als sonst Liebe & Zuwendung benötigst.

Hier meine Gedanken:

Die Tory-Zeitungen, vor allem die von Northcliffe, sind Deine natürlichen Feinde – ignoriere sie, so gut es geht.

In der Politik gibt es immer heikle Zeiten, vor allem im Krieg – diese ist eine davon, Du wirst sie überstehen.

Deine Stellung in der Partei & im Land ist stark. Deine Kollegen sind Dir treu ergeben. Ich weiß, dass Winston Dir gegenüber absolut loyal ist. (Was Lloyd George angeht, da bin ich mir nicht so sicher – er ist der ehrgeizigste Mann in der Regierung, & seine Loyalität gilt immer & ausschließlich ihm selbst. Ich rate Dir dringend, seinen tränenreichen Beteuerungen mit gewisser Vorsicht zu begegnen.) Denk daran, der einzige Mensch, der Dich zu Fall bringen kann, bist Du selbst. Vergiss die morbiden Gedanken, die Dich in letzter Zeit so verstört haben. Hör auf, Dich nach dem Unmöglichen zu sehnen. Denk daran, ich bin bei Dir. Nächste Woche höre ich im Krankenhaus auf. Dann habe ich mehr Zeit für Dich.

Alles Liebe

—

10 Downing Street
Dienstag, 30. März 1915
Dein Brief heute hat einen neuen Menschen aus mir gemacht. Ich werde mich immer an ihn erinnern, weil er mich in einem Augenblick erreichte, wo ich ein wenig an mir zu zweifeln begann.

Nicht etwa zum ersten oder gar zum zehnten Mal hast Du meine Perspektive zurechtgerückt, meine schwindende Entschlusskraft wieder gestärkt & mir neue Zuversicht & neues Leben geschenkt.

Ich segne & verehre Dich. Mein Leben gehört Dir. Meine Liebste & Beste, gute Nacht.

Ganz der Deinige

*

Am nächsten Mittwoch war ihr letzter Tag im Krankenhaus. Morgens wurde sie nach oben ins Büro der Oberin gerufen.

Miss Luckes saß hinter ihrem Schreibtisch – uralt, kugelrund, arthritisch. Zwischen ihrem Stuhl und dem Schreibtisch hatte eine Spinne einen Faden gesponnen, der die Sonne einfing. Venetia fragte sich, ob die Frau sich möglicherweise in den vergangenen drei Monaten nicht vom Fleck bewegte hatte.

»Nun, ich darf Ihnen gratulieren. Die wöchentlichen Beurteilungen der Stationsschwestern waren hervorragend.« Sie zitierte aus einem der Papiere, die vor ihr lagen. »›Die Lernschwester Beatrice Stanley ist sehr freundlich, lernbegierig, willig und intelligent …‹ Das war am Anfang, und seitdem sind die Berichte nur noch besser geworden. Sie gehen auf die Patienten ein. Sie haben die Voraussetzungen, eine gute Krankenschwester zu werden, Miss Stanley … oder besser, *Schwester* Stanley, wie Sie sich von nun an nennen dürfen.«

»Danke, Schwester Oberin.«

»Es kann nicht immer einfach für Sie gewesen sein … angesichts der Anteilnahme eines gewissen bedeutenden Herrn.« Venetia wollte protestieren, aber Miss Luckes schnitt ihr mit einer Bewegung ihrer pummeligen Hand das Wort ab. »An einem Ort wie unserem bleibt nichts unbemerkt. Er wurde in seinem Wagen vor dem Haus gesehen, wenn er auf Sie gewartet hat. Per Kurier gesandte Botschaften aus der Downing Street. Sie sind zweifellos darüber im Bilde, dass der Premierminister an den Vorsitzenden unseres Direktoriums Viscount Knutsford einen Brief geschrieben hat, in dem er empfiehlt, Sie an das Krankenhaus in Millbank zu schicken und nicht ins Ausland.«

»Ich habe ihm gesagt, dass ich das nicht möchte. Ich beabsichtige, nach Frankreich zu gehen.«

»Gut für Sie, Schwester. Soviel ich weiß, wird er uns am

Dienstag einen Besuch abstatten. Ich nehme an, Sie begleiten ihn?«

Das war Venetia völlig neu, aber sie konnte ihre Überraschung verbergen. »Das nehme ich an, ja.«

»Dann ist das also noch kein richtiger Abschied.« Sie erhob sich unter Mühen. »Hier, Ihr Abschlusszeugnis. Ich danke Ihnen für Ihre harte Arbeit. Sie gehen mit unseren besten Wünschen.«

Als Venetia am Nachmittag ihre Sachen zusammenpackte, zog sie den Koffer unter dem Bett hervor und zählte die Briefe, die der Premierminister ihr ins Krankenhaus geschrieben hatte. Es waren einhundertsiebenundvierzig.

TEIL SECHS

KRISE

7. April bis 17. Mai 1915

KAPITEL 28

Während Venetia packte, leitete der Premierminister eine informelle Sitzung des Kriegsrats. Er war bester Stimmung. Sir Edward Grey war krankheitsbedingt abwesend. Er lag in einem Cottage irgendwo in Hampshire in einem verdunkelten Raum und versuchte sein Augenlicht zu retten. Somit hatte der Premierminister vorübergehend die Amtsgeschäfte des Außenministers übernommen. Er genoss diese Gelegenheiten, weil er dann seine Regierungskunst vorführen konnte, besonders jetzt, wo er einen der größten diplomatischen Coups des Krieges zu landen hoffte – den Beitritt Italiens zur Allianz. Die Komplottgerüchte hinsichtlich seiner Person hatten sich anscheinend erledigt. Lloyd George war freundlich bis zur Unterwürfigkeit. Und Venetia hatte ihre Strafe in dem höllischen Krankenhausgefängnis abgesessen und schließlich zugesagt, ihn übers Wochenende auf die Burg Walmer zu begleiten. Er würde am Freitag im Automobil mit ihr nach Kent fahren.

Nur die Dardanellen bereiteten ihm Kummer. Sie waren wie ein Steinchen im Schuh, das er einfach nicht loswurde. Hankey, dessen Urteilskraft er vertraute, hielt ein leidenschaftliches Plädoyer für eine weitere Verschiebung. Er zitierte die Auffassung von Sir John Frenchs Stabschef General Robertson, dass eine Gegenlandung an den ungeschützten nackten Klippen von Gallipoli, etwa dreitausendvierhundert Seemeilen von England entfernt, »für jede Armee die schwierigste vorstellbare Operation« wäre.

Winston blickte Hankey finster über den Tisch an. »Das ist reiner Defätismus.«

»Wir sollten im Hinterkopf behalten, dass jede Stunde des Zögerns den Türken mehr Zeit verschafft, ihre Abwehrstellungen zu verstärken«, sagte Kitchener. »Unsere Geheimdienstberichte legen nahe, dass sie möglicherweise schon bis zu hunderttausend Mann zusammengezogen haben.«

»Ein Grund mehr, die Sache aufzuschieben«, erwiderte Hankey. Er mochte nur Oberst sein, schreckte aber durchaus nicht davor zurück, sich mit einem Feldmarschall anzulegen. »Wir müssen ihnen zahlenmäßig überlegen sein, nicht umgekehrt.«

Balfour meldete sich in seiner wie üblich verschlagenen, katzenhaften Art zu Wort: »Wenn wir *tatsächlich* einen Rückschlag erleiden sollten, dann wäre es jedenfalls *besser,* das würde *nach* einer Kriegserklärung der Italiener an Deutschland geschehen und nicht *vorher,* sonst könnten sie vielleicht noch ihre Meinung ändern. Ich bin für einen Aufschub.«

Der Premierminister, der aus dem Bauch heraus dazu neigte, Dinge aufzuschieben, stimmte zu. Die Landung wurde wieder verschoben.

Am nächsten Tag, Donnerstag, 8. April, war der siebte Jahrestag seiner Ernennung zum Premierminister. Der Assyrer gab zu seinen Ehren ein Abendessen im Seidenzelt. Das halbe Kabinett war anwesend, außerdem Margot, Violet, Raymond und Bongie – aber zu seiner Enttäuschung nicht Venetia. Nach dem Dessert hielt er eine Stegreifrede und schwelgte in Erinnerungen an den Tag im Jahr 1908, wo er formell ernannt wurde. Um dem englischen Wetter zu entfliehen, war König Edward in die Ferien nach Biarritz gereist und hatte sich geweigert, für die Ernennung nach London zurückzukehren. Also war er gezwungen gewesen, nach Frankreich zu reisen, und hatte am Bahnhof Charing Cross ohne Begleitung den Zug bestiegen. Er hatte einen dicken Mantel und eine tief in die Stirn gezogene Reisekappe getragen – »wie einer von Mr Conrads Geheimagenten« –, im Ritz in Paris übernachtet und war dann weiter nach Süden gefahren.

»Der alte König, der damals im Hotel du Palais logiert hat, einem ausgesprochen luxuriösen Belle-Époque-Etablissement, fand sich endlich bereit, mich nach dem Frühstück zu empfangen – wie Sie sich vielleicht erinnern, waren die Essenszeiten für Seine Majestät seligen Angedenkens immer ein sakrosanktes Ritual. *[Gelächter]* Nach einer halben Stunde und einem belebenden Glas Champagner habe ich nach erledigter Pflicht wieder im Zug nach Paris gesessen und mit mehr als nur geringem Bedauern das in der Sonne glitzernde Meer zurückgelassen. Ich … ich …«

Erschrocken stellte er fest, wie ihm die Stimme versagte und er feuchte Augen bekam. Es dauerte eine Weile, bis er fortfahren konnte.

»Was für eine versunkene goldene Welt, auf die wir jetzt zurückblicken. Ich hoffe, meine lieben Freunde und Kollegen, dass ich in den vergangenen sieben Jahren euer Vertrauen nicht enttäuscht habe. Ich war immer bestrebt, mein Bestes zu geben. Einer Sache bin ich mir sicher: Keinem Regierungschef wurde je besser und loyaler gedient. Wir leben in schwierigen, tödlichen Zeiten, aber ich weiß, dass wir sie gemeinsam bis zum Sieg überstehen werden.«

Das war ein passender Augenblick, die Rede zu beenden, bevor er völlig zusammenbrach. Er hob das Glas.

»Auf den Sieg!«

Alle erhoben sich.

»Auf den Sieg!«

Lauter, anhaltender Beifall. Es wurde auf den Tisch geklopft, bis das Geschirr klapperte.

Beim Abschied schließlich sagte er zu Montagu: »Keine Venetia?«

»Sie hatte keine Zeit.«

»Danke, dass Sie das Ganze organisiert haben.« Spontan fügte er dann hinzu: »Kommen Sie doch am Wochenende mit nach Walmer. Wenigstens dazu konnte ich Venetia überreden. Nein, nein, ich bestehe darauf. Kein Widerspruch. Etwas Seeluft wird uns allen guttun.«

*

Er holte sie am nächsten Nachmittag mit dem Wagen in der Mansfield Street ab.

Sie hatte es sich kaum im Napier bequem gemacht, da sagte er vorwurfsvoll: »Ich habe dich gestern Abend beim Assyrer vermisst.«

»Tut mir leid, ich wäre gern gekommen. War es schön?«

»Ja, so ziemlich. Er ist immer ein großzügiger Gastgeber, aber es wäre mir viel wichtiger gewesen, wenn du da gewesen wärst. Ich habe ihn übrigens eingeladen, uns am Wochenende zu begleiten.« Er bemerkte, dass ihre Augen sich leicht weiteten. »War das eine schlechte Idee? Ich dachte, du würdest dich freuen.«

»Es macht mir wirklich nichts aus, so oder so.« Sie klang, als machte es ihr doch etwas aus. »Von der Oberin habe ich erfahren, dass du nächste Woche das Krankenhaus besuchst?«

Wieder ein leicht spitzer Unterton in ihrer Stimme.

»Ich hoffe, wir gehen *zusammen.* Ich möchte unbedingt den Ort sehen, wo du dich die ganze Zeit versteckt hast. Ich habe angenommen, es wäre dir jetzt, wo du nicht mehr dort arbeitest, weniger unangenehm.«

»Du hättest mir früher Bescheid geben können.«

»Ich wollte dich überraschen.«

Noch bevor sie die Westminster Bridge überquert hatten, spürte er, dass sich über seinem perfekten Wochenende Wolken zusammenbrauten. Seine Reaktion war wie immer, wenn er sich mit einer möglichen Unannehmlichkeit konfrontiert sah, ob privat oder politisch. Er ignorierte sie in der Hoffnung, sie würde schon verfliegen, was auch meistens der Fall war. So schien es auch diesmal zu sein, denn nicht lange nachdem sie die endlosen Vorstädte Südlondons hinter sich gelassen hatten und offenes Land erreichten, begann sich ihre Stimmung aufzuhellen. Sie unterhielten sich über gemeinsame Freunde. Er brachte sie auf den aktuellen Stand über die Dardanellen. Er zeigte ihr die neuesten Telegramme der Botschaft in Rom über Italiens Kriegseintritt. Als er das Fenster herunterkurbelte, um die Papiere hinauszuwerfen, hielt sie ihn auf.

»Halt!«, sagte sie. »Willst du etwa noch eine polizeiliche Untersuchung?«

»Du hast recht.« Er legte sie zurück in die Dokumentenkiste. »Wie käme ich nur ohne dich zurecht?«

Er wollte schon die Sichtblenden herunterziehen und Venetia in den Arm nehmen, aber ihre schwankende Stimmung hielt ihn ab.

Kurz vor sechs bogen sie von der Dover Road in eine schmale Landstraße ein. Es war ein idyllischer Spätnachmittag im Frühling, die hohen Hecken zu beiden Seiten grüne Wellen mit einer Schaumkrone aus weißen Blüten, der weite Himmel Kents erfüllt vom Gesang der Lerchen.

»›Oh, in England zu sein‹«, murmelte er, »›denn dort ist nun April …‹«

»Browning.« Sie lächelte und schüttelte den Kopf. »Immer Browning.«

Er fühlte sich leicht verstimmt, als machte sie sich über ihn lustig.

Sie erreichten Walmer, durchquerten das kleine Küstenstädtchen, das mit seinen weißen Reihenhäusern Holyhead nicht unähnlich war, und fuhren dann die gewundene Einfahrt zur Festung hinauf. Wenn er gewollt hätte, hätte er

Walmer Castle für sich allein haben können – es war die offizielle Residenz des Oberaufsehers der fünf Häfen, ein Zeremonialamt der Krone. Der König hatte ihm die Position angeboten, aber er konnte sich den Unterhalt nicht leisten. Stattdessen hatte er dafür gesorgt, dass der Posten einem Kabinettskollegen, dem wohlhabenden William Lygon, Baron Beauchamp, übertragen wurde, mit dem er informell übereinkam, die Festung an den Wochenenden nutzen zu dürfen. Er war ungemein stolz darauf, fast so, als gehörte sie ihm. Es war keine Pseudoburg wie Penrhos, sondern eine echte Trutzburg – vierhundert Jahre alt, mit großen runden Türmen, deren Mauern viereinhalb Meter dick waren, einem runden Wehrturm in der Mitte, darauf ein Flaggenmast mit der im Wind knatternden Standarte des Oberaufsehers und Brustwehren mit Blick auf den Steinstrand und das Meer. Nicht übel für einen Mittelklasseknaben aus Yorkshire. Er achtete auf Venetias Gesicht, weil sie die Festung zum ersten Mal sah.

»O Prime!«, sagte sie. »Jetzt verstehe ich, was du meinst. Das alles ist ziemlich beeindruckend.«

Die anderen waren schon da. Sie saßen auf einer der zinnenbewehrten Terrassen beim Tee. Dieser Platz gefiel ihm besonders – die vier antiken Kanonen, die durch die Festungsmauer auf den Ärmelkanal gerichtet waren, daneben die kleinen Pyramiden aus Kanonenkugeln, das umfassende Blau von Meer und Himmel, die verwitterten, grauen Holzbänke, auf die am Morgen die Sonne schien. Er führte Venetia hinaus in den warmen frühen Abend zu den Menschen, die er am besten kannte und am meisten liebte – Margot und Violet, Raymond und Katharine, Montagu und Bongie –, und mit ihr an seiner Seite war er zumindest für einen Augenblick der König seiner Burg, war seine Welt vollkommen.

*

Venetia bedauerte vom ersten Moment an, dass sie die Einladung angenommen hatte.

Da war zunächst einmal Margot, die sie mit eisiger Höflichkeit begrüßte und ihr beide Wangenknochen hinhielt, erst den rechten, dann den linken, wie zwei Messer; dann Montagu, der sie vorwurfsvoll ansah und ihr zuflüsterte, sie müssten unbedingt reden; dann Raymond, den das ganze Arrangement in höchstem Maße zu amüsieren schien; und schließlich Violet, die früher als ihre beste Freundin jedes ihrer Geheimnisse kannte, sodass ihre vergangene Vertraulichkeit jetzt wie ein Schatten über ihnen lag.

Und dann die Burg selbst, die zu Zeiten der Tudors als Festung und nicht als Wohnsitz gebaut worden war. Die Räume waren klein, die Gänge eng und zugig. Hier und da lauerten in den Nischen bedrohliche Ritterrüstungen. An den Wänden hingen Piken und Schwerter und Regimentsbanner, verstaubte Wandbehänge und düstere Ölgemälde. Ihr Zimmer mit Steinboden besaß kein Bad, und es gab ein hartes Himmelbett, so hoch, dass man nur über eine Trittstufe hineingelangte. Als sie sich zum Abendessen umzog – Violet hatte ihr dafür ihre Zofe überlassen –, verdunkelte sich jenseits der Schießschartenfenster der Himmel, und es kam Wind auf, der um die Festungsmauern heulte. Sie erkannte, wie wohlüberlegt Margot das Zimmer für sie ausgesucht haben musste. Als sie zum Essen nach unten kam, bekundete sie ihrer Gastgeberin deshalb vergnügt, wie sehr es ihr gefalle.

»Wirklich?« Margot sah sie verdattert an. »Ich hatte mir schon Sorgen gemacht, dass es vielleicht etwas zu spartanisch ist.«

»Ganz und gar nicht, es ist reizend, richtig himmlisch.«

Der Premierminister war beim Abendessen gut in Form. Er erzählte Geschichten von Leuten, die erst kürzlich hier zu Gast gewesen waren – wie Lady Tree, die auf dem Rückweg von einer Runde Golf in Deal ihm gegenüber gemeint habe:

»Sagen Sie, Mr Asquith, nehmen Sie überhaupt regen Anteil am Krieg?« (»ziemlich scharfsinnig, fand ich«), und wie er boshafterweise Henry James aus Rye zu einem Abendessen mit Winston eingeladen habe. »Wahrlich kein Treffen verwandter Geister. Ihr ahnt schon, wer die ganze Zeit geredet hat. Hinterher habe ich ihn gefragt, was er von Winston hält. Seine Antwort war ein wahrlich James'sches Bonmot: ›Ich gestehe, dass ich oft erschüttert bin über die … äh, äh … *Beschränktheit,* mit der mächtige Männer für ihre Herrschaft über die Menschheit zahlen.‹«

Alle lachten, außer Venetia, die sich nicht enthalten konnte, etwas einzuwerfen: »Na ja, ich persönlich ziehe Winston mit all seinen Absurditäten dieser vertrockneten alten Jungfer allemal vor.«

Alle verstummten, und der Premierminister wechselte das Thema.

Als sie zu Bett ging, schloss sie hinter sich ab. Kurz nach Mitternacht hörte sie ein leises Klopfen an der dicken Eichenholztür. Sie war noch wach, blieb aber liegen und fragte sich, welcher das sein mochte, der Premierminister oder Edwin. Wer es auch war, er gab bald auf, und am nächsten Morgen machte keiner der beiden eine Andeutung darüber.

Beim Lunch am Samstag verkündete der Premierminister, dass er am Nachmittag nach Dover fahren müsse, um die Truppen zu besuchen, die sich auf ihre Überfahrt nach Frankreich vorbereiteten. »Ich habe mich gefragt, Venetia, ob du nicht Lust hast, mich zu begleiten.«

Sie blickte über den Tisch zu Margot, die sofort den Kopf abwandte. Sie war verlegen. »Mich plagen leider ziemlich starke Kopfschmerzen. Würde es dir etwas ausmachen, wenn ich nicht mitkomme?«

»Schade, ich würde nicht gern allein fahren.« Er schaute sich um. Sein Blick wanderte an Margot vorbei. »Montagu, wie wär's?«

»Natürlich, Sir.« Er sah Venetia hilflos an.

Nachdem sie abgefahren waren, brach sie zu einem langen, einsamen Spaziergang an dem steinigen Strand auf. Sie ärgerte sich über Edwin, der in der Gegenwart des Premierministers immer einen schwächlichen Eindruck machte. Es war, als ob er und nicht Margot der Dritte in dieser elenden Dreiecksgeschichte wäre. Nach ihrer Rückkehr ging sie sofort auf ihr Zimmer, legte sich aufs Bett und las, bis es Zeit zum Abendessen war. Danach unterhielt sie sich vor allem mit Bongie und Violet und beobachtete Edwin, der immer schwermütiger und schweigsamer wurde. Was für ein wunderliches, launisches Geschöpf er doch war. Konnte sie es wirklich in Erwägung ziehen, ihr Leben mit ihm zu teilen?

In jener Nacht wurde sie vom Rascheln eines Zettels geweckt, den jemand unter der Tür hindurchschob. Er war von Edwin. Er begann mit »Teuerste«.

> Aus dem vor Glück Glühenden, der sich in Deiner Nähe weiß, ist eine eingesperrte, auf und ab tigernde Bestie geworden, die getrennt durch die Gitterstäbe eines Käfigs auf ein köstliches Wesen blickt. Die Zeit – von der ich während meines hiesigen Aufenthalts im Übermaß hatte – ist vergangen ohne ein Wort, mit dem ich meinen Appetit hätte stillen können, die ganze Zeit verzehrt von Hunger und Eifersucht. Ich konnte ihn nicht allein in die Stadt fahren lassen, oder? Obwohl ich liebend gern diese einmalige Gelegenheit ergriffen hätte. Wenn es Dir nur so leidtäte wie mir. (Immer das gleiche Wenn!) Werde ich jemals irgendwelche Anrechte haben? Morgen stehe ich bereit für den Spaziergang, bei dem sich niemand einmischen darf, und für Montag möchte ich auch etwas arrangieren.
>
> Dein sehnsüchtiger, besorgter, von dir getrennter
> E S Montagu

Was meinte er mit *Anrechte?* Das Wort ließ sie frösteln. War das seine Vorstellung von Ehe? Sie konnte den Gedanken nicht ertragen, dass ein Mann überhaupt *Anrechte* auf sie haben könnte.

Nichtsdestoweniger ging sie am nächsten Morgen nach dem Frühstück auf die Terrasse, wo er eine Zigarette rauchte, und fragte ihn, ob er mit ihr einen Spaziergang durch die Festungsanlagen machen wolle.

Er sah sie an – ziemlich unterkühlt, wie sie fand. »Ja, das würde ich zufälligerweise sehr gern.«

Er warf die Zigarette weg.

Während sie schweigend zu dem Kiesweg hinuntergingen, begriff sie, dass er immer noch schmollte und darauf wartete, dass sie zuerst etwas sagte. Ohne zu wissen, wohin das Gespräch sie führen würde, hatten sie gerade die ersten Worte gewechselt (»wir scheinen uns in letzter Zeit ein bisschen voneinander entfernt zu haben«), als sie eine Frauenstimme hörten, sich umdrehten und Margot die Stufen herunterkommen sahen. Sie warteten, bis sie zu ihnen aufgeschlossen hatte.

»Stört es Sie, wenn ich mich zu Ihnen geselle?« Ohne eine Antwort abzuwarten, schlüpfte sie zwischen die beiden und hakte sich mit ihren dünnen Armen unter. »Um diese Tageszeit ist dieser Teil der Burg herrlich. Ich versuche jeden Morgen, ein Stück zu gehen.« Ein paar Schritte weiter blieb sie plötzlich stehen. »Edwin, mein Lieber, ich habe meine Handschuhe vergessen. Wären Sie so lieb, sie mir zu holen? Sie liegen auf dem Tisch im Salon.«

Venetia sah ihn flehentlich an, aber er sagte: »Natürlich, Margot, ich bin gleich wieder da.«

Als er gegangen war, deutete Margot auf eine Bank und sagte: »Warten wir hier auf ihn.«

Sie saßen verlegen nebeneinander und blickten auf den Rasen. Venetia war in Alarmbereitschaft und hatte einen trockenen Hals. Sie konnte sich nicht erinnern, wann sie das letzte Mal mit ihr allein gewesen war.

»Hassen Sie mich, Venetia?«

»Nein, Margot. Überhaupt nicht.«

»Warum dann diese Beziehung? Warum stellen Sie meinem Mann nach?«

Sie hatte das Gefühl, als hätte man ihr ins Gesicht geschlagen.

»Ich stelle ihm nicht nach.«

»Also gut, dann … Warum ermuntern Sie ihn, Ihnen nachzustellen?«

»Auch das tue ich nicht.«

»Ach, wirklich?«, schnaubte Margot und stocherte dabei mit der Spitze ihres eleganten Schuhs im Kies herum. »Mir ist aufgefallen, dass Sie bei der Abendgesellschaft zu seinem Jahrestag nicht anwesend waren. Er hat die herrliche Geschichte erzählt, wie er nach Biarritz gefahren ist, um sich vom König in sein Amt einschwören zu lassen. Was er nicht erwähnt hat, war das Telegramm, das er mir direkt danach geschickt hat. Ich erinnere mich noch genau an den Wortlaut: *Bin am Freitag zurück. Bitte Grey und ein, zwei nette Damen zum Dinner.* Tatsächlich habe ich gar keine Damen eingeladen, nett oder sonst wie, was ihn sehr verärgert hat. Aber wie Sie sehen, so ist er schon immer gewesen. Ich kann nicht behaupten, dass mir das jemals gefallen hätte – dieses Bedürfnis nach der Gesellschaft hübscher, junger Frauen, um sich aufheitern und umschmeicheln zu lassen – von Pamela, Viola, Dorothy und all den anderen. Das war einfach etwas, was ich ihm zuliebe hingenommen habe. Das waren anständige Mädchen aus gutem Haus. Ich kannte sie, und ich wusste, sie würden nicht zu weit gehen. Aber dann sind Sie dahergekommen.«

Jetzt drehte sie sich zu ihr und sah sie an – ein entsetzlicher, durchdringender Blick, voller Wut und Schmerz, und am schlimmsten, weil es so gar nicht zu ihrem Wesen passte: voller Verletzlichkeit.

»Sie haben ihn auf eine Weise ermutigt, wie es die anderen nie getan haben. Zunächst einmal sind Sie intelligenter, politischer. Und die Gefühle anderer Menschen sind Ihnen gleichgültig – was bei den anderen nicht so war. Dafür gebe ich in erster Linie dieser selbstsüchtigen ominösen Koterie die Schuld, zu der Sie ja auch gehören und wo sich alle für so ungemein modern und verwegen halten. Sagen Sie mir: Wo sind denn all Ihre zynischen jungen Männer jetzt? Sie hängen im Stacheldraht! Dieser Krieg ist die Strafe für die Hybris Ihrer Generation.«

An diesem Punkt fand Venetia ihre Sprache wieder. »Ich glaube nicht, dass Sie uns die Schuld am Krieg geben können.«

»Wohl nicht, aber es ist trotzdem ein gerechter Preis. Es ist Ihr *falsches Spiel,* das ich mitnichten ertragen kann, Venetia. Ich habe Sie zu Mittag- und Abendessen, zu Partys eingeladen. Ich habe Sie in meinem Haus beherbergt. Aber Sie waren nicht aufrichtig mir gegenüber. Nicht *aufrichtig.* Ich werde Sie nicht bitten, Henry aufzugeben – ich weiß, dass das sinnlos wäre. Ich werde *niemals* betteln. Aber ich will, dass Sie begreifen, wie unmoralisch und falsch Ihr Verhalten ist und dass ich *alles* weiß. Mehr habe ich Ihnen nicht zu sagen.« Sie blickte Venetia über die Schulter. »Da kommt Edwin mit meinen Handschuhen. Sie können Ihren Spaziergang jetzt ohne mich fortsetzen.«

Ein Spaziergang war jetzt allerdings das Letzte, was Venetia ertragen konnte. Sie stand auf und ging den Weg zurück, auf dem sie gekommen waren, vorbei an dem erstaunten Edwin, die Stufen hinauf, in die Burg und schnell die Wendeltreppe hinauf zu ihrem Zimmer.

*

Den restlichen Sonntag hielt sie sich von den anderen fern und gab dafür Kopfschmerzen an. Das war nicht nur eine diplomatische Ausrede, diesmal stimmte es. Sie schloss die Läden und legte sich aufs Bett. Margots Worte rasten ihr unaufhörlich durch den Kopf, und sie war fast blind von dem Schmerz hinter den Augen. Sie war nicht wütend oder beschämt, vielmehr verletzt und kraftlos, als hätte man sie körperlich angegriffen. Sie ließ den Lunch und das Abendessen aus und lehnte auch Violets Vorschlag ab, ihr etwas hinaufbringen zu lassen. Kurz nach neun packte sie ihren Koffer und trug ihn nach unten.

Im Esszimmer hatten die anderen gerade das Abendessen beendet. Ihr plötzliches Auftauchen rief besorgtes Erkundigen nach ihrer Gesundheit hervor.

»Danke. Ich glaube, es wird langsam besser. Tut mir leid, dass ich so unausstehlich war. Es war ein unvergessliches Wochenende, aber ich sollte wirklich nach London zurück.«

»Du musst mit uns fahren«, sagte der Premierminister. »Wir haben jede Menge Platz.«

»Ja, fahren Sie mit uns, Venetia«, sagte Margot.

»Ich kann dich fahren«, sagte Montagu. »Ich bin allein.«

Sie sah von einem zum anderen. Schließlich kam ihr Raymond zu Hilfe.

»Du kannst auch mit Katharine und mir fahren. Allerdings müssen wir jetzt auf der Stelle los.«

»Das passt mir bestens. Wenn es euch wirklich nichts ausmacht. Ich habe gepackt und bin startklar.«

Sie absolvierte die Runde Abschiedsküsschen. Margot umarmte sie, als wäre nichts gewesen.

»Ich sehe dich am Dienstag«, sagte der Premierminister.

»Am Dienstag?«, fragte Margot mit scharfer Stimme.

»Venetia führt mich im Londoner Krankenhaus herum.«

»Aber wir sind Montag und Dienstag beim König und der Königin in Windsor eingeladen.«

»Ich muss am Dienstag im Lauf des Tages leider zurück nach London. Ich habe zu arbeiten.«

»Arbeiten«, sagte Margot. »Nun ja, wie schön für euch beide.«

Montagu zischte Venetia ins Ohr: »Ich muss dich *unbedingt* sehen.«

»Ich schreibe dir ein paar Zeilen, wenn ich in der Stadt bin.«

Raymond fuhr selbst. Sie fragte, ob sie vorn neben ihm sitzen dürfe.

»Ich glaube, das ist besser für meinen Kopf.«

»Natürlich. Dir macht es doch sicher nichts aus, Katharine, wenn du allein hinten sitzt, oder?«

»Nein, nein«, sagte Katharine. »Ich bin sowieso müde und möchte ein bisschen schlafen.«

Fünf Minuten später fuhren sie den Hügel nach Walmer hinunter.

Venetia drehte sich zu den verblassenden Lichtern der Festung um und stöhnte erleichtert auf. »Gott, was für ein anstrengendes Wochenende. Ich komme mir vor wie eine Figur aus einem Stück von Ibsen.«

»Strindberg, meine Liebe, das trifft es besser«, sagte Raymond. »Was da unter der Oberfläche alles gebrodelt hat, da bin ich kaum noch mitgekommen. Margot war wirklich in Hochform.«

»Heute Morgen hat sie mir aufgelauert. Sie glaubt anscheinend, dass der Krieg allein die Schuld der Koterie ist.«

»Da könnte sie sogar ein stichhaltiges Argument haben. Seit der arme Denis in den Fluss gesprungen ist, ist in der Welt so ziemlich alles schiefgelaufen. Er wäre vom Krieg wahrscheinlich begeistert gewesen. Der wurde für Burschen wie ihn erfunden. So ein Pech, dass er ihn verpasst. Allerdings wäre er wahrscheinlich jetzt schon tot.«

»Sag nicht so was, Raymond«, rief Katharine vom Rücksitz. »Ich träume immer noch von dieser grässlichen Nacht.«

Raymond zwinkerte Venetia zu. Sie beendeten das Gespräch. Als sie die Hauptstraße erreichten, konnten sie schon Katharines vornehmes Schnarchen hören.

Raymond sah in den Rückspiegel und sagte leise: »Ich habe es ihr noch nicht gebeichtet, aber meine Versetzung ist durchgegangen. Ich gehe Ende des Monats mit der Grenadier-Garde nach Frankreich.«

»Ich dachte, du bist gegen den Krieg.«

»Bin ich auch. Ein absurder Krieg in meinen Augen. Winston und unser ›Lord Kitchener von Chaos‹, die haben keinen Schimmer, was sie da anrichten.«

»Warum gehst du dann?«

»Weil ich den Leuten dann nicht für den Rest meines Lebens erklären muss, warum ich nicht gegangen bin – immer vorausgesetzt ich komme lebend zurück. Kannst du dir vorstellen, wie lästig das wäre?«

»Du kommst lebend zurück, du bist unzerstörbar.«

»Ach ja? So wie die Dinge im Moment laufen, glaube ich manchmal, dass wir alle unter der Erde landen.«

Er verfiel wieder in Schweigen.

Eine Weile später fragte Venetia unvermittelt: »Was meinst du, soll ich Edwin heiraten?«

»Warum nicht? Er ist reich. Er ist nett. Und es würde genau die richtigen Leute auf die Palme bringen. Außerdem würdest du eine entzückende jüdische Ehefrau abgeben.«

»Ich bin mir nur nicht sicher, ob ich es über mich bringen kann, mit ihm ins Bett zu gehen.«

»Das würdest du wahrscheinlich gar nicht müssen.«

»Wie meinst du das?«

»Ach, Vinny!« Er lachte. »Sag jetzt nicht, dass dir das nie aufgefallen ist. Ich glaube nicht, dass seine Neigungen in diese Richtung gehen.«

KAPITEL 29

Am Spätnachmittag des folgenden Tages verließen der Premierminister und Margot die Downing Street, um nach Windsor zu fahren. Sein Diener George und Margots Zofe saßen vorn neben Horwood.

Der Premierminister war schlechter Laune. Er spürte, dass das Wochenende in Walmer, auf das er sich so gefreut hatte, aus irgendeinem Grund ein Fehlschlag gewesen war. Venetia hatte ihm keinen Dankesbrief geschrieben. Margot wurde immer anstrengender. Er hatte jede Menge Akten zu lesen und Entscheidungen zu treffen. Und jetzt musste er seine Arbeit für diesen lästigen Ausflug unterbrechen. Die Zeiten waren lange vorbei, dass ein Besuch beim König und der Königin von England bei ihm einen Wonneschauer ausgelöst hatte.

Die Tischgesellschaft beim Abendessen war weit geistloser, als er befürchtet hatte – Lord und Lady Minto; Sir Meux und Gemahlin; der ehemalige Botschafter Portugals, Marquês de Soveral, dem der Kaiser den Spitznamen »der blaue Affe« verpasst hatte; die ältliche Lady Coke, die ihm erzählte, sie sei zweimal mit dem Herzog von Wellington auf Burg Walmer gewesen; der Prinz von Wales, der zumindest für einen Hauch Glamour sorgte und den ganzen Abend mit Portia Cadogan schäkerte, der einzigen halbwegs annehmbar aussehenden jungen Frau. Aber der übelste Aspekt der ganzen Veranstaltung war, dass der König sich dem von Lloyd George ausgedachten Temperenzfeldzug angeschlossen hatte, der die Trunksucht unter den Arbeitern in den Munitionsfabriken ausmerzen sollte, und sich selbst verpflichtet hatte, für die Dauer des Krieges Alkohol weder zu trinken noch zu servieren. Der Premierminister konnte zwischen purem Mineralwasser und welchem mit Holunderblütensirup wählen. Er war erleichtert, als Seine Majestät verkündete, er und die Königin würden sich zurückziehen, sodass auch sie selbst zu Bett gehen konnten.

Gereizt stapfte er mit Margot durch den breiten, geschwungenen Korridor, der zu ihren getrennten Zimmern führte.

»Du warst heute Abend sehr ruhig«, sagte sie. »Warst du müde? Oder war dir kalt?«

»Nein, ich habe mich nur zu Tode gelangweilt. Ich fahre gleich morgen früh. Wir sehen uns dann morgen Abend wieder hier.«

Er ließ sie im Gang stehen und ging in sein Zimmer.

Fast sofort bereute er den schroffen Ton, den er eben angeschlagen hatte, aber als er die Tür wieder öffnete, um sich zu entschuldigen und ihr einen Gutenachtkuss zu geben, war sie schon verschwunden.

Als er am nächsten Morgen in den Wagen stieg, überreichte George ihm einen Brief. »Mrs Asquith bat mich, Ihnen das zu geben, Sir.«

> Windsor Castle, 5 Uhr
> Mein teuerster Henry,
> wie kannst Du mich nur derart grausam behandeln? Ich habe die ganze Nacht wach gelegen, allein & in tiefstem Kummer. Ich weiß, dass Du mich für eingebildet, versnobt, laut & gewöhnlich hältst, aber ist es wirklich nötig, dass Du mich so verstörst & demütigst? Ich habe nie versucht, mich in Deine Beziehung zu Venetia einzumischen, obwohl man mich oft deswegen verspottet hat. Aber in letzter Zeit, befürchte ich, hat sie mich völlig von Deiner Zuneigung

abgetrennt. Sie hat viele feine Eigenschaften, ist selbstlos & freundlich etc., aber sie hat sich von Anfang an hinter meinem Rücken mit Violet zusammengetan. Sie führt das Leben, das ich hasse, & es fehlt ihr an geistiger & moralischer Empfindsamkeit und jedweder Art von Führung. Ich weiß, ich bin nicht mehr jung & ältere Männer mögen verschiedene Arten von Frauen, aber unsere wertvolle Vertrautheit auf diese Weise zerstört zu sehen, zerstört mich. Es tut mir leid, dass ich Dir in diesen Worten schreibe, weil ich weiß, wie sehr Du von Problemen geplagt wirst, aber das musste ich Dir sagen, teuerster Henry …

Deine Dich (immer noch) auf ewig liebende
Margot

Auf dem Weg nach London starrte er mit dem Brief in der Hand aus dem Fenster. Seine Gedanken sprangen hin und her durch die letzten zwanzig Jahre. Vor ihr hatte niemand ihn Henry genannt. Herbert hatte sie als für »zu gewöhnlich« befunden und darauf bestanden, seinen Mittelnamen zu benutzen. Ihm war das egal gewesen: »Du kannst mich nennen, wie du willst.« Aber er wusste, dass alte Freunde wie Haldane glaubten, alles, was mit ihr in sein Leben gekommen sei, habe ihn korrumpiert – das riesige Haus am Cavendish Square, die ständigen Gesellschaften, ihr gnadenloser Ehrgeiz. Möglich, dass er ohne ihr Geld, das ihn von seiner Anwaltstätigkeit befreite, vielleicht nicht Premierminister geworden wäre. Ihn entsetzte der Gedanke, dass sie sich verstört und gedemütigt fühlte. Das passte so gar nicht zu Margot.

Als er wieder in der Nummer 10 war, ging er sofort ins Kabinettszimmer und schrieb einen Antwortbrief. Er wollte ihr mitteilen, dass das menschliche Herz viele Kammern besitze und es möglich sei, mehr als eine Person zu lieben.

Aber der Politiker in ihm ließ ihn eine sorgfältige Antwort formulieren, in der er sich am Rand der Täuschung entlangbewegte, ohne sich ihrer ganz schuldig zu machen.

> Mein einziger Liebling, Dein Brief hat mich traurig gestimmt, und ich beeile mich, Dir zu sagen, dass Du keinen Anlass für die Zweifel & Ängste hast, die in Deinem Brief zum Ausdruck kommen … Meine Zuneigung zu Venetia hat unsere Beziehung nie beeinträchtigt & wird sie auch nie beeinträchtigen … Ich verheimliche Dinge niemals bewusst vor Dir & erzähle sie anderen …

Niemals bewusst, die Wendung gefiel ihm.

> Die letzten drei Jahre über habe ich unter einer ständigen Anspannung gestanden, die vermutlich nur sehr wenige Männer, ob bereits tot oder noch lebendig, je durchgemacht haben … Man sagt mir ein gelassenes, „nicht zu erschütterndes" Temperament nach, & was meine Selbstbeherrschung angeht, gebe ich mir die größte Mühe. Aber ich gestehe ein, oft reizbar & ungeduldig zu sein, & dann werde ich schroff & vielleicht auch verschlossen. Ich befürchte, Du hast weit mehr darunter leiden müssen als jeder andere, & das tut mir von Herzen leid, aber glaube mir, mein Liebling, nie aufgrund eines Mangels an Vertrauen & Liebe zu Dir. Beides gilt unverändert und wird immer so bleiben.
>
> Für immer Dein Ehemann

Er schickte den Brief per Sonderkurier nach Windsor Castle und wandte seine Aufmerksamkeit dann all den Problemen zu, die während seiner Abwesenheit aufgelaufen waren.

Ganz oben auf dem Papierstapel lag die Morgenausgabe der *Times,* an deren Titelseite Bongie einen Zettel geklemmt hatte, der ihn auf den Leitartikel hinwies. Der schrieb alle Schwierigkeiten des Krieges ihm zu und machte ihn dafür verantwortlich, das mit der Munitionsknappheit nicht in den Griff zu bekommen.

> Hätte er sich ihrer von Beginn an angenommen, dann hätte er sie ohne jeden Zweifel bewältigt, denn wenn er sich einmal dazu aufrafft, eine Krise in den Griff zu bekommen, dann findet er im Allgemeinen einen Ausweg. Unglücklicherweise tut er das selten, bevor er nicht zwingend dazu genötigt wird und der hoffnungslose Schlamassel, in den die Lage abgetrieben ist, schon irreparablen Schaden angerichtet hat. Und in der Waffenfrage ist irreparabler Schaden schon angerichtet.

Er klingelte nach Bongie.

»Das ist sogar nach Northcliffes Maßstäben bösartig«, sagte er. »Wir müssen darauf antworten. Wo ist Kitchener?«

»In Frankreich, Sir.«

»Schicken Sie ihm ein Telegramm. Er soll das Thema sofort mit Sir John French besprechen und die Wahrheit herausfinden. Und für diese Rede vor Arbeitern in den Munitionsfabriken, die Sie vorgeschlagen haben – finden Sie für nächste Woche einen Termin.«

Am Mittag leitete er eine Kabinettssitzung. Er betrachtete nacheinander seine Kollegen am Tisch und fragte sich, wer von ihnen Dinge an die Zeitungen durchstach, wer loyal war und wer nicht. Sein Blick wanderte immer wieder zu Lloyd George.

Um eins kam Venetia.

*

In ihrem Kopf wimmelte es noch von den Ereignissen am Wochenende. Vor allem Raymonds rätselhafte Bemerkung über Edwin beschäftigte sie. *Ich glaube nicht, dass seine Neigungen in diese Richtung gehen …*

Sie hatte ihn gefragt, was das zu bedeuten habe.

»Ach, wahrscheinlich nichts. Nur Tratsch, den ich über seine Zeit in Cambridge und einen dortigen Burschen namens Keynes gehört habe. Da ist es so kalt und öde, da drehen die Leute durch und machen alle möglichen seltsamen Sachen.« Er hatte das Thema gewechselt.

Ihr erster Impuls war gewesen, alles einfach zu verdrängen. Doch je mehr sie seitdem darüber nachgedacht hatte, desto mehr hielt sie es für eine plausible Erklärung seiner verschiedenen Neurosen. Es würde den Umstand erklären, dass er nie ein großes romantisches Interesse an Frauen gehabt und dass sie nie auch nur den Funken einer sexuellen Anziehungskraft bei ihm gespürt hatte, weder von ihr für ihn noch von ihm für sie. Es war alles ein großes Durcheinander. Auf keinen Fall wollte sie den Premierminister bei seinem Krankenhausbesuch begleiten, aber der blieb hartnäckig, und so brachen sie nach einem schnellen Lunch zu zweit in dem kleineren Speisezimmer auf.

Schon bei ihrer Ankunft wusste sie, dass das Ganze ein Fehler war. Die Krankenhausleitung, einschließlich Miss Luckes, die sich auf zwei Stöcke stützte, und des Vorsitzenden des Direktoriums Viscount Knutsford, hatte schon in der Eingangshalle Aufstellung genommen, um ihren bedeutenden Besucher zu begrüßen. Sie versuchte sich im Hintergrund zu halten, aber er rief sie nach vorn, um sie vorzustellen. »Sie kennen ja meine teure Freundin Miss Stanley. Sie haben sie in den letzten drei Monaten ziemlich von mir ferngehalten.«

Sie besichtigten den Westflügel mit der Abteilung für die Tagespatienten. Sie durchquerten den Garten, wo einige der verwundeten Soldaten in der Sonne saßen. Der Premierminister blieb kurz stehen und wechselte ein paar Worte mit ihnen. Nachdem man ihm die medizinische Hochschule und die OP-Säle gezeigt hatte, fragte er nach der Station Charrington, wo Venetia gearbeitet hatte. Er schritt an den verblüfften Patienten und ihren Angehörigen vorbei durch den Mittelgang, nickte nach links und nach rechts, als wäre er auf einer Gartenparty. Dieses pfauenhafte Stolzieren – wieder einmal spielt er sich vor mir auf, dachte sie, führt mir seine Macht vor Augen. Als er verkündete, dass er sich zum Schluss noch das Wohnheim der Schwestern anschauen wolle, wäre sie am liebsten im Boden versunken.

Lord Knutsford sah ihn überrascht an. »Das gehört eigentlich nicht zu den medizinischen Einrichtungen.«

»Trotzdem, ich möchte zu gern den Ort sehen, wo Miss Stanley während ihrer Zeit hier gewohnt hat.«

»Dort gibt es nicht viel zu sehen, aber wenn Sie unbedingt wollen …« Knutsford blickte zu Miss Luckes, die aber nur die Achseln zuckte. »… dann natürlich.«

Auf der Verbindungsbrücke schloss Venetia zu dem Premierminister auf und flüsterte: »Also wirklich, das ist so etwas von demütigend.«

Er sah sie verwirrt an. »Warum das denn?«

»Siehst du nicht, wie mich alle anschauen?«

»Nein, mir ist nichts aufgefallen. Was ist denn falsch daran, wenn wir uns das Wohnheim ansehen?«

Sie betete, dass niemand in der Küche war, aber es war inzwischen fast vier Uhr, die Zeit, wo die Tagschicht ihre Teepause machte. Auf allen Stühlen rund um den Tisch saßen erschöpfte Schwestern. Als der Premierminister mit der Krankenhausleitung die Küche betrat, erhoben sich alle ruckartig. Er bestand darauf, den Schwestern vorgestellt zu werden und jeder einzelnen die Hand zu schütteln. Zu Venetias Entsetzen machten einige – junge Frauen, die noch vor knapp einer Woche ihre Kolleginnen gewesen waren – sogar einen Knicks. Sie spürte ihre Blicke, und plötzlich war ihre sorgfältig aufgebaute alternative Existenz, in der sie einfach die nette »emsige Bea« war, eine fröhliche, fleißige Arbeiterin, »überhaupt nicht hochnäsig, eine vornehme Dame, das schon, aber eine von den Guten«, als Schwindel entlarvt.

Nachdem er die ihm angebotene Tasse Tee dankend abgelehnt hatte, lächelte der Premierminister sie an. »Und jetzt, meine Liebe, möchte ich nur noch dein Zimmer sehen.«

»Nein!« Die außergewöhnliche Heftigkeit ihrer Reaktion überraschte sie selbst. »Das kommt überhaupt nicht infrage. Nicht wahr, Schwester Oberin?«

Miss Luckes stellte sich mit ihren Stöcken zwischen den Premierminister und die Tür. »Das verstößt gegen die Regeln, Sir – keine männlichen Besucher. Leider können wir da keine Ausnahme machen, auch nicht für Sie.«

Angesichts der Bestimmtheit ihrer Worte blieb er abrupt stehen. »Nun gut, wenn ich eines als Politiker gelernt habe, widersprich nie einer Oberin.« Er schaute sich mit einem strahlenden Lächeln in der Küche um. »Ich danke Ihnen für all Ihre Dienste, meine Damen. Die Nation weiß das sehr zu schätzen.«

Und damit war es gnädigerweise vorbei. Als sie sich in der Eingangshalle des Hauptgebäudes von Lord Knutsford verabschiedet hatten und zusammen die Treppe hinuntergingen, sagte er: »Der Rundgang hat mir große Freude bereitet, Liebling. Ich hoffe, es war dir nicht zu peinlich.«

»Peinlich?« Sie stieß ein schrilles Lachen aus. »Ehrlich gesagt, der letzte Teil war unerträglich. Ich glaube, ich sollte noch einmal hineingehen und alles erklären.«

»Was erklären?«

»Dass die ganze Zeit, die ich hier gearbeitet habe, kein Schwindel war und ich nicht nur so getan habe, als wäre ich eine von ihnen.«

»Aber du bist keine von ihnen.«

Darauf hatte sie keine Antwort. »Trotzdem, ich sollte das aufklären.«

»Soll ich dich in die Mansfield Street zurückfahren?«

»Nein danke, ich finde den Weg allein.«

»Wann sehe ich dich wieder?«

»Das kann ich jetzt noch nicht sagen. Ich fahre morgen nach Alderley.«

»Bleibst du über das Wochenende dort?«

»Ja.«

Sie wusste, dass er darauf wartete, eingeladen zu werden. Er sah verloren aus, als sie ihm die Hand schüttelte.

»Auf Wiedersehen, Prime. Ich hoffe, dir gefällt es in Windsor heute Abend ein bisschen besser.«

»Schreibst du mir?«

»Sobald ich weiß, wie es mit mir weitergeht.«

Sie sah seinem Wagen hinterher. Plötzlich erschien ihr alles viel klarer. Als der Napier aus ihrem Blickfeld verschwunden war, wandte sie dem Krankenhaus den Rücken zu und ging im Gedränge der Menschen auf der Whitechapel Road durch das Eastend. Im nächsten Postamt schickte sie ein Telegramm an Montagu im Finanzministerium. BITTE KOMM ÜBERS WOCHENENDE NACH ALDERLEY. WIR MÜSSEN REDEN. LASS MICH NICHT IM STICH. ALLES LIEBE. VENETIA.

*

Der Premierminister kehrte in die Downing Street zurück, arbeitete dort noch für zwei Stunden und fuhr am frühen Abend auf der Great West Road nach Windsor zurück. Als er vor dem großen runden Turm aus dem Wagen stieg, sammelte er seine Kräfte wie vor einer heiklen Kabinettssitzung oder Unterhausdebatte und ging dann sofort zu Margots Zimmer.

Er klopfte leise an und rief ihren Namen. Keine Antwort. Er öffnete die Tür.

Sie lag im Dunkeln.

»Darf ich reinkommen?«

Keine Antwort.

Er kletterte auf das Bett und legte sich neben sie.

»Danke für deinen reizenden Brief, Henry«, sagte sie schließlich. »Es war lieb von dir, so schnell zu antworten.«

»Ich hoffe, er hat dich beruhigt. Wir haben so viel zusammen durchgestanden. Nichts kann uns wirklich trennen.«

Sie drehte sich zu ihm und küsste ihn. »Das ist alles, was ich hören wollte.«

Sie lagen noch für einige Minuten schweigend nebeneinander.

Er seufzte. »Schätze, ich sollte mich jetzt für das grässliche Abendessen umziehen. Stell dir vor, du bist der König von über vierhundert Millionen Untertanen und schaffst es, die zwölf Geistlosesten aufzuspüren und um einen Tisch zu versammeln. Dafür benötigt man schon einiges an Genialität. Wenigstens habe ich heute eine Geheimwaffe mitgebracht.«

»Und die wäre?«

Er griff in die Innentasche seiner Jacke und zog einen Flachmann mit Brandy heraus.

»Henry, du bist unverbesserlich.«

Später stand er in seinem Zimmer am Fenster, sah hinaus auf den Great Park, beobachtete die auf der unermesslich weiten Rasenfläche unter den uralten Bäumen äsenden Rehe und dachte an Venetia.

*

Kurz nach seiner Rückkehr nach London am nächsten Morgen brachte Bongie ihm einen Brief von Kitchener ins Kabinettszimmer.

> Ich habe mit French gesprochen. Ich soll Ihnen von ihm ausrichten, dass er mit dem gegenwärtigen Vorrat über genügend Munition verfügt, seine Soldaten für den nächsten Vormarsch auszurüsten.

Am Nachmittag schrieb er an Venetia in Alderley.

> Meine Allerliebste, ich habe heut Morgen die schwache Hoffnung gehabt, dass Du mir noch vor Deiner Abreise ein paar Zeilen schreibst … Aber sicher warst Du zu beschäftigt …
>
> Ich sende Dir einen Brief, den ich gegen Mittag von K erhalten habe – halte ihn geheim oder vernichte ihn, was du für das Beste hältst. Er schildert darin sein privates Gespräch mit Sir J. French. Es beweist, wie niederträchtig die gestern von der Times abgedruckte Lüge war, dass unsere Munitionsknappheit an der Front nicht nur unseren eigenen Vormarsch, sondern auch den der Franzosen aufhalten würde. Natürlich lässt Du nicht ein Wort davon verlauten.
>
> Es steht jetzt fest, dass ich nächste Woche Newcastle einen Besuch abstatten werde – am Di., Mi. oder Do. –, um vor großem Publikum zu dem Thema zu sprechen. Das könnte ein besonderes Ereignis werden, ich muss einfach nur das Beste daraus machen. Ich bin mir sicher, meine Teuerste & Klügste, dass Du mir zustimmst. Wenn doch auch Du kommen könntest! Kannst Du? 1000mal besser würde ich reden …
>
> Ich werde Dir weiterhin von allem berichten – bei mir im Innern & Äußern: bis Du mir Einhalt gebietest. Und wenn es jemals dazu kommen sollte, dann würde ich mit Hamlet sagen: „Der Rest ist

Schweigen.“ Und dann fiele der Vorhang. Aber das wird nicht geschehen … nicht wahr? Meine einzige Liebe & Hoffnung.

Ganz der Deinige

*

Am frühen Freitagabend fuhr Venetia vom Anwesen in Alderley zum Bahnhof, um Edwin dort abzuholen. Sie stand am Ende des Bahnsteigs, als die Lokomotive der kleinen Nebenstrecke einlief und in einer Dampfwolke neben ihr zum Halten kam. Sie sah ihn aus seinem Abteil steigen. Er trug Zylinder und einen knöchellangen Mantel, der für das warme Wetter viel zu dick war, und hielt einen Stock in der einen und einen großen Koffer in der anderen Hand. Er blieb stehen, offenbar verwirrt, schaute nach allen Seiten, ging erst in die falsche Richtung, bemerkte seinen Irrtum, drehte sich um und sah sie dann, nahm den Hut ab, winkte, eilte auf sie zu. Sie ging zu ihm und küsste ihn auf beide Wangen. Seine errötende Haut war heiß, feucht und roch nach Kölnischwasser.

»Schön, dass du kommen konntest.«

»Meine liebe Venetia, ich bin entzückt. Ich kann mein Glück kaum fassen – zwei Wochenenden hintereinander.«

»Hoffen wir, dass es diesmal nicht so misslingt wie beim letzten Mal.«

»Das dürfte kaum möglich sein.«

Das Haus war voller betagter Verwandter – Onkel Algernon, inzwischen endgültig aus seinem Heim im Vatikan verbannt; Tante Rosalind, die Gräfinwitwe von Crewe; und Tante Maude, eine ledige Frau von einundachtzig Jahren, die ihr ganzes Leben mit wohltätiger Arbeit in den Elendsvierteln von London verbracht hatte und sich jetzt ihres schwachen Herzens halber nach Alderley zurückgezogen hatte. Als der Gong zum Abendessen rief, kamen sie alle aus ihren jeweiligen Räumen herunter, und Venetia stellte fest, wie geschickt Edwin mit ihnen umging, zuvorkommend gegenüber den tauben alten Damen und respektvoll gegenüber den alten Herren, sogar gegenüber Algernon mit dessen auf dem vom Bauch gewölbten purpurnen Seidenhemd ruhenden juwelenbesetzten Brustkreuz, der ihn unüberhörbar fragte, ob er den jüdischen Sabbat einzuhalten gedenke.

»Nein, Exzellenz, ich halte keines der Rituale des orthodoxen Judentums ein.«

»Dürfte ich fragen, warum nicht?«

»Weil ich geistig nicht an sie glaube und weil ich kulturell völlig in die englische Gesellschaft integriert bin. Wenn es mir die Zeit erlaubt, widme ich den Samstag gewöhnlich der Vogelbeobachtung.«

»Nun, in diesem Haus können Sie tun, was Sie wollen«, sagte Lord Stanley. »Zu Gott finden Sie bei den Stanleys jeden Standpunkt – oder auch gar keinen.«

Als er sich gleich am nächsten Morgen in seinem Tweedanzug mit der Schiebermütze auf dem Kopf und dem Fernglas um den Hals aufmachte, um Alderleys Vogelwelt in Augenschein zu nehmen, begleitete Venetia ihn. Für einen Stadtmenschen ein unpassendes Hobby, fand sie, aber er schien vollkommen darin aufzugehen. Bei ihrem Spaziergang durch den Wald und um den See herum zeigte er ihr Vögel, die ihr vorher nie aufgefallen waren – Misteldrosseln, Zilpzalpe, Wintergoldhähnchen. Er reichte ihr das Fernglas, stellte sich hinter sie, legte unbefangen die Arme um sie und half ihr, das Fernglas ruhig zu halten. Es rührte sie, ihn so glücklich zu sehen. Vielleicht liebe ich ihn ja doch, dachte sie. Vielleicht *könnte* ich ihn ja doch lieben.

Am Sonntagmorgen gingen sie wieder zusammen in den Wald, stapften eine Stunde lang herum und stießen dabei auf einen überaus reizenden kleinen Vogel. Eine Tannenmeise, sagte er, und trug sie in sein Notizbuch ein.

Als sie sich auf den Rückweg machten, fragte er: »Schreibt dir der Premierminister überhaupt noch?«

»Ja, natürlich, ständig.«

»Etwas Interessantes? Du brauchst es mir nicht zu sagen, wenn du nicht möchtest.«

»Seine Briefe sind immer interessant. Am Donnerstag hat er mir ein Memorandum von Kitchener über die Munitionskrise geschickt.«

»Das originale Memo?« Er wirkte überrascht.

»Ja. Willst du es sehen?«

»Ich will dich nicht in Verlegenheit bringen.«

»Nein, nein, ist schon in Ordnung – solange du den Inhalt für dich behältst.«

Sie ging mit ihm nach oben in ihr Wohnzimmer, kniete sich auf den Teppich und schloss den bemalten Kasten auf, der jetzt bis zum Rand mit Briefen gefüllt war.

»Voilà.«

»Die sind *alle* von ihm?«

»Alle. Das müssen fünfhundert oder mehr sein.«

»Ich hatte keine Ahnung, dass es so viele sind.« Er sah sie besorgt an. »Das ist schon ziemlich verrückt.«

»Ich weiß. Hier ist Kitcheners Schreiben.« Sie gab es ihm.

Er las es und schüttelte dabei ungläubig den Kopf. »Das ist Geheimsache. So was müsste eigentlich in der Downing Street unter Verschluss aufbewahrt werden. Schickt er dir oft solche Sachen?«

»Die ganze Zeit. Manche explizit mit Geheimstempel. Es bereitet mir Sorgen, sie hier im Haus zu haben. Auf unseren Spritztouren mit dem Automobil zeigt er mir auch ständig Telegramme.«

»Was für welche?«

»Entschlüsselte Telegramme der Botschafter fürs Außenministerium. Und letzten Sommer hatte er die dumme Angewohnheit, sie zu zerreißen und aus dem Wagenfenster flattern zu lassen. Die sind überall aufgetaucht. Passanten haben sie gefunden und bei der örtlichen Polizei abgegeben.«

»Die *Polizei* war eingeschaltet?« Er ließ sich auf das Sofa plumpsen. »Hat die etwas unternommen?«

»Es wurden Fragmente ans Außenministerium weitergegeben. Anscheinend erhalten nur fünf Personen diese speziellen Telegramme – Grey, der Premierminister, Winston, Kitchener und Harcourt. Grey hat die Fragmente in der Runde rumgeschickt und wollte wissen, wer die Telegramme über das Land verstreut.«

»Und hat der Premierminister es zugegeben?«

»Nein, er hat es abgestritten.«

»Und was ist danach passiert?«

»Nichts, soweit ich weiß. Ich nehme an, damit hatte sich das erledigt. Warum? Glaubst du, da kommt noch etwas nach?«

»Ich habe keine Ahnung. Aber vermutlich wurde das von Scotland Yard ans Außenministerium weitergeleitet, was bedeuten könnte, dass auch die Sicherheitsbehörden eingeschaltet sind.« Er kaute auf der Unterlippe und dachte laut nach. »Ich frage mich, ob sie die Angelegenheit einfach haben fallen lassen. Gut möglich, angesichts der Stellung der involvierten Verdächtigen. Ist dir denn in letzter Zeit irgendetwas komisch vorgekommen?«

»Was zum Beispiel?«

»Ich weiß nicht.« Er lachte nervös. »Männer in langen Mänteln, die vor den Toren herumlungern. Dinge, die verschwinden. Briefe, die aussehen, als hatte jemand daran herumgefingert.«

»Die Post von ihm kommt seit einiger Zeit tatsächlich immer etwas später an als sonst! Einen halben Tag, manchmal einen ganzen. Ich dachte, das liegt am Krieg. Und einmal in Penrhos, als ich für eine Woche in London war, da muss jemand das Schloss an dem Kasten aufgebrochen haben, weil die ziemlich sicher vorher abgeschlossen war.« Den Vorfall hatte sie ganz vergessen und spürte jetzt einen Anflug von Panik. »Glaubst du, dass ich unter Beobachtung stehe?«

»Glaube ich eigentlich nicht. Andererseits sind die ganz besessen davon, deutsche Spione aufzuspüren.« Er reichte ihr das Schreiben. »Du könntest erwägen, ihm die Briefe zurückzugeben oder sie in einem Bankschließfach aufzubewahren. Das ist ein bisschen sicherer als in einer Spielzeugkiste.«

Sie legte den Brief zurück und verschloss den Kasten. Sie hatte ihm den Rücken zugewandt. »Was für ein Chaos.«

»Das ist es tatsächlich.«

Das war der Augenblick, den sie halb herbeigesehnt, halb gefürchtet hatte. Es musste sein.

»Edwin, mein Liebling.« Sie drehte sich wieder zu ihm um. »Willst du mich immer noch heiraten?«

»Das weißt du doch.«

»Wollen wir darüber reden?«

»Ja, bitte! Ich will das schon das ganze Wochenende.«

»Darf ich ehrlich zu dir sein?«

»Immer.«

Sie setzte sich neben ihn aufs Sofa. »Kannst du dich daran erinnern, wie du mir in Penrhos das erste Mal einen Antrag gemacht hast?«

»Natürlich.«

»Und wie ich dich gefragt habe, warum du mich liebst? Damals hast du gesagt, weil in mir der Geist eines Mannes in einem Frauenkörper steckt.«

»Habe ich das wirklich? Wie grob von mir. Es tut mir leid.«

»Entschuldige dich nicht. Ich war nicht beleidigt. Das war sogar ziemlich scharfsinnig. Und weißt du noch, wie ich erwidert habe, dass in dir vielleicht der Geist einer Frau im Körper eines Mannes ist?«

»Ja, ich erinnere mich. Das war auch scharfsinnig.«

»Also – glaubst du, dass das die Grundlage für eine Ehe sein könnte?«

Er neigte den Kopf zur Seite und sah sie mit zusammengekniffenen Augen an. »Ich weiß nicht so recht, ob ich dir folgen kann.«

»Ich bin nicht besonders feminin – war ich nie, weder mein Geist noch mein Kopf.«

»Das finde ich nicht. Du bist wunderschön. Ich …«

»Nein, hör mir zu.« Sie klopfte ihm aufs Knie, um ihn zum Schweigen zu bringen. »Ich bin nicht auf Komplimente aus. Mit meinem Aussehen bin ich ziemlich zufrieden. Ich will damit einfach nur sagen, dass ich die Sorte Frau bin, die im Allgemeinen eher als *gut aussehend* und nicht als schön beschrieben wird, und ich vermute, dass es wahrscheinlich das ist, was meine Anziehungskraft auf dich ausmacht.«

»Worauf willst du hinaus?« Ihm schien zunehmend unbehaglich zu sein.

»Um Himmels willen, muss ich es dir wirklich vorbuchstabieren? Du findest mich anziehend, weil ich eher *maskulin* bin.«

Ein Augenblick lang herrschte Stille.

»Großer Gott!«

»Bitte, sei jetzt nicht beleidigt, Edwin. Mir ist es egal, wohin dich deine Begehrlichkeiten in der Vergangenheit geführt haben oder wohin sie dich in der Zukunft führen werden. Um ehrlich zu sein, bin ich erleichtert, weil ich jetzt nämlich begriffen habe, wie eine Ehe für uns beide funktionieren könnte. Du würdest mich aus einer schrecklichen Lage befreien und mir ein Leben und eine Bestimmung bieten. Und dafür gebe ich dir fast alles, was ich habe – meine Loyalität, meine Kameradschaft und – soweit ich dazu fähig bin – meine Liebe.«

»Und was würdest du mir *nicht* geben?«

»Meine Freiheit. Und ich würde auch nicht deine einschränken.«

Er schwieg eine Weile.

»Das ist nicht gerade das, was ich mir erhofft hatte.«

»Ich verstehe. Aber es ist das Beste, was ich dir anbieten kann.«

Wieder Schweigen.

»Ich würde es gern versuchen, du weißt schon, die körperliche Seite.«

»Ja, probieren wir es. Wenn es nicht klappt, wären wir beide frei.«

»Und blieben getrennt?«

»Nein, wir wären frei, jemand anderes zu sehen. Diskret.«

Er nickte bedächtig.

»In Ordnung«, sagte er schließlich und nahm ihre Hand. »Ich könnte nicht behaupten, dass mir das gefällt. Aber in Ordnung.«

*

Weil sie übereingekommen waren, niemand etwas zu sagen, bevor sie eine Strategie entworfen hatten, wie sie es dem Premierminister beibringen sollten, fühlte sich die heimliche Verlobung für sie ziemlich unwirklich an. Es gab keinen Wirbel, keine Aufregung. Sie saß beim Lunch, sah Edwin mit ihrem Vater reden und dachte: In ein paar Monaten ist er mein Mann, ist das wirklich wahr? Alles hatte sich geändert, und doch hatte sich nichts geändert. Und hinterher, als sie ihn zum Zug nach London brachte und sie auf dem Bahnsteig nebeneinander auf und ab gingen, hatte sie das Gefühl, von allem abgekoppelt zu sein. Er sagte, er müsse mit seinem älteren Bruder ein paar allgemeine Dinge besprechen: was ihre Konversion zum Judentum mit sich bringe, was von ihr erwartet werde, wie lange es dauere, die Einzelheiten der finanziellen Regelung etc. etc.

Das passierte doch nicht wirklich, oder doch?

Als der Zug kam, schloss sie die Augen und küsste ihn auf den Mund. Es war nicht annähernd so unerfreulich, wie sie befürchtet hatte.

»Du hast mich so glücklich gemacht«, sagte er.

*

Wieder im Haus, machte sie sich daran, dem Premierminister einen Brief zu schreiben.

> Mein Liebster, es ist nur fair, Dich vorzuwarnen, dass ich vielleicht schon bald mit Dir über meine Zukunft sprechen muss. Und das wird dann eine wirkliche Prüfung für Deine Liebe zu mir. Aber wenn Deine Liebe so groß ist, wie Du sagst – woran ich nicht im Geringsten zweifle –, dann hoffe ich, dass Du von ganzem Herzen glücklich um meinetwillen bist & mir zur Seite stehst. Ich weiß, dass ich imstande bin, Dich in ein Tal des Jammers zu stürzen, aber ich verspreche Dir, das wäre das Letzte, was ich im Sinn habe. Und obwohl sich meine Lebenssituation verändern könnte, wird sich nichts an meinen Gefühlen für Dich jemals ändern …

Normalerweise flossen ihr die Worte nur so auf das Papier. Diesmal war allerdings eine gewundenere Ausdrucksweise vonnöten, die darauf abzielte, mehr anzudeuten als preiszugeben – ein Brief, der den Boden bereitete. Sie plagte sich wie ein Diplomat an der Abfassung ab, bis sie schließlich mit dem Ergebnis zufrieden war.

KAPITEL 30

Als der Premierminister am nächsten Abend kurz vor Mitternacht vom Abendessen in die Downing Street zurückkehrte, wartete auf seinem Schreibtisch ihr Brief. Er musste am nächsten Tag in Newcastle seine große Rede vor fünftausend Arbeitern der Rüstungsindustrie halten, und sie war erst halb fertig. Er hatte vor, bis in die Morgenstunden daran zu feilen. Nichtsdestoweniger schob er sie beiseite, weil er wissen wollte, was sie mitzuteilen hatte.

Es dauerte eine Weile, bis die Wucht des Schlags ihn traf.

… sich meine Lebenssituation verändern könnte …

Zunächst glaubte er, hoffte er, dass sie damit vielleicht nur ihre Entscheidung meinte, als Krankenschwester nach Frankreich zu gehen. Aber beim zweiten und dann beim dritten Lesen hatte er kaum noch Zweifel, was sie damit meinte … Heirat. Wie betäubt saß er im Lichtkegel seiner Schreibtischlampe umgeben von seinen Figürchen da und versuchte zu erraten, wer der potenzielle Verlobte sein könnte. Er hatte keine Ahnung. Es dauerte mehrere Minuten, bis er in der Lage war, die Feder zur Hand zu nehmen.

> Mein einziger Liebling, ich bin gerade nach Hause gekommen & habe Deinen Brief vom Sonntag gelesen. Ich verstehe jedes einzelne Wort und kann (was wichtiger ist) zwischen den Zeilen lesen.
>
> Wenn Du mir morgen erzähltest, Du würdest heiraten, habe ich hoffentlich die Kraft, Dir mit keinem Wort zu widersprechen oder abzuraten. Ich würde

> mich aufrichtig bemühen, so gut mir das möglich ist, die Chancen für Dein zukünftiges Glück einzuschätzen: und daher würde ich eines ziemlich vordringlich in Betracht ziehen: wer & was ist der Mann. Aber wer es auch wäre, mein Leben würde sein Fundament verlieren, seine Inspiration, seine Perspektive …

Er schenkte sich ein Glas Brandy ein und sah auf die einleitenden Sätze seiner Rede – *ich bin heute Abend nicht nur gekommen, um zu den Menschen von Newcastle und Tyneside zu sprechen, sondern durch euch zu den Arbeitern überall an der Küste des Nordostens* – und dann zurück auf seinen Brief an sie – *alles, was ich bin oder sein kann, gehört* Dir, *jetzt und immerdar* –, und für einen Augenblick hatte er den verrückten Drang, die beiden zu vermengen: Venetia aufzurufen, ihre patriotischen Anstrengungen bei der Produktion von Artilleriegeschossen zu verstärken, und den Arbeitern des Nordostens zu beteuern, wie sehr er sie liebe. Was wohl Northcliffe davon halten würde?

Widerwillig beendete er den Brief an Venetia – *ich muss überlegen, wie ich meine Rede für Newcastle gestalte, gute Nacht, meine Liebste* – und zwang sich wieder zur Arbeit.

*

Der Zug am Bahnhof King's Cross war am nächsten Vormittag um zehn Uhr abfahrfertig. Der Fraktionschef hatte zur Verabschiedung eine kleine Delegation aus Staatssekretären und Hinterbänklern zusammengetrommelt – eine aufmerksame Geste. Als die Trillerpfeife ertönte und die Lok sich in Bewegung setzte, lehnte der Premierminister sich aus dem Fenster und winkte ihnen elegant und ausladend mit dem Hut zu, bevor er sich auf seinen Platz gegenüber Margot fallen ließ. Neben ihr saß Elizabeth, rechts neben ihm Bongie mit zwei roten

Dokumentenkisten. Violet war zu seiner Linken. Der arme Bongie. Seitdem sie Gefallen an Rupert Brooke gefunden hatte, war sein Verhältnis zu ihr ziemlich abgekühlt. George Wicks und Margots Zofe saßen mit dem Gepäck in der Holzklasse.

Der Tag hatte noch gar nicht richtig begonnen, aber er war schon müde. Venetias Brief und die Nachtarbeit am Redemanuskript hatten dafür gesorgt, dass er nicht gut geschlafen hatte. Die elende Rede war immer noch nicht fertig, und jetzt musste er auch noch einen Stapel dringender Papiere und Telegramme durchgehen. Während der Zug nach Norden dampfte, arbeitete er ununterbrochen. Er ließ sich von Bongie die Unterlagen reichen, las sie, zeichnete ab, fügte Anweisungen hinzu und gab sie ihm zurück. Er erledigte die Regierungsgeschäfte mit der ihm eigenen unermüdlichen Konzentration. Es war eine Erleichterung, sich in der Arbeit verlieren zu können. Erst als sie York schon hinter sich gelassen hatten, kam er schließlich dazu, an Venetia zu schreiben.

> Ich werde versuchen, in meiner Liebe zu Dir uneigennütziger und wertschätzender zu sein, mein Liebling.

Er sah zu Margot hinüber, die eben ein Pfefferminzbonbon lutschte und ihn wachsam beäugte.

> Ich muss jetzt Schluss machen & wieder an meiner Rede arbeiten. Ich schreibe Dir morgen nach Alderley, wo Du ja wahrscheinlich noch bist. Ich weiß, Du denkst an mich & wünschst mir viel Glück.

Um halb vier lief der Zug im Bahnhof von Newcastle ein und kam langsam neben dem Empfangskomitee dort zum Halten. Der Bürgermeister samt Stadtrat begrüßte sie, eine Blechblaskapelle spielte, Fahnen hingen von den Dacheisenträgern, eine große Menschenschar wohnte allem bei.

Er schritt die Reihe der Würdenträger ab, schüttelte Hände und flüsterte Bongie am Ende zu: »Ich muss schnell ins Hotel und die Rede fertig schreiben.«

»Man hat eine Barkasse vorbereitet, die uns auf dem Fluss zur Werft mit anschließender Besichtigung bringt.«

»Wie lange dauert das?«

»Zwei Stunden.«

»Unmöglich!« Er machte Margot ein Zeichen. »Liebling, du und die Mädchen, ihr müsst mich auf dieser Tour vertreten. Ich muss arbeiten.«

Als er nun vom Bahnsteig weggeführt wurde, murrten die Leute enttäuscht. Wie jeder Politiker hasste er es, einer Gruppe von Wählern den Rücken zu kehren, aber es ging nicht anders – der Anlass der Reise war die Rede. Der Direktor des noblen Bahnhofshotels führte ihn durch das große Foyer und dann die Treppe hinauf in die Suite im ersten Stock, wo die Entourage des Premierministers für die Nacht untergebracht war. Bongie breitete die Unterlagen auf dem Schreibtisch aus und ließ ihn dann allein.

Sobald sich die Tür geschlossen hatte, wandte er sich wieder seinem Brief an Venetia zu.

> Ich habe jetzt glückselige 1 1/2 Stunden Frieden & Einsamkeit, die ich zum Teil meiner konventionellen Aufgabe widmen werde & zum Teil (nehme ich an) dem nochmaligen Lesen einiger Briefe, die hier in meiner Tasche stecken: was überhaupt nicht konventionell ist. Glaubst Du, ich wäre ein glücklicherer Mann, wenn ich (in mancher Hinsicht) konventioneller gewesen wäre?

Er wollte, sie wäre bei ihm, aber ihr beständig zu schreiben kam dem am nächsten.

*

Laut den Zahlen, die Bongie für die Rede vorbereitet hatte, arbeiteten die Arbeiter in den Rüstungsbetrieben im Nordosten Englands im Durchschnitt achtundsechzig Stunden die Woche. Armstrong, das riesige Rüstungsunternehmen, das Schlachtschiffe, Feldgeschütze, Artilleriegeschosse und Munition produzierte, hatte als Publikum für den Premierminister fünftausend Männer von ihren Arbeitsplätzen in den Werften und Fabriken direkt ins Palasttheater im Zentrum von Newcastle bringen lassen. Viele trugen noch ihren Monteuranzug und hielten ihr in rotes Taschentuch gewickeltes Abendbrot in der Hand.

Der Premierminister betrat unter tosendem Beifall den Saal. Während er oben auf der Bühne auf seinem Platz saß und mit halbem Ohr den Einführungsrednern zuhörte, empfand er die beste Art von Lampenfieber – aufgedreht, voller Adrenalin, bange, aber selbstsicher. Von der Rede hing viel ab. Wochen feindseliger Presseberichte, Geschwätz, dass er die Lage nicht mehr beherrsche – das alles verlangte nach einer entschiedenen Antwort, und die würde er heute liefern. Das rein männliche Publikum war das perfekte Forum. Schwungvoll wie ein Boxer würde er vor ihm auftreten. Nach der Einführung – »Gentlemen, und nun der Premierminister« – schritt er zum Rednerpult.

»Ich bin heute Abend nicht nur gekommen, um zu den Menschen von Newcastle und Tyneside zu sprechen, sondern durch euch zu den Arbeitern überall an der Küste des Nordostens. Und ich bin nicht gekommen, lasst mich das gleich zu Beginn sagen, um Abbitte zu leisten oder Panik zu verbreiten. *(Jubel)*

Wir haben diesen Krieg nicht gewollt. Unsere Ehre, unsere Sicherheit, unsere ruhmreichsten Traditionen, unsere besten Hoffnungen, unsere in höchsten Ehren gehaltenen Ideale – all das wurde infrage gestellt, und die Geschichte wird festhalten, dass die Herausforderung angenommen wurde, ohne auch nur einen Augenblick zu zögern, mit einer Einmütigkeit und einer Begeisterung, die in den Annalen der Menschheit kaum ein Beispiel hat. *(Jubel)*

Ich glaube nicht, dass jemals eine Armee oder eine Marine besser und angemessener ausgerüstet in eine Schlacht gezogen ist oder während einer Schlacht ausgerüstet worden ist. *[Jubel]* Dieser Tage ist mir die Behauptung zu Ohren gekommen, dass die Operationen nicht nur unserer Armee, sondern auch unserer Marine zunichtegemacht oder jedenfalls behindert wurden, weil wir dabei versagt hätten, die notwendige Munition bereitzustellen. An dieser Behauptung ist nicht ein einziges Wort wahr. *[lauter Jubel]* Ich sage euch, nicht ein einziges wahres Wort ist an dieser Behauptung, was um so bösartiger ist, weil sie, glaubte man ihr, darauf abzielt, unsere Truppen zu entmutigen, unsere Verbündeten abzuschrecken und die Hoffnungen und Umtriebe unserer Feinde anzustacheln.«

Die Worte Northcliffe oder *Times* nahm er nicht in den Mund. Damit würde er sich nicht besudeln. Es war auch nicht nötig. Jeder wusste, wer gemeint war. Er sprach vierzig Minuten lang, endete mit einer Lobeshymne auf die Arbeiter des Landes – »wer in diesen belastenden Zeiten die Bedürfnisse unseres Landes befriedigt, zeigt einen Heroismus, der so echt, einen Patriotismus, der so stark ist wie der von jenen, die alle Tage in vorderster Linie ihr Leben aufs Spiel setzen« – und setzte sich dann unter dem Beifallsdonner des erhobenen Publikums auf seinen Platz.

Danach nahmen Margot und seine Töchter ihn hinter der Bühne in die Arme. »Henry, das war großartig.« – »Ich bin so stolz auf dich, Papa.« – »Hervorragend, Prime.«

Nur Bongie schien etwas gedämpfter Stimmung zu sein.

»Nun, was meinen Sie?«

»Das war sehr starker Tobak. Wirklich sehr stark, Sir.«

»Zu stark?«

»Als Sie sagten, es sei nicht ein einziges wahres Wort an der Behauptung, die Armee sei durch Munitionsknappheit behindert worden … Darf ich fragen, was die Grundlage dafür war?«

»Sir John French hat das letzte Woche zu Kitchener gesagt. Kitchener hat mir in einem Brief von der Unterhaltung berichtet.«

»Ich wäre mir nicht sicher, ob er das *genau so* gesagt hat, Sir. Ich war der Meinung, dass er nur gesagt hat, er hätte genügend Munition für den *nächsten Vormarsch.* Wir sollten das zur Sicherheit nachprüfen. Haben Sie Lord Kitcheners Brief noch?«

»Nicht bei mir, nein.« Er ärgerte sich plötzlich über seinen Privatsekretär, nicht zuletzt deshalb, weil er – wie ihm jetzt klar wurde – vielleicht recht hatte. Es war ein Fehler gewesen, den Brief, kaum dass er ihn in Händen gehalten hatte, an Venetia zu schicken. Solange er noch an der Rede schrieb, hätte er ihn behalten sollen. »Nun, jetzt ist es zu spät. Sinnlos, sich noch den Kopf darüber zu zerbrechen. Northcliffe hasst uns sowieso. Immer, egal was wir tun.«

*

Die Presse am Tag danach zeigte sich sehr feindselig, nicht nur die *Times,* die ihre »tiefe Enttäuschung« zum Ausdruck brachte über seine »billigen Versuche zu beweisen, dass er und seine Kollegen weder falsche Berechnungen angestellt noch Fehler begangen« hätten. Die Scheinheiligkeit hatte er erwartet, ebenso den vorhersehbaren Hohn von Northcliffes Krawallblättern *Daily Mail* und *Daily Mirror.* Aber Zeitungen, die ihn normalerweise unterstützten, äußerten sich ebenfalls kritisch. Er war nach Newcastle gereist, um zu beweisen, dass er weder selbstgefällig noch abgehoben war, doch jetzt hätte er es irgendwie geschafft, als beides dazustehen. Er las die Zeitungen sehr genau, die wie ein Schmutzfleck über das weiße Leinen des Frühstückstischs ausgebreitet waren, und ihn überkam eine böse Vorahnung. Da kommt noch mehr, dachte er. Von jetzt an würde man ihm bei jeder Munitionsknappheit seine Worte an den Kopf werfen. Sogar Margot schwieg, die seine Kritiker normalerweise mit scharfen Worten attackierte.

Sie verließen das Hotel nach dem Frühstück für eine Besichtigung der Armstrong-Werke, ein gewaltiges, in Rauch gehülltes Unternehmen, das sich den Tyne entlang erstreckte. Laut Mr Marjoribanks, dem Direktor, der sie herumführte, beschäftigte Armstrong im Moment dreizehntausend Arbeiter – zehnmal so viele wie bei Ausbruch des Krieges – und war jetzt das größte Rüstungsunternehmen der Welt. Sie besichtigten die Werften, Bahnhöfe und Flugzeugfabriken sowie die Hochöfen und die Gießerei, wo einige der gewaltigen Fünfzehnzollkanonen in ihre stählernen Rohrwiegen eingepasst wurden. In den Werken, wo die Granaten und Geschosse mit Sprengstoff gefüllt wurden, bedienten meist Frauen die Maschinen. Das war eine Revolution, dachte er, Frauen, die nicht mehr als Hausmädchen, Schreibkraft und Krankenschwester arbeiteten, sondern die Arbeit von Männern verrichteten. Angesichts der vielen Millionen Männer in der Armee konnte der Krieg nicht ohne die Frauen gewonnen werden. In diesem Augenblick erkannte er, dass sein früherer Widerstand gegen das Frauenwahlrecht einer anderen Ära angehörte. Wie konnte man ihnen jetzt noch das Stimmrecht verwehren?

Auf der Zugfahrt zurück nach London war er ungewöhnlich schweigsam, sah aus dem Fenster und dachte an alle möglichen Dinge – an die stygischen Gießereien des Todes, die am Tyne rund um die Uhr in Betrieb waren, um den Fleischwolf in Frankreich zu füttern; an Beb, der am Freitag, und Raymond, der in der nächsten Woche an die Front gehen würde; an Oc kurz vor der Landung in Gallipoli; an die feindlich gesinnte Presse; an die Kollegen, die sich gegen ihn verschworen; an die bald verheiratete Venetia; an seine Welt, die ihm unter den Füßen wegbrach.

Am nächsten Tag, dem Donnerstag, lag beim Aufwachen ein Brief von ihr auf dem Nachttisch.

> Alderley Park
> Mittwoch, 21. April 1915
> Mein liebster Prime,
> ich habe in der Times mit Stolz & Vergnügen den Text Deiner Rede in Newcastle gelesen. Wie inspirierend sie war & wie garstig die Reaktion darauf. Ich hoffe, Du hast Dich von ihrem Hohn nicht entmutigen lassen. Papa sagt (Du weißt, sein Temperament ist so abgeklärt & gelassen wie das Deine), Northcliffes Verrat & Größenwahn verdiene es, dass man ihn beim nächsten öffentlichen Auftritt mit der Pferdepeitsche durchwalkte.
>
> Ich befürchte, Du wirst nicht erfreut sein zu hören, dass Deine erhebenden Worte mich nur entschlossener gemacht haben, meinen Teil zum Kampf beizutragen. Bevor ich nach Frankreich abreise, komme ich nächste Woche für meine Schutzimpfungen nach London. Man hat mich als Schwester für Lady Normans Kriegslazarett in Wimereux bei Boulogne angenommen …

Er las den Brief mit gemischten Gefühlen. Ihr gefiel die Rede – gut. Sie ging nach Frankreich – schlecht. Sie kam nach London – gut. Sie erwähnte mit keinem Wort eine Hochzeit – gut. Oder doch nicht? Im Lauf des Tages wuchsen seine Zweifel. Eine Verlobung nicht zu erwähnen bedeutete nicht zwingend, dass diese nicht stattfand. Es könnte genau das Gegenteil bedeuten.

Also, um Mitternacht:

> Mein Liebling, Du erzählst es mir doch, oder? Die ganze Wahrheit. Sofort. Egal wie hart sie auch sein mag. Ich würde lieber das Schlimmste erfahren – unverschleiert und unverzüglich. Einmal – nur einmal – hast Du mir etwas gesagt, was mich gekränkt hat, bezüglich „den Schaden begrenzen". Sag es mir – ja oder nein! Dann kann ich meine Bilanz abschließen. Ich hasse nur eines: Ungewissheit & Unsicherheit. Befreie mich davon.
>
> Dein innigster Geliebter

Sie antwortete nicht darauf.

Am Freitagabend riss Margot die Tür zum Kabinettszimmer auf, wo er am Tisch saß und arbeitete. Er hob den Kopf und sah, dass sie Tränen in den Augen hatte. Sie hielt ein Telegramm in der Hand.

Ohne nachzudenken, sagte er: »Ist es Oc?«

»Nein, es ist *von* ihm. Rupert Brooke ist heute Nachmittag auf Skyros an Blutvergiftung gestorben. Oc ist gerade von seiner Beerdigung zurückgekommen.«

»Blutvergiftung?«

»Von einem Insektenstich.«

Die Nachricht erschütterte ihn. Apoll niedergestreckt von einem Insekt! Das schien die Vergeblichkeit von allem zusammenzufassen.

»Wir sollten Violet vorwarnen.«

»Sie ist in Dublin. Ich rufe sie an.«

*

Achtundvierzig Stunden später, am Sonntag, dem 25. April, noch im Dunkeln kurz vor der Morgendämmerung, näherte sich eine Armada von zweihundert Schiffen der Halbinsel Gallipoli. Winston zeigte ihm auf einer Karte, wo die verschiedenen Divisionen anlanden würden – das australische und neuseeländische Armeekorps in Kabatepe, die Franzosen in der Besikabucht und bei Kumkale, die 29. Division am Kap Helles, die Marinedivision über sechzig Meilen weiter nördlich in Bulair am Golf von Saros.

In den Zeitungen am nächsten Tag wurde die Invasion mit keinem Wort erwähnt. Es war eine Nachrichtensperre verhängt worden.

Nun konnten er, Winston, Kitchener oder jeder andere nichts weiter tun als abwarten.

KAPITEL 31

Am Abend jenes Montags traf Deemer sich wieder einmal mit Kell in dessen Club.

So war jetzt seit Monaten sein Leben strukturiert gewesen – einmal alle zwei Wochen nach Büroschluss Bericht erstatten, gewöhnlich am Montag, es sei denn, es gab etwas Dringendes, woraufhin er per Telegramm um ein Treffen bat. Ende März, als sein Bruder bei ihm gewohnt hatte, war die Einsamkeit seines Daseins kurz gelindert worden. Aber Fred war für irgendeinen Schreibstubendienst hinter den Linien zu seinem Regiment nach Frankreich zurückgekehrt, sodass Deemer wieder ganz allein lebte und arbeitete. Im Januar hatte Kell ihm für den Frühling eine »angenehmere Aufgabe« versprochen. Der Frühling war gekommen, und er saß immer noch im Postverteilzentrum Mount Pleasant fest. Er hatte vor, das Thema wieder zur Sprache zu bringen.

Er wurde vom Pförtner mit einem Nicken begrüßt – sein Gesicht war ihm inzwischen vertraut – und traf Kell in der Bibliothek im ersten Stock. Er saß wie üblich in einer Ecke des riesigen, menschenleeren Raums.

»Guten Abend, Deemer. Wie geht's?«

»So weit ganz gut, Sir, danke.«

»Setzen Sie sich.« Er deutete auf den dick gepolsterten Ledersessel ihm gegenüber. »Also, was haben Sie heute für mich?«

»Zwei Dinge wären erwähnenswert, Sir.« Er öffnete den Aktenkoffer und entnahm ihm ein halbes Dutzend Fotografien. »Vor zehn Tagen hat der Premierminister Miss Stanley von einer Kabinettssitzung berichtet, in der anscheinend sehr heftig gestritten wurde. Lord Kitchener hat wohl Lloyd George beschuldigt, geheime Informationen über die Truppenzahl in Frankreich verraten zu haben. Zitat des Premierministers: ›Er erklärte, dass er das Kriegsministerium unter diesen Umständen nicht länger leiten könne, dann bot er seinen Rücktritt an, stand auf und wollte den Raum verlassen.‹« Deemer gab Kell die Fotografien des Briefs. »Er behauptet, dass er dann die Wogen geglättet, es aber nicht gewagt hätte, irgendwem davon zu erzählen, und bittet Miss Stanley, das unbedingt für sich zu behalten.«

»Ich habe schon davon gehört, dass es zwischen Kitchener und Lloyd George ziemlich knirscht, aber ich hatte keine Ahnung, dass es so schlimm ist. Und? Hat es Miss Stanley für sich behalten?«

»Soweit wir wissen, ja, Sir. Seit dem Herbst hat sie zu keiner Zeit irgendwelche vertraulichen Sachen weitergegeben.«

»Gott sei Dank. Jede Andeutung, dass Kitchener mit Rücktritt gedroht hat, wäre für den Feind ein Geschenk. Sie sagten, Sie hätten zwei Dinge. Was ist das andere?«

»Er hat ihr über die Munitionsknappheit geschrieben und einen Brief beigefügt, den er gerade von Lord Kitchener erhalten hatte. Darin berichtete er von einem Gespräch mit Sir John French. Das ist offensichtlich ein eindeutiger Verstoß gegen des Spionagegesetz.«

»Zeigen Sie mal.«

Kell streckte die Hand aus und nahm die Fotografie. Er betrachtete sie eine Zeit lang mit gerunzelter Stirn, als ob er es nicht ganz glauben könnte.

»Wie lange nachdem er diesen Brief erhalten hat, hat er die Rede in Newcastle gehalten?«

»Sechs Tage, Sir.«

»Aber dieser Brief stützt in keiner Weise, was er dort behauptet hat. Wenn überhaupt, dann deutet er das Gegenteil an.« Er sah Deemer an. Sein Gesicht war vor Wut verzerrt. »Er hat das Land vorsätzlich belogen.«

»Er hat übertrieben, das schon.« Aus irgendeinem Grund glaubte er den alten Mann verteidigen zu müssen. »Wenn er den Brief nicht an Miss Stanley geschickt hätte, wenn er ihn noch gehabt hätte, als er die Rede vorbereitet hat, vielleicht wäre er dann nicht so weit gegangen.«

»Das ist eine sehr nachsichtige Deutung. Und selbst wenn sie stimmte, dann bedeutet das zumindest, dass seine Urteilskraft gelitten hat.« Kell sah sich die Fotografie noch einmal an. »Ich würde das fürs Erste gern behalten. Sie können ja noch einen Abzug machen, oder?«

»Natürlich.«

Kell schob die Fotografie in die Innentasche seiner Jacke. Deemer fragte sich, warum er den Brief haben wollte. Bis jetzt hatte er nie etwas mitgenommen. Er steckte den Rest der abgefangenen Post in den Aktenkoffer.

»Gibt es sonst noch was?«, fragte Kell.

»Nichts von großem Interesse. Ganz allgemein ist die Beziehung zwischen dem Premierminister und Miss Stanley in letzter Zeit ziemlich angespannt. Ich habe das Gefühl, die Affäre könnte bald vorbei sein. Sie hat anscheinend vor, Edwin Montagu zu ehelichen.«

»Das wäre schade«, sagte Kell. »Vom nachrichtendienstlichen Standpunkt her.«

Deemer sah ihn überrascht an. »Aber wir wollen doch, dass der Premierminister aufhört, ihr vertrauliche Informationen zu schicken, oder nicht?«

»Natürlich, sicher«, sagte Kell schnell. »Allerdings müssen Sie zugeben, dass uns das außergewöhnliche Einblicke in die Arbeit an der Spitze unserer Regierung vermittelt hat. Miss Stanley und wir beide sind wohl drei der bestinformierten Menschen im Land. Werden Sie nicht etwas vermissen, wenn er damit aufhört?«

»Nein, Sir.« Er zögerte. »Ehrlich gesagt, fühle ich mich inzwischen ziemlich unwohl bei der ganzen Operation, vor allem weil offensichtlich nichts von den Geheimnissen zum Feind gelangt. Das alles ist ein ziemlich unehrbares Geschäft, außerdem frage ich mich, ob es das Risiko lohnt. Ich glaube, wir sollten in Erwägung ziehen, das Ganze abzubrechen.«

»Ach, meinen Sie? Nun ja, diese Entscheidung liegt wohl nicht in Ihrer Hand. Aber ich nehme es zur Kenntnis. Ich weiß, wie monoton die Arbeit ist, wie isoliert Sie sich fühlen müssen. Vielleicht sollte ich jemand anderes damit betrauen. In der Zwischenzeit lassen Sie mich wissen, wenn etwas Wichtiges passiert, andernfalls sehen wir uns in zwei Wochen wieder hier.«

*

Und so kehrte Deemer zum Postverteilzentrum Mount Pleasant zurück und fuhr pflichtgemäß mit der Überwachung der Korrespondenz zwischen dem Premierminister und Venetia und jetzt auch – zunehmend – zwischen der von Venetia und Edwin Montagu fort. In den nächsten zwei Wochen führte er weiter sein reguläres Protokoll der Daten und wichtigen Ereignisse. Es ähnelte mehr als je zuvor einem Liebesroman in Fortsetzungen, einer Geschichte, die ihrem unausweichlichen Höhepunkt zustrebte und von Kräften vorangetrieben wurde, die ihr Leser klarer erkannte als ihre Figuren. Wenn Deemer jetzt jeden Tag an seinen Schreibtisch eilte, dann weniger, um geheime Informationen abzufangen, sondern um zu erfahren, was als Nächstes passieren würde.

Am Dienstag, dem 27. April, kehrte Venetia aus Alderley nach London zurück und unternahm eine nachmittägliche Spazierfahrt mit dem Premierminister. Danach war der Premierminister, wie er ihr in einem Brief in jener Nacht gestand, »verwirrt & bestürzt«:

> Es war eigenartig, was Du heute über die Entfremdung von Dir selbst & über Deine Zukunft erzählt hast. Es hat mich überrascht & erfüllt mich mit Vorahnungen … Andere Dinge machen mich alles andere als glücklich – in der Außen- & in der Innenpolitik. Ich bin gezwungen, jeden Tag erneut einen Schwung Optimismus von meinem schon überzogenen Konto abzuheben …

Am Mittwoch war es Montagu, der sich bei Venetia beklagte:

> Um ganz ehrlich zu sein, nichts bereitet mir im Moment mehr Kopfzerbrechen als Du. Ich kann nicht erwarten, von Dir so sehr oder auch nur annähernd so sehr geliebt zu werden, wie ich Dich liebe, aber meine Liebste, Du bist eine verwirrende Person. Du beschließt, Dein Leben wenn möglich mit mir zu verbringen, und dann verpflichtest Du Dich, ohne mir ein Wort zu sagen, für mindestens drei Monate nach Frankreich zu gehen. Du kommst nach London und verbringst die meiste Zeit damit, Dich impfen zu lassen …

Am Donnerstag trafen sich Venetia und Montagu, um die Einzelheiten ihrer Konversion zum Judentum zu besprechen, und kamen auch eindeutig zu einer Regelung, weil er ihr hinterher schrieb:

> Verzweifeltst geliebte aller Frauen,
> gestern war der großartigste Tag meines Lebens. Unter dem Strich bleibt, dass die wundervollste Frau der Welt sich in meine sichere Obhut, in meine Hände auf Gedeih und Ungedeih begeben hat, in der Hoffnung, dass sie mit mir ein glücklicheres Leben wird führen können als ohne mich oder mit jedem anderen Mann.

Am Freitag verließ sie London, um das Wochenende mit dem Premierminister und seiner gewohnten Entourage in Alderley zu verbringen. Aus dem Zug schrieb sie an Montagu:

> Liebling, ich wünschte, auch nur den Hauch einer Inspiration zu verspüren, aber dieser höllische Zug schwankt derart, dass sich weder meine Gedanken noch meine Hand konzentrieren können. Mir gegenüber sitzt in fröhlicherer Gemütsverfassung der Premierminister, allerdings sagt mir mein Bauch, dass diese Gesellschaft kein Spaß werden wird. Ich spüre, dass ich mich mit Bongie streiten werde, dass ich mich abscheulich gegenüber dem Premierminister benehmen werde & dass ich Violets Fragen werde ausweichen müssen, so sie mir denn überhaupt welche stellt … Dein Eindruck von mir ist immer der von vollständigem & kaltblütigem Desinteresse dem gegenüber, was in meinem Leben um mich herum vor sich geht. Auf Papier geschrieben, klingt das schlimm. Und doch hätte ich Dich jetzt am allerliebsten hier bei mir, so schrecklich vermisse ich Dich. Es ist wieder ein herrlicher Tag heute, & wir sollten einfach nur glücklich sein …

Am Sonntag schrieb sie ihm aus Alderley einen zweiten Brief:

> Es steht fest, mein Liebling, dass ich am Montag in einer Woche nach Boulogne fahre. Sei mir nicht böse, dass ich mich dazu entschieden habe. Ich weiß, Dir muss das wie erbärmliche Halbgarheit erscheinen, aber es ist nicht so, dass ich etwas aufschieben will, nur will ich auch aus erster Hand erfahren, wie das Leben knapp 60 Meilen entfernt von einem gewaltigen Krieg wohl ist.

Woraufhin Montagu erwiderte:

> Ich fühle mich elend bei dem Gedanken an Boulogne. Nun, so soll es denn sein, nur schwöre mir, dass Du zu einem bestimmten Datum wieder zurück bist, & lass uns alle Dinge regeln, bevor du fährst. Einverstanden?

Am Montag, dem 3. Mai, schrieb ihr der Premierminister aus der Downing Street einen Dankesbrief:

> Auf die himmlische Zeit in Alderley kann ich in den kommenden Wochen der Trennung & Abwesenheit dankbar zurückblicken. Es ist wahr, es gab einige deprimierende Augenblicke, für die ich aber mir die Schuld gebe. Ich hoffe nur, das ich Dich mit meiner üblen Stimmung nicht angesteckt habe.

Am Dienstag besuchte er sie in der Mansfield Street und schrieb ihr hinterher:

> Mitternacht. Mein Liebling – ich glaube, Du warst nicht sehr erfreut, mich heute Abend zu sehen. Ich bin fast den ganzen Weg zurück in die Downing Street zu Fuß gegangen und wurde fast überfahren, während ich über alles nachgegrübelt habe. Manchmal glaube ich, dass Northcliffe & seine obszöne Bande vielleicht recht haben – dass ich, was auch immer der Rest der Welt sagen mag, wenn nicht ein Blender, so doch in jedem Fall ein Versager & au fond ein Trottel bin.

Am Mittwoch waren sie von halb sechs bis halb sieben bei Selfridges in der Oxford Street, wo er ihr eine Tasche für ihre Reise nach Frankreich kaufte.

Am Freitagnachmittag unternahmen sie eine letzte zweistündige Fahrt mit dem Automobil.

> Das war eine der himmlischsten Ausfahrten überhaupt – findest Du nicht auch? Wann werden wir wieder eine solche Spritztour unternehmen? Ich verzweifle, wenn ich an den kommenden Freitag denke. Ich frage mich, ob Du das Gleiche fühlst. Was auch immer hinsichtlich Kameradschaft und Vertrautheit die Zukunft für Dich bereithält (mit einer nach wie vor ungenannten Person, die ich schon im Voraus mehr verabscheue, als Worte es ausdrücken könnten), am Tag des Jüngsten Gerichts werde ich nicht anstehen zu bekunden: Ich habe das Beste abbekommen.

Danach herrschte Schweigen.

*

Am Montag, dem 10. Mai, trat Deemer morgens seinen Dienst zu einer weiteren Arbeitswoche an. Für den Abend war das nächste Treffen mit Kell vorgesehen.

Den ganzen Tag saß er in seiner Zelle herum, ohne dass ihm auch nur eine einzige Lieferung gebracht wurde. Ebenso am Nachmittag. Zum ersten Mal ein gänzlich arbeitsfreier Tag. Er fragte sich, ob Venetia schon nach Frankreich abgereist war. Er gierte nach Neuigkeiten und las an seinem Schreibtisch die *Times.* Er konnte sich nicht erinnern, jemals so schlimme Nachrichten gelesen zu haben. Ein Passagierdampfer, die *Lusitania,* war vor der irischen Küste von einem deutschen U-Boot torpediert worden. Zwölfhundert Menschenleben hatte es gekostet, darunter über hundert Amerikaner. Die Seiten waren voller Berichte und Kommentare von Augenzeugen. An der Westfront hatten die Deutschen begonnen, Giftgas einzusetzen. Spaltenweise waren von allen Fronten die Namen der Gefallenen, Verwundeten und Vermissten aufgelistet – fast dreihundert allein am Sonntag in Gallipoli. Er fühlte sich wieder schuldig, dass er unbehelligt in seiner Zelle im Norden Londons hockte, während der Krieg immer grausamer durch Europa tobte.

Um sechs machte er Schluss, sperrte ab, nahm die U-Bahn zum Bahnhof Charing Cross und ging den Rest zur Pall Mall zu Fuß. Er hatte Kell nichts von Bedeutung zu berichten. Sein Aktenkoffer war praktisch leer. Er genoss den Frühlingsabend.

Er kam früher als sonst in den Club. Vor der Tür parkte ein Rolls-Royce. Der Chauffeur lehnte an der Motorhaube und las in der *Daily Mail*. Deemer nickte dem Pförtner zu, wurde ungehindert eingelassen und ging die Treppe zur Bibliothek hinauf. Oben angekommen, hörte er Stimmen und blieb vor der offenen Tür stehen. Kell saß, den Rücken ihm zugewandt, in der Ecke. Ihm gegenüber war ein bulliger Mann mit einem fleischigen, kraftvollen, fast brutal wirkenden Gesicht. Sie sprachen sehr leise. Deemer glaubte ihn zu erkennen – aber das konnte nicht sein, oder? Der Mann sah kurz in seine Richtung, und für einen Augenblick blieb sein Blick an ihm hängen. Deemer trat hastig einen Schritt zurück, drehte sich um und lief die Treppe hinunter.

»Der Mann bei Major Kell«, sagte er zu dem Pförtner. »Wer ist das?«

»Leider bin ich nicht berechtigt, Ihnen das mitzuteilen, Sir.«

»Ist das Lord Northcliffe?«

Der Pförtner lächelte und zwinkerte ihm zu. »Das haben Sie gesagt, Sir, nicht ich.«

*

Er saß auf der Lederbank und wartete.

Nach etwa zehn Minuten kam Northcliffe an ihm vorbei und stieg hinten in den Rolls-Royce, der sich sofort in Bewegung setzte.

Er ging wieder die Treppe hinauf in die Bibliothek.

»Deemer!«, sagte Kell aufgeräumt. »Was hätten Sie denn heute für mich?«

»Sehr wenig, Sir. Genau genommen, gar nichts. Ihre Briefe waren ausschließlich privater Natur. Keine politischen Sachen, keine Amtsgeheimnisse. Die Beziehung scheint sich tatsächlich dem Ende zuzuneigen.«

Kell runzelte die Stirn. »Sonst gar nichts, wirklich?«

»Nein, Sir.« Er deutete auf den Aktenkoffer. »Wenn Sie wollen, kann ich Ihnen alles zeigen.«

»Nein, nein, nicht nötig. Dafür habe ich gute Neuigkeiten für Sie. Ich ziehe Sie von dem Fall ab. Ich schicke morgen einen meiner Beamten zum Mount Pleasant. Zeigen Sie ihm die Abläufe, dann übernimmt er das Kommando.« Er machte eine Pause und lächelte. »Freut Sie das nicht? Sie sehen ein bisschen enttäuscht aus.«

»Doch, doch, Sir. Ich bin froh, wenn ich das endlich hinter mir habe.«

»Guter Mann. Nehmen Sie sich dann für den Rest der Woche frei, die Pause haben Sie sich verdient. Und ab nächsten Montag sind Sie dann wieder Captain Holt-Wilson unterstellt. Wir werden schon interessante Aufgaben für Sie finden.«

»Danke, Sir.«

Er stand auf. Er hätte zu gern wegen Northcliffe nachgefragt, nur wusste er nicht recht, wie er das Thema ansprechen sollte.

»Ich glaube, das wäre alles«, sagte Kell. »Und einen schönen Abend noch.«

»Danke, Sir. Ihnen auch.«

*

Venetia sollte eigentlich schon unterwegs nach Frankreich sein. Stattdessen lag sie jedoch in der Mansfield Street mit Fieber im Bett – laut ihrem Arzt eine Reaktion auf die Typhusimpfung. Das war deshalb so ärgerlich, weil sie sich nicht besonders krank fühlte. Aber ihre Mutter bestand darauf, sie wie eine Hinfällige zu behandeln: Sie steckte sie ins Bett, stornierte die Kanalüberquerung und telegrafierte dem Lazarett, dass ihre Tochter erst kommen werde, wenn sie vollständig wiederhergestellt sei.

Edwin hatte sie besucht und neben Blumen so viel Fruchtkörbe mitgebracht, dass man mit dem Obst eine ganze Familie eine Woche lang hätte durchfüttern können. Er setzte sich zu ihr ans Bett und hielt ihr die Hand, während Edith eine Vase holte.

»Mein armer Liebling«, sagte er. »Ich glaube, das ist ein Zeichen Gottes. Vergiss Frankreich. Bleib in London. Lass uns endlich die Verlobung bekannt geben.«

»Sei nicht albern, Edwin. Mutter macht schon so genug Zirkus – wenn jetzt auch noch die Verlobung dazukäme!«

»Du findest immer eine Ausrede, unsere Verlobung hinauszuzögern. Ich frage mich wirklich, ob sie überhaupt je stattfindet.«

Das fragte sie sich selbst. Insgeheim war sie sich tatsächlich unsicher, ob sie die Ehe nun wollte oder nicht. Beide Alternativen schienen nichts als Schwierigkeiten zu verheißen. Waren andere Frauen auch so, oder nur sie?

Edith kam mit einer Vase zurück. »Der Premierminister ist unten. Er möchte Sie sehen.«

Venetia stöhnte und ließ sich in die Kissen zurückfallen. »Sag ihm, ich bin zu krank.«

»Nein«, sagte Edwin. Er wandte sich an Edith. »Sagen Sie ihm, er soll hochkommen.« Und dann zu Venetia: »Das ist die perfekte Gelegenheit, es ihm mitzuteilen. Komm schon, Liebling, wir bringen das jetzt ein für alle Mal hinter uns.«

»Edwin – ich kann nicht.«

Edith stand mit der Vase in der Hand da und wartete geduldig auf weitere Anweisungen. Venetia seufzte und gab sich geschlagen.

»Also gut. Aber Edith, sag ihm auch gleich, nicht länger als zehn Minuten. Und du, Edwin, du sagst kein Wort.« Sie zog ihre Hand zurück. »Los, geh ans Fenster.«

Eine Minute später kam der Premierminister mit sorgenvollem Gesicht ins Zimmer geeilt. Er hatte nur Augen für sie. »Liebling!« Er streckte ihr zwei Bücher entgegen. »Tolstoi und Bulwer-Lytton – das Erhabene und das Lächerliche.« Dann bemerkte er die Gestalt am Fenster. »Montagu!«, sagte er überrascht.

»Herr Premierminister.«

»Prime, wie schön, dass du mich besuchst«, sagte Venetia. »Wie schön von euch beiden.«

Es folgten qualvolle zehn Minuten mit dem Austausch umständlichster Höflichkeiten: der Premierminister offensichtlich bemüht, seinen Groll gegen Montagu nicht zu zeigen; Montagu immer wieder mit flehentlichen Blicken zu ihr; sie die Konversation entschlossen auf Banalitäten beschränkend – ihre Krankheitssymptome, die Risiken von Impfungen, die Überreaktion ihrer Mutter, ihre Pläne für die Woche, die schönen Blumen, dass sie sich hoffentlich bald wieder stark genug fühle, zum Lunch oder Abendessen zu erscheinen.

Schließlich war sie der Meinung, genug getan zu haben. »Fändet ihr es schrecklich unhöflich von mir, wenn ich euch bitten würde zu gehen? Ich möchte etwas ausruhen, ich bin sehr müde.«

Sie wetteiferten darin, wer sie aufrichtiger dafür um Verzeihung bat, sie so erschöpft zu haben, und wer inbrünstiger seiner Hoffnung Ausdruck verlieh, es möge ihr bald wieder besser gehen. Sie klingelte nach Edith, die beiden hinauszubegleiten, eine letzte Verabschiedungsrunde, und die Tür schloss sich hinter ihnen. Dann drehte sie sich auf die Seite und zog die Decke über den Kopf.

*

Sie verließen zusammen das Haus und gingen die Straße hinunter zum Cavendish Square in Richtung Westminster. Deemer sah ihnen hinterher. Er hatte sie erkannt. Beider Anwesenheit konnte nur bedeuten, dass Venetia zu Hause war. Er überquerte die Straße und klingelte.

Ein Dienstmädchen öffnete die Tür.

»Guten Abend, ich bin Detective Sergeant Paul Deemer von der Metropolitan Police.« Er zeigte ihr seinen Dienstausweis. »Ich würde gern Miss Venetia Stanley sprechen.«

»Leider ist Miss Stanley krank und empfängt derzeit keinerlei Besuch.«

»Es handelt sich um eine sehr dringende Angelegenheit.«

»Tut mir leid, Sir. Ich habe meine Anweisungen.«

»Könnte ich dann mit ihrer Zofe sprechen, Miss Winter.«

»Na schön. Ich sag ihr Bescheid. Würden Sie bitte hier in der Halle warten?«

Sie verschwand nach oben. Er stand mit dem Bowler in der Hand auf den schwarz-weißen Fliesen und überprüfte im Spiegel sein Aussehen. Er zog die Krawatte gerade und fuhr sich mit einem Finger durchs Haar. Er war merkwürdig ruhig. Auf seiner Fahrt quer durch London hatte er die Lage aus jedem Blickwinkel betrachtet und war jedes Mal zum gleichen Schluss gekommen. Es gab keinen einzigen Beleg dafür, dass Venetia Stanley Geheimnisse an den Feind weitergegeben hatte. Vielleicht hatte die Möglichkeit am Anfang bestanden, und es war gerechtfertigt gewesen, das zu überprüfen, aber nach sieben Monaten ständiger Überwachung war das Ganze nicht mehr nachvollziehbar. Mit anderen Worten: Kell hatte ihn aus rein politischen Gründen in eine illegale Operation verwickelt, und jetzt wollte er dem Premierminister Schaden zufügen oder vielleicht sogar die Regierung stürzen. Was könnte er sonst für einen Grund haben, Northcliffe zu treffen, wenn nicht seine Kenntnisse an ihn weiterzugeben? Er fühlte sich benutzt. Er schämte sich. Er war wütend.

Er hörte Schritte, drehte sich um und sah Edith Winter die Treppe herunterkommen.

»Sergeant Deemer?« Sie blieb abrupt stehen und starrte ihn an. »Und auch Mr Merryweather, oder?«

»Leider ein und derselbe. Ich müsste mit Miss Stanley sprechen. Umgehend.«

»Sie haben vielleicht Nerven, wer immer Sie auch sind. Sie ist für niemand zu sprechen. Und ganz gewiss nicht für *Sie.*«

»Miss Winter, sie muss. Es geht um ihre Beziehung zum Premierminister.«

Eine Tür öffnete sich, und Lord Sheffield erschien. Er hielt eine Abendzeitung in der Hand. »Alles in Ordnung?«

»Ja, Eure Lordschaft«, sagte Edith. »Ich kümmere mich darum.«

Grummelnd ging er zurück ins Zimmer.

»Ich muss sie unbedingt sehen«, sagte Deemer leise. »Bitte. Sie kennt mich. Und es tut mir aufrichtig leid, dass ich Sie getäuscht habe, Edith. Ich hatte einen Auftrag.«

»Und welcher Auftrag sollte das bitte schön sein?«

»Das werde ich Miss Stanley erklären.«

Sie musterte ihn, und er erinnerte sich sofort wieder an diesen kühlen Blick. Schließlich drehte sie sich seufzend um.

Er ging hinter ihr her die Treppe hinauf. Auf dem Absatz bedeutete sie ihm zu warten, öffnete eine Tür, schlüpfte ins Zimmer, schloss die Tür. Eine Minute später kam sie zurück.

»Sie empfängt Sie.«

Sie trat beiseite und ließ ihn vorbei.

Durch die Fenster drang noch ein Rest von Tageslicht ins Zimmer. Die Lampen waren eingeschaltet. Venetia saß mit einer Steppjacke über dem Nachtgewand aufrecht im Bett.

»Der geheimnisvolle Sergeant Deemer«, sagte sie. »Sie scheinen mich zu verfolgen.«

»Ein bisschen ja, leider. Ich möchte mich dafür entschuldigen.« Es war seltsam, sie im Bett sitzen zu sehen, so viel über sie zu wissen und sie doch überhaupt nicht zu kennen. Mit dem offenen Haar, das ihr über die Schultern fiel, sah sie ziemlich verändert aus. Er stand am Fußende des Betts. »Dürfte ich es erklären?«

»Ich bitte darum.« Mehr als alles andere schien sie belustigt zu sein.

»Wie Sie sich ja erinnern, sind wir uns schon einmal im Juli begegnet. Nach der Untersuchung des Unfalls auf der Themse wurde ich in eine Abteilung von Scotland Yard versetzt, deren Aufgabengebiet die nationale Sicherheit ist. Später habe ich dann den Auftrag erhalten, mich um einige Telegramme des Außenministeriums zu kümmern, die an verschiedenen Stellen aufgetaucht sind. Sie wissen, worum es sich handelt, ja?«

Sie zögerte, dann nickte sie bedächtig. »Ja.«

»Im Lauf der Untersuchung sind wir darauf gestoßen, dass der Premierminister Ihnen regelmäßig Briefe geschrieben hat. Es gab Mutmaßungen hinsichtlich Spionage. Um es kurz zu machen, seit September wird Ihre Korrespondenz überwacht.«

»Überwacht?« Nun wirkte sie nicht mehr belustigt. »Von wem? Was meinen Sie damit?«

»Ihre Briefe werden abgefangen und von der Regierungsstelle, für die ich arbeite, ausgewertet. Ich bin hier, um Sie zu warnen, weil ich Grund zu der Annahme habe, dass einige aus der Überwachung gewonnene Details an die Presse durchgestochen worden sind – oder möglicherweise *demnächst* weitergegeben werden könnten. Sie sollten deshalb dringend entsprechende Maßnahmen ergreifen.«

»Woher weiß ich, dass Sie die Wahrheit sagen?«

»Nun ja, zum Beispiel hat er Ihnen am Freitag von einer der himmlischsten Ausfahrten überhaupt geschrieben.«

»Das ist skandalös!« Sie war kreidebleich geworden und schwieg eine Zeit lang. Dann sagte sie: »Welche Art von Maßnahme würden Sie vorschlagen?«

»Es steht mir eigentlich nicht zu, das zu sagen, aber ich würde Ihnen raten, Ihre Beziehung zum Premierminister so bald wie möglich zu beenden, die Briefe an einem sicheren Ort zu deponieren – und das Land zu verlassen, zum Beispiel nach Frankreich.«

»Mit einem haben Sie völlig recht – derartige Ratschläge stehen Ihnen nicht zu!«

Er senkte den Kopf. »Es tut mir aufrichtig leid.«

»Ich verstehe nicht, warum Sie mir das alles erzählen. Bringt Sie das nicht in Schwierigkeiten?«

»Möglich. Das hängt davon ab, ob jemand erfährt, dass ich Sie aufgesucht habe. Aber eigentlich ist mir das ziemlich egal.« Er zuckte die Achseln. »Die ganze Sache ist falsch – das ist alles. Ich glaube, ich sollte jetzt gehen.«

»Das glaube ich auch.«

Im Flur wartete Edith auf ihn.

An der Haustür sagte er: »Danke, dass Sie mich zu ihr gelassen haben. Und noch mal, es tut mir leid, dass ich Sie in Penrhos hinters Licht geführt habe. Es hätte mir gefallen, mir von Ihnen den Park zeigen zu lassen.«

*

Er ging schnurstracks zum U-Bahnhof Oxford Circus und nahm dort den nächsten Zug in Richtung Osten, um zum Bahnhof King's Cross zu gelangen.

Überall im Postverteilzentrum Mount Pleasant brannte Licht. Bei Nacht herrschte genauso viel Betrieb wie am Tag. Niemand achtete auf ihn, als er durch den Flur zu seinem kleinen Arbeitsraum ging. Er schloss hinter sich ab, zog den Mantel aus und machte Feuer im Ofen. Sobald es anständig brannte, fing er an, den Tresor auszuräumen und die Fotografien und Negative in die Flammen zu werfen. Er hielt sich nicht damit auf, die Briefe zu lesen, sah nur öfter ein »mein Liebling, wie sehr ich Dich doch liebe« oder »mein liebster Prime«, wenn sich das Papier braun verfärbte, kräuselte und verglühte. Er brauchte mehrere Stunden. Als er fertig war, legte er die Schlüssel des leeren Tresors auf den Schreibtisch, sah sich noch einmal in der ehemaligen Zelle um und machte sich dann auf den Nachhauseweg.

Am nächsten Tag ging er in aller Frühe zum Rekrutierungsbüro in Clerkenwell. Als es geöffnet wurde, stand er schon vor der Tür. Ein Feldwebel musterte ihn von Kopf bis Fuß.

»Sie sind ja ein ganz Aufgeweckter«, sagte er.

*

Venetia wälzte sich die ganze Nacht in wirrem Schlaf hin und her. Am Morgen sank das Fieber, und sie konnte schon wieder klarer denken. Sie hatte keine Zweifel, dass der Polizist die Wahrheit gesagt hatte. Er schien ein aufrichtiger Mann zu sein. Sie wusste, was sie zu tun hatte. Nachdem sie im Bett gefrühstückt hatte, zog sie ihren Morgenrock über, setzte sich an den Toilettentisch und schrieb an den Premierminister.

Sie verschloss das Kuvert und versah es mit der Adresse. Als Sylvia, die während Anthonys Frontdienst vorübergehend wieder bei den Eltern eingezogen war, nach ihr sah, bat Venetia sie, den Brief zur Post zu bringen.

»Aber erst heute Abend. Ich will nicht, dass er ihn vor morgen früh bekommt.«

Sylvia hielt sich den Brief ans Ohr, als könnte er ihr etwas zuflüstern. »Was steht drin? Wen er ins Kabinett holen soll?«

»Nein, dass ich Edwin heirate.«

Sylvia fiel die Kinnlade herunter. »Großer Gott, das ist nicht dein Ernst, oder?«

»Dass ich Edwin heirate oder dass ich es dem Premierminister mitteile?«

»Beides!«

»Ich heirate Edwin auf jeden Fall. Und es liegt ja wohl auf der Hand, dass ich es dem Premierminister sagen muss, bevor er es von jemand anderes erfährt.« Sie nahm Sylvias Hand. »Tust du mir einen Gefallen, meine Liebe? Er kommt heute bestimmt im Lauf des Tages vorbei. Sag ihm, ich bin zu krank, irgendwen zu empfangen.«

Sie blieb den ganzen Tag auf ihrem Zimmer. Um sechs hörte sie die Glocke am Eingang. Sie öffnete die Tür, ging auf den Flur und lauschte. Sie konnte seine und Sylvias Stimme hören, verstand aber nicht, was sie redeten. Sie ging wieder in ihr Zimmer und schaute aus dem Fenster. Es dauerte etwa zwanzig Minuten, bis er hinaus auf den Bürgersteig trat, wo er sich den Zylinder aufsetzte und dann die Straße hinunterging. An der nächsten Ecke blieb er stehen und drehte sich noch einmal zum Haus um. Für einen Augenblick glaubte sie, er hätte sie gesehen. Wenn ja, dann ließ er sich das nicht anmerken. Er blieb mindestens eine Minute lang in der abendlichen Maisonne stehen, regungslos wie eine Statue, dann wandte er sich ab und ging weiter.

KAPITEL 32

Ihr Brief erreichte ihn am nächsten Morgen zusammen mit seinem Tee und der restlichen Post. Es war früh, und er saß noch im Bett. Der Umschlag fühlte sich enttäuschend dünn an. Er schlitzte ihn mit dem Brieföffner auf und nahm das einzelne Blatt Papier heraus.

18 Mansfield St.
Dienstag, 11. Mai 1915
Mein Liebster,
so etwas auszusprechen, ist nie einfach, also komme ich gleich zur Sache. Edwin Montagu hat mir wieder einen Antrag gemacht & nach gebührlicher Überlegung habe ich diesmal zugestimmt.

Ich weiß, wie sehr Du ihm zugeneigt bist & dass Du das als Schock empfinden wirst, vielleicht sogar als Verrat. Zweifellos hätte ich Dich früher vor dieser Möglichkeit warnen sollen, aber ich hatte mich selbst noch nicht entschieden, & da Du von einer Krise nach der anderen heimgesucht wurdest, schien es nie den richtigen Augenblick zu geben. Niemals wollte ich, und will es auch heute nicht, Deinen Belastungen eine weitere hinzuzufügen. Dennoch bin ich wehrlos gegen das Gefühl, dass ich all die Freude, die Du mir geschenkt hast, derart heimtückisch vergelte.

Kommst Du mich besuchen & redest mit mir?

Auf immer Dein

Bitte verzeih & versuch, Dich für mich zu freuen.

Seine erste Reaktion war Unglaube.

Er musste alles noch einmal lesen, erst dann konnte sein Verstand die Nachricht verdauen.

Montagu?

Die Möglichkeit, dass sie irgendwann heiraten könnte, war ihm immer eine Qual gewesen. Erst hatte er sie angefleht, ihn nicht zu verlassen. Dann hatte er sich über Wochen den Kopf zerbrochen, wen sie sich aussuchen könnte. Und schließlich hatte er versucht, sich gegen den Schlag zu wappnen.

Aber *Montagu!*

Sein loyalster Freund, das hatte er zumindest angenommen. Intelligent, umgänglich, aber doch kein richtiger Mann – ein Neutrum, ein egozentrisches Bündel aus Launen, Nerven und Symptomen …

Er dachte an den gestrigen Montag. Er sah sie alle drei vor sich in Venetias Zimmer. Danach war er mit dem Assyrer den ganzen Weg nach Whitehall zu Fuß gegangen, hatte mit ihm über Venetia und Politik geredet – und kein Wort, nicht einmal eine Andeutung. Und das letzte unbefriedigende Wochenende in Alderley, wo sie so distanziert gewesen war – sicher hatte sie sich da schon entschieden. Schon seit Wochen mussten sie hinter seinem Rücken Ränke geschmiedet haben. Ein Verrat, der grotesker und demütigender nicht sein konnte. Und es würde in einer Katastrophe enden. Er kannte beide zu gut, eine richtige Ehe würden sie nie durchhalten.

Mit zitternden Händen rasierte er sich, zog sich an und ging dann sofort in Margots Schlafzimmer.

»Henry, was ist los? Du siehst aus, als würdest du jede Sekunde ohnmächtig werden.«

»Es ist etwas Schreckliches geschehen.«

Sie schlug die Hand vor den Mund. »Beb ist tot!«

»Nein, nein, Gott behüte, das nicht. Montagu hat Venetia einen Antrag gemacht, und sie hat eingewilligt.«

Er wusste, dass sie das insgeheim freuen musste, aber sie ließ es sich nicht anmerken. »O Henry!« Sie streckte die Arme aus. »Komm her!«

Er setzte sich zu ihr aufs Bett und schmiegte sich an sie. Sie tätschelte ihm den Rücken. Während er die Stirn gegen ihre knochige Schulter drückte, glaubte er einen schrecklichen Augenblick lang, er könnte zu weinen anfangen. Er nahm den Kopf von ihrer Schulter und räusperte sich.

»Das wär's also.«

»Ist es wirklich so schlimm?«, fragte sie.

»Für sie wird es das sein. Sie liebt ihn nicht. Ich weiß das. Das wird die denkbar unglücklichste Verbindung.«

»Ich bin mir nicht sicher, ob Venetia überhaupt jemand lieben kann. Aber sie weiß, was sie tut. Und wenn sie glaubt, dass es nicht funktioniert, dann wird sie die Verlobung wieder auflösen, auch jetzt noch. Sie ist da skrupellos.«

Kurz keimte bei ihm ein Funken Hoffnung auf. Da war etwas dran. Ihre Familie würde entsetzt sein. Ihre Tochter heiratet einen Juden, großer Gott! Lass ihr ein, zwei Tage Zeit, dann ändert sie wahrscheinlich ihre Meinung oder lässt sich noch umstimmen. Als er nach unten ging und sich an den Kabinettstisch setzte, kam ihm jedoch ihr rücksichtsloses Wesen in den Sinn, ihre grenzenlose Gleichgültigkeit – gegenüber der eigenen Zukunft und der Meinung anderer über sie –, und tief in seinem Innern erkannte er, dass alles hoffnungslos war. Er nahm ein Blatt Papier.

> Meine über alles Geliebte –
> Du weißt sehr genau, <u>das</u> bricht mir das Herz.
> Ich könnte es nicht ertragen, mit Dir zu reden.
> Ich kann nur Gott bitten, Dich glücklich zu machen – und mir beizustehen.
> Immer Dein

*

Aber Gott – oder das Schicksal oder die Geschichte oder wen man auch anrufen wollte – stand ihm nicht bei. Im Gegenteil.

An jenem Tag und schon in der Nacht zuvor brachen in den großen Städten überall im Land deutschfeindliche Unruhen aus – als Reaktion auf die Torpedierung der *Lusitania,* auf den Einsatz von Giftgas in Frankreich, auf die Zeppelin-Angriffe und auf einen offiziellen Bericht über die in den ersten Kriegswochen in Belgien verübten Gräueltaten. In London wurden allein in Camden und Kentish Town hundertfünfzig Geschäfte von eingebürgerten Deutschen oder Österreichern überfallen – Lager geplündert, Wohnungen zerstört, Treppen zu Kleinholz geschlagen, Wände und Decken eingerissen. Aus den Häusern von Nachbarn, die sie seit Jahren gekannt hatten, transportierte der Mob Klaviere, Schränke, Kommoden, Tische, Sessel ab. Das Gleiche im Eastend. In Liverpool wurden zweihundert Geschäfte verwüstet. In Southend musste die Armee gerufen werden, um die Ordnung wiederherzustellen.

Die Berichte verdrängten den Kummer des Premierministers und lenkten seine Konzentration auf andere Dinge.

Er berief eine Sitzung des Kabinetts ein und forderte vom Innenminister, Maßnahmen zum Schutz der Unschuldigen zu ergreifen – er schlug vor, mehr Polizei und Soldaten einzusetzen –, woraufhin McKenna erwiderte, die einfachste Lösung wäre, jeden noch in Freiheit befindlichen Feind des Landes zu internieren, das seien etwa vierundzwanzigtausend Männer und sechzehntausend Frauen.

Seine viktorianisch liberalen Instinkte ließen den Premierminister davor zurückschrecken. »Sollten wir nicht zwischen denen unterscheiden, die eine potenzielle Bedrohung darstellen, und jenen gesetzestreuen Bürgern, die schon fast ihr ganzes Leben hier leben?«

»Unmöglich. Dafür haben wir weder die Zeit noch die Mittel.«

Der Streit zwischen den Liberalen und den Vertretern der harten Linie wogte hin und her. Kitchener befürchtete deutsche Vergeltungsmaßnahmen. Lloyd George wollte Sondergerichte einsetzen, die über jeden einzelnen Fall entscheiden sollten. Der Premierminister verfasste schließlich eine kurze Stellungnahme, die er am Nachmittag im Unterhaus verlesen wollte. Darin bekundete er seine Bestürzung über die Unruhen und sein Verständnis für die Ursachen und versprach schnelle Gegenmaßnahmen. Das schien beide Seiten zufriedenzustellen.

Eine wohltuende Stunde lang war es ihm vergönnt gewesen, Venetia zu vergessen, aber sobald die Sitzung vorbei war, meldeten sich die Qualen zurück. Irgendwie stand er ein offizielles Mittagessen mit Prinz Paul von Serbien durch, brachte aber nicht mehr als nur ein paar Bissen hinunter. Dann fuhr er zu einer Fragestunde ins Unterhaus und ließ ein feindseliges Tory-Trommelfeuer wegen Winstons ständiger Frankreichreisen über sich ergehen und verlas dann seine Erklärung zur Frage der Internierung. »Niemand sollte überraschen, dass die andauernde Verletzung der Gepflogenheiten zivilisierter Kriegführung und der Regeln der Menschlichkeit durch den Feind, deren vorläufiger Höhepunkt die Versenkung der *Lusitania* war, Gefühle rechtschaffener Empörung *[Jubel]* in allen Schichten unseres Landes auslöst …«

Danach zog er sich in sein Zimmer zurück und starrte ins Leere. Normalerweise hätte er um diese Zeit einen Brief an Venetia geschrieben. Stattdessen schüttete er Sylvia sein Herz aus.

> Ich glaube nicht, dass es im Augenblick einen unglücklicheren Menschen im Königreich gibt als mich. Ich habe mich nie Illusionen hingegeben – was ich Venetia oft gesagt habe, und worüber auch sie immer

sehr offen war –, dass sie eines Tages heiraten würde. Aber so! Ich glaube nicht, dass es zwei lebende Menschen gibt, die mir – jeder auf seine Weise – mehr ergeben sind als Venetia und Montagu. Es ist die Ironie des Schicksals, dass sie beide sich jetzt zusammentun, um mir den Todesstoß zu versetzen …

Er hoffte auf einen weiteren Brief von Venetia, aber es kam keiner. Nur einer von Montagu:

Lieber Herr Premierminister,
Sie werden inzwischen erfahren haben, dass Venetia mich überglücklich gemacht hat mit ihrer Zusage, meine Frau zu werden …

Woraufhin er sich den Anstand abrang, mit einem einzigen Satz zu antworten:

Mein lieber Montagu,
Sie dürfen sich mehr als glücklich schätzen, und ich bete dafür, dass der Himmel Ihnen beiden alles Glück beschert.
Immer der Ihre
H. H. A.

*

Als Erstes am nächsten Morgen kam Hankey zu ihm und fragte, ob er Jackie Fisher empfangen wolle: Der Erste Seelord drohe wieder einmal mit Rücktritt.

»Muss das sein?« Er hatte nicht die Kraft für so ein Treffen.

»Er und Winston gehen sich über die Dardanellenfrage an die Gurgel. Ich glaube, Ihre Rückendeckung würde es ihm erleichtern, mit ihm fertigzuwerden.«

Am Nachmittag betrat der Admiral das Kabinettszimmer.

Der alte Mann war klein, nicht viel größer als Winston, aber stämmig wie ein Ringer. Draußen war es dunkel und kalt, mehr Januar als Mai. Der Regen prasselte gegen die Fensterscheiben.

»*Schlechte* Nachrichten, Herr Premierminister.«

Er pflegte eine merkwürdig emphatische Sprechweise. Er betonte manche Wörter, als bestünden sie aus Großbuchstaben.

»Ja?«

»Die *Goliath* ist letzte Nacht vor den Dardanellen torpediert worden und *schnell* gesunken.«

»Wie viele Opfer?«

»Sechshundert. Laut Bericht von der *Majestic* war ein Morgen Seefläche von ertrinkenden, um ihr Leben kämpfenden Männern bedeckt, die von der Strömung abgetrieben wurden. Es war nichts zu machen.«

»Mein Gott, wie entsetzlich.«

»Wir können es uns nicht leisten, weiter in diesem Tempo Schiffe zu verlieren, Sir. Eine zusätzliche Gefahr droht, weil laut Geheimdienstberichten zwei deutsche *Unterseeboote* das Gebiet erreicht haben. Ein gut platzierter Torpedo, und wir verlieren die *Queen Elizabeth.* Wir müssen sie abziehen!«

»Was sagt Winston dazu?«

»Winston ist ein *Besessener!* Er will um *jeden Preis* in die Dardanellen vorstoßen, und *nichts* wird ihn davon abhalten. *Nichts!* Die ganze Sache ist *Irrsinn.* Auf seinen Befehl hin konzentriert sich jedermann in der Admiralität *ausschließlich* auf die Dardanellen. Und in der Zwischenzeit ignorieren wir die zunehmende U-Boot-Gefahr in unseren Heimatgewässern.«

»Winston bestimmt die Strategie«, sagte der Premierminister erschöpft. »Sie sind für die Taktik verantwortlich. Wenn Sie das für notwendig halten, dann ziehen Sie die

Queen Elizabeth ab und sagen ihm, dass ich das befürworte. Sie können sich auf mich verlassen. Sie haben meine Rückendeckung.«

Nachdem Fisher gegangen war, saß der Premierminister allein im Kabinettszimmer und sah in den gegen die Scheiben platschenden Regen. Er sollte jetzt eigentlich mit Winston reden und ihn auffordern, mit dem Ersten Seelord Frieden zu schließen, aber er hatte nicht die Kraft dazu. Sein Verstand schien nicht mehr richtig zu funktionieren, alles drehte sich endlos um die Leerstelle, die Venetia hinterlassen hatte. Seine Briefe an sie hatten ihm immer geholfen, seine Gedanken zu strukturieren. Ohne die Briefe fühlte er sich hilflos. Er ging nach nebenan zu Bongie ins Sekretariat, vielleicht hatte sie eine Nachricht geschickt. Zu seiner Verwunderung begegnete er dort Margot und Fisher, die um den Tisch herum tanzten, wozu der Admiral eine achtbare Version des Donauwalzers summte.

Sie rief ihm über seine Schulter zu: »Liebling, Lord Fisher ist ein wundervoller Tänzer!«

Seit Venetias Brief war sie in hervorragender Laune. Ihre Hochstimmung vergrößerte indes seine Schwermut. Und Fisher … Der hatte ihm gerade die Nachricht vom Tod von sechshundert Seeleuten überbracht, und jetzt tanzte er. Der Mann war psychisch labil. Er schloss die Tür und überließ sich wieder seiner Tagträumerei.

*

Freitag war der schlimmste Tag.

Er tat die ganze Nacht kaum ein Auge zu und wachte einen weiteren Morgen ohne einen Brief von Venetia auf. Als er nach unten ging, wartete Bongie schon wie ein zappeliger Kellner neben dem Kabinettstisch, wo die *Times* mit den Schlagzeilen des Tages lag:

MUNITIONSMANGEL
BRITISCHER VORMARSCH GESTOPPT
DER GRUND: FEHLENDER NACHSCHUB
EINE LEKTION AUS FRANKREICH

Northcliffe – mal wieder!

Er setzte sich und las den Artikel – ein Bericht der jüngsten fehlgeschlagenen Angriffe auf Fromelles und Richebourg: *Der fehlende Munitionsnachschub war ein tödliches Hindernis für unseren Erfolg.*

»Wenigstens geben sie mir nicht persönlich die Schuld.«

»Da ist noch der Leitartikel.« Bongie beugte sich über die Schulter des Premierministers, blätterte um und setzte den Zeigefinger auf die entsprechende Stelle: *Die Regierung, die bei der adäquaten Organisation unserer nationalen Ressourcen so gravierend versagt hat, muss ihren Anteil an der schweren Verantwortung übernehmen.*

»Woher bekommen sie ihre Informationen?«

»Mutmaßlich vom Oberbefehlshaber. Es wäre wirklich nützlich, diesen Brief von Lord Kitchener vorweisen zu können.«

»Wie gesagt, ich habe ihn nicht mehr in Besitz.«

»Wäre es möglich, dass man ihn noch … *findet?*«

Der Premierminister sah ihn eindringlich an. Die Anspielung störte ihn nicht. Er dachte kurz über die Möglichkeit nach, Venetia um die Rückgabe des Briefs zu bitten – undenkbar nach allem, was passiert war. Wie auch immer, soweit er wusste, hatte sie ihn vernichtet. »Leider nein.«

»Nun, das ist unglücklich. Die Opposition wird uns deswegen wahrscheinlich die Hölle heißmachen.«

»Ja, ja, das weiß ich auch.«

Er hatte nicht viel Zeit, darüber nachzugrübeln. Um zehn Uhr hatte er ein Treffen des Kriegsrats zu leiten. In der Sekunde, wo Kitchener ohne ein Wort zu irgendwem den Raum betrat und sich mit finsterer Miene an den Tisch setzte, wusste er, dass es erbitterten Streit geben würde. Der Kriegsminister eröffnete die Sitzung mit einer Zusammenfassung der sich rapide verschlechternden Lage auf der Halbinsel Gallipoli.

»Die britischen, australischen und neuseeländischen Divisionen haben Stand jetzt fünfzehntausend, die Franzosen dreizehntausend Mann verloren. Wir sind kaum über unsere ursprünglichen Landungsplätze hinausgekommen und stecken in einer Kombination aus Stacheldraht und Maschinengewehrfeuer fest – wie in Frankreich. Nach unserer letzten Schätzung haben die Türken in der Kampfzone eine hundertfünfzigtausend Mann starke Armee im Einsatz, gut eingebunkert und uns im Verhältnis zwei zu eins überlegen.

Ich darf den Rat daran erinnern, dass uns die Admiralität im Januar versichert hat, bei dem Vorstoß in die Dardanellen handele es sich um einen relativ schnellen maritimen Einsatz. Man hat uns erzählt, dass die *Queen Elizabeth,* das schlagkräftigste unserer Schlachtschiffe, die Festungen praktisch im Alleingang zerstören würde. Letzte Nacht hat man mich darüber in Kenntnis gesetzt, dass sie abgezogen wird und man die zu erledigende Arbeit der Armee überlässt. Das ist völlig inakzeptabel.«

Fisher, der neben Winston saß, hob die Hand. Nie zuvor hatte er sich in einer Sitzung des Kriegsrats zu Wort gemeldet.

Widerwillig sagte der Premierminister: »Bitte, Erster Seelord.«

»Wie der Kriegsminister sehr wohl weiß, war ich *gegen* die Operation in den Dardanellen, und zwar *von Anfang an.* Ich denke, der Premierminister ist sich dieser Tatsache ebenfalls bewusst.«

Es herrschte entsetztes Schweigen. Winston schob bockig die Unterlippe vor und drehte ihm halb den Rücken zu. Bonar Law blickte die beiden erstaunt an.

Kitchener fuhr mit seiner düsteren Bestandsaufnahme fort: Stillstand und gewaltige Verluste in Frankreich; Niederlagen der Russen an der Ostfront; die Gefahr, sollten die Franzosen auf ähnliche Weise zusammenbrechen, einer Invasion der britischen Inseln durch die Deutschen; die Notwendigkeit, einige der neuen Armeen zur Landesverteidigung zurückzuhalten. »Unter den gegenwärtigen Umständen können wir unmöglich noch mehr Männer nach Gallipoli schicken.«

Winston konnte sich nicht länger zurückhalten. »Die Deutschen werden nicht in unser Land einfallen! Sie wären verrückt, wenn sie eine derart stupende Torheit auch nur in Erwägung zögen. Belassen wir unsere Armeen in Frankreich vorerst in Verteidigungsstellung. Die Verschanzungen sind auf beiden Seiten zu stark, als dass sie durchbrochen werden könnten. Deshalb sollten sich unsere gesamten militärischen Anstrengungen, einschließlich die der neu aufgestellten Truppenverbände, auf Gallipoli richten, wo der Sieg zum Greifen nahe ist.«

Allenthalben Aufstöhnen am Tisch. Dann artete die Sitzung in einen grässlichen hitzigen Schlagabtausch aus, in die schlimmsten zwei Stunden während des ganzen Krieges, an die sich der Premierminister erinnern konnte. Eine Keilerei zwischen Winston, der wie ein havariertes Schlachtschiff gegen die vereinten Kräfte von Kitchener, Lloyd George und Haldane ankämpfte, während Fisher neben ihm saß und schweigend auf den Tisch stierte. Lloyd George, vor dem Krieg Winstons engster Verbündeter, griff ihn besonders erbittert an: »Wir können nie genügend Männer schicken, um einhundertfünfzigtausend Türken zu vertreiben, die für die Verteidigung ihrer Heimaterde kämpfen. Als hätten wir es mit einer minderwertigen Rasse zu tun, haben Sie konsequent deren Fähigkeiten unterschätzt. Wir können uns nicht weiter von Tag zu Tag treiben lassen und Tausende Männer verlieren, nur um Ihren Stolz zu befriedigen.«

Zum ersten Mal bekam der Premierminister eine Ahnung von der bevorstehenden Katastrophe. Er saß wie sonst richterlich schweigend an seinem Platz, hörte zu und wartete ab, bis der Sturm sich ausgetobt hatte. Dann ergriff er das Wort und fasste die Argumente in der einzig praktikablen Lösung zusammen: Die Heeresführer vor Ort sollten exakt benennen, wie viele Truppen nach ihrer Schätzung nötig seien, damit man bis Konstantinopel vorstoßen könne. Dann würde eine endgültige Entscheidung getroffen werden.

Während er seine Unterlagen zusammenpackte, verfluchte er sich dafür, dass er das nicht schon im Januar veranlasst hatte.

An jenem Freitagnachmittag unternahm er seine gewohnte Ausfahrt mit dem Napier allein. Er ließ sich von Horwood in die Mansfield Street fahren, wo sie auf der gegenüberliegenden Straßenseite anhielten. Er betrachtete das imposante, ihm nach so vielen Jahren derart vertraute Haus. Von außen verriet es nichts. Kein Anzeichen von Leben. Mindestens zehn Minuten lang saß er im Wagen und überlegte angestrengt, ob er klingeln solle, brachte letztlich aber nicht den Mut dazu auf und wies Horwood an, ihn nach Hause zurückzufahren.

Um Mitternacht brach er den selbst auferlegten Schwur, dass er warten wolle, bis sie sich ihrerseits meldete, und schrieb ihr eine kurze Nachricht.

> Es ist einfach zu grausam. Keine Hölle kann so schlimm sein. Kannst Du mir nicht ein einziges Wort schicken? Es ist <u>so</u> unnatürlich. Nur ein Wort?

*

Am nächsten Vormittag – dem Samstag – stand die Hochzeit von Geoffrey Howard auf seinem Programm, einem Abgeordneten der Liberalen Partei, früher einer seiner parlamentarischen Privatsekretäre, inzwischen der Fraktionsführer. Howard war ein Verwandter von Venetia. Montagu würde sein Trauzeuge sein. Es war ein großes politisches Ereignis, und er wusste, dass sie beide kommen würden.

Er kleidete sich gewissenhafter als sonst, zog seinen formellen Cut an und begutachtete sich im Spiegel. In den letzten drei Tagen hatte er kaum etwas gegessen. Er war eindeutig schmaler geworden, aber ob ihn das ansehnlich oder einfach nur hager wirken ließ, konnte er nicht beurteilen.

Er ging nach unten ins Kabinettszimmer, um die über Nacht eingetroffenen Telegramme durchzusehen, und hatte gerade damit angefangen, als Winston in der Tür erschien.

»Fisher ist verschwunden.«

»Was?«

»Er hat mir eine Nachricht hinterlassen.« Er wedelte damit herum.

»Was schreibt er?«

»›Geehrter Erster Lord, weitere sorgenvolle Überlegungen haben mich zu dem bedauerlichen Schluss kommen lassen, dass es mir unmöglich ist, weiter mit Ihnen zusammenzuarbeiten … Um etwaige Nachfragen zu vermeiden, reise ich unverzüglich nach Schottland ab. Hochachtungsvoll, Fisher.‹«

Der Premierminister setzte sich empört hin. Der Rücktritt des populärsten Seemanns seit Nelson ausgerechnet in dem Augenblick, wo Gallipoli auf der Kippe zur Katastrophe stand, und die in den Zeitungen wieder thematisierte Munitionsknappheit ergaben eine tödliche Mischung.

»Er kann sich doch nicht einfach aus dem Staub machen! Es ist Krieg, und er ist Admiral im Dienst! Das ist gleichbedeutend mit Fahnenflucht.«

»Da stimme ich voll und ganz zu. Das Ganze ist nicht hinnehmbar.«

Der Premierminister klingelte nach Bongie, der sofort hereinkam. Wie Winston war auch er für die anstehende Hochzeit gekleidet.

»Fisher hat sich unerlaubt entfernt.« Er diktierte eine kurze Nachricht.

> Lord Fisher,
> im Namen des Königs fordere ich Sie auf, sofort auf Ihren Posten zurückzukehren.
> H. H. Asquith

»Machen Sie ihn ausfindig, und geben Sie ihm das. Sagen Sie ihm, ich will ihn auf der Stelle sehen.«

»Wo befindet er sich derzeit?«

»Ich habe keine Ahnung. Er will wohl nach Schottland. Wenn erforderlich, schalten Sie die Polizei ein, um ihn aufzuspüren. Und stellen Sie sicher, dass niemand sonst davon erfährt.«

Nachdem Bongie gegangen war, wandte er sich wieder Winston zu.

»Gehen Sie jetzt auf die Hochzeit?«

»Nein, ich gehe am besten sofort zurück in die Admiralität. Wieso? Wollen Sie jetzt etwa noch hin?« Er wirkte verwundert.

»Ich wüsste nicht, warum ich das nicht sollte. Bis Fisher wieder da ist, kann ich ohnehin nichts unternehmen.«

Die Zeremonie fand in der Westminsterabtei in der Kapelle Heinrichs VII. statt. Er fuhr zusammen mit Margot und Violet, die sich beide wie für eine Modenschau herausgeputzt hatten. Seine Frau trug ein schwarzes Tüllkleid mit einem winzigen Hut dazu, seine Tochter ein gelb gestreiftes Tunikakleid. Margot plapperte fröhlich über alles und nichts. Violet hörte meist gar nicht hin und schaute aus dem Fenster. Fishers Rücktritt erwähnte er nicht. Margot wäre imstande, es vor der halben Hochzeitsgesellschaft auszuplaudern.

In Kriegszeiten war das Läuten von Kirchenglocken strengstens untersagt. Vor dem Nordportal der Abtei hatte sich eine schweigende Menschenmenge versammelt. Als er aus dem Wagen stieg, waren einige leise Bravorufe zu hören. Die kleine Kapelle war schon überfüllt. Die Orgel spielte. Man geleitete sie nach vorn, Margot an seinem Arm, Violet hinter ihnen. Als sie sich dem Altar näherten, sah er Venetia, die in der dritten Reihe saß. Bei ihrem Anblick stockte ihm der Atem, und er senkte schnell den Kopf. Montagu saß neben dem Bräutigam in der ersten Bankreihe. Sie nickten einander zu. Er hatte gerade Platz genommen, da stimmte die Orgel den Hochzeitsmarsch an.

Fast den gesamten Gottesdienst nahm er wie in Trance wahr – die Gebete, die Lieder, die Predigt –, aber die feierliche Eheschließung empfand er als Qual, so als hätte er nie zuvor die vertrauten Worte gehört. *Mögen sie immer in Liebe und Frieden vereint bleiben …* Margot stieß ihn an und reichte ihm ein Taschentuch. Er schnäuzte sich geräuschvoll. Was hatte er sich da in letzter Zeit angewöhnt, er schrecklich sentimentaler alter Knacker, in der Öffentlichkeit einfach so draufloszuflennen.

Danach – Braut und Bräutigam waren kurz mit dem Dekan von Westminster verschwunden, um sich ins Eheregister einzutragen – stand plötzlich Bongie gebückt neben ihm im Mittelgang und flüsterte: »Die Polizei hat Admiral Fisher im Hotel Charing Cross aufgefunden. Er wartet in Nummer 10 auf Sie.«

»Ich muss gehen«, sagte er zu Margot, und bevor sie ihn nach dem Grund fragen konnte, stand er auf und folgte Bongie durch den Gang. Er war sich bewusst, dass die gesamte Hochzeitsgesellschaft sich nach ihm umdrehte. Diesmal begegneten sich ihre Blicke, als er an ihr vorbeiging, und sie schenkte ihm ein schwaches Lächeln. Sie war höchstens zwei Schritte von mir entfernt gewesen, dachte er im Wagen auf dem Weg in die Downing Street. Das war das Schreckliche daran – sie hätte ebenso gut auf der anderen Seite eines Abgrunds stehen können.

Als er die Tür zum Kabinettszimmer öffnete, war da außer Fisher auch Lloyd George. Der Schatzkanzler sprang auf – von *seinem* Platz, wie der Premierminister bemerkte.

»Ich lasse Sie beide jetzt allein«, sagte Lloyd George.

Im Vorbeigehen berührte er den Premierminister am Ellbogen und bedeutete ihm, kurz mit nach draußen zu kommen.

»Ich war zufällig anwesend, weil ich Sie wegen einer anderen Sache sprechen wollte«, sagte er leise. »Er hat mir erzählt, was er getan hat. Ich war bemüht, ihn zum Bleiben zu überreden, aber er wollte nichts davon hören. Ich hoffe, Sie haben mehr Glück.«

»Wenn schon Ihre Engelszungen nichts ausrichten, wie sollte ich ihn da umstimmen können.«

»Ich hoffe bei Gott, dass Sie es schaffen werden. Bei einem Rücktritt würde nämlich die ganze Regierung in Gefahr geraten.«

»Glauben Sie, es steht so schlecht?«

»Und ob.«

Der Premierminister sah Lloyd George hinterher, wie er durch den Flur auf die Verbindungstür zur Nummer 11 zuging. Ihm fiel Venetias Warnung ein – *er ist der ehrgeizigste Mann in der Regierung, und seine Loyalität gilt immer und ausschließlich ihm selbst.* Es war schon ein seltsamer Zufall, dass er diesen Samstagvormittag »zufällig« hier auftauchte, wo er doch davon ausgehen musste, sie seien alle bei Howards Hochzeit. Er spürte, dass hier etwas vor sich ging, aber auch wenn dem so war, dagegen tun konnte er nichts.

Er ging zurück ins Kabinettszimmer, schloss die Tür hinter sich und sagte: »Also, Herr Admiral, was soll das ganze Gerede über Rücktritt?«

In der nächsten halben Stunde bot er jede Waffe aus seinem Anwaltsarsenal auf. Er argumentierte. Er schmeichelte. Er schüchterte ein. Er bettelte. Er erinnerte den Admiral an seine patriotische Pflicht. Ohne Erfolg. Fisher erklärte, sosehr er Winston auch zugeneigt sei – »ich *verehre* den Mann, er ist ein *Genie*« –, er könne nicht eine Stunde länger mit ihm zusammenarbeiten. Er würde nicht einmal in die Admiralität zurückkehren, um dort seinen Schreibtisch auszuräumen: »Wenn ich das tue, dann deckt er mich derartig mit *Argumenten* ein und setzt mich damit so unter *Druck,* dass ich am Ende noch einlenke. Ich kenne ihn nur zu gut.« Er würde keine Politik unterstützen, an die er nicht glaube. Er könne die derzeitige Operation in den Dardanellen nicht gutheißen. Er sei *raus.* Drei Zugeständnisse konnte der Premierminister ihm allerdings abringen: er würde nicht nach Schottland fahren, sondern in London bleiben; er würde mit McKenna reden, Winstons Vorgänger, mit dem er immer noch auf gutem Fuß stand; und er würde seinen Rücktritt bis Montag für sich behalten.

Danach fuhr er mit Margot und Violet zu ihrem Landhaus, achtete aber peinlich darauf, kein Wort über Fishers Rücktritt zu verlieren, bis sie am Abend von ihrem Schlafquartier über die Brücke kam, um ihm gute Nacht zu sagen.

»Gut möglich, dass dein Walzerpartner uns alle schon bald über die Klippe tanzt.«

*

Reggie McKenna schaute am Sonntagabend um halb sechs vorbei und kam direkt nach oben zum Premierminister ins Arbeitszimmer. Seine Frau Pamela ging derweil zu Margot in den Garten.

»Ich habe mit Fisher gesprochen.«

»Und?«

»Er lässt sich nicht erweichen, wie es scheint.«

Der Innenminister, ein glatzköpfiger Mann Anfang fünfzig, hatte ein schwermütiges Gesicht aufgesetzt. Er war einer jener Spitzenpolitiker, die man gemeinhin als »eine sichere Bank« beschrieb, die verlässlich mit maschinenhafter Effizienz zu Werk gingen, egal welches Ressort man ihnen anvertraute. Er hatte zusammen mit Fisher die Marine modernisiert und ausgebaut und verübelte dem Premierminister immer noch zutiefst dessen Entscheidung von 1911, wo er Winston seinen Posten als Marineminister abtreten und dessen Innenministerium übernehmen musste. Jetzt war die Stunde der Rache gekommen.

»Sie wissen, dass Sie Winston entlassen müssen.«

»Sie meinen, Fisher halten und Winston verlieren?«

»Nein, Ersteres würde nie funktionieren. Nach dieser Sache können Sie ihn nicht zurückholen. Er ist untragbar – labil und viel zu alt. Aber Winston kann Fishers Rücktritt nicht überleben. Die Torys werden ihn morgen im Unterhaus in Stücke reißen.«

Da war etwas dran, aber der Premierminister wollte sich nicht ganz damit abfinden, dass die Lage so verheerend war. »Winston besitzt mehr Kampfgeist als wir alle zusammen. Das wäre ein furchtbarer Verlust.«

»Gut möglich, aber sehen Sie doch, in welche Lage er uns gebracht hat.«

»Ich werde darüber nachdenken. Bleiben Sie zum Abendessen?«

»Nein danke. Wir müssen zurück nach London.«

Der Premierminister ging mit nach unten, um ihn und seine Frau zu verabschieden. Ihr Wagen hatte sich gerade in Bewegung gesetzt, als das Telefon klingelte. Margot ging ins Haus.

Als sie zurückkam, sagte sie: »Das war Winstons Privatbüro. Er und Clemmie sind auf dem Weg, um mit uns zu Abend zu essen. Ist das in Ordnung?«

Es war ein prachtvoller Sommerabend, der Garten ein einziges Tulpenmeer. Er ging nach unten zum Flussufer und setzte sich auf die Holzbank dort. Vor ihm zog breit und träge die Themse vorbei. Er hatte sich nie einsamer gefühlt. Im Kopf entwarf er einen Brief an Venetia: *Mein teuerster Liebling, ich werde so von Problemen bestürmt, dass ich nicht weiß, welchem ich mich zuwenden soll. Ich kann mit niemand sprechen, auf dessen Urteil ich vertrauen kann, der nicht eigene Interessen verfolgt. Wenn ich Winston an die Luft setze, dann ist ungewiss, wie lange die Regierung das überleben wird. Versuche ich ihn hingegen zu halten, türmen sich nur noch mehr Probleme auf. Seitdem Du mich verlassen hast, scheint sich die ganze Welt gegen mich verschworen zu haben. Kann ich Dich morgen sehen, und wenn nur für eine Stunde? Ich brauche Bestätigung und Rat von Dir. Ich liebe Dich und werde Dich immer lieben. Dein ewig Geliebter …*

Per Sonderkurier bekäme sie den Brief noch heute Abend, und sie könnten sich morgen früh treffen. Aber was, wenn sie ablehnte? Das könnte er nicht ertragen. Also blieb er sitzen, wo er war, ließ den Fluss an sich vorbeiziehen und die Schatten länger werden, und suchte nach einer Lösung für seine Probleme, bis er Winstons Wagen hörte. Er stand auf und ging zum Haus zurück.

*

Wie so oft, wenn die Dinge schlecht standen, war Winston in prächtiger Verfassung. Bevor sie sich zum Abendessen an den Tisch setzten – zusammen mit Bongie und Raymond, Clemmie, Margot und Violet – zogen sie sich für eine Unterredung ins Arbeitszimmer des Premierministers zurück. Winston sagte, er habe mit den anderen Seelords gesprochen. Keiner würde aus Solidarität mit Fisher selbst zurücktreten, und Sir Arthur Wilson habe sich bereit erklärt, Fishers Posten zu übernehmen. Was Fisher angehe – der habe anfänglich alle ausführlichen Depeschen, auf denen das ganze Dardanellenunternehmen überhaupt aufbaue, persönlich gegengezeichnet. Winston hatte die Dokumente zusammengetragen, die das belegten.

»Wenn er uns Ärger machen will, dann werde ich im Unterhaus das Wort ergreifen und ihn wohl vernichten müssen«, sagte Winston. »Das würde mir keine Freude bereiten, das kann ich Ihnen versichern, aber er hätte sich das selbst zuzuschreiben.«

Der Premierminister hörte zu und nickte wortlos.

*

Am nächsten Morgen fuhr er nach London. Er setzte sich an den Schreibtisch und ging als Erstes die Zeitungen durch. Nirgends ein Wort über Fisher. Die *Times* druckte eine Liste mit den jüngsten Opfern vor den Dardanellen ab. Die Spalten mit den in kleiner Schrift gedruckten Namen nahmen die ganze Seite drei ein und gingen auf der nächsten Seite weiter. Er saß da und fuhr gerade mit dem Finger an den Namen entlang, ob ein ihm bekannter Offizier darunter war, als es klopfte und Lloyd George den Raum betrat.

»Guten Morgen, Herr Premierminister. Wie war Ihr Wochenende?«

»Hektisch. Und Ihres?«

»Auch. Ich muss mit Ihnen reden. Haben Sie kurz Zeit?«

»Natürlich.«

Lloyd George schloss die Tür und setzte sich. Der Premierminister sah sofort, wie nervös sein Gegenüber war. Er rutschte auf dem Sitz herum und umklammerte immer wieder die Armlehnen.

»Bonar Law hat mich gestern Abend in der Nummer 11 besucht, als ich gerade mit McKenna eine Zigarre geraucht habe.«

»Bonar Law? Was Sie für Gesellschaft pflegen!«

»Er wusste schon von Fishers Rücktritt und ist beunruhigt, dass einer von den eigenen Leuten die Munitionskrise ausschlachten könnte. Tatsächlich ist er ganz allgemein über den Kriegsverlauf beunruhigt. Langer Rede kurzer Sinn: Er bietet uns eine Art Koalition an.«

»Und was haben Sie ihm erwidert?«

»Ich habe gesagt, dass ich natürlich erst mit Ihnen reden muss.«

»Aber Sie sind dafür?«

»Ja.« Er beugte sich vor, stützte die Ellbogen auf die Knie und setzte eine inständig bittende Miene auf. »Wir können so nicht weitermachen. Der Krieg dauert sicher noch mehrere Jahre. Um ihn zu gewinnen, ist eine umfassende nationale Kraftanstrengung vonnöten, und das erfordert eine Allparteienregierung.«

»Vielleicht haben Sie recht. Ich müsste darüber nachdenken.«

»Dafür ist jetzt leider kaum mehr die Zeit. Sobald das mit Fishers Rücktritt nach außen dringt, wird es ein politisches Gemetzel geben. Wir müssen sofort zu einer prinzipiellen Übereinkunft kommen. Bonar Law wartet in meinem Büro auf eine Antwort. Ich schlage vor, ich hole ihn gleich jetzt.«

Der Premierminister starrte ihn an. Nie zuvor hatte er eine derart knallharte Demarche erlebt. »Und wenn ich ablehne?«

»Davon würde ich dringendst abraten. McKenna ist der gleichen Meinung.«

»Das klingt nach einer Drohung.«

Lloyd George antwortete nichts darauf.

»Und wie würden die Konditionen dieser prinzipiellen Übereinkunft lauten?«

»Bonar Law hat nur zwei grundsätzliche Bedingungen. Winston verlässt die Admiralität, und Haldane scheidet ganz aus der Regierung aus.«

»Haldane? Warum der? Für das Verbrechen, in Deutschland studiert zu haben? Er ist mein ältester Freund! Und Winston habe ich für einen Ihrer ältesten Freunde gehalten.«

Lloyd Georges Stimme war eisig. »Wir befinden uns jenseits des Punkts, an dem wir noch Rücksicht auf Freundschaften nehmen könnten, Herr Premierminister. Was Winston angeht, der wollte den Krieg von Anfang an und hat ihn als eine Möglichkeit zum persönlichen Ruhm betrachtet. Er hat sich auf einen risikoreichen Feldzug eingelassen, ohne auch nur einen Gedanken an das Leid und die Not von Tausenden von Menschen zu verschwenden. Ja, er ist ein Freund, aber in diesem Fall muss ich sagen, dass meine Sympathien für ihn gering sind. Soll ich Bonar Law nun holen oder nicht?«

Der Premierminister wog das Für und Wider ab. Winston war ein brillanter Debattierer, gut möglich, dass er Fishers Anschuldigungen entkräften konnte. Und er selbst könnte die Munitionskrise einfach aussitzen – er hatte schon Schlimmeres überstanden. Im Unterhaus hatte er immer noch eine Mehrheit. Die Partei würde sich geschlossen hinter ihn stellen. Er könnte Lloyd George dazu zwingen, Farbe zu bekennen: Er bezweifelte, dass der Mann zurücktreten würde, und McKenna würde ganz sicher bleiben. Angesichts der Aussicht auf einen derart einsamen, bitteren Kampf überkam ihn allerdings eine große Müdigkeit.

Er senkte den Kopf.

»Na, holen Sie ihn schon.«

*

Nachdem Bonar Law an jenem Vormittag da und wieder weg gewesen war, nachdem sie sich auf eine gleiche Aufteilung der Posten im Kabinett und auf die Entlassung von Winston und Haldane geeinigt und sich über dem Leichnam der Regierung der Liberalen die Hände geschüttelt hatten, traf schließlich ein Brief von Venetia ein.

> Mein Liebling! (Darf ich ein letztes Mal das besitzanzeigende Fürwort verwenden?)
>
> Es brach mir das Herz, Dich am Samstag bei der Hochzeit zu sehen & nicht mit Dir sprechen zu können. Es hat sich grausam & unnatürlich angefühlt, & du sahst so traurig und verhärmt aus. Ich habe den besten Zeitpunkt gesucht, Dir von meinen Plänen zu erzählen, aber offenbar den schlechtesten gewählt.
>
> Was geschehen ist, das kann ich nicht ungeschehen machen, & ich würde es auch gar nicht wollen, selbst wenn ich könnte – nicht nur die Einwilligung in die Ehe mit Edwin, sondern vor allem die Zeit davor will ich nicht ungeschehen machen: die zwei Jahre in ständiger Vertrautheit mit Deinen Gedanken & Gefühlen, mein geliebter Prime. Wenn ich alt & grau sein werde, wird unsere Zeit die sein, an die ich mich am liebsten von allen anderen in meinem Leben erinnern werde.
>
> Wir werden uns wieder begegnen, & das wird für uns beide sicherlich schmerzhaft sein, aber beim darauf folgenden Mal wird es schon weniger schmerzen & danach wiederum & danach noch weniger, bis wir unsere alte unbeschwerte Freude in der Gesellschaft des anderen wiedergefunden haben.
>
> Alles Liebe

Er ging mit dem Brief zu seinem Schreibtisch und schuf zwischen seinen Figürchen etwas Platz. Er dachte eine Weile lang nach. Er war so müde. Aber schließlich schrieb er seine Antwort.

> Liebling, gerade ist Dein höchst aufschlussreicher und herzergreifender Brief gekommen. Was soll ich sagen? Was kann ich sagen? An den zwei erbärmlichsten Tagen meines Lebens habe ich Schweigen bewahrt, bis ich es schließlich nicht mehr ertragen konnte. Und wie für Dich fühlte es sich auch für mich grausam & unnatürlich an und dass alles besser wäre als das. Also habe ich meine zwei, drei qualvollen Sätze aufs Papier gekritzelt, aber Gott sei Dank sprichst Du noch einmal zu mir und spreche ich noch einmal zu Dir …
>
> Noch nie seit Kriegsbeginn habe ich einer solchen Anhäufung an Sorgen (welche ich niemand mehr anvertrauen konnte!) gegenübergestanden. Einer der höllischsten Aspekte dieser unsagbar höllischen Tage war, dass Du – zu der ich in jedem Augenblick der Prüfung & der Drangsal immer gehen konnte & von der ich immer getröstet & geheilt & beflügelt zurückkehrte –, dass ausgerechnet Du der eine Mensch auf der Welt warst, der nichts tun konnte & von dem ich nichts erbitten konnte. Bis zum Tag meines Todes wird das die bitterste Erinnerung meines Lebens bleiben.
>
> Ich stehe vor den außerordentlichsten & welterschütterndsten Entscheidungen – solchen, die ich sonst ohne Deinen Rat & Deinen Zuspruch nie treffen würde. Es kommt mir alles so seltsam & leer & unnatürlich vor; und doch gibt es niemand, an den ich mich sonst wenden könnte, an den ich mich sonst wenden würde, selbst wenn ich könnte.

Historische Anmerkungen

So endete die Affäre zwischen dem Premierminister und Venetia Stanley und mit ihr die letzte, jemals im Vereinigten Königreich amtierende Alleinregierung der Liberalen Partei.

Venetia setzte am darauffolgenden Montag, dem 24. Mai, nach Frankreich über, um ihre Arbeit als Krankenschwester aufzunehmen. Die *Times* an jenem Morgen veröffentlichte eine vorläufige Kabinettsliste der neuen Regierung: sechs Liberale – der Premierminister, Grey, Lloyd George, Crewe, McKenna und Simon; sechs Unionisten – Bonar Law, Balfour, Lansdowne, Lord Curzon, Carson und Austen Chamberlain; ein Labour-Mann – Arthur Henderson; ein Parteiloser – Kitchener.

Zur Koalitionsvereinbarung gehörte auch der Rauswurf von Edwin Montagu, dessen untergeordneten Posten im Kabinett der zuvor aus der Admiralität entlassene Churchill übernahm. Churchill besann sich allerdings bald eines Besseren, verließ England und schloss sich seinem Regiment in Frankreich an.

Als im Januar 1916 der Feldzug in den Dardanellen als gescheitert abgebrochen wurde, belief sich die Zahl der Toten auf über 110000 – 34000 Briten, 10000 Franzosen, 10000 Australier und Neuseeländer und 56000 Türken. Insgesamt wurden etwa eine Viertelmillion Männer verwundet oder galten als vermisst.

Lord Kitchener ging im Juni 1916 mit dem Kriegsschiff unter, auf dem er zu einer diplomatischen Mission nach

Russland unterwegs war, das aber einige Meilen vor der schottischen Küste bei stürmischer See auf eine Mine lief. Seine Leiche wurde nie geborgen.

Raymond Asquith fiel im September 1916 in der Schlacht an der Somme. Während man den tödlich Verletzten auf einer Trage abtransportierte, rauchte er eine Zigarette, um seine Männer nicht zu demoralisieren; mit seinen letzten Worten vermachte er das Zigarettenetui seinem Vater.

Oc stieg bis zum Brigadegeneral auf. Nach einer schweren Verwundung im Dezember 1917 wurde ihm ein Bein amputiert.

Beb diente bei der königlichen Artillerie in Frankreich, erlitt ein Kriegstrauma, diente aber bis Kriegsende in der Armee.

Violet heiratete 1915 Maurice »Bongie« Bonham-Carter, der als Politiker in der Liberalen Partei aktiv blieb, einmal erfolglos für das Parlament kandidierte und 1964 mit seiner Ernennung zum Peer auf Lebenszeit einen Sitz im Oberhaus erhielt.

Nach fast neun Jahren im Amt des Premierministers wurde Asquith im Dezember 1916 von Lloyd George gestürzt. An seinem letzten Tag in der Downing Street verbrannte er den Großteil seiner privaten Korrespondenz, darunter auch sämtliche Briefe von Venetia Stanley. Er blieb bis 1926 Vorsitzender der Liberalen Partei, gelangte aber nie wieder an die Macht. Er starb im Februar 1928 im Alter von fünfundsiebzig Jahren. Die letzte Person, die er besuchte, bevor ihn seine tödliche Krankheit an sein Landhaus fesselte, war Venetia.

Margot Asquith starb 1945 im Alter von einundachtzig Jahren.

Venetia heiratete Edwin Montagu im Juli 1915. Der Premierminister ging nicht zur Trauung, schickte aber als Hochzeitsgeschenk zwei silberne Dosen. Montagu kehrte schließlich ins Kabinett zurück und beförderte als Indienminister gesetzgeberische Reformen, die schließlich zu Indiens Unabhängigkeit führten. Als leidenschaftlicher Antizionist war er ein Gegner der Balfour-Deklaration von 1917, die in Palästina die »nationale Heimstätte für das jüdische Volk« begründete. Er starb 1924 im Alter von fünfundvierzig Jahren.

Venetia hatte zu dem Zeitpunkt bereits ihre Tochter Judith zur Welt gebracht, geboren 1923. Jahrzehnte später ergaben DNA-Tests, dass die Vaterschaft nicht Montagu gebührt, sondern dem Grafen von Dudley, eine der Affären, die Venetia während ihrer Ehe und als Witwe unterhalten hat. Eine weitere, um 1918 begonnene Affäre hatte sie mit dem Zeitungsverleger Lord Beaverbrook. Venetia starb 1948 im Alter von sechzig Jahren. Zu dieser Zeit befand sich das Familienvermögen der Stanleys schon in rasantem Niedergang. Heute existiert Alderley Park nicht mehr; von Penrhos House sind nur noch Überreste von Mauern und Ecktürmen vorhanden, von Efeu überwuchert, im Waldbewuchs verschwunden.

All das ereignete sich aus Romansicht natürlich in einer nicht vorhersehbaren Zukunft. Ich ziehe es vor, Venetias Bild vom Mai 1915 in Erinnerung zu behalten: an Deck der Kanalfähre, das Gesicht im Wind, frei und unabhängig, endlich auf selbst gewähltem Kurs, eine der folgenreichsten Frauen in der politischen Geschichte Britanniens.

Danksagungen

In größter Schuld stehe ich bei den Nachlassverwaltern des verstorbenen Lords Bonham-Carter für die Erlaubnis, aus Asquiths Briefen an Venetia zu zitieren, und besonders bei Jane Bonham-Carter für ihre jahrelange Großzügigkeit und Unterstützung. Außerdem möchte ich mich bei ihren Mittreuhändern bedanken, Virginia und Liza Bonham-Carter, und bei Dr. Mark Pottle, der mir Zugang zu der von ihm vorbereiteten Ausgabe von Margot Asquiths Vorkriegstagebüchern gestattete.

Die 560 Briefe an Venetia, die über 1200 Manuskriptseiten ergäben, werden in acht Kisten in der Bodleian Library in Oxford aufbewahrt. Ich bedanke mich bei Jeremy McIlwaine, leitender Archivar, und Dr. Christopher Fletcher, zuständig für besondere Sammlungen.

Die Briefe, die sich größtenteils in makellosem Zustand befinden und offensichtlich bestens gepflegt wurden, tauchten zum ersten Mal fünfzehn Jahre nach Venetias Tod auf. Sie gehörten zum Montagu-Nachlass; die Urheberrechte wurden von den Bonham-Carters verwaltet. Mark Bonham-Carter machte sie seinem Freund Roy Jenkins zugänglich, der an einer 1964 erschienenen Biografie über Asquith arbeitete. Seine Mutter, Asquiths Tochter Violet, hatte nichts von der Existenz der Briefe gewusst und war vom Inhalt schockiert. Sie lehnte eine Veröffentlichung zunächst strikt ab, konnte dann aber doch zur Freigabe bewogen werden, wenn auch mit gewissen Auslassungen, um die Reputation ihres Vaters zu schützen.

1982 wurde von der Oxford University Press eine wissenschaftliche Ausgabe mit »etwas über der Hälfte« der von George und Eleanor Brock vorzüglich edierten Briefe veröffentlicht. Diese Edition, die ich bereits bei Erscheinen gelesen habe, war von unschätzbarem Wert für mich – tatsächlich war sie der Anstoß zu diesem Buch. Daher mag der Hinweis kleinlich erscheinen, dass ich später auf eine überraschende Auslassung bestimmter Abschnitte und Briefe gestoßen bin, was vor allem die beiden letzten Absätze des Romans betrifft. Es erscheint buchstäblich undenkbar anzunehmen – wie einige Historiker das tun –, dass Venetias Beendigung der Affäre keinerlei Einfluss auf Asquiths Entscheidung hatte, am 17. Mai 1915 einer Koalitionsregierung zuzustimmen. Vielleicht hätte sie ihm sogar geraten, dass er keine andere Wahl habe, und wahrscheinlich hatte er auf lange Sicht auch keine andere, aber das ist eine andere Geschichte. Auch glaube ich, dass es angesichts des Charakters von Asquith wie auch von Venetia die Leichtgläubigkeit überstrapazieren hieße, wie es die Brocks tun, dass die Affäre nicht auch in gewissem Sinn eine körperliche war. Aber hier hat der Romancier Freiheiten, die der Historiker nicht hat.

Ein Autor, der sich wahrscheinlich länger als jeder andere mit den Briefen beschäftigt hat, ist Dr. Stefan Buczacki, der eine exzellente, höchst informative Biografie über Venetia Stanley geschrieben und im Selbstverlag herausgebracht hat: *My Darling Mr Asquith*. Er hat alle Briefe gelesen und mir seine Transkripte von vielen Passagen, die in der brockschen Edition nicht enthalten sind, zugänglich gemacht. Ich verneige mich vor seiner Forschungsarbeit und seiner Großzügigkeit.

Einen besonderen Dank möchte ich auch Venetias Enkeltochter Anna Mathias aussprechen, sowohl für ihre Einsichten und ihre Unterstützung wie auch für die Erlaubnis, aus dem Briefwechsel zwischen Venetia und Edwin Montagu zu zitieren.

Ich danke den Mitarbeitern des National Archive in Kew, der London Library und meinen Freunden beim Verlag Cornerstone innerhalb von Penguin Random House, besonders Helen Conford, Venetia Butterfield und Gail Rebuck. Ich danke einmal mehr Jocasta Hamilton, dass sie das Manuskript gelesen und Vorschläge gemacht hat. Meine Frau Gill Hornby war wie stets meine wertvollste Beraterin und Stütze. Kurz bevor ich mit der Arbeit an dem Buch begonnen habe, wurde unser erster Enkel geboren: Es ist ihm gewidmet.

Die Arbeit von vielen großartigen Historikern haben diesen Roman möglich gemacht, und es ist mir ein Vergnügen, im Folgenden jene Bücher zu nennen, die mir besonders nützlich waren.

Robert Harris
11. Juni 2024

Christopher Andrew, *The Defence of a Realm: The Authorized History of MI5*

H.H. Asquith, *Letters to Venetia Stanley* (hrsg. von Michael and Eleanor Brock)

Herbert Asquith, *Moments of Glory*

Margot Asquith, *Great War Diary 1914–1916* (hrsg. von Michael and Eleanor Brock)

Violet Bonham-Carter, *Champion Redoubtable: The Diaries and Letters of Violet Bonham-Carter 1915–1945* (hrsg. von Mark Pottle)

Rupert Brooke, *Letters* (hrsg. von Sir Geoffrey Keynes)

Stefan Buczacki, *My Darling Mr Asquith: The Extraordinary Life and Times of Venetia Stanley*

John Campbell, *Haldane*

Winston Churchill, *The World Crisis 1911–1918*
Christopher Clark, *The Sleepwalkers: How Europe Went to War in 1914* (dt. *Die Schlafwandler. Wie Europa in den Ersten Weltkrieg zog*)
Colin Clifford, *The Asquiths*
Diana Cooper, *The Rainbow Comes and Goes*
Martin Gilbert, *Winston S. Churchill* (Bd. 3: *1914–1916,* und Begleitband)
Lord Hankey, *The Supreme Command, 1914–1918* (Bd. 1)
Christopher Hassall, *Rupert Brooke*
Max Hastings, *Catastrophe: Europe Goes to War 1914*
Simon Heffer, *Staring at God: Britain in the Great War*
Charles Hobhouse, *Inside Asquith's Cabinet* (hrsg. von Edward David)
Roy Jenkins, Asquith
John Jolliffe, *Raymond Asquith: Life and Letters*
David Lindsay, *The Crawford Papers: The Journal of David Lindsay, Twentyseventh Earl of Crawford, 1892–1940* (hrsg. von John Vincent)
David Lloyd George, *War Memoirs*
Lyn MacDonald, *1914*
Margaret Macmillan, *The War that Ended Peace*
T.G. Otte, *Statesman of Europe: A Life of Sir Edward Grey*
J.A. Pease, *A Liberal Chronicle in Peace and War* (hrsg. von Cameron Hazlehurst und Christine Woodland)
Sir Oliver Popplewell, *The Prime Minister and His Mistress*
Keith Robbins, *Sir Edward Grey*
Robert Rhodes James, *Gallipoli*
Stephen Roskill, *Hankey: Man of Secrets* (Bd. 1: *1877–1918*)
Frances Stevenson, *Lloyd George: A Diary* (hrsg. von A.J.P. Taylor)
Barbara W. Tuchman, *August 1914*
Nigel West, *MI5 in the Great War*
Philip Ziegler, *Diana Cooper*